한국전쟁 이야기 집성 6

- 전쟁 속을 살아낸다는 일 -

신동흔 김경섭 김귀옥 김명수 김명자
김민수 김정은 김종군 김진환 김효실
남경우 박경열 박샘이 박현숙 박혜진
심우장 오정미 유효철 이부희 이승민
이원영 정진아 조홍윤 한상효 황승업

저자 소개

신동흔: 건국대 국어국문학과 교수
김경섭: 을지대 교양학부 교수
김명수: 건국대 박사과정
김민수: 건국대 박사과정
김종군: 건국대 HK교수
김효실: 건국대 박사과정 수료
박경열: 호서대 전임연구원
박현숙: 건국대 전임연구원
심우장: 국민대 국어국문학과 교수
유효철: 건국대 박사과정 수료
이승민: 건국대 박사과정
정진아: 건국대 HK교수
한상효: 건국대 강사
김귀옥: 한성대 교양교육연구원 교수
김명자: 건국대 박사과정 수료
김정은: 건국대 강사
김진환: 통일부 통일교육원 교수
남경우: 건국대 HK연구원
박샘이: 건국대 석사과정 졸업
박혜진: 서울대 박사과정 수료
오정미: 건국대 전임연구원
이부희: 건국대 석사과정 수료
이원영: 건국대 강사
조홍윤: 건국대 전임연구원
황승업: 건국대 박사과정 수료

한국전쟁 이야기 집성 6

초판 인쇄 2017년 6월 20일
초판 발행 2017년 6월 25일

지은이 신동흔 외 ‖ **펴낸이** 박찬익 ‖ **편집장** 권이준 ‖ **책임편집** 정봉선
펴낸곳 ㈜ **박이정** ‖ **주소** 서울시 동대문구 천호대로 16가길 4
전화 02) 922-1192~3 ‖ **팩스** 02) 928-4683 ‖ **홈페이지** www.pjbook.com
이메일 pijbook@naver.com ‖ **등록** 2014년 8월 22일 제305-2014-000028호

ISBN 979-11-5848-304-3 (94810)
ISBN 979-11-5848-298-5 (세트)

*책값은 뒤표지에 있습니다.

이 책은 2011년도 정부(교육과학기술부)의 재원으로 한국학중앙연구원의 지원을 받아 수행된 연구임.
과제번호: AKS-2011-EBZ-3101. 과제명: 한국전쟁 체험담 조사연구

신동흔 김경섭 김귀옥 김명수 김명자 김민수 김정은 김종군 김진환 김효실 남경우 박경열 박샘이 박현숙 박혜진 심우장 오정미 유효철 이부희 이승민 이원영 정진아 조홍윤 한상효 황승업

한국전쟁 이야기 집성 6

전쟁 속을 살아낸다는 일

(주)박이정

일러두기

1. 이 책은 2011년도 정부(교육과학기술부)의 재원으로 한국학중앙연구원의 지원을 받아 수행되었다. 과제명은 "한국전쟁 체험담 조사연구"이다. (과제번호 AKS-2011-EBZ-3101).
2. 본 자료집은 개별 구연자를 기본 단위로 하여 구성된다. 현지조사를 통해 수집한 약 300건의 자료 가운데 가치가 높다고 판단되는 162건(공동구연 포함)의 구연 자료를 선별하여 주제유형 별로 나누어 각 권에 수록하였다.
3. 본 자료집은 한국전쟁 체험을 기본 축으로 삼는 가운데 전쟁 전후의 생활체험에 관한 내용까지를 포괄하였다. 자료는 제보자가 구술한 내용을 최대한 충실히 반영하는 방식으로 정리하였다.
4. 본 자료집에 이야기를 수록한 구연자들에게는 사전에 정보 공개 동의를 받았다. 구연자가 요청한 경우나 기타 필요하다고 판단되는 경우에는 구연자 성명을 가명으로 표기하고 사진을 생략하였다.
5. 구연자 단위로 구술내용을 반영한 제목을 정하였으며, 기본 조사 정보와 구연자 정보, 이야기 개요, 주제어를 제시하고 나서 이야기 본문을 실었다. 구술내용을 쉽게 이해할 수 있도록 하기 위해 본문 사이사이에 중간 제목을 넣었다.
6. 이야기 본문은 녹음된 내용을 그대로 받아 적었으며, 현장상황을 생생히 전하기 위해 조사자와 청중의 반응 부분을 함께 담았다. 본 구연과 상관없는 대화나 언술은 조금씩 덜어낸 곳도 있다.

머리말

– 수백 명의 구술로 만난 한국 현대사의 생생한 진실 –

처음에 저이들이 누군가 하고 경계심을 나타내던 노인들은 한국전쟁 때의 사연을 들려 달라는 말에 대부분 몸가짐을 달리하고서 조사자들 앞으로 바짝 다가왔다. 당시의 상처를 되새기기조차 싫은지 조사자들을 외면하거나 구술을 사양하는 분들도 있었지만, 자신이 겪은 역사의 진실을 후세에 알려야 한다는 책무감을 나타내는 분들이 더 많았다. 일단 이야기가 시작되면 조사자들이 할 일은 거의 없었다. 그분들이 가슴 밑바닥으로부터 끌어올려 구연하는 놀라운 이야기들에, 60년이 넘도록 가슴속에 생생하게 간직해 온 그때 그 순간의 삶의 진실에 충실히 귀를 기울이는 것으로 충분했다. 조사가 더 늦어지지 않아서 이분들이 그토록 남기고 싶어하는 역사적 체험을 갈무리하게 된 것은 정말 다행스러운 일이었다.

그간 한국전쟁 체험에 대한 조사는 역사학 쪽에서 많이 이루어졌었다. 전쟁의 주요 국면에 얽힌 역사적 사실과 관련되는 정보를 얻는 데 주안점을 둔 조사였다. 이야기 형태의 체험담은 주로 전쟁 참전용사의 수기나 학살피해자들의 진술이라는 형태로 보고가 이루어졌다. 말 그대로 사람을 죽고 죽이는 '전쟁'에 초점을 맞춘 이야기들이었으며, 다소 특수하고 주관적인 방향으로 치우친 성향이 짙은 이야기들이었다. 체험이나 시각이 양 극단으로 나누어진다는 점도 두드러진 특징이었다.

이에 대하여 우리는 처음부터 보통사람들의 다양한 경험을 두루 포용한다는 입장에서 한국전쟁이라는 역사에 접근했으며, 제보자의 진술을 구술 그대로 충실히 반영한다고 하는 학술적 방법론에 의거하여 현지조사와 정리 작업을 수행했다. 그 조사는 구술사보다 구비문학적 방법에 입각한 것이었다. 한국전쟁을 축으로 한 역사적 경험이 구체적 사건과 정경을 생생하게 담아낸 '이야기'로 포착될 수 있도록 하는 데 최대한 신경을 썼다. 그 작업을 하는 데 큰 어려움은 없었다. 수많은 제보자들은 전쟁에 얽힌 기막힌 사연들을 지니고 있었고, 그것을 곡진하게 풀어냈다. 간혹 세상에 대한 논평을 연설 형태로 풀어내는 제보자도 있었으나 경험의 연장선상에서 충분히 그리 할 수 있는 바였다. 우리는 성실한 청자가 되어 그 이야기에 함께 했다. 제보자들의 구술을 가능한 한 끊지 않았으며, 때로는 탄성과 한숨으로 동조하기도 했다. 그렇게 그들의 구술은 오롯한 삶의 담화가 될 수 있었다.

한국전쟁 체험담 자료조사는 조별 작업으로 수행되었다. 서너 명씩 조를 이루어서 지역별로 제보자를 물색하고 조사를 진행하였다. 총괄적 조사인 만큼 지역별, 유형별로 균형과 다양성을 확보할 수 있도록 신경을 썼다. '보통사람'들을 기본 축으로 삼는 가운데, 한국전쟁에 대한 특별한 체험을 한 제보자들을 다양하게 찾아내고자 했다. 전체적으로 남성과 여성 제보자를 균등하게 포괄하였으며, 제보자 구성과 구연내용이 이념적으로 좌우 한쪽에 치우치지 않도록 했다. 한국전쟁이라는 현대사의 국면이 '있는 그대로' 다양하게 포착될 수 있도록 노력했다.

전체적으로 한국전쟁 체험담을 구연한 화자는 약 300명에 이른다. 자료공개 동의를 얻은 194건의 자료로 한국전쟁 구술자료 DB를 구성하여 결과를 보고했다. 그 중 자료적 가치가 높다고 생각되는 자료들을 선별한 뒤 자료의 재점검과 교정 작업을 거쳐 최종적으로 10권의 자료집에 162건(공동구연 포함)의 자료를 수록하게 되었다. 자료는 인상적인 사연을 중심으로 하여 주제유형 별로 분류함으로써 다양한 전쟁 경험이 일목요연하게 드러날 수 있도록 했다. 각 권별 구성을 간단히 소개하면 다음과 같다.

1권 – 이것이 전쟁이다: 전쟁이란 어떤 것인지, 그 참상과 고난과 단적으로 잘 보여주는 이야기들을 실었다. 특정 지역의 전쟁 경험을 여러 제보자가 다각도로 구연한 자료를 나란히 수록하여 전쟁체험이 입체적으로 드러날 수 있도록 했다.

2권 – 전장의 사선 속에서: 다양한 참전담 자료를 한데 모았다. 육군 외에 해병대와 해군, 공군, 경찰, 치안대 등 다양한 형태로 전쟁을 체험한 사연들이 실려 있다.

3권 – 피난 또 하나의 전쟁: 피난에 얽힌 다양한 사연을 모았다. 북한에서 월남한 사연과 남한 내에서의 피난에 얽힌 사연, 피난 수용소에서 생활한 사연 등을 수록했다.

4권 – 이념과 생존 사이에서: 이념 문제로 갈등과 고난, 그리고 피해가 발생한 사연들을 모았다. 보통사람들이 좌우 이념의 틈바구니에서 어렵게 세월을 헤쳐온 사연들도 수록되어 있다.

5권 – 총칼 아래 가륵한 목숨: 전쟁의 와중에서 죄없이 억울한 죽음과 피해를 겪은 사연들을 모았다. 역사적으로 이름난 주요 사건 외에 일반적인 피해담도 포괄하였다.

6권 – 전쟁 속을 살아낸다는 일: 전쟁의 와중에서 보통사람들이 겪은 다양한 고난 체험을 펼쳐낸 이야기들을 모았다. 특히 여성들의 전쟁고난담이 주종을 이룬다.

7권 – 내가 겪은 특별한 전쟁: 남다른 위치 또는 특별한 직업을 바탕으로 한국전쟁을 특수하게 치른 사연을 전하는 이야기들을 한데 모았다.

8권 – 전쟁 속에 꽃핀 인간애: 전쟁의 와중에 인정을 저버리지 않고 서로를 돕거나 살린 사연 등 미담의 요소를 포함한 사연들을 수록했다.

9권 – 전쟁체험, 이런 사연도: 전쟁중에 겪은 놀랍고 기막힌 사연들을 담은 자료들을 모았다. 설화적 요소가 있는 이야기들도 이 권에 수록했다.

10권 – 우리에게 전쟁이 남긴 것: 한국전쟁 체험을 전하는 한편으로, 전쟁에 대한 분석과 논평을 적극 진술한 사연을 모았으며, 전쟁 후의 사연을 주요하게 구연한 자료들을 수록했다.

160명이 넘는 역사의 산 증인들이 펼쳐낸 생생한 한국전쟁 이야기들은 그간 공식적 역사를 통해 알려진 것과 다른 차원의 의미 있는 자료가 되어줄 것이다.

이 자료집을 통해 사실로서의 역사와 이야기로서의 역사 사이의 균형이 이루어질 수 있는 중요한 기반이 갖추어진 것으로 생각한다. 앞으로 역사적 경험에 대한 문학적 연구의 새로운 장이 열릴 수 있기를 기대한다. 그를 통해 역사적 삶의 총체적이고 균형있는 재구가 가능하게 될 것으로 믿는다. 아울러 이 책에 실린 수많은 사연은 소설이나 드라마, 다큐멘터리, 공연과 웹툰, 게임 등 문화예술 창작에도 좋은 소재가 되어 줄 수 있을 것이다.

이 책은 한국학중앙연구원 기초토대연구 지원 사업에 힘입어 진행되었다. 적시에 지원이 이루어져서 중요한 조사사업을 차질 없이 수행하게 된 것을 다행으로 여기며 연구지원에 대해 감사의 뜻을 밝힌다. 그 의미 깊은 사업을 실질적으로 맡아서 감당한 핵심 주역은 현지조사와 자료정리의 실무를 맡아 수고한 전임연구원과 연구보조원들이었다. 팀장을 맡아서 일련의 길고 힘든 작업을 훌륭히 감당해준 김경섭, 박경열, 박현숙, 오정미 박사와 김명수, 김명자, 김민수, 김정은, 김효실, 남경우, 박샘이, 박혜진, 유효철, 이부희, 이승민, 이원영, 조홍윤, 한상효, 황승업 연구원의 노고에 감사와 사랑의 마음을 전한다. 공동연구원으로서 현지조사와 연구작업을 적극 뒷받침해준 김귀옥, 김종군, 심우장 교수께도 깊이 감사드린다. 까다롭고 복잡한 출판 작업을 기꺼이 맡아서 좋은 책을 만들어주신 박이정 출판의 박찬익 사장님과 김려생님, 권이준님, 정봉선님을 비롯한 편집자들께도 이 자리를 빌려 감사의 뜻을 전한다.

이 책은 다른 누구보다도 이야기를 들려주신 제보자들에 의해 이루어진 것이다. 조사자들을 반갑게 맞이해 주시고 가슴속에 묻어두었던 이야기를 풀어내 주신 역사의 주인공들께 머리 숙여 감사드린다. 그분들의 분투와 고난을 잊지 않고 대한민국의 미래를 훌륭히 열어나가는 것이 우리의 몫일 것이다.

2017년 6월

저자를 대표하여 신 동 흔

차례

머리말

01. 소녀의 몸으로 가족을 부양하다 신점순 • 11
02. 천한 목숨이라 피난 가지 못하고 집에 홀로 남겨진 사연 이우명 • 35
03. 네 살 난 자식을 눈 속에 묻어야만 했던 사연 한용분 • 55
04. 남편은 전쟁터로 떠나고 홀로 가족을 지키다 이희순 외 • 79
05. 전쟁치하, 종손으로서의 운명 김용세 • 109
06. 반란군과 국군에게 시달려온 전쟁살이 오영선 외 • 129
07. 경찰 가족임을 숨기고 힘겹게 살아가다 임판례 • 163
08. 어른은 둘인데, 애는 셋인 이숙희 • 201
09. 잿더미가 된 마을과 집 황동임 • 219
10. 피난 중에 동생을 버리려고 하다 박인애 • 229
11. 여성들이 겪은 후방전쟁 박현자 외 • 235
12. 친정 오빠와 시아주버니로 인해 고초를 당하다 김민애 • 247
13. 소 판 돈을 빨갱이 돈으로 오해 받다 배복순 • 269
14. 미군 지나간 자리에 껌, 인민군 지나간 자리에 밀똥 박두성 • 279
15. 국군과 인민군 사이에서 살아남기 이복만 • 297

16. 지금도 기억하는 아군들의 여자짓 신경숙 • 325

17. 중공군과 함께 생활한 사연 조동하 • 337

18. 인민군, 국군, 미군에 대한 경험 박인순 외 • 365

19. 전쟁으로 남편을 잃고 홀로 아들을 키워내다 안미순 • 373

소녀의 몸으로 가족을 부양하다

신 점 순

"삼을 삼고 해갖고 삼베 질쌈해서 해서 입히고 아부지 할아부지, 집을 지어서는 삼서 동생을 둘을 키웠어"

자 료 명: 20130820신점순(무주)
조 사 일: 2013년 8월 20일
조사시간: 49분
구 연 자: 신점순(여 · 1936생)
조 사 자: 박현숙, 조홍윤, 황승업
조사장소: 전라남도 무주군 안성면 공정리 통한마을 (정자)

[조사과정 및 구연상황]

버스정류장에서 버스를 기다리고 있는 제보자에게 버스가 올 때까지 시간이 얼마나 남았는지 물었더니 한 시간 남짓 남았다고 하였다. 조사자는 제보자에게 조사취지를 설명하고 인터뷰에 응하겠는지 의견을 물었더니 선뜻 인터뷰에 동의를 해주었다. 조사자와 제보자는 버스정류장 앞에 있는 마을 정자로 자리를 옮겨 채록을 시작하였다. 제보자는 전쟁체험담 구연과정에서 시집살이담 구연까지 이어졌는데, 시집살이담 구연에서는 원망과 한탄의 감정을 많이 드러내었다.

[구연자 정보]

신점순 제보자는 1936년에 무주 마산리에서 태어났다. 제보자가 16살 되던 해에 모친이 젖먹이 동생을 남기고 일찍 세상을 떠났다. 그때부터 집안살림을 도맡아 했으며, 어린 동생들을 양육했다. 부친마저 없을 때는 어린 몸으로 두 동생을 챙겨 피난을 다니기도 하였다. 제보자는 시집가서 자신이 키운 동생이 보고 싶은데 보러 갈 수 없는 처지가 많이 한스러웠다고 말한다. 그만큼 친정식구들에 대한 애정이 남달랐다. 반면 시댁식구들에 대해서는 서운함과 원망이 많아서 결혼 이후의 구연 내용은 전쟁체험담보다 시집살이담의 구연 비중이 더 높다. 제보자는 전쟁보다 시집살이가 더 고되고 힘들었다고 말한다.

[이야기 개요]

신점순 제보자는 16살 때 어머니가 사망하여 갓난쟁이와 세 살 동생을 키우고, 할아버지, 아버지를 봉양하며 집안일을 책임졌다. 할아버지의 서당운영과 제보자의 길쌈으로 가족들이 목숨을 연명하였다. 비행기 폭격이 잦아지자 큰 마을 사람들이 제보자의 외딴집으로 폭격을 피해 몰려들어 피난민들과 일 년을 함께 살았다. 제보자의 아버지는 이장을 맡고 있었는데, 반란군들의 짐꾼으로 따라갔다가 돌아오지 못했다. 어린 몸으로 동생들을 데리고 피난을 떠났다가 돌아왔다. 반란군들이 집에 들이닥쳐서 식량을 갈취해 가는데, 사촌오빠가 선물로 준 좋은 담요까지 가져가려고 했다. 그때 제보자가 젖먹이 동생을 꼬집어 울려서 담요로 동생을 감싸 안아 달래어 담요를 지켰다. 또 한 번은 여성반란군들이 제보자를 보더니 어린 동생들 부양하는 모습을 안타

깝게 여겨서 함께 산에 가면 잘 먹여주고, 공부시켜주겠다고 권유했는데 이를 거절했다.

제보자가 시집을 갔을 때 남편이 경찰 파견대로 일을 하고 있었다. 시집을 가자 시집살이가 호되고, 동생들이 보고 싶어서 견딜 수가 없었다.

[주제어] 양육, 집안살림, 봉양, 서당, 길쌈, 반란군, 짐꾼, 피난, 담요, 기지, 결혼, 경찰파견대, 그리움, 시집살이

[1] 모친 사망으로 어린 나이에 육아를 책임지다

[조사자: 할머니 열여섯 살에 전쟁이 났어요?] 예. [조사자: 그때 할머니가 사시던 곳이 어디세요?] 무주, 저 마산. [조사자: 무주?] 무주 마산. [조사자: 마산이 어디 리예요?] 무주 마산리라고 하믄 그냥. [조사자: 무주 마산리?] 으. [조사자: 그때 전쟁이?] 거기서 열여섯 살 먹어서 어머니 돌아가시고. 어머니가 그때 돌아가셨어. 동생들 둘, 세살 먹은 거 놓고. 애기 재우 돌 지내놓고 그래놓고 돌아가셨으니 그걸 철부지가 어떡헐 거여 내가. 아무 거시기도 없지. 그 난리구덩이. 세상에 반란군이 들어오니께 어뜩해 해볼 수가 없잖아.

애기는 모두 노인들이 그 애기를 못살린다. [조사자: 왜?] 그때만 해도 주전부리가 없어갖고. 뭐 멕일 게 없어갖고 밥뱨인 없잖아. 밥뱨인 없응게 밥만 멕여갖고는 못 살린다 이거여. 젖 멕이든 애기라서 갑자기 엄마가 돌아가시니까. 그래갖고 엄마가 서른다섯에 돌아가셨는디 애기 그거 놓고.

그래놓고는 그 반란군이 갑자기 막 그냥 밤에 들어닥치는디 이제 문을, 옛날에는 그냥 종이로 발른 문인디 문을 담요로 갖다 가카놓고서는 살았다니까 반란군 땜이. 반란군이 막 빤한 집만 찾아 댕겨서 그때만 해도. 그래 빤한 집만 찾아 댕기싸니 어쩔 수가 없어갖고서는 문을 가카놓고 애기를 키웠어.

그래 애기 인저 옷 꼬매 입혀감선 애기 그거 키운다고 우리 할아부지가 서

당 글을 갈쳤는데 낮으로는 할아부지가 업고 가고. 내가 일을 해야되니까. 밤에로는 내가 델고 자고. 그래갖고 문을 가카놓고 밤이로 나가서 바가지를, 지금은 바가지가 나이롱 바가지지. 옛날에는 바가지를 박 농사를 지갖고 그 바가지를 맹글어갖고 맹글어갖고 솥에다가 밥을 눌궈갖고 그놈을 보드랍게 문질러갖고서는 밤, 초지녁에 한차례 묵어 새북에 나가서 한차례 멕이고 이라믄 날새드라고. 열여섯 살 묵은 것이 뭐를 알아. 제 밥도 못 찾아 먹지. 그때여 그때가. 그릏게 해서 인자 애기를 누른밥을 해서 멕이구. [조사자: 돌쟁이를?] 이. 그래두 토닥토닥 잘 크드라구 애기가 고뿔도 안허고. 고뿔도 안허고 그릏게 잘 커. 불쌍해죽겄어 지금 생각하믄.

[조사자: 눈물 나셔요 할머니.] (눈물을 흘리며) 그랑게 그 애가 살았으믄 지금꺼지 살았으믄 내가 눈물이 안 나는디, 이 누나는 살아있는디 동생이 죽었어. 오십 살이. [조사자: 아 다 커서?] 다 커갖고. 어츠게 잘 크드라고. 감기도 감기차례도 안 허고 잘 크드라구. 그래갖고 결혼해갖고 메누리 둘 봐놓구 죽었어. 오십 살에 그릏게 큰 아가.

[2] 조부는 서당을 열고 어린 소녀는 길쌈하여 먹고 살다

그래갖고 여 와서 시집이라고 옹게 하도 시어머니가 별나갖고 친정 한번을 못 가봤어. 십년 만에 친정에를 가니까 아부지가 깜짝 놀랴. 더도 못 산다고 했어. 시집와갖고 하도 할머니가 별나서. 그래도 이겨내고 내가 살자 허고 살고 그 그 부모동기간을 욕을 안 얻어 멕일라고. 내가 나가믄 부모동기간에 가서 욕 얻어먹고 자식 뭣같이 키워서 그릏다고 욕 얻어먹을까 싶어서 부모동기간을 욕을 안 얻어먹일라고 끝끝내 버티고 살았어. 그래고 이래 살아나 오는디.

[조사자: 할머니, 어머니는 갑자기 병으로 돌아가셨어요?] 우리 엄마? [조사자: 네.] 아파서, 그냥 무슨 충격 받을 일 있어갖고, 충격 받아갖고. [조사자: 아

어머니가 갑자기 충격 받으셔서?] 응. [조사자: 그럼 그 전부터 할머니가 어머니 병수발을 하신 건 아니구요?] 갑자기 돌아가셨어. 갑자기 그 말하자믄 가슴에 피라고 하믄 알랑가 모르겄어. 가슴에 피가 나갖고 갑자기 돌아가셨어. [조사자: 아 충격 받으셔서?] 어.

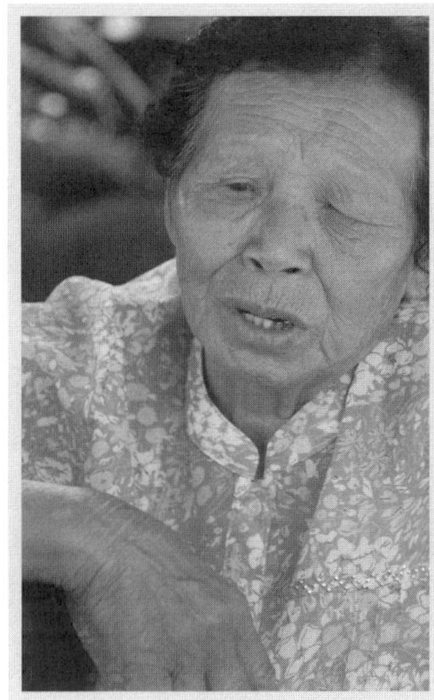

[조사자: 그때 할머니 누구누구 같이 살고 계셨어요?] 이 저 할아부지하고 아부지하고 동생 둘하고 나하고 다섯 식구여. 그래 사는데 반란군 바람이 그양 막 뭐. [조사자: 반란군은 그 전부터 마을에 내려오지 않았어요?] 내려왔지. 그 무렵에는 안 내려왔는데 그 담서부텀 막 내려 오드니, 우리가 왜냐믄 외딴집이가 살았어. [조사자: 외딴집에? 할머니 그 집 근처에 산 이름이 뭐예요?] 그냥 마산이여 거가. [조사자: 산이 마산이에요?] 으. 인자 그 말하자믄 여가 큰 동린디 좀 한 십메다 가야 돼 우리 집은.

그롷게 가갖고 거그서 왜냐믄, 우리 엄마가 애기를 나믄 죽고 나믄 죽고 세살 먹어서 걸어댕기믄 꼭 가드라고. 그래서 아들만 서이를 내뿌렀댜. 나 하나만 나놓고 첫애를. 첫애를 딸을 나놓고는 아들만 서이를 났는디 발바닥에 때 붙일만 하믄 가고가고 그래도 그냥 그른갑다 허고 살았는디 하도 그르니까 어디 가서 점을 하는디 외딴집에 가서 좀 외롭게 살아라 그 자식 키운다 그런다고, 긍게 밭을 사갖고 밭에 가서 인자 가까운 데다 집을 졌어요 쪼깨 떨어지게. 한 십 메다. 큰 동네서 십 메다 가야 돼야. 고롷게 가갖고 집을 지어서는 그래갖고 삼서 동생을 둘을 키웠어. 그랬는데 그것도 자꾸 약으로,

약으로 키웠어.

[조사자: 그러니까 할머니 동생들 키우시던 이야기를 구구절절 좀 다 해주세요.] 그래갖고 그 머슴아들을 그 세살 먹여놓고 하나는 돌 지내놓고 그릏게 돌아가시는디, 모두 못 키운다고 하는디 할머니들을 따라댕김서나 물레 갖고 대님서 미영을 잣고 전기, 저 삼 삿는 전깃다리를 갖고 댕기고 꽝아리하고 전깃다리하고 갖고 대님선 삼을 삼고. 이케 삼을 삼고 해갖고 삼베 질쌈해서 해서 입히고. 아부지 할아부지. [조사자: 아부지 할아부지?] 으. 그때는 그거 안 하믄 깨벗었어. 읎어 옷이. 그래도 깨 안 벗기고 잘 살릴라고 길쌈을 해갖고. 우리 엄마는 그른 것도 못 했어 또. 근디 나는 그걸 했거든 또. 엄마 살아나오는 게 너무 힘들게 살아나오드라고. 나는 저걸 어트게라도 배워야겄다, 이케 생각을 하고 배왔어. 그래서 그걸 어트게라도 배와갖고 노인 할무니들 따라대님서는 미영 잣고 삼 삼고 해가지구서는 기어 그걸 배와갖고 베도 짜고 이래갖고.

우리 할아부지가 수립이 날러왔어요. 옛날 한문을 배와 많이 배운 양반이라 수립이 날러왔어요. 그래갖고 그 동생을 거그다 인제 서당 글, 큰 동생은 서당 글 배우러 인자 방을 큰 걸 하나 얻어갖고 서당글을 갈쳐 아들을. 한 한 오십 명도 되고 서른 명도 되고. 그걸 갈쳤어 할아부지가. [조사자: 그래도 할아버지가 서당글 가르쳐가지고 돈이, 집에서 먹고 하신 거예요?] 어. 그래갖고 먹고 살았지. 그랑게 그때는 지금겉이 돈이 없고 보리쌀 보리 나믄 보리 한 말. 인제 나락 나믄 쌀 한말이여. 고롷게 밖이 안줘. 인제 앞앞에 한말 쓱 갖고 와. 그래가지구 그걸로 먹고 살았어. 그래서 험하게는 안 먹고 살았지. 그랑게. 그란디 여기는 옹게 아이고 팥잎만 삶아갖고 솥으로 하나 그냥 바가지로 이른 바가지로 한 바가지쓱 썰어놓고 쌀은 쨰깨 갖다 늫고 끓이믄 천상 기, 기들같어. [조사자: 시집 오니까 먹고 사는 게 더 힘들어요?] 그릏게 험하게는 안 살았어. 그란데 여기 옹께 그릏게 험하게 살드라고.

[3] 전쟁 통에 시집을 가다

[조사자: 아니 근데 밤에 반란군들이 오면 돌쟁이가 밤에 울고 이러면 어떻게 해요?] 그래 인제 밤에 반란군이 오므는 그냥 아무, 이케 외딴집을 찾아 대니잖아, 그 사람들은. 외딴집을 사람 없는 디를 찾아 대니거든. 그 외딴 디가 살으니까 농사짓고 쌀 지 놓으믄 옛날에는 고구마를 막 큰 퉁가리에 놓고 먹잖아. 고구마 와서 저 마루 밑에다가 노믄 다 가주가. 다. 다 가주가 그 고구마를 다. 그 많은 고구마를 다 가주가. 그래 그거 못다 가주 가믄 또 와. 그담에 와서 다 가주가. 꼬치장도 안 남고 쌀도 뭐 된장 꼬치장 그런 것도 안남아. 다 가주 가버려. 그래갖고 그 어느 골짜기 가서 사는 곳이 있드라고 나중에 알고 봉께. 그래갖고 그 아이고 그 얘기를 할라믄 내가 머리가 아파.

그래서 할아부지가 그냥 땅에다 노믄 그 뭐 흙 묻을까 싶어갖고 이룽게 키웠어 나를. 아들을 나믄 죽구 나믄 죽구 이래니까. 그룽게 키웠어. [조사자: 귀하게 키우셨구나?] 귀하게 키웠지. 그란디 여기를 옹게 그것도 아니드라고. [조사자: 할머니 시집 와가지고 고생하신 게 더 크구나.] 말도 못하게 컸지요. 여기서도 시집을 옹게 모도 못산다고 혀 동네사람들이. 그 집 귀신노릇을 못한다고 헐 때는 알아보지.

[조사자: 아니 근데 그른 데다 어떻게 시집을 보내셨어요?] 속아서. 속아서. 이모가 헌다고 해갖고 탈탈 믿고. 이모가 헌다고 하드라고. [조사자: 누가 중매를 섰는데요?] 우리 이모가 우리 친정엄마 사춘이모랴. 그래 그 엄마가 돌아가시고 나니까 외삼춘들이 딸깍딸깍 한 번씩 또 오시드라고. 외삼춘이 세 분인디. 그래 오시드니만은 살림두 야물게 한다고 엄마를 닮아갖고 살림을 야물게 한다고 하믄서는 어디 불쌍한 데로 여워줬으믄 좋겄다고 중매 좀 세우라고 하드랴. 그래가지구 그 양반한테 말을 한 것이 그룽게 됐어. 그래 이 집이를 오니께 여기는 고종사춘이랴 또. 그랑게 이 집이를 보고 한 거여.

그래 아이고 하도 사니 못사니 해갖고 오죽하믄 중신헌 할머니한테 가서 아시 그채 노라고 저녁마다 쫓아댕겼다니께. [조사자: 물리라고?] 아시 그채 노라고, 나는 못 살겄다고. [조사자: 시어머닌 힘들게 해도 영감님은 잘 해주시지 않으셨어요?] 그래서 영감님 덕이루 살았지. [조사자: 영감님 덕으로 사셨어?] 으. 그래 뭐라고 하믄 내가 암말도 안 한디.

[조사자: 그럼 할머니 시집오실 때 돌쟁이는 한 다섯 살 됐네요?] 그른 건 이제 아무것도 없지. [조사자: 그럼 누가 키워요 할머니 시집오시면. 시집오시면서 여자분이라곤 친정에 아무도 없잖아요.] 그 동생들은 이저 그래갖고 어짤 수가 없응게 아부지가 새엄마를 하나 얻었지. [조사자: 할머니 시집가시기 전에? 아니면?] 아니. 시집오고 나니께 그 이듬해, 옛날에는 농사를 지갖고 그 이듬해저 떡해갖고 보내드라고 친정에를. 그래갖고 가서 보니께 새엄마를 하나 얻어갖고 애기를 하나 났드라고 딸래미를. 그래 우리 아부지가 딸을 하나 있는 걸 하도 기구하게 여워서 딸 하나 나서 잘 여워가믄 좋겄다 그게 원이라서 딸을 났다. 난 것이 딸을 났댜. 새엄마를 얻어갖고. 그래갖고 거기서 아들 하나 딸 하나 났드라고. 그래 가니께 생전 친정에도 못 가고.

그라고나서는 긍게 친정에를 십 년 만이 한번 가봤어. 그래 아부지가 몰라보드랑게. 십 년 만에 강게 몰라봐. 얼매나 내가 고생을 했으믄. 그래 아부지 한번 왔다가라고 그랑게 내가 글안해도 시집살이허는데다 대고 부모가 들랑거리믄 시집살이 더 한다고 안 온댜 인자. 생전 안 오셔. 오시도 안허고 일찍 돌아가셨어.

[4] 반란군 짐꾼으로 따라간 부친

[조사자: 그름 할머니네는 그 외딴집에는 계속 사셨어요?] 이제 그만 나 시집오게 낭게 있던 집이고 뭐고 다 팔아갖고 저 부산에로 시집을 갔드라고. [조사자: 근데 피난을 가셨다면서요?] 피란은 나 클 때 피란을 갔지. [조사자: 피난 가신 얘기도 좀 해주세요.] 피란을 온다고 옹게 여기 안성으로 넘어왔지. [조사

자: 피난은 왜 가셨는데요?] 그 반란군 땜이. [조사자: 반란군들이 하도 내려와가지고?] 응. 그래 인제 피난을 모두 가라고해싸서 요 안성으로 넘어왔어 피난을. [조사자: 누가 피난을 가라 그래요?] 그때는 군인들이고 막 반란군이고 와서 밤에 지랄을 하지. 낮이로는 군인들이 와서 법성거리지. 소도 안 남고 돼지도 안 남고 반란군들이 와서 다 잡아먹고 가서. 그랑게 낮이로는 군인들이 법석거리는 거여. [조사자: 와서 어떻게 해요?] 지키는 거지 인자 그 사람들. 그 사람들 지키느라고 들어와 군인들이. 그래 지키고 있다가 뭐뭐 어트게 난리가 나서 어특하다봉게 뭐 평화 됐다고 난리대 또. 그래 우리 큰 동생을 평화 되든 해 났어. 지금 육십 아홉이여. 평화 되든 해 났어. 그래서 평석이라고 이름을 지었는데 다시 그 이름이 안 좋다고 해갖고 용십이라고 이름을 졌어. 그 평화되든 해 났응게. 그랑게 그 평화 되는 해 가 아 난 아가 지금 육십 아홉이여 육십 아홉. 그랑게 그 오래됐지.

[조사자: 그러면 군인들은 와서 여기 반란군들 안 왔었냐고 물어보고 그래요?] 그릏지. 와서 인자 그 사람들 지키고 인자 어디 오는가 지키고. 밤이로 들어오믄 총쌈하니 난리가 났지 뭐. 이 베랑 이것도 뜯고 나가고 난리 났었어. 우리 집은 외딴집이라 해갖고 외딴집이로 막 피란을 다 왔었어 큰 동네서. 하도 그 사람들하고 싸왔싸서. 싸우다봉게 총 맞은 사람이 많았어. 그때 난리, 죽기도 많이 죽었어 사람들이. 안 죽을라고 피난 나가다가.

[조사자: 안 죽을라고 피난 나가다가. 근데 할머니 집으로 피난을 왔다구요? 큰 마을 사람들이?] 왜냐믄 우리가 외딸게 살으니까 거기는 좀 막 싸우는 것이 좀 들할까 싶어서 온 거여. [조사자: 그럼 할머니 집에서 어떻게 지냈어요 피난민들이랑?] 그래 우리는 집이 들여다봉게 뭐 방이고 정지고 막 덕석 갖다 놓고 그냥 주저앉았었지 뭐. 비양기 난리가 나갖고 또 굴을 파놓고 들어앉았고 뭐. 아이고 그 난리 말도 못해 말도 못해.

[조사자: 그러니까 그 난리, 말도 못하는 난리를 이야기해주셔야 저희가 알지. 할머니만 아시니까. 그 얘기를 좀더 구체적으로 해주세요.] 그 비양기 난리 날

때는 뭔 지랄로 비양기조차 사람을 보믄 다 쏴 죽인다고 해갖고. 그래갖고 어디 덤불 밑에도 못 들어가고 산이로 올라가서, 산이로 올라가믄 그냥 어디 뻔한 디는 못 가잖아. 덤불 밑에가 숨었지. 산이로 올라갔어. 그 난리 한참 몇달 그러다가 또 가라앉드라고. 그래갖고 또 그 난리 나는 바람이 어특해서 또 참참 싸우다가 싸우다 난리다 난린디 어특해서 또 그것이 평화가 됐든가 어트게 됐든가 또. 난리가 두 번 났을 거야 아마. 두 번 나갖고 어트게 어트게 살다봉게로 인저 조용하다싶어서 그래. 비양기 난리도 가라앉고 사람난리도 가라앉고 해갖고 조용하니 조깨 살다가 왔지.

[조사자: 그럼 비행기 난리랑, 사람난리는 또 뭐예요? 그게 피난 온 사람들 얘기예요?] 사람난리는 인제 왜냐믄 반란군 떼가 지랄항게 반란군이 막 떼로 넘어와서 쌈을 하니까. [조사자: 얼마나 왔었어요? 할머니 집에 총 들고도 왔었어요?] 그란데 그때는 얼마나 어특해 나이가 어려갖고 어특해. 그 난리난 거만 알지 어특해 어특해 멫 달이 갔는지 일 년이 갔는가 그건 몰르겠어.

[조사자: 그니까 얼마나 왔는지보다 할머니 집에 와서 어뜩해 했는지가 궁금해요.] 우리 집에 와서 그냥 그 사람들 와서 곡슥 가즈가라고 뭐 곡슥만 다. 하이튼 저 그때사 지금 가만히 생각하믄 삼 년 농사진 놈은 홀딱 가즈 갔어 삼 년을. 그 이듬해 농사 지노믄 그 이듬해 홀딱 가즈 가고 또 그 이듬해 와서 농사 지노믄 홀딱 가즈 가고. 삼 년을 그라드라고. [조사자: 그러면 집에 와서 곡식을 달라고 말을 해요?] 말이 뭐여 즈그 멋대로 가주 가지. 그라믄 뭘라고 반란이라께. [조사자: 매일 와요?] 매일 안 오고 띠어서 어쩌다 한번씩. 못살지 그건. [조사자: 몇 명씩이나 오는데?] 한 메칠 띠어서 한 번쓱 오고. [조사자: 인원은 몇이나 와요?] 그거를 어특해 기억을 해?

[조사자: 할머니 그럼 그때 뭐하고 계셔요?] 그때는 인제 뭐 밤이로는 바느질하고 앉았고. [조사자: 아 그 사람들 그룹게 가즈 갈 때 할머니 바느질을 해?] 으 밤이로. [조사자: 밤에?] 밤이로는 인제 또 또 반지를 따듬이를 해갖고 이 빨아서 따듬이를 해갖고 할아부지 아부지 바지저고리를 꼬매 입히고 동상들

둘이 바지저고리 꼬매 입히고 그랬지. 지금겉이 빨아서 입는 것도 아니고. 옛날만 해도 참 그기.

[조사자: 아니 그런데 거기 가서 반란군들이 곡식 갖고 가고 그런데 안 무서웠어요?] 그거 무섭단 얘기는 얘기 내도 못하지. 참 엇다대고 그 얘기를 다 햐. [조사자: 그럼 모른 척 바느질만 하고 계셔?] 그래 인자 바느질하고 앉았으믄 느닷없이 문 열고 와서 그만 바깥이 나가도 못하게 햐. 즈근 바깥에 막 떼로 와갖고 다 다 바라 밑에서 다 쑤시고 가고. 바깥에 가믄 무슨 연락이 날까 싶어갖고.

우리 아부지가 이장을 봤어요. 이장을 봤는디 어느날 갑자기 아부지도 델꼬 갔드라고. [조사자: 아부지를 데리고 갔어 반란군들이?] 이. [조사자: 어디루?] 그놈들이 짐 지워갖고 인자. [조사자: 아 짐 지라고?] 이. 옛날에 많이 그랬어요 그거는. 그래 짐 지갖고 따라갔는디 그 마을 사람들 무주군래서 막 순경들 다 나오고 난리를 났어요 그때만 해도. 이장이 없응게. 그랑게로 이장이 없응게 그 읎다고 난리가 났는디 보름 만에 왔드라고. 열닷새만이. 집이를 오셨드라고. 모도 거기 가믄 못 온다고 했거든. 그놈들이 보내들 안 허지. 안보내서 붙들려간 사람 많았어요 그때는.

[조사자: 그래서 아버지 얘기 들으셨어요?] 그랑게 우리 아부지는 워냥 똑똑해갖고. 오죽허믄 큰동서를 데려가믄 변호사님 데려온다고 그랬어. 소문이. [조사자: 그럼 할머니, 산에 가셔갖고 어떻게 생활하셨는지 얘기 들으셨어요?] 산들어 가니께 글씨 막 소 잡아 놓고 돼지 잡아 놓고 즈그만 쳐먹지 옆에 있는 사람은 멕일 생각 안 하드랴. 그래갖고 그냥 새카만이 해갖고 왔드라고. [조사자: 그래갖고 아버지가 어떤 고생하셨는지?] 어떤 고생혀. 보나마나 보나 안 보나 빤한 거지. [조사자: 어떻게 도망쳐가지고 탈출해오셨대요?] 그래갖고는 신도 다 뱃겨갖고 맨발로 보냈드라니까. 신을 뺏아 즈이가 신고. 즈이는 신이 없으니까. 그래갖고는 이롷게 똑똑한 양반은 아까워서 죽일 수가 없다 안 보내믄 안 된다 이래갖고 보내야된다 해갖고 보냈댜.

"그래 가라, 신씨 아저씨 잘 가시라."고.

골백번도 절을 더 하믄서 보내드래요. 그룹게 잘 해서 보내드랴. 이룹게 똑똑한 양반 못 봤다고 하믄서. 뭐 말로해도 뭐 따라갈 사람이 없었어. [조사자: 자진해서 아버지를 보내주셨구나, 산에서.] 에 그룹게 똑똑해서 살아왔다 이거여. 바보겉었으믄 안 보낸대요. 그 동네 사람이 서이가 안 왔어요. [조사자: 그 짐 지우러 갔다가 다 못 오신 거예요?] 으.

[조사자: 그러면 할머니, 아버님이 산에 갔다 오셨는데 경찰들이 가만 놔둬요?] 아이고 난리 났었어. 그랑게 막 아부지가 오싱게 뭐 살아왔다고 막 그때는 지서장이고 뭐고 막 순경들이 다 왔었어. 난리 났었어. 울아부지가 굉장히 똑똑해서, 똑똑해갖고는 몰르는 사람이 없었어요. [조사자: 그러면 그 산사람들이 사는 데를 아버지한테 길을 알려달라고 안 해요 경찰들이?] 그거를 어디로 어디로 넘어가서 어디로 갔다가 왔다는 거 그거를, 그거는 모르지 또. [조사자: 경찰들이 그렇게 많이 왔었던 것만 기억나요?] 응. 갔다 오시고 인자 그 사람들이 와서 막 얘기만 한 것만 알지 그룹게 고생을 많이 했다, 수고하셨다 막 인제. 참 살아온 거만 해도 다행이다 이제 이른 얘기만 들었지.

[5] 어린 동생들 데리고 피난 다니다

[조사자: 그래서 피난은 언제 나가셨어요?] 피란은 그랑게 그 사람들 들락날락할 때. [조사자: 사람 난리 났을 때?] 응. 반란군이 들락날락할 때. 그래 안성으로 넘어옹게 안성도 꽉 차갖고. [조사자: 피난 나가시던 짐은 어떻게 싸가지고 나가셨고, 이런 거 죽 얘기 좀 해주세요.] 짐도 안 싸가지구 가구. 그냥 잠깐 집을 그래놓고 나강게 그 짐 싸도 못하고 그냥.

[조사자: 그럼 돌쟁이는 그때 몇 살이었어요?]

잠깐 그냥 요 안성이로 잠깐 좀 한 이틀저녁 자고 왔을 거야. [조사자: 아이틀 저녁. 어디로 가셨어?] 요 앞 안성 넘어와갖고. 안성 넘어와갖고 여 섬말이란 동네를 와갖고 자고 왔어. 여그는 그 눔들이, 그 눔들은 우리 군인들을 보고 개놈들이라고 햐 또. 개놈들. 즈그들은, 우리는 반란군 보고 개놈들이라고 그랬거든. 그른디 들어봉게 그 눔들도 개놈들이랴. 군인들 보고. 개놈들은 지가 개놈들인디. 도둑질해 쳐먹응게 개놈들 아녀. 그래놓고

"개놈들, 어디서 왔냐? 얼매나 있냐?"

"멫이 있냐? 뭐하냐?"

그거 다 묻드랑게. 빨갱이, 말하자믄 빨갱이라고 했잖아. 우리들은 빨갱이라고 했지. 그랑게 그라드라고 빨갱이들이. 더 큰 욕을 하고 지랄이야 친구가. [조사자: 자기들끼리?] 어. 그래갖고 와서 보니께 그 지랄해서 되로 또 집에 갔지.

[조사자: 그럼 그때 피난 나올 때, 애기 돌쟁이는 몇 살이었어요?] 그랑게 그 애기를 바로 그랬응게 그때 바로 그랬응게. [조사자: 그 돌쟁이를. 할머니가 업고 나오셨어?] 하난, 동생 하나는 업고 하나는 걸리고. 그래갖고, [조사자: 세 살짜리를 걸렸어?] 하― 세 살짜리를 걸렀지, 아모. [조사자: 그럼 어떻게 걸어?] 어특해 걸어야지. [조사자: 그러니까 그 걸어오시다가 있었던 일들도 좀 얘기해주세요.] 그랑게 그 둘을 업고, 그라믄 이 치매꼬리 이놈을 붙잡고 안 떨어질라고 해, 큰 아는 또. 걸어댕기도 안 헌 놈을. 하나를 업응게 저는 걸링게. 요것만 붙잡고 따라댕기지 인자.

그렁게로 오죽하믄 그기 여덟, 여덟 살에 시집 왔능가? 가 여덟 살 먹어서. 여덟 살 멕여놓고 이 안성으로 시집을 옹게 우리 엄마가, 왜냐믄 살림 잘한다고 동네서도 서로 데리 갈라고 난리쳤어요. 뭐 참 서로 데려 갈라고 했었어. 살림 잘한다고. 그때만 해도 군인 안가는 거 좋아하고 살림 잘하는 것만 쳤지. 그릉게 그릏게 쳐쌌드니 그 동상들 때문에. 중신애비는 자꼬 막 여우라고 들어오는디 동생들 땜에 시집을 못가잖아. 열일곱 살 먹응게, 막 중신애비가 들어 여우라고. 그라는디도 그 짓을 못했어. 동생들을 키우야지 어특햐. 내가 나가믄 동생이 엉망이잖아. 아부지하고 할아부지하고 밥을 누가 해 잡솨?

그래서 안 됭게로 막 동네서도 그릏게 하라고해싸도 안 된다는겨. 안되지. 동생들 둘 키우니라고.

[6] 반란군에게 담요 안 빼앗긴 기지

[조사자: 할머니 그런데 반란군들이 그렇게 삼 년치 농사를 다 가져갔는데 뭘 먹고 사셔요?] 그래 인자 쎄가 빠지게 농사져도 잘 먹든 못했지. [조사자: 혹시 어디다 숨겨놓고 그렇진 않았어요? 따루?] 따로 엇다가 숨겨놔. 땅속에 있는 것꺼지 다 뒤져가는디 귀신겉이 찾아갖고. [조사자: 어디다 숨겨논 걸 어떻게 찾아가요?] 땅에다가 옛날에는 이른 도람으꽝, 지름통이 도람으꽝겉은 게 있어. 그른 디다가 도가지다가 막 인제 쌀을 너갖고 또 땅을 파고 묻어놔도 귀신겉이 찾아 가드라고. 참 희한하게 찾아가고. 그 쌀을 다 내가고 없어. 난 자고 나서 날 새고 나가보믄.

[조사자: 할머니네는 곡식만 숨겼어요? 어떤 데는 옷도 숨기고 이러든데.] 옷을, 옷겉은 건 안 가주 가, 이런 디서. 그 사람들 옷은 뭐뭐 잘 입고 살지. [조사자: 할머니보다 잘 입고 살아 산에 사는 사람들이?] 잘 입고 살드라고. 그라고 우리들 옷은 가주 가서 못 입지 즈그는. 산에서 사는 놈들인디. 오죽하믄 나를 알응게 그걸 키우고 이래 바느질을 하는디 느닷없이 들어와가지고 그래갖고는 무던히 자는 아를 막 꼭 집어뜯었어. [조사자: 왜요?] 깨서 울으라고. [조사자: 아 애기를. 할머니가?] 그랑게로 아가 깜짝 놀라서 울 거 아녀. 이제 막

"울애기 놀랬는가벼 큰일났어. 울애기 놀랬는가벼."

이라믄서 아를 막 끌어안고 이제 그래 앉았응게로

"왜 아가씨가 애기를 키우냐, 엄마는 어디 가고?"

"울엄마는 돌아가시고 시방 내가 이래 키우야됭게 꼼짝도 못한다."

고 이랑게로 애 띠내뿌리고,

"동생이냐?"

동생이라 그랑게 띠내뿌리고 저를 따라가쟈. [조사자: 산에?] 으. 즈그 따라가믄 공부도 하고 편하다. 이룽게 꼬자분하게 살, 이거 꼬맨다고 이라고 앉아 있지 말랴. 즈그 따라가쟈 자꾸. 그러믄 가서 공부도 하고 그룽게 살기가 편하고 좋다고. 잘 묵고 편하고 좋다고 즈그 따라가쟈. 아를 자꾸 집어뜯었어, 손이로 이리 너갖고. 아를 자꾸 집어뜯어서 아가 울어야 되겄드라고. 그러자 아를 자꼬 울면 깜짝 놀래서 아를 보듬고.

그전에 우리 막내 삼춘이 작은아부지 작은아부지가 둘인데 막내삼춘이 군인을 가갖고 제대를 해갖고 그때는 오년 만에 군인을 갔다 왔어요. 오년 만에 군인을. 그란데 담요를 하나 갖고 왔드라고. 새파란 담요를 새담요를 하나 갖고 왔드라고. 인자 거그다 동생 둘을 이룽게 엎어놨는디, 그걸 자꾸 이룽게 깐질깐질 쥐뜯어자꼬. 가주갈라고 그걸. 그 산이 갖고 대니기 좋잖아 담요가. 고거 가주갈라고 자꼬 요놈을 요래 깐죽거리드라고. 또 아를 집어뜯어서 딱 덮어노믄 자꼬 포대기를 끄다 덮고

"아이고 울애기가 놀랬는갑다."고.

"암만해도 이 아저씨들이 와갖고 울애기들이 놀래서 큰일 났다."고.

얼른 빨리 가라고 막.

"빨리 가라. 울애기들 놀래서 큰일 났다. 병원에 가야겠다."고.

이랑게로

"병원에 못 간다. 지금 나가믄 큰일 난다. 나가지 말랴."

그라믄서 고거를 자꾸 욕심을 부리는 거여 또. 그라믄 자꼬 아이고 울애기 덮어주야 된다고 끄댕기고 끄댕기고 이래갖고는. 뺏기게 생겼드라고. 아를 업었어 막. 그래갖고 막 그놈을 딜딜딜 말아갖고 없었어. [조사자: 담요로?] 담요로. 그래서 안 뺏겼지 뺏기게 생겼드랑게. [조사자: 담요는 지키셨네 할머니가.]

그래갖고 한다는 말이 그 그날 노인들한테 애기를 하는데

"참 너는 산 넘어에다 갖다놔서 살기다. 산 넘어다 갖다놔서 살기다. 어짜믄 이롷게 똑소리가 나게 살림도 잘하고 고롷게 야무졌냐?"

이래. 여그 와서 살다봉게로 그만마 기가 죽어갖고 바보가 되부리드라고. [조사자: 아니 그럼 할머니가 그 산에 가자구 그릏게 딱 한번만 얘기해요? 반란군들이 와서?] 그때 딱 한번 여자분이 둘이가 왔드라고. [조사자: 여자 왔어?] 여자가 왔응게 가자고 허지. [조사자: 여자들이 가자 그래?] 여자가 와갖고 악수하자고 손을 내밀드라고. 나두 여자라고 함서 손을 내밀믄서 악수를 하자고. 딱 붙잡는디 요기를 붙잡는디 하도 손을 내밀고 하자고 항게 어짤 수 없이 했어. 여리 따끔따끔했는디 여가 못이 백혔드라고. [조사자: 손에?] 암 손이. 총을 많이 쏴서. 그래 대번에 알겠드라고. 총을 많이 쏴서 그런갑다 싶었어.

[조사자: 그럼 복장은 남자들이랑 똑같이 입고 와요?] 똑같이 입고 왔지 아모. 그 군인 옷을 똑같이 입고 왔지. [조사자: 군인 옷을 입어?] 시퍼러니 뭐 옷은 군인이나 똑같어. 옷 입고 오는 거는. 그러니 이른 사람 옷은 안 갖고 가고 담요 고거만 욕심을 부리드라구. 그래갖고는 그 담요 욕심을 부려싸서 가만히 눈치를 이롷게 보니께 하도 그거 욕심을 부려서 이랬다는 내가 뺏길까싶어서 아를 울려갖고 그놈을 업음서 막 딜딜 말아 업었당게. 담요를 갖고. 그래서 그거 안 뺏겼어 그거는. 그래서 거기서 자고나서 나가서 봉게 곡식은 다 퍼가고 없어.

[7] 가족들에게는 귀한 존재

그래갖고 이제 가고 난 뒤에사 신고를 했지. 가고 난 뒤사. [조사자: 어디다 신고를 해?] 그때는 인자 면에다가 신고를 했지. [조사자: 신고하는 방법은 어떻게 하는 거예요?] 사람이로 연락을 해야지. 지금겉이 라, 뭐 라디오백이 없었잖아. 라디오백이 없고 아무껏도 없응게 사람이로 갖고 연락을 했지. [조사

자: 그럼 할머니가 거기 면에까지 가셔야 돼요?] 안가고 인제 우리 아부지가 인제 이장질 하다보니까 이제 자꼬 연락을 또 이장한테 하고 또 이장한테 하고 자꼬 연락을 했는갑드라고. 그래 와서 얘기를 다 하드라고. 그대로 얘기를 해줬지 뭐. [조사자: 경찰들이 와서?] 옛날에는 이장헌 사람들 다 죽이고 경찰헌 사람도 다 죽이고 면서기 본 사람은 다 죽이고. 똑똑한 놈은 다 죽있어. [조사자: 그런데 아버님이?] 그란데 울아부지는 참 명이 질다고 해. 명이 질었다고 해쌌드라고. 그라고 인제 막 그 무주군내에서 전부 다 오셔갖고는 참 아저씨는 달르기는 달르다고 함선. [조사자: 그럼 반란군들도 아버님이 이장인 건 아셨어요?] 알았응게 델꼬 갔지 알았응게. 대번에

"이장님, 이장님."

그라드란디. 그래 뭘 물으냐닝게 뭘 있등가봐 그랑게. 나는 몰르는데 뭣이 있등가봐.

[조사자: 할머니 담요 얘기 재밌는데 그런 거 또 기억나는 거 없으세요?] 이제 그래갖고 그냥 아들만 아 고것만 키운다고 길쌈해감선 고것만 키우고 밤이로, 낮이로는 할아부지가 델꼬 가고. 서당글 갈치고. [조사자: 그럼 피난을 나올 때는 얼마나 걸어서 나오신 거예요?] 안성을 넘어오장게 많이 걸어왔지. [조사자: 그 세 살짜리 어떻게 그렇게 걸어요?] 그래도 그때만 해도 차가 있으믄 있어 암 것도 없응게 그냥 걸은 길에 걸었지. [조사자: 울지도 않고 그냥 따라와요?] 따라, 따라와요.

그랑게 오죽하믄 내가 시집을 거그서 재를 넘어서 가매를 타고 오는디 안성재꺼지 그 동생이 따라왔드랑게. [조사자: 아 시집올 때?]

"누나 따라간다."고.

"누나 어디 가냐?"고.

"나도 누나 따라간다."고.

할아부지가 뒤따라, 상각을 따라오시는데. 이 말하자믄 따라오는 분은 요각이여, 요각이라고 햐. 이 아들집이서 가는 상각이고 딸집이서 가는 것은

요각이라고 햐. 그래서 참 할아부지가, 아부지가 있는데도 할아부지가 따라 왔어.

할아부지가 키웠어 나를. 참 조손이 없는 걸로 키우다가 저걸 여우고 어트게 살을까 싶어서 그냥 끝끝내라도 델꼬 살았으믄 좋겄다고. 안 여우고. 그란디 하도 중신애비가 들어싼게 못 이겨서 여운 거여. 그랑게 오죽하믄 우리 할아부지가 저거 여워놓고 어트게 살까. 술만 먹으믄 눈물이 자기도 모르게 나오드라고. 딴사람들한테 그랴. 나는 안 그라는디 나한테는 안 그란데 딴 사람한테는.

[8] 남편은 경찰파견대

[조사자: 할머니 집에 큰 마을 사람들이 몇이나, 얼마나 와서 같이 지내신 거예요?] 그런 거 어트게 다 그걸 기억할 수가 있어? [조사자: 집에 까득 다 차는 거예요 그냥?] 아부지가 갔다오믄 그룹게 사람들이 많이 오고 또 막 인제 피난 온다고 그룹게 많이 오고. [조사자: 그럼 먹는 거는 어떻게?] 아 이제 잠깐 한 끼니는 굶고, 이자 해만 넘어가믄 가지. [조사자: 아 잠깐 쉬었다가?] 으. 해만 넘어가믄 가 밤이로는. 그 반란군 피핼라고.

그때는 비양기도 피해야 되고 반란군도 피해야 되고 우리 군인들은 안 그라잖아. 산이 있는 눔만 그랬어. 산이 있는 눔이 젤로 무서웠잖아 그때는. 그랑게 총을 막 서로 그냥 놓다보니까 막 이른 옛날 집은 짚으로 해갖고 초가 짚이로 그것만 삐육삐육해갖고 나가믄 막 불이 나고 불이 붙어갖고. 이런 디로 여그 옛날에 오니께 다 타고 없드라고. 나 여그 시집옹게. 여기도 반란군 떼로 살았어. 집이 다 타고 없었어. 그래갖고 다 새로 진 거여 그때. [조사자: 할머니 그러면 시집와서는 반란군들이 안내려왔어요?] 그때는 없었지. 거그서도 한참 그라다가 뭐 말아뿌렀지. 나 클 때만 그러다가. 한 열여섯 살 먹어서 그래갖고 일고, 한 열일곱 살꺼지 그랬는가봐. 그러다가 말았지.

[조사자: 할머니 그럼 십 년 만에 친정에 갔더니 동생들이 할머니를 알아봐요? 시집가서 친정 갔드니?] 이제 젊은 놈잉게 아들은 알아보는데 아부지가 몰라보드랑게. 젊은 놈들은 알지. [조사자: 막내도?] 말하자믄 시집을 와갖고 그 아들을, 큰딸 작은딸 딸이 둘이거든 지금. 그래갖고 아들. 이자 첨 와서는 아들 하나 낳고 또 딸 둘 낳고 고밑으로 아들이 다섯인디, 셋째아들을 나갖고 아들로 해서는 셋째아들을 나갖고. 딸 둘, 아니 딸 둘에다가 큰아들, 넷째아들 나갖고 가니께 넷째아들 나갖고 가니께 몰라보드라고. [조사자: 몰라봐?] 으. 그 아를 너이를 나갖고 가니 모르지.

[조사자: 그러면 할머니 시집와가지고 영감님은 그때는 군대는 안가셨었어요?] 그때는 우리 영감은 저 옛날이 파근, 동리 파건대로 경찰 파건대로. 그롷게 하믄 알겄소? [조사자: 에, 그 뭐야?] 옛날 동네서 파건대로 많이 들어갔어, 경찰 파건대로. 그거 하드라고. [조사자: 시집와서 보니까?] 으, 나 스물에 시집오니까 우리 신랑은 일곱 살, 저 아니 저 스물둘에 결혼했거든. 우리 시어머니는 마흔 둘이고. 그르니 동시, 동시끼리라고 하지 누구든가. 시어머니라고 안 하지. 그래 둘이 손잡고 앉았으믄 이집은 동시끼리 재밌게 손잡고 앉아 있다고, 재밌게 앉았다고 그러드라고. 일찍 봤어 메누리도.

[조사자: 그러면 영감님은 그 이제 반란군들 잡으러 많이 다니셨겠네요?] 그때 한참 그 난리를 꾸미다가 인제 동리서 막 파근대로 들어갔는갑드라고. 동리 파근대로 인제 그 사람들 있는 데가 있잖아 또. 그러니까 동네 파근대로 그롷게 있다가 한 삼년인가 하고 나왔다고.

[9] 결혼 후 동생에 대한 그리움

[조사자: 그 시댁에서는 한참 전쟁 때 어떤 일을 겪으셨는지 못 들으셨어요?] 그래 와갖고 막 시집 혼자 와갖고는 막 사니 못사니 참말 하도 시어머니 시아버지가 별나갖고. [조사자: 두 분 다 힘드셨구나, 할머니는. 그럼 할머니 전쟁이

더 힘드셨어요, 시집살이가 더 힘드셨어요?] 전장보단 시집살이가 힘들었지. [조사자: 시집살이가 훨씬 더 힘드셨구나.] 그럼. 전장은 그거 그냥 쪼깨 그러다 말았는디 이 시집살이는 스물에 와갖고. 우리 마흔 둘인가 애를 났네. 근디, [조사자: 시어머니 시집올 때 나이네.] 그래갖고 시어머니가 나 마흔 둘인가 마흔 둘인가 서인가 됭게로, 마흔 둘 서이, 마흔 둘에 애를 났는디. 한 일고 여덟, 마흔 한 일고 여덟 먹어서 그랬는가벼. 시어머니가 그만 앞을 못보고 왔드라고. [조사자: 앞을 못 보신다구요?] 앞을 못 봤어. 처음에는 시아버지는 삼년을 풍이로 들어앉드라고. [조사자: 뭐를 앉어?] 풍이로. [조사자: 아 풍이 오셨어 또?] 으. 풍이로 들어앉으니까 어트게 뭐 걸어댕기도 못하고 방이로 들어앉아서 그냥 오줌도 그냥 옷이다 그냥 눠가지고 싸고. 그 수바라지 하느라고 애먹었네.

[조사자: 나중에 할머니 시집살이 얘기 들어야겠네. 전쟁보다 더 힘들었던 게 시집살이면 뭐 할 얘기 훨씬 많지. 그쵸?] 하이고 그라드니, 그래서 동생들이 첨에 시집와갖고 동생들이 보고 싶어갖고 그거 내가 키운 거라서 보고 싶잖아. 몇 달을 못가니까.

"아이고 어머니 동생들이 보고 싶어서 한번 갔다 왔으믄 좋겄소 좀 보내주셔요"

안 보내줘. 안 보내줘. [조사자: 뭐라고 하면서 안 보내줘요?]

"바쁜데 어디 가냐!"고.

[조사자: 아 바쁜데 어디 가냐고?] 안 보내줘. 그래갖고 그거 한번 보고 싶어서 아들 퉁닥거리고 댕기는가 뚜닥거리고 댕기는가 이게 궁금해갖고 그게 보고 싶어서 보내달래도 안보내주드라고. 그냥 안보내주고 말아. 끝끝내. 자식을 낳드락 안 보내주구 말드라고. 그릏게 힘들게 살았다고.

[조사자: 그르게 할머니 전쟁 통에 되게 고생하셨네. 그 돌쟁이를 다 키우시고. 그 어린 나이에.] 오죽하믄 그 머시마들이 어떻게 사는가 싶어갖고 그게 보고 싶었지. 낭중에는 명절이 돌아와. 설 명절이 돌아오잖아. 설 명절이 돌아왔

는디 처갓집에 간다고 가는디 혼자만 보내 나는 안보내주고. [조사자: 아들은 보내고 정작 며느리는 안 보내요?] 그래 인제 그래 보내주니까, 그 아들은 보내주고 나니까. 하도 내가 보고 싶어서 동생들 델꼬 오라고 그릉게 작은 동생을 하나 델꼬 왔드라고.

델꼬 와갖고 보니께, 그때는 참 끼니거리도 못 먹고 살았어. 얄랑구 먹고 사는디 왔는디 아침에도 죽, 밤이고 낮이고 하루 세끼니 죽있어. 죽을 끓어 먹고 살았어. 그래 그릏게 사는 데 대고 동생을 델꼬 왔는디 죽을 끓여 중게 그 마음이 얼마나 아프냐고 내가. 그 마음이 아프드라고. 그래서 뭣도 몰르고 죽을 끓여 준고. 밥을, 날 새고 나고 아직에 죽을 끓여 줬드만은 나한티 하는 말이, 나도 생각도 못하고 그거 잊어부렸는디.

"누나 오늘 아침이 내 생일이야?"

그 죽을 믹이고 낭게 그 소리를 해. 얼마나 울었는지 몰라. [조사자: 마음이 엄청 아프셨겠다.] (눈물을 흘리며) 부모가 없응게. [조사자: 자식이죠 뭐, 할머니한테는.] 부모가 없응게 이릏게 생겼는갑다, 됐는갑다 싶어서.

그나저나 뭐라고 하드냐믄 할매가 또 그러드랴.

"쟈 오늘 안 갈란가?"

또 그라드라네. 그거 또 별로 안 듣고 그 소리 들었든가봐 엿들었든가봐. 그런다고 그날 또 가뿌리잖아. 하루 쉬고는. 그래 죽을 끓여 멕여서 보낸 것도 껄쩍지근허고 재우 하룻밤 자고 가는 것도 껄쩍지근허고. 그냥 메칠 또 막 눈물로 그냥 쏟아지 뭐.

[10] 고단한 시집살이

그란디 뭐 아는 사람은 귀신같이 알드라네. 어디를 가니께 우리 시어머니가, 우리 시어머니가 나 선을 보고 했는디오니까 뭐 참 선달열흘 잘하다가 뭐 변한다드니 잘 하드라고. 그라드니 갑작스레 자꾸 시나브로 미워하드라고. 미워해갖고 바로 안 바라봤시요. 이케 사람 한번 보믄 바로 안 바라봤어. 그래갖고는 바로 안 바라봐서 하도, 모도 저 집 저래갖고 못산다고 했어. 모두 못산다고 했어 나 그 집이.

그래도 부모동기간 욕 안 얻어먹일라고 나 버티고 살았어. 나가믄 나가봤자 어디로 갈 거여. [조사자: 여지껏 사시고.] 나가봤자 어디로 가고. 남으 집으로 가봐야 그거 뭐 첩살이로 갈 거여? 자식 난 디로 가므는 뭔 좋은 소리 나오겄어. 이런 거 저런 거 다 봐서 열 가지는 따지고는 안 나갔지. [조사자: 고생 많으셨어요, 할머니.] 오만 욕을 다 얻어 먹음선도 그래도 그냥 그릏게 살았어요.

그릏게 살다봉게 인제 쪼깨 먹을만항게 시아버지가 또 풍이로 들어앉아 삼년 만에 돌아가시드라고. 쪼깨 살만항게 또 시어머니는 앞을 못 봐갖고 오년 만에 돌아가시고. [조사자: 그럼 친정아부지는?] 친정아부지는 친정, 딸네 집이라고 와보도 못하고. [조사자: 그래도 건강하게 사시다가 돌아가셨어요?] 예 우리 아부지는 오래 살았어요. 새사람 얻어갖고 오래 살았어. [조사자: 그르게 산에도 갔다 오신 분이.] 새사람 얻어갖고. 그래갖고

"딸 보고 싶다."

소리도 많이 듣고.

우리 할아부지는 또

"우리 손녀딸 좀 얼굴 한번 봤으믄 좋겄다."

소리도 많이 듣구 이래두 못 가봤어. 할아부지가 오죽하믄 죽을 때 눈을 못 감고 죽었대요. [조사자: 할머니 진짜 소설 쓰고도 남을 만한 사연이네.] 할아부지가 어츠게 손녀딸을 보고 싶었으믄 눈을 못 감는다고 빨리 오라고 연락이 가갖고서나 갔는데 참 눈을 뚝 뜨고서나, 바라봉게 눈을 이릏게 뚝 뜨고 있는디 죽었다고 그랴.

"아이고- 할아부지 안 돌아가셨구만."

이랑게. 고모가 딱 하나요.

"아이고 아야 니가 보고 싶어서 시방 눈을 못 감고 그라고 있다. 니가 뭐라고 말을 해봐라."

이라드라고.

"할아부지 저 왔어요. 할아부지, 할아부지 저 왔어요. 저 좀 바라봐요."

그랑게로 고만 시 번인가 눈을 딱 깜아부렀드라고.

"그래 니가 얼마나 보고 싶었으믄 할아부지가 눈을 못 감고 그냥 갈 뻔했다."

그룹게 얘기를 하드라고.

그라드니 아부지도 아부지도 또 갑자기 아프다개서 가닝게 눈을 못 감고 눈을 이룹게 뚝 뜨고 드러눴드라고. 강게. 그래 가갖고 아부지, 하도 아부지한테는 할아부지한테는 죽겄다고 그러고 울고. 아부지한테는 가서 왜 나를 이케 여웠냐고. 나를 잘 여웠으믄 이룹게 이룹게 안 할 거 아니냐고. 잘 여워준다고 그룹게 가려쌌드니 그 잘난 데다 여울라고 나를 디려다놓고 보고 싶은 얼굴을 한번 못보고 돌아가셨냐고. 막 가서 그래 울어댕게로 울믄서는 얼굴을 씨다듬응게 깜드랑게.

그 피란, 옛날 피란보담도 나는 그룹게 살아나와갖고. 그 살은 고생이 그라니 모도 동리서도 고생한 바람이로 오래오래 건강하게 살다 돌아가시고 일 좀 하지 말라고 해도 열여섯 살 먹어서 일 배워 와서 여지껏 평생에 일을 못놔 손이. 그래 인제 손이 다 돌아갔어 지금. [조사자: 그러네요. 이게 다 와서 일 고생 많이 하셔서 이러시구나.] 손이 이룹게 다 돌아갔어. 그래갖고 손이 다 돌아가갖고 요 손은 쪼깨 덜 한디 요 손은 다 돌아갔어. 그래 인제 아무것도 해논 것도 없고 칠남매 나갖고 다 여워서 잘 사는데, 아들 딸을 칠남매 나갖고. [조사자: 고생 많으셨어요, 할머니.] 그래 잘 살고 있어 아들 딸은.

천한 목숨이라 피난 가지 못하고 집에 홀로 남겨진 사연

이 우 명

"어른들은 피난 다 가고. 내 혼자 있는데 밤에 인민군들이 방문을 열고 총으로 싸 죽인대. 아유 몰러유 자다 보니가 다 식구가 없어요."

자 료 명: 20130711이우명(단양)
조 사 일: 2013년 7월 11일
조사시간: 53분
구 연 자: 이우명(여 · 1938년생)
조 사 자: 박경열, 유효철, 김명자
조사장소: 충청북도 단양군 단양읍 별곡3리 미소지음아파트 경로당 앞

[조사과정 및 구연상황]

김우희 화자를 조사하고 있었는데 이우명 화자가 지나가다 궁금해 했다. 취지를 설명하자 응하였고 바로 조사를 진행하였다. 조사할 곳이 마땅하지 않아 경로당 앞 통로이면서 그늘이 지는 공간을 확보하였다. 사람들이 드나드는 통로였지만 경로당에 어르신들이 나오지 않는 날이었기에 실제 많은 사

람이 드나들지는 않았다. 조사 장소가 야외여서 소음이 발생하였다. 이우명 화자가 또렷하게 자신의 목소리를 내는 화자여서 소음이 크게 문제되지는 않았다. 김우희 화자가 함께 이야기를 경청하였고 지나가던 할머니 한 분이 합류하셨다.

[구연자 정보]

고향은 충청북도 제천이다. 가족은 2남 2녀로 4남매이다. 9살에 친정어머니가 돌아가신다. 1938년생으로 전쟁 당시 나이 13세였다. 전쟁이 끝난 후 미용기술을 배워 장사를 하였는데 20세에 단양으로 시집을 가면서 그만 둔다. 부잣집이라고 생각하여 결혼하였는데 남편은 백수였다. 자식은 4남매로 2남 2녀를 두었다.

[이야기 개요]

당시 나이 13세였다. 전쟁이 나자 주변사람들은 피난을 가는데 화자는 어리므로 큰 문제가 없을 거라며 집에 홀로 남겨진다. 나머지 가족들은 집에서 가까운 곳집(상여가 있는 행상)에 숨는다. 화자가 밥이나 먹을 것을 몰래 가져갈 때에는 서로 정한 암호로 신호를 하고 음식을 건네준다. 겨울 피난 때는 인민군들이 먹을 것을 해 달라는 요구에 시달림을 당하나 꾸준히 식구들에게 먹을 것을 해다 나른다. 미군들이 들어오자 쨈을 달라며 쫓아다니곤 한다. 인민군들이 올케에게 가족들의 행방을 물었는데 대답하지 않자 총구로 올케를 심하게 구타한다.

전쟁이 끝나자 미용실 기술을 배워 견습생으로 일한다. 아버지가 처음에는 기술을 배우는 것이 여자로서 도리가 아니라 하여 심하게 반대한다. 종종 사촌 올케를 불러 파마를 해 주면 큰아버지는 여자가 머리를 잘랐다며 살림살이를 집어 던지고 올케가 집에서 쫓겨나는 일이 발생한다. 주변에서 딸이 흉한 일을 한다고 흉을 보아도 화자는 계속해서 주위 사람들의 머리를 해 준다.

아버지는 못마땅해 하셨지만 장날에 아버지가 미용실에 오시면 비료값으로 돈을 드리면 크게 꾸중하지 않고 좋아하셨다.

[주제어] 피난, 딸, 곳집, 암호, 인민군, 미군, 쨈, 기술, 총구, 미용 기술

[1] 가족들이 피난 가고 홀로 남겨지다

[조사자: 아주머니 고향은 어디세요?] 나는 고향이 충북 제천 봉양읍 원방리. [조사자: 아주머니 성함은 어떻게 되세요?] 이우명, 밝을 명자. [조사자: 몇 년생이세요?] 삼팔 년생. [조사자: 친정가족은?] 친정가족은 오빠가 둘이고 언니가 하나고 나하고 4남매였었는데 큰 오빠는 옛날에 지금으로 말하믄 저 만주, 중국, 글루 유학을 갔고 장개 가서 식구까지 다 유학을 데려갔는데 맥혀서 못 나왔고 작은 오빠는 제천군 봉양 지서에 그때 지서장으로 있었다고. [조사자: 친정가족이 4남매네요. 몇째?] 내가 막내였지. [조사자: 자제분은 몇 두셨어요?] 내가? 아들 둘 딸 둘.

[조사자: 그러면 전쟁이 났을 때는 어디 계셨어요?] 나는 전쟁 났을 때는 제천 봉양 원방리라는데 살았는데, 거기 살었는데, 학교를 갔다 오니까, 3학년이야 그때. 책보를 매고 오니까 방에다 보따리 보따리 싸놨어. 그러고 우리 어머니가 울어. 이런 보따리 져서 저 어린 거를 데리고 어디를 가야 되느냐고. 그래서

"왜 그래 엄마?"

그래니까 난리가 나서 한 데를 나가면 총으로 쏴서 죽이니 꼼짝도 말고 여기 가만히 앉았으래. 그래가지고 그전에 문을 종이를 발른 거 썼다고, 지금맹이로 유리가 아니구. 침을 발라가지고 문 구녕을 뚫고서 보니까 보따리 메고 산으로 막 올라가, 피난 간다고. 그럼 우리도 저 산을 따라 가자니까, 우리 엄마가 허는 소리가 죽어도 앉어서 죽지 왜 그렇게 걸어 댕기며 고생하고 죽

느냐고 안 간다네. 그래가지구 서는 인제 할 수 없이, 냉중에는 안 갈 도리가 없어서 갔잖어. 그러니까 어른들만 다 가고 거긴 내 혼자 남겨뒀어. [조사자: 아!]

어른들은 피난 다 가고. 내 혼자 있는데 밤에 자다 보면 말소리가 철거덕 철거덕 말 들오는 소리가 나고 허총이 막 총소리가 나. 문을 발쫌히 열어보믄 인민군들이 누런 옷에 말을 갖다 마당에다 쭉 매 놓고 방문을 열고 총으로 싸 죽인대. 바로 말하면 너 종간나 지집아 총으로 싸 죽인대. 아유 몰러유 자다 보니가 다 식구가 없어요. 내가

"아저씨 난 몰라요 몰라요."

이랬어. 지집아 내일까지 알아 놓으래. 내일 와서 저기 한다고. 그런다고 보냈어. 보내고 냉중에는 가만히 보니까 곳집에, 행상 놓는 집에. 피난을 가 있는데. 내가 쪼만한 게 밥을 해가지고 보리밥이지. 지금만이 쌀이나 있나. 보리밥을 해가지고 주먹밥을 해 걸러 매고서는 간다 인제. 누가

"너 어디 가니?"

이라면,

"밤 줏으러 가요."

이래고. 그래가지구 곳집에 가서 세 번 두드리면 나와. 그럼 그 밥을 줘. 그럼 또 먹고. 그래 그 이튿날 또 그래. 그래가지고 냉중에는 어디로 피난을 갔냐면, 여기서 충주, 청주, 음성, 괴산 또 저기 뭐여 증평 또 저기 보은 이런

디를 갔다구. 피난을 가 가지구서는 있다가 오니까, 후퇴했다고 그래서 오니까, 지끔은 주민등록이지먼 그때는 독립증, 독립증 내놓래. 그래 우리 아버지가 왜 그러냐니까, 피난민들이, 충북 사람인가, 아니면 전라도 방면에 있는 사람들인가. 전라도 사람들이 피난을 와가지고 애기가 죽어도 김칫독에다 끌어 묶고 가고 김칫독에다 똥 눠놓고 가고 그랬대.

그래가지고 동네 사람들이 몽댕이를 하나씩 들고 와가지고 전라도 사람들한테 막 해. 독립증 보자고 해서 독립증을 보니까 제천이거든 고향이, 가라고. 들어가는 데, 빈 집에 들어가는 게 내 집여. 쌀 있는 거 그냥 막 퍼서 해먹고 김치고 뭐 해먹고. 거기서 자고. 생전 보지도 못하든 사람들하고 한방 가득 자지 뭐. 아이고 그렇게 피란을 갔다 오니까 우리 집에도 역시 피난민들이 몇 명이 이 방 저 방 자는데 쌀이 한 개도 없대. 다 퍼먹고. 우린 당장 어떡헐거야. 보리가 덜 익은걸 그 놈을 비다가 기계로 훑어 가지고 솥에다 볶아 보리를. 볶아가지고 그전에 기계가 있어, 절구지. 아예 껍데기 뻿겨내고 헌 거, 엉크런 거 그걸 삶어 가지고 감자하고 먹는다고 먹고 이랬지.

그래가지고 얼마 있다가 보니까 또 겨울 피란도 가라고 해가지고 겨울 피란 갔다고. 그래가지고 우리도 아주 숱헌 고생했어. 지방 빨갱이가 다 일러. 그 사람네들이 경찰 어데 있는 줄 어떻게 알어? 모르잖아. 지방에 있는 놈들이 빨갱이들이 저 집은 뭔 경찰 집이고 아들이 해먹고 이렇다고 다 일른다고. 그래서 알지, 몰라 하이구.

한번에는 내 혼자 자다가 말 소리가 나가지고 보니까, 종간나 지집아 일어나서 빨리 불 키래. 그때는 전기불도 없잖아 이렇게 해가지고 호롱불이지. 불을 키니까 먹을 거 내 놓으래.

"나 먹을 것도 없구요 밥도 할 줄 모르고 몰라요. 자다 보니까 어른들이 없어요."

이러믄서 징징 우니까 너 총 맞아 죽을래. 우리 저 가수원에 가면 복숭아는 떨어 먹을 수 있어요 내가 그랬어. 봉다리 하나 들고, 멍석이란 게 있어, 옛

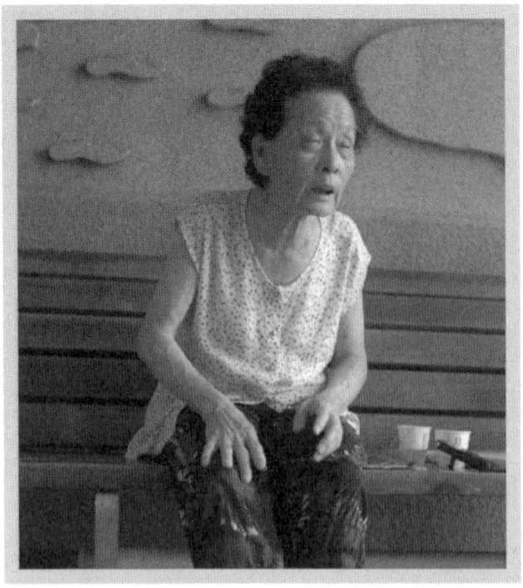

날에 짠 거. 그것을 걸터 메라고 그러고 과수원에 갖다 피고는 이 사람들이 막 이래. 우루루루 으러지드라고. 세상에 그거를 툭툭 털어서 수북하게 해놓고, 씻기를 하나, 벌거지들 있는 거 그냥 막 깨물어 먹는 거여. 벌거지 집이 막 주렁주렁해도 그 복숭아를. 배고프니까 그랬겠지, 환장이 돼서.

그래 깨물어 먹고. 내일 또 여기 와서 따 먹게 이 멍석 놓래. 내일 털어 먹는대. 그것도 못 먹게 하믄 난 죽을 판인데 뭐, 하라는 대로 해야지 뭐. 그래 그 이튿날 또 밥을 해 가지고 주먹밥을 해서 또 곳집을 가가지고 탕탕 세 번만 때리고 나오면 주고. 하이고 참 말도 못해. 그래가지고 피란을 겪고.

예전 농사라고 지니까 또 인민군들이, 뭐 배겨내? 난 쪼맨허니께 아저씨, 아저씨 어쩌고 줄줄 따라 다니니께 옷도 주고. 옷도 주드라고. 그래 아저씨, 아저씨 뭐 어쩌고 저쩌고 이러믄 옷도 주고. 아이고 그랬지 내내. 하이고. 챙피시러. 아침 먹다가 어디서 총소리 펑펑 나믄 고만 밥은 이불 속이다 넣는 거야. 감추느라고. 쌀 없다구해도 밥 해 먹고 가. 찾은 집이서. 이불 속에다 밥을 감추고. 그래 살았는데 뭐 아이고. 참 고생도 무척했지.

갔다 오니까 또 겨울 피난이 또 난리가 나네. 또 겨울 피난을 가야돼. 여름에 갔던 데를 또 갔어. 가니까 하이고 세상에 빨래를 안 빨어 입어서 이 꺼먹 옷 같은데 애들이 이가 버글버글해. 불을 땐 거를 화로에다 담어 놓고 양짝이서 사람이 붙들고 툭툭 털면 후드둑 후드둑 이 터지는 소리가. 하이고 머리에도 서캐가 허얘. 난 머리가 가려워서 복복복 긁으믄 떨어져 일루, 이가. 그렇게 지냈는데 뭐, 아이고 말도 못해. 그렇게 해가지고 또 겨울피난 겪고, 또 와가지고 살고. 그래고 그만 학교를 못 가게 하드라고. 그러니께 옳게 2년도 못 댕겨. 지금의 3학년이라 그래도. 밤낮 피난 댕기고 뭐. 하이고

[조사자: 그때 3학년이면 몇 살 정도 되신 거예요?] 그래니까 한 아홉 살이나 열 살 그 정도 되지. [조사자: 열두 살? 열세 살 정도 될 거 같은데, 38년생이면 그럴 것 같은데요.] 고 정도 됐을 거여. [조사자: 피난 갔다가 얼마 만에 다시 오신 거예요?] 그러니까 겨울 피난을 겨울께 갔는데, 몇 살인지 몰라도 겨울에 추울 때 갔는데 솜바지들을 해 입고 갔는데, 봄에 왔으니까. 봄에 한, 지금으로 말하믄 2월이나 3월쯤 될 겨. 농사철은 아니고 좀 추웠다고. 그래니까 3월이 된 거 같애.

그래가지고 와 가지고 우리 집에도 오니까 난리가 나가지고 다 피난민들이 와서 다 파먹고 가고. 뭐가 있어? 아무것도 없지. 그러니 우리도 가서 그래 먹었는데 그 사람들이라고 안 그래겠어? 그래가지고 살다가 와가지고 또 아이고. [조사자: 여름 피난도 좀 오래 갔다 오신 거예요?] 여름 피난도 꽤 오래 갔죠. 근 한 20일 정도 안 갔을까? [조사자: 여름 피난은 거의 다 그냥 걸어서 가신 거죠?] 그럼. 걸어서. 보따리 지고. 뭐가 있어, 차가 있나 뭐가 있나. 죽으나 사나 걷지. 다른 건 어뜷게 됐든지 간에 그때도 이 생각만 하믄 지금도 소름이 찌쳐. 아이구.

[조사자: 겨울 피난 갔다 오니까, 전쟁이 그담부터는 괜찮아 진거예요?] 그때부터 해방이 돼가지고 정지가 됐지. [조사자: 그때도 원방리 쪽에 계셨나요?] 응, 원방리. 그래 우리 오빠는 다시 경찰서에가 복직해가지고 제천 경찰서 수사과장에 있다가 또 충주로 발령나가지고 충주 경찰서 수사과장으로 있다가 정년퇴직 해가지고 돌아가셨어. 연세가 많어.

[조사자: 피난 가실 때 식구들은 다 갔는데, 혼자만 남으셨다면서요?] 그럼. 나 혼자만. [청중: 왜 안 따라갔어?] 집 지키라고. [청중: 내비두고 가나, 죽으라고?] 쪼만하니까 죽으라고. 어른들은 다 피난가고 내 혼자 그래도 밥을 해서 깨소금을 넣고 소금을 뭉치가지고 밥 보판에 찐 거. 그래가지고 식구 수대로

한 뭉탱이씩 해서, 옛날 삼베라고 있는데 그 보재기에다 싸가지고 대래키다, 지금 말로 가방이라 하나. 대래키에다 넣어 가지고 가면

"너 어디 가니?"

이웃사람들이 이래.

"밤 줏으러 가요."

이래고. 밤은 뭔 밤여. 그래갖고 집에 가서 탕탕 세 번 때리고. [조사자: 그 곳집이라는 게 뭐에요?] 행상 놓는데. 상여 놓는 거. 사람이 죽으면 지금은 차로 댕겼지만 옛날에는 행상을 멨잖어. 앞에서 메고. [조사자: 곳집까지 멀어요?] 곳집까지 여기로 말하믄 멀지요. 요 밑에 저 밑에 구농협 가는 데는 될 거라고. [조사자: 옆집 사람들은 왜 안가고 피난을?] 옆집 사람들 다 갔어.

[조사자: 아까 어디 가냐고 물어봤다고?] 그거는 피난 온 사람. 와가지고서 무언가 메고 가니까

"너 어디 가니?"

"밤 줏으러 가요."

"밤 좀 많이 줏어와."이래.

"예."

갔다 올 적에 들키는 날이 있어.

"너 밤 줏으러 간다드니 밤은 왜 하나도 안 주워왔니?"

"거기요 밤 줏을라니까 뱀이 있어서요. 무서워서 못 줍고 쫓겨 왔어요."

그래 버리지.

[조사자: 곳집으로 가신 건 거기 누가 있다는 걸 알고 가신 거예요?] 그럼. 다 암호를 해지. [조사자: 우리 식구들이 곳집에 가 있다는 걸 알고 계신 거예요?] 요 쪽지에 적어 놓고 가지. 어디어디에 있으니까 밥을 해가지고 글리 좀 와라. 와가지고 곳집 벼랑박을 팍팍 세 번만 때리믄 우리가 나온다. 그래 써놓고 가서 그걸 들고 보고는 그대로 하지.

[조사자: 곳집에 왔다 갔다를 좀 하다가 가족 전체가 또 다시 피난을 가신 거예요?] 그러니까 인민군들이 우리 동네도 다 퍼지고 뭐 동네 복판에 저것도 짓대. 뭐여, 인민군들이 거주하는 포장. 그것도 짓는다고 그래니, 그래서 내가 밥을 싸가지구 가서. 밥을 그날 많이 싸가지구 갔어. 인민군들이 여기 동네를, 산을 다 뒤진다니까 여기서 딴 디로 가라고 내가 연락을 해줬지. 나는 연락병이야 말하자믄. 그저 소문 들은 거 연락해주고, 전화가 없었어.

[조사자: 연락병이면서 보급대면서. 세상에. 그때 나이가 열세 살 정도 되셨는데, 그 어린 나이에 어떻게 그걸 다 하셨어요?] 흐흥. 그래도 그걸 해가지고 어쩔 때는 밥을, 보리쌀을 얹혀 밥을 해믄 밥이 잘됐고 어떨 적에는 밥을 푼다, 그러믄 보리쌀이 퍼지지도 않어요. 오그라드는 걸 뭉쳐가지고 가고 그랬다고. [조사자: 집에서 혼자 밥을 다 하셨어요? 불 때 가면서 가마솥에다가?] 그럼.

[조사자: 곳집에는 가족이 몇 명이 있었어요?] 곳집에는 우리 올케, 우리 오빠, 아부지, 우리 집안 되는 사람 하나, 네 명. [조사자: 엄마는?] 엄마는 돌아가셨고 그 전에. 내 9살 먹어서 돌아가셨고. [조사자: 곳집에 언니는 없었어요?] 언니도 피난 갔지. [조사자: 곳집으로?] 응. 나만 내비 두고. [조사자: 이걸

어쩌지? 이해가 안 되네.] (웃음)

[조사자: 좀 적나라하게 얘기를 한다면 죽어도 좋다, 그걸 알고 계셨잖아요, 괜찮았어요?] 괜찮았어.

[2] 미군은 피하고 인민군한테는 얻어맞는 부침 심한 삶

그래고 겨울 피란 때는 미국 사람들도 퍼썩 했잖아. 그래가지고 미국 사람들 여자들 젊은 거 우리 나라 사람들 있으믄 강간도 하고 그랬잖아. 그런데 우리 언니는 그때 피난 거기서 와서 집에 있을 때 어떻게 했냐면, 벼 가마니를 이렇게이렇게 쌓아놔 까맣게.

쌓아놓고 고 가마니 너머로 넘겨. 미국사람들 왔다하믄. 그래 그 위에다 인제 뭔 봉재기도 올려놓고. 그래 와보믄 쪼만한 거 나 하나뿐이거든. 아무도 없고. 그 사람 네가 가믄,

“아저씨 나 짬 좀 줘요. 짬 좀 줘요.”

이래고 따라 댕겼어 내가. [조사자: 짬?] 찍어먹는 거. [조사자: 아, 잼!] 데려가서 잼도 주고 빵도 주고 뭐 그러드라고. 그래가지고 졸졸 따라다니며 그랬어.

[조사자: 미군이 들어오게 된 건, 여름에 피난 가셨죠, 또 겨울 피난 가셨죠, 그 다음에 미군이 들어왔어요?] 그 피난 갔다 들어오니까. 들어오고서 한 두 서너 달 살었지 아마, 피난민들하고. 피난민들도 나가라 소리 못 했다고. [조사자: 피난민들이 계신데 온 거에요?] 그럼. [조사자: 같이 살았어요?] 그럼. 두서너 달 같이 살았는데 그 사람 네들 인제, 미군들 들어오고 후퇴가 된다 하니까 자기들도 집 찾아간다고 가드라고. 그래가지고 고맙다고 죽어도 안 잊어버린다 소리를 하고 이렇게 신세만 지고 간다고 하고 그랬어. 가더니 그래 연락도 없고.

[조사자: 피난민들하고 사실 때는, 언니하고?] 언니하고 아버지하고 오빠하고 나하고 네 식구가 살았는데. 우리는 그래도 촌에 살아도 농사도 많이 짓고

일꾼 둘씩 두고 일꾼 두고 농사짓고 부자라 소리 듣고, 전주 이진사댁이야 우리가. 진사댁 진사댁 했다구. 그래니까 아주 우리 아버지는 아주 참 어른노릇을 허고 앉었구.

[조사자: 충청도 양반?] 응. 그래가지고 밥을 다 같이 해 먹어. 그 피난민도 집도 일곱 식군가 그래. 우리 식구 네 식구하고 열 한 식구가. 그이들이 밥을 다 해. 내가 쪼만한 게 못 하니까. 우리 쌀 퍼다가 해가지고 같이 먹어요, 그래도 되냐고 고맙다고 해가지고. 밥 퍼다가 해 먹고. 살다가, 두서너 달 살았을 거야. 살다가 갔지. 가믄 이 신세를 못 잊어 버려서 인사라도 한다고 아주 죽지 말고 건강하게 살자고 약속을 철떡같이 하드니 가드니

[조사자: 가다가 죽었을 수도 있어요.] 그렇지. 총살을 맞어 죽었는지 가다가. 거 가 살믄서두 연락을 안 하는지. [청중: 안 허지 뭣 할러 해.] 근데 내가 겪어보니까 그 지방 빨갱이들이 다 저 집에는 아들이 뭐해먹고 뉘 집엔 뭐해먹고. 누구는 이장을 보고 누구는 진사댁에 선비노릇을 하고, 다 일러. 그러니까 그 사람들이 와 가지고 난리 판국에 선비가 어딨고 양반이 어딨느냐고 막 대들지.

그래고 우리 올케가 엄청 맞었어. 고놈들한테, 인민군들한테. 식전에 우리 조카딸이 그때 첫돌 지냈나 그런 걸 업고 올케가 짚을 때가지고 밥을 하는데. 등어리서 아를 쑥 빼다 내 등어리다 업혀 주면서 종간나 지집애 애 업고 나가래. 그래 왜 그러나 하고, 어떡해, 겁이 나니까 업고 나갔더니. 뒤 안에 옛날에는 장꽝을 이런 돌맹이를 갖다놓고 장단지를 올려놓고 이랬다고.

거기다 올려놓고는 총개머리로 얼마나 패는지. 식구 피난 헌 곳 어디인지 알으켜 달라고. 난 죽으믄 죽어도 난 몰른다고. 어디가 있는지 몰른다고. 아주 패믄 바깥에서 들으믄 아이고 아이고 퍽 소리가 나믄 또 아이고 아이고 아이고 그렇게 실컷 패놓고 고만 기절을 해서 넘어가니까 이놈들이 가드라고. 총소리 세 번만 나믄 죽은 줄 알으라고 내게. 탕탕 세 번이 나서 죽는 줄 알었어.

그래고 가보니까. 죽지는 않은 것 같은데, 아주 정신은 몰러서. 내가 그때 찬물을, 참 나, 쪼만한 게 찬물을 떠다가, 그때는 수건도 귀했어. 걸레라도 좀 적셔가지고 딲어 주지. 물을 자꾸 끼얹었어. 얼굴에다가. 물을 끼얹으니까 눈을 떠 보더니 우리 올케가, 그만 끼얹으래. 춥다고, 한전이 난다고. 그만 끼얹으래. 그래가지고 붙들고 끌고 와가지고 방에다 눕혀놓고 내가 보리, 하던 밥을 마저 해가지고 갖다 주니까 안 먹는대. 얼른 먹어. 내가 해가지구 왔는데 먹지 안 먹는다고. 그래 한 숟갈씩 먹구 그래다가 피난민들이 오니까 그 사람네들 내 집같이 살림을 하고 살었지. 우리 일도 해주고

[조사자: 여자만 남고 남자들은 다 피난 간 상태였죠?] 남자들도 있는 사람은 있는데 뭐 해먹은 사람은 다 죽어. [조사자: 올케가 그렇게 인민군한테 맞을 때 남자들은 다 피난가고. 그때 곳집으로 피난 간 거예요, 그때가?] 고럼. 곳집으로 가서 거기서 또 연락이 가면 또 나와 가지고 산으로 막 숨어 당기고. 그때는 그렇게 어두웠어 피란이. 산으로 왜 올라가.

[조사자: 그럼 곳집이 잠깐 와서 연락만 듣고 가는 덴가 봐요, 머물지는 않고?] 여자들만 인제 집에 있다가 그렇게 얻어 맞었지. 막 펑 소리가 나믄 아이고 아이고 아이고 조금 얼마 있다가 펑 소리가 나믄 아이고 아이고 아이고 얼마나 두드려 맞었는지. 난리 난리 그런 난리. 지금은 난리가 난다 그러믄 앉어서 죽지 그렇게 안 가. 그럴 것 같애 내 맘에.

[3] 다복했던 어린 시절

[조사자: 오빠랑은 나이 차이가?] 나보다 열여섯 살 차이. [조사자: 오빠가 둘이잖아요?] 오빠가 둘인데 큰 오빠는 만주로 유학을 가서 맥혀서 못 나오고. [조사자: 일정 때 가신 거예요?] 일정 때. 우리 조카가 나하고 한 동갑이여. 여기서 낳아가지고 업고 간 기. 한 10년 전엔가 왔다 갔어요. [조사자: 큰 오빠가?] 거 가서 난 딸이 이쁘고 똑똑한데 한국에 나와 저거 하드라고. 중공어 가르키느라, 대학교에 중국어 가르치는 영어선생이라고. 그래가지고 돈 많이 벌었대. [조사자: 중국어 가르치는 영어선생? (웃음)]

[조사자: 그때 만주 유학을 갈려면 돈이 많이 들지 않았어요?] 돈은 든 거 난 잘 모르지. 어른들이 한 거라. 가는 8월 달에 낳고 나는 10월 달에 났는데. 8월 달에 난 아를 업고 갔다니까. 옛날에는 결혼을 하면 여자들이 열두 반상기라고 반상기 해오는 거 있는데 놋그릇 있는 거. 다 뚜껑 있는 거 아주 한상거리. 그걸 해가지고 왔는데 강릉 친정아버지가 면장이야. 강릉서. 민씨네.

그랬는데 그 반상기 해다 준 걸 우리 어머니 아버지 모르게 가만히 이웃사람한테 팔아가지고 차비를 해가지고 신랑을 찾어 갔대. 만주를. 그러니까 그 우리 올케도 똑똑한 친구지 말하자믄. 시원찮으면 못 찾어 가지. 돈이 있나 뭐가 있어. 그 반상기 팔아가지고 갔다고. 10년 전에 여기 와 가지고 처갓집에도 갔다 왔어 우리 오빠가. 그래 그 마누래가 여기서 어른아 업고 간 마누래가 만주 가서 죽고. 또 재가를 했드라고. 재가한 몸에서 딸 난디, 아주 똑똑해 이쁘고. 이쁘기도 이쁘고.

만주는 아들을 첫 아들을 나면 더 이상 못 낳게 하고 딸을 나면 하나 더 낳으라고 한대. 저는 첫 아들을 났기 땜에 더 못 나서 한국에 와 가지고 돈이나 벌겠다. 거기는 품값이 그렇게 싸대. 한국에 와서 중공어 가르키지, 어디 식당에 일거리 있다믄 거 식당에 가 일 다 하지. 밤이고 낮이고 해가지고 많이 벌었다고. 서울 오믄 한번 오세요. 나 돈 많이 벌었어요.

[조사자: 6.25 때 열여섯 살 차이 나는 오빠는 나이가 스물아홉 살, 군대를 갔다 오셨어요?] 그때는 군대 가는 거 모르고. 경찰 노릇 한 거만 알지 나는. [조사자: 둘째 오빠가?] 봉양 지서에 지서장으로 있다고 재천 수사과장으로 있다가 냉중에 충주 경찰서 수사과장으로 있다가 정년퇴직 했고.

[조사자: 어머니를 아홉 살 때 잃으셨다고 했잖아요, 해방 되던 해인가요?] 해방되고 그 이듬해인지? 뭔 병인지 이렇게 부어. 부어 가지고 얼굴이고 몸땡이고 막 이래 붓는데. 우리 엄니 하고 나하고 보재기 가지고 칼을 가지고 쑥을 막 벼. 강가에 가서. 쑥을 한 보따리 비다가 푹 썪어. 삶어 가지고 가마니를 딱 해서 밑에다 깔고 엄마를 거기다 눕혀놓고 그 위에다 또 쑥을 펄펄 끓는 물을 얹어. 그래가지고 아주 뜸질을 해주고 나믄 누런 물이 침구녕으로 막 나와. 그럼 부기가 쑥 빠지고. 또 한 며칠 있다보믄 또 그렇게. 그래가지고 그 병으로. 한번 병원엘 가봤나요.

[조사자: 진사집안이고 좀 사시면 의원도 왔을 거 아녜요?] 근데 뭐 그런 걸 모르니 뭐. 굿은 하대 또 굿. 북을 이렇게 달어 놓고 무당들이 둘씩 셋씩 와서 뚜드리고 밤새도록 며칠을 했어. 침도 이런 아주 지다란 거 대침을 맞죠. 그래가지고 막 찔르믄 뜸질을 하고 난 구녁에서 누런 물이 흐르드라구. 내가 지금 그건 훤할 걸 뭐. 쑥을 누가 해 놘걸, 언니하고 나하고 요만큼씩한 것들이 보자기에 얼마나 해겠어. 그래가지고 삶어 가지고 뜸질을 해주고.

[조사자: 학교를 어머니 돌아가신 다음에 국민학교 입학하신 거예요?] 아니지. 국민학교 입학은 3학년 되던 해 난리가 났으니까. 그 질로 못 갔다니까. [조사자: 학교를 48년도에 입학을 하셨는데, 다행히 딸도 가르치는 집안이었나 봐요. 언니는 학교 갔어요?] 언니도 안 갔고. [조사자: 막내딸인데 학교를 가셨네요?] 난 어머니 일찍 돌아가시고 불쌍하다고 아주 온 식구가 날 이래 키웠거든. 여름에 보리밥도 안 먹는다고 떼 쓰고, 감자도 또 허연 감자 쩌주믄 안 먹어요. 자주 감자라고 있어 옛날에. 그게 맛있어.

그걸 밥에다 얹어서 올케가 얼마나 미웠겠어. 때려죽이고 싶지. 지가 비벼

처먹지 왜 안 비벼준다고 이래 앉어 울어요. 비비 줘. 서서 따놓고 비비 줘. 그래 우리 올케가 속이 상해서 날 저 샘 둥치에 데리고 가서 펑펑 팼네. 아부지 오면 아부지한테 이르기만 허믄 때려 죽일거여 이래. 근데 일르지도 못해.

[조사자: 국민학교 때 배우시는 거 재밌으셨어요?] 배우는 거? 재밌지. [조사자: 뭐 배우셨어요?] 기역 니은 뭐 이런 거. 요런데다가 그런 걸 총판 떼기다가 기역 니은. 지금으로 말하믄 장기판 맨이로 그런 걸 하나씩 줬어. 기은 니은부터 배우고 가갸 거겨 이런 거 배우고. [조사자: 국어 배우고 산수 배우고.] 국어 배우고 산수, 산수도 제일 약한 거. 열에서 다섯 보태믄 얼매냐. 다섯에서 열을 빼믄 뭐냐, 영이지 없다고 그래야 되는데

"하나."

이래고. 다섯에서 열을 빼믄 한 개도 없지, 뭐 하나가 남어 글쎄. 참 내가 가만 생각 하믄 웃어 죽겠어. 엄마 이름 써라 이러믄. 우리 어머니가 민가거든. 민영순 쓰고. 아버지 이름 써라 그러믄 아버지는 이삼식, 이삼식 이래 쓰고.

[4] 미용 기술을 배워서 먹고 살 궁리를 하다

[조사자: 전쟁이 3년이나 갔잖아요. 전쟁 끝나구 다시 학교 간다고 안하셨어요?] 안 가구. 그 질로 내가 뭘 했냐면 재천에 미용 학원에 댕겼어. 미용 학원에, 공부는 안하고. 미용학원에 댕겨가지고 미용실에 한 1년 봉사 했었지. 시다로. 하다가 내가 머리 마는 것도 배워가지고 머리 말고. 손님이 오면 주인하고 나하고 머리 같이 말고. 나는 밥만 믹여주면 되니까 월급은 안 주고.

그랬는데 냉중에 가만 생각해보니까 우리 아버지가 장날로 이렇게 오시믄 지집아가 객지에서 혼자 이러다보믄 안 되니까 집으로 들어와라. 왜 이런데 와서 있느냐고 막 야단을 쳐서 안 되겠어. 나 여적지 여기서 일해준 것도 많고 배운 것도 많으니까 고대기 한 커리만 달라고. 고대기 한 커리만 주믄 내

가 시골에 가서 하고 파마 손님은 일리 보내겠다고. 파마 마는 거 한 개, 고대기 하나, 이래 또 암놈 놓고 수놈 있잖어. 그거까지 해서 다 얻고. 또 여기 마는 것도 얻고 촌에 왔어 내가. 집에 와서 했어, 못가게 해서.

집에 가서 해니까 촌 여자들이 비녀쪽 찔러가지고 있던 사람 쭉 짤러 놓으니까 시어머니들이 아무게집 딸년은 뭘 어데 가서 지랄을 하더니만 남의 여자들 머리만 다 짤러 놓는다고 야단을 하하하 얼마나 혼났는지.

우리 친정 사촌 올케가 아주 머리숱이 많어. 비녀가 하나 이만해. 그게 얼마나 무겁겠어. 그걸 내가 한번

"형님 우리 집에 한번 와 봐."

우리 사촌은 대북면 살구. 제천 대북면, 충주 가는데 박달재 천둥산 거기 살구. 나는 우리는 재천 봉양 원방리 살구. 한 번 왔대. 머리두 진거 짤르면 돈이야. 가발 맨들지. 몽창 짤러가지고 묶어서. 지금맨이로 고무줄이나 있어? 새끼, 지푸라기. 그거가지고 다 묶어서. 그래고서 파마를 슥 해가지고 보냈더니. 내가 3년을 못 갔어. 큰 집에. 때려죽인대, 우리 큰 아버지가. 연락이 오는데 오지말래. 오면 때려 죽인다구.

올케가 그동안에 머리 하고 간지가 3년이나 됐으니 머리 또 비녀 쪽 질러도 될 거 아녀 질어가지고. 그래서 한번 누구한테 내가 염탐을 했어. 큰 집에 가 보고 다 들에 일하러 나가고 아무도 없고 올게 혼자 있거든, 인제 가만히 장에 간다 그러고 오라 그러드라고 얘기 좀 해달라고 그랬더니 가서 얘기를 했나봐. 한 날 왔대. 와가지고, 아주 머리가 여까지 질어. 비녀를 못 찌르겠드라고. 짤러서. 그걸 짤른 가발 또 맨들라고 짤르구는. 카트, 지금은 가세로 짤르지만 우리 할 때는 면도날로 했다고. 면도날로. 카트 쳐 가지고서는 파마해 보내고.

아주 우리 큰 아버지가 며느리 시집 올 때 해가지고 온 농도 바깥에 앞마당에다 다 내놨대. 가라고. 머리 짤렀다고. 나는 더벅머리 밥 해주는 거 안 먹는다고. 드러워서 안 먹는다고, 머리카락 떨어져서 드러워서 안 먹는다고.

시집 올 때 농 해 가지고 온 것도 사뭇 앞마당에 내놨대요. 아구 어딜 가. 뭐 가나? 지금 사람 같으믄 벌써 갔지. 그때만 해도 양반 상놈 가리는 세월이 돼 가지고 진사댁 며느리가 어딜 보따리 싸 가지구 친정을 가? 그래니까 죽으나 사나 뚜드리지는 안 하잖아. 때리질 안 하니까 붙어있는 거지. 아이구

[조사자: 친정아버지는 충청도 양반이시잖아요. 따님이 머리 자르고.] 우리 아버지는 얘기 안 해. 머리 자르는 거. 얘기 안 하고 아버지 오늘 나 얼마 벌었는데 비료 사, 이러면 아주 좋아하고 또. 돈 벌면 약값만 빼 놓고. 약 살 돈만 빼놓고 아부지 나 오늘 요거 벌었는데 요거 가지고 뭐해, 하믄 아주 좋아하고.

[조사자: 그때 파마 한번 하는데 얼마였어요?] 그땐 불 파마여 그때는. 불파만데, 그때 얼마 했는지 모르겄네. 지금으로 말하면 돈 만원 받었나. 그럴 거 같애. 지금으로 치면. [조사자: 그 당시로서는 비싼 거야.] 그럼. 그래가지고 요래 해가지고는, 찝을 줄도 몰라, 요래해가지고 말어가지고는 굵직굵직허게 말지 뭐. 숱이 많으니까. 숱 많은 사람은 약도 많이 들어가.

[조사자: 금방 풀리지 않아요?] 한 몇 번만 감으면 풀릴걸. [조사자: 당시로서는 여자가 할 수 있는 거의 최고의 기술 아녜요?] 그럼. 지금 같으믄 돈도 꽤 벌어먹었지. 우리 아버지가 장날이믄 들어와. 들어와 찌웃찌웃해. 그럼 쥔이 야 아버지 오셨어 나가봐 이래. 나가믄, 어쩐 때는 내 주머니에 돈이 있으믄 아버지 이거 가지구 뭐 사 잡숫구 가, 이러믄 아무 소리 안 허고 가고.

내가 돈 없어서 안 주믄, 다 큰 놈의 지집아가 객지 와서 혼자 와 있으믄 안 된다. 남들이 다 손가락질 하고 어디 혼자 댕기느냐고 빨리 집에 안 가믄 내가 오늘 보따리, 내가 가지고 강제로 끌고 간다 이라믄, 주인 여자한테 나 돈 얼마나 꿔달라고 해서 아버지 이거 가지구 뭐해 그라믄, 그만 넘어가뻐리고. 옛날이나 지금이나 돈 세상이야. 돈 세상. 돈을 주면 싫단 사람 없잖아.

[조사자: 귀한 기술이잖아요. 나중에까지 계속 미용기술 하셨어요?] 저 제천 나가 가지고 '비둘기 미장원'이라고. 장사했지, 내가 채려가지고 얻어가지고,

아버지를 꼬셨어. 아버지 이거를 채리믄 하루에 얼마큼씩 벌고 이런 농사짓는 거보다 난데. 내가 이걸 배웠기 때문에 채린다니까, 채려가지고 하라고. 돈을 줘서 가게 얻어 가지고 그래 가지고 해 가지고서는 그래가지고서 그거를 했단 말야. 꽤 벌어먹었지.

[5] 부잣집 아들인 줄 알고 결혼했더니 백수였던 남편

[조사자: 미용실은 몇 살까지 하셨어요?] 내가, 스무 살. 결혼하고 그만 뒀지. 스무 살에 일루, 단양으로 시집을 와가지고 여적지 사는 거여. 우리 육촌 오빠가 단양 경찰서 수사과장으로 있었는데, 육촌 올케가 우리 시어머니 막내 동생여. 시집으로 말하믄 이모지. 올케가, 아니, 친정으로 말하믄. 육촌 올케의 언니의 아들이 우리 영감이여. 근데 우리 올케가 날 중신을 해가지고 글루 엮었는데 아주 살기도 잘 살고, 맨날 보래는데. 한번 옛날에 미아이라고 그랬어. 총각이 아가씨 만내 보는 거.

[조사자: 미아이? 맞선 보는 거예요?] 응. 얼굴 보는 거. 옛날엔 아주 귀했는데 아주 나이롱 와이셔츠에다가 그때도 여름인데 시계도 으리뻔쩍헌 거 차고. 그래가지고서 부잣집 아들인 줄 알었지. [조사자: 부잣집 아들인줄 알었는데 가봤더니?] 아무것도 없어. 아무것도 없고 우리 시어머니가 질가에다 제비집맨이로 방하나 어떻게 꾸며가지고 애들하고 거기서 뭘 했냐면. 대포장사를 하드라고. [조사자: 대포장사. 술집?] 술도 팔고 지내가는 사람 밥도 해 팔고 그래가지고 먹고 살드라고. 시집올 때 그래도, 있는 집에서 시집간다고 옷도 죽으로 막 해줬어. 죽으로, 여름옷도 막. 열 벌이지 한 죽여.

여름 가을 봄 겨울 사철을 죽으로 해준 걸, 내가 딱 두 벌만 내놓고 아까워서 안 입고, 어디 갔다 오믄 그걸 다 뜯어 입어 우리 시어머니가, 며느리 옷을. 치마는 아래 한 짝을 찍어매고 저고리는 웃상자로 찍어 매거든 요렇게 개가지고. 고래 매논 걸 그걸 다 떼 가지고 입구는 드러운 또랑 물에다 푹 담궈 가지고 강물에 놓으믄 옷에는 천태가 져서 빨아도 지지도 않애. 지금맨치로 비누가 좋나. 어떻게 며느리 요거에다 손을 대고 그걸 입든지 몰라. 속치마고 행주치마고 다 뜯어 입어. 아유.

[조사자: 남편은 뭐 하셨어요?] 대학생. 먹고 대학. 벌이가 있나, 기술이 있나, 아무것도 없구. 초등학교는 나 왔나 보드라고. 먹고 노니까 어머니가 저기 물 질어 와라, 물이나 들어다 주고 심부름꾼 밖에 안 되지. [조사자: 시아버지는 안 계시고요?] 우리 시아버님은 선비야. 한문을 참 잘 써. 한문을 잘 쓰고 선비 노릇을 하고는 아무것도 안 해. 손도 까딱 안 해. 꽁 하니 바지 저고리 해주믄 입고. 앉어서 책이나 이래 보고. 지금은 그래도, 텔레비전이 있나 뭐가 있나 붓글씨는 쓰구. 붓글씨는 잘 쓰드라구. 선비여 선비.

[조사자: 시아버지는 선비, 시어머니는 대포집 하시고, 남편은 놀구.] 그럼. [조사자: 시집식구는 어떻게 되세요?] 시집식구가 아들 3형제 딸이 넷. 7남매여. 7남매에 내가 둘째로 갔어. [조사자: 시집살이 많이 하셨어요?] 시집살이는 할새도 없어. 뭐 내가 그렇게 일을 해 내는데 뭐 어디라고 야단쳐. 야단치믄 안 하지 뭐. 편지를 써놓고, 우리 첫딸 나놓고, 편지 써놓고 도망갈라고.

애고 내가 어디 가도 이것보다는 낫겠지. 이 고상을 하고, 그게 사나 하고 보따리 싸고 도망을 갈라고 보니까. 그 밥숟갈이, 밥을 갖다 줬드니 먹는 하! 밥숟갈이 그렇게 들어가는걸 보니, 아이고 내가 희생하는 게 낫지 내 몸땡이 하나. 저 어린 게 뭔 죄 있다고 저거조차 고생을 시키나. 편지도 다 찢어 내삐리고 보따리도 도로 풀러놓고 키웠잖어.

키운 게 지금 여기 단양에는 속리 관광이라고, 청주에서 살아. 속리산 관광여행사 그거 하고, 사위는 충청북도 연합회장을 하고, 그래가지고 잘 살어. 내가 그 얘기하믄 우리 같음 엄마 같이 안 살었어. 지들이 알거든. 그 고상을 하고.

[6] 남자는 내보내야 돼

그래가지고 70몇 년대, 수해가 엄청 났어 여기에. 물이 여까지 들었어. 집도 다 뭉거지고. 새복으로 일어나믄 저 강가에 낭구가 떠내려가다 걸린 게 있어. 그걸 주워 놨다가 아침 마다 떠다가 연탄 보일러 때고 거기다 불을 때는 거야 다 젖었으니까. 그럼 방바닥에서 짐이 무럭무럭 나. 그러는데 이 공사하러 온 인부들이 잠 좀 자재. 그래서 잠을 재웠지 뭐, 돈 얼마 받고. 그러니까 또 아주머니 그러지 말고, 또 돼지고기 한 근하고 막걸리 좀 사다가 볶어 달래. 이 빙신이 양념값은 받어야 되잖아, 고기값은 안 받어도. 고냥 고대로 볶아도 주고 술도 그대로 가져다 주는데, 한 며칠 하고 보니까 안 되겠어. 나도 뭔 이문이 있어야지. 봉사만 하믄 뭐해.

그래서 내가, 아저씨, 한 근 볶어다 달래믄 야채를 많이 넣고 조금 냄겨 고기를. 냄겨서 볶어주고. 막걸리도 양주장 들러 단지에다가 붜 놓고 한 되빡씩 팔고. 팔다 생각을 안 되겠어. 아가씨 장사를 해야 되겄어. 그래가지고 제천 소개소에 충주 뭐, 영월로, 소개소에서 아가씨 구했잖아. 아가씨를 장사를 하니 세상에 손님이 끌어 모이는데 아이고, 뭐 저녁으론 돈이 이만큼씩 막, 지금처럼 주머니가 있나, 이런 통, 바가지에다 담어 가지고 다방도 하고 지하실 다방도 하고 식당도 하고 3층에는 가정집이 있어. 그래 해가지고 벌어가지고 애들 4남매 대학교 다 시키고.

우리 영감이 노니까 남자가 집에 있으믄 나이 헛먹어도 다 챙겨달라고 해. 안 돼. 내 보내야 돼. 소방대장도 시키고, 로타리 클럽 회장도 시키고, 의료보험 자리도 시키고, 아주 사방에 일곱 군데 돌았어. 한 달에 회비 만원을 내, 이만 원을 내, 적어도 십만 원을 내야 되는데. 그것도 한 달에 칠십만 원 돼.

네 살 난 자식을 눈 속에 묻어야만 했던 사연

한용분

"하나는 갓난쟁이지, 하나는 네 살 먹은 머슴애지, 그래 머슴애를 죽었는지 살았는지 업어다 땅에다 묻고서 눈으로 덮어 놓고 왔는데, 그게 생각나서 불쌍해서 죽겠잖아."

자 료 명: 20120725한용분(횡성)
조 사 일: 2012년 7월 26일
조사시간: 55분
구 연 자: 한용분(여 · 1926년생)
조 사 자: 박경열, 오정미, 유효철.
조사장소: 강원도 횡성군 서원면 창촌2리 (구연자의 집)

[조사과정 및 구연상황]

한용분 화자는 추천으로 소개받은 인물이다. 조사팀은 약속 장소인 실비식당을 찾아갔는데 실비식당은 화자의 아들이 운영하는 곳이다. 조사팀이 약속한 시간은 식당 영업을 시작하기 전이었다. 식당 안쪽에 마련된 큰 방에서 조사를 시작하였다. 큰 상이 두 개 이어져 있는 방에서 장비를 갖추어 조사를 시작하였다. 화자가 이야기하는 동안 아들이 드나들면서 이야기를 함께 듣기도 하였다. 아들은 조사팀이 이해하지 못하는 부분에 대해서 부연설명을 해주기도 하였다.

[구연자 정보]

고향은 경기도 양평군 양동면 삼산이다. 가족은 2남 4녀이고 구연자는 막내이다. 1926년생으로 전쟁 당시 25세이다. 결혼은 15세에 한다. 결혼을 하기 싫었으나 일본에 가면 엄마를 못 보고 결혼을 하면 엄마를 볼 수 있다는 말에 시집을 간다. 전쟁이 나자 문막으로 시부모님과 함께 피난을 간다. 피난길에 아이를 묻는다. 시집와서 솜 트는 일을 하였는데 그 덕에 경제적으로 어렵지 않았다. 자식은 4남 2녀를 두었다.

[이야기 개요]

왜정 때 공출 때문에 열다섯 살에 시집을 간다. 오빠는 군인으로 뽑혀 갔으나 소식을 알 길이 없다. 전쟁이 나자 남편은 금강산 쪽으로 피난을 간다. 동란 때 시부모와 친정어머니, 아이 둘을 데리고 만삭의 몸으로 문막으로 피난을 간다. 한 아이는 홍역을 앓다 죽고 갓 태어난 아기는 먹을 것이 없어 굶어 죽는다. 홍역을 앓다 죽자 눈으로 덮어 무덤을 만들어 준다. 먹을 것을 가지러 간다던 시부모는 열흘 간 소식을 알 수 없자 친정어머니와 함께 굶주린 배를 안고 원주로 간다. 원주에서 피난민이 머물 수 있는 숙소를 찾았고 그 곳에서 누룽지를 원 없이 먹고 잠이 든다. 비행기를 쫓아가면 죽지 않는다 하여 비행기를 따라 이동한다.

[주제어] 왜정, 공출, 시집, 남편, 피난, 아이, 문막, 홍역, 굶주림, 죽음, 비행기, 원주 수용소, 누룽지

[1] 일본 놈에게서 나온 일바지, 일명 몸뻬

[조사자: 할머니 제가 몇 가지만 여쭤볼게요. 할머님 성함이 어떻게 되세요. 이름.] 한용분. [조사자: 용자.] 한용분. 분, 분자예요. [조사자: 그리고 연세가?] 팔십 일곱. 그래서 이젠 자꾸 잊어버려요. [조사자: 그러니까. 할머니 그러면 왜정 때부터 얘기해주세요. 왜정 때부터.] 왜정 때, 일본사람들. 일본사람들도 다 그랬지. 뭐. 일본 사람들도 와서 우리네 농사지면 다 뺏어가고 배급 주고.

배급도 좁쌀이나 썩은 걸 갖다 주고 맨날 배급 타다가 먹으면, 떨어지면 내 농사지어도 왜정 때는 쌀을 이 반꼬대를 파고 묻고서, 몰래 방에 다리방아에다 몰래 찧어서 밤에 찧어서 묻고서 그 전엔 흙방고래라도 이런 방고래가 어디 있어. 세면이 있어. 그냥 흙으로 바른 그 방고래에다 항아리를 묻고서는 내 농사를 지은 것을 쌀을 훔쳐가지고 거기에다가 찧어서 밤에 잠을 못 자고 다리방아에다가 찧어가지고는 넣어서 놓고 걸 싹 싸발라도, 일본놈들이 보고 저걸 저걸 가지고 와. 봉냥 꼬쟁이를 가지고 쑤셔서 찾아간다고. 그래서 그걸 두고도 못 먹었어. 두고도 못 먹구. 뺏겨서도 못 먹고. 왜정 때 그랬다구.

그리고 몸빼가 왜정 때 저기서 나왔지. 일본 놈한테서 나왔지. 몸빼가. 몸빼 해 입고 새댁은 다 데려다가 모심게 하고. 애는 늙은이들보고 보라고 하고. 난 우리아들을 데리고 왜정 때 큰 아들을 데리고서 모심으로 몸빼를 해 입고 모심으러 새댁이 나갔는데. 우리 시누가 몸빼를 해 입고 새댁이 나갔는데 우리 시누가, 애가 이 논으로 쑥 빠졌어.

그래서 애 끄내니까 우리 큰 아들이 눈만 빼꼼한 게 그래 우리 아버님이 저 애 죽인다고 막 난리를 쳐서 일본 반장이 나를 나오지 말라고 그러더라고. 그래 우리아들 그러고서부터 내가 애기보고 못나갔어. 반장을 막 야단을 해서. 반장이 나오지 말라고 그러더라고. 새댁인데. 우리 첫 애기인데. 애를.

[조사자: 그러면 할머니 결혼은 언제 하셨어요? 몇 살에. 결혼.] 열다섯. [조사자: 열다섯에.] 옛날에 왜정 놈이 뽑아가니 우리 어매가 시집을 보냈지. [조사

자: 공출 때문에.] 그럼. 열다섯 먹은 걸. 그때는 반장이 와서 적어가면 일본으로 보내잖아. 그러니까 엄마가 난 막내딸인데 너 시집을 갈래? 일본으로 가면 엄마를 못보고 저기 시집을 가면 엄마를 본다고 그래서. 아이 난 그러면 난 시집을 갈래. 열다섯에 뭘 알아. 그전에. 옛날에 뭘 알어? 지금은 열다섯에 다 알아요.

그런데 옛날엔 어두워서 아무것도 몰러. 밥 먹는 것만 간신히 알았지. 몰랐어. 그때는 공부를 가르치나 애들 학교를 놓나. 여자는 건방지다고 학교에 또 안 넣었어. 노인네들이. 그래가지고서 고냥 열다섯에 우리 어매가 어디 이리로 시집을 보냈어. 난 여기서 열다섯에 와가지고 여지껏 늙는 거유.

[조사자: 원래 고향이 어디셨어요? 원래 고향?] 고향은 양동. 삼산. [조사자: 양동?] 삼산서 컸지. [조사자: 양동. 양동 삼산.] 응. 양평 갈래유. [조사자: 양평 쪽이에요? 아.] 양평군 양동면 삼산리. 나 낳은 데가. [조사자: 그러면 원래 할머니의 형제는 어떻게 되세요? 원래 할머님의 가족. 할머님의 가족.] 우리 가족. 우리 가족은 우리 오빠는 일본 놈이, 나 열다섯이고 우리 오빠 열여덟 살인데 우리 오빠 뽑아가지고 여태 소식도 몰라유. [조사자: 일본 군인으로?] 일본 가는데. 예닐곱 살 먹어서 양동 개통되던 해에요. 그 해가. 기차 개통했어요.

그런데 그때 하는데 그 놈들이 뽑아갔어요. 우리 오빠가 예닐곱 살인데. 반장이 적어갔어요. 일본으로 뽑아간다고. 먹어서 여태 소식도 몰러유. 열일곱 살 먹어서 그랬는데 그때 했는데 우리 오빠가 열아홉 살인데 그 놈들이 뽑아갔어유. 반장이. 그래서 우리 어매가 너 시집을 가면 엄마를 보고 일본으로 가면 엄마를 못 본다고 그래서 나 시집을 간다고 이랬어유. 양동서 이리로 왔어. 시집을.

여거 와서 시집을 여거 와서 어디 가지도 않고 이 동네에서. 애들 다 키우고. 육남매를. [조사자: 오빠 하나?] 오빠 둘. 오빠가 둘인데. 오빠가 둘인데 한분은 환갑 지내고 돌아가시고. 여기서 돌아가시고. 왜냐 하면은 그때 해방된다고 꽹과리를 흔들고 그랬는데 칠월 달에. 우리 오빠한테서 전화가 오기를, 편지가 오기를, 옷을 다 태우고 목숨만 간신히 살아남았으니 옷을 해 보내라고 전화가, 편지가 왔더라구. 우리 오빠한테서.

그래서 우리 형수, 우리 언니가, 인제 우리 큰 오라버니의 올케지 내가. 올케가 그전에는 명을 끊어다가 바랬어요. 사다가 해방됐다고 꽹과리를 두들기고 그래서 아, 이제 올 텐데 뭘 옷을 해보내냐고. 그래서 소식이 끊기고. 여태 일본서 죽었는지 살았는지 알지도 못해. 여태 소식도 몰라유. 예닐곱에 갔는데. 난 열다섯이고.

[조사자: 오빠 둘. 언니는 없으셨어요?] 언니 왜요, 언니 둘. [조사자: 언니 둘.] 우리 오빠들 둘, 언니 서이. [조사자: 서이? 그럼 육남매, 육남매?] 나까지, 나까지 오남매, 거기는. 나는 오남매고 나는 육남매를 두었지. 내가. [조사자: 자식은 육남매를 두시고.] 나는 오남매이고. 우리 오빠 둘, 언니, 나 셋, 언니가 둘이고 나니까 오남매지. 아이 그러니 고생은 고생대로 하고.

[2] 배가 고파 누렇게 뜬 사람들

[조사자: 할머니 그러면 왜정 때 결혼하신 거네요? 왜정 때?] 누가요? [조사자: 할머니!] 왜정 때 나 시집 온 거지. [조사자: 그러니까. 그러니까.] 왜정 때 시집 왔지. 열다섯에. [조사자: 그러면 해방됐을 때. 해방되었을 때 몇 살이셨어요?] 그러니까 열다섯에 해방됐으니까 몇 년 만에 해방됐어, 그러니까 그걸 치면 알지. 내가 생각이 안 나지. (웃음) 그건. 그런 것 까지는 산수를 못하지. 그

럼. 열다섯에 왜정 때 열다섯에 저거 됐으니까, [조사자: 19년에 열다섯 살이라는 얘기신가?] 그건 기억을 잘 하지 못하지.

[조사자: 그렇구나. 지금 계속 이 자리에서 사신 건 아니죠? 이 자리에서?] 어? [조사자: 시집을 와서 어디 어디 사셨어요? 요 집에서 사셨어요?] 조 언덕에. [조사자: 저 위쪽에?] 언덕 집에. [조사자: 언덕 집에.] 거기서 사는데. 솜을 이십년을 틀었어. 내가. 솜틀 넣고 (한숨) 왜정 때 그 놈들이 목화를 해면은 우리는 질쌈을 해야 입는데, 질쌈을 못 해게 하고서 다 바치래잖아. 명을. 그란 걸 밤에 고초를 말려서 밤에 자가지고 명질쌈들 해놓느라고, 밤 새워서 솜을 틀었다고, 내가. 고초 말려서. 고초 말라가지고 물레에다가 자가지고 명들 짜서 그 전에는 옷이 없잖어. 명질쌈하는 사람 삼베질쌈 하는 사람은 옷을 안 헐겄어도, 그거 못하는 사람 광목 한 자씩 두 자씩 배급 주고 운저도 나오면 두 자 한 자 이거 주고, 옷이라는 게 없었어. 광목이나 좀 배급을 주고 그랬지. 왜정 때.

그래가지고 옷이 전부 기어다 입고 살고, 가달가달 짜개진 것도 입고 호처 막 빨아서 입고 우리 시대는. 그래 참 불쌍하게 맨발로. 신이나 있어? 고무신을 줘. 고무신도 없고 짚시기 삼아서 신고. 시집갈 때도 미투리 사가서 시집을 갔어요. 여기 시집올 적에도. 고무신이 없어, 그때. 왜정 때. 그놈들이 인제 반으로 하나씩 나오면 인제 반으로 누가 제비뽑아서 하나 가져가고 이랬어요. 고무신 구경도 못했어요. 짚시기 신고 맨발로 그냥 댕겼어.

그래 얼마나 불쌍하냐고. 옛날 사람이. 지금 사람에 대면 옛날엔 참 불쌍하게 살았다고 우리 시대엔. 근데 지금 시대들을 잘 타고 나서 호강들을 하잖아. 우리네는 그러게 고생을 하고 살았어. 맨발이지, 어디서 버선을 신고 광목이 있어 뭘 했어. 양말이 있어. 내가 인제 실로 명 짜가지고 떠가지고 신고, 그랬어. 왜정 때는.

[조사자: 그러면 왜정 때는 주로 뭘 드셨어요?] 응? [조사자: 먹는 거? 먹는 게, 왜정 때.] 먹는 거야, 밥 먹고 그냥 먹어도 죽 먹고 배급하는 놈들이 다 뺏어

가고서 배급 주는 걸 갖다가 죽을 저 질경이 나가서 뜯어 따다가 나물 뜯어다 놓고서는 죽 써가지고서 남자들은 건더기 건져주고 여자들은 국물만 먹고, 애 밤새도록 젖을 빨리고, 남 식전에다 실어주고 부엌에 밥을 할려면 그랬어요.

그리고 봄에는 부황이 와서 다 죽어. 누렇게 사람이 누렇게 떠. [조사자: 부황? 부황.] 부황이야. 부어가지고서. 먹질 못해서. 부황이 나면 많이 죽잖아. 그래서 이래 죽고 저래 죽고, 약이 있어 뭐 있어? 그냥 죽는 거지, 병이 들면. 그때 그랬어요. 왜정 때. 그렇게 했어. 왜정 때 제일. 왜정 때 그러고 육이오 때 그러고, 아이구!

[3] 피난길에 자식을 묻다

[조사자: 그러면 육이오는 어떻게 전쟁이 나신 걸 아신 거예요? 그때.] 모르지. 그걸 어떻게 전쟁이 났는지. [조사자: 아니, 아니. 여기 사셨으니까.] 그럼. 여기 살았지. [조사자: 그 때 피난은 따로 가시지 않으셨어요?] 왜정 때 피난 안 갔어. [조사자: 아니, 육이오 때] 육이오 때, 육이오 때는 안 갔어. 동란에만 갔어. 동란에만. [조사자: 아, 이제 겨울 동란에.] 응. 동짓달 동난 피난에만 피난을 갔지, 왜정 때, 육이오 때 안 갔어. 피난들.

남자들만 피난 갔지. 남자들은 왜냐면 뽑아서 저리 보내기 때문에 저 금강산 가서 우리 영감은 금강산 가서 피난했어. [조사자: 금강산?] 그래. 안 들어가고. 일본 갔다 온 사람은 지금 뭐 돈 준다고 적어가고 그랬잖아. 근데 우리 영감은 피난을 금강산으로 했어. (웃음) [조사자: 그러면 할아버지만 피난 가시고 할머니는 여기 남아서 계신 거예요?] 그럼. 집에서 그냥 있고. 애들도 있고. 노인네들 있고 살고. 시어매 시아버지.

[조사자: 그러면 그때는 군인들 없었어요?] 네? [조사자: 군인? 그때 군인? 안 보였어요?] 안보였어요. [조사자: 동난 때는 어떻게 피난 가시게 된 거예요?] 우리는 피난을 못 갔어요, 나는. 우리 아버님이 우리 어머니하고 나는 애기를

가져 배가 동짓달에, 섣달에 애를 낳는데, 그때 애 갖고 나갔어 피난을. 우리 큰 애하고 여섯 살 먹은 지지배 하나, 네 살 먹은 머슴애 하나, 이렇게 데리고 가고, 내가 애를 배서 나갔거든요. 그래 동짓달에 갈 때가 없어, 문막 홍창밖에 못 갔어요, 우리는.

문막 홍창, 아주 외딴 데 거기는 가니까는 세 집밖에 없어, 집이. 그리고 다 피난가고 비었어, 집이. 그래서 우리가 거길 들어가서, 이제 죽으나 사나 군인들이 왔다 갔다 해도 그냥 거길 살아야지, 어딜 가질 못하고. 우리 아버님하고 어머니하고 우리 친정어머니가 왔었어요. 그래서 친정어머니가 그렇게 갔는데, 애들을 서이를 데리고 나갔으니, 내가. 서이 데려갔다 우리 큰 애 하나 데리고 돌아왔어요. 둘이 다 죽고. 그래갖고서 네 살 먹은 거. 여섯 살 먹은 거는 홍역하다 그냥 죽고. 약 하나 먹이지고 못하고. 그러고 동날 저기 저 문막 밖에 못 갔어, 우리는.

우리 아버님은 내가 애기를 낳는데, 우리 아버님을 길 가르쳐 달라고, 그놈들이 데리고 갔어. 이북 놈들이. 길 가르쳐 집이 여그니까, 쌀 가질러 온다고 내가 애기를 낳았으니까, 쌀이 없으니까 쌀 가질러 들어온다는 노인네가, 두 노인네가 애들을 업고 하나 업고, 난 애를 둘을 맡기고, 들어오시더니 당최 오질 않아. 그래서 우리가 굶어 죽을, 거기서 내가 굶어 죽을 뻔했어요. 부어서 일어나지도 못하고 눈도 못 뜨고, 애 낳고.

그랬는데 인제 우리 아버님을 그놈들이 붙들겨 댕기면서 길 가르쳐 달라고 끌고 댕겨서, 못해서 애는 죽어서 그냥 내삐리고, 여섯 살 먹은 지지배를 업고 들어왔는데, 그냥 홍역해는 것을 업고 들어와서 죽었는지 살았는지 어떡했는지, 그냥 내삐리고 그것은. 네 살 먹은 머슴애는 또 내가 데리고 있다가 내가 데리고 있어, 굶어 죽었지, 그것도 굶어 죽었지. 우리 네 살 먹은 것도 굶어 죽고, 나도 굶고.

다 죽게 됐으니께, 우리 친정어머니가 이제는 이래나 저래나 애가 갖다가 그거 하나 갖다 묻으면은 어머이하고 나하고 둘이 남으니께, 어딜 가야 되잖아요. 가야 밥을 먹고 살지, 거기서는 도대체 쌀도 없고 집도 없으니, 그래갖고 인제 거기서 피난을 문막 흥창에서 노인네들 올 때 바라다가 애 다 죽이고는 그래고선 갓난쟁이 하나 내가 업고서, 들어왔어. 들어와서 문막, 흥창에서 여기 문막으로 이리가도 십 리 저리가도 십 리 그러는데, 우리 아들하고 죙일 걸은 게 십 리밖에 못 왔어.

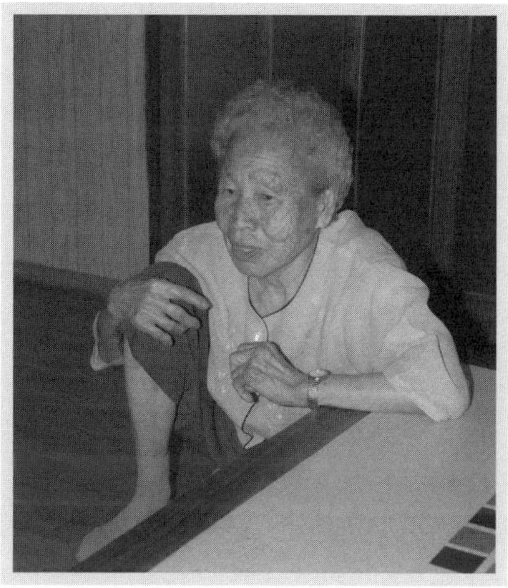

그러니께 문막, 그 아래를 내려오니까는 동네를 오니까는 원주 사람이 아주 피난민이 가—득 들었어. 어디 들어갈 때도 없어. 그래 그런데 난 갓난애를 업고, 우리 어머니는 이불 하나를 지고, 우리 아들은 물에다 내가 빠져가지고서 여가 다 얼었어. 옷이. 얼어가지고서 덜거덕 덜거덕하는 걸, 간신히 데리고 동네를 들어갔는데, 한 집이 문을 여니까 못 들어오게 해. 피난민이 밥을 해먹다 애를 국에다 빠쳐서 애가 데어가지고서 못 들어온대.

그러는 걸 애 있으면 나는 우리는 여기서 밀고서 사람이 살아야지, 그러면 비어있는데 안 들어가냐. 내가 그냥 애를 우리 애를 재를 디밀고서 옷을 죄 벳겨서 방이 절절 끓더라고. 피난민 방이. 옷을 딱 거기다 너니까, 나 죽는다고 그 사람이 애를 딘 애를 데리고 딴 데를 가더라고. 그래서 나는 그 방에서 그냥 독차지를 하고선 그 방에서 세 식구 자니까, 원주사람이 불쌍하다고 시상에 어떻게 그렇게 굶어서 그러냐고. 누룽지를 이렇게 한바가지를 나를 끓여다 줘. 원주사람이.

그래서 그걸 먹고 나니까는 취해. 취해서 쓰러진 거야 내가. 그러니까 죽은 줄 알았어. 우리 어머니는 나를 죽은 줄 알고, 실컷 먹고 죽은 줄 알고서는 밤새도록 깨어나질 않아서 그랬는데, 아침에 눈을 뜨더래 내가. 그래 인제 눈을 뜨니까 정신이 나더라고. 그래도 밥을 먹었으니까. 그래서 아침에 또 그이 네들이 오더니 불쌍하다고 밥도 갖다 주고, 감도 갖다 주고 뭐 원주사람이. 그래서 거기서 살았어. 거기서 우리 어머니하고 아군들 들어올 때까지 우리가 거기서 살았어.

[4] 문막에서 낳은 아들 군에서 죽다

그런데 거기서 아군들이 막 들어와서 저거 하니까 여기도 아군들이 들어왔을 거라고, 집이 들어가라고 그래. 집이라고 우리 아버님을 찾아오니까는 그 놈들이 붙들어가고 사람이나 있어, 저 마적구로 들어오니까 다 집도 타고 우리 집도 없어. 여기 집이 탔어. 우리 집도 타고 쌀 익은 것도 저것도 못하고 그랬어. 그랬는데 쌀도 다 타고 없고 이래서, 그냥 집 탄데 와서 쓸고서 헌집을 하나 얻어가지고서 거길 들어가서 살고 이랬어요.

그래서 거기서 집을 사는데, 우리 솜틀을 저기다 어디다 내다 놨는데, 그게 살았더라고. 그래서 그걸 틀어가지고선 그 집을 쌀 한가마니 주고 사가지고, 우리가 거기서 살은, 여기서 살은 거여, 그냥. 남의 집에. 생전 살아가지고 여태 살은 거예유. [조사자: 그럼 그 때 시아버님은 돌아오셨어요?] 그럼. 돌아오셨지. 근데 애들은 다 죽고. 우리 재만 데리고 들어왔고. 그래서 난 다 겪었어. 피난이라는 건 [아들: 내가 여덟 살 때에요.] (웃음)

여덟 살 먹어서 동란이 났어. 우리 아들 여덟 살 먹어서. 지금 칠십이에요, 칠십. 그러니 글쎄, 그래가지고선 난 아주 피난이라는 건 안 갔어. 저 문막, 흥창 고기 밖에 안 갔어. 미군들이 법석을 하고 이래도 나는 부어서 이러고 드러누워 있으니까, 문 열어 보고 닫고 가고, 문 열어 보고 닫고 가고 그러더라고. (웃음) 빈집에서.

그래서 난 피난도 다른 사람들은 뭐 그 미군들에게 당해 가지고 아주 쫓겨댕기고 이러는데, 나 애난 포대기 속에 와서 하나는 이북 사람인데 피난을 했어. 그 여자가 서울 가서 사는데 작년에도 뭐 이런 저 화장품 사갔고 왔더라고. 피난 잘 했다고. (웃음) 그렇게 겪었어요. 이제. 동란도 그렇고 왜정때도 그렇고.

[조사자: 그러면 문막 갔다가, 문막 갔다가.] 문막 갔다가 여기 왔지요. 도로. 문막 밖에 못 갔어. [조사자: 그러면 문막 가서 얼마 동안 있으셨어요?] 문막 흥창가서는 그러니까 정월 이월, 삼월 달에 들어왔는데, 그럼. [조사자: 그러면 여길 들어왔을 때는, 들어왔을 때는 전쟁이 끝났어요?] 그럼! 끝났지. 끝나서 모두 반공부대 가서 쌀도 갖다 먹고, 그릇도 주서오고 그랬지.

그래 우리 집은 타서 없으니께, 오막살이 집을 내가 샀지, 쌀 한가마, 저 여주 나가서 솜틀이 사왔어. 그걸 다 틀어가지고 쌀 한가마 주고 사가지고 우리식구가 들어서 여태 사는 거여. 그러다가 이사 왔어. 그런 것밖에 없어.

[조사자: 그럼 그때 낳으셨던 애기도 잘 크셨어요? 그때 문막에서 낳은 아이.] 죽었어요! 문막서 낳아서 들어와서 컸는데, 군인 가서 해병대에 가서 이놈들이 어떻게 두들겨 팼는지 골병이 들어서 올려 보냈더라고, 집으로. 그런데 우리가 두 늙은이, 우리 영감하고 나하고 두 늙은이 살고 우리 아들들은 저기 직장에 나가고 아무것도 몰라서, 그냥 집에서 약 쓰다가 죽었어. 스물두 살에. 스물두 살에 죽었어. 낳아가지고 고생만, 죽더라고.

죽었는데 그 아들을 온 거를 도로 갖다 부대에다 넣어야 된다는 것을, 그걸 모르고서 집에서 약만 쓰다가 죽었다고. 그러니까 억울한 죽음을 했어, 아주. 그놈들이 하도 두들겨 패서 늑막이 되가지고 피를 쏟다 죽었어. 그런 걸 부대로 도로 데려가야 된다는 거를 그때 어두워서 누가 알아? 그런 거를 알아야지. 억울하게 죽었지. 갖다 묻었지. 조 아랫집에서 죽었는데 뭘.

[조사자: 그러면 할머니 문막에서 애 낳을 때 시어머니하고 같이 둘이 낳으신

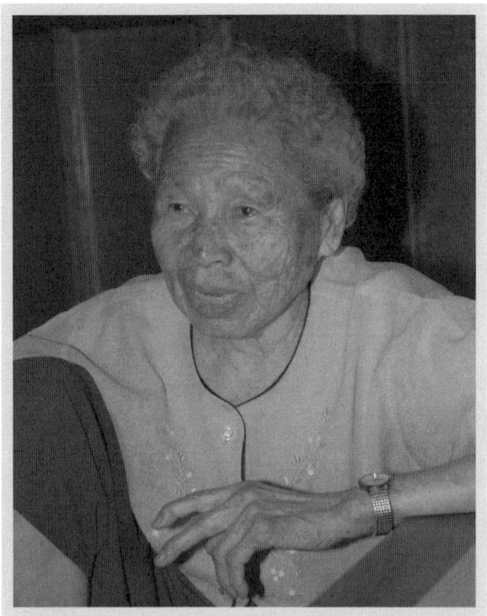

거예요?] 에? [조사자: 애 낳을 때.] 그럼. [조사자: 문막에서 애 낳을 때 어떻게 낳으셨어요?] 거기서 그냥 아파서 해 다 넘어가는데 낳았지. 그냥 낳았지. 병원이 있어 뭐 있어. 그냥 집에서 낳았지. 우리 어머니하고. [조사자: 시어머니가 탯줄도 잘라주고?] (시어머니가 아니라 친정어머니) [조사자: 친정어머니.] 친정어머니. 친정어머니하고 같이 낳았지. 우리 시어머니는 글쎄 들어가 가지고서 그놈들한테 붙들려서 우리 아버님이 자꾸 길 가르쳐달라고 데리고 댕겨서 못 나오셨다니까. 그래서 우리가 굶어죽을 뻔했다니까.

[조사자: 쌀 가지러 간 게 시부모님이 같이 가신 거예요?] 우리 어머니가 여기 와서 있었지. [조사자: 여기 와서 계시고] 그럼. [아들: 인민군 놈이 붙잡아서, 그 사람한테 붙잡혀서.] 그놈들이 우리 아버님만 데리고 댕겼지. 그래 애 죽은 것도 여섯 살 먹은 것 죽은 것도 땅에다 못 묻고, 그놈들이 끌고 가서 거적대기 덮어놨더니 짐승이 다 끌고 댕겨 뜯어먹었다고 그러더라고, 내가 들어보니까.

그러니 아휴 그렇게 겪었어. 옛날에. 나는 세 번을 겪었기 때문에 아주 진짜 굶기도 많이 굶고 고상도 엄청 한 사람이유. [아들: 우리만 떨어가지고 어머니하고, 나하고 외할머니하고. 떨어가지고 근데 아군이 더 나빠. 우리가 소를 끌고 나가는데 그 뭐 짐을 싣고 가야 되잖아요. 그거 다 내려놓고 소를 뺏어가는 거야. 안 줄라고 인제 우리만 소가 없잖아. 안 된다 물건 가지고 가는 데 쓴다. 딱 세워놓고, 총살시킨다는 거야. 세워놓고. 그러더라고. 난 쬐그만한 게, 여덟 살 때이니까 기억이 나지.] (한숨)

[5] 약이 없어 죽고 밥이 없어 죽었던 아이들

[조사자: 원주로 피난을 가셨잖아요?] 문막, 흥창에서 했어요, 피난을. 고기밖에 못 갔어, 동란에. 동란에 저 멀리 가는데 우리는 동란에 문막밖에 못 갔어. [아들: 충주! 충주까지 갔잖아요.] 몰러. 충주는. [아들: 충주 강에 건너갔다 얼음 얼어 빠져서 위아래로 젖어서.] 어디? [아들: 충주. 충주.] 여덟 살이니까. [조사자: 아드님이 기억하시네요.] 여덟 살. [아들: 일사 후퇴 때 우리 나갔거든요. 육이오 때는 못나가고. 난 할아버지 따라가지고 비행기 뜨면은 비행기를 쫓아가는 거예요. 그래야 산대요. 다른 데에 있으면 쏘니까 자꾸, 비행기를 따라 가는 거지.] (한숨) [조사자: 아!]

[조사자: 친정어머니가 물에 빠지셨어요?] 예? [조사자: 물에 빠지셨어요? 친정어머니가?] 우리 어머니? [조사자: 예.] 친정어머니? [조사자: 예.] 그때 우리 어머니 한 팔십 넘으셨지. 노인네가. 간신히 노인네가 지고 댕긴 걸. 피난 갔다 돌아가신 걸.

그러니까 고생이라는 고생이라는 건 우리는 명이 긴 거유, 우리가 이렇게 오래 살으니까 좋은 것도 보고 그런 것도 보고, 우리 앞에 죽은 이는 텔레비도 못보고 죽은 사람 엄청 나요, 뭘. 텔레비 나오는 마이크만 대고 저거 하는 거만 있었지, 웬 텔레비가 있고 그런 게 있어요? 유신기 이렇게 판에 트는 거, 이런 것만 있었지, 없어. 구경도 못하고 돌아가셨지, 냉장고가 뭐여! 냉장고가 옛날에.

보리타작을 해도 저 산골에 가 냉수 떠다 놓고 그거나 퍼먹고 냉장고에 금방 짠지래도 쉬어 터져서 그거를 보리타작을 하는데 먹고. 아휴. 냉장고가 없으니까. 뭐 어디다 넣을 때가 있어요? 에어콘이 있어 뭐 선풍기가 있어유? 아무것도 없이 어떻게 살았는지 몰러. 그 뜨거운데 보리마당을 하고서도 아무것도 없어. 부채만 있어. (웃음) 부채도 없어. 저 곽대기 떨어진 거 이렇게 하고 부채 하날 살려면 저 홍성을 나가야 사고 이랬어요. [조사자: 홍성.] 없어요. 옛날에 산 사람들 미련스러워서 그랬나, 어떻게 그렇게 살았는지 몰러.

옷이 있나. 옷 없는 사람은 삼베. 우리 어머니는 삼척에서 왔기 때문에 이리로 이사를 오셨기 때문에 우리 영감 여섯 살 먹어서 우리 시어머니가 이리로 오셨대요, 삼척서. 그래 질쌈을 우리 시어매가 일곱 살, 여덟 살까지 해요. 저 삼베 질쌈을. 그래서 나는 옷은 안 헐벗었어. 시집와서. 참 곱게 삼아서 일곱서리 해서 빤스, 뭐 초마, 그전에는 쓰봉이 없어. 초마, 그냥 적삼, 이렇게 쪼깨 적삼해 입고, 상급 입고 겨울엔 명주 질쌈해고.

또 명주 질쌈하고 우리는 그렇게 입었는데, 그거 못하는 사람은 광목, 그거 배급 타다가 그거 하나 쪼금 얻어 입고. 어디 필요해도 없어. 살래도 사질 못해. 그래 그렇게 살았어, 옛날에는. 그래 광목, 천마가 누덕누덕 기어입고, 남자들도 죄 기어서 입고 이랬지. 어디가 떨어져서 여기 쪼금 구멍 안 나도 다 내다버리잖아 지금은. 그전에는 아주 이게 본바닥이 없이 기어서 입었어요.

[조사자: 할머니 아까 몸뻬, 몸뻬는 그러면.] 왜정 때서 났지. [조사자: 왜정 때 그때 배급 준거에요? 몸뻬를. 몸뻬.] 몸뻬. [조사자: 그때 어떻게 만들어 입었어요? 몸뻬.] 그거는 저기서 [조사자: 준거예요?] 일본 놈이 해왔지. 그럼. 해서 우리 젊은 사람들 적어가지고 가서 해가지고 와서 몸뻬 입혀가지고 모심으러 다 나가고. 반장이 입고 이랬어요. 그랬지.

여기 무슨 몸뻬가 있어요? 여기, 한국은 없지. 그 일본 놈이 갔다 입힌 거예요. 그게. 몸뻬가. 그 때부터 쓰봉이 나온 거예요. 여자들이 초마만 있었고 이랬지. 언제 이런 쓰봉을 입어봤어, 옛날에는. [조사자: 아, 초마가 치마에요?] 예. 다 초마여. 그렇게 입고 살았지. 옛날에는 그랬는데, 그 일본 놈이 와서 몸뻬를 한 거지. 그게 몸뻬가 난 거지. 모를 심을려고. 모심고 댕기고 다닐려고. 힘들었어.

아휴, 옛날 노인네들은 불쌍해. 참 지금 사람 생각하면은 옛날 노인네들은 굶어 죽은 사람도 많고. 부황이 나서 죽은 사람도 많고. 봄에 나물만 뜯어먹다가 나물만 뜯어먹다 부황이 나서 부어서 죽고. 약이 있어! 병원도 없었어. 옛날에는. 그저 누가 사관이나 주고 침이나 줄중 알았지. 그랬어요.

그래서 옛날에는 산사람이 많이 죽고, 봄이면 애들이 다 죽어서 뒷동산에 올라가면 맨 [조사자: 시체?] 솔가지 뜯어서 애 쳐묻은 구댕이여. 봄에. 홍역하지, 애들이 기어 오르니께 약이 있어, 뭐 있어. 홍역하며 기름이나 끓여 먹이다 죽고 다 이랬어. 다 죽고 생으로 다 죽었어요. 그렇게 많이 죽었다고. 낳기도 많이 낳고, 옛날에는. 그랬으니 생으로 다 죽은 거지. 약이 없어서. 지금은 약이 있어서 이렇게 오래 살아요. 지금 우리네도 벌써 죽을 건데 약 때문에 여태 사는 거예요. (웃음)

애들이 병이 나도 어딜 데려가질 못해, 병원이 없어서. 아휴. 참 그렇게 살았는데 병원이 거기도 여기도 보건소도 있고, 뭐 참 지금은 사람이 명이 짧아 죽지, 생사람 죽는 건 없어, 지금은. 지금은 여태 명대로 다 살다 죽어. 지금은.

[6] 금강산으로 피난 간 남편

[조사자: 남편 분은 금강산으로] 우리 영감? [조사자: 예. 피난 갔다가 언제 오셨어요? 피난 갔다 언제?] 전쟁 끝나니까 왔지. [조사자: 저거 끝나니까 왔어요?] 그럼. [조사자: 거기서 고생은 안했대요, 금강산에서?] 거기는 왜냐하면은 여기서 금강산 가서 살던 사람이 있거든, 여기 사람이. 여기 사람이 나와서 거기서 큰아버지가 살았어. 그 사람 쫓아갔었어, 우리 영감이.

그 큰 아버지 사는 동네를 금강산을 거 가서 피난을 했다고. 지원병을 안 갈라고. [조사자: 그러면 원래 군대는 안가셨어요? 남편분이.] 군대 안 갔지. 우리 영감은 안 갔어요. 그냥 지원병만 갔지. 저기 저 지원병으로, 왜 저 동란에 동란에 그때 지원병으로만 갔었지, 군대는 안 갔어. 우리 아들만 군인 갔다 왔지.

[조사자: 그러면 지원병으로 얼마 있다가 오셨어요?] 아 피난 접고서 다 죽으니께 들어왔지. 아 그저 포로로 잡혀가지고서는 산에 가서 며칠을 자고 굶고 아주 병이 들어서 다 죽으니께 들어왔더라고. [조사자: 포로로 잡히셨어요?] 예. 포로로 잡혀서. 여 국장 국장이 한 동갑인데, 우체국 국장이 같이 가서 우리 영감은 짚시기를 삼을 줄 알고, 그 국장은 짚시기를 못 삼아서 짚터메를 꾀가지고 산에 가서 짚시기를 얽혀서 국장 신기고 자기 신고, 이래고선 산에 등허리를 넘어서 여길 찾아온 거래유. 포로로 잡혀서.

그래가지고서 다 죽으니까 왔어. 아주 이가 덩어리가 지고 (웃음) 뭐 들어가면, 옛날에는 옷에, 옷에 이가 이런 데를 아주 허옇게 기어나고, 드러웠는데, 볼 수가 없어. 빼짝 말르고 아주. 그래가지고 집에 와서 약 먹고 다 벗어치우고 그래구서부터는 침 맞고 그래도 한약방으로 그래도 댕기고 다녀서 살아나서, 살다 죽었지. 지원병밖에 안 갔어. 저기 저 동란에. 동란에 지원병밖에 안 갔어. 군인도 못 갔어. 그때는 군인도 못 갔어, 그때는.

[조사자: 그러면 그 남편 분이랑 같이.] 어? [조사자: 남편 분이랑 같이 갔던 우체국장.] 그럼 우체국장님이랑 같이 가서 포로로 잡혀가지고서는. [조사자: 아직도 우체국장이에요?] 예, 우체국장 지금 똥 싸고 들어앉았어. 다 죽게 됐어. 구십 서인데 뭘. 우리 영감은 벌써 죽었지만. 근데 그렇게 고생 많이 한 사람은 오래 못살아. 다 죽었어. 근데 그래도 지금은 호강이지 뭐. 나는 오래 살으니까 애들이 다 우리 육남매 우리 애들이, 아들이 너이, 딸 둘, 나야 호강이지, 맨날 댕기고, 뭐.

[조사자: 아들이 넷이에요?] 딸 둘. 육남매. 우리 아들은 서울 저 역삼동, 막내들은 막내는 역삼동 살고, 딸은 마천동 살고. 우리 큰 딸. 그리고 하나는 원주 살고 딸. [조사자: 좋은 동네 사시네요.] (웃음) 딸 하나 아들 하나는 서울,

여그 저 아래 서원산장 그거 우리 셋째 아들, 고짝엔 우리 둘째 아들, 여근 우리 큰 아들. 그래 아들 너이 딸 둘이여. 내가. 그러니까 지금은 만사에 편하지, 내가. 그러니 고생 많이 했다고, 딸들은. 지금은 먹을 게 없나, 입을 게 없나. 천지래도 먹기 싫어 못 먹고 입기 싫어 못 입고 이러지.

[7] 피난길에 죽어야만 했던 자식들

옛날에는 못 먹고 못 입고 다 죽었어. 뭐 은조가 뭐여. 그전에는 노방, 노방적삼이라고 났는데 처음에 그게 났는데, 아주 돈 많은 사람만 그걸 입고 여느 사람은 사 입지도 못했어. [조사자: 노방적삼?] 노방적삼이라고. 그게 처음 났어, 아주. 노방적삼이라는 게 처음 났어요. 그래서 그거를 그래도 나는 입어 봤어. (웃음) 그거 입지 못하고 죽은 사람도 많아.

그래도 우리 시어머니가 질쌈을 하도 잘해서, 우리 식구는 헐벗지 않았어요. 여기서 살아도. 삼베 질쌈, 명주 질쌈 뭐 뉘 쳐가지고 명주 짜가지고, 바지 저고리 하면 다듬기가 힘들지. 명주바지 저고리. 다 우린 그런 거 해 입었지. 그런데 다른 사람들은 못해는 사람, 여기 다 질쌈들 못해요. 여기는. 못해는 사람은 아주 옷 진짜 헐벗게 죽었어. 호청마이만 입고 댕기고. (한숨) 그랬는데 우리네는 우리 시어머니가 질쌈을 잘해서 그런 거 해 입었지. 고렇게 옷은 헐벗지 않았어.

[조사자: 할머니 피난 가셔서, 피난 문막에 피난 가셔서] 문막, 흥창. [조사자: 문막 흥창.] 고기만 가서 했어. 아주 세 집 담에 갔어. 밥을 얻으러 가니 안 줘. 주인네가 들어왔는데, 막 나가라고 야단해, 날. 애 낳고 있는데 나가래. 지 애 데리고 들어왔는데, 홍역 옮는다고 나가래. 나기기는 어디로 나가. 사람을 워데로 내쫓아. 방에 고냥 있다가 우리가 굶어 죽게 생겼으니까, 그 집이 그 집이가 동냥을 주더니 안 줘. 밥을 몇 번 주더니 안 줘. 밥을 몇 번 주더니 안 줘.

그래서 고냥 인제 떠나서 애가, 애가 서이이니까 못 떠나잖아. 하날 업어야 하는데, 하나는 갓난쟁이지, 하나는 네 살 먹은 머슴애지, 그래 머슴애를 죽었는지 살았는지 업어다 땅에다 묻고서 어머니하고 나하고 둘이 저 산에 다 갖다 놓고서, 눈으로 덮어 놓고 왔는데, 그게 어디로. 아 이제 문막 흥창에 가서 밥을 먹고 사니까, 그게 생각나서 불쌍해서 죽겠잖아. 아주. 나중에 밥을 못 먹겠어.

네 살 먹은 게 얼마나, 미군이 그냥 막 미군이 거기서 저걸 하면은 문막서 운동을 하면 그걸 흉내를 내고 이래서 미군이 달래. 네 살 먹은 거를. 우리 애를. 데리고 간다고 달라고 하는 것을 그래도 그걸 줄 걸 안 줬잖아. 내 새끼라고. 아주 애가 잘 생겼어, 우리 애가. 얘 밑인데 그랬는데 죽었어. 네 살 먹어서. 고냥 갔다 내뻐렸어. 죽어서 살았는지 굶어 죽었지, 그것도. 홍역하는 것 먹이질 못해서. 다 굶어 죽었어, 우리는. 글쎄. 나는 굶어 죽을라고 했는데 글쎄 그래도 거길 내려왔기 때문에 살았지. 우리 어매가 방굿 끌고 내려와서, 거가 한 십리 되는 데를 끌고 내려와서.

그래도 그래서 집을 만나서 거기서 그렇게 누룽지를 끓여다 주고 원주 사람들이 막 불쌍하다고 밥도 갖다 주고, 쌀도 갖다 주고 그래. 거기 내려오니까 또 애 생각이 나서 못 먹겠어. 애를 네 살 먹은 애를 고냥 눈 속에다 넣고 왔으니, 글쎄. 뭐 있어. 싸지도 못하고 고냥 저 입은 옷에 눈 꼭 감고 죽은, 죽었다고 어머이가

"얘는 죽었다."

"얘는 죽었으니 내뻐리고 애들이나 살리자. 가자."

그랬는데, 눈 속에 다 묻고서 할아버지 오면은 묻으라고 했는데, 할아버지가 왔어! 그러게 눈이 녹으면 다 땅으로 나왔지. 뭐가 다 뜯어먹었겠지. (한숨) 아주 불쌍해가지고서 그래서 그냥 잠을 못자고 생각을 하고 울고 법석을 해. 소용이 있어. 가지도 못하고. 그렇게 겪었어요. 우리는 피난을. 진짜 우리네 애들은 불쌍하게 다 죽었다고, 그렇게 셋이. 머슴애 둘, 지지배 하나.

[조사자: 그러면 거기 가셔서 문막 거기 가셔서 원주 아주머니가 누룽지 끓여주고 그 누룽지 먹고 사셨잖아요, 할머니. 그 다음부터는 어떻게 사셨어요?] 어? [조사자: 그 다음부터? 원주 아주머니가 누룽지 끓여 주셔서 그거 먹고 힘내시고 사셨잖아요. 그 다음부턴 어떻게 거기서 피난생활 하시고 사신 거예요?] (잘 못들으심) [조사자: 그 다음에 살

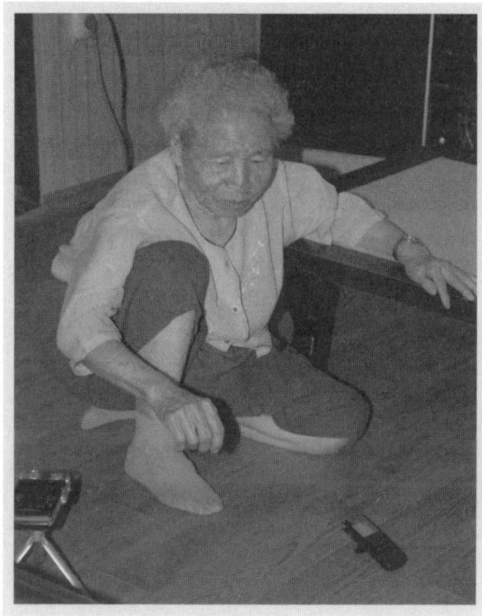

아나신 다음에 원주 아줌마한테 누룽지 주셨다면서요, 그거 드시고 기운 나셨잖아요.] 예. 그걸 먹고 살았어요. [조사자: 그 다음에 어떻게 되셨어요? 그 다음에 계속 사셨어요? 그 집에? 원주에 계속 사셨어요?] 아니요. 이리로 들어왔죠. 거기서 그러고 있다가 아군이 다 진을 치고 있다가 아군이 떠나더라구.

아군이 떠나는데 거기서 우리가 한 이십일 있었어. 그니까 우리 시누 남편이 부대에서 만났는데,

"아이고 세상에 아주매가 왜 이렇게 됐냐고. 내가 있었으면 쌀도 얻어드리고, 고기도 갖다드리고 이런데, 어떡해 하냐고, 부대가 떠난다."

막 시누남편이 날 붙들고 울고 떠난 사람이 전사당했잖아. 가서 그 길로 가서 우리 시누남편이 전사당했어요. 그래고서 못 봤어. 그랬는데 한 거기서 이십일 있다가 이제 그렇게들 갖다 줘서 먹고, 어머이가 우리 친정 어머이가 나가서 동냥을 해가지고 왔어. 그래서 그걸 또 끓여서 먹고 이러고 어머이하고 그래도 그 집에서 며칠 있다가, 그러니 빈집이니까 다 들어가는 거유. 안

직 피난민이 나갔다가 안 들어왔으니까. 그래서 거기서 우리는 피난 나간 사람 들어오면은 또 그 집 내주고 딴 집으로 가고. 그랬었죠.

그러고서 여기를 아군이 들어왔다고 들어오라고 해서 들어오니까는 저 마작골 산골에만 집이 있지, 다 탔어. 여기. 집이 다 탔어. 다 지었잖아, 여기. 저 우리 집이 다 타고 아무것도 없어. 오니까. 그래서 [조사자: 폭격이 심했나 봐요?] 네? [조사자: 폭격이.] 그럼. 폭격해서 탔지요. 여기 다 타고 여기 다 전쟁터요, 여기가. 그럼. 군인이 여기서 전장한거유. 그러니 여기 뭐가 있어요. 그냥 저 방공구덩이만 천지구, 이런데 있는 그릇 양식 다 그런데다 둬서 방공구덩에 가서 우리가 찾아다가 먹고 살았지요. 여기서.

여기 들어와서 뭐 있어요. 처음에. 아무것도 없지. 집도 절도 없지. 우리는. 보따리 진거만 있었어. 몸뚱이만 살아났어요. 그래가지고서 우리 아들이 들어와서 한 일 년 있으니까, 우리 아들이 우리 영감이 들어왔어요. [조사자: 금강산에서?] 그럼. 어디로 가서. 한 일 년쯤. 일 년이 좀 안 됐어. 일 년은 안 됐어. 그랬는데 포로로 잡혀서 죽을 뻔했다가 다 죽었다고, 여기선 다 죽었다고 그랬어요. 그랬는데 찾아왔더라고. 다 죽으니께 찾아왔어.

그래서 여기 와서 또 집을 오막살이를 얻어 그걸 쌀 한가마를 주고 내가 저 여주에다 솜틀을, 우리가 솜틀이 둘이었어요, 여기서. 여기서 하나 놓고 여주 우리 언니가 있는데, 거가 하나 놓고 그랬는데, 거기도 아주 엄청 목화가 많았어요. 그래가지고 피난 갔다 들어와서 영감하고 나하고 둘이 가서 거기 가서 솜이 틀어도 그래도 솜이 살았길래, 거기서 솜을 틀어가지고선 쌀 한가마니 해다가 집 사가지고서 우리가 거기서 들고 있고선, 이제 우리 둘은 어머이 아버지는 시어머니 시아버지는 여기 있고 우리가 나가서 거기서 솜을 틀어가지고서 벌어갖고 살은 거예요.

그래 나는 이리 시집 와가지고 여기서 여태 늙어서 여기서 사는 거예요. 애들 여기서 다 육남매 여기서 낳고. 어디 가지도 않고. 이사도 안 갔어. 저 위에서 집 사서 이리밖에. (웃음) 평생에 난 이사도 한번 안 갔어요. 이리 왔지. 시집에 왔다가 이리 온. 저 둔덕담에 있다가 이리 왔지. 그런데 내가 이사는 안 댕겼는데, 난리는 세 번을 겪느라고 그것 때문에 고생했지. (한숨)

[조사자: 할머니 그때 문막에서, 문막에서 아까 미군.] 미군들. [조사자: 미군이 아까 왜 아들 달라고 그랬다고 했잖아요. 그때 미군 처음 보신 거예요?] 에? [조사자: 미군. 미군들. 그때 처음 보신 거예요?] 미군들. [조사자: 처음 보신 거예요?] 미군이 아주 진을 치고 있더라고, 우리가 피난 나가니까. 아주 막 그냥 미군이 무서워. 아주 그냥 막 새댁들을 잡아가고 그래. 그랬는데 나는 애를 가져서 이렇고, 우리 어머이 아바이 고생을 입어서 짓옷을 입고 나갔거든.

[8] 미군 피하려고 머리 홀랑 깎은 조카딸

우리 아버지가 돌아가셨는데, 동짓달에. 그냥 나가니까는 아무도 미군이 본체도 안하는데, 새댁 그저 젊은 사람들은 막 붙들려 가는 거여. 그러니까 이제 막 그래. 그러니까 그 사람들이 우리 조카딸을 하나 데리고 갔는데, 걔를 머리를 홀랑 깎고서 바지저고리를 입혔어. 그래가지고 데리고 댕겼어. 그러니까 안 붙들려 가. 한번 붙들려 갔는데, 우리 아버님이 쫓아가서 찾아가지고 왔어요, 조카 딸을. 그랬는데

"너 미군이 또 붙들려 간다."고.

머리 홀랑 깎자고 하니까는, 머리를 손으로 홀랑 깎아주고, 지아버지 바지저고리를 입혔더니 절대 따라오지도 않아. [조사자: 남자처럼. 남자처럼.] 그리고 머리에다 검장 칠을 하고 댕겼어유. 그때 젊은 사람들 못된 짓 했어요, 미군들한테. 아이 혼났지. 그래서 새댁 하나는, 글쎄 내 이불 속에서 내 애낳고 들어앉은 이불 속에서 피난을 했기 때문에 그 여자가 저 서울 사는데, 나한테 오면은 이렇게 선물을 사가지고 오잖아. 나 때문에 피난 잘했다고. 그 신랑도 죽었어. 그 사람도. 나하고 같으니, 우리 나이 됐으니까. [조사자: 그러시구나.] 서울 아들하고 살아. 그 사람도 이북서 나온 사람인데 여자, 이

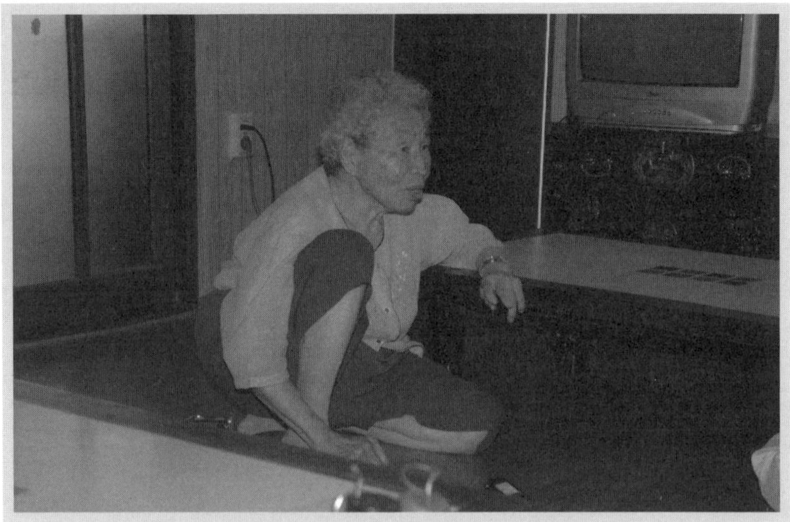

북서 저 다웃구녁 숨은 것을 그때 저거여, 그 놈들 나올 적에가 동란인가? [조사자: 인민군? 인민군?] 응. 그 인민군들 나왔으니까.

여자가 방공구댕이 들어가서 하나 붙들었어. 붙들어가지고 여기 사람하고 결혼을 했어. 그런데 잘살더라고요. 지금도 아들 딸 낳아서 여기서 서울서 사는데. 그 남자하고 사는데. 남자가 장가를 못 갔는데, 그 여자를 붙들었어, 방공구댕이에서. 못 가게 붙들었어, 이제. 한국 군인들이 붙들었어. 붙들어 가지고선 결혼을 시켰는데, 아들 딸 낳고 잘 살아, 지금.

근데 그 사람이 나한테 와 피난을 했다고. (웃음) 그래가지고선 그래도 지금 아들 딸 낳아서 며느리 손주 다 봤는데. 늙었어. 작년에도 왔다갔어, 우리 집. 미군들이 적에 하니까, 여기 한국을 나와서 도와주러 나온 거 아니여. 그러니까 그 사람들이 한참 피가 끓고 이럴 사람들인데, 여자들을 보면 가만히 안두고 그랬잖아. 그때는 많이 미군들이 잘못한 것 같지만도, 그 사람들을 생각하면. (웃음)

[조사자: 그러면 국군은 괜찮았어요? 국군은?] 응? [조사자: 국군은 잘 해줬어

요? 아군, 아군은 잘해줬어요?] 아군은 잘 했지, 그럼. 아군은 잘했지. 우리네 들은. 아군은. 우리 저기 오빠는 외사촌 오빠는 외사촌 오빠가 원주 살았는데, 여기 해방됐다고 여기, 우리어머니가 고모인데, 고모 보러 왔다가 둘은 쫓겨 그 빨갱이 있는데 와서 글쎄 얘길 했잖아, 우리 오빠들이. 친구이니까.

빨갱이인줄 모르고 얘길 했더니, 고놈들이 우리 오빠 목사가 되가지고선 교회를 나갈려는 오빠가 왔는데, 그 오빠를 학교 뒷산으로 와서 그놈들한테 총살을 맞아서 죽었잖아. 죽지 않고 피를 막 흘리는데 끌고 저 평남쪽으로 가다가 죽였어. 그놈들이.

그래고 결혼 한지도 얼마 되지도 안 됐는데. 그래서 결혼을 나를 시계를 주면서,

"동생이 이거 우리 처 갖다 주라."고.

막 피를 흘리고 가면서 주더라고. 그래서 내가 우리 올케 줬는데, 시집갔지 뭐. 그래서 우리 오빠 둘은 저리 뛰었기 때문에, 평남쪽으로 뛰었기 때문에 가고, 학교 뒷산으로 갔어, 우리 오빠는. 모르고서 막내오빠가. 그 오빠는 죽었어. 총살해서. 그놈들한테. 그 빨갱이한테 죽었다고. 그놈들은 아주 빨갱이하는 놈들은 아주 죽여야 돼. 그놈들은. 그놈들은 어떻게 그래 그렇게들 여기 당하기만 하잖아, 그놈들한테. 그 해군들 죽은 거 좀 봐. 그놈의 새끼가 죽였댔잖아.

그러니까 좋지 않아. 남을 그렇게 해코지하면 좋지 않다고. 저희도 망하지. 아휴 더러워. 옛날 말에 후한 끝은 있어도 악행 끝은 없다고. 너무 악하게 하면 안 돼. 남한테. [조사자: 할머니 그러면 중공군은 보셨어요? 중공군?] 중공군 못 봤어. 난. [조사자: 끝나고 들어와서 그렇구나.] 거기 가서 있느라고 여기는 중공군이 아주 그냥 [조사자: 많았다고 하던데.] 그럼. 여기 다 오줌 똥에다 국을 퍼다 쳐먹고 그러더래 중공군들이. (웃음)

여기 오줌 똥이가 쎘잖아. 맨날 이고 댕기고 오줌 똥 해던 그 와보니께 우리 아버님이 보니까, 오줌 똥에다 국을 퍼가지고 가 먹더래. 그런 놈의 새끼

들이라고. 우리 아버님 쫓아 댕기면서 길 가르켜 달라고 쫓아 댕기면서 보는데, 그런 데다 국을 퍼다 먹고 그러더래. [조사자: 아 그럼 중공군이 데리고 간 거에요? 중공군이?] 그럼. 중공군놈들이. 그러니까 자꾸 와가지고선 길 가르켜 달라니까 우리 아버님을 길을 아니까, 댕기며 보면, 그놈들이 글쎄 오줌똥에다 (웃음) 그러더래 글쎄. 그놈들 더러운 것도 모르더라고. (웃음)

남편은 전쟁터로 떠나고 홀로 가족을 지키다

이희순 외

"너 이년 애기 뱄구만. 서방 엇다 뒀냐고. 인자 그냥 배에다가 총을 막 대드라고"

자 료 명: 20120724이희순 · 서경님(담양)
조 사 일: 2012년 7월 24일
조사시간: 1시간 42분 21초
구 연 자: 이희순(여 · 1930년생), 서경님(여 · 1927년생)
조 사 자: 박현숙, 박혜진, 조홍윤, 황승업
조사장소: 전라남도 담양군 수북면 수북리 (마을정자)

[조사과정 및 구연상황]

이희순, 서경님 제보자는 조사팀의 시집살이 조사 때 만난 인연으로 인터뷰를 요청하게 되었다. 조사자들이 마을 정자로 찾아가니, 조사자들에게 부채질을 해주며 반갑게 맞아주었다. 제보자 두 분은 전쟁통에 참전한 남편들의 부재에도 서로 의지하며 지금까지 단짝으로 지내고 있다.

[구연자 정보]

이희순 제보자는 1930년에 태어나서 담양군 수북면으로 시집을 왔다. 서경님 제보자는 1927년 담양군 수북면 오정리 강골마을에서 태어나, 열여덟에 수북면 나산리에 맏며느리로 시집을 왔다. 결혼하고 20일 만에 남편은 군대로 떠나고, 6년 뒤에야 제대했다. 그 동안 서경님 제보자는 홀로 시어른들을 모시고 살았다.

[이야기 개요]

이희순 제보자는 전쟁으로 인하여 직업군인인 남편 얼굴도 못 보고 결혼했다. 임신 9개월째 군인 남편에게 양식을 전해주고 돌아오던 중 인민군이 겨눈 총부리 앞에서 거짓말로 위기를 모면하고 살아남았다. 친정으로 피난 가서 힘겹게 더부살이를 하며 살았다. 지리산에서 사망한 작은 아버지 시신을 수습해 온 것을 목격하기도 하였다.

서경님 제보자는 반란군의 잦은 출몰과 약탈로 인해 부모님이 서둘러 결혼시켰다. 결혼하자마자 남편의 군입대로 6년간 떨어져 지내야 했다. 서경님 제보자의 남편은 20살에 나무를 하다가 반란군에게 붙들려 갔다가 탈출하고 자수하였으나 고문을 당하는 등 고초를 겪기도 했다.

[주제어] 결혼, 임신, 출산, 인공시절, 공포, 우는 아기, 빰 때리기, 남편, 탈출, 면회, 인민군, 반란군, 총소리, 닭장, 은신, 자수, 고문, 숙부 시체, 버선

[1] 이희순: 남편 만나고 돌아오다가 인민군 만나서 죽을 뻔 한 이야기

옛날이라 맞선도 안 봐. 신랑 보도 안혀. 중매쟁이가 와서 말허믄 인자 말듣고 좋으믄 허고. 암것도 모른디 우리 아부지가 요러드라고 나보고. 우리 아부지가 똑같이 혼처자리가 여그도 좋고 여그도 좋고 둘이 났는디 암만해도

니 복으로 나오는 말인게 니가 결정을 해라, 이러시드라고. 옛날에는 처녀들이 웃집도 못가고 바람 든다고 웃집도 못 가게 허고 집에서만 컸거든. 귀엣머리 쪽쪽 따고. 머리 하나도 안 자르고 따고 헌게. 암 것도 몰라. 신랑이 뭔지. 옛날에 그랬다니까. 근디 아부지가

"암만해도 니 복으로 나오는 말인게 나는 여그도 좋고 여그도 좋은디 니가 결정을 해라."

허시드라고. 그래 부끄러와서 떠들도 못 허고 있는디. 그 중매허는 사람이 거시기헌다. 내 이름이 원래는 희순인디 얌전허다고 얌니다고 동네서 지었어, 이름을. 얌니. 얌녜. 허고 지었어, 인자.

"얌녜, 얌녜. 거시기 허드만. 입은 옷을 저고리, 저고리 고놈을 꺼꿀로 이렇게 둘르고 자믄 신랑감 될 놈이 보인다네."

그런 소리 허믄서 허라드라구.

근게 내가 인자 가만 부끄럼타고 히도 장래 내일인게로 기회는 오늘 저녁 뿐인디 아부지가 말씀해주시는디 넘겨불믄 안 되겄길래 자다가 어머니 아부지 모르게 벗어논 저고릴 갖다 뒤집어쓰고 인자 간게 남자가 키도 크도 안허고 맞선도 안본게 몰라, 옛날에는. 키도 그룷게 키도 않고 작도 않고 통통허니 그래갖고 흰두루마기를 입고 우리 친정 마을 어귀에 펄랑 올라와갖고는 이룷게 방으로 들으가드라고. [조사자: 진짜 보여요?] 근게 인자 중매헌 사람이 고것이여. 헐렁 보여. 얼굴을 어쯔고 생긴고 하니 허여니 통통하니 크도 않고 작도 않고 두루매기를 펄렁 험서 보여. 그르다 인자 꿈 깨갖고 있은게 물어봐. 아 얌녜, 꿈 꿔었어? 그래. 나 사실대로 했어. 아이 그 남자가 크도 않고 작도 않고 통통허니 흰두루매기, 나 모신줄 알았어. 사실대로 말해줘야지. 흰두루매기를 입고 이러저러 크도 않고 작도 않고 펄렁허니 방으로 들으가대. 아, 여그다 혀. 중매쟁이 말이 여그다, 혀. 그래갖고 결정했어.

[조사자: 결혼하실 때가 몇 살이셨어요?] 열아홉. [조사자: 전쟁은 몇 살에 났어요? 시집가기 전에 났죠?] 그랬제. 왜정 때. [조사자: 한국전쟁?] 와갖고. 육

이오는 우리 시집 와갖고 나고. 저 왜정 때 일본놈들 들와갖고 우리 못살게 헐 때는 시집 안 올 때. 안 올 때 전쟁이 나고 그랬어.

[조사자: 시집 와갖고 전쟁 났을 때 자제분 있었어요?] 그게 아녀. 일테믄 승양반이 스물다섯이고 나는 열아홉이고 그랬어 결혼할 때. 우리 아저씨가 경비대시절 때. 그때는 군인이라고 안코 경비대라고 그랬어. 경비대. 시절 때 군대를 가셨어. 그래가지고 인자.

[조사자: 영감님이 몇 살 때 군대 가셨어요?] 근게, 인제 모르제. [조사자: 결혼하셨을 때가 스물다섯이었다면서?] 그때 군인이드라고. 군인이여. 말하자믄 결혼했어. 결혼했는디 열아홉 살 때 결혼해갖고 스물한 살 때 그냥 애기가 있드라고. 그랬는디 스물이레 날에, 애기 난 날짜도 안 잊어부렀네.

근디 그 당시에 그 왜 일어났는가 몰라. 그래갖고 못 와. 아저씨가 즈그 애기를 났어도 집이를 오도 못해. [청중: 육이오 전쟁이 났구만, 글떡에는 인자.] 오도가도 못 혀. 그래가지고 어뜩해, 다 잊어부렀네. 고놈 뱄을 때, 배갖고 아홉 달인디 광주 몰래몰래 왔다고 나보고 만나보게 나오라고. 우리 친정 당질 여그 여그, 옛날에는 학생복이 여가 이룹게 애리가 붙은가 꼼매져갖고 있다대. 여그 여가 애리가. 거그 속에다가 나보고 계란허고, 깜밥허고 계란허고 조까 싸갖고 오라고. 여그 쪽지다가 딱 써갖고 우리 당숙한테 보냈드라고. 준비해갖고, 차도 그때 못 댕겼어. 근게 고놈을 갖고 걸어서 광주까지 갔어. 오십 리 길을. 걸어서 배는 요로케 불러갖고.

그랬는디 그때 근게 육이오 해방 삼 년 만에 거시기가 되부렀거든. 해방 삼 년 만에. 일제 삼년 만에 요고 뭐여 인공이 안 되아부렀소. 삼 년 만에. 근디 근게 글떡에가. 스물한 살 때가 저기 인공놈들이 와부렀은게로. 내가 말을 제대로 못한게, 잘 알아갖고. 요고 정신이 대가리가 맞아부러갖고 범벅이 됐단게.

근디 뭐라고 허냐믄 가다가 신랑 만나고 온디 광주 그 형무소 곁이 살았거든. 만나고 온디 감서로 요로라고 그러드라고 나보고. 어디 인민군들이 만나갖고 어디 갔다 오냐고 허므는 우리 당숙모가 형무소 뒤에 살았어. 당숙모 아프셔서 밥 해드리고 온다고 하라드만.

아이 그래갖고 온디 거거 시방 국립묘지 안 있소. 저그저그 어디여 시방. [청중: 망월동.] 망월동. 아이 그만치 온게 거그서 와 인자. 배는 요로고 생겨갖고 걸어서 온디 저그서 두 놈이 나를 바수고 섰어. 그래 징그랍게 무서워. 쏘문 나는 죽어 인자. 말하자믄 영감이 군인이라. 근디 인자 영감 만났다고 말고 당숙모 밥해주고 온다고 그러라고 갈쳐주드라고.

긋더니 막 둘이 쫒아와라. 우리 친정동네는 아직 안 보인디 쫒아와. 근디 딱 먼디만치 있을 때가 더 무섭제 딱 당해분게 이판사판이다. 그서 생각하니까 무서봤자 소용없어 인자. 독안에 쥐가 되야분디 뭐 어뜩해.

딱 총을 내 배때기 있는 데다 딱 대고. 배는 인제 요로코 불렀은게. 신랑있은게 뱄을 거 아녀. 근게 인자인자 확 대고는 삼메타 거리로, 말은 인자 삼메타 거리로 총을 쏜다고 허드만 말 듣기에. 근디 삼메타 거리로 서서 대고

"너 옳은 대로 말허라."고.

그러드라고.

배때기 본게 옳은 대로 말허라고 그려. 그서

"물어보믄 내가 말해주마."고.

근게

"어디 갔다 오냐?"고 글대.

시킨 대로 했어. 안 가르쳐줬으믄 아 어쩔줄 몰라, 미련해갖고.

"우리 당숙모가 혼자 사신디 아프셔서 밥 해주고 온다."고.

"병원에 가 있냐, 집에 가 있냐?"

글드만. 어쩌 또. 집에가 있다고 혔어. 집이가 있따고 혔어. 거짓깔이여. 집이가 있어. 아프도 안했어, 거짓깔 허란게 인자 집이가 있다고 했드니 그냐고. 그믄 시방 어디 가냐고.

"저 동네 가요. 거가 우리 집이요."

긋드니 이자 가라고 허대. 가라고 헌디 가라고 해갖고 쏜다 싶은게, 그때는 이자 아주 발이. [청중: 등어리가 식은땀이 포록포록 나제.] 아이 요것이 뛰어진지 안 뛰어진지 모르겄어. 가라고 해갖고 쏜다 그러드만. 총도 그냥 웬만큼 큰 것이여. 그래갖고 돌아 보도 못 혀. 돌아 보도 못 혀, 그냥.

그 저- 가갖고 인자 한 이십 메타도 더 가부렀어. 근게 살짝 본게 없어져부렀단게. 그서 좋다고 우리 집으로 간게 우리 형부도 고 사람한테 당해갖고 죽을라다가 살아갖고 와서 그냥 더더더더 떨고 있어, 우리 그 친정에 방에서. 그서

"왜 그냐?"고 헌게

"아이고 동네사람이 말을 잘 해줘서 살았다."고.

"어쯔고 처제는 왔냐?"고 허대.

"아이고 형부. 둘이 그냥 이러저러했는디 나 시방 포도시 왔소."

우리 친정은 아주 겁나게 고생을 시켜부렀어. 사우 딸이 갔다가 그냥.

그랬는디 그때 그래가지고, 그래가지고 아홉 달인디. 이젠 난 달인디. 아니 아홉 달인디 우리 큰집이서 우리가 나락을 비어. 그 산골에서 나락을 비야된다. 나도 가야 된다, 이자 갔어. 나락을 비러 갔드니 산에서 그냥 인민군들이 시 놈이 내려 오드니 칼날이 앞대도 없는 거, 훅 찌르믄 들어간 칼을 시 놈이 와서 석석석 갈고 있어, 우리 숫돌에다가. 우리야 나락 비는 거, 가는 거 있어 숫돌이라고. 거다 와서 슥슥슥 간게 내가 도저히 배는 불러도 못 허겄걸래 나 절대 안 간다고 해갖고 아홉 달 된 배때기 갖고 우리 종남댁허고 바까갖고 내가 배를 짜고 종남덕더러 나락 베러 가라고 했단게.

그믄 그때가, 인공때라고 했지 내가. 그믄 삼 년, 삼 년 후에 인공이 와부렀구나. 해방 삼 년 후에 인공이 왔어. 일정 해방 삼 년 후에 일정이 왔어. 근게. 햇수가. (시기가 헷갈리는 듯 같은 말을 여러 번 반복함) 해방 삼 년 후에 인공이 와서 일정이 또 왔다 갔능갑네. 나 말도 지랄같이 못 한단게.

[조사자: 칼 갈고 그냥 갔어요?] 응. 앞뒤도 없는 놈, 푹 쑤시믄 들어간 칼을

요로코 진 놈을 갖고 와서 그냥 우리 낫 가는 숫돌에다 슥슥 시놈이 와서 갈드란게. 그그 거시기 모자 쓰고 인공모자 쓰고 옷 입고 누런 거. 아이 그래갖고 군인 각시라 어쯔게라도 알고 와서 나 쑤서 죽여불께미 죽어도 못 보겄어. 그서 안 가불고 우리 종형님허고 바까갖고. 지금도 벌벌 떨려.

[조사자: 그럼 인민군들이 와서 양식도 가져가고 그랬어요?] 그것은 가지간 것은 안 봤어. 일정 때 일본놈들이 말허자믄 그냥 창으로 쑤셔갖고 히서 가져간 것은 봤어도. 일본놈 새끼들은 빰을 때려도 (손바닥을 펴며) 손바닥을 딱딱 펴갖고 그냥 빰 때리믄 지독허니 아퍼. 이롷게 오므려갖고 때리믄 덜 아퍼. 근디 탁 때리믄 아조. 아이 맞었다니까. [조사자: 할머니가?] 응 [조사자: 왜 맞으셨어요?] 친정에서. 말도 가닥도 꼬댕이도 없네. 옛날에는 목화 갈아갖고 키워서 해갖고 베짜서 옷 해 입고 딸도 여울라믄 고놈 이불도 만들어주고 그려. 인제 내가 나이 먹어 간게 우리 어머이가 인자 히서 베를 짠디 짜다 놔뒀어. 근게 일본놈들이 오드니 아 베가 한 절반이나 짜두고 솔찬히 남었는디 방에 오드니 그냥 멀코, 베 짜는 멀코를 끌코. 징헌 놈들이여, 일본놈들. 그래갖고 그그 뭐 지진인가 나갖고 뭐다 디졌어. (청중 웃음) 그때 일정 때 안 겪어본 사람 몰라.

[조사자: 인공 때가 살기 힘들었어요, 일본놈들 밑에 있을 때가 힘들었어요?] [청중: 힘들기는 일본본들 왔을 떡에는 겁나게 힘들고. 그때 일본놈들은 우리 밥을 못 먹게 농사 지므는 싹 공출, 공출 다 가즈가불고. 목화 갈아서 베나서 옷을 해갖고 우리가 고놈을 입고 살거든. 목화도 싹 공출내라고 가즈가불고.] 나무도 다 해갔어, 나무. 그놈 다 빗겨서 가즈갔어.

[2] 인공들 무서워서 우는 아이 뺨 때리며 젖 준 이야기

[조사자: 인공 때 처음 아기를 낳으셨네요? 아들, 딸?] 아들. [조사자: 아들 낳으셨어요?] 작년 스무 이렛날 환갑 넘어갔네. [조사자: 아기 낳을 때는 인공 땐

데 군인 가족이어서 힘들게 하진 않았어요?] 애기를 났어도 불도 못 쐈어, 방에다가. 그냥 문에다가 우리가 또 집이 가양집이 되야갖고 인공새끼들이 들와서 말썽부릴까 무성게 문에다가 불 안 나가게 애기 젖줄라믄 담요를 이렇게 딱 쳐갖고 가만히 젖 줘서 뉩히고, 인자 불 안 나가게. [청중: 그때는 호롱불인디] 호롱불이라도 비치믄 온단게 그놈들이. 아주 귀신같이 와. 담요로 개리고 젖도 주고 그랬단게. 근게 내가 철이 없지 있겄소, 이놈으 애기가, 담요를 개리고 애기 젖을 준디 이놈으 애새끼가 막 울어. 웅게 그냥 막 이 빰 때리고 저 빰 때린게 그냥 더 운디. 귀가 애린게 그놈을 그냥 내가 그놈을 그 지랄허고 쳤어. 그 애린 놈을 갖다가. 내가 디지야 허는디 안죽고 야든세 살 되도록 살고 자빠졌단게.

[조사자: 인민군들은 군복을 입고 다녔어요?] 응응. 그려 붉으테테한 놈으 모자 쓰고 옷도 노랑탱탱한 거 고거 입고. [조사자: 마을엔 얼마나 있다가 갔어요?] 고것들은 밤에 와. 낮엔 안 와. 마을에는. 낮에는 우리 순경들이 들어오고 밤에는 그것들이 오고. 근게 당췌 살 수가 없단게.

[조사자: 군인가족인데도 순경들이 힘들게 했어요?] 아이고 말도 못해, 아주. 죽일라고. 오직하믄 우리 시아부지가 약 사러 갔다 왔다드만. 쌀 한 되 싸갖고 가다가 저그 나락 밭에 숨었다드만. [조사자: 왜요?] 군인가족은 다 죽인게 인자 저것들한테 맞어 죽으니, 총 맞어 죽으니 우리가 차라리 죽자 허고 약 사러 갔다드만, 우리 시아부지가. 나는 그때 여가 없고 우리 친정에가 있었어. 친정에가 있음시로 그런 거 수모 당했단게. 와서 본게 그런 애길 허드라고. 아이고 옛날에 우리는 고상으로 태어나갖고 고상으로 인자 디지게 생겼어. 좋은 세상 한 번도 꼴도 못보고 죽게 생겼어.

[조사자: 순경들은 어떻게 힘들게 했어요?] 그 사람들은 또 어쯔게 허냐믄. 동네가 이 동네 저 동네, 저 동네 있으믄 이 동네 사람은 아무렇지도 않고 점잖허게 살림이나 허고 살고 있는디. 갖다가 저 동네 사람들이 사람 죽였다 뭣혔다 막 그냥 거짓깔 말 들어가갖고 밀정을 시켜. 와서 죄도 없이. 죄나

있어갖고 죽으믄 울도 않제. 꼭 긋써.

[조사자: 영감님은 언제 제대하셨어요?] 제대가 [조사자: 전쟁 끝나고?] 전쟁 끝나고도, 만기제대. [조사자: 그러면 영감님은 전쟁터에 참전은 안하셨어요?] 했제. 해갖고 무릎 총 맞고 터도 있어. [조사자: 어디서 어느 전투에서?] 어디서 했다드만. 잊어붔네. [조사자: 전쟁터에 나가셨으면 걱정 많이 하셨을 텐데 편지라도 주고 받으셨어요?] 편지를. 부산으로 그떡에 내가 얼렁 생각헐 때 그도 내가 결혼했다고 영감이다고 전쟁에 나간다고 걱정헌게, 우리 종남이 성이 고가여. 고실아 고실아 걱정마라. 즈 비양기가 부산으로 간다. 부산으로 간게 틀림없이 고서방이 부산서 시방 저저, 피난가서 부산가 있다. 알아 이제 우리 종남은. 부산 가 있다고 나보고 걱정 마라고 그러드만. 내왕으로 편지고 뭐고 못해. 헐 수가 있가니. 근디 대처 나중에 본게 부산으로 피난갈랑가, 여그 왔다대. 여그 왔다혀. 나를 델꼬 갈라고. 살릴라고. 그 뭔 대장 어른이랑 피난감서 왔다드랑께. 그래갖고 국신가 뭔가 삶아서 그놈을 먹고 갔다대. 내가 없싱게 델꼬 가도 못하고. 나는 친정에 가 있었어. 저저 우치동, 그 친정. [조사자: 무슨 동?] 우치동, 우치동. 광주 우치동. 거가 있은게 인자 이롷게 저그 저 나 데릴러, 같이 델꼬 갈란게 없싱게 못헌게 국시만 삶아서 먹고 간다드만. 그때 인자 내 부산 갔다, 내가 말 헐 줄 모릉게, 군인들 나오게 될 때 거그서 나왔다대. 그리갖고도 집이도 얼릉 오도 못 혀. 반란군들 그것들도 간 것들은 가고 디진 것들 디지고 숨어있는 것들 많혀. 배고파서 이자 얼판에 가도 못하고 디진 것들 싹 없어질 때사 왔단게. 밤에 와서 막 대님서 죽여. 이판사판인게 고것들이. 지가 엥기믄 지가 죽고 우리가 엥기믄 우리가 죽고. 고런 판국이었단게. 아이고 살벌했어.

[조사자: 영감님은 군대 가시고. 그럼 뭐 해서 누구랑 먹고 사셨어요?] 큰집이서 친정에서 사오년 살고 여그 우리 큰집에 와서 팔 년 간을 얻어 묵고 살았어. 팔 년 간을. 팔 년 간을 얻어 묵고 삼서 우리 딸, 고것은 일곱 달 되얏고. 칠개월 되갖고 죽어불고. 백일지침. 지침 많이 한 것은 약이 없어갖고 죽어불

고 인자 여리 와서 딸 났어, 딸. [조사자: 큰집으로 와서 딸을 낳으셨어요?] 야. 큰집이서 또 딸을 났는디. [조사자: 그때도 전쟁 중이었어요?] 아니지. 그때는 아니여. [조사자: 전쟁 끝나고?] 응. 그래갖고 딸 나서. 큰집서 내 얻어 묵고 살다가 요리 이사왔어요.

[조사자: 할머니 친정 형제분이 몇 남 몇 녀세요?] 딸 셋에다, 아들 하나. 사 남매였었어. [조사자: 할머니 몇 째신데요?] 내가 두째 딸. 근디 이제 다 돌아가셔불고 내 밑에 동생하고 둘 살았어. [조사자: 그럼 영감님은 몇 째세요?] 오 형제 중에 셋째 아들이여. [조사자: 그럼 시부모님하고 같이 살진 않으셨겠네요?] 살았어. 근게 삼서 영감님이 군이 갔은게로 거그 거 시어머니허고 큰집에서 밥 얻어 먹고 삼선 팔 년 간 살았단게. 같이 삼선, (서경님 화자를 가리키며) 요집이 옆에 집이여 말하자믄. 같이 놀아. 놀믄 우리 시어머이가 솔찬히, 좋으시면서도 입으로 쪼까 말을 그렇게 혀. 그래갖고 여직 놀다가 시어머니가 오시믄 무서웅게 그냥, 얻어 묵고 상게 더 무섭제. 오시믄 나 여그다 놔두고 문을 잠가. 대문을. 솔찬히 내가 조깨 짜갈짜갈했는가벼. 나는 뭣인디 뒤에 온디 문을 잠그냐, 썩 밀어불고 그냥 따라들어왔어. 아 근게 한번은 이불을 조까 덮고 장게 이불을 가즈가분단게. 야 이년아 우리 아들 이불인디 왜 니가 덮냐 가즈가부러. 아이 추운디 깨복쟁이로 있을란게 추운디 추워. 가만히 생각헌게 화가 나. 얻어먹고 산 주제에. 어머이는 아들이믄 저는 뭐이요, 추워 죽겄소. 쪽 뺏어다 덮었어 덮어. 아 시방은 생각하믄 조까 짜갈짜갈 했는갑단게. 병신은 같아도. 그릉게 그렇게 했제 옛날에.

그래갖고 (서경님 화자를 가리키며) 요기하고 둘이 신랑 군대 가고 없고. 나도 큰집이서 신랑 없이 밥 얻어먹고 삼서 한 번이나 만나믄 둘이 뭇이 그르고 재미가 있는고. 밤을 샜어.

[조사자: 전쟁 통에도 두 분이 친구처럼 친하게 지내셨어요?] [서경님: 두 집이다. 여그랑 전쟁 통에. 육이오 때 전쟁허러 가불고 없은게 요로코 둘이 그냥 만나므는, 못 만나. 유제라도 요로코 자코 만나서 얘기허고 놀가니. 시집살

이 허니라고 못 만나. 그런게 그냥 한번이나 만나믄 하이고-메. 저녁에 날 새부러 날 새부러. 둘이 애기허니라고.] 뭔 애기 했는가 몰라 이. [서경님: 몰라.] [조사자: 뭐 하면서 그렇게 날을 새세요? 일 하면서?] [서경님: 애기허믄서 그랬지. 그때는 애기허믄서 놀았지 뭔 놈의 일이여. 그때는 일 안 허지.] 누구도 없었어, 그때는.

[3] 서경님: 인민군 피해 일찍 결혼한 이야기

[조사자: 결혼을 몇 살에 하셨어요?] 열여덟. [조사자: 전쟁은 언제 났어요?] 그때. 그해에. [조사자: 그럼 몇 월에 결혼하셨어요?] 나는 동짓달. 음력으로 십이월 달. 십일월 달이 동짓달이제. 십일월 달. 동짓달. 그때 전쟁헐 때여. 육이오 터져나와갖고. 근게 전쟁헐 땐디. 왜냐믄 나를 열여덟에 얼릉 보낸 것은 어째서 보냈냐믄. 우리 친정부모가 저기 산 밑에 저그 산 밑에. 산 밑엥게 그때는 인공들이 그러코 산 밑에가 있다가 산 밑에 동네로 와갖고 전부 다 가지가 묵을 것을. [청중: 인공들이?] 하모. 다 가지가. 소도 가지가고 닭도 가지가고 돼지도 가지가고. 갖고 가서 산에 가서 잡아 묵을라고 가지가. 그래 가지가고 처녀도 있으믄 가지가부러. [청중: 처녀를 뭣 허러?] 집이 갖다가 인민군 맨들어갖고 델꼬대닐라고 가지가분단게. 인민군이 잡아간다고 나를 열여덟에 얼렁 여워부렀어, 요리.

그래갖고 요로고 열여덟에 시집을 왔는디 시집와갖고 이십일 살았어. 꼭 이십일. 이십일을 상게로 저 거시기 우리 바로 유제가 또 우리 영감허고 갑쟁이가 있어, 남자 갑쟁이가. 근디 거가 인자 군인에를 가라고 영장을 받았는디 우리는 가난하고 거기는 잘 살고 헌게로 그 냥반은 돈이로 딱 군인을 안 가고. 그때는 전쟁터여. 군인을 가도 전쟁터. 근게 돈 받어 묵고 병사계에서. 우리 유지에서 또 병사계가 살았어. 그 병사계가 우리 영감을 보내불고 그 사람은 돈이로 빼갖고 놔두고. 그래갖고 우리 영감이 나 결혼해갖고 꼭 이십

일 살었는디 군인을 보내부렀어.

그래갖고 군인을 가서 꼭 육 년 간을 군인생활을 그때 히야 제대를 허드만. 육 년. 꼭 육 년 간. 근게로 그때는 인자 그냥 편지로나 허제 뭐 시방같이 전화허고 어디 그러요. 편지가 한 달도 안 오고 두 달도 안 오고 석 달도 안 오믄 인자 전쟁 통에서 죽어부렀능갑다. 많이 죽어서 왔어. 거시기 오순이 오빠도 오산 양반허고 함께 그때 군인에 갈 무렵에 갔는디 죽어불고. 많이 죽어붰어 그때는. 많이 죽었는데 글도 우리 영감은 글도 뭔 선인이 돌봤는가 안 죽고 글도 살아왔어.

근디 애기를 들어본게 전쟁을 헌디 포가 여 앞에가 떨어지믄, 포가 떨어지믄 다른 디로 피헐 것이 아니라 포 떨어진 데로 고 구댕이로 들어갔다, 혀. 그러믄 이 자리는 또 포를 안 쏠 것이다 허고 요 구댕이로 들어갔다, 혀. 그 포 떨어지믄 구댕이가 파져부요. 그 구댕이로 들어갔다, 혀. 그래갖고 고로코 안 죽고 살아서 왔어.

전쟁도 전쟁도, 나 여그 시집오기 전에 산 밑에라 아주 인민군들이 파고 살고 저녁이믄 와서 그냥 뭔 옷 입을란게 옷도 다 가지가고, 베 짜 논 놈 베도 가지가불고, 소도 끄지가불고 돼지도 가지가고 닭고 가지가고 다 가지가부러. 양슥도 가지가고. [청중: 인민군들이 그랬어?] 다 해가부렀어. 그릉게 아주 저녁만 돌아오믄 인민군 올까 무서서 벌벌 떨며 살았어. [청중: 여기 겁나게 심했구만.] 우리는 산 밑에라.

그릉게로 여그 요 장동댁이랑 장동양반이랑 저그 저 시방 경택이랑 고리 강골로 또 피난을 왔어. 근디 피난을 왔는디 내가 본게 모다 짊어지고 와갖고 피난을 왔는디 아이고 여기는 피난 오믄 안된다고, 여그는 저녁마다 인민군이 내려온게 여그는 자고 간게 못 씐다고 항게 용사로 갔다네, 용사로. 그래갖고 용사 가서 죽었어 장동양반이. 그래갖고 죽었어.

저 동네 사람이. 그룽게 그때 인공 때 아주 인공놈들은. 왜정 때는 우리를 못살게 공출을 보내라고 해서 막 공출을 가즈갔어도 인공놈들은 사정없이 사람을 다 죽여부러. 인공놈들은 아주 말도 못하게 사람 많이 죽었어, 아주.

[4] 결혼 전 남편이 인민군에 끌려갔다가 도망 나온 이야기

또 우리 신랑은 결혼 허기 전에 한시동이라고 저기 산 밑에. [조사자: 어디라고?] 한시동. 저그 한시동을 나무를 허러 그떡에는 인자 나무를 산에서 히다 때거등. 이자 나무를 허러 갔는디. 아이고 인공들이 잡어가부렀어. 인공들이 거 산에서 나무허다 잡혀가부렀네 거 인공 때. 결혼허기 전에 잽혀갔다네.

그래갖고 잽혀가갖고 인공들허고 같이 산디 아주 저녁이믄 그냥 인자 뭣 허러 가자고 허고. 뭐뭐 역사허러 가자고헌다등가 뭣허러 가자고 헌다등가 가자고 한다혀. 그러믄 인자 가므는 그냥 뉘집이든지 들어가서 그냥 닭이고 그냥 개고 뭣이고 그냥 다 잡아서 갖고 와, 인자. 그래갖고 낮에 해서 묵고 잔다요, 또. 낮에 산에서 자.

자믄 우리 영감이 한 열흘인가 보름인가를 고로로 따라댕김서 허다가 '내가 여기서 요로코 따라댕기다가 요롷게 허믄 인자 나는 요 사람들헌테 죽는다.'

그 생각이 들어가서. 낮에 내 누워서 잔디 이 양반이 그랬다고 혀.

"나는 밥을 헐란다."고.

낮에.

밥을 헐란다고 그람게,

"그럼 그러라"고.

마음 놓고 이제 미칠을 한데 댕인게 믿었제.

다 잔디 인자 나무를 똑딱똑딱 끊었다요. 그 사람들은 잔디. 그른게 밥 헐라고 나무 끊은 주나 알겄어.

그런게로 자고 있는디 나무를 똑딱똑딱 끊음서 내려와갖고 그냥 어디만치 오다가는 그냥 디지게 담바구를 쳐서 저수지 밑에 와서 잠을 숴부렀다대. 저

수지 밑에 와갖고. 그래갖고는 인자 고롷게 인민군한테 잡어가갖고 온게로 자수를 해야 살제, 인제. 여그서 죽일라고 해 또. 인민군한테 갔다 왔다고. 여그서 죽일라고 항게로 이자. 자수를 했는디 아이고메 어디를 델꼬 가드니 쇠매, 쇠, 쇠. 가느롬-헌 쇠매 요로고 진 놈으로 고놈으로 탁-탁- 때림서 옳은대로 불으라고 때린게 그랬다혀.

'내가 인민군들한테 대니다가 죽을 것을 내가 요로코 내가 애쓰고 나와갖고 내가 요로고 여그서 죽겄다.'

그랬다 혀. 쇠매 요론놈으로 뚜드러 맞은게.

긋드니 우리 신랑으로 해서는 큰집 형, 거가 넘은도서 산디 반장을 했다요, 그 냥반이. 그런게로 그 냥반이 서두러갖고 지서에 아는 사람 많허고 헌게로 지서에가 말허고 또 어디가 말 허고 해갖고 그래갖고 풀려나왔다. 안 죽고 나왔어. 아주 거그서 죽어분 것놈이 낫것다, 혀. 요런 쇠매로 나끈나끈한 쇠매로 탁탁 때림서 옳은대로 말 허라고 고롷게 뚜드러 맞았다고 해라. 그래갖고 고 살았는디 군인에 가갖고 고롷게 안 죽고 요기서 살다 죽었고만. [조사자: 잡혀갈 때가 몇 살 때셨대요?] 잡혀갈 때가 스무 살 때. 나무 허다가. 그래갖고 군인에 가갖고 꼭 육 년 만에, 육 년을 살고 제대를 했다니까.

인공 놈들도 전부 우리가 농산 진 놈을 돌라가부러 돌라가. 와서. 뭐 공출 내라고 헌 것이 아니라. 일본놈들은 공출내라고 헌디 이북놈들은 즈그가 와서 다 가즈가. 전부 가즈가. 밤에 와갖고 사람도 가즈가불고.

[5] 군대 간 남편과 주고받은 편지 이야기

[조사자: 인공 때 마을에 들어와 있을 때 있었던 일들 좀 얘기해 주세요.] 산에서 산다니까. 낮에 통. 밤에만 와서 고롷게 가즈가기만 한당께. [조사자: 할머니 시집 왔을 때도 그렇게 집에 와서 뭘 가져가고 그랬어요?] 나는, 여그는 그렇게 안 오드만. 산 밑에가 그른다니까. 여그는 그렇게 안 와. [조사자: 그럼 그

때는 그렇게 힘든 일은 없었어요?] 왜 없어. 말도 못하게 힘들었지. [조사자: 그것 좀 이야기 해주세요.] 아이 군대 가갖고 없고. 나 결혼이라고 열여덟에 해갖고 스무날 살고 군인을 가부렀는디 나 혼자 삼선 시어머이 시아버지 밑에서 삼선 얼매나 저 삼선 고초를 받았겄소. 말도 못하지. 그랬어.

[조사자: 그때 할아버지랑 주고받았던 편지가 있으세요? 할아버지기 군대 가 있을 때?] 있어. 그떡에는 주고받고 했는디 내가 그것을 엇다 지금까지 간직을 해놓겄소. 몇 십 년을 살았는디 읎어, 고것은. 이자 오고가고 편지는 내가 허고 거그서 오고.

[조사자: 그럼 그때 썼던 편지내용 좀 얘기해주세요.] 내용은 저거 우리 영감이 편지를 험서 뭐라고 허냐믄 요러. 집이 한번이나 거시기 휴가를 가므는. 근게 인자 고롷게 편지를 험서 뭐라고 허냐믄 그려. 집이를 휴가를 가므는 지기 부모 성질을 다 앙게 이자 여기서 살라댜 허고 휴가를 온가벼. 있을라댜 허고 온가벼. 그믄 있다 혀. 그르므는 편지에 그려. 집이를 가므는 나는 당신 없을 줄 알고 갔는디 가므는 꼭 집이가 있은게 고롷게 고마울 수가 없다고 고로코 편지를 헌다고. 나도 편지를 험시로 젊어서 고생은 사다가도 헌게 괜찮다고 고로코 편지 답장도 허고 그랬제.

[조사자: 영감님이 고생 많았다고 하면 눈물 나고 그랬어요, 편지 읽으면서?] 하모. 많이 울었제. 고것은. [조사자: 보고 싶어서?] 보고 싶고 고상하고. 그때만 해도 전쟁, 전쟁 헌 디라. 거가 전쟁허고 있어, 시방. 근게 살랑가 죽을랑가도 모르고. 살아서 올랑가 죽어서 올랑가도 모르고 그때는. 전쟁하고 있은게.

[이희순: 우리는 편지 주고받고 헌 것이 문제가 아니라 사진이고, 인제 군인이라. 군인 모자 쓴 사진, 사진이고 뭣이고 그냥 다 갖다 꼬실라부렀어. 와서 뵈믄 죽이는디, 가족을.] 그럴 것이여. 인공들이. [이희순: 다 갖다 꼬실라부렀어. 사진을.] [조사자: 사진을 숨겨놓고?] [이희순: 다 꼬실라부렀단게. 불태와부렀어. 암 것도 안 냉기고 편지고 사진이고 다 갖다 꼬실라부렀어. 옷 담

은 가방 큰 거 고거만 냉겨놓고 다 꼬실라부러.]

인공들은 오기만 오믄, 만약에 군인가족이고 군인인 줄만 알믄 죽여 그냥. 인공들은 사람 무조건 죽였어, 그때. 불도 질러불고 집에다가 다. 그때는 불도 많이 질러붰어. 그도 일본놈들은 불 질르고 사람 그롷게 죽이든 안 해도 요롷게 공출내라고 허고 배고픈 시상을 살았어도 인공들이 사람은 다 죽여부렀어. 겁나게 죽였어. [이희순: 근디 인공들이 그때 요롷게 서로 죽이드만 서로. 여그 대치 보믄 즈그 일가끼리 다 죽였어.] 아 근게 인공이라 그려. 고것들도 다 인공이라. [조사자: 그 가족이 다 인공이었어요?] 서로 죽이고 염병들혀 고것들이. 고것들같이 독헌 것은 없어. 인공 때 같은 그, 시방 이북놈들허고 똑같어. 아주 독헌 사람들이여, 고것들은.

[6] 군대 간 남편 면회 간 이야기

[조사자: 그럼 영감님들이 전쟁 끝나고 같은 시기에 오셨어요?] [이희순: 아니여, 우리 영감은 말뚝영감.] (큰게 웃으며) [이희순: 말뚝 영감이란다.] [조사자: 직업군이이셨어요?] [이희순: 어.]

(서경님 화자에게) [조사자: 할머니 영감님이 먼저 오셨겠네?] 나, 육 년 만에 왔은게로 거시기 뭐여 ,영감은 스물두 살에 가불고. 스물두 살에 결혼해갖고 그냥 가불고. 나는 열여덟에 가고 했는디. [조사자: 그럼 스물여덟에 오셨네?] 열여덟에 나는 오고. 근게 스물여덟에 왔는가 언제 왔는가 몰라라도 고롷게 육 년 간을 휴가 한 번씩 오고 해도 통 애기가 없어. 애기를 없어서 인자 애기를 안 낳고 있은게 친정에를 가믄 결혼헌 지가 멫 년인데 애기를 못났냐고 야단을 허믄 그때는 쪼깨 가심 펄떡 거리고 여그를 오믄 우리 시어머니는 안직은 애기 안직은 기다릴 때가 아니다고. 안직은 안 낳아야 한다고 그런게로. 대처 여그는 피난 오고 그랬어.

근는디 인자 제대 막 해갖고 온게로 애기가 생겨갖고 우리 딸을 났어. 고놈

하나 낳고는 아들만 셋 낳고. [조사자: 그럼 전쟁 통에 영감님은 몇 번이나 만나셨어요?] 아 몰라. 고것은 안 셔봤어. 고것을 엇다 적어놔야 알제. (청중 웃음) [청중: 아, 잘 셔 봐아제.] 아 고것을 어쯔고 셔 멫십 년이 됐는디. 한 육십 년이 됐네 결혼한 지가 육십 년도 넘었네. [조사자: 휴가 몇 번 나오셨나본데?] 응. 휴가 한 번쓱 왔어. [조사자: 그 휴가 오셨을 때 얘기 좀 해주세요.] 휴가 올 때 그거뱎이 없어. [이희순: 전장 때는 어서 산 줄도 모른디 어서 휴가를 와?] 왔어. [이희순: 전장 때?] 아 왔었단게. [이희순: 택도 없어.] [청중: 거기는 직업군인인게.] 휴가 왔었어.

또 거시기 뭐여, 저저 군인에 막 가갖고. 어디로 갔냐믄 제주도로 갔어. 제주도 가서 훈련을 받었어. 훈련을 받었는디 이자 훈련 다 받고 부대배치 받었다고 이자 그그 광주 31사단, 그 그 상무대. 상무대에 그그 집이 콘테이나 지어논 것이드만. 콘테이나 지어 논 것. 그리 왔어 인자. 그리 부대배치 받었다고 왔는디 고리 면회를 오라고 혀. 면회를 오라고 헌게 나허고 우리 시어마니하고 저그 넘은도 사람 하나허고 아이고 거그를 간디 새북 밥, 세시에 일어나고 밥 묵고. 뭐 차가 있가니 그때는. 차가 없은게로 히고 코빼기 달린 고무신에다가 보신에다 신고 걸어서 그 광주 송정리 상무대, 걸어서 거그를 간디 가다가 또 중간에 여여 뭐여, 광주 도동고개, 광주 도동고개를 간게로 아이 잡어 못 가게. 잡어. 잡드니. [조사자: 누가?] 군인인가 뭣인가 몰라. 잡은디 뭣 헐라고 잡은가 봤드니 주민등록을 안갖고 왔다고. 주민등록을 안갖고 왔다고 못 가게 잡어 인자. 그서 거기서 내– 서이 있어갖고 사정사정 히갖고 인자 가라고 했어. 갔어. 아이 걸어서 거그를 가고낭게 그냥 발바닥이 요롷게 부켜, 부켜부렀어. 그래갖고 그 어디 또, 광주 어디서 나와갖고. 거가 어디라드만. 거그서 또 방 얻어갖고 그 서이, 간 사람들 함께 거그서 자고. 그르고 그 이튿날 또 걸어서 그롷게 왔어. 그래갖고 인자 그떡에 그 상무대에서 좀 훈련받고 있다가 전쟁 허러 갔어. [조사자: 어디로 가셨어요?] 강원도. 고리 전쟁허로 갔어. 그래갖고 거그서 제대를 했는가 어서 제대를 했는가 고것은 몰라. [조사자: 전쟁 얘기는 많이 안들으셨어요?] 전쟁 애기는 그 포 떨어진 데로 들어갔단게. 그래갖고 살았다 혀. 고거뱪이여.

[조사자: 휴가 나오면 며칠 있다 가세요?] 응 그떡에 휴가 나오믄, 닷새, 오일간도 있고. 또 삼일 만에도 가고. 또 글도 한 십일 있을 때도 있고. [조사자: 인민군들이 들어와 있을 때는 안 오셨어요?] 그때는 못 와.

[7] 가난한 집으로 시집 온 이야기

[조사자: 할머니는 몇 남매 중에 몇 째한테 시집을 가신 거예요?] 장남. [조사자: 그래서 시어머니 시아버지랑 같이 사신 거예요?] 그려. 같이 살았어. [조사자: 그래도 영감님이 어머니가 힘들게 하시는 줄 아신 모양이네요?] 알제. [이희순: 동네 사람도 다 안디 지가 모를까.] [조사자: 동네 사람도 다 알아요?] 응. [청중: 유명헌 할아부지여.] [조사자: 시아버지가 더 힘들게 하셨어요?] 시어머니만 좋고 시아버지만 못 살게 헌 거 아니고 다 똑같은게, 그러제.

[이희순: 저짝 유지에서 살았는데 나도 본게 이, 지금은 집이 고런 집이 없는디 집이 이롷게 도막집이드라고. 나 고런 집은 안 봤어.] 나도 안 봤어. 나도 안 봤는데 시집을 온게 뭔 집이 한 조각이 없고 한 조각만 있어서 뭔 나는 학고방이나 됭가 그랬어. 뭔 학고방. 학고방이나 됭가 했드니 시사에 고리 들으가 고리 들으가. 거가 집이여. 한 조각이 없어 요롷게. 딱 없고 한 조각만 딱 방이 있고. 또 정제 부엌이 있는디 부엌에서 저 안짝, 안에다가 요맨한 방 하나 맨들어갖고 고것이 인자 내, 각시방이여. 내야여 내야. [조사자: 방이 하나?] 응. 그거 있는 것이. [청중: 방이 얼마나 큰 줄 알아? 여그서 요놈 만혀.] 좁아, 좁아. 여리는 길고 헌디. 요놈에다가도 그냥 요놈만 갖고 너릅게 살아야 헌디 여 저 나락, 벼 훑으믄 가을에. 벼 벼서 훑으므는 그 방에서 요로고 웃목에다 줄줄이 천장 닿게 쟁여. 그믄 인자 우리 잘 자리는 꼭 요만치 밖에 안돼. 고로 살았어. [조사자: 거기서 누구누구 자요?] 거기서 첨에는 나

혼자 고로게 잔게로 어매 이 동네서 혼자 산 사람, 산 사람은 나한테 와서 다 자고. 넘들도 많이 잤어. 나한테서 많이 잤네. [이희순: 나는 안 잤어, 한 번도.] 거그는 시엄씨 땜에 잘 수가 있가니 내한테 와서. 어츠고 가. 근디 봉화도 나한테 와서 아 주 통 와서 자고. 경숙이도 와서 자고 서산덕 동생도 와서 자고. 나한테 와서 많이 잤어.

[조사자: 인공 때 산 밑에서 시집보냈는데 너무 조그만 집에 시집 보내셨네요?] 하모. 그때는 뭐 선이나 보가니. 암 것도 모르고 중신애비 말만 듣고 그냥 보내부러. [조사자: 중신애비가 그렇게 사실대로 말해줬어요?] 아 뭔 놈으 도막집이라고 말해주가니, 고놈 집 한 쪽이라고 말해주가니. 좋고 잘 살고 헌다고 해줘. [이희순: 옛날에는 막 다 그랬단게.] [조사자: 전쟁 통인데도 가마 타고 시집오셨어요?] 응. [이희순: 가마는 타고 왔어.] [조사자: 잔치는 어떻게 하셨어요?] 아 잔치해도 괜찮어. 낮엔 없어, 고것들. 밤에만 오지, 낮에는 없어. [조사자: 그래도 잔치 하면 음식들 많이 가져가고 그러던데?] 아이 낮에는 안 온다니까. 밤에만 와. 낮엔 안 와. 낮에 오다 즈그 잽혀가라고, 또.

[조사자: 어떤 분들은 가마 타고 가다가 검문 당하고 그러셨드라구요.] 그려? 산 밑에는 더러 그랬을 것이여. 산 밑에 사람들은. 아주 인공들 산에서만 상게, 통. 우리도 산 밑에라도 고놈들 온다고 허믄 산골짝이로 어디로 숨으러가고 그랬어, 나도. [청중: 저녁밥 먹고 어둠침침허믄 내려와.] 그려. 그룽게 내려와. 근게 대산양반 말 들은게, 안 간 동네 없이 다 가드만.

(함께 앉은 분께 이야기를 청하자 못 한다고 여러 번 거부하다가 조사자들의 질문에 다음과 같이 답함.)

[조사자: 밤만 되면 내려와요?] [청중: 내려와서 나무, 저런 감나무 밑 그런 소나무 밑에가 옹기종기 있다가 밤만 되므는 내려와. 근게 우리는 밥 한 숟갈 먹고 인자 막 어디로 안 죽을라고 숨으러 다녀.] [조사자: 집을 다 나와요 식구들이?] [청중: 식구들 다 나와불지.] [조사자: 그럼 어디 가 숨어요?] [청중: 보리밭에.] [이희순: 인자 들에 보리밭.] [조사자: 밤을 새요, 거기서?] [청중: 그러

지.] [조사자: 해 뜰 때까지?] [청중: 응.] [서경님: 산 밑에서 살았가니?] 친정에서. [조사자: 그럼 동네사람들 다 거기 모여 있어요?] [청중: 동네사람들 지 구멍 다 찾아가, 살라고.]

[조사자: 인민군들 내려와서 마을 불 지르기도 하고 그랬다는데요?] 그랬제. 막 뒤여가지고 좋은 것도 있으믄 가지가고. [조사자: 그럼 부잣집들은 많이 습격을 당했겠네요?] 우리 오빠가 그때만 해도, 뭣이여. 운동화가 귀했어. 귀해. 부모들이 설 돌아옴서 그 신. 검정신 사다 주믄 아주. [서경님: 설 돌아오기 기다리고 안 신고 애껴뒀지.] 보리밭에 두고, 이. [조사자: 신발을 숨겨놔요?] 애끼느라고. 닳아질께미. 그때만 해도 운동화가 귀했어. [조사자: 할머니 집은 부자였나봐요. 운동화를 사시는 걸 보면?] 오빠여. 아부지가 오빠를 사다줬지, 설 돌아오고 근게. [조사자: 할머니는 딸이라고 안 사줬어요?] 나는 검정신. 반구두. [이희순: 그려, 반구두여.]

그때만 해도 얼마나 좋아라고. 그 저기 베 짜가지고 미영에다가 연두색 물 들여갖고 꺼멍 치마 허고. 설 셀라고 뭐다 만들어갖고 줄에다가 널을라고 대를 대서 널으믄 어찌 그리 오진고. 그때만 해도 거 미영에다가 연두색 물 들여가지고 저고리 허고 검정 물 들여갖고 치마 허고. 저놈을 입을란디 설이 안 돌아와. 고놈을, 설이 돌아와야 연두색 저고리에다 반구두 고놈 신고 거멍 치마 입을란디 안 돌아와. [조사자: 뭐라고 그런다구요?] 반구두. 지금 남자들 하얀 고무신 아니요. 하양이나 되가니, 검정. [조사자: 여자분들도 그런 거 신어요?] 응. 그놈도 그때는 징그럽게 귀하고 좋았어. 애끼고, 애끼고 안 신었어. 지금 메이커 운동화 그런 데다 대요? 아무리 눈이 와서 애끼고 안 신어. [서경님: 여름에는 짚신 신고 겨울에는 또 나막신. 나막신 얼매나 많이 신었가니. 나막신 굽이 요만한 놈이 다 닳아지도록 신어.]

[8] 이희순: 군대 간 남편이 다니러 왔다가 인민군 총소리에 놀라 닭장에 숨어 날 새고 가다

나는 신랑 전쟁터 가서 죽었는지 살았는지도 모르지. 여그서 시집을 오라도 헌게 소식도 삼 년을 몰라. [조사자: 시집을 왔는데 영감님이 안계셨다고?] [청중: 군인에 가 있을 뜩에.] 그래 갖고 인자 살았는지 죽었는지도 모른디. 여그서 시아부지가 신행해간다고 동짓달 스무 이렛날 날 받아갖고 갖고 갔어. 근게 우리 친정 아부지 보낸다고 또 뭣허고 뭣해서 보낸디. 신랑이 죽은지 산지도 모른데 거그서, 여그서는 오라고 허고 친정 아부지는 또 가라고 해갖고 와갖고 죽은지 산지도 몰라. 그러고 살고 있었어. 고론 인간이여 고론 인간.

[조사자: 그럼 영감님은 젤 첨에 언제 보셨어요?] 아이 그래갖고 인자 시월, 아이 섣달 날짜도 안 잊어부러. 섣달 열이렛날 왔는디 시집을 왔는디. 그 이듬해 여름에, 그 이듬해 여름에 오월인가 유월 달인가 우리 친정아부지가, 그 신랑이 죽은지 산지도 몰라. 근디 신랑인지 뭐인지도 몰른단게. 근디 우리 친정아부지가 오셔. 웃음서 오시드니

"고실아 고실아, 고서방 소식 들었다."

그러드라구 우리 아부지가. 그니 뭐 헐 주도 모르고 일만 허고 있었어. 그랬드니 시아부지가

"어디가 있다고 헌게 나랑 같이 갈끄나?"

그러드라고.

"아 이제 오면 보지요."

허고 일만 했어 일만. 고론 너새여, 너새. 죽은지 산지도 모른데 시집오란다고 오고 또 가란다고 가고. [청중: 어쩔 것이여 그때는 시킨대로만 허라고 그랬제.]

그래갖고. [조사자: 얼굴도 모르고 결혼식만 하신 거예요?] 아니. 첫애기는

하나 뒀단게. 근디 여여 그래갖고 그나마 인자 작년 섣달 열여섯 날 시집을 왔다믄 올 칠월 달엔가 소식을 들었어. 살았단 소식을. 우리 친정 아부지한테 들었는디. 언제 집이를 왔냐믄. 그때 그 모그가 겁날 때여. [청중: 요 때나 됭갑네.] 어, 첨으로 왔어 여름에. 왔는디 조까 각시허고 같이 큰집 째깐 방에서 잘라고 헌게 그냥 탱탱 밤에 인민군들 막 총을 쏭게 그냥 요 난닝구 바람에 빤스만 입고 그냥 도망가 문도 안 열고 덕적때기로 장텍으로 갔어. [조사자: 어디?] 저그 저 옛날에 저그 양계장에서 키운 거 아닌가. 짚으로 짚으로, 아이 짚이란다. 베로 딱 엮어서 닭을 키운디 그 밑에로 숨으러 갔어 인자. 첨에 와갖고. [조사자: 속옷 바람에 놀라가지구?] 응. 근게 인자 내가 어디로 간 줄 알고 옷을 갖다 줘. 저녁내 날새다락 영감이 다 뜯어먹어 부렀어. 그래갖고 총소리 그칭게 인자 밥 먹고 뭐허고 씻고 밥 묵고 가부렀어. 고거 만났어. 고로고.

한 삼 년을 소식도 모른데 시집을 와갖고. 또 일 년 있다가 모처럼 그날 왔는디 난닝구허고 아니, 그려 난닝구 빤스만 입고 있는디 막 총소리가 낭게 그냥 또 인민군들이 거스그헌게 그냥 도망가서 그 윗집이 장터 밑에, 똥 싼 놈 고 밑에 들어가갖고 그러고 다 뜯어먹고 갔단게. 그래갖고 날 생게 인제 갔어요 군대 갈란게 가불지 그. 나 잊어도 안부렀네. 대산덕은 양호혀. 나한테는 말 말어. [서경님: 나는 산 밑에 살믄서 어쩐 줄 알아? 잠 못 잤어. 통. 말도 못 혀. 여그는 글도 고롷게까장은 안 왔어. 아 돼지도 가즈가불고 닭도 가즈가불고 소도 가즈가불고 다 가즈갔어. 근디 인자 대산양반이 나 시집온 뒤에 그렇고 얘기를 조단조단허드란게. 아조 안 간 동네 없이 다 갔드만. 인공들이 가자고 헌게 다 댕기서 따라가믄 고놈 잡아갖고 지고 대니라고 허믄 다 지고 댕기고 그냥. 미영베도 옷이고 그냥 다 떨어갖고 고놈 뭔 가방에다 해서 지고 가라고 허믄 고놈 다 지고 따라댕겼다네. 그러고 동네마다 다 댕겼다고 혀. 인공들 같이 독헌 놈들 없어라. 사람도 무조건 죽여불고. 그냥 요만한 죄만 있어도 그냥 죽여부러.]

[9] 일정 때 아버지가 외아들 군대 안 보내려고 은둔 살림 마련하느라 가산을 탕진하다

해방 전 이야긴디 해방 전. 우리 친정에 살 때 잘 살았어. 잘 살았는디 우리 아부지가 외아들 둬놓게, 외아들을 둬놓게 군인을 안 보낼라고 이자 대학교를 보내갖고 대학교를 우리 오빠가 다니고 있는디 뭣이다냐. 다니고 있는디 어디 지리산이당가, 어디 지리산 속에 가며는 숨어서 살 수가 있다대. 근다고 우리 아부지가 가실 때는 명주 핫바지, 명주 옷을 입고 가셔. 가갖고 한 메칠, 한 나을 만에 오시믄 이 옷이 그냥 발발이 찢어져갖고 와. 솜만 덜렁덜렁 붙어가고.

뭣을 헌고 했드니 이자 하루 저녁은 우리 오빠를 군대 안 보낼라고 친정에 오빠 군대 안 보낼라고 지리산 속에 숨어서 거시기 피난을 허믄 군인 안 보낸다고 하룻 저녁에 그냥 논 아홉, 아니 논 열 서마지기 밭 너마지기를 하루 저녁에 다 그냥 모르게 싸디 싸게 대소가에다 팔았어. 그믄 고것이 얼마냐믄 나 잊어불도 않네. 고것이 싸디싸게 팔다 냉겨논 것이 열 마지기 냉겨놓고 팔았는디 뭣을 했냐므는 염색 물 있지. 염색. 염색 들인 거 물. 고거 딱 열 시 통을 요만씩 헌 거 사갖고 오셨드만. 고놈허고 고놈 밭 너마지기 값, 고거 시 통. 아니 몇 통이라고 했지 잊어붔어. 고놈 갖고 오셨어. 뭣이냥게로 오빠 것다 감촤놓고 군대 안 보낼라고 감촤놓고. 고놈을 갖고 나허고 우리 어머니허고 싸갖고 댕김서, 인가로 댕김서 쌀 먹을 거 쪼까쓱 교환해 갖다 먹고 살므는, 해방이 되믄 우리 아들 산다. 우리 오빠한테 말도 안하고 아부지 혼자.

그르고 미숫가루도 찹쌀을 한가마니를 쪄갖고 안보이는 데다 볶아갖고 학독에다가 푹 갈아서 쳐갖고 미숫가루 만들아. 논까지 다 팔아서 준비해놓고 내일 새북에 떠날라고 우리 오빠를 오라고 해갖고

"아이 내가 너를 군대 안보내고 싶은게 내일 새북에 떠나자."

허고 인자 다 준비해놓고 말을 헌게, 아무도 안 볼 때 떠나자고 말을 헌게

우리 오빠가 죽었으믄 여기서 죽지 절대 안 간다고 허네. 그믄 이제 어쩔 것이여. 논도 그냥 다 팔아붔제. 밭도 팔아부렀제. 물도 사와갖고 그날 저녁에 종이때기다가 쪼까씩 쪼까씩 봉지 져놨어. 다는 안 혔어도. 오빠땜시 그렇게 했는디 마다고 하니께로 인자 어쩔 것이여.

근디 그날 저녁에 장게 꿈에 거시기허드라네. 큰 배맹이가 나가드니 문 앞에 가다가 사립에서 도로 돌아섬서 꼬리를 회회 치고 오드라고, 큰 배맹이가. 근다고 첨에는 화가 났는데 아부지가 꿈은 참 잘 꿨다마는 고러고 허시드라고. 인자 그 이튿날 가갖고 논이고 밭이고 물려도라고 허니, 돈은 갖다 사사고허니 누가 공짜로 물려줘, 누가. 그래 안주고 소작으로 서마지기만 줬어. 소작으로 벌으라고. 아 그래갖고 산디 그해 칠월에 인자, 칠월이까 해방된디가. 낮에 일허고, 넘의 야 논을 얻었어 서 마지기를 우리 아부지가. 그래가지고 다 헐값으로 줘부리고 그래갖고 낮에 아부지가 잠을 자고 있는디 우리 오빠가 시정에, 모정에 가서 놀러 가갖고 자드니 딱딱 뛰어와 그냥.

"아부지, 아부지 해방됐다."고.

그냥. 그래갖고 그 살림 우리가 아 없애부렀지. 다 망해부렀어. 그 안 준디. 그 사람이 주가니 쌀도 째깨 가지가갖고.

근디 여그 시집을 온게 동봉양반이 그랬다드만. 동봉양반도 지리산 간다고 그래갖고 다 망해붔다대. 이 동네 사람도 하나가 그러드라고. 이 동네 사람도 고롷게 지리산 들어간다고 다 망해부렀다대. [조사자: 누가 거기 가면 살 수 있다고 얘기한 사람이 있었나봐요?] 읎제. 당신이 그냥 깊은 산골로 들어갔제. 근디 인공 돌아서 헐 때 그 지리산 있던 사람 모다 다 죽어부렀다, 혀. [서경님: 겁나게 지리산서 많이 죽여부렸다, 혀. 거가 왜냐믄 쪼까 죄만 있으믄 그 지리산으로 델꼬 가서 죽여부러. 그래갖고 지리산에가 겁나 죽었다고 혀 사람이. 말도 못하게 그냥.]

[10] 서경님: 지리산에 끌려가 죽은 작은아버지 시체를 못 찾아 버선만 가져다 장사지낸 이야기

우리 친정 작은아부지가 인공놈들이 잡어다가 지리산에다 갖다 죽여부렸는디. 지리산에다 죽였는디 시체를 못찾은게로 이자 우리아부지허고 갔지. 말하자믄 우리아부지 동생이제 작은아부징게. 우리아부지허고 우리 작은어무니하고 둘이 지리산 갔다혀. 간게 사람이 그냥 골짝, 여그도 가믄 송장 여그도 가믄 송장 발 디딜 데가 없드라 혀. 근느디 인자 찾을 수가 없제 다 그냥 눈도 까마구가 파 묵어 불고 어디도 다 파 묵어 불고. 인자 못 찾어. 누가 누군지를 모린게.

그런게로 우리 작은어무니가 그그 보신. 옛날에는 보신을 지워서 안 신었소. 떨어지믄. 근게 우리 작은어무니가 보신을 인자 지워서 작은아부지를 신긴 놈을 인자 고놈을 그 작은 엄니가 줘나서 앙게 인자 송장은 못 찾어. 어째 많이 죽어갖고 있은게 누가 누군지를 모린게 못 찾은게. 그런게로 보신짝이, 우리 작은엄니가 준 보신짝이 있드라. 그리서 그놈 보신짝을 하나 갖고 왔어. 보신짝 앙가 모르겄네. 보신, 보신짝. [조사자: 버선 아녜요?] 보신. 발에다 신는 거, 옛날에. 근게 인제 그 보신짝 지워서 인자 작은 아부지를 신겼는디 고놈 보신짝 신고 가서. 그때 인민군들이 사람을 얼마나 많이 죽여부렀든지 당췌 못 찾으고는 인자 보신짝만 한나 주서갖고 왔어.

그래갖고 고놈 주서갖고 와갖고. 작은 아부지를 못 찾은게 뼉다구도 못창은게 인자 뫼소 못쓰고 있다가 고놈 보신짝을 갖고와갖고 고놈 놓고. [청중: 보신짝만 묻어?] 고놈 보신짝 갖고와갖고 고놈 보신짝 모집짝에다 담어갖고. 우리 아부지하고 둘이 가갖고 옴선 인자 지방을 모셔갖고 인자 모집짝에다 담아갖고

"여그는 어디 어디다, 여그는 여디다."

고롷게 험선 왔다 허대. 그래갖고 고놈 갖고 와갖고 집이 와서 토방에다가,

상에다 물 떠놓고 고놈 딱 놔두고 있어갖고. 이자 그그 곁에 산이 있은게 그 곁에 산에다가 갖다 묻었어.

[조사자: 그 지리산 안에 사람 죽인 사람들이 인민군들이예요?] 인민군들이 죽였제. [조사자: 근데 왜 지리산까지 데리고 가서 죽였어요?] 그거사 인민군들은 산에서만 상게. 지리산이 멀고 짚으고. 그런게 고리 델꼬 가서 겁나게 죽여놨드라 혀, 아주. 근게 이놈으 아주 눈도 파 묵어불고 뭣도 파 묵어 분게 통 시체는 못 찾는다, 혀. [조사자: 할머니가 직접 보셨어요?] 나는 안 갔어 우리 아부지. 우리 친정아부지하고 작은어무니. [조사자: 얘기만 들으셨어요?] 응. 친정아부지하고 작은어무니하고 둘이 갔드라혀.

[11] 이희순: 오빠 숨기고 어머니가 끌려가 고초 당한 이야기

[조사자: 할머니 친정오빠는 일정 때 군대를 안가고 전쟁 때는 가셨어요?] 안 갔어. [조사자: 전쟁 때도 안 가셨어요?] 응. 안 가. [조사자: 남자들 다 끌고 갔다고 그러던데?] 근게 전장 때 갔다믄 죽었단게. 군대 갈 때 요고, 빨강 거시기 목에 엿다 두르고 갔어 군인 가믄. 감서. 빨강 띠를 이리 딱 두르고 갔단게 갈 때. [청중: 글뜩에는 군인에 가믄 그냥 죽어.] 가믄 죽어 죽으러 간디여. 두르고 간디 거그를 안 보낼라고 외아들 아들 한나라. 딸 셋이제 아들 한나라. 아부지가 안 보낼라고.

[조사자: 일정 때는 그렇게 하셨고 한국전쟁 때는?] 한국 전쟁 때는 이자 또. 우리 오빠가 집이 있은게로 동네 일을 봤어. 일을 봤는디. 한국 전쟁 때가 뭐여? [조사자: 육이오. 인공 때?] 응. 인공 때. 동네 일을 봤어 우리 오빠가. 여그 아녀 저그단게 우리 친정은. 근디 여 옆에 마을이랑 한동네가 맨 뭐여 저그 저 뭣이여. [청중: 빨갱이들이라고 했어, 그때는.] 이. 빨갱이가 많이 있었어. 고리 동네 한나가. 우리 친정마을 거그에서. 우리 마을에는 빨갱이가 없고 저그 마을 한나에가 빨강이들이 있었어.

근디 가다가 빨갱이 고것들이 가서 지서에, 지서라고 해 그때. (물으며) 지서라고 허제. [청중: 지서.] 응. 거그 지서장 애기 세 살 먹은 놈이랑 방에서 자고 있는디. 새벽에 가서, 저 동네 놈들이 가서 불을 질러갖고 다 태와죽여부렀어. [청중: 불도 많이 질렀어, 그때는.] 죽여분게 우치동 지서를 갔어. 우치동으로. 잊어도 안부네. 태왔는데. 지서에 살았는디 가만 있겄소 글안해도 빨갱이들 죽일라고 판인데 그냥 눈이 비-레갖고 우리 집에 왔었단게.

근게 어츠게 됐냐믄. 근게 거 갖다 질르고 저짝 동네 사람들, 마을 빨갱이들이 가서 그 질러부렀어. [조사자: 지서를?] 근게 인자, 지서를 꼬실라부렀어. [청중: 지서도 많이 질렀어, 그때.] 근게 꼬실라분게. 시살 먹은 애기가 있었단게. 지서장이 애기가 있었어. [조사자: 애기는 어떻게 됐어요?] 타져 죽어부렀어. [조사자: 지서장은 살고?] 응. 지서장은 살고. 타져 죽어봤어. 잘 때 갖다 불을 질러분게. 그런게 인자 요것이 인자 막 심각허제.

근게 우리 어머니가 인자 우리 오빠가 큰집으로 올러를 갔어. 우리 어머니가 숨으라고 할라고 아들 한나, 고, 군대 안 보내갖고 인자 살았는디 고놈이 또 돌아와갖고 인자 마을 요고, 조곳들 갖다 히갖고 그런게. 우리 오빠 숨으라고 할라고 큰집이로 갔어. 거리가 쪼까 있어. 우리 어메 가갖고

"아이고 너 숨어라, 숨어라."

허고 인자 둘이 종남허고 숨을 디가, 갑자기 숨을란게 있겄어. 우리 큰집이 대종가집이라 사당이 있어. 지사 모신 사당. 근게 그냥 다급헌게 고 사당, 양쪽에 여닫는 디 거그다 넣고. 그래갖고 중간만치 온게 고놈들이 그냥 와부렀어.

그래갖고

"너 이년 어디 갔다 오냐?"고.

금서 그냥 탁 손목 끌코 가갖고. 그때 세 사람을 끌고 가갖고 거따 묶어놓고. 인자 우리 형님, 그때 인자 배가 불렀어.

"너 이년 애기 뱄구만. 서방 엇다 뒀냐?"고.

인자 그냥 배에다가 총을 막 대드라고. 아 그냥 난리 난리여. 총을 막 대드니 그도 다행히 안 쏘고 저 산에다 대고 쏘드라고. 근디 환장치레허게 생겼겼어 즈기 식구들 죽여부렸는디 보이겄어 뭣이. 저 산에 갖다 쏘드니. 우리 형님이 어츠게 숨어서 이웃집이, 애기 배갖고 울타리도 안 탄 놈, 울타리까장 개구먹도 들어갔어 숨을란게. 고롷게 해갖고 숨고 했는디. 근게 아 그때 우리 동생 아홉 살 묵었다. 나허고 동생허고 네 살 샌디. (물으며) 그믄 내가 몇 살 묵었어. 아홉 살 먹었어 동생이. 나 열한 살이냐.

그니까 그냥 우리 어머이를 그냥 요롷고 묶어놓고 고 대막대기. 고걸로 때린디 요놈의 대가 그냥 요만 해요. 고런 놈으로 때린디 바상바상하드락 때리드라고. 근게 그냥 우리 동생이 즈그 어머이를 때린게 나도 죽겄지만은 막 갈라고 그래.

"아이 가지마, 가지마. 너허고 나하고라도. 우리 아부지도 도망가고 형도 도망가고 우리 오빠도 도망가불고. 너허고 나하고라도 있어야 어츠게 어머니가 병구완을 허제 우리도 가믄 때려불 것인디."

인자 못 가게 틀어잡고 있다가. 인자 그때 우리가 소가 하나 있어, 소. 우리 어머이도 요고 찜매갖고 끌고 소도 끌고 히갖고 올라가. 델꼬 가. 보고도 가도 못했어. 아이 그랬드니 저녁에 가라고 내려주드라네. 가라고 지서장이. 자기 집 가라고. 그러드랴. 다 조사해본게 죄가 없어. 허기는 저 마을 놈들이 고거 애기를 태와 죽여부렸단게.

딱 저녁에는 우리 형님이 또 애기를 나네. 그날 저녁에 또 애기를 나. 그니 내가 가시내가 애기 난 것을 어츠고 알겄어. 뭣을 알겄어. 그래갖고 당숙모한티 가서 히갖고 긋는디. 미역을 씻치러 간게 동네사람 한나여. 간게 아이 소를 갖고 오셔라 우리 어머니가. 아침에 와. 하이 그래갖고 본게 대가 바상바상하게 때린게 그냥 이 옷을 입었는데 옷을 벗기들 못했어. 딱딱 다 붙었어 다 붙어. 근게 가새로 짤라서 옷을 벗겼단게. 그래갖고 우리 어머이 골병들어 돌아가셨어.

다행히 글도 우리 오빠는, 우리 오빠 맞았으믄 아주 죽였어. 만났으믄. 근디 그 사당으로 숨어갖고. 새도 못 끄르고 거가 들어갔을라나 싶으제. 아무 뭣이 없은게. 막 나올라 그러드랴 거가 있은게 그냥. 그래갖고 살아갖고 도망갔어. 애기는 난디 아부지도 못보고 우리 오빠도 못보고 나 한자 그 심바람만 해갖고 와서. 인자 난 암 것도 할 줄도 모릉게 우리 당숙모 오라고 했는디. 우리 어머이 옷을 본게 가새로 짤라서 내갖고 본게. 글떡에 그 모시 뿌리허고 뭐이. (서경님 화자에게 물으며) 어즈께 대치댁이 달라고 헝 거 뭐여. [청중: 치자.] 치자허고 고놈 막 캐다가 찧어서 해갖고 부칭게로 그냥 시퍼러니 뽑아오르드만.

근디 그날 인자 저녁에사 가만히 우리 아부지가 와갖고

"아가야, 아가야."

하고 불러서 나가본게

"어쯔고, 집안이 어쯔고 생겼냐?"고.

물어보시드만. 조용조용 밤에 와갖고. 오빠도 괜찮허고 형님도 애기 낳고 어머이도 오고 그랬단게. 그러냐고. 고로고 참 거시기헌 놈으 세상도 살았어. 근디 그것들은 많이 죽었어. 저짝 동네에서 가서 불 지른 사람들은 많이 죽었어. 잡어다가. 조사하믄 다 나옹갑대. 잡어다 조사허믄. 많이 죽였어. 성헌 사람을 갖다 자고 있는 놈을 갖다 그랬으니 오죽 눈에다 불 쓰고 왔단게.

[조사자: 그러고나서 오빠는 괜찮으셨어요?] 응응. 그래갖고 인자 면사무소에 계장으로 댕기시고 이십, 이십 년인가 그러다가 골병이 들어서 그런가 마흔아홉 살에 돌아가시고. 그래도 살림 없어징게 사람 살믄 살아지드만. 나 근게 돈, 사람 살믄 나 돈 있다고 요롷게 생각허네. 절대 돈 없다고 근심 하지마. 사람 있으믄 돈 있드라고. 사람 있으믄 돈 있어. 사람이 돈을 갖고 옹 거제 돈이 사람 따라온 것이 절대 아니여. 나 허고 싶은 말이 그 말이여. 고롷고 다 망해부렀어도 다 사람 있은게 도로 복구가 다 돼. 근게 사람 있으믄 돈 있어. 사람이 없어야 돈 없어.

전쟁치하, 종손으로서의 운명

김 용 세

"제가 10대 종손인데 종가로만. 옛날서부터 종손 집 애를 따져줬어요. 종손 집 사람 아들들은 한 몫 놔줬었다고."

자 료 명: 20140519김용세(당진)
조 사 일: 2014년 5월 19일
조사시간: 51분
구 연 자: 김용세(남 · 1943년생)
조 사 자: 박경열, 유효철, 이원영.
조사장소: 충청남도 당진군 신평면 금천리350-1 신평 양조장

[조사과정 및 구연상황]

조사팀은 지나가다 양조장이 눈에 띄어 방문하였다. 주인 어르신께 막걸리에 대해 이것저것 물어보다 조사팀이 여기에 온 이유를 말씀드렸다. 조사팀은 화자가 하고 있는 일을 마무리 하겠다고 하자 사무실로 쓰이는 장소에서 기다렸다. 일이 끝난 후 사무실에서 조사가 시작되었다. 양조장에는 화자의

아들과 사무실에서 일하는 사원도 있었는데 화자의 이야기를 조사팀과 함께 들었다. 조사장소가 사무실로도 쓰이는 곳이라 전화가 울렸고 이로 인한 소음이 빈번하게 발생하였다.

[구연자 정보]

고향은 충청남도 당진이다. 1943년생으로 전쟁 당시 9세였다고 한다. 가족은 1남 2녀로 외아들이다. 손이 귀한 집에서 태어났기에 전쟁이 나자 어머니가 집 주변 아는 지인의 집으로 피신을 시킨다. 아버지가 어렸을 때 양조장을 운영하셔서 경제적으로 넉넉하였다. 아버지는 구연자와 따로 피난을 간다. 양조장에 남아 있던 어머니는 남로당원들이 양조장을 사무실로 쓰기에 밥을 하고 심부름을 한다. 자식은 1남 2녀를 두었고 지금은 아들이 구연자의 가업을 잇기 위해 일을 배우고 있다.

[이야기 개요]

당시 나이 아홉 살이었고 아버지가 동네에 큰 양조장을 운영하고 계셨다. 아버지가 토지 및 재산을 많이 소유하고 있었기에 전쟁이 나자 아버지는 다른 곳으로 피신을 한다. 어머니는 손이 귀한 집이라 화자를 지인의 집에 숨긴다. 아버지가 양조장을 운영하고 계셨기에 양조장 터에 남로당원들이 사무실로 사용한다. 아버지가 피난을 가고 화자도 집을 비운 상태라 어머니는 남로당원들의 뒷바라지를 한다. 남로당원들의 밥을 해 주고 여러 가지 요구사항을 들어준다. 화자는 영문도 모르고 낯선 곳에 맡겨졌는데 한 곳에 오래 머무르지 않았다고 한다. 어느 정도 시간이 지나면 자신을 데리러 온 사람에 의해 다른 집으로 옮겨진다. 그러다가 집이 그리워 몰래 집으로 가곤 한다. 어머니가 화자를 보고 크게 화를 내며 다시 돌아가게 한다. 전쟁 막판에 인민군들이 쫓겨 가면서 요주의 인물들을 당진 창고에 끌고 갔다고 한다. 뒷집 할아버지는 몰래 손목에 묶였던 줄을 끊고 탈출하였다고 하고 그 외에도 인민군들이 한진 포구에 여러 사람들을 끌고 가서 한꺼번에 총살했다는 소식을 들었다고 한다.

[주제어] 양조장, 부자, 종손, 남로당, 인민군, 당진 창고, 탈출, 한진 포구, 총살

[1] 10일 간의 혼자만의 피난

[조사자: 어르신 연세가 어떻게 되세요?] 일흔두 살이요. [조사자: 원래 고향은?] 여기서 나고 자랐어요. [조사자: 당진?] 예. [조사자: 원래 형제는, 가족관계는 어떻게 되세요?] 저는 여동생 둘만 있고 제가 독자에요. [조사자: 그럼 1남 2녀, 장남이셨어요?] 예. 장남이, 저 하나밖에 없으니까 아들이. [조사자: 자제분은 몇 두셨어요?] 하나에요. 아들 하나하고 딸 둘.

[조사자: 그때 당시에 당진이 고향이셨으니까.] 여기서 났으니까. 저 같은 경우는. [조사자: 전쟁도 여기서 겪으셨나요?] 사실은 여기는, 전쟁을 여기서 하지는 않았어요. 격전이라든가 이런 거는 전혀 없었고 6.25가 나자마나 그때는 어렸으니까 잘 모르겠지만 하여튼 지방의 남로당 조직들 그 사람들이 와갖고 여기 점령을 허고서 여기다가 노동당 사무실 차려놨기 때문에 저희 아버님 같은 경우는 피신을 하셨고.

그때만 해도 저희 할아버님이 살아계실 때니까 할아버님은 연로하셨으니까 그 사람들이 큰 위해 같은 건 안했었고. 저희 집에 와서 요구허는 건, 그 사람들이 모인 사무실 챙기고 뭐 허니까 저의 어머니는 밥 같은 거 해내라고 그래서 밥 같은 거 내시고.

저도 다른 집에 맡겨졌었어요. 잘못 허면 그때는 조금치라도 원한관계 있던 사람들은 그냥 가차 없이 처벌을 허고 완전히 바로 재판도 없이 죽이던 시절이었으니까. 저는 모르겠지만 이웃 면 같은 데는 옛날에 그 집에서 고용했던 사람들이 그 집 아들들을 바로 집어 던져갖고서 죽이기까지 했다고 그

런 얘기는 들었어요.

그때가 6월 달이니까 6.25 때 한참 이렇게 됐을 때 그 사람들이 9.28 수복 허기 전에 인천상륙작전이 들어오고 나서 아마 이쪽으로 연락이 돼 갖고서 이 사람들이 피해 나가게 되는데. 그때 저희 아버님도 가끔 집에 들리셨고 저희 연락해주는 사람들이 있고 그랬는데 나중에 마지막 번에는 도망가기 전에 그 전에도 이런 낌새들은 있었던가 봐요. 어른들은 알았겠지만은 우리들은 전혀 몰랐었고 전쟁 낌새라든가 그런 건 있었던 거 같은데.

어렸을 때니까 그런 건 모르지만 그 사람들이 왔다 나갈 때 전부 다 평정이 됐다 그러고서 사람들 불러 모았어요. 면사무소 창고에 가두기 위해서. 다 갔다고 다 인제는 끝났다고 해가면서 그렇게 했을 때 우리 아랫집에 있던 할아버지는 가자고 그래서 가시면서 '아, 먼저 가시라'고 그러면서 뒤에 가시다가 면사무소 뒷문으로 들어갔는데 줄로다가 손을 엮는 걸 보시고서 그 뒤로 도망을 허셨고 그러셨는데.

이 사람들이 그때만 해도 정식군대도 아니고 지서 같은데 파출소지 지금으로 말허믄. 그런 데로 총 갖다가. 그때만 해도 완전히 정규적인 옷 같은 게 없고 그러니까 배등거리 잠뱅이다가 총만 매고 왔다 갔다 해가면서 그러고 다니는 걸 저는 목격을 했어요. 그때만 해도 별로 이상하게, 좀 이상하다고. 제복을 입은 사람들 많이들 총을 가지고 다니고. 저 사람들은 왜 저렇게 다니나 그런 생각을 했었고.

그때는 모임들을 자주 시켰어요. 어머님들이 불러갖고 어디 가자고 해서 갔는데 제가 한번 따라가 본적도 있고, 그때 뭣 땜에 왜 갔는지도 모르겠지만 어쨌든 그런 걸로 갔었고. 저희가 어렸을 때 누가 인민군에 끌려갔다가 도망 나오다가 이쪽에서 발각이 됐나 봐요. 그 사람이 도망을 오다가 막 피해서 오다가 이쪽 사람은 아닌 것 같은데 이쪽을 지나가다가 논빼미다가 숨어 들어갔다가 거기서 걸려서 붙잡혀갖고 바로 그 자리에서 몽둥이찜질을 해서 완전히 사람을 죽이고 했다는데. 저는 애들 때니까 다들 구경허러 간다고 그러는데, 우리는 못 가게 해서 전 못가고 나중에 얘기 들으니까 거기서 죽어서 그렇게 됐다고. 이웃 동네 사람들 피해갖고 오다가 그렇게 했다는 그런 정도고.

여기서 마지막에 그때가, 여기서 붙잡혀가서 가신 분들은 당진으로다가 후송을 해서 당진 거기에 창고에다 가두어놓고서 사람을 처음에는 아무개 아무개 호명을 했는데 호명해도 안 나간 사람, 뒤로 숨은 사람이 있는가 하면은 우리 아랫집 할아버지는 뒤쪽에 가서 숨었었고. 성질 급한 사람들 빨리 조사받고 어른 가야지 허구서 나갔던 사람들은 실려 가서 저 '항진포구' 그쪽에다 갖다놓고 총살을 시켰답니다. 자기네들이 도망갈려고 그렇고 허다 허다 시간이 딸리고 그러니까 물을 열 되를 채워놓고서 피했다고 그러드라고. 인근에 있는 사람이 평소에 원한 관계가 있던 사람들이 보통 그런 좌익 활동허던 사람들이 그 사람들을 해갖고서 죽이게 됐어.

초등학교 때 한 번 갔을 때 집에 논이 몇 마지기 있는지 그거를 알아갖고 오라 그래갖고 몇 마지기 물으면 적고 그런 걸로 봐서 아마 그때도 토지를 공평허게 나눠주겠다고 그런 식으로다가 했었던 거 같애요. 아마 그런 작업을 헐라고 허다가 못하고서 말었는데. 그때만 해도 그 사람들이 말하면 법이지 뭐 다른 방법은 없으니까 뭐. 내가 여기 써야 되겠다하면 쓰는 거고 말해야 되겠다고 하면 말허는 거고 그랬지 다른 건 없었어요.

이쪽으로 다가 인민군이 한번 지나는 갔었어요. [조사자: 전쟁 없이 그냥 지나만?] 전부 피난 간 상태니까 그 사람들이 진주해서 들려서 저 아래쪽으로다가 진군해서 나가는 거는 그런 거는 봤었고 다른 건 못 봤어. 근데 그때 생각에도, 제가 애들이 자꾸 가보자고 그래서 저쪽으로다가 가보는데 제가 보기도 우리보다 별로 키도 안 크고 총에 질질질질 끌릴 만큼 되는 사람들도 총을 들고서 가는 걸 봤어요. 참 이상하다는 생각만 들었지 뭐. 근데 뭐 우리한테 직접적으로 교전 허는 것도 아니고 뭣도 헌거 아니니까. 그런 정도고.

여기 주변에서 옛날 그 사상에 물든 사람들, 그런 사람들을 세칭 얘기하자면 빨갱이라고 허는 사람들이 사람들을 많이 상하게 했는데 비교적 우리 면에는 그렇게 많은 사람들이 상하지는 않았어요. 인근 면 그쪽에는 그런 사고가 많이 있었던 모양이여. 제가 들은 얘기니까 뭐 그때는 어렸을 때니까. 그때 밤중에 피신을 했었고 하여튼 어디로 가는지도 모르고 밤중에 가서 남의 집 가서 한참 있다가 없는 집에 가서 조금 있다가 또 거기서도 오래 있으면 안 된다고 그래서 또 옆집 옆집으로다가 몇 번 옮긴 적은 있어요.

[조사자: 얼마나 다녀오셨어요?] 날짜 상으로 봐서는 10여일정도 이상 허다가, 제가 하루 만에 찾아왔던지 어머니가 막 난리치면서 당장 가라 그래갖고. 잘못허면 죽는다고. 그러니까 비교적 그 사람들이 나중에는 이용헐 수 있는, 여기를 사용허고 그러면서 여기서 밥을 시켜먹고 그러니까 나중에 해놓고서, 나중에는 처벌 헐라고 제 아버지 명단까지 해갖구서 했는데 어머님이 그래도 그때 선견지명이 있으셔서 그런지 체포당하는 거 보고서 바로 피하셔서 살은 바가 있어요.

그때 옛날에 여기서는 한번 어려운 일이 있었어요. 그 사람들이 1차적으로 한번 나갔었어요. 나갔다가 그때 세칭 얘기허자면 반공 청년단인가 그런 거 조직해가지고 다시 그 사람 나갔을 때 전부 몰아갖고서 다 잡어오게 됐었는데 그 사람들이 아 지금 말허자면 저기에서 김일성 원수가 지금 와서 뭐 헌다고 해가면서 니들 다 죽을테니까 그거 허지 말라고 그래서. 그때 한번 다 그냥 풀어주게 됐었던가 봐요.

[조사자: 잡아온 사람들을?] 물론 잡는다는 게 무기도 있는 것도 아니고 옛날로 말하면 죽창 있죠? 대나무로. 그런 거 갖고서 허다가 다 그냥 죽여버리고. 나중에 며칠 있다가 바로 그 사람들이 전부 피해 나갔거든요. 그래도 여쪽에는 큰, 많은 피해는 안 있었고. 여기서 갔던 사람들 중에 죽은 사람이 거의 없어요. 다른 면에 있던 사람들은 성질이 급해갖고서 그냥 나가서 조사만 받는 줄 알었지 거기서 총 쏴서 죽이는 것도 아니고 싣고 가갖고서 바닷가 거기다 놓고서 바로 즉결 처분을 했으니까 거기서 30리, 20리 정도 떨어진 그 지역에 갖다가 사살을 시키고.

나중에 그런 사람들은 뭐 이북으로 도망간 사람도 있고 나중에 붙잡혀서 처벌받은, 단순 가담자나 뭐 했던 사람들은 그냥 처벌이나 받고. 원래 골수로 그렇게 됐던 분들은 절대로 저걸 안했어요. [조사자: 전향을 안 하고?] 예. [조사자: 그분들은 올라갈 때 같이 올라갔나요?] 아마 올라간 걸로 저는 알고 있어요. 그거는 제가 누구 누군지는 잘 모르니까. 아무개 아무개 했다고 하는데, 그 사람들은 고향을 다 떠났으니까. 저는 알지는 못 허고.

[2] 남로당 사무실로 쓰인 양조장

[조사자: 그러면 전쟁이 났을 당시에 여전히 아버님께서 양조장을 하고 계셨나요?] 예. [조사자: 언제부터 시작을 하신건가요?] 1933년이니까. [조사자: 일제강점기 때부터 하신 거네요?] 예. [조사자: 그때부터 이 자리 계속 유지가 되고 있는 거죠?] 예. [조사자: 여기를 사무실로 이용하게 된 이유가 특별하게 있었나요?] 그때는 집이 다 초가집뿐이고 관공서래야 면사무소 지서 정도로 그 정도로 넓게 앉아 있을만한 장소가 전혀 없었죠. 이건 그때 옛날 1933년도에 진 그 집 그대로니까. 그래서 집 형체는 외관이나 내부정도나 리모델링했을 뿐이지 이건 그대로 가지고 있거든요.

[조사자: 양조장 이외에 아버님이 또 다른 일을 좀 하셨나요? 예를 들어서 벼농

사를 짓는다든가.] 시골에 사는 사람들은 기본이 농사가 아녜요? 농사도 좀 지었고. [조사자: 양조장하면 옛날에는 부자들이나 양조장 하시지 않았나요?] 예. 그랬죠 옛날에. [조사자: 전쟁 때 부자들은 특별히 괴롭힌다고 하던데 특별한 일이 없으셨어요?] 그때 우리 집이 점령해갖고 당허고 저희 아버지는 피신을 하였으니까. 위해 헐 사람이 저희 할아버진데 할아버지는 상당히 연로허셨었고. 저희 어머니 계시고 어머니는 남고.

[조사자: 어머니만 여기서 계시면서 계속 밥을 하신 건가요?] 밥을 해달라고, 그때만 해도 쌀밥 먹을 수 있는 집이 별로 없었거든요. [조사자: 어머님이 진짜 고생을 많이 하셨겠네요. 홀로 남겨지셔서.] 그때 혼났죠. 저희 고모님들이랑 같이 해서 뭐 해내면 해내라는 대로 뭐 안 할 방법은 없고. [조사자: 피난을 가셨다가 얼마만큼 있다 오신건가요?] 저희 아버님은 언제쯤 그러셨는지 저는 기억이 잘 없어요. 안 계셨다는 것만 알지. 그때는 지나다니기도 굉장히 어려우셨다고 그래요. 전부 조사 같은 게 심허고 그래갖고서 어려우셨는데.

그래서 저희 아버지 같은 경우는 1호 대상 아녜요? 무조건. 그래서 여 쪽에 나오지도 못 허게 해서 저희 어머님이 그 사람들이 와 있을 때는 저는 딴 집에 가져 있었으니까. 그래서 혹시라도 눈에 거슬리면 그 사람들은 인정사정없는 사람들 아녀요? 그때는 참. [조사자: 어린 아이라도.]

어린 아이들은 더 쉽죠. 그때 말마따나 '자리개'라는 거 아세요? 농사짓고 나중에 타작을 할 때 볏단에 묶어갖고서 여기다가 절구통 놓구서 탁 치믄 벼알이 떨어지게끔. 사람을 자리개를 쳐서 그냥 죽였다고 그러니까 얼마나 그게 잔인헌거여. 그때 그 집에 고용했던 사람이 그랬다고 그래요. [조사자: 일하던 사람이?] 그렇죠. 인근 면사람 얘기고. 그 소리가 금방 퍼져 나오는 바람에 조금치라도, 사람이 어떻게 항상 잘하고 살 수는 없잖아요. 서운허게도 헐 수 있고 뭐도 헐 수 있는데 그런 부분이 조금 어려웠었고.

저희 아버지는 조금 편했던 부분이 그때는 제가 어렸을 때라 여러 차례, 덥고 그러면 사람들이 지나가면 '이리 와서 목마른 데 술 한잔 허고 가라'고 한잔씩 꼭 대접을 허셨고. 우리 집 와서는 걸인이 와서도 꼭 상을 차려서 해주고 그랬었어요. 제가 웬만큼 됐을 때 까지만 해도 보통 전라도 지방에서 대나무 광주리 같은 거 팔러온 사람들이 지나다니다가, 뭐 그 아주머니들이 돈이 있겠어요 뭐가

있겠어요. '하룻밤 자고 갈 수 없느냐'고 그러면 흔쾌히 재워서 보내고 그랬었으니까.

옛날에는 집에 안채가 있고 사랑채가 있고 그래서 웬만큼 사람들이 이용허고 갈 수 있는 그런 장소로 있었기 때문에. 그런 정도로 제 아버님이 상당히 후하셨어요 제가 보기에도. 과히 인심을 안 잃었기 때문에 큰 뭐는 안 당하셨는데. 그것만 꼭, 그랬다고 해서 안 당하는 건 아니거든요. 우선 그 사람들이 볼 때는 돈이 많은 사람이나 뭐 따지고 보면 자본주의라고 얘기 허는데. 그런 측에 들어가면 1호 대상이 우리 같은 집안이에요. 그래서 상당히 어려움을 겪으시고 피신을 허셨던 거 같애요. 요런 가까운데 같은 데서는 아는 사람이 잘못 숨겨줬다가는 그 사람까지 잘못되니까. [조사자: 멀리?] 예.

[조사자: 아까 전쟁이 났을 때는 어머님이 피신을 시키셔서 이집 저집을 돌아다니셨잖아요. 그러면 집으로 돌아오실 때는 집으로 돌아오라는 연락을 받고 오셨어요?] 누가 데리러 왔었죠. 언제든지 옮길 때도 몰래 밤중에 옮겼었고. 미리 얘기가 돼서. 그때는 영문도 모르고 하여튼 여기 오기만 하면 위험허다 하는 정도만 감지됐을 뿐이지 전쟁 뭐 허는 개념은 전혀 머리에 안 들어 왔을 때니까.

[조사자: 그때가 계절상으로는 언제 쯤?] 여름이죠. [조사자: 오래 나가있지는 않으셨던 거 같애요.] 예. 6.25 나고서 얼마 안 있다가. 그 사람들이 와서 바로

밀어닥쳤는데 얼마 만에 여기 바로 저 아래까지 내려갔으니까. [조사자: 돌아오셔서는 그 다음에는 전쟁이 끝난 거나 마찬가지 상황이었나요, 당시에는?] 저희 집요? 그때는 내가 자세히 기억을, 전쟁이 났었는지 안 났었는지도 기억을.

[조사자: 아까 사무실로써 여기를 쓰셨다고 하니까 그러셨으니까 아마 철수를 하고 난 다음에 집으로 오셨을 거 아녜요?] 그렇죠. 근데 저희 할아버님께서 저희 어머니하고 다니시면서 이런 독이 있잖아요. 독 속에 혹시 사람이 숨었나하고 상당히 불로 태우면서, 그때만 해도 요집이 저쪽 사입실이라고 해서 술을 해 담는 데는 반 지하실이었어요. 약간 낮아갖고서는 보통 컴컴했으니까. 컴컴헌 데다가 불을 써서 확인하기 전에는 전연 모를 정도였었죠. 어머님이 그렇게 해서 같이 들어가 보자고 이렇게 할아버지랑 같이 검사를 하셨다고 그래요. 저희 어머니가 그것만 봐도 담대하긴 담대하셨던 분이에요.

[조사자: 전쟁이 났을 때가 초등학교 이학년이라고, 아홉 살 정도 됐을까요?] 아니, 그 정도 됐을 거여. [조사자: 그때 학교에서 어떤 거 배웠는지 기억하세요?] 잘. 기억도 안 나고. 하여간 그러고 나서 그때도 초등학교 때 그 사람들이 교장선생을 하나 한 사람이 있어요. 옛날에 이장하셨던 분 아들이었었는데. 아들 하나가 그 사상에 물들어갖고 뭐 그 초등학교 교장선생을 했는데. 비행기가 이렇게 오면은 솔밭 속으로다가 숨으라고 그래서 숨으며 저게 다 우리 비행기라고. 누구 하나가

"우리 비행긴데 왜 숨어요?"

그렇게 물어봐갖고서. 나중에 보면은 그게 아찔했던 질문이었었던 거 같은데. 그때도 학교를 갔었던 거 같애요 처음에는. 그랬다가 나중에는 가지 말라

고 해서. [조사자: 언제 다시 또 가시게 되셨어요 학교는?] 다 끝나고 나선데 그때 기간은 내가 기억이 잘 나지는 않고. [조사자: 초등학교 이학년으로 다시 입학하신 거예요?] 입학이 아니라 잠시 쉬었던 거지. 그게 뭐 몇 개월 이상 지나질 않았을 거여. 짧게 끝났어.

그러고 여기는 내륙 쪽으로 와도 여기서 저쪽으로 지나갈 수 있는 곳이 아녜요. 이쪽으로 쭉 내려가면 서산 쪽인데. 거 쪽이 바다가 맞차가지고 안 되고 저쪽으로 해서 홍성 쪽으로 해서 빠져야 되는 데지 여까지는 거의 들어와야 되는 그런데는 아니었어요. 지금 판단을 해보니까. 왜 이쪽이 그렇게 괜찮게 지나갔었나 허고 봤더니 그런 지리적 요건 충족이 됐었던 거 같애요.

[조사자: 이 지역은 직접적인 폭격이나 전쟁, 전투가 있었던 거는 아닌데.] 그런 거는 아니고. 그 사람들이 와서 점령 지배한 것도 아니고. 여기 자체적으로 있던, 그거보고 남로당 조직이 벌써 옛날에 다 돼 있었던가 봐요. 옛날에, 나중에 알고 보니까 그 사람은 한참 뒤에 간첩으로다가 체포됐었던 분이 한 분 계신데. 저희 아버님하고 연령이 거의 같은 뭔데. 그전에 한번

“야, 앞으로는 다 사람들이 똑 같이 잘 사는 그런 시대가 올 거야.”
라고 그렇게 얘기를 해가면서 그러드래요. 저희 아버지가
“얘, 이놈아 노력 조금 더 하는 놈이 잘 살고 노력 조금 못하는 놈이 못 사는 거지. 어떻게 이게 임마 똑같이 잘산다고 그러냐. 말이 되는 소리를 허냐. 얘 이놈아 어서 그런 소리를 하느냐”고. 그렇게 한 마디를 던졌대요. 그래서 아, 그게 그때 그 말을 아버님이 기억허시길, 만약에 그게 잘못 그 사람이 됐었으면, 이게 한번 찍혔었는데 그게 잘못허면 큰일 날 뻔 했었던 적이 있었었다고 그렇게 말씀을 허세요. 그 사람이 여기 있다가 저쪽 무강면, 다른 면으로 가서 살았었기 때문에 이쪽은 피해가 없었지. 만약에 그 사람이 이쪽에 와서 뭐 했었으면 볼 것 없이 1호로 걸려 들어갔을. 그 정도 같으면은 보통 그 사람이 나중에 알고 보니까 대단한 거물이었다고 허드라고.

그 뒤에도 그것도 숨기고서 나중에 보니까 간첩사건에 여기서 그 뭐 왔을 때 그 사람 형제로다가 잡어 갖고 가고 그랬다고 그러드라고. 그거는 우리 있을 때도 여기 있던 분들하고 같이 연관이 돼서 그 분들이랑 같이 잡혀가는 거를. 60년댄가 70년대 초반인가 내가 연대는 확실히 기억을 못하지만. 그때는 그렇게 됐는데. 나중에 지나서 저희 아버님이 그 사람 잡혀갔다고 그러니까
“아, 그 사람이 그래서 그랬구나.”
그래. 그러니까 저희 아버님은 벌써 그런, 가진 사상을 알고 계셨던 거예요. 알고 있어도 그 사람이 뭐 실질적으로 어떤 액션도 안 취허고 그러니까 전연 몰랐었지만은 그 냥반이 잡혀갔다고 그러니까 ‘아, 그전에 그런 적이 있어.’ 저쪽 다른 면으로 가서도 거기 가서 실지 그 행동을 했었는지 안했는지, 그 사람들은 가만히 보니까 그런 게 있었던 거 같애. 실질적으로 나서서 행동하는 사람이 있는가 하면 뒤에서 이렇게만 해주고 맨토링만 하고 실지 행동은 안 허고 그런 고차원, 지금 내가 생각해도 상당히 고차원적이었던 것 같다고 생각해.

[조사자: 잡혀가신 분은 소식은 그 다음엔 모르시나요?] 그 냥반이. 간첩죄로 잡혀갔으니까 징역 살고. 연령은 100살 지금 넘었을 나이니까 돌아가셨을거야. 저희하고는 인근 면이기 때문에 잘 모르고. [조사자: 옛날에 피난가실 때 이 동네에 비슷한 연배의 어린이들도 피난 간 분들이 꽤 계셨나요, 아니면 어르신만?] 아, 그때는. 나중에 들어본 얘기는 동네에서 잘 살았다고 허셨다는 집 자제들은 다 어디론가는 다 조금씩.

[조사자: 같이 가신게 아니고 따로?] 알게 되면 큰일 나죠. 그러니까 저희 가면은 어머니하고 누구 하나 시켜주는 사람만 알고 다른 사람 전혀 모르게 하고. 난 밤중에 이동을 허고 움직여서 해놨으니, 나중에 낮에 가서 보고. 저쪽으로 해서 빵빵 돌고 해서 상당히 오래간만에. [조사자: 어린아이 혼자 피난가는 경우가 없는데.] 잘 아는 사람에게 맡기는 거죠. 그 집에 가서 며칠 가서 놀다 오라고. 그렇게만 생각을 했었어요. 여기 오기만 하면 안 된다고 큰일 난다고. 그렇게 들었으니까.

[조사자: 여기 올 수 있을 정도면 근처.] 그렇죠 예. 가까이 있는데 굉장히 으슥한 부분에 있던 집덜, 외딴집 같은데 있던 집덜. [조사자: 그때는 어렸고 사실은 저희도 그렇지만 저희도 전쟁을 말로만 듣지 겪어보지 않은 세대라, 근데 전쟁을 겪으셨잖아요. 그 당시에는 너무 어려서 그게 뭔지를 사실은 잘 모를 때였잖아요.] 그렇긴 그런데. 어느 정도 알고 여기서 사람 죽이는 것도 다른 친구들은 가서보고 우리는 못 가게 해서 나는 가보지를 못했구만. 거기 가서 죽었던 자리라고 그러고. 본 친구들이 가서 이렇게 했다고 그러면서 그런 얘기는 들었구만서도 뭐 전 전혀 그런 것 허는 것도 없고. 사실은 저희 집에서 안 보게 한 게 잘했고 그거 봐서 좋을 거 뭐 있고.

[조사자: 시간이 지나면서 전쟁에 대한 느낌이 어떠신지가 궁금해서요. 그때는 뭣 모르고 겪으셨으니까 그렇다 치지만 지나고 나면.] 사람마다 다 틀리겠지만 평화로운 세상을 갖다 그렇게 싹 뒤집어서. 따지고 보면 남의 집 몰수허고 점령을 한다든지 뭐 헌다든지 그때 제가 알기로는 논이 몇 마지기냐 뭐 몇 마지

기냐 알아서 갖고 와서 다 얘기를 해라 해 갖고서 아무개아무개 호명을 해가면서 우리가 다 적고 그랬을 때는 그거를 그 사람들 얘기로 봐서는 다 공평허게 분배를 해주겠다 했던 시절이었으니까 그런 거는 사실 구름 잡는 얘기 아니냐.

또 인명을 살상을 해도 보통 그런 식으로다가 살상을 도저히 있을 수 없는 일이고 또 비상식적인 일이고. 요즘 사람들은 그때 어려웠다든지 뭐 했다든지 허는 건 전혀 모르고 그때 우리 때만 해도 굶는 사람들이 좀 많았어요? 왜 굶느냐 라면이라도 먹지 해가면서 그런 식으로 얘기를 헌다고 그러는데.

그때는 어려웠던 시절이었어요. 저희 같은 경우도 식구들이 많으니까 그래도 다 헌다고 해도, 쌀허고 보리하고 섞어서 여름철에는 먹고 그랬지만. 다른 집들은 보믄 보리만 탁 삶아서 먹는다든지 또 그것이 없어갖고서 그냥 죽으로다가 끼니를 때운다든지 허는 일이 많았었으니까. 지금은 많이 발전되고 우리나라가 참 대단한 나라가 된 거죠. 그때만 해도 사실은 어려웠던 시절이다.

[조사자: 그 이후로 다시 수복되면서 이 사무실을 한국군이나 유엔군이 쓰진 않았어요?] 여기가 뭐 유엔군 한국군 있을만한 곳이 아니었었고. 그 사람들 도망 나가고 나서 바로 또 정부에서 양조장을 했었으니까. 아마 다른 데도 아마 양조장 같은 데가 제일 넓고 뭐해서 그런데도 활용을 했을 가능성이 굉장히 커요. 동네에서 그럴만한 집이 없었거든요. 그때만 해도 여기 훤허고 그때만 해도 연료를 장작 불때가지고서 그럴 때니까. 장작만 쌓여있었지 뭐 상당히 보면 넓게 보이거든요. 별짓도 다 헐 수 있는 그런 공간이니까. 그 사람들이 탐내는 공간이었겠죠.

[3] 3대 가업을 잇는 양조장의 내력

[조사자: 농사를 지으시다가 아버님께서 왜 양조장을 하시게 된 건가요?] 농사는 기본이고. 농사를 짓다가 허는 게 아니라 농사를 져가면서도 양조장을 하고 이렇게 하는 거지. 저도 어렸을 때도 모 심으러 다니고 논에 가서 발로 딛고 다 그걸 다 했어요. 저희 아버님 얘기는 농촌에서 살면 농사가 기본이기 때문에 농사는 무조건 알어야 된다. 어떻게 허는 건지. 농사를 짓는 걸 몰라 가면서 어떻게 사람이 밥을 먹고 사느냐. 일단은 사는 문제니까. 기본이 그때는 논이 몇 마지기냐 뭐냐에 따라서 부의 척도가 틀려졌으니까.

지금은 2, 30마지기 정도 가지고 있으면 사실 거지꼴이에요. 2, 30마지기 지금 현재 가지고 자영을 헌다, 아무것도 없는 사람이 논 얻어서 농사짓는 것만큼도 소득이 못해요. 농사를 지금 많이, 몇 구간, 몇 만 평씩 얻어서 기계로 갖다가 짓는 사람은 돈을 많이 벌지만. 그때도 옛날 30마지기 정도만 지면, 30마지기래야 200평이 한 마지기니까 얼마에요 6000평인가. 그 정도만 되도 부자라고 그랬어요 머슴 두고.

아버님도 거기 연루돼갖고 그 친구는 나보다 세 살 정도는 더 먹었던 친구에요. 나중에 초등학교 다닐 때 그 사람도 같이 저희 아버지랑 같이 불려 다닌, 저희 아버지가, 그때는 다 일단은 잡어다가 놓고서 심문도 허고 그 친구까지 조사받으러 다녔던 걸로 기억해요.

그때가 우리는 정해진 그 나이에 들어갔었지만 그 친구들은 보통 2, 3년 5, 6년 정도까지 차이가 있었으니까. 그전에 민병대 수첩이라는 게 있어요. 지금으로 말허면. 그러고 나서 민병대라는 뭐가 있는데 그게 나이가 몇 살 이상 되면은 가질 수 있는. [조사자: 증명서 같은 거, 신분증?] 거기에 편입, 만약에 지금 예비군 보충령으로 편입된다든지 그런 거 비슷한 것이 있었던 거 같은데 민병대라는 것이 있었어요.

그 수첩까지 있을 정도면 나이가 상당히 들었었어요. 옛날 운동회 할 때도 기마전 같은 거 허면 다 무너질 것 같어도 하나만 붙잡고 저기 가서도 다시. 원체 덩치가 크고 그러니까 뭐 쪼끄만 사람은 덩치가 되요? [조사자: 나이가 많아가지고.] 그렇죠 많고. 그때에 학교를 못 다녔던 사람들. 우리 선배들도 놀다가 나중에 5학년, 6학년 때 같이 들어왔는데, 공민반이라고 그랬었는데 그 친구들도 우리하고 같이 졸업을 해서. 보통, 우리보다 나이 많이 먹은 사람들이 네, 댓살은 보통이에요. 정상적으로 들어간 사람이 별로 없을 정도로 그럴 때라.

[조사자: 전쟁 당시에 아버님은 연세가 얼마나 되셨나요?] 그거는 좀 기억하기가 뭐 한데. [조사자: 군대는 안 다녀오셨죠?] 그때는 안 다녀오셨죠. [조사자: 이미 연세도 있으셨고?] 이미 넘었었고. 우리 서 숙부들이 있었는데 그 냥반들은 군인을 갔다가 한번은 갔다가 부상당해서 상이군인으로 오셨더라고. 그 냥반 돌아가셨어. 아버지 밑에 있는 사람들도 군대 갈 나이는 다 지났을 거예요. 우리 아버지보다 한창 아랫사람들이 노무대라고 해서 군대 저. [조사자: 물자, 일.] 해주는 그런 정도로 아버지보다 한참 아랫사람들이 갔다 오는 걸 저희는 봤으니까.

[조사자: 연세가 상당히 높으셨군요.] [조사자: 아버님께서 늦게 나오신 거예요?] 예. 그래서 제가 10대 종손인데 종가로만 10대 내려와 가지고 10대종손이에요. 다른 친구들하고 항상 뭐 얘기헐 때면

"야, 니덜허고 상대 안 돼."

옛날서부터 어디 가서 얘기 헐 때 인근 이웃에 있는 당진 면 틀린 사람들하고서 나야 여기서 학교 가기가 걸리질 않으니까 웬만허면 다 서로 호호하고 지내다가 조금 웬만큼 되면 나이 10여살 되도 다 같이 놀던 농담도 허고 그러는데. 몇 살 따질 거 뭐 있어. 옛날서부터 말야, 나는 조건이 있어. 당신들허고 같이 놀 수 있는 조건이. 옛날에 종손 집 애를 따져줬어요. 종손 집 사람 아들들은 한 몫 놔줬었다고.

[조사자: 자기네 씨가 아니더라도?] 그렇지. 남의 집 종손이라도 우대를 해줬

어. 두 번째로다가 내가 노인장들하고 이렇게. 내 위로다가 남매를 잃었다고 그러니까. 두 번째로 노인자제분. 난 형이 없어. 형하고 걸리는 사람 있으면 형 허고 친구면 다 형 아녜요? 형이 없으니까 당신들하고 내가 충분히 붓 털 만해요. 붓 터는 것도 다 맞아서 뭣을 허는 거지 그냥 붓이 안 되는 거예요.

옛날부터 허는 말이 '조정에는 막여작이요 향당에는 막여치'라. 조정에서 있는 사람들은 벼슬 높은 사람이 최고고 이런 시골에 있는 사람들 나이 많은 사람이 최고라 이거지. 따지면 지금만 해도 일 년 형이면 형 어쩌고 허지만. 그때는 저런데 좀 지나가서 뭐 했어도 서로 뭐 허지 요즘같이 그렇게 허지는 안했어요. 그래서 옛날서부터 지운이라든가 직위라는 얘기가 거기서 나오는 거 아닙니까.

[조사자: 마을 도련님이셨네요.] 그렇죠. 사실은 나뿐만이 아니라 할아버지도 그랬었고 아버지도 그랬었고 그런 뭐가 있어요. 종친회 같은데도 나가고 뭐 어쩌고 하면 그것도 뭐 알어야 뭘 허는 거지. 알지 못 허면 아무것도, 절을 헌다고 홀기도 볼 줄 알고 홀기도 들을 줄 알어야 제사도 지내고 허는 거지 아무것도 모르고 되겠어요? 나 처음 왔는디 절 좀 한번 허게 해주쇼, 그건 말도 안 되지. 순서가 있고 보스가 있는 거지.

[조사자: 충렬공 직계신가요?] 예. [조사자: 아버님은 교육을 어느 정도 받으셨어요?] 아버님은 초등학교 졸업 허셨고 옛날에 서당에 다니셨어. 한문을 많이 허셨어요. 그때만 해도 한문 공부만 잘만 해도 웬 만큼 뭐. 요즘 사람들은 한문을 안 배우니까. 우리 때만해도 전부 한문을 다 배우고 한문 시간이 따로 있었고 그런데. 그래서 한동안 한문을 못 배운 사람들이 사실은 우리나라 말

의 어원도 전연 모르잖아요 그게. 우리가 거의 말 쓰는 게 한자어가 굉장히 많잖아요. 우리가 항상 쓰던 거니까 우리말이지 꼭 한자는 아니거든요. 엄밀허게 따지면 한자도 우리나라 말이거든 원래. 내가 그래서 이 할아버님 걸어놓고 있는 것.

[조사자: 여기 단군 상이 있는데.] 난 관공서에 가도 대통령 사진 하나 걸어놓고 아니다 이거지. 우리 조상인 단군 할아버지 걸어놓고 대통령 사진 걸어놔야 옳은 얘기지. 나는 저거 믿는 것도 아니고 아무것도 아니지만 사람이 제 역사를 바로 해야. 지금 우리나라는 다 배우셨지만 우리가 참 역사가 왜곡이 굉장히 많이 돼 있잖아요.

[조사자: 아버님이 어떻게 양조장을 하시게 된 거예요? 그때 당시는 술을 사먹을 수 있는 환경은 아니었을 것 같은데?] 그때만 해도, 옛날에는 다 자가로다가 술들을. 일제 강점기가 들어서면서부터 개인도 못 허게 하고 따지고 보면 세금을 징수 헐 목적으로 면허를 각 곳 마다 내주고 했었지. [조사자: 면허를 아무한테나 주지 않잖아요?] 그러니까 그것도 저희 아버님은 상당히 젊은 시절에 했었는데. 굉장히 의욕이 많이 있었죠.

[조사자: 보리밥도 먹기 힘든 시절인데 쌀로 술 빚으신다고 하기 힘드셨을 거 같은데. 사 드시는 분들이 많으셨나요?] 그때는 일 헐라면은 절대 이게 필요헌 거여. 점심 한 끼, 아침 점심 전에 새참, 여기 말로 젓두리라고 그러는데. 새참을 먹을 때 그냥 이걸로 때우는 사람이 있는가하면. 또 이만큼 이렇게 나왔다가 배고픈데 밥 사먹기도 좀 그거 허고 그러니까 술 한 대접을 먹고서는, 사실 칼로리 상으로는 충분히 되는 거예요. 일 헐라 그러면 허기지고 했을 때 막걸리를 먹으면 굉장히 기운이 나고.

젊은 사람들도 등산하고 딱 내려 나서 막걸리 한 잔 딱 먹고 나면, 아무리 갈증 날 때도 아무거로도 풀 수가 없어요. 냉수로도 풀 수가 없고 아무거로도 풀 수가 없는데 막걸리를 딱 먹으면 갈증이 탁 풀어져요. 그거는 아주. 등산 헐 때 소주 먹어도 별거 아니고 맥주 먹어도 금방 시원헌 맛이지 갈증 자체는 해소는 안돼요. 갈증을 푸는 데는 막걸리 이상은 없다. 또 이게 식량도 되고 곡기도 되기 때문에 그래서 좋은 거죠.

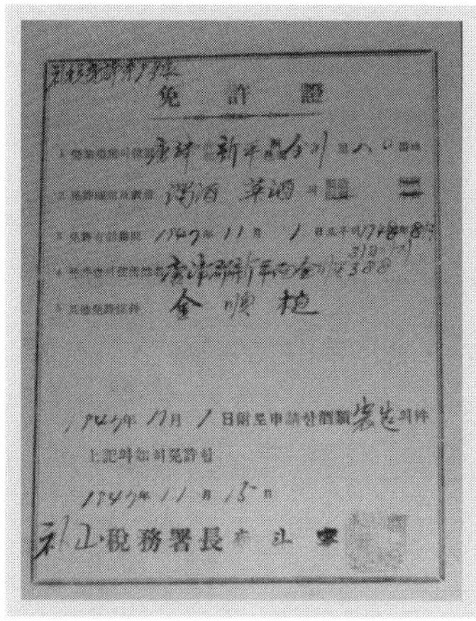
免 許 證

上記와如히免許함

稅務署長

[조사자: 아버님께 언제부터 받아서.] 받아서 허는 건 뭐, 면허라는 건 돌아가시고 나서 면허를 이어받았으니까. [조사자: 면허가 있나요?] 그러믄요. 나는 미리 와서. 나는 어려서부터 여기서 여기가 다 놀이터고 놀이 공간이었기 때문에. 나중에 아버님이 많이 연로허셔 갖고서 그걸 했어. 그때도 술 담는 걸. 그때만 해도 체계적으로 조직적으로 했던 사람이 거의 없어요. 공장장이란 사람도 체계적인 교육을 받고 헌 사람은 없고 위에서부터 전수 전수 전수. 전수 전수 전수 허다보면 제 위 사람만큼 여기가 똑 같을 수가 없죠.

제가 이걸 해보니까 책도 많이 볼라니까 책자 자체가 없어요. 옛날 그런 비슷한 책자가 있었어요. 그때만 해도 인쇄본 그 책자가 있었어요. 지금 그걸 읽어봐도 참 책은 잘 됐어요. 잘 써진 거였어요. 요즘 나오는 책들도 거의 그런 거 기준으로 해서 나오지 더 이상 뭐헌 건 없는데. 그래도 그것을 읽어보고서 현실하고 딱 맞아 들어가기, 책대로 되는 건 하나도 없잖여. 몇도 얼마 해 노면 그게 안 맞아요. 제가 만드는데 거의 한 달 정도를 며칠씩 밤새고 나서 쉬었다가 며칠씩 밤새고.

어느 지점에서 온도가 어떻게 올라가느냐 그것도 놓는 조건에 따라서 이렇게 올라갔을 때도 있고 요렇게 올라갔을 때도 있잖아요. 통계를 잡기가 굉장히 어려웠어요. 그놈을 맞춰갖고서 데이터를, 따지고 보면 데이터를 처음 작성을 해서 만들고 다시 해보고. 물론 옛날 방식대로 허는 아버님한테 들은 거라든지 외에 다른 부분 안 나와 있는, 책에 있는 부분까지.

반란군과 국군에게 시달려온 전쟁살이

오 영 선 외

"인공 때 야그 하지마, 징그러"

자 료 명: 20120130오영선외(담양)
조 사 일: 2012년 1월 30일
조사시간: 66분
구 연 자: 오영선(여 · 1930년생), 최복례(여 · 1927년생), 정분님(여 · 1938년생)
조 사 자: 심우장, 박현숙, 박혜진, 조홍윤, 황승업
조사장소: 전라남도 담양군 용면 금월리 (금월리 마을회관)

[조사과정 및 구연상황]

마을회관에 들어서자 어르신들이 모여 화투판을 벌이고 있었다. 조사의 취지를 알리고 이야기를 부탁드리자 두어 분이 나서서 주로 구연하였다. 처음에는 제보자가 구연하는 것을 듣고만 있던 어르신들이 서로서로 전쟁 당시의 기억을 나누느라 박수치며 웃고 떠들었다. 이야기판이 활기를 띠자 저마다 이야기하려는 분위기가 형성되었다. 그 바람에 다른 제보자의 구연에 집중하지 않고 자기 이야기하기에 여념이 없어 이야기판이 매우 산만해졌다.

[구연자 정보]

오영선은 1930년생으로 10살에 한국전쟁이 일어났다.

최복례는 1927년생으로 17살에 전쟁이 일어났다. 전쟁 중에 출산하였다.

정분님은 1938년생으로 오빠와 관련된 기억을 많이 들려주었다.

[이야기 개요]

밤에 산에서 내려온 반란군들의 협박에 못 이겨 밥을 해 주면 그 다음날 국군에게 밥을 해주었다고 고초를 치렀다. 인공시절에는 초상이 나도 불을 피울 수가 없었다.

오영선: 한국전쟁 때 인민군이 동네 사람을 많이 끌고 갔다. 국군도 반란군을 도왔다는 이유로 마을사람들을 몰살 시킨 예가 많았다. 반란군을 피해 이웃마을로 피난 다니다가 틈틈이 마을에 들어와서 농사일을 하곤 했는데, 그 와중에 시어머니가 반란군에 잡혀서 죽을 뻔 했다.

정분님: 반란군의 위협에 못 이겨 낮에 반란군들 밥해주면 저녁에 국군이 와서 반란군 편에 섰다고 고초를 가하곤 했다. 그 때문에 마을 사람들이 많이 죽었고, 국군의 비행기 폭격으로도 많이 죽었다. 당시 반란군이 마을 청년들을 잡아갔는데, 오빠는 끌려가지 않으려고 벙어리 흉내를 내서 면피했다. 반란군들은 민가에 내려와 식량이며 이불을 빼앗아갔다. 그 때문에 식량을 지키려고 남몰래 숨겨두곤 했다.

최복례: 전쟁 통에 아이를 낳았다. 외부에 들키지 않으려고 부엌에 은밀한 공간을 만들어 불빛이 새나가지 않게 가마니로 문을 가리고 낳았다. 그 당시 똑똑하고 부유한 사람들은 대부분 반란군에게 희생당했다.

[주제어] 인민군, 반란군, 빨치산, 강탈, 보리타작, 국군, 출산, 피난, 폭격, 정지, 농사

[1] 오영선: 인민군이 동네 사람들을 끌고 가다

[조사자: 인민군들 직접 보신 적 있어요?] 그러지라. 직접 봤지 우리가. 보지 안 보겄소. [조사자: 마을에 왔었어요?] 암. 여그 동네 와서도 창고 다 떨어가 불고. 저그 저 육이오 때 거시기가 그랬지 저기 저 반란군들이, 반란군들이. 다 여그서도 저 너메 동네도 피난 가고. [조사자: 할머니도 갔다 오셨어요 피난?] 우리는 그리 안했어.

[조사자: 어디로 가셨어요 할머니는, 피난을?] 저기 너메 동네. [조사자: 용면?] 아니 용면 아니여, 삼만리. [조사자: 그러면 전쟁 나기 전에 결혼하셨어요, 전쟁 난 다음에 결혼하셨어요?] 우리는 열세 살 먹을 때는 인자 옛날에, 옛날에 일본 놈 세상이고 열아홉 살 먹었을 뜩에 거시기 했구만. [조사자: 전쟁?] 으, 여기 여 육이오. [조사자: 그때 결혼 하셨었어요?] 했제. 다리도, 저 삼학리 다리도 끊어불고. 비행기로. 다리도 끊어불고 사람들도 그냥 다 그냥. 이런 사람들 데려다가 다 지기들이, 지기들이 다 그냥 거시기헌다고, 지기들이 정치헌다고 싹 데리가고. 정치헌다고 데리가고.

[조사자: 할머니 고생하신 이야기 좀 해주세요] 고생이야 말 헐 수가 없지 옛날에는. 베 나서 다 옷 해서 입히고, 입고 살고 다 싹싹 씻어가붕게 그 틈에서도 요롷게 살아나고. 저그는 저, 인공 나서 다 알겄구만. 나 열아홉 살 먹었을 때 그랬나 그때가. [청중: 형님 열아홉 살이었나. 나는 몇 살 먹었나 몰라.]

[조사자: 애기도 있었습니까?] 어린애는 나는 없었어요. 시아재들이 많이 있었제. 시동생들이 많이 있었제. [조사자: 그러면 시동생이랑 전부다 피난을 갔어요?] 예. 우리는 용케 찾고 고 거시기서 나왔어. 옛날에 저가 저 반란군 골짜기 그쪽에서 살았는디 용면. 그쪽에 살았는디 내가 갤혼허고는 그냥 이짝으로 나와불어. 나와가꼬 집이 저 가상에가 있응게 동네사람이 그냥 다 떨어가도 우리 집은 들어오들 않았어, 가상 집이라. 그래가꼬 무선, 무선 꼴을

안 봤어. [청중: 째깐 집이라, 째깐 집.] 근디 여그 사람들 그양 다 저 너메 동네로 가고 막 했는디. 고롷게 살았어라 옛날에는.

[조사자: 무서운 꼴 당한 사람들 이야기도 들어보셨어요?] 예? [조사자: 무서운 꼴 당한 사람들 이야기도 들으셨어요?] 하이고 말을 할 수가 없지. [조사자: 제일 많이 당한 사람들이 어떤 사람들이예요?] 다 돌아가셨지 인자. 많이 당한 사람들은. 돌아가셨어 인자. 저 산중에는 그양 반란군들.

[2] 정분님: 반란군이 마을 사람들을 죽이고 가재도구를 빼앗아 가다

[정분님: 나는 일곱 살 먹어서 반란군들 다 가져가부렀네 집이서.]

[오영선: 반란군들이 그양. 다 떨어가부렀네.]

[조사자: 할머니 집에 와서?]

[정분님: 예.]

[오영선: 반란군들이 옛날에 저, 대한민국들, 대한민국들 거시기 했다고 총으로 다 쏴서 사람들 많이 죽인 동네도 있어. 저 용면.]

[정분님: 저 산사람들이여.]

[오영선: 다 죽여부렀어.]

[정분님: 오빠 저, 정월 보름에 장개 보냈는디 그양 도둑놈들이 들어가꼬 그냥 이불까지 싹 갖고 가부렀어.]

[청중: 도둑놈들 아니라 저 산사람.]

[정분님: 으. 산사람들. 이불을 깔고 앉아있는디 촉 잡아당겨서 빼가부리드라고.]

[조사자: 이불을?]

[오영선: 말 헐 수가 없어. 총대로 막 때림서 죽인다고 그런디 할 수 없제.]

[정분님: 이불 덮고 누워 있으믄 막 발로 밟고 차고 막 그런디 뭘.]

[청중: 긍게 한동네 사람들이 간 사람이 및이 있었는디.]

[오영선: 고것들이 그려.]

[정분님: 고것들이 벨벨벨벨. 오빠들 여울라고 베를 많이 너 논 놈을 막 도라고 했쌌드만.]

[조사자: 여기 동네에서도 간 사람이 있습니까?]

[오영선: 없어요 여그는.]

[정분님: 전에는 있었는디 가족이 없어져부렀제.]

[오영선: 다 죽어불고 없어져부렀어. 산에로 가서.]

[정분님: 간 사람, 산에 간 사람 있었는디 다 가족 없어져부렀어.]

[오영선: 끌코 가가꼬 저 거시기다 꼴차기에다 죽여부리고.]

[정분님: 자제들 남은 사람은 서울로 가부렀어. 시방 서울서 살아.]

[오영선: 산에서 델꼬 가서 산에다, 저그 저 정자골 꼴차기다 죽여부렀다고 안 혀, 옛날에.]

[정분님: 응.]

[오영선: 옛날에 사식이 한아씨도, 하식이 어매랑. 긍게 옛날에 사람들은 또 다 죽어불고 어른들은, 우들은 어렸을, 젊었을 때라 그러고…]

[정분님: 흐메 저녁만 되믄, 반란군들 저녁만 되믄 들와 우리 일곱 살 묵어서.]

[오영선: 그게 알아서 뭣 헐라 근다?]

[조사자: 육이오를 저희는 경험을 안 해봤잖아요.]

[오영선: 인자 애기들은 모르제.]

[정분님: 아 테리비에 다 나오드만. 테리비에 거시기 저, 인공 때는 그대로 저대로 살았는디 그 저 광주 사태 그때가 젤로 옴싹했어 아주. 광주 사태는 어디로 댕기도 못허고.]

[청중: 그때는 사람들 다 죽었어. 광주 저, 애기들 대학생들 다 죽었어.]

[정분님: 광주서 사람 문 앞에도 못나갔어 그때는.]

[조사자: 여기 동네는 상관이 없었을 텐데요?]

[정분님: 여그는 암시렁도 안 헌디.]

[청중: 광주가 무샀지.]

[정분님: 광주 사태. 그 젊은 사람들 죽잉게 다 무솨. 마음이 안 편혀. 그때가 질로 나빴어.]

[청중: 우리 아들도, 우리 아들도 광주 가가꼬, 광주 가가꼬 저 작은집 계따러 가가꼬. 가가꼬 닷새 만에 왔어. 나오도 못하고. 그양 막 총으로 쏴서 다 죽여분대.]

[정분님: 그 사람들 그런디 나온 사람마다 다 죽여분대.]

[청중: 유방도 여자들 데리다가 다 찢여서 죽여가꼬.]

[정분님: 애기 밴 사람 발로 차고 그랬다 안 헙디요. 테레비에 나오드만 그려.]

[청중: 도청 앞에다가, 도청 앞에다가 싹 눕혀 놓고 다 그양 아주 그래 부러서 아주 그양.]

[오영선: 긍게 전두환이나 노태우나 그 사람들이 시키서 그랬어 그거. 시키서 아까운 사람 죽고.]

[오영선: 아까운, 높은 사람들 다 죽었어 여하튼. 공부 잘 하고 영리헌 놈들. 대학생들 다 죽였는디.]

[정분님: 광주 사태는 그렇고 날 줄은 몰랐제.]

[오영선: 앞으로는 그런 일이 없어야 헐 틴디.]

[정분님: 근는디 그렇고 느닷없이 그렁게 그양 다 모다]

[청중: 전두환이 그랬당게.]

[정분님: 그때는 학생들이 또 거시기를 많이 허고. 그랬는디 학생들은 전부다 죽여부렀으니.]

[청중: 전부가 학생들이여.]

[오영선: 어른들은 많이 안 죽었는디 학생들이 많이 죽어서 부모들이 참 아주, 아주 말도 못 혀. 부모들이 고생을 거그서, 고생허다가.]

[정분님: 엇다 말도 못혀.]

[오영선: 고생허다가 또 안 죽고 산 사람들은. 으. 병이 들어가꼬 살도 못허드라고 또. 병 들어가꼬. 말도 못해.]

[조사자: 여기 동네에서 혹시 그쪽 피해당한 사람 있습니까?]

[오영선: 그렇게는 없제 여가. 광주 사태 때는.]

[조사자: 자식이 뭐 어떻게 됐다거나?]

[오영선: 어 여그, 여그는 그런 것은 없어.]

[3] 밤에는 반란군 밥 해주고, 낮에는 그 때문에 군인들에게 시달리다

[조사자: 육이오 때 혹시 여기서 돌아가신 분 있습니까?]

[오영선: 육이오 때요? 몰라요.]

[최복례: 육이오 때도 군인에 가가꼬 안 온 사람들 많지라.]

[조사자: 많아요?]

[최복례: 예]

[조사자: 할머니 남편 분은 육이오 때 군인으로 끌려가거나 그런 일은 없으셨어요?]

[오영선: 군인으로 갔다 다 왔제.]

[최복례: 군인으로 갔다 오시고 끌려가든 않았제.]

[조사자: 남편 분 군대 가셨을 때는 혼자 지내셨겠네요, 마을에서?]

[오영선: 으, 가족들 있응게.]

[조사자: 할머니 피난 가신 얘기 좀 해주세요.]

[최복례: 피난 간 것은 거시기 했어.]

[오영선: 여그 막 동네 와서 헝게 나가불지 무성게.]

[최복례: 재 너메 걸어 대닐 때라. 그때는 차를 못 타고 대닝게.]

[오영선: 차도 없고 그때는 차도 없고.]

[정분님: 꼴짝에 가서 거시기헝게 군인들 무섭다고 다 피난을 갔제. 반란군들,]

[오영선: 저 코따리 다 싸갖고. 낮에 와서 조깨, 일 조깨 하고 해 넘어가믄 가고.]

[최복례: 저 낮에믄 군인들이 야단이제 저녁이믄 반란군들이 야단이제. 저녁밥만 묵었다 하믄 아주.]

[조사자: 군인들은 어떻게 난리를 쳤어요?]

[오영선: 군인들은…….]

[최복례: 군인들은 이자 그 사람들 지키느라고 동네마다.]

[최복례: 동네마다 있었제. 해는 안 보게 했어. 다 거시기 줬지. 동네 보호해줬지 이자.]

[정분님: 여그만 해도 금월리는 저저 물웅덩이라 덜 왔어. 요리는. 양기축이가 질 많이 왔어 반란군들.]

[최복례: 그려. 거가 더 높은디.]

[정분님: 아주 저녁마다 와 양기축이는. 저 산성산에서 보고 다 왔어.]

[조사자: 친정이 용면이면은요, 용면 쪽에서 여기로 피난 온 사람들도 있을 거 같은데요.]

[최복례: 전에는 왔었지요.]

[오영선: 모다 왔지라.]

[조사자: 용면은 워낙…….]

[최복례: 예. 용면은 다 나와부렀어요.]

[오영선: 아 용면 골짝이서, 용면 골짝이서 우리는 이자 글떡에 보리를 숭거놓고 이사를 나와부렀어.]

[최복례: 지금도 용면 아녀 거가?]

[오영선: 용면이여. 보리를 숭거 놓고 나와부렀어. 보리를 숭거 놓고 나왔는디 이자 보리타작을 허러 갔는디. 우리 시어머니가 갔는디 우리, 우리 인

자, 자네 시숙이랑 함께 갔어. 갔는디 인자 속으로만 끌코 가고. 근는디 그양 막 그양 그, 거시기들이 막 군인들이 들어와가꼬 막 그 동네 점령을 험선 거시기헝게로. 그 인자 논이 요고보담 좀 커.]

[조사자: 예.]

[오영선: 커. 여기서 저 마당만큼 되까. 근디 그 마당, 동네 앞에가 바로 있어. 동네가. 근디 그양 그 엇저녁 같은 날, 말하자므는 인자 초상이 났어 인자. 초상이 낭게 인자, 초상이 낭게 밤에, 밤에 그 사람들이, 산사람들이 와서 밥 해도라고 막 헝게로 안 해주믄 막 죽이다고 헝게로 밥을 해 줬어. 근디 그 한동네 사람이 그것을 안 사람이 있어 또. 안 사람들 있응게 고로고 하고는 또 인자 군인들이 와서 또 항게, 이 말 해줘가꼬, 일러부러가꼬, 군인들이 쳐들어와가꼬 그양 그 동네사람들 싹, 그양 논에다가 싹, 우에치 다 놔두고 그양 막, 그양 다 물어보고 헝게, 그양 엇다 말도 못 허고. 히줬응게 헐 수 없어. 초상 난 디 저, 그때는 초상 나믄 막 불 피우고 동네서 막 안 허요. 집이서 인자 초상 치느라고, 삼일초상 하느라고 글제.]

[최복례: 아 인공 때는, 글 때는 불도 못 피웠어.]

[오영선: 그때 그랬어 인자. 그래가꼬는 고롷게 해가꼬 있는디 그양, 인자 군인들이 와가꼬는 그양 인자 누구 밥해줬냐고 항게, 밥 해준 것이 나타낭게로 그양 디려다가 막 죽여분 것이여 인자.]

[4] 오영선: 시어머니가 보리타작하러 갔다가 인민군에 잡혀서 죽을 뻔하다

그르고 우리, 우리 아바씨는 인자 저그 또랑, 동네 가운데 질이 요만헌 게 있어. 있는디 독다리로 놓아놓고 그 또랑을 만들었어. 또랑 저기 추월산 물을 묵그든. 동네 물은 없어, 그떡에는. 옛날에는. 긍게 바가치로 퍼가지고 동으로 이고 와서 묵어. 근디 그 저거 우게만큼 거가꼬 그양, 우리 시어마이는 친, 큰집이 화장실에 가 숨어가꼬 있고, 우리 아바씨는 독다리 밑에가 가만히 있응게 그양 막, 군인들이 퉁텅퉁텅텅 막 우게로 지나가드라고 혀 막. 그래가꼬 살아가꼬 나왔어.

근디 저 우리 어머니는 또 잡어다가 인자 화장실 가 있응게 끌꼬 나와가꼬, 인자 동네 그 가운데다가 놓고 막 다 말허고, 죽이네 살리네 허고 그양. 거시기 헌 사람들은, 죄 쪼깨 덜한 사람들은, 아니다고 한 사람들은 그양 가고. 그양 지서에다가 갖다 싹 가돠놓고 우리 시어머이도 가돠놓고.

그래가꼬 인자 거그서 인자 저 동네일을 이장이나 반장이나 인자 그, 도시는 동장이라고 허지. 인자 이장보고. 근디 싹 디리다가 인자 그, 그양 막 놓아두고 다 죽여붔어 그양. 몰살해붔어, 그떡에. 동네서 그양.

그래가꼬 우리 시어머이는, 우리 외삼춘이 말하자믄 저 삼만리 너메가 살그등. 긍게 인자 외삼춘이 가서 그 지서에로 전화를 막 험선 우리 누님 요로고 저러고 해서 보리 허러 갔다가 요롷게 거시기했다고, 잽혔다고 험선 빨리 보내라고 막 헝게. 막 올라고 헌디

"나도 좀 일 가야된다고 허쇼, 일 가야된다고 허쇼."

엄씨들이 막 그러드라 혀.

[최복례: 긍게 서로 살라고.]

[오영선: 근데 그럴 수가 있시야제. 거그서 찍어가꼬 나온다. 긍게 우리 시어머이는 그대로 나오고 우리 아바씨도 그 사람들 나온 디로 그양 구루마 갖고 나오고. 그 다리 밑에로 가서 가만히 오그리고 있응게, 그양 우게로 막 퉁탕투탕 막 하드라고 혀 막. 막 쌈헌 놈 맹키 가드라 혀. 긍게로 그런 꼴을 다 겪으고 살았어, 옛날에는.]

[조사자: 그러니까 인민군들이 내려왔을 때 밥을 해준 사람이 시어머니예요?]

[오영선: 아니여. 인자 딴 사람들. 우리는 인자 시어머이는 보리 허러 가고. 보리, 보리타작 허러 가고.]

[조사자: 보리타작?]

[오영선: 응. 숭거 놓고 이사를 나왔능게. 긍게 우리는 고통은 많이 안 받았어 인자. 고통은 많이 안 받았어. 고로케 미리서 나와서.]

[최복례: 인공 때 죽은 사람은 없어요. 피란 헌 사람도 다 나가불고 없고.]

[오영선: 무선 세상 많이 살았어라 모다.]

[최복례: 인자 그랬다고만 하지.]

[5] 정분님: 군인과 인민군 사이에서 애꿎은 마을 사람들만 죽다

[조사자: 이사 오기 전에 친정이 있던 동네는 사람들이 많이 죽었겠네요?]

[오영선: 그 동네가 많이 죽었제. 죽은 사람 겁나라. 그 저, 여그 미숙이네 할매 안 있소. 그 저 가서 애기 나주고 산 사람, 할마니. 인제 돌아가셨제? 미숙이 할매.]

[정분님: 미숙이 외할매는 돌아가셨어.]

[오영선: 거그도 인자, 거그도 말하자믄 우리 저, 우리 큰집, 큰집 시아재허고. 시아재허고 미숙이 어매 언니허고 결혼했어. 근디 우리 성님 되지 나는. 근디 그냥, 그냥 산사람들이 끌코 가서 그냥 들꼬 가서 죽여부리고. 우리 시숙도 또 그 데리다 죽여불고. 그래가꼬 그냥 몰살해부렀어 그냥. 집 다 없어져부렀어 그냥. 다 꼬실라불고. 돌아가셔붔제.

긍게 우리 성님이 여그를 올라옹게 저그 절 앞에서 저그 저 전시관 밑에서 옴선 우리 성님은 안디 그 미숙이 할매는 누군 줄 모르고 인사를 해도 모르드라 혀. 근다고 오미- 사람을 모르대, 몰라. 고롷게 성님이 그러드라고. 그 사둔인디, 친사둔인디 말하자믄. 근다고 그런 이야기를 다 허드라고. 아이고 그때는 무선 세상 많이 살았어. 동네 싹 없어져부렀어 불 꼬실라불고. 불 싹 꼬실라불고.

[조사자: 다리 밑에서 걸렸으면은 돌아가셨겠네요?]

[오영선: 죽지 인자. 그때는 때려 죽여불제. 총으로 쏴 죽여불제 뭐. 근디

안 죽을라고 헝게 그도 다 안 걸리고 다 나왔어. 우리 식구는 다 왔어. 그롷게 무선 세상을 살았어.]

[최복례: 흐미 그때는 아주 무솨요.]

[조사자: 그래서 그 보리는 수확을 해서 가져왔습니까?]

[오영선: 예. 나중에 했지 인자.]

(조사자 웃음)

[최복례: 쑥 캐러 가믄 사창 앞에 맨 놈으 군인들이 막 꼴짝이서 꼬치에서 진 치고 난리고.]

[오영선: 집 진 것은 타부리고. 죽리 사창 그러거든 거가 그.]

[최복례: 겁나게 죽었어 사람들.]

[오영선: 순창 넘어가는 데 거그. 거그 다 꼬실라불고 집도 꼬실라불고. 농사도 안 짓고 논도 맨, 논이로만 있어라 다 그냥 없애불고. 여 군인들, 반란군들 그 집이 있으믄 거그 인자 살고 그런다고 인자. 긍게 그 다 찾아서 꼬실라부러.]

[조사자: 집은 다 군인들이, 국군들이 불 질러요?]

[오영선: 그러제. 으. 인자 그 사람들은 쫓아 대니고. 아이고 고생들 많이 했어라 옛날 사람들. 긍게 우리 어디 가서 인자 말씀들, 저 높은 사람들 설교할 뜩에 가믄 그러드만. 어르신들이 그만큼 고생을 허고 그렇게 헤쳐 나가기 때문에 요, 후손들이 요롷고 잘 살아나간다고. 긍게 어른들을 많이 관리를 헌다고. 어른들을. 어른들 많이 보호를 안 허요.]

[조사자: 반란군이 와서 밥을 안 해주면 죽인다고 하고 밥을 해주면 군인이 죽이잖아요?]

[정분님: 응.]

[조사자: 그럼 어떻게 해요?]

[정분님: 글다가 죽지 인자.]

[조사자: 그러면 연기가 안 나게 밥 하는 방법이 있어요?]

[정분님: 밥 안 하믄.]

[조사자: 연기가 바깥으로 안 나가게…….]

[정분님: 그때는 허제. 산에서 막 와가꼬 난리제. 산에서, 순전 산에서 잠자고 댕기고.]

[오영선: 그때 유월 달엔가. 유월 달엔가 육이오 거기시가 들어와붔어. 유월 달엔가 들어와붔어.]

[조사자: 전쟁이요?]

[오영선: 으. 반란군들이 그냥 반란군들이 쳐들어 와붔어. 그래가꼬 아 저 면사무소 같은 디도 즈그들이 다 점령해불고. 즈그들이 그양 다 정치헌다고 들어 앙거부리고.]

[정분님: 내가, 내가 고생을 많이 헌 사람은 그 거시기를 설명을 해 준디, 우리는 고생을 덜 히서 거시기를 안 혀. 인공 때, 해방되고 글 떡에도 저, 시아버지가 이장질 허싱게 우리는 고생 안 혔어. 막 시집 가가꼬.]

[최복례: 병두, 병두 아부지는 저, 동네 이장질 허다가 잡혀갔어.]

[오영선: 글때는 그렇게 해가꼬 사람들도 많이 데려갔지.]

[최복례: 그릉게 병두 아부지는 고롷게 죽었어 또.]

[6] 비행기 폭격으로 마을사람들이 많이 죽다

[조사자: 그럼 할머니 피난을 어디로 가셨어요?]

[오영선: 우리요? 우리는 피난은 그렇게 안 대녔어요.]

[조사자: 그도 가셨대면서 어디로?]

[오영선: 여기로 나왔지 저 산이서.]

[정분님: 고두실로 갔당게. 여 넘어서. 잔등이 넘은, 산 너메 고두실로.]

[조사자: 그러면 거기서 어떻게 지내세요? 피난 가셔서…….]

[오영선: 그냥 와부렀지 이자. 저녁이믄 와. 낮에, 해 어름 판에 가가꼬.]

[정분님: 거기서도 자고 올 때 있어.]

[오영선: 해 어름 판에 가가꼬 거그서 자고. 인자 와가꼬 인자 여그서 또 일도 허고. 일을 안 하믄 못 살제. 촌에서 그때는.]

[정분님: 밭에 저 거시기 저, 이르자믄 사람들이 인자 아주 무서믄 거가 한 메칠 있는 사람도 있고. 또 왔다갔다 헌 사람 또 가족이 한나 있고 그러지. 그럼 방에서.]

[오영선: 스파이가 한나 있어야 시고 글제. 뭔 일이 나믄 못 가고 인자.]

[정분님: 그래가꼬 있었제 뭐.]

[오영선: 아이고 말도 못해.]

[정분님: 아이 방에 앙겄으믄 나, 여.]

[오영선: 지그들이 달음박질 하고 다니대. 동동동동.]

[정분님: 반란군들이 인공 때 비항기가 반란군 보고, 사람만 지나가믄 비항기가 쏘아붕게.]

[조사자: 그럼 반란군도 무서웠고 군인도 무서웠겠네요?]

[정분님: 군인들도 무서웠어. 긍게 저, 굴 파놓고 살았어, 우리 모다.]

[오영선: 포를 쏘아놓믄 해가꼬 저 우게 다리도 끊어붔어, 그때 고것들이. 그래가꼬 들어와붔어. 긍게 여그서 막 즈그들이 안 죽을랑게 나가서 있을 것이여, 면사무소가.]

[정분님: 저녁에 와가꼬 군인, 거시기 반란군 차가 동네다가, 동네 앞에다가 받혀놓고는 마랑 전에 짚으로 엮은 마랑, 지푸라기로 엮은 거. 요롷고 엮은 마랑이로 딱 둘러서 보리때미 매키로 둘러 싸놔. 근디 거가 그대로 덮어놔두믄 비행기가 모른디. 그 뭐냐 모냥 없든 자리가 있그든 밤에. 느닷없이, 비행기가 모르가니. 어즈께 없는 놈이 밤에 있응게 이자 이상허제. 긍게 그거를 뱅뱅 돌아. 긍게 뱅뱅 동게 사람이 하나 지나가다 밑에로 들어가붔어. 긍게 거그따 갖다 쏘아가꼬 차가 거스그 허고. 그래가꼬 동네다 갖다 들들들들 갈아붕게 지붕에서 떨어진 사람, 방애 찧다가 떨어진 사람, 화장실에서 나온

사람, 아이구메 난리가 그런 난리가 없어. 아 따발총맹키로 드르르 비행기가 감서 쏘아부렀으니, 동네다가 쏘아부렀으니 어쩔 것이여.]

[조사자: 그래서 돌아가신 분들이 계십니까?]

[정분님: 죽었제. 소도 죽고.]

[조사자: 소도 죽고?]

[정분님: 소도 죽고. 비영기가 그렁게 소도 죽고.]

[조사자: 다 죽은 거예요?]

[정분님: 맞응게. 비영기가 뜽게로 소도 죽어불고 사람도 죽고. 나오믄 그냥 군인들이 또 때려 쏴불고. 또 비행기에서 포를 쏭게 가만 있다가 포가 맞아부링게 죽고. 인자 그러고 무사서 배깥에 나오믄 군인들이 죽여불고. 전에는 무선 세상 살았어.]

[조사자: 진짜로 무서운 세상이네.]

[정분님: (회관으로 들어오는 윤영자 어르신에게 물음) 쨰깐해서 모릉가?]

[윤영자: 뭘?]

[정분님: 비영기, 인공 때 비영기.]

[최복례: 석현어매는 모르제.]

[윤영자: 몰라.]

[정분님: 인공 때 저.]

[오영선: 인공 때 것은 알겄구만.]

[윤영자: 몰러 나는.]

[오영선: 동네 피란허러 댕긴 거 몰라? 동네.]

[최복례: 나 째깐했을 때라.]

[최복례: 석현 어매는 전혀 몰라. 우들보다 나이 떨어징게. 나 일곱 살 묵어서 그랬는디.]

[조사자: 할머니는 일곱 살 때도 기억을 잘 하시네요.]

[최복례: 일곱 살 묵어서 얼매나 비영기들이 그냥 천불나게 대녔다구. 석현

이네는 글때 거시기여. 나하고 및 살 떨어져 시방. 및 살이여?]

[정분님: 나? 닛이여 칠십 닛. (조사자와 화자 웃음)]

[정분님: 석현이네 여섯이여 일곱이여?]

[윤영자: 여섯.]

[정분님: 여섯. 인제 봐봐. 구년 샌데.]

[윤영자: 애기였을 때 났어. 나 쨰깐해서 봉게로 그양 워카 신고 방에로 들와서 할머니를 막 미끄러불드라고.]

[오영선: 그려. 고놈들이 기네. 인공 때 놈들.]

[정분님: 군인들이 그랬어.]

[조사자: 그게 누구였어요?]

[오영선: 고놈 인공 때 놈들이 그려.]

[정분님: 인공들 아니라 군인이여. 워카 신고 왔응게. 낮에 왔응게.]

[조사자: 군인이었어요?]

[윤영자: 몰라. 어렸을 때라 어서 온 줄도 모르고.]

[최복례: 군인이여.]

[윤영자: 워카 신고 방에로 들어와가꼬 뭐라고 항게, 우리 할머니가 뭐이라고 항게 그냥 미끄러부리드라고.]

[7] 최복례: 전쟁 통에 아이를 낳다

[최복례: 우리 성진이가 시방 육십 둘인디 인공 때 났어. 비영기, 피난, 정지서 났어. 비영기 무사서 애기도 못났어.]

[정분님: 성진이가 지금 몇 살이가니?]

[윤영자: 육십 둘이라고 안 해.]

[최복례: 육십 둘.]

[윤영자: 긍게 내가 너 댓 살 먹었응게 알았구나.]

[최복례: 육십 둘이여 시방. 환갑 작년에 넘었응게. 비영기가 무사서 방에서 낫지도 못허고 정지에 굴 파놓고 정지서 나무청, 굴 파놓고 정지서 이불 깔아놓고. 부엌 밑에 말고 나무청이라고.]

[오영선: 나무청이라고 있어.]

[최복례: 거기 정지방 이만헌 거 있어.]

[조사자: 거기서 애기를 나으셨어요?]

[최복례: 예. 방에서 못 나. 무사서. 우리 큰 놈. 부엌이.]

[윤영자: 부엌이서 났어?]

[최복례: 응. 우게가 마룽이고 이자 정지방. 이룽게 맹글어졌는디 밑에가 인자 나무청이여. 나무 들여놓고 땐 디, 나무 다 끄집어내불고 거그 애기 날라고 맹글었당게. 가마땡이 깔고 거시기 저, 거시기 깔고. 방축리서 그랬당게. 새집 짐선 지서놓고 즈그 엄마가 삼선 우리 큰놈 날 때 그랬당게.]

[조사자: 그렇게 태어나신 분이 작년에 환갑이셨어요?]

[최복례: 예. 이자 올해 설 샜응게 둘.]

[조사자: 전쟁 일어난 지 이제 육십년, 육십 이년 됐네.]

[최복례: 네. 인공 때 났어.]

[8] 오영선: 해방되자 마을에 살던 일본인들이 가게와 땅을 버리고 가다

[최복례: 인공 때 야그 하지마 징그러.]

[오영선: 인공 때나 대한민국 때나 똑같혀.]

[최복례: 다 무솨. 전에는 다 무솼어.]

[조사자: 대한민국 때는 뭐가 무서웠습니까?]

[오영선: 대한민국 때도 무섭지.]

[조사자: 뭐가 무서워요?]

[오영선: 하이고 다 모집 들고 가부리고 그양. 다 들고 가부러 모집을 그양.]

[조사자: 모집을요?]

[오영선: 어. 아주 그양 군인도 보내다가 벗어놓은 싹 들고가부리고.]

[윤영자: 그때는 인공 때보담 더 빨리 그랬어?]

[오영선: 글떡에 인공 때보담 빨리 그랬냐고? 나 저 인공 때는 열아홉 살 묵어서 거시기 했는디 글 떡에는 열세 살 묵어서 해방되얐어. 그래가꼬 저녁에.]

[최복례: 해방 되던 해에 저 수진이 아부지가 칠월에, 팔월에 해방되고 이월에 났네.]

[오영선: 저녁에 한 열한시나 된디, 그 우리 장재방 아짐은 그양 도그질을 허드라구 그양. 담양에서는 그양 총을 빵빵빵빵빵 막 쏘고 들어오는 것 같은디. 그래가꼬 세탁소, 삼일세탁소 그 여그 똥 푸러 대니는 사람 안 있소. 작은 아부지는 여그 귀때기로 총알이 나가부렀어. 글도 암시렁도 안 했어. 암시렁 안 혀.]

[최복례: 몸에로 안 나가고 귀로 나갔응게 살아.]

[오영선: 귀로, 귀로 뚫어붔다고. 그래가꼬 그양 아침에 해방되서 그양 저녁에 열한시나 되는데 총을 쏘고 글드니 미군들이 쳐들어와부렀어 이자. 여그 여 거시기는 못 헌디 미군들이 쳐들어와붕게 인자 일본 놈들이 막 간 거여 인자. 일본 놈들 싹 가가꼬 담양읍내 저 거시기, 여 태환이. 태환이 알지라 거.]

[윤영자: 알아.]

[오영선: 태환이 즈그 성이, 거가 국 뭐이냐, 그 사람이 담양에서 살았어 그 삼일세탁소 앞이, 그 거기 앞이가 과잣집도 있고 담뱃집이여. 일본 때. 일본 세상 때 담뱃집. 근디 거그서, 거그서 인자 싹 놔두고 가붕게, 그 허다가 간 놈이 그 사람 집이 돼붔어 인자. 그래가꼬 잘 살다가 돌아가셨네.]

[최복례: 패암양반?]

[오영선: 응. 패암양반 즈그 성. 그 사람이 구 뭣이여. 그 사람인디 그 엄씨도 언제 봉게 살았드만은 돌아가셨는가 안보이대. 긍게 그떡에는 그양 일본

놈들이 여그서 점령허고 즈그 나라 맹키로 살아부렀어 그냥. 긍게 여기 사람들은 딸싹도 못하고 살다가는 전부다 쌀 다 퍼가불고 그양. 나락도 그양 요로고 홀태로 훑었거든 글떡에는. 그때는. 지금은 기계로 하는디. 그 밑에서 그양 다 씰어가불고, 다 씰어가붕게 암 것도 없어. 홀태로 훑은 것만 포도시 먹고. 그랬어 우리.

그 사람들이 여그 거시기다가 전답을 막 샀지 인자 일본 놈들이. 여그서 아주 삼선. 긍게 인자 고것이 인자 사가꼬는 고 논을 다 놓아두고 가붔어 인자. 다 놓아불고 강게 고거이 사람 땅이라고 했어 인자. 사람 땅이라고. 싹 놓아두고 가붕게, 그 논을 지어 묵는 사람이 지어 묵음선, 딴 사람이 지어 묵음선 세금은 나라에다 바치고. 그렇게 해가지고 세금을 바치다 나중에는 사라고 허믄 인자 돈 주고 사가꼬 내야가 되고 되고, 해가꼬 살았어.

일본 놈들이 겁났어 그때는. 일본 놈들이. 다 지기들이 전부다 사가꼬, 사가꼬 살다가 그냥 가붕게 암 것도 없이 손들고 가부렀제 그양. 살림도 뭣도 다 내불고. 긍게 과자 공장도 던져불고 가고 그양. 집도 던져불고. 담뱃가게, 일본 때 일본 세상 때 담뱃가게. 부잣집이 고놈 다 내불고 강게 인자, 그 직공살이 헌 사람이, 직공살이 헌 사람이 여, 지야로 해가꼬 살다 죽었어 인자. 그 사람 호의호식으로 살다 죽었지 긍게. 돈 많은디.]

[9] 정분님: 인민군에게 뺏기지 않으려고 식량을 숨겨놓다

(오영선 제보자와 정분님 제보자가 동시에 구연함)

[정분님: 아이 방짝을, 전에는 방짝을 불 땡게로 밑에가 푹 꺼져가지고 구먹 안 있소. 긍게 거그를 파내고 여그 베랑빡을 싹 발라불고 여그는 굴 맹키로 파놓고 나락 가마니 거그다 감촤놓고 밥 묵었어. 어디 난장이라 묵고 살았가니. 여그 방짝 속에다가 흙으로 싹 발라놓고 불 땐 데는.]

[조사자: (정분님에게) 다시 이야기를 해 주십시오 그걸. 못 들었어요 여러 사람

하시니까.]

[정분님: 오가리를 탁 묻어.]

[조사자: 오가리를요?]

[정분님: 옛날에는 정지에가, 시방 사람들 정지라고 허믄 몰라.]

[최복례: 부엌.]

[정분님: 부엌. 부엌에다가 인자 이거는 솥단지로 이거는 물동이를 논 자린디. 물동이를 이고 가 다 비어. 큰 오가리를 묻어놨는디 주둥이가 요만이나 하고 솔찬히 크제. 늘 이걸 갖다가 물 하날 길르고 그 뚜정 덮으믄 그 납작한 판자 놓고는 흙이로 그냥 내끄러버려. 그믄 가만히 떠들고 오가리 물 가만히 퍼내어 그도 쌀 한 되씩 내먹었어.]

[오영선: 거기는 더 무서웠다드만.]

[최복례: 대성리라.]

[정분님: 대성리는 아주 반란군 부족이여.]

[오영선: 긍게 꼬치가 바로 옆에가 안 있었는갑네.]

[정분님: 아이 고놈 오가리 안 묻을라개도 밤낮 천지 못 혀. 창이로 콕콕, 창이로 찍어가꼬 다 부숴 창이로. 산성산에서 감 지붕에다 해 논 거 싹 가지가부러. 맨날 밥만 묵고 덜덜덜 떨어. 저 밑에서는 개가 컹컹 짖으믄,

"아이고 왔는갑네, 왔는갑네"

허고 쪼그러 앉어서 덜덜덜 떨고 앉었제.]

[조사자: 개만 짖어도…….]

[정분님: 벌써 동네 들오믄 개들이 난리나부러 그냥 짖느라고.]

[정분님: 그므는 저 정각산 없소. 이 아래츰 정각산 옆에 저그 저저 와메로 넘어간 데. 큰 대밭이 있어. 근디 대밭에로는 누가, 그 사람들이 안 가거든. 대밭에로 청년들이 다 숨어붔어 고리. 뛰어가가꼬. 그니 그 아래곁에서 개만 짖으믄 막 담 넘어서 정각산에로 고리 가서 앉었어.]

[오영선: 전에는 잠도 지대로 못 잤어.]

[정분님: 못 자.]

[10] 오빠가 인민군에게 잡혀가지 않으려고 병신 흉내 내다

[정분님: 우리 오빠는 넷째, 그 우에가 성들이 서이 있는디 도망을 미처 못 갔어. 미처 못 가가꼬 어매랑 벙짜다고 막, 벙짜다고 끌코 가도 말도 못해. (벙어리 흉내를 내며) 어엉, 어엉 헝게. (청중 웃음)]

[조사자: 벙어리 벙짜라고.]

[정분님: 벙짜라 그런가. 어메 그때 세상은 무서. 미처 못 도망갔네. 담을 못 넘어서. 담 넘을라다 그양 오빠들이 그양 또 그 앞에 오빠들이 정가산에 넘어간디 뒤에 따라갈라니 오빠가 째깐한 사람이 어쯔게 따라가겄어.]

[오영선: 미처 못 따라강게 벙짜다고.]

[정분님: 열일곱인가 오빠가 묵었단디 미처 못 도망갔지. 긍게 인자 병신노릇을 혔어 인자. 벙짜다고. (웃으며) 그래가꼬 살었어.]

[조사자: 근데 연기를 잘 했던 모양이죠? (화자와 청중들 웃음)]

[정분님: (웃으며) 하이고 그때 세상은 말도 못 혀.]

[11] 인민군에게 신행살림을 빼앗기다

[조사자: (정분님 제보자에게) 할머니 이불 빼앗아갔다는 이야기 좀 해주세요.]

[정분님: 이불은 저, 우리 성님은, 저저 추성리. 아니 추성리란다, 신정리. 신정리서 인자 대성리로 피난 나왔어. 피난 나왔는디 우리 아부지가 눈이 꺼굴로 뒤집어졌는가 어쨌는가. 이자 가난허디 가난헌디 큰애기가 조깨 보골보골허거든. 긍게 그 대성리 가서 그양 의사 잡을라고 쫓아 대녔어. 아무도 없는 디로. 인자 신정리서 피난 나와가꼬 아무것도 없는디. 아 긍게 양기춘이 약방에 봉게 돌방만 하믄 괜찮응가, 돌방만 하믄 못쓴다고 항게 대성리서 저,

학고리으로 뼹뼹 돌아왔어.]

[오영선: 그도 다 당한디.]

[정분님: 오빠가 군인에 가서 그양 죽어불어. 그리고 성님은 그냥 정각리다 저저 옷은 다 감춰놨어. 우리 큰어머니 집이다.]

[오영선: 갈라고 이.]

[정분님: 그서 싹 가즈가부렀답디다. 가즈가가꼬 시집가서 산디 아 저저 환갑도 안 넘어가서 꼽사 되붔어.]

[최복례: 그 사람 방충리로 왔담서.]

[정분님: 긍게 기여 꼽사.]

[오영선: 꼽사 되부러. 가 살지도 못허고.]

[정분님: 응. 살지도 못허고. 글도 우게 집 가시랑 밭에서 해가꼬 갖고 왔어. 애기는 털래털래 업고. 그서 성님 작은애 왔소 헝게로 예 그라고 대답은 허대. 아 근디 담뱃집이 딸기를 따왔어.]

[최복례: 이불 가진 거 말하랑게 성님 애기만 하네. (청중들 웃음)]

[정분님: 이불은 우리가 이러고 깔고 앉었는디 남동생들이 또 내 밑으로 둘이나 있어. 어매가 그양

"니그들 깔고 앙거라, 깔고 앙거라."

긍게 오빠는 도망가불고 성님은 각싱게 신랑 어딨냐고 막 달와. 긍게 저저 없다고. 시방 나가가꼬 여태 소식이 없다고 했는디 이불 쭉 뺏어강게, 우리 동생이 아이 가져가라고 줘부러 줘부러. (화자 웃음) 줘붕게 인자 그 어쩔 것이여.]

[오영선: 인공 때 그랬어.]

[정분님: 아 근디 오빠 밍주 옷을 해 준 놈을, 우리 뒤안에가 깨울창, 물내려간 디가 깨울창이 있어. 아따 고놈을 갖다 우리 어매가 뒤안에 감선,

"뭣이 암 것도 없소. 뭐 찾아 줄란디 없소." 그러고 가서 꾸정물에다 너붔어. 고놈을. 옷 너서 그 못 가지가게. 긋드니 못써. 흙물 들어가꼬 입도 못혀.]

[오영선: 못 가즈가지 인자. 또 여그서는 빨믄 되고.]

[정분님: 성님 못써. 흙물 들어. (청중들 웃음)]

[최복례: 어설피 입도 못 허고. (청중들 웃음)]

[오영선: (웃으며) 기양 줘분 놈만 못 허구만. (청중들 웃음) 가마꼴 꼴창에 가서 다 쟁여놓고 지기들이 다 묵고, 소 잡어 묵고 돼지 잡아 묵고 지기들이 고로고 했다.]

[정분님: 첫날 저녁에 그래 붔으니 어쩔 것이여 그걸. (웃음) 반란군들이 첫날 저녁에 와가꼬. 그래 오빠는 튀어 도망갔는디 옷도 벗어놓고 가가꼬 춘데 어쩔 것이여. (웃음)]

[조사자: 첫날이라는 게 결혼 첫날?]

[정분님: 인자 막 결혼했는디. 정월 보름날 결혼했어. 아 긋는디 해필 반란군이 그날 저녁에 와가꼬. 안에서 그양 킁킁킁 헝게 개들이 짖으고. 오빠는 도망갔는디 이놈으 거 옷도 안 입고 도망갔으니 어쩔 것이여 그.]

[오영선: 빤스만 입고?]

[정분님: 몰라. (청중들 박수 치며 웃음)]

[오영선: 밍주 옷 좋은 놈을 벗어내불고 도망갔구만.]

[정분님: 성님 혼차 있으믄 인자 놀랭게 우리가 다, 어매가 느그들이 이불은 깔고 앙거라, 깔고 앙거라 헝게 가서 깔고 앉응게 쭉 잡아 댕깅게 픽 쓰러져 부러. (웃음)]

[오영선: 고놈 갖고 가서 산에 가서 덮고 잘라고 그랬구만.]

[최복례: 그땐 이불이고 뭐이고 째깨 좋은 놈은 다 가져가붔어.]

[정분님: 밑에 오빠들 키울라고 베를 우리 어매가 많이 짜 놨는디.]

[최복례: 양기춘 사람들이, 시 놈이 반란군 따러갔어 산에로.]

[정분님: 그양 와가꼬 벨벨벨, 베 짜논 놈 겁나게 돌라고 벨벨벨벨 막 그러드만.]

[최복례: 다 알든갑네.]

[오영선: 동네서 알지 대강은.]

[정분님: 산에 가가꼬. 양기춘 박선생 알지라 박선생.]

[윤영자: 몰라.]

[정분님: 박선생 작은 아부지가 산에를 따라 갔는디 와가꼬 벨벨벨벨. 양기춘 인자 팔수다고 헌 사람허고 벨벨벨벨 험선 베 내노라고 난리여. 긍게 아 아들 여운다고 그걸 그전에, 그양 옷 입어서 다 베 짜 논 놈 싹 해서 입어부렀응게 없다고, 베 어디가 있소. 베는 정각리다 다 감촤부렀지. 정각리는 바로 그 옆에가 꽂지라 반란군이 안 가.]

[12] 전쟁 때 끌려가서 돌아오지 못한 사람이 많다

[오영선: 사람은 안 죽였소?]

[정분님: 죽이든 않았는디. 저저 우리 작은집이 저저 당숙모네 저 다리에다 굴 파놓고 여게, 그러믄 여 아래 그라고 앙겄어, 옛날에는. 아이고 섣날 그믐날 뭘라고 술을 건지시 먹고 거까지 갔든게벼. 그래가꼬 그날 지녁에 잽혀가가꼬 이내 소식이 없어.]

[오영선: 죽었제.]

[정분님: 응. 죽었어. 그 사람들 죽었는디, 인자 가서 저그 가서, 뭐 죽방리라냐 어디 가서 죽었다고 피를 쪼개 비드라고. 그서 또 그롷게 죽고.]

[조사자: 할머니 일곱 살 때 일이라면서 기억을 잘 하세요?]

[정분님: 이 얘기 노인들이 했제, 고것은 인자. 이불 가져간 것은 나 알았제. (웃음) 그 앞집 사람은 남자가 도망가불믄 우리 집에로 와. 우리 어매가 인자 늙응게 한차 안 놀랠라고 덜덜덜 떨믄, 여자들은 놀래고 떵게 우리 집이로 그양 넘어와부네. 그 뒤주골서 시집와가꼬.]

[최복례: 전에는 아주 피난 시상 말도 못해.]

[오영선: 죽냐 사냐 했는디. 우리 시아부지, 담양 고모네 아들도 두째 아들,

그때 인공 때 나가가꼬 없어. 시방 살았다고 허믄 영리헝게, 살았다고 허믄 북한에서라도 전화라도 허제. 근디 옛날 같으믄 전화도 못 헌디, 죽었는가 연락이 없어.]

(정분님 제보자와 오영선 제보자가 동시에 이야기함)

[정분님: 뒤주골에서 다닌 사람이 머슴살이 험서 딸을 갖다 즈그 어매가 여웠어. 아무 것도 없는 집이다. 근디 남자가 도망 가불믄 우리 집이로 도망와. 하이고 그떡에는 그냥 다 남양으로 모집가가꼬, 우리 오빠가 그때 장개 안 갔을 때는 모집가가꼬 참 넘어왔어. 하이고메 어매가 동지죽 쒀가꼬 오빠 온 것 보믄, 오믄 준다고 동지죽을 놔뒀는디 곰팽이 찌들어도 안와. (청중들 웃음) 동지죽을 믹인다고 놔뒀는디.]

[최복례: 남양 모집은 일본세상 때 갔제.]

[정분님: 긍게 오빠, 나 쨰깐해서 그랬당게.]

[오영선: 믹이고자와서 놔두고 놔두고 헌 것이 곰팽이 났구만.]

[정분님: 동지죽을 놔뒀는디 곰팽이 슨당게.]

[최복례: 그떡에는 어째서 남양모집을 어째서 갔냐므는, 거 시방 중국 거시기 저 만리장성, 만리장성 사람이 허고 다 짐이로. 고리로 일본사람들 데리다 고로고 다 했다고 허대.]

[오영선: 테레비도 막 안 나오든가.]

[정분님: 그때는 살아왔는디 또 군인에 가가꼬 군인에서 돌아가셔붔어. 여그서 돌아가시믄 사람이라도 알 틴디 해필 봄에 거시기 가가꼬 저저, 고로고 산에를, 대밭에 뛰어가가꼬 보름날 대사 치러가꼬 일 년도 못 살았어. 아 구월 달에 군대 갔는디 시월에 죽었다고 거시기, 연락이 왔어.]

[최복례: 거그는 그도 쪼깨 살았네 그도. 우리 시아재 하나는]

[정분님: 차라리 그때 여그서 돌아가셨다므는. 음력으로 시월 나흔날 갤혼했는디 이월 초닷새 날, 초엿새 날이 지사여. 정월 한 닷새 날 돌아가셨어.]

[13] 최복례: 전쟁 통에 부엌문을 가마니로 가려놓고 아기 낳다

[조사자: 할머니, 아까 전쟁 통에 아드님 나오신 얘기 자세히 좀 해주세요. (청중들 웃음)]

[최복례: 불도 못 쓩게, 저녁이믄 불도 못 쓩게. 인자 글 떡에는 가마니땡이로, 뒤안에는 가마니, 쌀가마니. 전에 요로고 가마니, 친 가마니 있어. 가마니땡이라고 그러믄 알랑가 모르겄네.]

[조사자: 예.]

[최복례: 그 가마니로 개려놓고, 바깥이로 요로고 못 박아서 개려놓고 불 쓰고. 또 인자 저녁이믄 개리고 낮에믄 열어놓고. 또 이자 앞에는 거먹거먹헌 거, 뭣이 떨어졌상게. 지푸라기 떨어졌싼게 요대기 끄나풀 달아가꼬 앞에는 요로고 개리고.]

[정분님: (웃으며) 논보였당게.]

[오영선: 논에서 났응게 논보다그만. (청중들 박수치며 웃음)]

[최복례: 나는 그때 인공 때라 방에서 못 나. 인공들 무사서.]

[오영선: 두째는 친정에 갔다 오다가 그 베틀바우 어디서 나부렀고.]

[최복례: 베틀바우 아녀. 저그 무정면.]

[오영선: 길선이.]

[윤영자: 식당 앞에서. 그르고 큰아들은 논보. 논에서 나고.]

[최복례: 집 앞에 논에, 논두렁에서 났어.]

[오영선: 거그도 거 외갓집인가 어디 갔다 오다가 났어. 갔다 오다가 두개다 났어.]

[최복례: 친정에 갔는디 애기가 있어서 올아비 덕이 그해 났는디 한달이 둘이 나믄 못쓴다고 그런디 논보 어매가 나와부렀다네. 오다가 그래서 났어.]

[윤영자: 그래서 논에서 나서 논보. 길에서 나서 길순이. (청중들 웃음)]

[오영선: 길용이여 길순이가 아니라. 길용이. 길용이여 둘째아들.]

[최복례: 거시기라, 인공 때라 방에서 낳든 못 혀.]

[조사자: 출산하실 때 누가 도와주진 않으셨어요?]

[최복례: 우리 시어머니가 도와줬제. 시어머니 계신디. 부엌에서 인자 애기들 거시기해가꼬 받어가꼬 인자 그때는 인자 굴속으로 들어갔어. 마루 밑에. 시방으로 말허자믄 요 마룽 우게가 있고 밑에다 나무 들여놓고 땐 디 마루 거 다 치워부렀당게. 누가 애기 날라고. 그르고 이불 깔아놓고. 가마니때기 깔고 이불 깔고 덕석 깔고 해가꼬 거그서 잤어 저녁이믄. 고걸 맹글어놨어. 그 밑에 부엌에서 낳어 우리 큰아들.]

[조사자: 전쟁 중에 애기를 가졌을 것 같은데요? 그래서……]

[최복례: 인공 때 애기, 해방 된 뒤에 시집을 갔는디. 그래가꼬 거시기했지 인자. 나 열일곱 살에 시집가가꼬 스물 한나에 낳어. 열일곱살에 시집간다믄 핵 돌아불것이여. (청중 웃음) 저그 아저씨가 몇 살에 시집 갔소 할머니 그려. 나 열일곱 살에 시집갔어라 헝게 가만히 서서 핵 돌아가부러 지가. (웃음)]

[윤영자: 그때는 열다섯 살이 보통이고, 아이 기숙이 어매는 열 시살 먹어서 왔다고 안합디요.]

[오영선: 뭣을 안다고 보냈으까 이.]

[윤영자: 긍게 배깥에서 장게 보듬어다 방에가 재우고.]

[최복례: 친정어매가 돌아가시고 없었제 그때.]

[윤영자: 그래가꼬 시집와가꼬 어째 영감이 뵈기 싫응게 신도 뵈기 싫다고 그냥 안에다가 던져불고 그랬담서.]

[최복례: 그때는 비양기만 쪼깨 무샀제. 이자 인공 때 지나가부러서 유월 달에 나놔서. 애기 난 뒤에만 쪼깨 고생했제 고 뒤에는 괜찮앴어. 그냥 해방 되야서.]

[조사자: 애기를 나은 날이 언젠데요?]

[최복례: 유월, 유월 달 음력으로.]

[오영선: 음력으로 유월 달에 그렇게 난리 났어.]

[최복례: 유월 달에 난리났당게. 애기 배가꼬 피난댕기고. 미역 갖고. 저 시방 소시랑 우리 딸 산 데 그 동네로 시집갔어. 우리 딸 외갓집 집이로.]

[윤영자: 누가 소시랑골로 시집갔어?]

[최복례: 소시랑골이 아니여.]

[윤영자: 소주골?]

[최복례: 우리 시누가 갔어.]

[윤영자: 옛날에 누가 선보러 왔다고 헌디 어서 왔냐고 우리 어머니가 물어 봉게 소주골에서 왔다고 그려. (웃음)]

[최복례: 소주골 아니여 소시랑굴.]

[정분님: 소시랑골이 소주골인갑네.]

[윤영자: 몰라. 근디로 선보러 온 사람들이 내가 가만히 봉게로 전부다 한복에다가 양말때기를 신고 왔어. 어메 상놈으 동네서 왔능갑다 그러고. (웃음) 한복에다 보신을 신어야헐 거 아니여.]

[14] 똑똑하고 부자라는 이유로 반란군에게 총살당할 뻔하다

[최복례: 물응동가 양기춘보담 째깨 낫네. 여 물응동가에. 고모가 물응동가 산디 어째 반란군들이 난리난리헝게 한번, 고모네 집으로 다 왔어 식구대로.]

[오영선: 금성면을 다 점령해불고 지기들이, 지기들이 아주 나라 정치헌다고 들어서부렀는디 우리 고 저, 우리 작은 집이 거시기 작은 아부지도 돌아가시고 또 큰집이, 큰집이 거시기 큰집이 나 오빠 된 사람, 거시기 안 있소. 거 고두실, 큰아부지 이름도 인자 잊어부린다. 거그 아들. 아들도 거그서 있다가 그양 잡아강게 헐 수 없이 거가 있다가 죽어불고. 다 죽어붔어.]

[최복례: 그때는 생죽음 많이 했어요 사람들.]

[오영선: 집대같이 크고 다 공부헌 사람들이.]

[최복례: 양기춘 옥자. 거그는 산에 따라 대닌 놈들이 염병허게 디리갈라구

해도 안 간다구. 근디 지푸실로 딜꼬 가고 거거 거시기서, 산사람 밥 해줬다고 헝가 모르겄네. 지푸실로 딜꼬 가서 총을 일곱 방을 쏴도 절대 안 쏴져가꼬 도로 이 사람 죽일 사람이 아닌갑다 해가꼬 도로. 고 양기춘 옥자다고. 환집이 성, 주중양반.]

[윤영자: 일곱 방을 맞고도 살아?]

[최복례: 일곱 방을 총을, 지푸실로 데리다 놓고 쏴서 죽잉게 안 맞어. 긍게 이 사람은 죽일 사람 아닌갑다 해가꼬 놔줬어.]

[조사자: 누가 쐈어요 총을?]

[오영선: 반란군들이.]

[최복례: 반란군들이 총을 지푸실로 딜꼬 가서 쐈지.]

[조사자: 근데 왜 죽일라고 총을 쐈습니까?]

[최복례: 동네서 큰 집 짓고 산다고 죽일라고 허제 그때는. 째깨만 똑똑허믄 다 죽여.]

[윤영자: 똑똑허고 야물다 허믄 다 디려다 죽여부렀어.]

[조사자: 그 사람이 부자였어요? 아니면 똑똑했습니까?]

[최복례: 부잣집인디 어매는 돌아가시고 의붓어매가 키왔어. 학교는 안 갈쳤어도 원체 입이 빳빳헝게 괜찮했어 동네서. 죽일라고 지푸실로 딜꼬 갔는디 총을 일곱 방을 쏴도 절대 안 맞드랴.]

[오영선: 비켜 지나갔구나]

[최복례: 엄한 디로 가부러. 긍게 이 사람 죽일 사람이 아닌갑다고 놔줘가꼬. 근디 집안에서 물 떠놓고 막 빌었다드라고. 그 영감 잡어갈 때.]

[조사자: 아-.]

[최복례: 저저 마느래가 빌었다고 혀. 마느래가 광주서 왔는디 어찌 그러고 빌 줄은 알았든가벼 난리 통에.]

[오영선: 그 정신에도 이.]

[최복례: 이, 그 정신에 디려갔는디.]

[오영선: 나갔응게 디려갔응게 인자.]

[최복례: 마당 가운데 물 떠다놓고 막 빌었다 혀. 긍게 빈 것도 괜찮은가벼. (청중들 웃음) 그래가꼬 및 년 살았당게.]

[오영선: 저저, 정일이 할아부지는 누가 디려다가 죽였소?]

[최복례: 아 산에 사람들이 그랬제. 산에로 갔어.]

[윤영자: 누가 정일이 한아씨가?]

[정분님: 아이 정일이 외한아씨.]

[조사자: 어떻게 돌아가셨는데요?]

[최복례: 그 삼만이. 육만이도 가고.]

[15] 오영선: 국군이 구덩이를 파서 사람들을 몰살시키다

[조사자: 할머니 아까 그 구덩이에 사람들 죽였다는 이야기는 무슨 얘기예요?]

[오영선: 응. 그때 그 사람들이 그러고 딜여다가 그랬어.]

[조사자: 누가? 반란군들이?]

[오영선: 으. 반란군들이.]

[윤영자: 옛날에 육이오장에 비행기들이 많이 와가꼬 여그 여 거시기에다가, 거그다가 사람 얼마를 죽여붔다고.]

[오영선: 언제?]

[윤영자: 나 째깐해가꼬 우리 집으로 군인 한 사람이 살러왔거든. 살러 왔는디 내가 애기들, 그 애기를 듣고 뭣허러 그 우게를 나갔는가 몰라. 나갔는디 그 군인이 봤든가 고 물을 건너서 쫓아와가꼬는 그양 여기 있으믄 저 총에 맞아 죽는다고 어서 가자고 막 (웃음) 그양 몰고 와서. 그 애기허고 나하고 둘이 왔는디 나중에 알고봉게 거그서 많이 죽였다고 그러드라고.]

[청중: 군인들이 죽였어.]

[청중: 산에 올라간 가족들, 산에 올라간 가족들을 디려다가 거그다 넣고

죽였어.]

[조사자: 거기가 어디에요?]

[윤영자: 여그 여 베틀바우 산 막 돌아간 디 거, 전씨들 전씨들 묘 있제 묘. 그쪽 모퉁이여.]

[청중: 모퉁 아래.]

[오영선: 모퉁이 아니라 그 근방이여.]

[청중: 그 근방에다.]

[조사자: 산에 올라간 사람 가족들을 다 모아놓고 군인들이 죽였어요?]

[윤영자: 군인들이 죽인 게 아닌 거 같으든데.]

[청중: 난중에는 군인들도 왔어. 와가꼬 산 사람들 밥 해줬냐, 안 했냐 조사해가꼬 죽인 사람도 있어.]

[청중: 군인들이 죽였어.]

[청중: 그 사람들만 죽인 것이 아니여. 군인들이 내려와가꼬 그 사람들은 도망가고.]

[청중: 아 산사람이로 간 사람들은 고롷고 허고 그 집 가족들은 저 지서에다가 대밭 딱 박아놓고 그 대밭 속에다가 땅 굴 파가꼬 감자, 요롷고 오두막 집 안 칭가. 목나무대로 안해가꼬 마람으로 이어가꼬. 거그 문 하나 내놓고 고리 들어갔다 나왔다 항게 다 거그다 세왔어. 지서 앞에. 지서 가상에다 울타리 박고.]

[윤영자: 나 어렸을 때 볼 때는 미군이었어 미군. 우리나라 사람이 아니고. 그 사람이 우리 집에 와가꼬 살면서 옛날에 그 저기 저 방짱, 방짱. 보시 이를테믄 미군 부대에서 나온 방짱 있었거든.]

[청중: 동네 지키러 겁나게 왔어 미군부대들이. 양기춘도 겁나게 왔어. 근디 우리 옆에 집이서…]

[청중: 해방되고 미군부대들이 해방되고 그양 왔제.]

[청중: 밥을, 미군들이 들어와가꼬 이자 즈그끼리 밥을 묵으얀디 동네서 그

사람들 짠허다고 밥 준 사람은 엎어쳐놓고 및 대를, 참 죽도록 때링게 한나 둘 시다가 스물까지는 시는데 못 시고. 어찌고 뚜드러 패불든지.]

[오영선: 밥 해줬다고?]

[청중: 밥 해줬다고. 그 군인들인디. 아이 지기끼리 왔응게 그 묵을 수도 있제. 근디 그거 쪼깨, 밥 조깨 해도라고 해서 해줬다고 그냥 옆에 집 사람.]

[최복례: 산사람들이 밥 해도라고 하믄 군인들이 때려죽이고 군인들 밥 해주믄 산사람들이 때려 죽이고 전에는 고런 시상인디.]

[오영선: 긍게 어떤 놈 말을 들을 수가 없고.]

[청중: 죽인다고 헝게 안 해줄 수도 없제.]

[16] 최복례: 인민군이 식량을 모두 빼앗아가서 먹을 것이 없었다

[최복례: 무시를 갈아놓고 무시 한번을 안 솎고, 우리 성진이 났을 적에 비영기 무사서 애기 두고 못 강게 무시 솎으도 안허고 그대로 뽑아 묵었드니. 긍게 내가 가만히 두라고 그냥. 큰놈은 크고 작은 놈은 작응게 큰놈만 뽑아 묵고 내부러. (청중 웃음) 못 가. 애기 두고 못 강게. 인공 때 나놔서. 텃밭 바로 철둑 너메여. 밭도 가직이여. 근디 거그를 못 강게 무시 뽑아다 먹도 안 허고 인자 큰집에 가서 뽑아다 묵고.]

[청중: 또가리 감을 니 가마니를 따다가 갖다 쳐쟁여놨는디, 그놈들이 와서 그냥

"뭔 감이 이룽게 겁나다냐?"

허고 그양 요만씩이나, 감도 요만씩헌 놈을. 감나무가 어찌 많이 열었나 몰라. 감을 따서 그양 쟁여놨드니 그양, 아이고메– 어쯔고 그걸 들고 갔는가 몰라. (청중들 웃음)]

[청중: 염병헐 놈들 다 가즈가붔어.]

[최복례: 방축리 사람들은 인공 때 아들이 산에 가불고 없응게 영감 할멈을

디려다 놓고, 지서 거시기다가 거시기 놓고 막 쳐놓고 거그서 사는디, 인자 탄로 못 허게. 인자 봄에 나와가꼬 그 저 무시 장다리 팬 놈, 고놈을 끊어 먹어쌌드만. 끊어 먹어싸. 배고풍게.]

[오영선: 그 사람들도 살라고 그냥 온갖 거 다 가즈가고 막.]

[정분님: 싹 가즈가부러. 오가리 김치고 뭐이고 다 가즈가 하이간에.]

[최복례: 빵빵 돌려가꼬 가상에다가 여그 지어놓고 여그 지어놓고 그래가꼬 다 살았어. 산에 간 사람들은.]

[조사자: 그럼 뭐 먹고 사셨어요 다 뺐기고?]

[최복례: 긍게 보리쌀이나 쪼깨 있고. 또 저 거슥허므는 진고구마 사다가 밀 조깨 갈아가꼬. 학독에다 갈아가꼬 너서 죽도 쒀 먹고.]

[조사자: 할머니는 갓난쟁이를 어떻게 먹여 살렸어요?]

[최복례: 그때는 조깨 나섰어. 그 안에가 그랬지. 그때는 해방됭게로 조깨 나섰어. 유월 달에 인공이 들어왔는디. 음력으로 유월 달에 인공이 들어왔는디 음력으로 구월 달에 대한민국 요요 군인이 왔어. 음력 초엿새 날. 날짜도 안 잊어부러. 우리 성주 생일이 그 날인디 낼 아직에 성주 생일 샐란디 닷새 날 저녁에 들오드라고 군인들이. 전에는 밀 갈아서, 학독에다 갈아가꼬 죽 조깨 쒀 먹고. 고놈도 띠어 너서 쑤믄, 띠어 너서 쒀 먹으믄 질 좋은 죽이여. 풀, 이런 거 뚝뚝 갈아가꼬 그양 풀대죽으로 풀맹키로 쒀가꼬 먹고. 풀도 고놈도 젠장 되직허니나 쒀서 묵으믄 배불르기나 허게. 물만 부서가꼬 그냥 훌훌 마신 사람도 있고.]

경찰 가족임을 숨기고 힘겹게 살아가다

임 판 례

"죽일라믄 죽이고 말라믄 마쇼. 당신들도 죽어, 먹는 물에다 사람 빠쳐 죽이믄."

※ 첫 번째 구연

자 료 명: 20120207임판례(함평)
조 사 일: 2012년 2월 7일
조사시간: 55분
구 연 자: 임판례(여 · 1936년생)
조 사 자: 심우장, 박혜진
조사장소: 전라남도 함평군 함평읍 석성2리 마을회관

[조사과정 및 구연상황]

조사자들이 석성2리 마을회관에 들어서자 할머니들이 대화를 나누고 계셨다. 조사자들이 조사취지를 말씀드리고, 구연을 유도하느라 가장 연장자가 누군지 물었다. 이때 임판례 제보자가 어려서 몇 살인지는 잘 모르겠다면서 경찰가족으로 힘겹게 살아야했던 사연을 구연하였다. 임판례 제보자의 구연 도중, 청중으로 있던 광주댁이 6.25때 대밭 밑에 굴을 파서 피난을 했는데, 어릴 적이라 그것도 재밌었다는 이야기, 인민군들이 인공 때 학교에 설탕을 비롯한 생필품을 보관하였다가, 나중에 사람들이 생필품을 훔쳐서 가져가는 걸 자신도 가져가고 싶었으나, 신앙심이 두터운 언니의 만류로 훔치지 못했다는 이야기, 군인이 죽어서 끌려가는 걸 직접 목격한 이야기 등을 짧게 들려주기도 하였다. 사전조사 차원에서 제보자와 인터뷰가 이루어진 상황이어서 제보자와 2차 본조사를 다시 오겠다고 약속하고 이야기판을 마무리하였다.

[구연자 정보]

임판례 제보자는 1936년에 4남 4녀 중 셋째로 태어났다. 고향은 전라남도 함평군 손불면이다. 15세에 한국전쟁을 겪었다. 구연자는 여순사건 때 경찰이었던 큰오빠를 벌교에서 잃었다. 어린 구연자가 겁 많은 아버지를 대신하여 동원되는 노역 등을 도맡아 했다. 어릴 때부터 당차서 인민군 앞에서도 기죽지 않는 모습을 보였다. 구연 중에도 기억력이 좋고 입담이 좋아서 청중을 집중시켰다. 자신의 경험뿐만 아니라 주변에서 들은 많은 전쟁이야기를 들려주었다. 구연자는 슬하에 4남 4녀 8남매의 자녀를 두고 있다.

[이야기 개요]

임판례 제보자는 당시에 큰오빠가 경찰이었기 때문에 그 사실을 숨기고 힘겹게 살았다. 산 속에 숨어 사는 오빠들에게 밥을 주러 다니기도 하고, 인민군에게 오빠들의 행방을 거짓으로 말해서 샘에 빠져 죽임을 당할뻔한 적도 있다. 임판례 제보자는 마을에서 일어났던 일도 많이 전해주었다. 인민군들이 순경들의 밥을 해줬다는 이유로 마을 사람들을 대창으로 찔러 죽였다는 이야기, 몸이 불편한 마을 사람(곰배)을 밀대라고 뒤집어씌워 죽인 이야기,

이불 가지러 집에 가다가 반란군이 들에 불 지르는 것을 목격한 이야기, 반란군을 피해 급히 도망가느라 아기를 거꾸로 업고 간 이야기, 인민군과 국군의 전투 중에 포탄을 피해 변소에 숨은 이야기 등이다.

[주제어] 경찰 가족, 인민군, 반란군, 협박, 바다 도망, 속임수, 거꾸로 업은 아이, 변소 은신

[1] 경찰가족이라 아버지와 오빠들이 숨기에 바빴던 이야기

[조사자: 옛날 6.25때 경험하셨던 거 이야기 조사하러 다닙니다. 고생하셨던 경험 이야기를 듣고 싶어서요. 연세가 어떤 분이 제일 많으신가요?] 나는 어려서 그때 몇 살 먹었능가 몰라. 아칙에 일어나서 밥만 딱 해 먹으믄, 그때는 그릇이나 딱 씻쳐서 그 항에다 물 한나 붓어놓고, 그 항에다 수저여 뭐여 다 담아놓고 덮어놓고. 저그 군유산에 있어. 손불 가믄, 저그 군유산, 나는 손불서 살았거든.

아침밥만 먹으믄, 새벽에 일나서 밥만 해먹고 군유산으로 가부러. 그러믄 그 사람들이 통당통당통당 총 쏘고 허믄, 이제 끝나믄 해가 넘어가믄 집에 오고. 또 자고 나믄 또 밥 해먹고 또 그릇 씻쳐서 다 거그다 너 놓고, 또 거그 도망가고, 또 오고 그랬어. [조사자: 그럼 낮에 거기 가 있고 밤에 이쪽으로 오셨습니까?] 으. 해 넘어 가믄 집에 오고. 아칙에는 날만 새믄 밥 해 먹고, 다

항 속에다 그릇 수저여 다 너 놓고 도망가. [조사자: 근데 다른 데는 이야기 들어보니까 밤에 더 무섭다고 그러던데요.] 밤에는 와. 밤에는 무서웅게 집이로 와. 노인들하고 상게 안 무서웅게 그랬던 거 아니요. 이른 사람은 무서웅게. 경찰 가족이라. [조사자: 아 경찰이셨어요? 그럼 제일 위험하셨을 텐데] 경찰가족이라 오빠들이 집이서 하룻저녁을 못 잤어. [조사자: 누가 경찰이셨어요?] 우리 큰오빠가 돌아가셨어, 경찰로. 저그 벌교서. [조사자: 그때 돌아가셨습니까?] 예, 그때. 양쪽에서 허믄 접전한다 안 합디요. 그거 허다가 거기서 죽어 부렀어.

[조사자: 그럼 그때 고생을 많이 하셨겠네요?] 우리 친정 아부이는 겁이 많은 게 저그서 총소리만 나믄 가서 뒴자리 가서 검불로 묻어도랬어. 우들 보다가 묻어달래서 고놈 막 떨고 있어. 글고 우리 어매는 우들 또 줄럼줄럼 데리고 또 내삐고. 가상다리 집이로, 가에 집이로. 우리가 골목에 가 있고 그 오빠 죽어서 있은게 피란을 더 댕겼어, 우리는. [조사자: 친정이 어디신데요?] 친정이 손불이라. [조사자: 그 동네 이야기시죠?] 예, 그 동네. [조사자: 그때 나이가 어떻게 되셨어요?] 나이가 나 열다섯 살 먹었어.

[조사자: 시집오시기 전이고?] 시집오기 전에. 시집 안간 언니도 있고 나도 있고 그랬제. 그러고 또 쬐깐헌게, 맨- 인공들은 또 저런 해안도로로 돔서 굴만 파러 대니라고 그러드만. 굴만 파러 댕기라고 헌게, 그 속에서 즈그들이 쌈헐라고. 그러믄 우리는 성님은 또 젊고, 또 성은 언니는 나보다 두 살 더 먹었는데 큰애기고, 나는 열 다섯 살 먹었는데 쬐깐허제. 맨- 나보다가 망태기 한나 호미 한나 갖고 그 사람들 따라 댕기라고 그랬어. 그 사람들 따라 댕기고. 따라 댕겼어요, 뒤지게. 오빠들 피난 댕깅게 거시기 헐라고, 회피할라고. [조사자: 회피할라고. 말을 잘 들어야 되니까?] 예. 지오라고 그런디, 손불 지오 끄터리, 집. 거스그 갯바닥 가에, 거다가 판디. [조사자: 무슨 소리가 나면 아버지는?] 예. 늙으신게. 우들은 데리꼬 가도 안 허고 아부지 혼자만 살려고 해. 원칙이 거시기 겁이 많애갖고. 그래갖고 오빠들 둘은, 성은 우에

서 죽어불고. 순경가족이라 죽일라고만 한게 둘은 맨 바깥에 가서만 살아.

글고 우리 어매는 밥을 해서 망태기에다 담어서 이고 다니고. 밭에 간다고 허고. 그래갖고 인자 밭에 가서 모르게 주고 그랬어. 산에, 군의산 밑에라고. [조사자: 거기서 오빠들이 숨어있고 밥 갖다 실어 나르시고?] 오빠들은 낮에는 나무허고 인자. 근게 나무가- 나무가 겁도- 겁도 안나. 그눔 집에다 갖다 놓고.

인공 때 또 산빼기로 피난 나와 부렀제. 나락가실 다 해놓고. 그랬드니 나락은 나락대로 불질러부리고 가즈가고. 또 그거 짐 갖다놨는데, 나무, 나무 집이다가 얼매나 쟁여놨는디, 그것도 다 불 질러부러. 경찰집이라고 더 오기 내고 지랄이지. [조사자: 인공들이?] 예, 인공들이. 말도 못했어. 우들 고생한 것은 아주 [조사자: 집이랑 다 불이 탔는데, 다시 얼마 있다 돌아오셨어요?] 다섯 달 만에 왔어. [조사자: 아무것도 없잖아요. 어떻게 사세요?] 아무것도 없어. 그래갖고 인자 막 쳐놓고 살다가 집을 지섰제. 먹을 것도 없고. 고생 말-도 말도 못하게 했어. [조사자: 먹을 거 없는데 어떻게?] 먹을 것은 인자 폴아 먹었제. 인자 전답은 많은게. 농협에서. 나락 한 가마에 얼마쓱 주고 팔아다가 먹었어. 그때는 방아나 있었어? 그래갖고 피난 나와갖고 함평서 도그질했어 우리 언니하고 나하고. 도그질해갖고 먹고 살았어. 아이고- 징글징글해 인공 일 생각하믄.

그래갖고 하룻저녁에는 반란군들이 와서 나보다가 느그 오빠 어디갔냐고 헙디다. 그서 우리 오빠 없다고. 오빠 있음시로 없다고 헌다고 나를 죽일라고 해라, 샘에 빠쳐 죽인다고. [조사자: 안 무서우세요?] 무솨서 벌벌 떨었단게. 그런게 나중에는 우리 어매가 와서 쬐깐한게 아직 애린게 뭣을 모릉게로 그짓거리 했다고, 우리 아들들은 둘은 진작 어디로 가부렀다고 그래갖고 놔주고. 또 아이고- 인공 때 산 일 생각허믄 [조사자: 지금도 무서우세요?] 예, 지금도 무서. 그래갖고 지금도 거스기 갚는다고 원수 갚는다고 친정식구가 맨- 순경이여. [조사자: 지금 순경은 북한하고 아무 상관없잖아요.] 아무 상관없어도 그때는 그랬단게. 어이고 징그러운 세상 살았어. 쬐깐해서부텀.

[2] 반란군 피해 도망 다닌 이야기

절곡산이라고 허는 유명한 산이여. 군의산 밑에 큰 산이 절곡산이여, 이름이. 거그 봉댕이서 그놈들은 여가 봉화불을 피믄 여그 왔다허고 표시만 허제 내려오든 안 한다고 헙디다. 근디 우리 아부지는 봉화불만 피믄 막 벌벌벌벌 떨고 댕임서 막 묻으라고만 해 검불로. [조사자: 그럼 어머니는 싫어하셨겠는데요? 자식들도 살펴야지 혼자만 들어가시면…….] 우리 어매? 어매는 우리 아부지 겁이 많은게 그런다고 허고 싫어하도 안했지. 그래갖고 아부지만 묻어디리고는 우들 데리고 우리 어매는 내빼. 오빠들 둘은 진작 어디로 가불고.

아 근디 우리 언니가 내 우에 언니가 한번은 그래라. 논에, 동네 앞에가 논이 있는디 농사지어서 십을 맸은게 얼매나 잘 됐겄소 나락이. 그랬은게 논두렁에 앙거서는 나보다가 거기 들어가자고. 저부텀 안 들어가고. 나보다가 들어가서 고리 업디라고, 총소리 낭게.

"에이-, 나는 안가!"

이른 데가 이마빡이가 줄렁줄렁 모그가 물어서. [조사자: 아, 잘 돼있으니까 거기에서 숨으라고요?] 예, 거기 가서 업디라고 나보고 둘이. [조사자: 그냥 가서 둘이 숨으면 되지?] 내가 마다고 했어. 물 속이를 어쯔고 들어가겄소. 죽었으믄 죽었지 물속이라. [조사자: 결국은 안 들어가셨어요?] 안 들어갔지, 내가. 내가 안 들어간게 언니도 안 들어가고.

[조사자: 그럼 어디로 가서 숨으셨어요?] 동네 가운데 가에, 가에서 사는 할매네 집으로 찾아간게 우리 어매도 거가 앙겄습디다. 막둥이 아들 데리고. [조사자: 아들만 데리고 가셨어요? 딸들은 버리고?] 얼릉 오라고 허고 가겠지. 줄렁줄렁 따라가믄 혹시 잽힐께미. 징해 아주. [조사자: 특히 경찰이 있어서 더 겁을 먹으신 것 같아요.] 그래서 그랬지. 내중에는 오빠 용호를 뜯어부렀어 우

리 아부지가. 누 용호냐고 허믄 나 하나 살았는디 얼마나 조사할 것이냐고 뜯어부렀어. [조사자: 서운하시겠다.] 서운했어도 제사 지냈은게 괜찮허지.

[3] 반란군에게 거짓말해서 우물에 빠져 죽을 뻔한 이야기

그래갖고 인자 피난 나갈 때는, 피난 인자 함평으로 나갈 때는 어쯔고 나갔냐 허믄. 순경들이 와서, 으, 순경들이 오지 않애고 반란군들이 너인가 와서 조사를 하드만.

"아들이랑 다 어디 갔냐"고.

그런게 인자 아들네들 둘은 순경들이 잡아가부렀다고 허고. 순경들보다가도 좋게 순경이라고 허믄 우들도 죽여부린게 개새끼들이라고 하라고 허드랴. 개새끼들이 잡아가부렀다고 했어. 그러고는 인자 우리 성님도 따라가부렀는데, 메누리는 없냐고. 메누리도 그때 딱 애기 업고 따라가버렸다고, 그러고 인제 이러고 우리 네 식구만 있다고 그랬어.

그래농게 나보다가 델꼬 어디로 갑디다. 따라가자고 그래갖고 간게는, 아이– 샘, 우리 동네 노강 샘이 이러고 높은디 고놈에다 빠쳐 죽일란다고 말안 불으믄. 아이 말 불을 것이 뭣 있어. 아싸리 우리 어매가 다 했는디. 뭔 말을 또 허라고 뭔 말을 불으라고 허냐.

"죽일라믄 죽이고 말라믄 마쇼. 샘에서 죽이믄 당신들도 죽어, 먹는 물에 다 사람 빠쳐 죽이믄."

[조사자: 그렇게 진짜 말씀하셨어요?] 예. 쬐깐해도 그랬단게. 그런게 나보고 똑똑하다고, 가시내 쬐깐한 게 똑똑하게 말헌다고, 죽인다고 허드란게, 죽여부리자고.

[4] 함평에 피난 나가서 살며 고생한 이야기(1)

그래갖고 그 이튿날 아칙에는 새북에 일나갖고 우리어매하고 나하고 둘이 인자, 여그 함평 가자믄 대동이라고. 거그 대동이라고 거리 갔어. 함평이로는 무솬게 못가고. 대동이로 가잖애.

'형님은 대동 가 즈그 친정에가 있을 거이다.'

허고 갔제. 그랬드니 우리 성님은 델꼬 우리 오빠들이 함평다 갖다 두고 당신네들이 경찰 거시기 항께 거시기허고 있드만. 긍께 우리 유제사람이, 영감이 대동서 내려오다가 만났어. 만났는디

"아이 어디 가시냐?"고.

해서.

"이만저만해서 엊즈녁에 죽을라다 살아갖고 딸 요놈만 데리고 시방 메누리 찾아갖고 오랑께 메누리 찾으러 간다."고.

그러더구만, 우리 어매가. 메누리 찾으러간다고 항께 그 영감이 까투리잡고 못 가게 해. 가믄 인자 죽인다고. 그랬는디 그 이튿날 경찰들 또 손불을 들어갔는디. 경찰들 따라서 그냥 식구 몇 개 없는 사람은 다 경찰들이 데려오라고 했등가. 경찰들 따라서 와부렀어. 식구가 네 식구가 다. 그래갖고 함평서 방 얻어갖고 살았어. 여그 함평, 여. [조사자: 다섯 달 동안이요?] 시방 경찰서 뒤에 방 얻어갖고. [조사자: 방 얻어서 사실 정도면 형편이 좀 괜찮으셨나 봐요?] 부자 말 듣고 살았지라, 그때는. 방 얻어갖고 삼시로 그 방을 돈 주고 얻었냐믄 돈 주고도 안 얻었어. 어째 그랬냐믄, 그 집 사람이 즈그 아부지 우리 뫼깥에다 뫼 써놓고는 그 풀 뜯어준다고 그룹게 우리 집을 찾아 대님서 친절허게 했어, 그 영감이. 그서 그 집 방에서 살았지. 도그질 해 먹고. 디딜방아가 있어야지, 거가. 도그질 해 먹고 살았지.

[5] 광주댁: 인공시절 경험한 여러 에피소드

[청중(광주댁, 72세): 나는 초등학교 이학년 때 육이오를 만났거든. 그런디 학교에다가 인공들이 설탕. 또 밀가루. 광목. 옛날 광목이드만. 그런 놈이다 우리 학교로 겁나게 쟁여놨어. 우리는 학교 다니도 못하고. 인공이 와부린게. 그래갖고 우리는 밤에, 우리는 진월동이여. 광주 진월동인디, 대밭 밑에로 굴을 팠어. 내가 봉께, 지금 생각헝께. 굴을 파갖고는 저녁에는 그리 들어가. 그믄, 무성께. 다 들어가라 그믄 들어가. 요런 디다가 파갖고, 등잔이라고 옛날에 있어. 그것을 중간중간이다 놔둔디, 그것을 인자 녹여서 저녁에는 살았지, 우리들이. 우리는 재미도 져. 속아지 없은게. 초등학교 2학년인게. 낮에도 어디로 가냐그냐믄 산에라 도망가라고 해. 산에로 도망가믄. 그러자 학교가믄 설탕하고 광목하고 그런 것이 많이 있는디, 마을 사람들이 막 가서 가져와. 막 가서 가져와. 그래갖고는 어떤 사람은 설탕을(웃음) 설탕을 열어갖고 막 설탕을 다 묻어갖고 애기들이 덤벼와. 근디 우리 은혜언니가 나보고,

"절대 하나님 믿는 사람들은 도둑질허믄 못쓴다."

그래갖고 하나도 못 갖고 오게 해. 나는 갖고 오고잡은데. 그래갖고 하나도 못 갖고 갔어. 언니가 못 갖고 가게 헌게. 그래갖고 하나도 안 했단게. 근디 거시기 낮에는 산에로 가라고 허믄. 어매매- (큰 소리로) 빠방방-허믄 그 군인, 사람이 죽어갖고 그냥, 어매매- 나 그때가 젤로 무서이이. 따발따발-허믄 (깜짝 놀라는 듯 실감나게)

"어매- 또 죽었다, 또 죽었다."

그러믄 우리들은 산에로 도망가고 막] **[조사자: 총소리를 실제로 들으셨어요?]** [청중(광주댁, 72세): 그랬제. 따발따발- 그래갖고 그냥 그놈을 끌고 가, 피 질질 흘른 놈을.] **[조사자: 군인이 죽은 것도 옆에서 보셨어요?]** [청중(광주댁, 72세): 그런게 봤은게, 내가 직접. 초등학교 2학년인게 어리제, 아직은.] **[조사자: 그럼 엄청 무서우셨겠는데요?]** [청중(광주댁, 72세): 무섭기만 헌다? 산중에

로 도망가고 막 그때는, 그래갖고 우리 엄마는 도망을 안 가. 엄마는 어째 안 가? 엄마는 가, 가. 그므는 우리오빠가 독신이여. 그래갖고 집을 못 짓게 예수를 안 믿었어 첨에는. 그랑께 망망대만 죽 놔뒀드만. 집을 못 짓게 한게. 성주라고 해요 그것보담. 성주를 해야 된디 우리 오빠 죽는다고 안 짓고 있는디, 저 큰 나무 밑에가 나는 이러고 있을란게 느그들이나 가서 살고 나는 죽든지 살든지 이 밑에서 있는다고. 그래갖고 산중에로 가서, 또 낮에는 굴속에로 들어가야제. 공부도 못허고 그쩍에는. 어매어매– 참말로 무솨서 죽겄어. 그래갖고 해방이 되갖고 자유롭게 요로고. 어매어매–]

[6] 함평에 피난 나가서 살며 고생한 이야기(2)

나도 고 함평으로 가서 살 직에. [청중: 함평?] 함평서 살았단게 다섯 달을. [청중: 아, 여그 함평. 나는 광주 진월동이라고 우리 집이라고] 함평읍에. 거그서 사는디 나무를 허러 갔어. 우리 동상하고 나하고 저그 지축까지 나무허러 댕겼어 대동까지. 우들이 젤 쬐깐헌게 둘이 나무허러 댕겼어. 넘으 작은 방에 사는디, 그래갖고 고리 댕깅게, 나무허러 댕깅게, 봄서 나무하러가서 우리 동생보다가. 시방 그 동생이 경사여. 나하고 같이 피난 대닌 동생.

그래갖고는 학다리를 쳐다본게. 대동 뒷산에서 나무허다 학다리를 쳐다본게는 군인들이 인자 오니라고, 몰려 오니라고 그래갖고 총을 안 쏘고 그러고 오드니, 옛날에 국민학교가 거시기 가 있었어. 시방 거 밑에 거 교육청 지서논 디 거가 있었어라. 거가 기여. 거가 국민학교였었어. 근디 거시기 국민학교가 군인들이 한나 차있었어. 인자 손불 거그 진주헌다고. 그랬는디 와서는 인자 해놓고 본게는 허망허든가 이러고 허망허구만은 손불 사람들은 실실 기고 살았다고 그러드만. 그런게 아주 불 질러논게 군의산 뒤에 사람은, 사람은 다 죽고. 불 질러버린게 불 질른 거 쏴부리믄 오그라지고, 죽은 놈 징해– 징해. 그때 산 일 생각하믄 아주 아득해라. [조사자: 불 나고 총 쏜 거 보셨어요?]

그랬지라. [청중: 저녁밥도 일찍 해먹고 우들은 뭔 살림살이고 뭣이고 정신없어. 우들 도망갈 생각만 했제.]

[7] 반란군에게 오빠 이름 거짓으로 말한 친구 이야기

근디 우리 뒷집이 가시내는 나보다 두 살 덜 먹었어. 친군디. 그래갖고는 인자. 근게 지그 식구가 보리 갈러 갔어. 즈그 오빠가 보리 갈러 가고 없는디.

"느그 오빠 어디 갔냐?"

헌게, 우리 오빠 보리 갈러 갔다고. 그러믄

"느그 오빠 이름이 뭐이냐?"

헌게, 큰놈이라고, 큰놈.

"느그 오빠 이름이 뭣이냔 말이여?"

큰놈이라고, 큰놈. 뒤안에가 숨어갖고 나는 어쯔고 웃었지. 양배여, 양배, 이름이. 근디 큰놈이라고 해, 가시내가. [조사자: 어머니가 그렇게 불러서 그게 이름인 줄 알고?] 이름인 줄 알고 그랬능가 그러고 있드란게. 그래서 아주 얼매나 웃고, 나중에는 반란군 가고 나서

"근다고 느그 오빠 양배라고 가르쳐주기 싫다?"

"혹시 양배 있냐고 잡어가믄 어쩔 것이냐? 큰놈이라고 해야지."

그러드란게.

"큰놈이라고 해야지. 여기는 큰놈이 없다고 그럴 거 아니냐."

그도 그 건너는 안 나가고 살았어, 거그서. 산중에가 저그 집이 있고 그런게. 경찰이 없은게.

[8] 반란군 피해 바다 건너 도망 온 마을 사람 이야기(1)

[청중: 아이고 지근지근 밟고 어쩌고 지긋지긋헌 세상 살았어] [조사자: 지근

지근 밟는다는 게 뭡니까?] [청중: 여그 방에 드러눠서 자믄 뭐 지근지근 들어와서, 뭣 가져가고, 쌀 가져가고, 옷 가져가고.] [조사자: 반란군이 여기 산 밑도 아닌데 많이 있었어요?] 예. [청중: 손불 같이는 없었지, 그래도 여그는.] [조사자: 손불이 많이 있었습니까?] 손불은 반란군 고장이란게라. 아주 고장이여. [청중: 그럼 나산아저씨 집이랑은 왜 그리 가서 바다로 왔대?] 아-따 요리 오믄 해창에서 가깐디 요리를 못 옹게. 요기 수문턱거리를 그때 배로 막아버렸드만. 나 여그를 어째 아냐믄, 피란 와갖고 요리서 쌀 쪼까 가지러 왔어. 요리 요리 거시기네 집으로, 이양덕네 시가집으로.

[청중: 근디 왜 나산아저씨 집은 저가 있었냐고?] 나산덕이랑 나산양반이랑은 일 가갖고. [청중: 일 가잖애, 군인들.] [청중: 지서를, 그전에 지서 안 있는가. 지서를 뜯으러 갔어.] 그런게 일, 일 가갖고 못 돌아옹게 바다로 지러 왔지. [청중: 나산아저씨 바다 그 속을 앙께 왔제, 모른 사람 죽어부리제.] [조사자: 바다를 헤엄쳐가지고 오신 거예요?] 예. 거시기 여 동네 양반이 그랬어. [조사자: 그 이야기 좀 자세히 해주십시오.] 빤스만 입고, 그때 나 쬐깐해서 요리 이자 쌀 얻으러온다고, 할매네 집으로 쌀 얻으러 왔는디 그날 저녁에도 난리났습디다. [조사자: 어떤 난리가요?] 거 요그 사람이 막 [청중: 반란군들이] 반란군들이 많이 저그 함평서 몰아옹게 [조사자: 몰아오니까] 저그 산중에서. 그런게 인자 그 냥반들은 일하다가 그러고, 즈그집을 요리요리 좋은 길로 못 가고. 저그 저 해창이라고 있어. 저- 가 있어. 손불 해창. 거그서 요리 건너오다가 막 깨벗고 왔드란게. [조사자: 바다를 헤엄쳐가지구요?] 예. [조사자: 그냥 이쪽으로 오면은 혹시 걸릴까봐서요?] 예. [청중: 누가 죽었어 글쩍에?] 여그 사람은 안 죽었어. [청중: 죽었어. 가래덕네, 가래덕네 시아재랑.] (청중들 사이에 그 당시 죽은 사람에 대한 논란이 잠시 있었음) [조사자: 바닷물로 헤엄쳐가지고 안 왔으면 그분도 돌아가실 뻔 했네요?] 그렇제. 해창이라고 거그서 죽었어. [청중: 대창으로 막 찔러 죽잉께, 그양 무서웅께 막 헤엄치고.] [청중: 여그 가서 들어보고 있신게 아조 악을 씨고 난리가- 난리가 그런 난리가 없

어. 그래갖고 그 사람들은 저리 돌다가는, 여그 가는 길을 저 사람들이 막고 있은게 못나가고 여리 바다로 건너왔어. 그래갖고 두 명 살았어라.] [조사자: 아 두 명?] 시 명. [조사자: 여기 동네서 다 죽고요? 나머지는?] [청중: 여그 동네서 또 두 명은 죽고.]

그때는 뭣이든지 땅에 떨어진 것은 다 잘 되고. [조사자: 특별히 안 해도요?] 예. 나락도 우리는 우리 친정에는, 두 모 반이믄 이백오십 짐이라고 허드만. 두 모 반을 논에다 다 놔두고 그놈들이 불 질러부렀어, 그 나락을. 그래갖고 그 이듬해 숭년 들어서 더 죽었어. 아주 숭년 들어놓게 못 살겠드만, 아주. 뭐 먹고 살 것이 있어야제. 나락 갖다 다 불 질러부린게. 그놈들은 집이다도 불 지르고 불 지르는 것이 일이고. [조사자: 보리를 하면 그 다음에 먹을 수 있잖아요?] 보리는 인자, 난리통인데 어디가 보리나 갈겄소. 보리도 못 갈았제. 인제 내중에 갈았제, 그 이듬해. 인자 그런데다 숭년 들어놓게 영판 고역 봤제, 식구가 다.

[9] 당숙이 순경 밥해줬다고 죽임 당한 이야기

우리 당숙 하나는, 손불 소재지서 사는 사람이, 저 판근이네라고 큰 식당을 했어. 식당을 겁나게 큰 식당을 했는디, 거시기 우리 당숙이 그 집 사람이 친구라. 자기 집으로 피난 옹게 감챴든갑디다. 감챴는디, 이자 나중에 그 이튿날 와선 인자 어쯔게 해갖고 그놈들이 알아갖고는 우리 당숙을 죽여부렀어. 여름이라 여 한쓰봉 입었는디, 한쓰봉 입고 우게도 한소대 입고 했는디, 얼마나 대창으로 찔러 죽였등가 보도사도 못 하겄다고, 우리 오빠가 인자. [조사자: 그렇게 죽인 이유가 뭡니까?] 이자 고고 순경들 밥해줬다고. 식당 험서 순경들 밥해줬다고. 그 죄 뱁이는 없어. 아무 죄도 없어. 어디 댕기도 안 허고, 그래서. [조사자: 순경들이 와서 밥을 해달라고 그러면, 안 해주면 또 순경들한테 죽을 거 아닙니까?] 순경들한테는 인자 죽이든 않제. 그래도 인자 해줬제. 그랬는디 그놈 밥해줬다고 대창으로 낮바닥을, 낮바닥을 얼매나 찍어부렀는고 모르겄드라고 안허요. 마포 한쓰봉 입어놓게 알제. 우리 오빠 혼자 가서 고로고 묻었다고 그려. 널밭에 댕기는 디라고 있어. 거시기 저 수문이서 널밭에 가믄 쪼까 인가여 거가. 근디 거그 방공굴에가 빠쳐갖고 고로고 죽여 놨어. 그놈을 혼자 보돗이 끄서다가 우에가 해갖고 혼자 묻고 왔어. [조사자: 여기가 다른 지역에 비해서 굉장히 많이 돌아가셨네요?] 예. 그때 말도 못해. 영광은 참말로 많이 죽었제.

[10] 반란군 피해 바다 건너 도망 온 마을 사람 이야기(2)

[조사자: 할아버지는 어떻게 대창으로 찔러죽이던 일을 다 아시는 거예요?] 여그 건느야. 거시기, 바다로 여리 건너야. [조사자: 그 분이 할아버지세요? 아까 말씀하셨던 분이?] 예. [청중: 아이 둘이여, 둘.] [조사자: 두 분이 그렇게 오신 거예요? 세 분이라면서요?] 두 분은, 두 사람은 대창으로 다 찔러서 거그서 다 죽여부리고, 요리 더 큰 사람들은 바다 속을 앙께 요리 건너와서 살고, 그래갖고 인자 한 팔십 구십 다 되야간게 죽어부렀어. [조사자: 그래도 그렇게 바다로 다 건너 오셔가지고 괜찮으셨네요?] 괜찮앴지라, 안 죽었지라. 그 건너온디 그냥 막 총을 쌍게 물에가 툭– 떨어지고 툭– 떨어지고 그러드라개. [조사자: 아, 그러니까 건너오고 있는데 거기다 대고 총을 쐈다구요?] 예. 저그 손불서 오는 디다 쏳게 [조사자: 그걸 피해서 헤엄쳐서 오신 거예요?] 그러제, 그랬지라. [조사자: 아주 영화의 한 장면 같네요.] 워메– 뭐 아주 보도사도 못 했제. 아주 악 소리 나고, 여그서 사람 죽는 소리, 우리 동네만 그러제 저그 동네, 요리 동네 근처 사람들은 많이 죽었어, 그때.

[11] 반란군에게 죽임 당한 병신 곰배 이야기

아이 병신을 다, 우리 동네에서 잔등 너메가 곰배라고 헌 사람 있어. 병신. [조사자: 어디 병신?] 인자 요런 데도 병신이고 다리도 쩔뚝거리고 그래. 그릉게 인자 우리 동네서랑 큰일 치믄 물도 질러주고 밥 얻어먹고 살았어. 그랬는디 그러고 생긴 사람을 벵신이라고 여기 저 해창 뒤에서 죽여부렀어. 연락병이라고. [조사자: 아 그 사람이 경찰들한테 연락해준다구요?] 응. 근게 그 연락이나 허겄소? 말도 요사시럽게 못 한디. 그러고 지랄을 했어, 반란군들이.

[12] 반란군 피해 도망가다가 급한 마음에 아기 거꾸로 업고 달린 이야기

나는 저그 저, 피란 나와서 삼시로도 거시기 했네. 손불로 거시기 이불이랑 가질러 가자고 우리 어메가 근게, 쬐깐헌게 맨- 나만 데리고 대녔어. 성은 큰애기고 더 조사한다고. 그래갖고 여기를 옹게는 손불 들어간다고, 순경들이 손불 들어간다고 가자고 헙디다. 가서 이불이나 쪼까 갖고 오자고. 그래서 인자 이불은 못 갖고 와도 한번 가보자고는 인자 가다가는 해창 가다가 와부렀어. 어쩌고 거가 연기가 차부렀든지, 가다가 죽는다고, 인자 반란군들이 거가 한나 차서 불 지른갑디다.

그래갖고 도로 와갖고 이양덕네 시어머니네 집으로 갔지, 우들이. 고리 가서 우리 동네 사람들 둘인가 서인가 데리고 가서 거기 있는디 차조를 모조를 쪼까씩 줍디다. [조사자: 뭐요?] 좁쌀. 나락 쌀 한 말하고, 모조, 통모조 한 말하고 줬어, 인자. 우리 식구들 피난민들까장 거기 들어가다 못 들어간 사람들이 인자 방아를 찧었어. 주포서, 주포, 조작방아 있드만 거가. 거서 지지게 방아를 쪄갖고는 까불고 어쩌고 해갖고 집이 가서 씰어 먹는다고, 그럭저럭 찧어갖고 부치고 있는디 아 쪼까 있으니까 총소리가 나라. 인자 해도 안 넘어갔는디 뭔 총소리가 요로고 나까라 이러고 있는디, 그때 해창 사람들, 해창서 난리가 나부렀대. 그래갖고 나중에는 해창서 사람 다 죽는다고 방아고 뭣이고 찧지 마라고 해서 방아도 안 찧고 그대로 싸서 짊어져놓고는 인자 저 구주포로 쫓겼어.

겁나게 주포 사람들도, 우리 집 아래 우리 성님 된 양반은 그때 인공 때 애기를 낳어, 아들을. 겁나게 부잣집 아들인디, 그랬는데 애기를 인자 사람들보다 업혀도라고 한게, 방에서 업혀주라고 헌게 안 업혀주고 시엄씨도 안 업혀주고 나가부렀어. 나 살라고, 다 난리가 옹게, 막 뚱땅뚱땅- 헌게. 무서서 못 살겠드랑께.

그래서 인자 그러고 해놓게는 거그서 그냥 애기를 꺼꿀로 업고, 코치라고 있어, 그때는. 순경들 몇이서 살믄 코치, 거 지선디, 코치라고 있는디, 거 가서 애기를 업고 훔칠라고 헌게는 애기 대구빡이 똥구녁에서 잡힌다고 안 혀요. 어메- 우리 애기 요놈 죽이믄 나는 못 산디 그러고는 거그서 애기를 끌러갖고는 딱 보듬고 집에를 왔드랑께. 우들 지내는 집이로. 그래갖고 머시매 시방 그놈이 늙었겄어, 야. [조사자: 살았어요?] 살았어. 꺼꿀로 업었어도 살았어, 인자. [조사자: 거꿀로 업고 한참 갔는데도?] 꺼꿀로 업고 한창 갔는데도. [조사자: 무서워가지고 막 메고 가는 것이 거꿀로 간 거네요?] 시엄씨도 시상에, 어매 애기조까 업어도라고 해도 담박질 치드라게, 안 업혀주고. 그래갖고 구주포 앞에까장 쫓겼어, 우리들이. 이자 양쪽에서 순경들은 여그 요서 오고, 그놈들은 요기 주포 선창가에서 맞대고 쌈을 허는디, 그래갖고 우리 어메도 나도 안 델꼬 달음박질 치는데라, 그래갖고

"어-메, 어-메"

하고 간게, 그러드란게 순경아저씨가

"어메 부르지 말고 얼릉 따라 가거라, 얼릉 따라가."

그래갖고 앞에 가서 있드란게. 나 온중 알았드니 안 왔드라고 해, 내가.

[13] 총탄 피해 남의 집 변소에 숨은 이야기

그래갖고 거 가서 얼마나 있다가 나중에는 뒷산에까정 올라가고 그래갖고 거가 나와서 누 집이 칙간으로 들어갔어. 이자 또 양쪽에서 불덩어리가 떨어징게. 이만쓱한 놈이 떨어지드만, 불덩어리가. 신작로 가에 가 업디라고 업딩게는 이런 놈이 막 내 앞에가 떨어지드라. 그래

"요놈 맞어죽겄네. 어메 얼릉 어디로 들어가세."

그래갖고 들어간게 덕웅, 거 어등덕 밑에 거가 초가집인디, 화장실이 있는디, 재가 한난 찼드만. 그 재 우게가 올라가서 앙겄은게 나산 양반이든가, 아주 쬐깐헌게 몰랐어도, 덜덜덜덜- 떰시로 나 죽을라다 살았다고, 이러고 막 산발 떨 듯 떨드란게, 저 우에 앙거서. 그때 나산 양반이여. 그서 내가 그런 소리 한게는,

"예 나여라."

그러드란게.

[조사자: 거기 측간에 몇 명이나 있었어요?] 거가 다섯이. 우리 어메하고 나하고, 또 우리 동네 노인 한나하고, 쫓겨 온 양반하고, 또 한나는 누구다? 팬티만 입고 왔어, 물 질질 흘러갖고. [청중: 옷 벗어불고 건넜다 해.]

[14] 결혼 날 받아 놓고 죽은 사람 이야기

그래갖고 도로 가서 지내논 집이로, 주포로 갔어. 주포로 갔는디 거그 큰애기는 인자 그런게 서산덕 오빠더만. 서산덕 오빠헌테로 날 받어 놨더만. 근디

그놈이 또 해창 가서 죽어부렀어, 그날 저녁에. 죽어부린게 가시내는 넋 나간 놈마냥 앙겄드라고. 근디 그거 성님이 두째 각시라고 이자 소문이로 댕김서 알았어. 우리 그 애기 거꿀로 업었다고 한 사람네 당숙모여 그 사람이.

근디 그래갖고 거그서 그 냥반이, 이자 우리 둘째는 죽어부렀다고, 남자가 장개 갈라고 날 받아논 놈이 죽어부렀어. 근게 가시내는 우트게 이러고 앙겄드만. 시방 큰애기같으믄 자꼬 만나봤는디 그때는 선만 봤제. 거시기 덕응 어디 올라 댕긴 데 거기 산다게, 가시내. 그른데 거기서 삼선 그러고 거까장 왔어, 거 집이까지. 이그 징해. 그래갖고 많이 죽었어. 하이간 많이 죽었어.

시상에 곰배란 놈 불쌍해서, 우리 동네는 겁나게 다 오믄 밥 주고 했는디 [조사자: 병신이요?] 예. 그 곰배를 뭘라 죽일 것이오? 말도 요사시럽게 못 하는디. [청중: 그 떡에는 그른 사람이고 저런 사람이고. 병신이 잘 못해도 아는 사람이 뭐 숨기는 거 같으니께 무조건 죽였제.] [조사자: 그 사람들도 겁이 나기는 마찬가지였을 거 아녜요? 그 사람들도 죽네 사네 총싸움하는 거니까.] 그라제.

[청중: 그떡에는 어린게 아주 반란군이 와서 그양 저녁에 잠자고 있으믄 방다 뒤지고 대니고 그러믄 죽겄어, 죽겄어.] [조사자: 자고 있는데도 막 들어와요?] 그러지라.

※ 두번째 구연

자 료 명: 20120219임판례(함평)
조 사 일: 2012년 2월 19일
조사시간: 1시간 9분 34초
구 연 자: 임판례(여 · 1936생)
조 사 자: 심우장, 박현숙, 박혜진, 조홍윤, 황승업
조사장소: 전라남도 함평군 함평읍 석성2리 마을회관

[조사과정 및 구연상황]

제보자의 2차 인터뷰 진행을 위하여 사전에 약속을 하고 조사자들이 석성2리 마을회관을 찾았다. 임판례 제보자가 먼저 마을회관에 나와서 여러 할머니들과 담화를 나누고 계셨다. 제보자가 조사자들을 반갑게 맞이해 주었다. 이야기판은 임판례 제보자를 중심으로 진행되었다. 구연 내용은 사전조사 때 구연한 내용이 다소 중복되기도 하였다.

[이야기 개요]

순경 밥을 해줬다가 당숙이 죽임을 당했다. 그 당숙의 시신을 오빠가 수습하였다. 반란군을 피해 가족들이 도망을 쳤는데, 제보자 언니가 논 물속에 엎드려서 숨으라고 했다. 제보자가 그곳에 숨기 싫어서 거부하고 논두렁을 따라서 집안 할머니집으로 도주했더니 모친이 남동생을 데리고 먼저 그곳에 와 있었다. 함평 사람들이 빨치산 토벌에 동원되었다. 제보자의 오빠도 마을 사람들과 함께 군유산에 올랐다. 그곳에서 집안 아재뻘 되는 사람이 제보자 오빠에게 살려달라고 하여 오빠가 살려서 내려왔다. 한국전쟁 당시 큰오빠가 사망한 뒤 새언니가 친정으로 돌아가서 재혼을 하는 바람에 연락이 끊겼다.

[주제어] 인민군, 반란군, 빨치산, 토벌, 경찰, 봉화불, 방공굴, 동원, 바다 도망, 군유산, 토벌, 경찰가족

[1] 큰오빠가 경찰이어서 한국전쟁 나자 가족들이 반란군 피해 도망 다녔던 이야기

[조사자: 전쟁 날 때 이 마을에 사셨어요?] 아니 저그 우리 친정에 가 살제, 손불이라고. 군유산 밑에, 군유산 밑에. 군유산 거가 반란군 고장이여, 아주. [조사자: 군주산?] 군유산, 군유산. 옛날에는 긴 산인디 인자는 군유산이라고

해. [조사자: 긴 산이라고 그랬어요?] 긴 산이라고 했단게, 우들 쬐깐해선, 애기 때는 또 [조사자: 꽤 높습니까?] 높제. 겁나게 높은 디가 숲이 고로고 많애. [조사자: 그래서 거기가 반란군들이 많았어요?] 응. [조사자: 반란군들이 마을에 많이 내려와서 힘드셨어요?] 그러제, 힘들제. 힘들고. [조사자: 힘들게 겪으셨던 얘기 좀 해주세요.]

이자 우리가 경찰가족이었어. 큰오빠가 경찰로 있어갖고, 저그 벌교서, 벌교 알랑가 몰라? 광주 우에 벌교. [조사자: 보성, 보성 벌교?] 응. 보성 벌교. 거그서 순경질을 허는디, 경사로 거그서 그냥 총 맞어서 죽어부렀어, 오빠가. [조사자: 언제요? 육이오 전에요?] 육이오 전에. 인자 육이오 있을라고 험서, 그 반란군들 생김서. [조사자: 여수 순천, 보성 벌교 반란군들 있을 때?] 응, 거그서. 그래갖고 인자 오빠가 거시기 다리 밑으로 들어가갖고 그양 거그서 죽었드라개, 그 밑에 오빠들이. 우리는 몰랐제, 죽은 줄도. 근디 인자 순경, 경찰들이 가서 다 거시기 해갖고 당목, 강목 한통으로 다 감어갖고 거시기를 늘에 담어서 우리집이를 왔어. 인자 전화가 왔어. 그 소재지, 그때 옛날에는 주재소라고 했지. 시방 지서거당. 전화를 왔드라고. 느닷없이 인자 우리 어매 아버지는 죽다시피 해부렀제. 그 다음날 아들이 가서 고로고 죽었다고 헌디 얼마나 좋다고 헐 것이여. [조사자: 큰아들이었습니까?] 큰아들이었단게, 큰오빠. 큰오빠 결혼해갖고 딸 한나 났는디. [조사자: 결혼도 하셨는데요?] 응. 결혼해갖고 딸 한나 났어. 그래갖고 오빠는, 성님은 없어져부렀지.

그래서 인자 그때 그래갖고는 오빠 그 영호를 해놨제. 영호를 해놨는디 인자 우리 아부지가 무서웅게 그양 그 영호가, 밤낮 오믄 그 영호가 누 영호냐고 헌게, 무성게 인자 우리 아부지가 뜯어부렀어, 그 영호를, 오빠 영호를. [조사자: 전쟁 일어난 다음에?] 전쟁 일어나서 잡으러 댕깅게. 우리 집을 찾고 와서 검사를 해. 인자 경찰 가족인 중은 알았어, 이놈들이. 누가 갈차줬등가 어쨌등가 알아갖고는, 그래갖고 인자.

우리 큰오빠 밑에, 오빠는 위원장 내외고, 그 사람들은 위원장이라고 글드만. 이 위원장 내외고. 또 우리 시째 오빠는 그놈들이 와서 잡어가부리고. 저 거시기까정 가부렀어. 지리산까지 가부렀어. 잡아가부렀어. [조사자: 그럼 오빠들이 세 명 있었습니까?] 오빠 셋에다가 막둥이 동생 한나. [조사자: 근데 큰오빠는 돌아가시고 두 분은 잡혀가신 거네요?] 응. 잽혀갔어도 인자 그 오빠, 잽혀간 오빠는 작은 오빠는 왔드라고. 두 달 만엔가 왔어.

인자 그 두 달 만에는 어째 왔느냐므는, 도로 인자 그 경찰들이 나옹게 인자 무성가 후퇴했거든. 저 불갑산으로, 군유산으로. 후퇴해부린게 인자 그참에 순경들이 여그서 함평서 와갖고 우리 동네 들와서 거그서 모두 청년들, 청년들을 다 잡아갖고 함평으로 와부렀제. 인자 아깐 청년들 죽인다고. 그래갖고 청년들을 갖다 놔두고, 그 청년들이 어서 뭣했냐므는 함평 대한국민학교란 학교서 한청 대원이라고, 같이 총들고, 경찰들하고 같이 어디서 뭣헌다고만 허믄 인자 그 사람들도 따라댕기고, 순경도 아니라도.

이 근디 우리 작은오빠는 그러고 가갖고는 저그 저 나주 어디 백면가 우리 이모 한나가 살았어. 근디 오빠가 그래도 앙게, 이모네 집을, 그러자 난리가 나갖고 즈그들이 이자 거 질 중 모릉게 가라고 허드라개. 우리 작은오빠는 집으로 가라고, 집으로 가라고 한게 열한 명인가 나오다가 다 앞, 군인들, 경찰들이 나옴서 싹 쏘는 통에 앞에서 다 죽어불고 오빠 혼자 살아왔어, 그 오빠 혼자.

그래갖고 우리 집으로도 못 오고 이모네 집으로 들어갔어, 인자. 이모네 집으로 들어간게 이모네집서 우리 이숙 마포옷을 주드라개. 가실가실헌 거 파래래- 하니 그 마포옷을 입겄는가. 그런게 인자 아이 저, 고 군복을 입고 오믄 죽인게. [조사자: 아, 갈아 입힐려고?] 군복을 입으믄 그 순경들은 모린게 쏘제. 그릉게 인자 저 이모, 이모부 거시기를 주드라개. 마포옷을. 그래갖고 고놈 한 벌 해다 입고, 머리도 싹 깎아부리고 들옹게, 꼭 우리 애기들 같드란게. 그래갖고 그도 우리 어매를 부르고 들어옹게 우리 어메는 반가서 인자, 다 죽을 중 알았다가 살아갖고 옹게 반가서.

그래갖고 그 오빠들 둘이 인자 맨- 산에 댕김서 나무만 헌게, 나무 헌다고 나무 헌다고 나무만 헌게 나무가 빽빽혀, 바깥에가. 그래갖고 그 나무를 거따 쟁여놓고는 인자 밤에믄 또 어쯔고 틈타서 집이 왔다가, 또 도로 또 올라가고, 또 올라가고, 이자 반란군 생활을 했단게, 고롷고. 경찰들은 우리를 앙게 안 죽인디, 반란군은 죽일라고만 한게 경찰가족이라고, 그래갖고 인자 거시기를 해서 오빠들 해서 인자 그 오빠가 둘이 다 살았제.

살았는디 인자 그 경찰들이 여그 함평 가 있다가 인자 동네 앞에 등남산이라고, 고 산에 높혀. 근데 그 산에까장 왔어. 인자 반란군들이 있은게로 쌈헐라고 왔제. 반란군들 낮에는 다 내빼부렀지, 저 긴 산으로. 군유산으로 내빼불고 그 반란군들만, 경찰들만 이자 있는디, 우리 오빠들은 인자 거그 순경들이 데리꼬 그냥 요리 와부렀어요, 요리 주포로. 여그 주포 선창가에로 와갖고 그양 요리 해서 요리 함평으로 그양 몰고 가부렀지, 인자. 우리 성님은 애기 한나 났는디, 아들 한나 고놈 업고 오빠들 둘허고 인자 서이 식구가, 너이 식구가 그랬등가 갔어. 저저 대동, 군유산 밑에라도 월암산 밑에라고. 거그 밑으로 내려 간게는, 거 우리 집 유지서 살던 영감이 산중에서 사는디 보고는 깜짝 놀라드라개.

"여가 있어서 죽는다. 오늘 저녁에 죽는다"

어서 내려가라고. 여 함평이로 내려가라고. 근게 인자 함평이로 고로고 가부렀어, 저녁에.

그래갖고 함평이로 가서 그양 대반 한청대원들로 몰아너분게 인자 거그서 살고, 성님은 방 한나 얻어 준게 인자 거가 있고, 우리 식구 오라고 인자, 시방 경찰서 뒤에가 저 우리가 방 얻어갖고 살았어. 지금 함평 경찰서 뒤에가, 다섯 살을 살고 왔단게. 거그서, 함평서.

다섯 달을 살고 옹게 암 것도 없어. 그 많은 나락 묶어놓고 간 놈 다 불 질러부리고 [조사자: 엄청 부자였다면서요?] 부자 잘, 근게 우리 먹고 살기는 그랬는디. 다 고로고 불 질러부렀는데 뭣을 먹겄소? 암 것도 없제. 땅덩어리만 있제. [조사자: 누가 불 질러요?] 반란군들이. 반란군들이 못 먹게 헐라고 불 질러부렀어, 다. 그래갖고 그러고 살다가 진주해서 사는디, 그래서 오빠들은 한청대원으로 들어가놓게 또 우리 동네에다 한청대원을 했어. 손불면이라고 해갖고, 면사무소다 해갖고는 집이서 인제 요로고 삼서 농사를 지었어, 농사를. 그도 농사지었어도 그때 인공 때만침 안 됐었어, 나락이.

그래갖고 우리 아부지는 밤낮 뒤에 산에다가 거 반란군들이 봉화불 피믄

'우리 여그 왔다'

그 신호라고 허드만, 인자 들은게. 동네로 내려오든 안 허고 뒤에 산에다가 봉화불만 펴. 인자 놀리게 헐라고, 동네사람들. 그런게 인자 그 신호라고 허고 피워놓게, 우리 아부지는 그양 겁이 많애갖고 아들네들은 죽거나 살거나 그 두엄자리에다가 검불 쟁여 논 디다가, 검불로만 묻어도라고만 한단게. 우리 어매보다가. [조사자: 그러니까 아버님이 굉장히 겁이 많으시네요?] 겁이 많애, 우리 친정아부지가. 봉화불만 피문 아주 막 그양 벌벌벌벌- 떨고 막 방에가 안 있어. [조사자: 숨겨달라고?] 응, 집안 식구보고. 그래갖고는 인자 거그다가 쟁여놓고는 덮어주고는 인자 나는 이러고 우리 어매만 따라댕기는디, 우리 어매가 인자 어디 집안 할매네 집이 혼자 사는 디로, 고리 가자, 나보다 가자고 허드만. 나는 이자 우리 언니랑 델꼬 가고자와서, 나보담 더 큰 언니가 있어, 그때. 열일곱 살 먹은 언니가 [조사자: 그럼 딸 자매는 어떻게 되는데요? 둘입니까?] 딸을 넷, 아들 넷이여. 우리가 형제간들이. [조사자: 딸 중에는 둘째십니까?] 내가 싯째지. 그래갖고 밑에 동생은 또 인자 원수 갚는다고 순경질을 했어, 또. 경찰로 들어갔어, 동생이. 밑에 동생이. 그래갖고 인적까지 경찰질하다가 인저 정년퇴임을 했어, 시방 광주서. 그래갖고 광주서 살아.

그래갖고는 그렇게 생겼는디 [조사자: 언니를 데리고 가고 싶어서요] 우리 언니를 데리고 가고 싶어서 인자. 그 이튿날은 순경들이 들어왔어. 우리 동네를, 손불을 들왔는디 우리 막둥이 아들허고 막둥이 딸허고, 막둥이 동생허고,

시방 순경질 헌 놈 막둥이 동생이 나보다 쪼까 적었은게, 나는 열다섯 살 먹고, 니살 새로 그건 열한 살 먹었어. 근게 쬐깐헌게 맨 심바람만 댕겼어. 그 반란군들도 너네가 새보믄 심바람만 시킨단게. 새보러 간 놈을. 그래갖고 내중에는 그거도 안 보냈어, 인자. 데리꼬 가부릴께미. 영리허게 생겨놓께 또 데리꼬 가부리지. [조사자: 그렇게 많이 데리고 갔어요?] 아, 그랬단게. 많이 데리꼬 대녔어.

[2] 당숙이 순경 밥 해준 죄로 죽어서 묻어준 이야기

그래갖고 우리 당숙 하나는 또 인자 거시기 순경들 밥을 해 줬제. 인자 순경들 밥을 해줬는데, 순경 밥 해줬다고 델꼬 가서 얼마나 요로고 해갖고, 요로고 쩜매갖고 낯바닥 난조시해서 죽일 참이여. 얼매나 그 죽겄다고 뛰었겄소? 시상에 그 어디 한나 때리도 안 허고, 이 낯바닥 얼굴을 아조 칼로 조사부렀단게.

그래갖고 우리 오빠가 큰오빠가 가서는 술 한 되 받아갖고 나보고 갖다 도라고 해서, 쬐깐한게 맨날 나만 데리코 댕겼어, 고로고. 그래갖고 내가 그 산골짝이다 갔다 준게 고놈 갖다 떠놓고 절 허고 묻는다고, 절허고 당숙을 묻었어, 우리 오빠가. [조사자: 거기 묻는 데 같이 따라가신 거예요?] 응. 같이 따라갔어. 그래갖고 심바람 해주고, 거그서 오빠는 한자 거그서 묻고, 그런 시상을 다 살았어. 얼마 안 살았어도.

[조사자: 그럼 끔찍한 걸 다 보셨겠네요?] 다 봤제. 그래갖고 고 당숙을 오빠 혼자 묻어두고, 그래갖고 집이 와서 자도 잠이나 온전히 자요? 뭔 소리만 나믄 우리 집에 뭐 오는개 비, 오는개 비. [조사자: 아, 항상 경찰가족이라?] 예. 그래도 또 이 경찰 가족이라고 해갖고 오빠들은, 집이 있는 오빠들은 다 즈그들이 위원장이 내대. 뭣 못 허게 헐라고 위원장 내고는. [조사자: 인민군 왔을 때 위원장을 해야 가족이 안 당하니까?] 응, 위원장, 즈그 위원장 이러드만. 여

그 우리는 위원장이라고 안 헌디, 그 사람들 위원장이라고 그러드라고. 그래갖고 위원장 허다가 고로고 경찰들 옹게 따라가부렀제, 함평이로. 그래갖고 다섯 달 살고 와서도 맨 반란군들만 이자 그러고 있은게 징했어, 아주. 바닥패들이 더 징헙디다. [조사자: 예?] 바닥패 안 댕긴 사람들이, 순경질 안 헌 사람들이 더 죽일라개. 더 죽일라 그러드라고, 순경이라고. 그래도 집안이 많은게 많이 감촤줘서 살았제.

[3] 방공굴 파기 위해 동원된 이야기

또 어쩐지 아요? 산비탈 거리 저 갯바닥 가에다가 방공굴을 팔라고 허믄 나오라고 헌게 오빠들은 못나가. 잡어간게. 만날 내가 망태가 한나, 호미 한나 들고 따라댕겼제. 우리 동네 사람들은 저런 어매들이, 할매들이 간디 우리 식구는 못 가. 잡아가부리까 무상게. 그래갖고 나만 그저 따라댕겼어. 쬐깐 헌 것이. 밤낮 호미질해서 고놈 구댕이 파러 댕길라고. [조사자: 집안에서 누군가 한명 나가야 되는데 어른들 나가면 잡혀가니까?] 응, 그런게. 그런게 밤낮 내가 나갔제. 오빠가 나보다만 나가라 그래. 안 가믄 잡아간게 가야 쓴다고. 그래갖고 우리 아부지가 나를 더 가라고 했어. 쬐깐하다고. [조사자: 서운하셨겠어요?] 아니. 식구들 살릴라고, 그럴 욕심이로 안 서운해. 근게 어른들 할매들 따라 댕겼제. [조사자: 거기서 들은 이야기는 없으세요? 그 할머니들 쫓아다니면서?] 그 할매들이나 나나 똑같제. 뭔 소리를 들어.

[조사자: 방공호는 왜 파는 겁니까?] 방공굴은 그 속에가 들어가서 경찰들 오믄 총 쏠라고 방공굴을 파. 요롷고 요, 산비탈 거리에다 요로고 요. [조사자: 그럼 경찰이 들어가가지고 위에다 쏘는 거예요 총?] 경찰들이 허제? 반란군들이 파라고 헌게는. [조사자: 반란군이 파라고 해요?] 그래. 경찰들이 파라고 허믄 뭣허러 내가 가겄소. 반란군들이 파라고 헌게 갔제. 반란군들이 파라고 개지랄 해. 근게 한집이 한나씩 다 나가제. [조사자: 그렇게 해가지고 동원돼서

파면 나중에 군인들이 와가지고 해꼬지 안합니까?] 군인들은 인제 해꼬지 않제. 요로고 살았다, 그러고 허제.

[4] 반란군에게 거짓말 했다가 샘에 빠져 죽을 뻔한 이야기

[조사자: 오빠 어디 있냐고 물어봐갖고 샘물에 빠져 죽을 뻔한 일도 있으셨다면서요?] 응. 인자 오빠를 저 거스기 어디 갔냐고 허잖애. 메느리 있으믄, 메누리가 어디 갔냐고 이자 우리 어매를 다루길래, 인자 우리 당숙모보다가 성님이라고 헐라고, 근디 그런 것도 안 넘어갑디다. 내가 거짓깔을 좀 했어. 요냥반이 우리 성님이라고 그랬드니 이자

"참말로 당신이"

우리 오빠가 소섭씬디,

"소섭씨 메느리냐, 마느래냐?"고 그러드라고.

그런게 엉겁쟁이로 우리 당숙모도 기라고 그랬어. [조사자: 원래 올케가 있는데? 올케를 찾으러 왔는데?] 응. 올케가 있어. 올케는 시방 애기 업고 어디로 숨어버렸어. [조사자: 당숙모한테 올케라고 하니까] 당숙모한테 이자 올케라갰어. [조사자: 그렇게 해야 넘어가니까 그런 겁니까?] 그랬어. 그랬드이 안 넘어가, 이놈들이. 안 넘어가고 인자 나중에 우리 어매가 바른대로 갈쳐줬어. 여기는 우리 동세라고. 메느리는 애기 업고 누구 방아 찌러 간다고 허드니 이러고 안 들어옹게 뭔 일인가 모르겄다고. 그러고 인자 핑계 치고는.

그런게 막 나를 샘에다 빠쳐 죽여불란다고 허드만. [조사자: 거짓말 했다구요?] 거짓말 했다고. 그래서 샘에다 빠쳐도 해야 그대로 거시기 해갖고 있제 샘에다 빠친다고 죽는디야. 우리 당숙모가 그래. 그런게 애기를 뭘라고 물속에다 빠쳐 죽인다고 허냐고. 애기라 거짓말 헌거 아니냐고, 냅두라고. 인자 그런게 나를 안 빠쳤지. 글 안으믄 그날 저녁에 빠쳐부렀어. [조사자: 그런데 그런 이야기를 할 때는 옆에서 엄청나게 겁이 날 거 같은데요?] 겁났지라. 겁났

어도 인제 퉁퉁대니 그러고 말을 했제. 인자 뒤에가 사람은 있은게. [조사자: 아 가족들이 있으니까?] 예. 그래갖고 인자 안 빠치고 살았제.

[5] 어머니가 반란군 피해 아들만 데리고 도망간 이야기

안 빠치고 살았는디, 그나저나 영판 고생을 했어, 아주. 지녁이믄 잠 못 자고 식구대로 막 그양 넘으 논두룩 밭두룩만 다 댕기고. 논에로, 요 논에로 물속에로 나보다가 들어가라고 헌디, 내가 안 들어갔단게. 우리 성은, 우리 언니는 막 나보다가 자꾸 들어가라 해. [조사자: 왜 들어가라고 해요?] 아이, 저 그놈들이 오믄 죽인게. [조사자: 숨으라구요?] 응. 나락 속으로 들어가 있으믄 인자 모른다고. [조사자: 근데 왜 들어가시지 안 들어가셨어요?] 아이- 엄벙치고, 모그 물고, 어쯔고 고리 들어간다요? 죽었시믄 죽었제 못 들어가겄어. 근게 안 들어갈란다고 했제. 그러고 성더러

"언니가 들어가라"고.

긋드니

"니가 먼저 들어가믄 내가 들어간다"고.

[조사자: 그래서 결국 들어가셨어요?]

안 들어갔어. 안 들어가고 인자 그 논두렁을 타서 가만가만, 가에, 동네 가에 집안 할매 혼자 사는데, 거글 간게 우리 어매랑 거가 앉어 있드라고. 그서

"느그 어서 왔냐?"

그래서

"아이- 어매가 우들 논두렁으로 가라 해서 갔는디, 우들한테 안 오고 어디가 뭣 허고 인제 오냐?"고.

그랬드니,

"아이 나 진작 와서 여가 앙겄어서 시방 느그들 꺽정되가서 이러고 앙겄다.

그른디 내가 이러고 앙겄으니 쓰겄다, 야."

그러드라고.

"아이- 근디 우들은 띠어놓고 고러고 어매만 나가서 막둥이만 델꼬 여가 앉었구만, 이."

우리 성은 또 하나 암 소리도 안 해. 내가 또 그 소리를 했어. [조사자: 따지시는 거예요?] 근게, 아이 서로 무성게 그랬다고 그래, 우리 할매는.

"아이 무섭다면서 쪼랑쪼랑 그리 말만 허냐?"

나보다가 그려.

"아이 물어본게 그런 소리 갈쳐주제. 안 물어보믄 뭘라고 말해. 무사 죽겄는디."

이자 그랬어. 그니 순경들은 안 무섭다고, 괜찮허다고 순경아저씨들이, 한 가족이라 괜찮은게 무사서 벌벌 떨지 마라고. 저 반란군들이 무섭제, 우들이 무섭냐고. 무사서 벌벌 떨지 마라고. 그래갖고 내가 험상시런 짓을 많이 허고 다녔어. 그서 밭에를 가도 맨- 망만 스고. 쬐깐헌게 맨- 망만 보고. 형님이랑은 안 보이는 데 깊은 데서 일 허고. 나는 밤낮 망만 봤어. [조사자: 아주 어리면 망도 못 보는데, 아주 나이가 많으면 위험하고, 열다섯 살이면 딱 적당했네요.] [청중: 딱 맞았네.] [청중: 그때는 순경 가족이라믄 가만 안 놔뒀어.] 안 놔둔단게. 그런게 기냐미냐 헌게, 그놈들이 놔두고 심부름을 시켰제. 이자 아칙에 새북에 느닷없이 동네사람 포위시키믄 싹 동네사람이 나가. 그 앞에 논에로, 논에로 싹 나가믄 우리 성님은 애기 업고 나중에 나가서 거 옆에가 앉제. 그러믄 불쌍허기도 허고 그럽디다. 쬐깐한 것이 봐도 성님 불쌍허고. 그 애기 [조사자: 형님하고 나이 차이가 별로 안 났을 거 같은데요, 애기 하나면?] 나요? 예. [조사자: 시집 와가지고 딸 하나를 두셨다고 하셨잖아요] 큰성님이, 이를테믄 순경질 허는 오빠가 딸 하나 나놓고 가서 죽어부렀제. 여 성님은 아들 났어. 첫 아들. [조사자: 아, 둘째 형님이십니까?] 둘째 형님. 첫아들 났어.

[6] 급한 마음에 아기 거꾸로 업고 도망간 이야기

우리 집안에 오빠 하나가, 거그도 집안인디, 애기를 인자 주포로, 여그 주포로. 인자 다 보내불고, 나랑 모다 우리 어매랑 그 시어머이랑 인자 그 애기 난 사람이랑 주포로 피난 왔단게. 거시기 저 손불 사람들이 다 거그 들어간다고, 들어가믄 이자 이불이라고 좀 갖고 나온다고 들어갔어. 그랬는디 인자 그양 거그서 연락이 왔어. 오지마라고. 오지마라고 해, 넘어갔은게. 낼 봐서 들어간다고 오지마라고 연락이 와서 도로 와갖고는.

도로 와갖고는 또 막 총소리가 낭게, 또 인자 애기를 둘러업고 그 성님이, 집안 성님이 애기를 둘러 업고 간디, 우들이 엡혀주고 가야 쓰는디 애기를 안 업혀주고 그양 나가부렀어, 다. 나가, 급헌게. 나만 급헌게. 그때는 다 나만 살라고 허제, 절대 그 옆에 사람 안 생각하거든. 그릉게 가부러놓게 애기를 한자 업는다고 업었던 것이 꺼굴로 업었던가벼, 애기를. 애기 어매가 떨린게. 꺼꿀로 업어갖고는 인자 애기를 코치에로, 경찰들 사는 코치, 고리 올라가갖고 들어가갖고 있은게, 애기가 막 허부적거리고 울어쌍게 꺼꿀로 업었드라고. 그서 시상에 시어매들도 애기를 안 업혀주고 시상에 가버리고, 요로고 애기를 꺼꿀로 업었담선, 거그서 끌러갖고 다시 업은게 순경이 업혀주드라개. 그래갖고 업고 가서 그 아들을 살렸어. 꺼꿀로 업고 가갖고 안 죽이고, 갓난 애기. [조사자: 그 정도로 무섭고?] 그런 정도로 무섰어.

[7] 급한 마음에 어머니 혼자 도망간 이야기

그래갖고 구주포까장 이자 순경들 들어옹게, 구주포까장, 여그서 구주포라고 허믄 모를 것이요. 여그 여 주포 있는데, 저그 있어, 구주포라고. 근디 거까장 내빼. 야– 우리 어매도 내빼고 나도 내빼고 내뺀디, 나는 그래도 내뺀다고 했어도 잘 못 따라가겄드만, 어매를. 못 따라가겄어, 어매는 담박질을 잘 친디. 그릉게 애기 업은 각시도 인자 담박질을 잘 치고 그래갖고 십리 밖에나 쫓겼어, 인자 거그를, 주포라고 헌 디를, 여그 와갖고 못 간게, 그래갖고 가본게 우리어매는 어디로 가불고 없고,

"아이- 우리 어매 어디로 갔냐?"고.

헌게는 모린다고 해. (청중 웃음)

그래갖고 내중에는 인자 요로고 찾아본게, 여그 여 가동이라고 거그 뒷산에가 올라가갖고 소리허드란게. 거그서 순경들허고 같이,

"시상에 나는 띠어놓고 한자만,(청중 웃음) 혼자 가서 있냐?"고.

뭐이라고 했제, 어매보다.

"내 앞에 간 중 알았제, 누가 뒤에 온 중 알았냐?"고. 근게

"앞에 갔으므는, 앞에 갔시믄 어디가 죽어부렀겄구만, 저 총 맞어서!"

그런게 웃드라고.

[조사자: 섭섭하셨어요?] 아니, 그런 거는 없어. 섭섭헌 것도 없고 뭣 헌 것도 없고, 다 나만 살라고 헌게, 그때는. 소용 없단게. 우리 친정 아부지는 맨 봉화불만 피었다 허믄 짚 속으로만 묻어도라고 허고, 아주 짚 속에다 묻어만 도라고. 그래서

"한자만 살면 뭣 헐라 그래요?"

내가 그런게는

"한자 사나 둘이 사나 얼릉 묻으라"고. (청중 웃음)

우리 오빠들 살릴라고 그랬제, 우리 어매가. 아들 살릴라고. 아들 하나 죽어불고는 한이 되갖고. [조사자: 큰아드님 돌아가셨을 때는 상심이 크셨겠어요?] 예. 큰아들 갖다가 그래불고 헌게 집안, 큰 대종손인데 죽어부렀제. [조사자: 대종손이예요?] 예. 그런게 아주 얼마나 거시기 했겄소. 이제 그만해. 저번에 헌 소린게, 이자 허기 싫어.

[8] 동네 모자란 사람이 연락병이라는 이유로 반란군에게 죽은 이야기

아이 저 병신 곰배를 시상에 해창 잔등에서 반란군들이 죽여부렀다네. 연락병이라고, 연락병이라고 죽여부렸어. 막 큰일 친 디 오믄 곰배친데, 곰배친데 허고 막 그랬제. 그러믄 우들허고 같이 놀아, 그 사람이. 그 저 손불 해이서 오는디. 그 즈그 아들들도 거그도 삼형젠가 된디, 그 큰아들이 고로고 병신이여. [조사자: 어디가 병신이예요?] 인자 모지래, 쫌. 얼릉 말하자믄 모지래. 이런 데는 다 괜찮은디. 그래갖고 그 속 없은게 맨- 우들한테 와서만 놀제. 쬐깐한 것들한테다. [조사자: 나이는 많이 먹었는데?] 늙었어. 그래갖고 해창 잔등에 옹게 거그서 죽어부렀단게, 총쏴서. [조사자: 연락병이라고?] 연락병이라고. [조사자: 반란군이 죽였어요?] 반란군이. 그릉게 거그다가 그냥 경찰들이 또 거그다가 떠불쳐서 그 자리다가 묻어부렀어. 누가 어디로 끌코 가고 그러냐고 여그다 묻어부리자고, 깔짝깔짝 해. [조사자: 전쟁이 일어나니까 모자란 사람도 죽고] 모지란 사람은 모지란 사람이라고 죽어. 또 연락병이라고 [조사자: 똑똑하면] 똑똑하믄 똑똑하다고 죽고.

[조사자: 망보다가 뭐 알려주고 그랬어요?] 안 했어, 그런 것은. [조사자: 가족들 뒤에 있고 누구 온지 안 온지는 나가서 보신 거 아녜요?] 가족들 뒤에 있고 가서 봐도 무사서 거서 나와서 뚜들까봐 못 허겄더만. [조사자: 어르신 어머님도 겁이 많으시고요? 아버님도 겁이 좀 많으시고] 그런게 나를 안 델꼬 댕겼지. 안 델꼬 담박질 쳤지, 막. [조사자: 두 분이 겁이 많으신데 어떻게 이런 따님을 낳으셨을까요?] 나도 겁이 많애. [조사자: 근데 그냥 막 하시는 거예요? 어쩔 수 없으니까?] 예. 막 대고 했지. [조사자: 그때 동생들도 있으셨잖아요. 그럼 도망 갈 때 동생들은 어떻게 하셨어요?] 동생들은 인자 아부지가 델꼬도 댕기고, 집이다 놔두고도 댕기고 그랬제. 더 쬐깐한게, 그것들은. [조사자: 아주 어리니까?] 응. 아주 어리니까. 그래갖고 그 동생이 커서 언제까지 경사로 정년퇴직했단게.

[9] 반란군에 끌려가서 일하다가 바다 건너 도망 온 사람 이야기

[조사자: 동네 사람 중에 반란군 피해서 바다 건너서 도망오신 분 있다고 하셨잖아요?] 동네사람들은 저그 저 해창이란 디 고리 일 갔드란게, 그날. 반란군들이 일 오라고 헌게 일 갔어. 반란군들이 일 가라 헌게. 그래갖고 이자 경찰들이 함평서 나서갖고 요리 막 들어옹게 인자 내삔다고 내삔 것이 물속으로 빠져갖고 요리 헤엄치고도 오고, 멫이나 그랬어. [청중: 죽었어, 그때 가서?] 근게 거그는 죽고, 일 허러 가갖고. 살아온 사람은 나산 양반허고 이암 양반허고. [청중: 같이 가서 죽었어?] 응. 이암 양반허고 그러고 살아서 물속으로 건너 오드만.

나는 물속으로 건너 온 중도 몰랐어. 몰랐는데 그때 우리 어매허고 덕응, 덕응, 여그서 거시기 밑에 우체국 밑에라우. 거그 집 한나가 거시기 집이드만. 그 인자 그 집이를 갔는디, 그 집 칙간에를 들어가서 우리 어매허고 나허고, 또 우리 동네에서 온 사람 한나허고 서니, 서니 들어갔드이 저 나산 양반허고 이암 양반허고 거기 들어왔드만. 팬티만 입고.

둘이 와갖고 팬티만 입고 요로고 덜덜덜덜– 떨고, 재 빼논 화장실에 가 있드란게. 덜덜 떨고 그러드이 인자 나하고 우리 어매하고 우리 동네 간 사람 한나하고 서니는 이러고 앙거서 뭔 말도 안 했제. 근디 고로고 말해서 나중에 알고 본게 나산 양반이라개. 이암 양반. [청중: 손불서도 많이 죽었어.]

[조사자: 그러니까 반란군들이 여기 있는 분들 데리고 가서 구덩이를 팠는데 군인들이 가가지고 군인들한테 죽었겠네요?] [청중: 물로 튀어들었지, 그 사람들은.] [조사자: 두 분만 물로 헤엄쳐서 오고 나머지는?] 거그서 죽었어. 둘인가 싯인가는 또 [청중: 우리 아는 사람도 죽고, 겁나게 죽었어. 해창 사건 때 아주] [조사자: 해창 사건이라고 그럽니까?] 해창서 난리가 났다고 해창 사건이라고 해. [조사자: 거기서 인공군하고 군인하고 엄청나게 싸움 했겠네요?] 예. [청중: 그래갖고 쫓겨 가고 어쯔고 해서 끝났다고 합디다. 우리는, 우리 아부지

는 소금 해오라고 옛날에 이, 사람 하나 사 보냈어. 그래갖고 사 보냈는디 느닷없이 죽었다고, 인자 옛날에는 바다까지 지러 갔다네. 그래갖고 지고 오는디 피가 하도 질질 흐릉게, 해창서] [조사자: 사 갖고 대신 보냈는데 그분이 죽었어요?] [청중: 우리가 사서 보냈어. 근디 인자 그러고 죽여부렀어, 그 사람을.] [조사자: 그때 아버님이 가셨으면 아버님이 돌아가셨겠네요?] [청중: 그라지라. 우리 아배 갔으믄 울 아배가 죽었제.]

그래갖고 인자 그 사람들 갔댜 그러믄 또 오고, 갔댜 그러믄 또 오고. 말대답하기도 싫어 죽겄습디다. [조사자: 뭐 물어봐요?] 예. 겁나게 물어보고. [조사자: 뭘 물어봐요?] 아이 아들네들은 어디 갔냐고 물어보고, 다 알고 왔는디, 아들 많단 소리 다 알고 왔는디 근다고. 우리 아버지는 무사서 말도 못 한단게. 무사서 덜덜 떠니라고. [조사자: 그럼 어떻게 대답하셨어요?] 대답은 인자 우리 어매가 하고 내가 하고 그랬지. [조사자: 뭐라고 대답하셨어요?] 나는 우리 오빠들 보고, 경찰들보담도 좋게 말하믄 죽일라개, 반란군들은. 그런게 저 개새끼들이라고 했제. 저 개새끼들이 우리 오빠들 다 잡아가부렀다고. [조사자: 아, 경찰들이 다 잡아갔다고?] 응. 경찰들보다가 개새끼라고 허드만, 반란군들이. 그래갖고 꼭 고로고 말허라고 그러드라고, 오빠들이. 느그 오빠 어디 갔냐고 허믄 개새끼들이 잡아갔다고 허라고 그러드만. 그래서 꼭 그러고 말했제. [조사자: 그때 오빠들은 숨어있고?] 오빠들은 숨어있었어. 산에서 맨- 나무만 허고, 그런게 나무란 나무가 말도 못하게 많았단게. 근디 집이다 쪼까 갖다 놔뒀는디 다 불 질러버리고. 집구석은 그도 불 안 질렀어. 집은 즈그들이 퍼먹고 사니라고. 밤낮 떨었제, 밤낮. 나보고 통크게 말했다고 헌디, 말도 잘 안와, 그럴 떡에는. 덜덜 떨리고, 말도 못하게 떨어.

[10] 전쟁 끝난 뒤 입산했던 친척 살린 이야기

[조사자: 전쟁이 끝난 다음에도 좀 무서우셨겠어요, 한참?] 그랬제. 이제 우리

오빠랑 저 함평서 한청 대원질 허고 있다가 인자 군유산에 반란군이 많이 있다 허고 연락이 옹게 그 함평사람들이 다 총들고 다 군유산엘 올라갔제. [조사자: 토벌할라구요?] 예. 인자 같이 헐라고. 그랬는디 그 불 싹 질러놓고. 집시 가구만 있으믄 불 질러부렀어, 거그서. 근게 육이오 때 다 불을 소지올렸다고 그랬제. 불 다 질러부리고, 인자 우리 오빠가 본게 우리 집안 아제뻘 되는 사람이 거시기가 드글드글드글- 그양 여기 궁글어와서는 우리 오빠 다리를 깍 틀어잡음서,

"아제, 아제 나 조까 살려주쇼."

해서 본게 우리 집안 아제네 아들이여. 그서

"너 이놈으 새끼, 너 살릴려고 여까정 왔다. 너 뭣 허러 여그 따라 왔냐?"

헌게, 저 사람들이 가자해서 왔다고 해.

그릉게 경찰들한테 또 디지게 얻어 들었다개, 우리 오빠는. [조사자: 아 살려줬다고?] 응. 저런, 저런 새끼들을 뭘라 다 살려주냐고. 저 양반 저거 살릴라고 왔능갑다고. 아이 내 성제간들 살릴라고 내가 여그를 더 부득불 왔제. [조사자: 그래서 살렸어요?] 응, 살렸어. [조사자: 그분은 나중에 엄청나게 고마워해야겠네요?] 그러제. 고맙게 했제.

[조사자: 지금 살아계세요?] 지금도 살았어, 그 사람은. [조사자: 오빠 아니었으면 영락없이 죽은 거죠?] 우리 오빠 아니믄 죽었제. 개죽음 해부렀제. 아주 그냥 불 질러농게 사방에서 죽는 굿이드라고 허드만. 그 크나큰 산에서. [조사자: 아, 밑에서 불 지르니까] 응. 막 타고 올라가제, 인자. 우에다 놔두고. 우에 봉아리에다 놔두고 불 질릉게 막 타고 올라강께 막 그양 뛰는 굿이드라개. 그래갖고 내려와 바짓가랑이, 굴러 넘어져갖고 우리 오빠를 틀어잡고,

"아제 나 조까 살려주라."

그러드라네. [조사자: 그래도 튀어나온 게 어떻게 그 오빠 앞에서 왔네요?] 그래서 총대로 떼는 시늉을 험선,

"이놈으 새끼야, 내가 너 살릴라고 여까정 찾어왔다."

그 순경들 보는 디서 막 그랬다대, 일부러. 그런게 그랬다고 얼마나 즈그 아부지가 아주 반가서 우리집 몇 번 찾아왔단게. [조사자: 거기도 장남입니까?] 그 머시매? 예. [조사자: 장남을 살려줬으니까 더 그랬겠네요]

[11] 6.25 당시 큰오빠가 죽고 새언니가 친정으로 가 재혼하는 바람에 연락이 끊겼다는 이야기

이자 그만 헙시다. [조사자: 부담 갖지 마시고 생각나시는 대로 하세요.] 가심이 뛰네, 인자. [조사자: 지금도 생각하시면 가슴이 두근두근하세요?] 예. 그 일만 생각허믄 아조 가심이 뛰어. [조사자: 말씀 잘 안하고 싶으신 게, 생각하시면 속상하시고 두근두근하시니까 별로 말씀하고 싶지 않으시겠어요?] 난리를— 난리를 몇 번을 당헌 줄 아요? 우리 오빠, 큰오빠 저그 벌교가, 벌교서 난리 만나갖고 헐 뜩에도 집안난리가 다 뒤집어졌제. 왼통 집안 거시기가 내력이 다 뒤집어졌어. [조사자: 벌교 때요?] 예. 오빠 벌교 가서 죽은 놈 인자 실고 옹게, 그러고 해서 놀린 데다가 또 인공이 닥쳐부린게, 날마다 놀린 데다가, 여자들 또 오믄 또 우리 아부지가 방에가 앉아 있으믄 누 영호냐고 영호를 다 떠들어보고 고로고 간디라, 연락병들이. 누 지청이냐고. 그 영호를 다 떠들어보고 가요, 시상에. 그래갖고 인자 우리 오빠란 말을 못 했단게. 나중에는 우리 아부지도 엇다 감춰불자고 그랬단게. 식구대로 아부지 죽었다고 허게. 그러고 무선 세상을 살았어. [조사자: 그니까 영호가 있으면 이쪽 경찰이나 이쪽 편이라고 의심을 받았겠네요?] 예. 그런게 영호 있은게, 영호를 나중에는 뜯어부렀단게, 영호 없다고. 원체 손불이 될 때는. [조사자: 영호 뜯으면서도 가슴이 아프셨겠어요?] 그랬지라. 우리 어매는 막 울고, 죽어서도 맘대로 못 거시기 허고 근다고. [조사자: 그러면 큰오빠 부인하고 딸하고는 어떻게 되셨어요?] 그 성님은 저그 저 거시기 나주가 친정이라 나주로 가부렀어. [조사자: 애는요?] 애기 업고. [조사자: 애기랑 같이?] 예. 오빠 저 죽어부렀을 때 거시기 헌다고, 반란군들 여그 되야부린게 있으믄 시끄럽다고, 저그 나주가 친정인디 가부렀단게요. 그래갖고 가서는 안 오고 그냥 서방 얻어갖고 살아부러. [조사자: 그 다음에는 연락도 없었어요?] 없습디다. 속상헌게 안 헌다고. [조사자: 그 따님은 좀 보고 싶을 거 같은데요?] 애기는 그랬제. [조사자: 못 보셨어요?] 안 옹게. 즈그가 안 옹게, 발 막아부리고 안 옹게 못 봤제.

근게 우리 집이 있는 오빠가 그 신작로 가에가 우리 논이 있는디, 쟁기질 허다가도 뭔 여자가 와서 요로고 거시기 허고 댕기믄 나보담 가보라고 합디요. 찬거리 갖고 가믄. 찬거리 갖고 가믄 오빠 술 받어갖고 갖고가믄, 맨 그런 심바람이나 했단게 쬐깐한게. 신작로 가에라 큰언니도 못 보내고 내가 댕겼제. 큰질 가에라, 차 댕기는. 그래갖고 가서 인자 그 놈을 갖고 가서 고놈을 드리믄

"저그 부인 하나가, 아줌마 하나가 이리 갔다 저리 갔다 한게 한번 가볼래?"

[조사자: 형수 아닌가 볼라고요?] 예. 형수 왔는가 볼라고. 그믄 갔다 와서 우리 아는 사람 아니드라고 고로고 하제. 꼭 그럽디요, 오빠가. [조사자: 짠하네요] 예. 다 잊어부렀은게 살제.

[조사자: 저희는 육이오 끝나고 한참 있다가 태어난 세대 아닙니까. 육이오 때 힘들고 많은 분들 돌아가셨다는 얘기는 들었는데, 이 정도로까지 힘들고 비참했는지는 전혀 몰랐습니다.] 거시기 나는 큰애기고 인자 경찰들이 밀고 옹게 반란군들은 다 어디로 가부렀습디다. 동네가 없어. 동네가 백히믄 저희는 잽히믄 디징게 안 있고 나가불드만. 그래갖고 인자 그랬는디, 또 경찰들이 또 가부린게 우리 집안 아재랑 모다 경찰질을 했그등, 그 양반들도 했는디, 우리 집이서 요로고 본게 저 뒤에 산에서 반란군들한테 잽혀갖고 막 발로 차고 뚜들고 헌게 못 살겄어, 아조. 톡톡 뛰어서 내가 우리 집서, 우리 오빠 소리는 아닙디다만, 그거 아무개 아재 소리라고 그럼서 내가 울었드니, 우리 어매가 우리 집 쫓아오믄 또 느그 오빠라고 헌게 울지 마라고, 또 하도 해서 또 안 울고, 불쌍해서 못 보겄는데, 하도 뚜등게 대창이로, 그서 그날 지녁에는 그

놈들이 싹 안 올라가고 동네에서 쪼까 몰금몰금한 청년들은 다 잡아다가 뚜들고 그 지랄했어. [조사자: 그렇게 뚜들고 불쌍해서 우는 것도 제대로 못 하셨네요?] 예. [조사자: 혹시 울다가 경찰가족이라고 들킬까봐서?] 그럴께미 못 했단게. 밥도 못 먹고 살고.

어른은 둘인데, 애는 셋인

이 숙 희

"죽어도 같이 죽지. 그 애를 어떻게 내리고 가느냐."

자료명: 20140520이숙희(평창)
조 사 일: 2014년 5월 20일
조사시간: 60분
구 연 자: 이숙희(여 · 1925년생) 외 3인
조 사 자: 오정미, 김효실, 한상효
조사장소: 강원도 평창군 진부면 하진부리 진부중앙교회

[조사과정 및 구연상황]

진부의 교회에서 4분의 할머님들을 만났다. 교회에서 함께 생활하시는 할머님들은 동기간처럼 서로를 의지하며 살고 계셨다. 이 중 이숙희 화자는 가장 먼저 이야기를 시작하셨다.

[구연자 정보]

이숙희 화자는 전쟁 당시에 춘천에서 살고 있었다. 전쟁이 발발하자, 남편과 아이 셋을 데리고 피난을 나왔다. 철없이 아이 하나를 버리고 가려했던, 자신의 무지와 그런 할머니를 타일러 아이 셋을 모두 데리고 간 남편의 이야기를 주로 했다.

[이야기 개요]

6.25 당시 춘천 시내에 살아서 급하게 피란을 가야만 했다. 당시 아이가 셋이었는데, 다 어린 아이였다. 어른이 둘이라 하나씩 업고 가면 금방 피란갈 수 있을 거라 생각해서 아이 하나는 버리고 가자고 그랬다. 그러나 남편은 어떻게 아이를 버리고 가냐면서 자신이 아이 둘을 데리고 가겠다고 했다. 두 달된 갓난 아이를 업고 남편은 두 아이를 이불에 싸서 지게에 태워 갔다. 지게에 탄 아이들이 불편하다고 해서 중간 중간 멈춰야만 했다.

친정 집까지 피란가지는 못하고 20리 떨어져있는 외삼촌댁으로 피란을 갔는데, 이미 그곳에 피란민들이 차 있었다. 중공군이 쳐들어 와서 외삼촌댁을 차지했다. 방을 모두 빼앗고 작은 방 하나를 내줬기 때문에 열 한명의 두 집 식구가 제대로 앉지도 못하고 살았다. 중국군은 그 동네 양식을 모두 빼앗아 갔다. 중국군은 먹을 것이 모자랐기 때문에 뽕잎이나 주변 풀들을 베어다가 소죽 끓이던 가마에 물을 넣고 끓인 뒤 미숫가루를 뿌려 먹었다. 중공군은 쌀도 씻지않고 밥을 해먹었고, 오줌통에다가도 아무렇지 않게 밥을 담아 먹어 아주 더러웠다.

다시 남편의 고향인 충청도로 피란을 가서 작은 집에 얹혀 살았다. 그 곳은 아무런 피해를 입지 않았지만 그 집 아이들과 우리집 아이들이 많아 참을 수 없어 따로 나와 살았다. 충청도에 살다가 춘천이 다시 괜찮았다는 말을 듣고 남편이 먼저 가서 살펴본 뒤 가족이 춘천으로 돌아왔다. 당시 남편은 목수였는데, 전쟁으로 불탄 집들이 많아서 일이 아주 많았다.

[주제어] 춘천, 피난, 어린아이, 지게, 남편, 중공군, 소죽, 미숫가루, 충청도, 남편, 목수

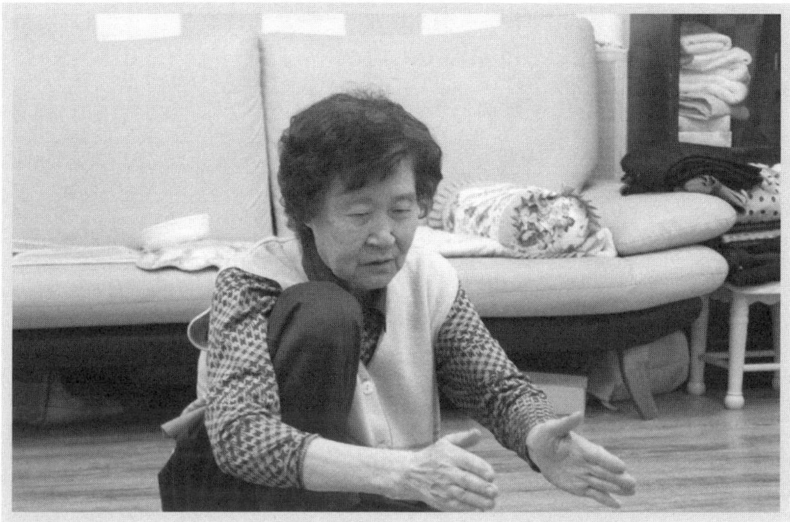

[1] 아이 셋과 함께 떠난 피난길

[조사자: 할머니 그러면 6.25전쟁 때.]

아이고. 6.25전쟁 때 고생한 얘기 몇 달 해도 못하지.

[조사자: 그 할머니 사신 그거를 책으로 만들어 드릴께요.]

[청중: 빨리 얼른해요. 6.25사변 때 애를 둘을 죽이려고 돌을 올려놔가지고.]

[조사자: 우선 어디.]

춘천 사는데, 춘천 사는데 그냥 별안간 뭐 쿵쿵거리고 야단나서. 왜서 그런가 나오니까 아주 춘천 사는데. 미아리 고개라고 있어. 아주 보따리 이고 소에다 싣고 지고이고 짐이다가

"아이, 저 사람들이 뭐야."

하고 나는 그 오는데. 그 어저께까지 그랬는데 오늘은 도망갔어. 막 이래 앉았는데. 포탄이 오더니 이 문짝이 땅으로 떨구고 마당에 가 떨어지고. 아주 그래가지고 이제 보니 동네 사람 다 가더라.

근데 우리는 어른이 둘인데. 영감 할매 두 내운데, 애들은 서이야. 조그만 게. 그 둘 같으면 하나씩 업고 내 뛰는데 서인데 그 하나 남잖어. 그래 우리 영감님이 아이 우리는 내가 빨리 가자고. 남들은 다 가고 우리 집 하난데 어떡하느냐고 하니까. 그 애들 서이, 둘이면 하나씩 업고 내뛰는데. 둘이 하나씩 업으면 하나를 나는 내버리고 가재 내가. 나는 이제 철 모르고 그러니까. 내려주고 가라니까. 우리 영감님이 막 소리를 지르면서,

"죽어도 같이 죽지. 그 애를 어떻게 내리고 가느냐."고.

날더러 걱정하지 말라고. 하나만 나를 업히고. 그 이 얘기했다가 저 얘기했다 그러네.

10월 달에 낳은 거를 동짓달은 애 낳은 지 두 달도 채 안됐잖아. 그 덕에 글쎄 나를 그냥 애 업으라고 해. 그냥 이런 욕을 해서 하나 이렇게 해서 나한테서 둘르고. 이래 싸매고 애를 하나 업히고 나를 이제 10월 달에 낳은 거. 우리 셋째 아들을 그랬어. 해서 이래 업고 우리 영감이 저 애새끼들 어떻게

해. 막 지지고 울먹이니까. 그건 염려 말고 그 금방 낳은 것만 잘 업고 가면 된다고.

그래서 지게를 가져가더니 애를 둘다 이렇게 애 들더니 이불을 개서 이렇게 지게에다 펵 놓고 애를 둘둘 이렇게 말아서 칭칭 얹고 가니. 한 두어 발자국 가니

"아이고 다리가 아파. 다리가 아파."

다리를 막 바로 얼그니. 그냥 그 얼음 강판에다가 그냥 지게를 뻗쳐놓고는 그 다시 해가지고 한 두어 발자국 가면,

"아이고 아버지 발이 아파."

이 애들을 묶어대니. 지게에다가. [조사자: 떨어질까봐.] 등때기를 맞대놓고는 그래 놓으니. 팔 다리가 아플꺼니 반은 동그머니. 그래 이 놈의 애들이 죽는다고 울어. 두어 발자국 가다가 또 애를 뻗쳐놓고 지고 가면,

"아이고 아버지 다리야. 다리야."

밤새도록 그래고.

다리 글쎄 아주 거 춘천 사는 데서 가는 데는 이십리에요. 근데 거기를 가니 벌써 피난꾼들이 가서 아주 물에다 그냥 아주 그 이렇게 돌다리 건너가다가 물을 막 튀어서 거기가 반질반질하니 얼었어. 그래서 그냥 내가 애를 업고 못 건너간다고. 그 손바닥으로 다 딮었어. 돌다리에 얼음을.

[조사자: 누가?]

내가. 애를 업고. 또 이를 한발자국 가가지고. 또 이짝 또 이만큼씩 놨거든 돌다리가. 또 이렇게 디디고는. 근데 또 이래가지고 한 발. 밤새도록 그래로.

[조사자: 돌다리 건너셨어요?]

돌다리를 건너가지고 가니. 우리 오삼춘(외삼촌)네 집이가 삼십린데. 거기를 가니까는 가서 대문을 두들기니 피난민이 먼저 가가지고 다 꽉찼어. 우리 오삼춘네 그러니까 외삼촌댁이지.

"아줌마! 아줌마!"

그러니 들리지도 않고. 피난민만 가득 있어. 그래서 그러니까 저 웃방에 도장방에서 한 소큼.

"도장방에라도 들어와라." 이러더라고. 그래.

도장방에 들어가니. 우리 오삼춘네 식구 여섯식구. 우리 식구 다섯식구. 열 한 식구가 여 웃방에다 쌀가마니 들여놨지. 옛날에 또 사발을 들여놨지. 방이 요만한데서 두 달을 살았다고. 우리 고상한 얘기를 하면 몇 달을 해도 모자라요. 대충 나 잊어버리지 않은 거. 이런 거 갖다 저런 거 갖다.

[조사자: 할머니. 이거 드라마틱해요.]

그래서하고 또 봄에는 중국 놈들이 와가지고 하루 종일 쿵덕쿵 쿵덕쿵 이래 잘한다 그러더니. 나는 우스워서 나는 애를 끌어안고 있으니 이불 푹 뒤집어쓰고 있으니 막 쐴라거리고 들어오더니만. 총대를 다가 나 자는데 이불을 이렇게 하면서 빨리 일어나서 저리 가래.

[조사자: 중공군들이.]

응. 중공군들이. 우리 말 소리 못 알아듣지. 그래서 내가 요래고서 벌벌벌벌 떨고 있으니. 총대를 디밀어. 나가라고. 나가라고. 그래가지고 어디로 가느냐고. 나와보니 마루에도 가득, 부엌에도 하나 가득 마당에도 가득 있어. 중국 놈들이. 그래 징징거리면서,

"아줌마 우리 어디로 가. 아줌마, 아줌마."

"저 도장방이 들어 누워라."

이래더라고. 우리 오삼춘댁이.

도로 나가가지고 조그마한 도장방 하나에다가 쌀가마니 들여놨지. 설거지하는 그 찬장 들여놨지. 오삼춘네 식구 여섯 식구지. 우리 식구 다섯 식구. 열 한 식구잖아. 뭐 앉아서 두 달을 요래고 앉아서 마음대로 앉지도 못하고 또 두 달을 살았어. 아이고 우리처럼 고생한 사람 없어. 그 얘기를 하면 몇 달을 한다고. 피란 때.

그래가지고 3월 달에 또 들어와 가지고서 밤새도록 쿵쿵 거리고 이 놈으

새끼들이 자지 않더니 아침에 나가보니, 농사지어서 위에 걸어 논 마루에다 하나 광에다 하나 갖다가 하나도 없이 다 실어내 갔어.

[조사자: 먹을 것들을?]

먹을 걸.

그래서 그 이튿날 이 새끼들이 어따가 다 갖다 감췄나 하고서 슬슬 이래 댕겨보니. 동짓달이 눈이 와서 허연대. 논바닥에다 갖다 이렇게 쌓아놓고. 속옷이고 뭐 겉옷이고 다 갖다 덮어 놨더라 이렇게. 아, 우리 고상한 생각 6.25 때 말 도 못하게 고상했어요.

[조사자: 거기가 춘천인거죠?]

응. 우리 춘천 살았다.

[조사자: 강원도 춘천.]

예. 춘천 살았다 했는데. 우리는 시내 살고, 우리 오삼춘 네는 삼십 리 들어가면 촌에서 농사.

[조사자: 오삼촌 네? 오삼촌?]

외삼촌. 외삼촌입니다. 그리 가서 그 고상했어요. 고상한 얘기 몇 달해도 말도 못해.

[2] 더러운 중공군들에 대한 기억

그래고 또 중국놈들이 와가지고 방 다 뺏고 그냥 아주. 거 열 두 식구는 그저 요만한 방 한칸에다 쌀 가마니 들여놨지. 찬장 들여놨지. 요래고 앉아가지곤 이 털썩도 못 앉아요. 자리가 없어서. 요래고 앉아가지곤 애도 안고 밥 먹이고 먼저 먹은 사람 나가있고. 이래고 두달을 살았다고.

그 중국놈의 새끼들이 큰 아들 그저 다섯 살인데. 그 안고 댕기며,

"커서 우리 국군해라. 아이고 이뻐. 아이고 이뻐."

요 지랄하고.

[조사자: 어, 중공군들이.]

어. 중공군들이. 우리 아들이 다섯 살인가 그런 걸 끌어안고 댕기며.

아주 그 새끼들은 더러워서 말도 못해. 오줌데기에다 거기에다 밥 퍼가지고 막 쳐먹어. 그 처음엔 우리가

"아휴. 저 새끼들 지린내 난다고. 우리 야단치면 어떡해."

그러면.

"가만 놔둬."

우리 아지매 말이 그래.

"가만 놔둬."

그놈으 새끼들이 쳐먹거나 뭐. 가만 놔두지 어떡해. 오줌박이고 그냥 뭐 시골꼬박이고 밥을 해가지고서 그냥 허연 쌀 밥을 해가지고. 거기다 띤따띤 따띤따 이지랄하고 댕기면서 쳐먹더라고. 아주 중국놈들 더러워 사는게 아주. 오줌데기도 그 비 누린내가 얼마나 지린내가 얼마나 나겠어. 거기다 밥을 퍼가지고서 하나씩 해가지고. 밥도 씻지도 않어 쌀도. 그냥 가마에다 들어붓고 물 붓고 불 떼다가 그냥 익혀먹어.

그래갖고는 뭔 전대를 이제 지고 댕기면서 쳐 먹는거 보며는. 보며는 안 본사람 거짓말이라 할꺼야. 저 이렇게 풀이나 막 띠어. 막 떼다가 그 오줌떼기 그 거캐 이렇게 앉었어. 거기다 쇠물 끓이는 가마에 씻지도 않고 물을 설설 끓이는 고는.

[청중: 정신이 좋다.]

예. 설설 끓이고는 저놈으 새끼들 처음에는 뭘 할라고 저러나 그러며는.

그게 나가서 풀이고 뭐고 막 떼어와. 막 떼다가 우리들 그릇을 있는대다 다 찾아다 마당에 놓고는 가마에다 물을 한 가득 설설 끓여다가 그 그 즈가 나가서 풀이고 뽀낙지고 거기다 놓고 그 우리 처음엔 저 새끼들이 뭘헐러고 저러나 그러고. 말도 안 통하잖아. 못 알아듣잖아. 그 중국놈 말을. 그 이래 보며는 이런 함지고 우리네 그릇을 막 갖다 놓고는. 거기다 놓고는 뽕 잎사구고 풀이고 그냥 이렇게 진 거는 작두에다 송송 썰어가지고 그 함지에다 넣고는. 게 뭘할라고 그러나 서서보며는 물이 한가득 설설 끓이고 인제 거기다 가마에 함지에다 그 뽕 잎사구나 풀이나 잎에 넣고는 저 양식이래. 전대 이렇게 차고 댕기는. 거기다 미숫가루되는 거 쬐끔 섞어. 그래가지고 이래 훌훌 끼얹으면. 우리네 개가 줘도 안먹어. 그걸 쳐먹어.

오줌박이게 오줌데기 거캐가 앉아 있는대다 그 담고. 쇠물꾸박이고 오줌박이고 막 떠먹어. 그 비린, 지린내도 안 나는 모양이야. 그 놈들은. 안 본 사람들은 거짓말이라 생각할거야. 난 거짓말을 조금도 안하고 본 대로.

[조사자: 아니요. 이 얘기 들었어요.]

본 대로 얘기해. 그렇게 살다갔어.

그래고 우리네 농사지어 아주 마루에 하나. 고간에 하나 가져온 거. 쿵쿵거려서 아침에 나가보니 하나도 없더래니. 글쎄. 우리 식구 다섯 식구. 우리 오삼네 식구가 여섯 식구. 열 한식구가 뭘 먹고 살아 글쎄. 농사지은 거 싹 띠어 가잖아. 농네를 댕기며 우리 오삼춘이 기가 멕혀가지고 참 기래니까는. 먼저 온 우리 오삼춘네 집은 큰 집 까지니깐 먼저 오다가 선발대가 들어와서 막 먹고. 딴 집들은 즈이 먹을 걸 남겨주고 갔대. 그래 그 사람네가 좁쌀도 한 말 가져오고 쌀도 한 말씩 갖다 부고 그래서 먹고 살았다. 그래 갖다 줬어. 아이고 그 놈의 새끼들 생각허면 갈아마셔도 시원치않다. 그 중국놈들.

[청중: 그 사람들도 죽을 지경이거든. 죽을 지경이니.]

죽을 지경이니 몰라.

[청중: 목숨을 붙여 살아야되니까.]

오줌데기 막 퍼먹어. 지린내 나는 것도 모르고. 아이고 저 놈들이 글쎄 오줌데기다 그랬다고 우릴 야단치면 어떡하나 외레 겁이 나더라고. 그래도 아무소리도 안하고 쳐 먹어. 지린내 나는 것도 모르고 쳐 먹더라고.

그 보면 아주 싹 실어다 우리도 글쎄 나 자는데 글쎄. 이제 우리 식구는 다섯 식구고. 그때 애들이 서이고 다섯 식구고. 우리 오삼춘네 식구는 여섯 식군데. 사랑을 주더라고. 이렇게 사랑을 줘서 거기서 이래 자는데. 거 왈라거리고 거 말타고 댕기면서 떨그덕 거리고 그 놈 그러더니. 아 그러나 무서워서 이불을 덮어주고 언내를 이렇게 끌어안으니 글쎄 막 디립 다총대를 글쎄 이불을 이래 끄내고서

"일어나 앉아 봐요."

그 뭐 하면 알아들어? 중국말을. 총대를 글쎄 이불 이렇게 꺼내고서 일어나서 내가 벌벌벌벌벌. 겁이 많아가지고 애를 안고 막 이래 떨으니. 이래 떨으니 글쎄 총대를 이렇게 번쩍 들고는 날 끄집어내가지고. 마당에다 하나 사람이 벌썩 해. 내가 징징징징

"아주머니 어디갔어, 아주머이."

이래니까

"도장방에 들어오너라."

이래더라고. 도장방에 들어가니 도장방 하나 냉겨 줬다고. 지가 다 차지했더라고. [조사자: 도장보?] 웃방. 말하자면 웃방. 거기다 글쎄 쌀가마니 들여놨지. 겨울 끼니까 이제 살광 들여놨지. 근데 글쎄 방이라고 요만한데다 글쎄 열 한 식구를 거기다 몰아넣고는 두 달을 살았다고 거기서.

밥도 교대하고 먹고 남자들이 먹은 다음에 우리는 이제 나중에 먹고. 부엌에 가서도 못하고 다 뺏고는 그냥 화덕에다 해먹고. 그러고 두 달을 살았다고. 그 얘기 다 얘기하믄 몇 달 해도 못 다하지. 그 고상 참 많이 했다고.

그래도 남들은 마실 가서 보니까 그렇게 먹을 거 냄겨주고. 근데 우리 오삼

춘네는 먹을거도 하나 안주고 고냥 뺏어갔다고. 동네 사람이 한 말씩 두 말씩 갖다 줘서 먹고 살았다고.

[조사자: 외삼촌 댁도 춘천이었어요, 할머니?]

에. 춘천에. 친정도 참 친정에는 좀 더 가야돼. 그래가지고 친정은 못가고 오삼춘네 먼저 갔지.

[조사자: 어떻게 외삼촌댁으로 피란가실 생각을 하셨어요?]

춘천서 오며는 첫 집이거든. 춘천서 오면. 우리 친정은 한참 더 가야돼. 한 5리 가야돼. 우리 어머니 집이를 갈래면. 그래 어머니 집은 미쳐 못가고 오삼춘 집이를 들어갔지. 나중에 이제 친정으로 갔지. 나중에는.

아휴 우리처럼 참 고상한 사람. 애들이 우리는 많아가지고 그랬어. 어른은 둘인데 애가 서이니 조그만 게 글쎄. 그래노니 둘 같으면 하나씩 업고 가. 내가 하나 내가 철부지허니까. [조사자: 할아버지가 마음이 따뜻하신 분이네요.]

아휴 애들 엄청 위해요. 나는 또 나이가 많 치마(차이)가 많이 졌어. 영감님하고.

[조사자: 아, 나이가 많으셨어요?]

에 에 . 그래서 그 사람은 애를 구해고 나는 철부지니까 애고 뭐고 다 싫거든. 그래서 다 내버리고 가자고 몇 번 그랬어요. 내비리고 가자고. 진짜야 내버리고 가자고 내 몇 번 그랬는데. 우리 영감 아니면 애 난 내 같으면 벌써 내비렸지.

[조사자: 그때 그 세명의 아이가 몇 살, 몇 살, 몇 살 이었던 거에요. 할머니? 그때 당시?]

그때는 잊어버려서 몰라.

[조사자: 대충.]

나이가 많아서. 그때 그래니깐 제일 큰 게 다섯 살인지 여섯 살인지. 두 살 터울이거든. [조사자: 여섯 살, 네 살, 갓난쟁이인거구요, 할머니.]

어. 그래 어른은 둘인데 애는 셋이니 하나 내 버리고 둘 만 업고 가자 그러니까. 우리 영감님이 그래.

"그 어떻게 애를 내비리고 가나."

그래잖아. 진짜 내비리고 가자고 그랬다고.

[청중: 다 내버리고 간 사람 있어.]

애 내버리고 간 사람이 많아. 가다보며는 허연 미밥을 하—나 싸가지고가서 획 내비려서 그양 허옇게 자빠진 것도 있고. 고추장갖다 확 내버려서 허고. 순갈도 하고. 그러니 정(正)바랬어. 우리 그대로 댕겼거든. 참 우리 고상말도 못하게 했다구요. 어른은 둘인데 애는 서이니. 둘 같으면 하나씩 업고 가잖아.

[조사자: 할머니 그럼 피란은, 피난은 그 외삼촌 댁으로만 가셨어요? 다른 덴 안가셨어요?]

외삼춘 집 밖에는 갈 데가 없어. 거기서 조금 더 가면 우리 친정집인데. 우리 집이 더 먼저거든. 길가에. 그래 오삼춘 집엘 들어갔지.

나중에는 친정에를 갔지. 친정에를 가니, 친정에도 가득했지 피란민이. 다 뜰겼지 뭐 피난민이. 말도 못했어요. 쌀 다 뺏어가고. 장도 그런 거 다 퍼가고. 옷도 다 옷도 나중에는 퍼갔어. 그 놈들이. 그 왜 옷을 가져 갔냐며는 비양기가 우루루 이래 폭격을 하거든. 그래면 이 우리네 옷을. 저희는 군인이잖아. 그 허연 옷을 덮어주고 아무데나 자빠져. 비양기만 뜨면 이렇게 자빠져. 산 중이고 뭐고.

우리네 쌀 갖다 막 뺏어다 내두리고 그냥 뭐. 절구에 막 찧어서 다 쳐 먹고. 쌀농사 지어서 하나도 못 먹었지. 우리 외삼춘 그래 찹쌀을 찰배를 두 가매한 걸 이래도 못 고는 고냥 다 그 놈들이 다 쳐 먹고. 옷도 이런 농 다 채웠던 거 다 가져가고 하나도 없어. 그 새끼들이 다 가지고 덮어쓰고 댕기는 거. 비양기가 우루루 오면 허연색 덮어쓰고 놔두고 자빠지면 모르거든. 그래서 옷도 하나도 안남아났다고. 다 훔쳐가고. 아이고 우리 고상한 얘기하면 참 말도 못하게 했지.

애가 더구나 어른은 둘인데 애가 서이니. 조그만게 서이니. 그거 어떻게 하나 같으며는 업고 내빼는데. 그래 난 만날 내비리고 가자고 그랬어요. 우리 영감 아니면 하나 내버렸어 진짜.

[청중: 어떻게 내버려 자식을.] 그래 어떡해. 급해봐요. 이런 막 폭격은 됐으니 사람은 다 가고. 우리는 애 때문에 못가니 글쎄. 그래 내비리고 가자고 했지. [청중: 그때는 정신이 하나도 없었어.] 정신이 하나도 없지. 우리 영감 아니면 애는 하나 내비렸다고 진짜로. 게 어른은 둘인데, 애가 서이니 똑같은 게 서이니 글쎄 그 어떡해.

내비리는 게 많어. 가다보면. 어떤 사람은 밥을 싸가지고 하이 내비려서 그래 밥이 허옇게 자빠져있고. 어떤 사람은 고추장도 싸가지고 가다가 고추장 확 내비려서 고추장. 아휴 우리 근 데서 몇 번을 나갔는지도 몰라요. 수가 없어. 그래서 내중에는 한 이 전쟁을 뭐 한 두해 했나? 몇 해 했지.

그러곤 한 거기서 한 삼년 그러다가. 저 충청도. 우리 집 양반이 충청도 사람이거든. 거기 작은 집이로 가자고 이제 이불 보따리에다 이제 애를 참 둘을 싣고 나 하나 업고 이래고는. 아주 가다가 또 저물면 누구 집이, 빈 집에 들어가서 자고가고. 쌀 가져가서 해먹고. 그래고 또 그 가고. 보름을 갔어. 보름을.

[조사자: 피란을? 이동 거리만?]

작은 집 께 찾아가느라고. 가니까 그니까 시아주버니지. 그이가 왔더라고 마중을. 아휴 우리 참 고상한 생각하면 말도 못해.

[청중: 난리 때 고생 안한 사람이 있나?]

에. 그래도 우리는 애가 많아서 더 고생했어. 애가 서이니 글쎄 어른 둘인데. 하나만 둘만 같으면 업고 내빼는데. 서이니 글쎄 어떡해. 조그만 게 서이니. 큰 게 여섯 살이니 그기 막 걸어가.

[조사자: 애기지.]

[조사자: 충청도로 피란 가니까 어땠어요? 충청도는?]

충청도 가니까 거기는 난리 하나도 안 나고 난 거 같지 않더라고. 그 삼촌이 우리 영감님 동생이 삼촌이지. 그 양반이 한 이십 리 왔더라고. 보따리 받으러, 게 거 가보니 집도 고대로 있고 하나도 안탔어. 집도 하나도 안타고 고냥 있더라고.

그래서 거기서 한 집이 우리 작은 집에 가서 1년을 살았니, 우리 작은 집 애들이 너이지. 우리 애들이 셋. 애들이 다 풀려면 팍 하고서. 아주 정신없어 죽겠어 아주. 내가 아주 한 서너 달 살다 못살겠어서 우리 굶어 죽더라도 따로 나갑시다. 그래서 따로 방 얻어 나가서 살았어.

[조사자: 충청도에서?]

예. 충청도에서.

거기서 살다가. 한 삼년 살다가 이제 춘천에 이젠 괜찮다고. 집도 짓고 그러다고. 그래서 그럼 여기 좀 애들 데리고 있으라고. 내가 가본다고. 그래서 우리 영감이 먼저 와서 한 두어달 있더니만 춘천 도로 괜찮다고. 사람도 많이 살고 이런다고 도로 왔더라고. 그래가지고 여즉지 사는거야.

우리처럼 고상한 사람 참 없어요 아주. 애가 둘만 같으면 하나씩 업고 가는데. 글쎄 애들 서이, 조그만 게 서인데 글쎄 어른 둘이니. 보따리 져야지. 밥 해먹을 거 가져가지. 그 어떻게 가져가겠어요. 차나 있나 뭐 있나 글쎄 걸어댕겼는데.

[청중: 그 밖엔 없지?] 왜 얘기할라면 뭐 죙일이라도 못하나. [청중: 그럼 죙일 해봐.]

[조사자: 아니, 더 해주셔도 돼요, 할머니.]

[3] 전쟁으로 헤어진 다른 가족들

[청중: 딴 얘기. 그 인제 애 셋 얘기는 그만하고. 딴 얘기 또 해봐요.]

[조사자: 할머니 그럼 그때 시집 식구나, 친정 식구들은 어떻게 되셨어요, 할머니?]

친정 식구는 걱정도 없고. 시집 식구도 걱정도 없지. 우리만 그래 고생했지. 우리 친정 식구도 가니 멀-쩡하고 작은 집 식구도 가니 멀-쩡하고. 집도 하나도 안타고. 멀쩡하더라고. 그 사람은 고상 안했지. 우리만 그렇게 춘천 시내 살았으니 고상했지.

[조사자: 원래 시부모님들은 어디서 사신 거에요?] 예? [조사자: 시집, 시부모님들.] 시부모님들은 시아버지는 우리 양반 젊어서 어머니는 돌아가셨대. 그래고 인제 아버지만 늦게 사시는데 아버지만 계시더라고. 그래고 인제 동생이, 우리집 양반 동생이 인제 거기서 살았지. 그 인제 그 집이가 말하자면 동생네 집이 가서 한 서너 달 얻어 먹은 거지 우리가.

살다가 인제 선림이라는 데 거기도 사촌 누이가 있는데. 거기는 우리 집께는 폭격을 안 해서, 아니 폭격을 많이 해서 집을 막 우리 집 영감님이 그 전에 목수했어요. 목수했는데 동생 오며는 집 지을 게 많다고 우리 동네로 가자고 하더라고. 그래서 그 사촌 누이가 와가지고 그래서 그 작은 집이서 그냥 얻어먹고 살다가. 한 여름에 나니까 우리 그 사촌 시누가 와가지고 우리 동네는 아주 집이 다 무너지고 없어 시방 아주 목수 구해지 못해서 아주 야단이라고. 목수가 있으면 일거리 많다고. 우리 동네로 가자고. 그래 그 사촌 누님이 그래가지고서 데려가더라고.

거기 가니깐 일거리가 너무 많지 뭐. [조사자: 거기가 어디에요, 할머니?] 저 충청도 선림이래. 충청도. 그래 거 가니 매 집이 탔어. 폭격을 해가지고. 그래가지고 이장집만 있더라고. 그래서 거기 가서 집 많이 지었지. 짓다가 우리 집 양반이 촌에서 일하기 싫다고 간다고 춘천으로 오더라고.

게 춘천도 오니 일거리가 많지 뭐. 그래더니 생전 저기 편지도 안 해가지고. 그땐 전화도 없잖아. 그래서 몇 달이서도 집이 안하더라고. 그래니 그 안 집이서 아휴 날더러 저기 편지를 허던지. 그때는 전화도 없고 그래니까 가보던지 하라고. 왜 그렇게 태평치느냐고. 우린 아주 아무것도 모르니까. 천치같이 뭐. 그래노니. 가보라고 그러더라고. 그래서 전화도 없고 그러니까 편지를 해가지고.

그래니 영감님이 가서 목수니까 아주 집 짓는 게 너무 많지 뭐. 그래니 뭐 헐 새도 없고 그러니 안했었어. 그래서 그냥 작은 집이가 그때는 그 다음에는 참 전화를 했는지 뭘 했는지. 그때는 전화도 그렇게 없었어. 오라고 그러더니 왔더라구요. 그래서 데리고 가서 이날 이때까지 사는 거지.

[청중: 뭔 얘기 정신이 좋다.]

아, 그 얘기하면 중국 놈의 새끼가 들어와가지고. 그 방 다 뺏고 양식 다 뺏어서 우리는 그러고 웃 방에서 열두 식구가 자고 글쎄 그랬다고. 그 보면 그놈의 새끼들이 보면 안 듣는 사람 거짓말이라고 그래요. 쳐 먹을 게 없으니 뽕나무나 그 처음에 우리가 저 새끼들이 뭐 할라고 그러나 짐승이 먹는 거를 그러나 그랬는데.

뽕 잎사구 그저 풀도 막 베다가 가마에다 물을 하나 설설 끓이더니 거기다 그 작두에다가서 숭숭 썰어서 이런 매한데다가 다 갖다 마당에다 펼쳐놓고는. 이래 뭐 하나 보느라고 이래 가 똑똑히 보니. 매한데다가 풀을 깎어다가 작두에다 숭숭 썰어가지고 매 안에다 어떻게 그 저 가마에다 물을 하나 끓여 가지고 저 그 양식이래. 순대처럼 그래는데. 거기다 미숫가루라고 고것도 아껴 쳐먹느라고 쬐끔 이러고 훌훌 뿌리고. 거기다 끓이던 물을 갖다가 휘휘 저어가지고.

그걸 오줌박이. 오줌 부캐가지고 누렇게 앉은데다 거기다 퍼가지고. 찐짜 찐짜. 아휴 처음에는 우리가 그랬어. 저 새끼들이 저 먹다가 누린내가 나면 우리 저 어떡하나.

"어떡하지 어떡하지."

그래니까.

"가만 놔둬라."

우리 아줌니가 그래.

"가만 놔둬라. 저 쳐먹는, 우리가 먹으랬나. 니가 왜 거기에 쪼매는가."

이래더라고.

그래보니 오줌박에 누런 거캐가 앉은데다가 뽕내가 잎사구 숭숭 썰어가지고 끓는 물찾아 미숫가루 쬐끔 쳐 넣어가지고 휘휘저으니. 뭐 희끗흐끗무도 많이 묻지도 안했어. 그걸 찐따찐따 하고 댕기면서 쳐먹어. 그리 먹고 살더라고.

[청중: 쌀이 없으니까. 배가 고프니까 아무거나 먹고 배 채울라고 그랬지.]

개도 그런 거 주면 안먹어요.

[청중: 그 군인들도 고생 많이 했지.]

아휴. 고생이나마나 너무 불쌍해. 그 쳐 먹는거 보면. 아휴.

그래도요 그 사람 네는 여자들은 아주 여자들 만약에 건드리면, 건드리면 죽인다해서. 아주 본 체도 안 해. 본체도 안 해.

[조사자: 그렇다고. 중공군들은 그랬다고 그러더라구요. 인민군도 안 그랬다고 그러더라구요.]

여자들은 조선, 한국군 같애 봐. 그렇게 그냥 뭐 여자들 데리고 그러는데. 여자는 본 체도 안해. 우리 애기만 다섯 살인데 고것만 안고

"딴딴따따따따. 커서 우리 국군 해. 우리 국군해."

그러더라고 글쎄. 그 이쁘니까. 저도 이제 그 애들이.

[조사자: 생각나니까.]

생각나니까. 우리 애 다섯 살인데. 그때,

"찐따찐따찐따. 에고 이뻐. 에고 이뻐."

[조사자: 찐따찐따찐따.]

참. 아이고 우리처럼 고상한 사람 없을거야. 어른은 둘인데 애는 서이니. 조그만 게 서이니. 제일 큰 게 다섯 살이니 다 업고 댕겨야 되잖아.

[조사자: 할머니 얘기의 제목이 정해졌어요. 어른은 둘인데 애 셋인. (웃음)]

잿더미가 된 마을과 집

황 동 임

"사람 그냥 몽—땅 죽어붔어. 집도 거저 타져 불고. 비행기가 막 뭣을 띵겨 갖고 다 태워 부렀어"

자 료 명: 20120220황동임(나주)
조 사 일: 2012년 2월 20일
조사시간: 25분
구 연 자: 황동임(여 · 1928년생)
조 사 자: 심우장, 박현숙, 박혜진, 조홍윤, 황승업
조사장소: 전라남도 나주시 다도면 방산리 한적마을 (마을회관)

[조사과정 및 구연상황]

점심 무렵 조사팀원이 마을회관을 방문하였다. 상당히 많은 인원의 할머니들이 방안에 모여 있었다. 조사자가 조사취지에 대해 설명을 하자 여기저기서 한 마디씩 말씀을 하셨다. 조사자가 녹음 중이니 한 분의 구연이 끝나면 이어서 다른 분이 구연해 달라고 정중히 요청을 드렸다. 처음에는 요청대로

자신의 순서를 기다렸다가 구연을 하였지만 시간이 흐를수록 각자 자신의 이야기를 구연함으로써 다소 어수선한 분위기가 되었다. 분위기가 어수선하기는 하였어도 많은 구연자가 참여한 유쾌한 이야기판이었다.

[구연자 정보]

황동임 제보자는 1928년에 태어났다. 제보자는 구연과정에서 한국전쟁 때 마을 폭격을 피해 피난 갔다가 돌아왔더니 온통 잿더미였다면서 길게 한숨을 내쉬었다.

[이야기 개요]

황동임 제보자는 마을이 폭격 당해서 친정으로 피난을 갔다. 피난을 가는 도중에 경찰이 아기를 업은 자신에게 총을 겨눠 죽이려 했으나 다른 경찰 덕분에 죽음을 모면했다. 친정으로 피난 갔다가 섣달 열흘 만에 돌아왔더니 마을의 75가구가 모두 잿더미가 되어 있었다. 남편이 죽은 줄 알고 남편을 찾아 헤맨 적이 있고, 전쟁 통에 먹을 것이 없어서 풀을 뜯어 먹고 살기도 했다.

[주제어] 폭격, 마을 전소, 굶주림, 출산, 공포, 반란군 누명

[1] 산중의 친정집에서 해산했다가 전쟁을 만나 고생한 이야기

[조사자: 여기에서 연세가 제일 많으신 분이 누구세요?] 내가 젤로 많아. [조사자: 연세가 어떻게 되세요?] 야든 일곱. [조사자: 그러면 전쟁 일어났을 때 결혼하셨겠네요?] 네? [조사자: 전쟁 일어났을 때 결혼 하셨었겠다고요?] 결혼하고 남았지. (좌중 웃음) 결혼했응께 첫 애기 나갖고 업고 댕김서로 그 독사슬 속으로 기어 댕겼지. [조사자: 어디로요?] 독사슬 속으로 애기를 업고 피난 나갔어, 산 속으로. [청중: 산 속으로 들어가면 미군들이 총을 쏜께 나왔다고.] 우리 큰딸 나갖고 첫 애기 때 그런 전장을 다녔어.

[조사자: 그 이야기 좀 해주세요.] 그래갖고 친정으로, 애기도 못 낳고 여기서는 친정으로 가서 낳았제. [조사자: 친정이 어디신데요?] 저기 정림이라고 저-그 산중, 정림이라고. 거기 가서 전장 앵겨갖고는 인자 순전히 피난 댕기면서 업고 댕겼지. [조사자: 피난 많이 다니셨어요? 어디로 많이 다니셨어요?] 응? [조사자: 어디로 많이 다니셨어요?] 친정으로 갔당께라우, 피난은. [조사자: 그러면 친정이 어디냐고 물어보는 거예요.] 정림이라고 저 산중에. [조사자: 산중에요?] 산중에로. [조사자: 아니 어떻게 산중으로 피난을 갑니까?] 거그는 인자 더 조용헐깨미 갔는데 거기는 더 징합디다, 더 하고. (좌중 웃음) 거기는 더 징해.

[2] 불타버린 집을 떠나 친척 집에 의탁한 사연

[조사자: 아니 저 밖으로, 읍내로나 나가야죠, 어떻게?] 인자 그래갖고 집이라고 인자 들어온께는 불을 인자 다 질러부렀어, 집은. 곡식도 다 타져 불고, 돼야지도 다 타져 불고, 개도 타지고 소도 타지고 다 타져 불고 인자 없응께, 아무것도 없응께. 그양 불타진 쌀 쪼까슥 싸갖고 저 읍내로 나갔제, 인자 저 저그 저 들녘에로. [조사자: 아, 다시요?] 친척한테로, 인자. [조사자: 아-] 친척한테로 나간께 밖으로 뜯어내놓고, 자라고 모두 인자 밥을 인자 쪽박 갖고 얻으러 댕겼어. 인자 아무것도 없응게 나가갖고. 얻어다 김치 얻으러 간 사람, 밥 얻으러 간 사람, 그 놈 얻어다 묵고는 인자, 딱 묵고는 그양 이녁 친척 집으로 다 달려갔어. 인자 아는 집 다. 그래갖고 붙어살다가 또 인자 여기 들어와서 막이라도 치고 살았어.

[조사자: 그럼 거기 나가가지고 얼마나 있었어요?] 한 3년 살았제, 거그서. [조사자: 3년이요?] 응. [조사자: 그럼 먹을 것은 어떻게 3년 동안 해서 드셨어요?] 먹을 것은 인자 친척에서 모두, 저 우리 모두 친척에서 줘서. 친척에서 줘. [조사자: 1-2년도 아니고 3년 동안이나 먹을 거를 줘요?] 야. 그래갖고 그놈

준께 김치 넣어서 죽 써서 묵고, 또 저 나주 가서 실가래 사다가 실가래다 넣어서 또 쌀 쬐까 넣어서 써 묵고 그러고 살았어. 별로 많이 안 준께.

아이고 인공 때 산 일을 애기를…… [조사자: 그때 남편 분은 뭐하셨어요? 바깥 어르신은?] 바깥 어르신은 그적에, 일제 때 이장도 하고, 기성회장도 허고, 조합장도 허고 그랬어. 그래갖고 일찍허니 죽어 부렀어. [청중: 돌아가셨당게.] [조사자: 언제 돌아가셨어요?] 마흔여섯에 죽었어. 나는 서른셋에. [청중: 일찍 돌아가셨지.] 일찍 죽었어.

[3] 폭격 당시에 느낀 공포

[조사자: 어떻게 고생하셨어요?] 인공때 나는. [청중: 들어봐.] 기가 맥혀갖고 말도 못해, 이냥 저냥. [조사자: 어떻게 기가 막혔어요?] 여기 시집이라고 온께, 한 몇 년 살았는디 그 인공이 왔거든. [조사자: 몇 살 때 시집오셨는데요? 일곱이요? 열일곱에? 아.] 그래갖고 열야닯 부터서 난리를 쳤어. [조사자: 예.] 그래갖고 인자, 난리를 칠 때는 인자 그게 스무 살. 난리 났으니까 스물세 살에 그랬네이. 스물세 살에 포위 왔네. 딸 둘 낳고, 아들은 스물세 살에 낳았는디. 느닷-없이 그양 제트기 비행기가 한 여섯 대가 돌아 댕겨, 하늘로. [조사자: 아.] 그래서 그러니께 인자, 애기들은 다 방에 놔두고, 정신없이 나만 살라고 어디 넘의 집이라도 가서 간께, 막 이불들을 덮고 있대?

[조사자: 애기들은 어떻게 하고요?] 거따 놔두고. 정신도 없이. [조사자: 아.

(웃음)] 우리 집에다는 애기들 다 놔두고 넘의 집이로, 엉겁질에 넘의 집으로 간께 그양 전부 이불들을 싸고 있어. 막 거시기를, 포를 띵긴께. 나는 인자 우리식구 다 놔두고 그 속에가 들어가갖고 비행기 소리가 끊치길래 나온께는 그양 여리, 여기 강 하나 안 있어, 여리? 거기서 그양, 반란군들도 그양 여기를 맞으니까 피가 쏟아지고, 어째 모다 어디 칙간으로 가서 숨은 사람도 맞아갖고 죽어가고 있지, 사람 그냥 몽—땅 죽어붔어. 집도 거저 타져 불고. 비행기가 막 뭣을 띵겨 갖고 다 태워 부렀어. [청중: 폭발해부렀어.] 산 집은, 그리고 우리 집은, [청중: 폭격한께 방에도 구멍을 다 뚫고 벽장을 구멍을 다 뚫고 들어와 부렀어, 방에도.] [조사자: 방까지요?] [청중: 응.] 그런께 우리 집은 집이 커갖고, 사랑방이 내나 큰께 그 사람들이 거기서 하—나 자고 있어. 자고 인자 근디 양 제트기 비행기가 우리 집이다 막 띵긴께, 우리 집도 다 타져 불고, 그 사람들도 죽은 사람도 많고, 내뺀 사람도, 내빼다도 맞은 사람 죽어. 피가 막 연신 쏟아지고, 그런 아주 바글바글 했어, 그날.

그래갖고 인자 한 몇 시간 그러다가 비행기가 끔 해분께, 아— 비행기가 끔 하면 방으로 들어가서 숨지. 인자 끔 한께 또 쫓아올지 알고 또 숨으러 가. 산으로 막 어디로. 그래갖고 나는 인자 애기들 눕혀놓고 싯을 눕혀놓고 나왔더니, 쪼까 더 실근 놈은 무서운께 울고 그냥 문을 닫고 울고 있고. 우리 시방 그 아들이, 큰딸은 예순여섯 살을 먹고, 그 낳아논 놈은 인자 거시기 예순네 살. 예순둘인가? 예순둘 먹고 그랬어. 그 아들은 멍청이가 자고 있어라, 그 속에서. 이불속에서 자고 있어. 비행기가 딱 소리가 끈친께 온께 그래갖고 그양 그때 내내야 칙간으로 저리 숨은 사람은 거기서도 맞아서 죽고, 걸어가다도 하면 맞아서 죽고, 아 동네가 썩아 딜았지라이.

[조사자: 이 동넵니까?] 요 동네가. [조사자: 아.] 그래갖고 그적에 우—들 다, 집도 다 태워부렀어, 그 사람들이. 그 사람들이 누구냐면 인자 경찰이요, 말하자면. [조사자: 경찰 집?] 응. 다 잡아 죽인다고. 근데 엄한 사람만 다 죽었잖아. 근께 그날 지사가 스물세 명이여. [조사자: 아, 그날 제사가요?] 응. 그래

갖고는 나는 인자 돌아와갖고, 온께 우리 시아버지는 그 뒤안에가, 우리가 산 밑에 살아, 여기서. 그 산속에 가서 고쟁이 같은 거 요로고 주둥이 해갖고. [조사자: (웃음)] 돌아가시지는 안 하고. 그러니께 우리 식구는 하나도 죽은 사람은 없어. [조사자: 다행이네요.] 응. 죽은 사람은 없는디, 동네사람들도 많이 죽었어요, 그때. 시방 말을 허랑께 떨려서 못 허겄다. [조사자: 지금도 떨리세요, 그렇게?] 그러제. 떨려. [조사자: 60년 전인데.]

[4] 반란군이라는 누명으로 죽을 뻔했던 사연

사람들이 참 그래갖고 인자, 그 이튿날은 포위가 온당게. 경찰들이 포위 들어와. 근데 애기들만 셋, 나락이나 담배나 미역이나 다 해놓은 놈 그대로 여 놓고, 애기들 셋만 업고 저 봉암, 오름이라는 디가 친정인디, 노가리길 넘어서 걸었어. 요 애기들만 싯 데꼬 넘어갔어. 넘어가다가도 또 앵기면 또 죽었어, 거그서도. [조사자: 아, 또 그 다음날도 또 폭격이 있었어요?] 거그서는 폭격은 안하대 인자. [조사자: 경찰들이?] 경찰들이 반란군이다고 죽이는 거여, 쏴갖고. [조사자: 저쪽에서 오니까?] 응. 여기서 넘어간께. 그서 인자 나도 애기를, 그 시방 예순세 살 먹은 아들을 업고 이러고 간께는 이러고 봅디다. 나도 죽일라고 여기다 대. 양쪽에다 대고 있어, 총을. [조사자: 아~] 그러니께 나는 숨도 없지, 이제 애기가 빠져도 몰라. [조사자: 아이고.]

그러더만 어떤 아저씨가, 경찰 하나가 애기를 딸이냐고 물어봐, 아들이냐고. 그래서 아들이다고 그러니께, 그면 아들인께 여그서 살려놓자고 하대, 그 경찰이. 그 소리를 듣고 내가 얼-마나 가슴 떨고 눈물도 그양 한없이 흐르고, 그래놓고는 인자 가라고 그러네. 어머니 집이로 가라고. 그래서 그 식구를 다 데꼬 친정에를 갔어. 가가, (말을 못 잇고) 맘이 떨려 죽겄다.

[조사자: 지금도 그렇게 떨리세요?] 얼-마나 떨겄어? [조사자: 아이고.] 애기 싯만, 암- 것도 묵을 것도 안 갖고 애기만 싯 덜렁덜렁- 업고 갔는디. 또

우리 신랑은 어디가 있는지도 모르고 인자. [조사자: 아- 어디 도망 가셔가지고 요?] 응, 숨으러간다고 갔는디. 그러니께,

'신랑도 죽어부렀을 것이다.'

하고 인자, 애기 싯만 델꼬 갔어. 갔더니, 그도 오름 친정에 가서 안거 있은께 해가 넘어간께 오대. 나는 죽어분지 알고 인자, 그대로 가다가 본께 산에가 사람 허벌 죽여 놨어라. [조사자: 아이고.] 그서 인제 애기를 업고 우리 신랑이 거기까정 논밭으로, 논두룩 밭두룩 찾아서 벌벌 떨고 간께 우리 신랑이 읎어. 그래서

'어디 가 다른 데 가서 숨었는갑다.'

하고 인자 왔어, 집에를. 검은 깨끼 그때는 안 입었어.

'검은 깨끼 입은 사람이 우리 신랑인갑다.'

하고 가서 본께, 보니까 아니여. 총알 여기를 맞아갖고 피만 한강 되게 흐르고 있고. 산에가 사람을 허벌 죽여 버렸어라우. 그래서 인자 집이로 온께 집에서, 우리 집 식구들이 좋아라 하겄소이? 거그도 벌벌 떨지. [조사자: 그러니까요.] 그래갖고 야닯 식구가 친정에서 살았어요, 그때.

[5] 전소(全燒)된 집

그래갖고 살다가 인자 쪼금 한 달이나 살아서 동네가 포위가 들어온다고 해서 왔어. 온께 집이고 뭣이고, 나락 벼락이고 뭐 암것도 없이 다 태워 부렀어. 저기 쉬가게라도 헌디 하나하고, 저 웃에미 누 집하고, 몇 집 안남기고 다, 집이 싹 타져 부렀어. 칠십 다섯 가구 집이 다 타져 부렀어. [조사자: 아이고.] 그서 뭣을 찾을라고, 아, 먹을 것 찾을라고 한께 있어? 나락도 다 타져 불고, 쌀도 다 타져 불고, 뭘 찡겨논 것도 다 타져 불고 암것도 없어. 그서 인자 막 재밭으로 댕김서, 울다 짜다 인자 암-것도 안 갖고 돌아갔제. 경찰, 경찰 따라 가야제. 그러면 안 따라가면 또 반란군들이 죽여, 또. 그러니까

경찰 따라 가갖고 집이를 돌아오니 내가 안 떨겠소이? [조사자: 그러니까요.]

먹을 것도 친정, 아무리 친정이 억수로 부자라도 야둛 식구가 갔으니 어쩌겄소? 그래갖고 거기서 살다가 동짓달 스무날 나가갖고 섣달 스무날 한 달만에 여그를 왔어. 온께 그거 재가 되갖고 싹- 훑어도 먹을 것이, 농사를 많이 진게 나락 비어다 시배는 다- 착착 눌러놓고, 그양 담배도 많이 해서 눌러놓고, 암-것도 없으니 내가 기가 맥혀불지. 식구는 많으고. 그래서 친정에서 할 수 없이 반대를 무릅쓰고 살았제. 살다가 인자 한 달 되야서 온께 그러고 생겨서 묵을 것도 못 갖고 와갖고, 내- 친정에서 살다가 인자, 들에 가 버린 놈 숨겨갖고 갖고 댕겨라우. [조사자: 예, 예.] 그저 버린 놈 뜯어다 해묵을라고, 안 굶을라고. 무, 가지 뜯어갖고 한 십리 길을 옇어갖고 가서, 뽀사서 걸로 죽 써갖고 안 죽을라고 묵고 살다가, 어찌다 그양 이자 농사 때가 되야서 인자, 농사도 너무, 한 십리도 더 먼 데서 걸어댕기면서 농사도 짓다, 그해 넘어가 부렀어.

[6] 농사일을 위해 남의 집에 신세진 사연

근디 인자 잘 디가 없어. 잘 디가 없은께 조고 부락허는 동네가 있어, 거기가. [조사자: 어디요?] [청중: 인자 쬐까씩 거기서 더 가차분 데로.] [조사자: 아, 조금씩, 조금씩?] 응, 신유 거그서 가차분 데로 와 농사지을라고. [조사자: 아.] 아, 거그서 넘의 곁방에서 그 식구가 다 삼시롱, 뭐 뭣이 족허게나 있어, 뭣이? 긍께 소금에다가 소금을 물 붓어갖고 끓에. 묵을 것이 없으니까. [조사자: 소금물이에요?] 응. 없잖아. [조사자: 그래가지고 그걸 먹어요?] 그래갖고 인자 밥을 해갖고 소금국에다가, [청중: 소금물에다 밥을 허면 꼬질꼬질하게 맛나.] (좌중 웃음) 그놈도 맛나. [조사자: 그것도 맛나요?] 그래갖고 그해 1년을 살고 인자 농사를 지었어.

지어놓고 인자 보리를, 보리도 인자 많이, 것도 또 밭이 많을 때는 그것도 몽땅 갈아놨지. 근데 그 보리도 기계가 있어야 하제. 그런께 요 이 손으로 훑어다가 이고, 그 동네로 가서 또 딱 몰려서 비벼갖고 그놈을 갈아서 끓이 죽 써갖고 먹었어. 들에서 풀 뜯어다가 그놈 삶아갖고. [청중: 쑥, 쑥.] 쑥이고 뭐, 시퍼런 거 있으면 다 뜯어, 없으면. 너도 뜯고 나도 뜯고, 없잖아요? [조사자: 예.] 그렇게 굶고 서럽게 살았어라우. 그래갖고 인자 그해 1년을 거기서 살고, 한 3년 살다가 도로 본토지로 왔어, 우리 집터로. 우리 집 저기 산 밑에가 집이요. [조사자: 그러니까 3년 거기서 사셨으면 이제 전쟁은 끝났겠네요?] 응. 전장은, 전장은. [조사자: 얼추 끝났죠, 얼추 끝났겠네.] [청중: 3년까정도 안 있었어.] 그해 끝나부렀는가? [청중: 그래. 그해 1년은, 1년은 댕기면서 농사를 지서 묵었어, 1년은. 그래갖고 2년 간께 여기 들어와서 막집이라도 쳐서 인자 옆집에서 살라고, 인자 산에서 몽당구 하나씩 비어다가, 그래도 뭣 왔다 하면 무서운께 도망하고 저녁이면 산에 가서 남자들은 자고, 여자들은 넘의 집 가 자고.]

그러니께 시방 같으믄 방에가 가만히 안겼으면 덜 죽었을 것이요. [조사자: 아-] 근디 다 죽인다고 하고, 그 반란군들이 빨리 나오라고 그러더만, 얼른 가자고. [청중: 반동분자 되는디 안 떠나와?] 제사가 하루에 몇 분 될지도 몰라. [청중: 그러니까 딱 너무 거시기해서 2년 살았어, 2년, 농사 다니면서 짓고. 그런께 여기서 막 짓느라고 또 한 2년 살고.] 그래도 이 동네를 못 잊어서 열일곱 살에 와서 그 집이서, 꼭 그 집이서, 저 산 밑에 그 집이서 열일곱 살에 와갖고 시방 아흔 여섯 살 먹도록 살았어. 여기가 뭣이 못 잊어서. [조사자: 그러니까. 한 70년 사셨네요?] 응? [조사자: 한 70년 사셨어요.] 그러니께. 그러고도 살았어.

피난 중에 동생을 버리려고 하다

박 인 애

"거시기 저 구덩이 파놓고 그양, 산 놈을 다 밀어넣었어"

자 료 명: 20120220박인애(나주)
조 사 일: 2012년 2월 20일
조사시간: 15분
구 연 자: 박인애(여 · 1938년생)
조 사 자: 심우장, 박현숙, 박혜진, 조홍윤, 황승업
조사장소: 전라남도 나주시 다도면 방산리 한적마을 (마을회관)

[조사과정 및 구연상황]

점심 무렵 조사팀원이 마을회관을 방문하였다. 상당히 많은 인원의 할머니들이 방안에 모여 있었다. 조사자가 조사취지에 대해 설명을 하자 여기저기서 한 마디씩 말씀을 하셨다. 조사자가 녹음 중이니 한 분의 구연이 끝나면 이어서 다른 분이 구연해 달라고 정중히 요청을 드렸다. 처음에는 요청대로 자신의 순서를 기다렸다가 구연을 하였지만 시간이 흐를수록 각자 자신의 이

야기를 구연함으로써 다소 어수선한 분위기가 되었다. 분위기가 어수선하기는 하였어도 많은 구연자가 참여한 유쾌한 이야기판이었다.

[구연자 정보]

박인애 제보자는 1938년 출생으로 열세 살에 한국전쟁을 겪었다.

[이야기 개요]

박인애 제보자는 피난 중에 어린 동생들을 버리려고 했으나 군인이 동생을 데리고 가라고 하여 동생을 데리고 왔다. 물에 빠진 나락을 건져 힘겹게 먹고 살았다.

[주제어] 피난, 기아(棄兒), 볏단, 은신, 나락

[1] 피난 중에 동생을 버릴 뻔한 사연

[청중: 집이도 해요.] [청중: 해랑께.] 아니, 나 사진 나온께. [조사자: TV 안 나와요, 방송에 안 나가요. 그냥 저희들 보려고.] 나는 아홉 살 먹어서 [조사자: 아홉 살이요?] 응. 아홉 살 먹어서 피난을 갔어. [조사자: 그러면 여기가 아니라 친정?] 나는 친정, 황이다. [조사자: 황?] 황. 그 중랑 저 우게. 그래 갖고 우리 집안 그 동생이 남동생이여, 근디 그놈을 업고 우리 큰오빠랑 인자 피난을 가서 산에를 갔는디, 군인들이 내 뒤에다 총을 놓고 막 양쪽에서 폭격이 들어와서 양쪽에서 군인들이 밀고 들어왔어. 우리가 그 하다하다가, 아 우리오빠가 그래, 애기나 띵겨 불고 얼른 담바꾸 치자고. 이자 우리오빠도 나 땀시 못가요, 인자 걸려갖고. 애기를 업고 있은께. 애기는 그때는 처음부터 요러게 뚜껍게 놔갖고 포대기를 받쳤어라이. 얼어, 언다고, 발 언다고.

그래서 이러고 애기를 그냥, 띠를 뚝 끄르고 담바꾸를 친께 내 앞에서 봤던 갑써. 꼭 요러고 총대를 댐서로,

"애기나 업고 얼른 담바꾸 쳐라, 이년아."

뭣허러 애기를 놔두고 너만 살라고 담바꾸 치냐고. (좌중 웃음) [청중: 경찰들이여, 그 사람들, 군인들.] 워-미, 그래갖고 내가 벌떡 드러누워버렸는갑써. 그래갖고 나를 데꼬 애기 그놈 업고, 그 서재라고 하는 디가 있어. [조사자: 서재요?] 예, 서재. [청중: 안중, 안중.] 그래갖고 거그다가 나를 데려다주고, 밥도 좋게 다 해주고 밥도 주고 글더만, 애기도 밥 믹이라고. 근디 그래갖고 서재 사람으다가 책임을 주더만, 나 이거 그 찾는 디 알아갖고 인도해주라고, 나를. [조사자: 경찰이 그렇게 했어요?] 응, 군인들이. [조사자: 군인들이?] [조사자: 어디 군인들? 반란군?] [청중: 아니, 우리나라 사람이제.] 아니, 우리 군인들이. 그래가지고 죽어불재, 인자. [청중: 쫓게왔재, 인자. 반란군이 쫓겨 산중으로 들어왔어.] 쫓겨서 인자, 그래갖고 인자 어찌 총을 쏴싼게,

'우리오빠는 정녕 담바꾸 치다 맞아서 죽었는갑다.'

그러고 했어, 못 본께, 하루 내. 그래갖고 거기다가, 서재에다 데려다줘서 이자 거그 가 있는디, 그래갖고 인제 난중에 군인들이 왔다 간 뒤에 인자, 대처 확 다 나를 데려다 주드만, 아자씨가 인자, 동네 부락 아자씨가. 그래서 와서 본께, 워미- 들판에가 막, 그때는 다 한복 입은 세상이라, 들판에가 그양 사람이 막 죽어갖고 여기도 있고 저그도 있고 막 그래. 그래갖고 우리 친정식구들, 인자 그때는 우리식구들은 나하고 애기, 오빠하고 서이는 죽은지 알았당게. 그리고 간께는 깜짝 놀리드라고.

[조사자: 며칠 만에 가신 거예요, 그러면?] 인자 폭격, 양쪽에 들어와 갖고 이틀 저녁을 잤재. [조사자: 바깥에서요?] 아니 인자 서재랑은 들어가 갖고, 동네에서 인자. 그래갖고 데려다준게이 인자 죽은지 알았지. 우리 오빠하고 애기 그놈하고. 그런께 내가 그놈 애기를, 간 이름이 거시기 저 연식인디, [청중: 살았어?] 아이고, 근디 심장병이로 죽어붔어. [조사자: 나중에요?] 나중에, 인자 저 결혼해갖고. 그런께 내가 그 놈이를 보면 항상 생각나.

'너 고 내가 끌러불고 가부렀으면, 너는 생전 못 볼 참이다.' (웃음)

군인이 살려줬어. [조사자: 그러니까요.] 응. 양쪽에서 막 밀고 온께 어디로 갈 발이 없더만. 인자 죽으면 죽고 막, 아무데라도 담비꾸 치다 맞으면 맞고 막 그랬어. 그런께 우리오빠도 죽은지 알고 그랬는디, 그 군인이 애기나 업고 담비꾸 치라고 느그들 뭐 땀시 산에 와서 이러고 고생을 하냐고 그러더랑게. [청중: 가만히 있었으면 안 죽었다 하드만.] 가만히 있었으면 안 죽었고 고생 안 해. [조사자: 근데 무서워가지고 도망가는 거 아니에요?] 예, 우리 그리고 반란군이 안 내빼면 막 지그가 죽여벌라고 그라는디. [조사자: 아— 그러니까.] 저쪽이라고. 그래갖고 인자 집이를 와서 본께는, 우리 당고모라고 그 양반이 면장질 했어. 그래갖고 그 가족, 그 가족은 반란군들이 다 죽여부렀어, 열다섯 식구를 다 죽였어. [조사자: 열다섯 식구를?] 응. [조사자: 면장이라고?] 다들 죽이잖애. 거시기 저 구댕이 파놓고 그양, 산 놈을 다 밀어넣었어. 그러고 [청중: 그거 덮어부렀다고?] 막 덮어부렀어.

그러니까 우리들 쬐깐했을 때는 사촌까정도 다 민다께. 무서워서 된다 말도 안했지, 인공 때. 그러고 해갖고 피난 나가서 살았어. 군인들이 막 [조사자: 그래서 이렇게 살아서 돌아오니까 어머니 아버지가 어떻게?] 워—따, 울고 난리재, 인자 죽은 지 알고.

[2] 볏단 속에 숨은 할머니와 할아버지

그래갖고 우리 할마니 할아버지가 저기했는디 우리 할머니 할아버지랑은 어디서 죽은지도 모르겄다고 막 그랬어. 또 그때 막, [청중: 노인들은 안 데려가더만.] 워매, 노인들은 안 죽어도, 하여튼 옛날에 짚을 요로코롬 동그래 뭉쳐갖고 안 시워놨소이, 옛날에는? 그런디 그 짚담을 가운데서 빼고 영감 할멈 딱 한 날씩 들어갖고 있더랑께. [조사자: 아, 짚 안에? 짚단 안 속에요?] 응. 그 짚, 동침 안에가. 그래갖고, [청중: 거기다 불질러불면 어쩔라고.] (웃음) 워—매, 옛날에, 웃음 나오네, 그래갖고 우리 할머니는, 할아버지가 귀가 어두웠어, 그런께 시방 징글징글허니 싸우고 막 난리인지 알고, 그 짚단을 짚삔을 쪼개서 우리 할머니하고 우리 할머니는 요칸에가 있고 할아버지는 여기가 있고 그랬당게. 귀가 어두운께,

"가만히 나가서 보소. 인자 끔하네. 총소리가 끔한께 가서 보소." 허니께

"아이고, 시방."

그 앞에가 당산이가 무지허게 큰놈이 있어.

"그적에가 군인들이 쫙 깔아갖고 있는디 뭘 놈을 그려?"

그래갖고, 워-매 험헌 세상 살았어, 참말로. [청중: 노인은 안 죽인당께.] [조사자: 그럼 거기에서 그 안에서 그렇게 말씀을 나누시고 안 나오신 거예요?] 이, 안 나오고. [청중: 무서워서 못 나오제.] 그러니까 인자 할매 할애비랑은 돌아가신지 알았재. 그래갖고 인자 난중에 거기서 인자 짚을, 옛날에 짚신을 삼아서 신었어, 신을 짚으로. 그런께 우리 아버지가 신 삼는다고 짚 가질러 간께는 그가 밥도 해서, 그때는 밥 요러고 소금물로 해갖고 요러고 뺑아가 지어. 그러믄 반질반질해요, 그거. 그놈이랑 갖고 가서 거기서 잡수고, 물이랑 갖다 놓고. 그래갖고 할아버지 찾았어. (웃음) [조사자: 아, 잡수고 계셨는데 그 거기 가서 찾으셨어요?] 이. 인자 그 짚 빼러 가갖고, 신 삼을라고. 옛날에 신 짚새기신 신고 살았어, 옛날에는. 우들은 어렸을 때.

[3] 물에 빠진 나락을 건져 연명한 사연

그래갖고 난리를 치고 인자 군인들이 또 밀고 들어온다 해갖고 한 번에, 군인들 안 왔는데 한 번에 나갔어. 어째 그거는 반란군 구더기던지, 산중이라. 그래갖고 인자 반란군들 그러고 오면 다 갖다 파묵어 불고, 폭격 또 들어가네 그러면 인자 또 따라서는 모두 들어와, 뭐 있으면 갖다 묵을라고. 다 갖다 파묵어 불고 뭐 있었어? 그래갖고 물에다가 여기서는 생각난다, 시암에다가 나락 빠친 놈은 못 갖다 묵고 있던 거, 그렇게 건져갖고 그놈 갖다가

몰려갖고 해먹고 그랬어. [청중: 빠쳐놨어, 시암에서. 시암에다가 가마니를 빠쳐놓고 갔어.] [청중: 못 가져가게 할라고.] 못 가져가게 할라고. 그놈 건져다가 묵고 그랬어.

[조사자: 그런데 그 물에다가 오랫동안 담가둬도 그거 먹을 수 있어요?] [청중: 싹이 나지 인자.] [조사자: 아, 싹이 났는데도?] [청중: 쬐까 나면 해묵어.] 그래도 싹 나도 인자 몰린께 인자 많이 꼬스라져부러. [청중: 그래도 낸내 나는 거보다 낫어.] [조사자: 아, 낸내 나는 거보단 나아요? (웃음)] 그래. 그래갖고 옛날에 담배를 해갖고 담배 한통씩 갖고 가게 우리는 편히 살았어. 담배가 워낙 비싸갖고, 그때 옛날에. [조사자: 아–.] [청중: 집이들은 좋은 때 태어난께 편하게 살잖아요. (웃음)] (좌중 웃음) [조사자: 아니 근데 저희는 그렇게 예전에 고생하신지를 몰랐죠.] [청중: 모르지, 생기도 않했는디 어떻게 알아?] [조사자: 지금 이야기를 하시니까.] 그러게. 워–매, 나 긍께 우리 동생 만나면,

"워따–, 너 아무 때 그러고 했다."고 하믄,

"아따, 나 누님 생각도 마소. 나 그때 내버렸으면, 나도 없으면 고생 안할 것인디." (좌중 웃음)

그랬는디, 징그랍게 잘 살고 그랬는디 그양, 넘의 나라에 친구들이랑 모두 가갖고 심장병으로 죽어부렀어, 그 동생. 그런 시상도 살았어. [조사자: 아이고– 고생을 많이 하셨네요.] 얼척 없어. 시상도 아니고 니상도 아니었어. [청중: 그때 생겨난 사람 말도 못해.]

여성들이 겪은 후방전쟁

박 현 자 외

"근디 이러고 데리고 나가갖고 죽일라고 하다도이, 애기가 막- 울믄 차마 못 죽이더만"

자 료 명: 20120220박현자외2인(나주)
조 사 일: 2012년 2월 20일
조사시간: 20분
구 연 자: 박현자(여 · 1937년생), 김근애(여 · 1936년생), 장야순(여 · 1940년생)
조 사 자: 심우장, 박현숙, 박혜진, 조홍윤, 황승업
조사장소: 전라남도 나주시 다도면 방산리 한적마을 (마을회관)

[조사과정 및 구연상황]

점심 무렵 조사팀원이 마을회관을 방문하였다. 상당히 많은 인원의 할머니들이 방안에 모여 있었다. 조사자가 조사취지에 대해 설명을 하자 여기저기서 한 마디씩 말씀을 하셨다. 조사자가 녹음 중이니 한 분의 구연이 끝나면 이어서 다른 분이 구연해 달라고 정중히 요청을 드렸다. 처음에는 요청대로

자신의 순서를 기다렸다가 구연을 하였지만 시간이 흐를수록 각자 자신의 이야기를 구연함으로써 다소 어수선한 분위기가 되었다. 분위기가 어수선하기는 하였어도 많은 구연자가 참여한 유쾌한 이야기판이었다.

[구연자 정보]

박현자 제보자는 1937년생으로 14세에 한국전쟁을 경험하였다. 산 밑에 살아서 반란군이 자주 출몰하였다. 살기 위해서 밤에 반란군에게 밥을 지어 주면 다음 날 낮엔 그 일로 인해 경찰에게 목숨의 위협을 받으며 살았다.

김근애 구연자는 1936년생으로 15세에 한국전쟁을 경험하였다. 전쟁 때 인민소년단 활동을 하여 노래를 배웠다. 그리고 봉화를 피우러 다니기도 하였다.

장야순 구연자는 1940년생으로 11살, 어린 나이에 전쟁을 경험하였다. 광주 송암에서 살다가 결혼하여 방산리로 왔다. 소년단 활동 당시 배웠던 노래를 기억하여 흥겹게 부르기도 하였다.

[이야기 개요]

박현자 제보자는 산 밑에 살면서 출몰한 반란군 밥을 지어준 일로 목숨을 위협을 받았다. 살기 위해 피난을 가서 갖은 고생을 하며 살았다. 김근애 제보자는 어린 나이임에도 반란군에게 동원되어 봉화를 피우러 다녔다. 장야순 제보자는 어린 시절 소년단에 가입하여 노래를 배웠다.

[주제어] 나무전봇대, 노역, 위협, 기아(飢餓), 반란군, 동원, 봉화, 대창, 소년단, 폭격, 반란검은 개

[1] 박현자: 숱한 고비 속에서 죽음을 각오하고 살아가다

[조사자: 어르신도 기억나시는 거 있으세요?] 나는 참말로 많이 나네만, 취해

서 안 해요. [청중: 말을 못 해.] 얘기해봤자 뭣해? 뭐 상 주요? [조사자: 역사에 길이길이 남죠.] [조사자: 저희들 공부하는데 도움이 많이 됩니다.] 아, 그러시오? 나는요, 어려서 여기서 안 살고 저 세진리라는 대머리에서 살았어요, 그때. [조사자: 친정이 거기에요?] 예. 인공 때 열여덟 살 먹었는디, 그때는 인공도 모르고 살았는디, 그 안에 요 밤에믄 막- 남자들 들랑거렸다. 이자 각시들 시집가서 사는디, 근디 인자 남자들이 무서워서 못 자, 남자를 보기만 하면 가져가니께. 요쪽에서 그 사람들이 왔던갑대, 나는 인자 안께, 그래갖고 인자 와갖고 한 열 명이나 끌어와. 그러면 남자들 보면 그양 무조건 사정없이 끌고 가면 꼴도 못 봐. 꼴도 못 봐, 어디로 가져갔는지를 몰라. 긍께 인자 전부 이불 짊어지고, 산으로 그때만 해도 막 자러 댕겼어, 남자들이, 동네남자들이 다.

그래갖고 날 새면 인자 와서 일하고, 가을에 일하고 또 하면, 또 저녁 돌아오면 또 이불 짊어지고 또 산으로 또 가고, 그러고 인자 피난을 했어. 그러더니 인자 뭔 인공 인자, 갑자기 그라고 몰아온다고. 몰아왔는디, 이자 한 가시랭이로 몰아왔어. 세진에서, 저 대머리서 저 영암으로 가는 도로 안 있소? 그때는 차만 댕기는 도로여. 밤손님들이 저녁-내 그러고, 거기로 그 차 못 가게 그 질을 판 것이여, 차를 못 가게. 징한 놈들이여. 그리고 전봇대는 그 때는 나무 전봇대여, 쇠봇대가 아니고. 톱으로 다 비어불고. 그러면 인자 그거는 다 해갖고 인제 차가 못 가. 인제 군인들이 못 가, 밀고 막 온께. 그러면 그양 나락 다발을 막, 다- 그 사람들 군인들이 와갖고, 인자 경찰들이 와갖고나 나라 그때는 가리지를 않지요. 그럼 싹 갖다 그거를 밀고 이자, 차로 지나가 영암 쪽으로 간 것이여. 차로 그리 지내갈라고.

[조사자: 그러니까 지금 못 가게 하려고 땅을 다 판 거예요?] 예, 신작로 다 파부러, 차를 못 가게. [조사자: 나락을 거기에다 메꿔가지고 지나가요?] 응. 저 해노믄 막, 여 인공, 군인들이 막 밀 때, 어매, 말도 못해. 그래갖고 그 그거는, 그러더만 낸중에는 그냥, 거기서 본께 여기다 막 이쪽에서 막 폭격을 합디다. 근디 뭐 남자들 데려가면 요 요짝으로 왔던갑대. 꼴을 못 봐, 그래갖고 그양 난리가 나부렀제. 그래갖고 나도 애기를 둘 낳아갖고 업고, 오늘 왔다하면 내일 애기를 업고 저그 거시기 영암으로 피난을 갔어. 그래갖고 동창이라는 데서 싹 동네어른들 다 놔두고, 화랑대 때나 그때는 그 군인들이 와서 총으로 나와서 다 죽여부렀어, 동네사람 온방, 인공 때. [조사자: 인공때?] 응.

"인공 놈 여자네?"

군인들이 와서 인공 밥해준다고, 그것도 산 밑이거든 동창이라는 데가, 긍께 저녁이면 쪼르륵 나와서 이자 거그 그 사람들 잡아가고 그랬는갑대. 그라고 그러게 죽여부러갖고 이자 그 사람들이 또 내일 온다 한께, 이자 우리 시아버지 된 사람이 애기 막 낳은 거를 업고, 지그 아들은 이자 어디 가버리고 없는디 영암으로 피난 보내더라고. 피난 나가서까지는 거기는 이제 인공 지나가버리고 군인들만 있어, 또 인자. 근디 어-떻게 밥도 안 주고 첫 딸 그 어린아를 놔두고, 애기를 놔두고 포대기 하나 갖고 왔는데 우리 봉덕이를 넣었당게, 시방 예순두 살 먹은 놈을.

그래갖고 있는디 밥도 안 줘. 그래갖고 그 인자 내가, 우리식구가 그때 왜정 때 뭘, 인공 뭣 했는가 그때 위원장 뭐 나거든, 그랬다고 막 그집 가족을 언제 데꼬 간지 모르게 군인들이 갖다 어디다 죽여버린지. [조사자: 몰살을 시킨다고.] 응 몰살을 시켜버리고 근데 나는 애기를 여그 젖이 난다고 보듬고 간 것이, 몇 번을 죽일라고 끌고 나가더라고. [조사자: 그 큰앱니까?] 야. 그놈이 예순두 살 먹었어 시방, 딸인디. [조사자: 큰딸?] 어. 근디 이러고 데리고 나가갖고 죽일라고 하다도이, 애기가 막– 울믄 차마 못 죽이더만. 차마 어찌고 막 여기만 착– 끄시다 그냥, 거기다 팍– 갖다 꼴아 박아부러 그냥. 질질–개만이로 끄지다 그양.

[조사자: 그러니까 얼마나 무서우셨어요?] 무서운지도 어쩐지도, 죽을 거 각오 하니까 무섭지도 않대, 하나도. 춥고 배고프믄, 시한인디, 동짓달, 인자 음력 동짓달 섣달 곧 돌아오는디. 춥기만 하고 배고픈께 그러지.

'인자 이왕에 죽은 목숨이다.'

그때만해도 이자 거기서도 군인들 거시기한 사람이, 인자 경찰질 한 사람이 아는 사람이 있었던갑써. 그 사람들이 인자, 그래갖고는 이제 그 사람이 나를 알았어. 인자 먼 식으로 뭣이 쪼까 되야. 그런께 이제 와서 물어보대, 그래서 어서 왔냐고 그래서 인자 대머리서 왔단께 성이 나씨라. 저도 나가인갑대, 그래갖고 그 사람이 이자 나는 막– 저 통 막 빼내께는 가라고 하더라고.

인자 가라고 하는데, 애 그놈을 업고 한 십리나 되는 데를 인자 집으로 온다고 오는디, 배는 고프고 눈은 퍼붓고 애기는 등어리에서 울고, 근디 그거 또, 군인들 또 저그 뒤에 쫓아올까 무섭고 그런 세상을 다 살았어, 우들도. 그러고 아이고, 말도 못해. 그런 세상을 살았당게, 참말로. 그건 여기도 그러고. 그 말이 그 말이여. 그 말이 그말이여. 징해 내 그때는. [청중: 내나 그 말이 그 말이여.] 난리가 나갖고 딱 뒤집어지면 누구 죽겄슈? [조사자: 군인들이 왜 죽이려고 그랬어요?] 응? [조사자: 군인들이 왜 죽이려고 그랬어요?] 군인들은 안 죽여요. [조사자: 아니, 아까 왜 잡고.] 그 사람들 인자 그 인공 놈 편들었다고. [조사자: 아, 인공 놈 편들었다고?] 응, 편들었다고. 그렇지 인자 인공 놈 편들었다고, 그러더만 낸중에 그 경찰 서는 사람이 알아갖고 나를 좀 살렸제. 살려줬어. 어매, 어따 다 말해? 그 세상 말도 못해.

그래갖고 그러고 몇 번을 죽일라 하고, 그러고 그래도 애기를 막 낳았는디, 과실이여, 과실인디, 감이 주렁주렁 열렸는디 누가 오늘 저녁에 낳은 애기를 누가, 군인들이 지딱지딱- 들어오대. 인공놈들 이자 저쪽으로 밀려 가분께. 어디로 제주도로 밀려 갔던가봐, 인자 생각해본께. 그러니까 인자 지딱지딱 칼 들고 들어오대. 그러더만 문을 열고 열어보대. 열어보더니 감을, 애기를 쬐깐한 거 안 죽을라고 보듬고 안고 있으니까, 문을 탁 닫고 나가더만 감을 후둑후둑 따대. 긍께는 거기서 대장이 있든가 왜 감나무 손대냐고 또 막 엎어 놓고 뚜들겨뿔고 못 보겄어. 그때 칼 총으로. 그런 난리도 지켰당게.

그러더만 그래도 인공 놈들이 죽이지, 사람 요 군인들은 안 죽여라, 살리제. 근데 인공 편들었다고 인자 그 사람들 지그 어매 아버지 인공 때 다 죽은 사람들이여. 그때 소년부대들이여. 인자 집에 같이 어머니 아버지들 인공 놈들이 다 죽여버렸는가. 그러니까 인제 아들들이 잘 안 살았는가? 그러니까 인공 놈들 복수를 하려고 인자, 인공 뭐 된 사람한테 그렇게 못지게 한 것이여, 알아먹었어, 인자. 어매 아버지를 다 인공 놈들이 죽이고 아들들이 살았으면 인공놈 편들면 나 같아도 죽일라 하제. 그래갖고 그렇게 난리였어,

그때. 글쎄 이자 이 얘기 그만 해, 할라면 한-정 없어, 그만 해. 그런 세상 다 살았어. 여기 사람 다 그려. [청중: 그 말이 그 말이여.] 그만해, 그 말이 그 말이여. 근데 안 가시고 다 물어봐서 그랬어, 그런께 글제. [청중: 똑같응게 인자.] [조사자: 안 똑같아요, 사람이 다른데 어떻게 이야기가 똑같아요?] 저 봐. 저 또 이자 우리들 뭣이나 또 누구한테, [조사자: 똑같은 건 소금물에다가 그거 해 드신 것만 똑같고 나머지는 다.] (좌중 웃음) [청중: 소금물에다 밥 간단하게 찍어 먹었제.] [청중: 그러면 집에 한번 혀.] [조사자: 예, 어르신.] [청중:

여기서 집에 동네도 말혀.] [조사자: 그러니까 거기 동네는 어땠는지?] [청중: 다 했어.] [청중: 다 했어.] [청중: 여기 똑같어.]

[2] 김근애: 반란군에 동원되었던 기억

말도 못해, 그때는 저녁에면 훈련 안 나오믄, 요런 장작을 갖고 이고, 저-그 있어, 높은 디. 거기까정 올라오라고 해. 거그 가 올라. [조사자: 마을사람들한테?] [청중: 봉화, 봉화불이라고.] 그라고 거그 가서 꼭대기 가서 봉화불 막 펴. [청중: 그러면 지그가 신호가 딱 되아부러.] 신호가 지그까정 되거든. [조사자: 아니 근데 그렇게 가지고 가면 나중에 국군들이 와가지고 막 도와줬다고.] 저녁에. [조사자: 아, 저녁에요?] 저녁에만 해, 근께. 그거 낮에는 해 넘어가. 해 넘어 갈만 해믄 대를 이러고 대창을 깎아갖고 딱 갖고 오라고 해, 고 소년단을. [조사자: 아, 오라고 그랬어요?] 응. 그래갖고 저-그 땡보네 가서 말도 못해, 수가. 그래갖고 막 훈련 받아. [조사자: 무슨 훈련을 받아요?] 아까 그 노래. [조사자: 노래 부르면서 이렇게 이렇게?] 응. 대창으로 찍어 죽이자고 그러고. [청중: 애국가다니까. 그거 애국가.] 그게 애국가여, 지금. [조사자: 여자애들한테도?] 예? [조사자: 여자애들한테도?] [청중: 아, 큰애기들도 다 당해.] 워-매, 안 하면 죽인다 그런디. 반란군들 반동이라고. [조사자: 근데 그렇게 하다가 나중에 국군이 와가지고 조사하면은 위험하지 않아요?] 워-매 그래갖고 인자, 군인들이 막 경찰들 나오라 해, 나오라 한께 나는 우유보따리 얽어 주고, 그리고 나갔당게, 우리 오빠하고.

그러고 이 양반들은 앞에 가라고 해놓고, 오빠하고 나하고 남매 가라고 해놓고, 부모들 여그가 그냥 주장도 없어. 그래갖고 어디로 가냐면 저그 봉암으로 가갖고, 인자 생각하면 봉암이여, 그때는 봉암인지 뭐인지 몰라. 그래갖고 나가서 본께, 어-째 여기서 나가서 사람이 몽땅 있던지, 어디 방애실에다 짚을 깔아주더라고, 우들 자라고. 그러고 세상을 살았어라.

[조사자: 거기서 얼마나 있으셨어요?] 거그서 하룻밤 자고 인자 즈그 친척들이 많은께. 하도 여기서 많이 가논께, 어디로 가라캐. 그래서 인자 우리는 어디로 갔냐면 아랑촌이라고 있어, 봉암. 거기가 인자 뭐 언니랑 한나 살았거든. 그래서 거그도 암–것도 모른당께 그때는. [청중: 옛날 사돈의 팔촌이라도 쪼까 거시기 헐 수 있으믄.] 몰라, 암–것도, 어리고 긍께 어디가 누가 사는지를. 긍께 이름만 이제 알아갖고 거기를 찾아갔제. 그래갖고 못 찾았어. 그래갖고 돌아왔어. 돌아와갖고 봉암 그 장자바위라 그러는디 거그를 갔어. 거그서 부산 댁을 만났어. 그래갖고

"어서 잤냐?"

한께

"저 집에서 잤다."

그래.

그래서 이불보따리 그냥, 우리오빠는 콩 한 가마니 지고, 그래갖고 거그다가 그냥 짐을 무조건 맡겨 부렀어. 거기 평상에다 놔두고 여기로 도로 들어왔어. 어–째 배고파서 오다가 또랑에서 물을 먹고 왔어. 그럴 것 아녀? 밥을 못 먹었으니. 그래갖고 온께 우리 아버지랑 엄마랑 여가 계시더라고. [청중: 그러니까 산중이로 다 밀려버렸다니까.] 말도 못 했어, 아주. 우들이 그때 막, 그거 안 나오면 막 때려죽인다는디. 그러니까 저녁이면 막 봉화불 피우러 댕기고 막 그랬제.

또 내가 참견쟁이라 또 잘 다녀, 어디를. (좌중 웃음) [청중: 그때는 애기들이라 잘 댕기지.] [청중: 우리 동세는 막 별나게 똑똑해갖고 막.] 거기는 말도 못했어, 말은 똑똑해갖고. 그래갖고 뭐 그 위원장인가 났거든. 그래갖고 노래 배운다고, [청중: 총칼을 메고 다 앞으로– 동무들아 나와라–] (좌중 웃음) 맞아, 그랬어. 그랬어요. 인자 다 잊어부렀어. 근데 말도 못해. [청중: 아니 반란군 노래가 다 구성 있고 좋았어. 아니 구성 있고 좋았당게.] [청중: 최후의 결정을 맞으러 가자– 앞으로, 앞으로 그 소리가 동네에 쫙 퍼졌당게.) 그

래 맞어. 그랬어.] [조사자: 그래도 이 어르신이 제일 잘 기억을 하네요?] 청력이 좋아. 그런 게 좋아요. 우들은 청력이 안 좋아.

[3] 장야순: 소년단 시절의 기억

[조사자: 이제 어르신 말씀.] 저요? 먼여 했어요, 나. [조사자: 아니, 아니 다시 하신다고 그랬잖아요? 무슨 말씀하셨는지 기억도 안나요.] 나는 여기 시골 여기 산중에서 안 살고, 광주대학 옆에 송암동이라고. [조사자: 송암동? 송암지구?] 예, 거기서 커서 왔어요. 시집을 요리 왔어. [조사자: 거기서는 어떠셨는데?] 거기서 그때는 인자, 인자 내가 아홉 살 묵어갖고 소년단으로 해가지고 저녁이면 인자 나오라 들어가라 인자 그렇게 해서 노래 배우고. [조사자: 노래도 배우고?] 노래도 배우고, 이승만 대통령 헐 때여. [조사자: 노래도 기억하신다고 하셨는데?] 그런께 여기서 그냥 밀려 가분께 광주가, 광주사람들이 전부 다ㅡ 피난 나와서 송암동 가 다 있었어요. 그거는 반란군을 무서워하지 않아. 비행기가 폭격을 허니께 비행기만 봐온 것이여. 그거는 그냥 왔다가 그냥 밀려가불고. 인자 그 이를테면,

"정치만 인자 그거 써라."

반란군 정치허는 게, 노래 갈쳐주고 인자 그런 것을 했어요. 그래갖고 그냥 밀려가부렀죠. 근디 그러게 자세히는 참, 많이는 반란군을 인자 보기는 봤어도 그냥 밀려가분께 모르고. 그거 이자 동네 인자 청년들이 애국가 같은 거, 북한에. [조사자: 북한 애국가?] 북한 애국가 그 노래 같은 것을 갈치고 태극기 흔들고, 그래 안 하면 인자 거기서 그것은, 그거도 사람들도 깐딱하면 큰일난께. [조사자: 기억나세요, 지금? 노래 기억나십니까?] [청중: 최후의 결전을 맞으러가자 해.] (좌중 웃음)

'최후의 결전을 맞으러 가자.'

그게 저 북한 애국가여. 근디 인자 끝까지는 인자 못해, 쪼까 잊어 부러서

허기는. [조사자: 아는 데만 해주세요, 한번.] 근께 해보라고 하면 한디, 그래도 아홉 살 먹어갖고 한께로 인자 소년단, 그 끝까지 못 허요이. 그렇게 요랬어.

(노래) 최후의 결전을 맞으러 나가자
생사자 울면은 판결이다
나가자 나가자 굳게 뭉치자
원수를 소탕하려 나가자
총칼을 메고
결전을 질러
앞으로 동무들아

그렇게 했어. (청중 박수) 그런께 이제 어려서 내가 노래를 좋아하는 사람이라, 그래서 많이 배왔어요. 그러게 그것이 외울까. [청중: 애국가 아녀, 최후의 결전을 맞으러 가자 그게 애국가여.] 그러니까 최후의 결전을 맞으러 가자하지 않어요? 그러니까 다른 것도 쪼끔씩 아는디 이자 진실적으로 알라면 여러 사람들한테 인자 더 물어봐요. 그래서 이자 나는 인자 거그서, 광주서 비행기만 이자 봐오고, 반란군들도 그것도 많이 와갖고 그양 밀려가버렸어요. 긍께 이자 그러고 사는디.

[4] 고모에게 들은 반란군 이야기

여기 시골 여기 산중 사람들이 징하니 그양 그런 고통을 받았습디다. 고모가 구실 가 살았어. 워매- 완전 이기는 또 이거, 우리 쌀 네놘 놈을 다 가져가불고, 돼야지를 잡아 가불고, 이게 산도둑놈이라고 막, 반란군들이라고. 그래서

"고모, 반란군이 뭐여?"

그먼,

"저녁이면 산에서 나려와갖고 다 가지간다" (웃음)

그래싸. 그렇게 했어요. [조사자: 아— 고모가 그리 피난 왔었어요?] 아니 인자 거기서 살다가 친정에를 왔제. 송암동 가 친정께. 송암동은 그렇게 때우를 안 받고 마구 밀려가버렸어, 그양 밀려가부렀어. [조사자: 이 쭉 이렇게 쓸고 가버렸네요?] 예, 거그 가 좀 있다 그양, 그양 밀려 가부렀어. 그런게 광주사람들이 전부 비행기 폭격만 봐오제, 이자 거기 사람들은. 강제로 그냥 막 때려분께. 한나라도 이 반란군 있는개미 막 쳐부러, 비행기가. 그런께 그 사람들이 전부 피난 나와서 송암동서 다 있었어요. 긍게 한 집이 그양 일곱 집, 야닯 집이 막 살고 있었죠. [조사자: 어르신 집은 몇 명이나 있었어요?] 우리집도 인자 여러 집이 왔재. 그래갖고 인자 그양 또 갔어요, 그 사람들이. 근디 얼마나 듣잔게 고모가 와서,

"워매, 엊저녁에는 산 손님이 많이 왔다."

"산 손님이 고모 뭣이당가?"

그러고 물어보믄 그랬다 그것이지. 근디 여기도 진짜 고생했드만. [청중: 긍께 옛날에 반란군들이 식객으로 나간다고, 식객으로 나간다고, 그 식객이 뭐인고 했드니 전부 도둑놈매이로 떨어갖고 와서, 인자 또 소도 끗어다 잡아묵고, 막 돼야지고, 요런 옷 비단옷이고 그양, 옷도 겁나 식객으로 가믄 갖고 와서 막 입드만.]

경찰이라고 않코,

"검은개가 미쳤다."

경찰이 오믄,

"검은개가 미쳤다."

노란개가 오면, 군인이 오면,

"노란개가 미쳤다."

그렇게 해요, 여기 반란군들이 말을 그렇게. [청중: 그래갖고 항상 연락해

요, 인민군들이.] 그래갖고 여그서, 막 기계 흩으고, 보는 것도 흩으고, 서있는 것도 흩으고, 막 사방에서 밥을 한 솥을 해갖고 주먹밥을 막 주고 그랬어.

친정 오빠와 시아주버니로 인해 고초를 당하다

김 민 애

"나는 부모도 없고 성제간도 없고 그렁께 아 죽여도라고."

자 료 명: 20120207(나주)
조 사 일: 2012년 2월 20일
조사시간: 1시간 2분 27초
구 연 자: 김민애(여 · 1932년생), 윤옥연(여 · 1930년생)
조 사 자: 심우장, 박현숙, 박혜진, 조홍윤, 황승업
조사장소: 전라남도 나주시 다도면 덕림2구 (마을회관)

[조사과정 및 구연상황]

해질 무렵 산 속 깊이 자리 잡은 덕림2리 마을회관을 방문하였다. 자그마한 방안에 할머니 다섯 분이 담소를 나누고 계셨다. 조사자가 조사취지에 대해 설명하자 김미애 제보자가 먼저 구연을 시작하였다. 이어서 윤옥연 제보자가 구연을 하며서 두 구연자가 교대로 구연을 이어나갔다.

[구연자 정보]

김민애 제보자는 1932년에 태어났다. 전쟁통에 결혼을 하였는데, 17살 동짓달에 시집을 왔다.

윤옥연 제보자는 1939년에 태어났다. 전쟁통에 결혼을 하였는데, 19살 섣달에 가마타고 시집을 왔다. 슬하에 자녀는 5남매를 두었다.

[이야기 개요]

김민애 제보자는 전쟁 중에 결혼을 했다. 오빠가 산짐승을 잡기 위해서 숨겨놓은 엽총 때문에 경찰과 빨치산 양쪽에서 시달렸다. 그로 인한 가족들의 시련도 컸다. 제보자는 경찰에게 오빠의 행방을 대라며 인두로 협박을 당하기도 하고, 남편이 끌려가 고초를 당하기도 했다. 오빠는 빨치산과 경찰 양쪽 진영에서 맹활약을 했다.

윤옥연 제보자는 전쟁 중에 결혼을 했으며, 피난 중에 출산을 했다. 반란군 가족이라는 이유로 고초를 당하며 힘겹게 살았다. 작은집 시숙이 산에서 경찰에게 끌려가는데도, 죽임을 당할 것이 두려워 울지도 못했을 정도로 마음 고생이 심했다. 피난 나가서 면장 도움 받아 미영 짓고 겨우 살 수 있었다.

[주제어] 경찰, 빨치산, 밤손님, 세책, 입산, 구명, 고초, 악질군인, 군인대장, 공명, 전쟁통, 결혼, 출산

[1] 김민애: 총 한 자루 때문에 반란군과 국군 양편을 오가게 된 오빠 이야기

[조사자: 인공 때 이야기 좀 듣고 싶어서요.] 나는 열일곱 살 먹어서, 고생을 나같이 헌 사람 없어 참말로. [조사자: 그 고생한 이야기 좀 해주십시오.] 아이 갱찰이, 갱찰이 죽일라고 하고 밤손님은 밤손님대로 죽일라고 허고.

우리 친정오빠가 저 여수 미국 군인청에 가가꼬 그 군인청에서 총 한 대를 갖고 왔어. 그릉께 인자 갖고와가꼬 돼야지도 잡고 고라니도 잡고 그럴라고. 그랬드니 그놈 따문에 반란군에서 뺏어갈라, 여그 이를테믄 나주서에서 뺏아갈라. 낮손님 밤손님 그때는 글안해요. 긍게 낮손님에서 뺏아갈라 밤손님에서 뺏아갈라 총 한 대를. 긍께 이쪽으로 주믄 요쪽에서 주목받아 죽겄으니까 요쪽에로 주믄 요쪽에서 주목받고 죽게 생겼어. 그릉게 어쩔 수 없이 갖고 있는데.

하룻저녁에는 장께라 이, 그 보성서는 당산굴 앞에서 술 장시헌디 밤에 끌고 왔드랑께 개 끌고 오듯기. 우리 아부지 우리 어메 나 자는디. 그래가꼬 승영이 어메도 있었구나. [청중: 승영이 어메 있제.] 그래가꼬 시상에 방에로 델꼬 가드니 인두 불을 이글이글허니 인두에다 불 받어 놓고 우릴 다, 가족을 지져 죽일라개. [청중: 총 내노라고.] 총 내노라고. 근디 우리 오빠는 이미 요로고 묵어가꼬 뒤에 대밭에로 델꼬 갔드라고. [청중: 갱찰일까? 그때 갱찰들?] [청중: 아 그때 저 따라서 안가봤어?] 긍께 인제 들어봐. 그래가꼬 어쩔 수 없응게 우리 오빠가 가족을 살리기 위해서 밤손님에로 총을 줘부렀어. [청중: 오메 나는 도랑에다 떠내려븠다고.] 아녀. 우리 밭이다가 파묻어놨다가 할 수 없어서 그날 저녁에 줘부렀어 그 질로.

그릉게 우리가, 우리가 그릉께 인자 거스기 우리 오빠가 그르고 허고는 가족을 델꼬, 우리 오빠를 델꼬 와서. 친정 우리오빠 한나 나 한나. 옛날에는 자손들 많이 났어도 딱 우리 엄니는 남매 났어요 우리 오빠 열, 아홉 살 멕여 놓꼬 나 생겨가꼬 금이야 옥이야 하고 키운디. 그 자손들이 그룹게 해서 우리 오빠를, 아닌 것이 아니라 똑똑했어 그릉께 그러지.

그래가꼬 미국 군인청으로 들어갈라고 했는디 미국에로. 우리 어무니 아부지가

"외아들 하난디 니가 미국에로 들어가믄 우리는 못 산다."

그릉께 부모들, 그때 미국으로 들어가붔으믄 살 것인디. 부모들잉께 부모 말을 반대를 못 허고 총 한나를 갖고 나갔어 시골로. 그래가꼬 그 난리를 치고. 아이고메 갱찰서에 우리 어무니 아부지 잡어다가 한 열 흘쓱 가둬가꼬 안내놓고. 밤손님은 밤손님대로 죽일라고 하고. 우리같이 살아난 사람 어따 하늘도 모르고 땅도 몰라.

[청중: 그믄 총을 밤손님을 줘부렸어?] [조사자: 밤손님을 준 다음에 어떻게 됐어요?] 밤손님 인제 되야가꼬 가부렀지 할 수 없이. 할 수 없이 마음은 여가 있지마는 인제 살기 위해서. 그래가꼬는 이자 갱찰서에서 인자 우리 부모들 나, 서이 다 죽일라고 헝께 또 가돠 놔. 경찰서에서 나주서에서 와서. 궁께 나주서에서 와서 잡혀서 가질러 강께. 영암읍에가 우리 이모가 살아. 긍께 영암읍에를 궁궁재 영구재, 말도 못한 저 재를 이 다섯을 넘어 갔어. 밤에. 밤밥 묵고. 그대로 놔두고. 그르고 나는 이 너메다 혼자 사촌 오빠 집이다 놔둬가꼬 작은 아부지 처형한테로 내가 중매해서 걸어서 밤에 요리 낮에 시집왔어. 나주 그 재 꼭대기 넘어서.

[조사자: 그럼 전쟁 때 시집을 오셨어요?] 그랬지라. 열일곱에. 부모들한테서

안 허고 넘으집서. 그 난리 치고 대닝께.

[조사자: 결혼을 부모님이 시키신 게 아니고?] 아니여. 고 방실이 오빠 집서 했어. 방산. [청중: 그래도 어메는 있었담서?] 아이고 어매 있어도 저 영암으로 가불고 없었어. [청중: 피난 갔겠제? 피난 가부러.] 아이 밤밥 묵고 내빼부렀제. 낮에 저 서에서 와서 잡아 가둥께 밤에 내빼붔어. 오빠는 이미 인자 입산해불고. [청중: 인자 밤손님들한테 입산을 해부렀어. 긍께 인자 여그 경찰들이 죽일라고 쫒아대녀.] 긍께 밤에 저 영암 읍내로 가부렀어. 밤에.

[조사자: 어떻게 전쟁 때 결혼을 시켰을까요?] 아따 결혼해가꼬 여그 왔는디 오빠 찾아내라고 얼매나 허고. 우리 영감님 얼매나 지서에 가서, 워-메 요놈 장작대로 뚜드러놔서 다 터져부렀어. [조사자: 결혼한 신랑을 그렇게 잡어다가?] 예 우리 영감님을. 처남을 선이 다가꼬 알 것잉게 갈쳐도라고 뚜드렀제.

[조사자: 입산한 오빠는 어떻게 됐어요?] 오빠는 그래가꼬 또 군인들이 저 너메 저 꼭대기 저 너메. 그 너메서 밤에믄, 낮에믄 굴을 파가꼬 있제. 긍게 군인들이 양씬 들와서 회으를 했어 근디. 스물다섯 명 있는 디서 우리 오빠 한나허고 다른 사람 한나허고 둘 살려가꼬 왔당게. 산에서 굴에서 나와가꼬 빵.빵.빵.빵.빵.빵 해가꼬. [청중: 오빠 따문에 고생했어.] 그래가꼬는 우리 오빠는 살었어.

긍게 우리오빠가 명주옷에다가 이발허고 이삐게 하고 있응게 인자, 이른 사람은 죽이믄 못쓴다고 인자 딱 한 놈이 우리오빠만 델꼬 나가가꼬 광주 시내 어디를 다 델꼬 대님서 맛난 것만 사주드라개. 그니까 우리 오빠는

"이왕에 묵고나 죽자."

기탄없이 자셨대요. [청중: 이야기 헝꼐 알지, 알어?]

그래가꼬는 그 뒤로 살어서 나주서에로 델꼬 와가꼬 우리오빠를 델꼬 와가꼬 앞시우고 댕겼어 인자. 요 고랑 저 고랑, 저 고랑. 지리를 알라고 우리오빠는 선발대로 앞시우고 댕겼어. 그래가꼬 여그 와서도 잠복하고 저 너메서도 잠복허고 꽂지에서도 있고 그랬어라 우리오빠가.

그랬는디 인자 또 후퇴를 안했소. 인자 글 안했어 밤손님이 싹 몰려 드갔다 나왔어. 거시기는 또 갱찰들이 싹 몰려 들어가붔어. [청중: 갱찰들이 싹 몰려 와서 후퇴해서 올라가붔잖아요. 그새로 들어가붔어.] 그렁께 인자 우리오빠가 인자 그 새를 쓸어강께

"이 사람은 틀림없이, 김방술이란 사람은 밤손님이다."

했거든. 요리 머리를 써서 앞시우고 댕겼어도. 그래도는, 그래도는 인자 그때는 그리 안 넘어가고 죽어도 여그 죽을라고 여그를 따라댕겨가꼬 후퇴해가꼬 또 나왔어. 그래가꼬.

[청중: 인자 개들을 따라댕겼어 노랑개들 따라 댕겼어 군인들.] [조사자: 아 군인은 노랑갭니까?] 그때는 그랬어요. 그래가꼬 인자 진주를 당시 해가지고 포위를 들오지 여그를 늘 인자. 거스기 인자 경찰 되가꼬 포위를 늘 들오므는 여그 사람들 살라믄 다 나오라고 김방술씨가 막 해가꼬 사람도 많이 살리고 인자. 글때는 또 인민군들이 요집 식구를 죽일라고 댕기고. [조사자: 배신자라고?] [청중: 어. 인자 요쪽에서 죽일라고 하다가 인자 어쯔게해서 살어낭게 또 개들 따라가부러가꼬 인자, 또 인자 반란군이 죽일라께 인자. 그릉께 만날 양빰 맞고 다녔어.] [청중: 집이 잡을라고는 안했제.]

[청중: 아이고 첨에는 식구대로 밤낮 죽일라고 했는디 인자 방술이가 앞장서서 머리 숙여붕께 인자 거 반란군들은 조용했어. 나 한동네 살아서 알제. 이웃에 살아서. 그랬는디 조용했는디 아 그러자 어쯔고 후퇴당시에는 이자 또 개들을 따라가부렀어. 경찰들을.] [청중: 저 오빠가 잘 난 사람이여. 순사로도 따라다니고 막 그랬어.] [청중: 근디 경찰로 되가지고 인자 후퇴해서 넘어갔다가 돌아와서 인자 고향을 살릴라고, 고향사람. 요리 왔제. 봉황지서에 가 있다가 인자 늘 뭐시기 포위를 늘 들어와. 그래가꼬 여그 사람들 살리게나오라고 나오라고 해가꼬 인자 저그 꽂지에 가서 점령했다 봉황지서에 가 점령했다 저 꽂지에 점령했다 어쯔고 안정해서. 그르고 해가 안정을 시켰제.]

[조사자: 그렇게 해가지고 전쟁 이후에도 좀 고생하셨어요?] 그랬지라. 고생한

것은 말도 못해요. 헐 수가 없어. 그래가꼬 인자 여그 가지러오믄 반란군이 죽일라고 항께 뭣도 갖다 먹들 못허고. 우리는 못가질러 들어갔어 무사서. [청중: 앙께 방술이 동생, 김방술이 동생이라고 다 알아부렀어. 다 알아부러. 반란군들도 알고 인자 내중에는 경찰들이 알았다가 인자. 반란군이 인자 죽일라고 항께, 반란군들이 더 징하대 인자 또. 그래가꼬 인자 어쯔고 후퇴를 함시 쫓겨 갔다, 올라갔다 도로 내려와가꼬 점령을 했제. 점령을 해.]

거시기 나주 성안에 어디 그 넘어간 디 사람 많이 죽어서 우리 성님하고 뫼 찾을라고 가서 땅을 다 파고 그랬어. 그랬어도 살어서 나왔당게. 죽여분주 알고. [조사자: 누가요 오빠가요?] 예. 죽은주 알고. 넘어가다가 죽은주 알고. [조사자: 오빠 찾을라고 다 파봤어요?] 암 땅 팠지라. 뫼 파봤어 찾을라고. 저 영암 성암이라고 있어. 말도 못해. 옛날 이야기 허도 못해.

[청중: 그래가꼬 저녁마다 인자, 반란군들이 인자 김방술이 내노라고 요집 어매 아부지 아들 둘. 딱 거, 마느래 다섯 식구제.] 안 났어. 성남이는 안나. [청중: 성남이는 안 났어?] 응 큰조카만 났제. [긍께 밤마다 너이 시구를 죽인다고 묶어다가 끌고 댕긴다고 허고 동네가 난리 났어 아침 자고 인나믄.] [청중: 그 양반 도망갔나배 이녁 오빠는?] 아 도망강게 내노라고 그러제 반란군들이. [조사자: 이 동네에서는 유명했군요?]

근디 그것이 살랑께 살아나드라. 나도 묶어가꼬, 지금 생각하믄 추동덕 집이여. 거그 군인들이 와서 요로고 와가꼬 뽕나무 요만한 놈, 쪼곰 요거보다 가는 거 끊어가꼬, 낫으론가 뭣으론가 끊어가꼬 와서 막 뚜들어싸. 내노라고. 그릉께 나는 다른 말 밖이 안했어. 그래도 그때 그런 소간이 있어. 열일곱 살 먹어서. 시집와서.

"나는 부모도 없고 성제간도 없고 나는 그렁께, 아 죽여도라."고.

[청중: 솔찬히 살었는디 시집와서.] 막 시집와가고 일 년 되야서 갱찰들이 와서 우리 오빠 찾아내라고 그러고 끌꼬 대니고 저동양반은 지서에다 가둬 놓고 나는 끄서다가 긋당게. 여그서 산데 끌꼬 갔어. 그래가꼬 뚜들고 하드니

하도 내가 울고 죽여만 도라고 헝께. 하도 울고 내가 죽여만 도라고 항께 불쌍한가 데려가라고 해 우리 아부지도. 우리 영감 지서로 델꼬 가고 나는 안 델꼬 가고.

[조사자: 어떻게 말씀하셨다구요?] 죽여도라고. 나만 죽여도라고.

"살고 싶지 않응께 죽여주세요, 죽여주세요"

그렁게 안 죽입디다. 그때는 살고잔 맘도 없드만.

[조사자: 그때 시부모님도 계셨어요?] 예. 계셨어요. [조사자: 남편분이 처남 때문에 고문 받고 그래서 할머니 구박 안 받으셨어요?] 아이고 저기 저응양반, 학동양반, 서동덕 아주머니하고 있어, 서이 우리집에다 그러드라개. 메느리게다 착실히 허믄, 메느리가 만약에 나가불믄 반란군들이 우리 동네 못살게 헌다고. 방산서는 그러고 뚜드려대도 나땀시 우리동네는 못 들어오거든. 그런 거시기를 알거든. 그릉께 오믄 시어머니 시아버지 우리 큰동세, 큰시아재랑 다 있었어. 메느리게다 잘 허고, 잘 허라고 어쯔고 허든지 요만한 트집도 못해 나한테다. [조사자: 며느리한테 잘 하라고?] 야, 나한테 잘못하믄, 내가 만약에 없어지믄 우리 오빠 거시기가 와서 못살게 헌다 마을에는 못 살게 헌다. [청중: 경찰로 이자 가부러농게 경찰로 들어와서 찾아내라고 할께미니 그랬지 어른들이 무서워가꼬.] 그러고 생겼어. [청중: 열여덟 살. 이삐게도 생겼지. 원래 이뻤어. 머리도 좋고 이뻤어.] [청중: 여그가 먼저 오고 나는 뒤에 오고 그랬어.] 한 해에. [청중: 낭자가 이만씩 하대. 다 빠져부렀어. 나는 낭자가 요만헌디 요로코 커갖고 좋아.] [청중: 좋았어 머리가.] [청중: 글고 얼굴도 늙응게 길구만.] [조사자: 낭자가 좋으면 예쁜 겁니까? 낭자가 좋다는 게 무슨 말이예요?] [청중: 요 뒤에 머리.] 머리수가 많응게. 나는 큰애기 때 머리를. [청중: 이런 사람이 보기에 이뻬. 삐런 댕기 딱 감어서.] [조사자: 친정이 잘 사셨나봐요?] [청중: 잘 살들 안 했는디 맨 오빠가 그러고 댕깅께 살림도 못했지.] [청중: 참말로 집이 오빠는 밤사람 집이로 갔다가 순사 집이로 갔다가 그러고 댕겼어도 목심은 살었응게.] [청중: 아 그랬다니까는. 그놈의 엽총 하

나 때문에 식구가. 그릉게 밤사람이 하도 성가시게 하니까 줘붔다고 안해. 나는 그때 들응께는 큰물에다 떠내려보냈다고 한 줄 알았어.] [청중: 줘불믄 죽인다고 그래?] [청중: 큰물에다 떠내려보냈다고 소문났드랑께.] 소문났을 때는 불었어. 서에 가서. 우리 어머니 아버지 데려다가 열흘 만에 나왔어. 그렁께 인자 떠날려보냈다고. [청중: 줬다고 그러믄 죽이까?] [청중: 큰물에다 떠날려보냈다고 그랬어.] 우리 어머니 아버지가 큰물로 떠날렸다고. [조사자: 아 그렇게 얘기하셨구나.] 목숨 살랑께 그랬제. [청중: 총은 반란군 줘불고?] 아이고 인두로 죽일라고. 가족 살릴라고 그때 줘부렀당게. 아이고 우리 오빠가 마느래가 그때도 싯이었어 싯. [조사자: 예?] [청중: 여간 인물이 좋아라. 똑똑해 그리고.] [조사자: 똑똑하고 인물도 좋고 총도 가지고 다니고?] [청중: 그릉게 이쁜 각시 있으믄 얻어가꼬 다니고.]

[청중: 처음에는 반란군들이 죽일라고 댕겼지 총 그놈 내노라고.] 이야기라 글제 이야기라 이렇고. 인두 가운데다가 딱 박어 놓고. 인두를 화로에 인두를 담어가꼬. [조사자: 아 화로에다 인두를 박아 놓고?] 야. 우리 식구만 앉혀놓고 인두로 지져 죽인다고 그러드라고. 우리 오빠는 인자 저그 대밭에로 끌고 가불고. 아주 죽일라고 완전히 했어. [조사자: 그러면 엄청 무서우셨겠네요?] 어메 무섭다이. [청중: 무섭다 이 말도 못허제.] 요로고 이야기라 그러제 고개도 못 들어. 나는 우리 어머니, 그때 앨여섯 살 묵었어. 우리 어머니 거시기 앉아가꼬 고개만 쳐들었지 일어나도 못했어. [조사자: 보든 못하네요?] 인두 그것을 보면 징그러운대라 애려서라도. 그때 열여섯. [조사자: 시뻘겋게 있는 거요?] 인두로 지져 죽인다고 박어 놨어.

[조사자: 오빠는 총을 어디에 숨겨놨어요 처음에?] 아이 대꼬 끄서서 대밭에로 끌고 가불고 우리 집이는 우리 가족만 델꼬 집이다가 놔둥게 오빠는 어디로 간 줄도 몰랐제. [청중: 총은 어디가 있고?] 총은 우리 밭에다 묻어놨다고. 저그 산꼬랑이 우리 밭에다가. 아 긍께 인자, 우리 오빠가 인자 하다하다 못헝께. 가족을 데려다놓고 죽이게 됭께는 이자 떠날려부렀다고만 했거든 큰물

에다가. 지서에다는. 밤손님한테도 떠날려부렀다고 그랬어. 그래도 그르코 내노라고 죽일라고 해. 긍께 그 때는 아 여그다 목을 걸어가꼬 잡아댕기고 그랬다고. 오빠 곧 죽을라고 그래. 그랬어도 총을 안내놓고 떠낼려만부렸다고 그런디 그래도 총만 내노라고 그래서 할 수 없이 살랑게 같이 가가꼬 파서 줘 불고는 그 질로 가부렀어. [청중: 그 질로 끌고 가서 입산을 했제.] 맞어 그 질로.

그래가꼬 인자 우리 어머니 아부지는 인자 그 질로 그냥 여그 저, 서에로도 잡어서 몇 번을 갔다왔다 난리쳤는디. 안 갈라고 그양 저녁에 그대로 놔두고 밤에 저그 산속으로 걸어서 갔어 우리 어무이 아부지는. 아무것도 안 갖고 우리 오라비랑 서이. 그르고 나만 엿다 띠어놓고. 그래가꼬 나는 우리 친척 집이서 여워서 살았어. 그때 여그 와서 결혼했어. 그르고 왔어도. [조사자: 결혼한 건 부모님이 나중에 아셨어요?] 난중에 알제. 연락은 들지라. 오든 못 허제. 얼굴 비추들 못해. 전화가 있으까 시계가 있으까 아무것도 없는 세상이여 그때는.

[조사자: 결혼식은 어떻게 하셨어요?] [청중: 집이 친척서 해가꼬 왔어 요리로.] 우리 작은아부지, 친정에 우리 아부지가 오형젠디 막둥이 작은아버지가 요리 결혼을 했어. 작은 어매가. [조사자: 작은 어머니가 여기 출신이시구나.] 야. 우리 작은 어매가 여기 출신인디 결혼을 해가꼬 작은 어머니가, 친정 작은 아버지가 여그를, 처가에를 오믄 처제가 한 동네로 시집을 왔어. 처제 시아재한테로 나를 대부렀어. 아무도 몰래. [청중: 처제 시아재여라?] 아 유천덕 시아쟁께 글제. [조사자: 전쟁 중에 결혼식은 어떤 식으로 합니까?] [청중: 원삼 족두리는 썼겄제.] 거시기 당산굴서. 당산굴. 산골짝에서 예는 지냈어요. 마당에서. 예는 지내고. 그때도 가마 타고 댕기는 시상이었어라. 가매도 못 타고 나는 걸어 넘어왕께. [조사자: 그럼 누구랑 와요? 원래는 친정 식구랑 오잖아요?] 아이고 암도 안와. 작은 아부지랑 나랑. [조사자: 작은아버지가 오셨어요?] 중매쟁이 작은 아부지가 따라왔제. 따라와가꼬 긍께 수레가 있소 메가

있소. 그때 도장양반허고 누구 멫이 가매 갖고 나왔대. 그서. [청중: 여기서 내보냈구만?] 응. 여그서 내보냈어. [조사자: 가마 타셨네요 그러면?] 그래가꼬 여그 동네를 가매 타고 왔어. 그랬드니 넘어간 디서 그러지. 이영 그러고 뚜드러 맞고 나땜시 고생한다고 그런 맘은 있는디 보기가 싫드만. 꼴보기가. 근디 우리 시어머니가 옥포집 가서 점 헝께 안넘어대니는 주산을 넘어와서 그른다고. 아 그래가꼬 시집에 명주옷을 물들여갖고 오라고 했다고. 여그 옷 고름 띠고 모다 해가꼬 인사드리고는 쪼끔 더 나서졌어. 벨 놈으 꼴을 다 당했어.

[청중: 사돈 따문에 고생을 했어 집이 시어매도.] 그래도 말을 못해. [조사자: 그러면 주산에 인사를 안 해서 그런 거예요, 왜 그런 거예요?] 안 넘어 댕긴 주산을. 안 넘어 댕기는데 넘어와서. [청중: 그전에는 그렇게 다 신랑들을 보기 싫어.] [조사자: 왜요?] [청중: 나이들을 째까씩 먹어서 결혼들을 해놓게. 나는 열아홉에 왔어] 내가 그중 앞에 왔어. 내가 동짓달에 오고. [조사자: 그래가지고 조금씩 잘라서 하니까 신랑이 나아졌어요?] 응. 더 나서졌어. 아니 절대 안 살라고 했어. 그때 애린 맘이라. 내가 나갈라고. 나 시집온 길로 넘어갈라고. 밤에 여 깨낭, 깨낭 있어. 그 너메까장 건네서 갔는데 큰동세가 쫓아왔어.

[조사자: 오빠 분은 고문당하고 그러시진 않으셨어요?] [청중: 그랬겄지요. 입산했다가 경찰했다가 헝게.] 질 첨에는 고문을 당했제. 질 첨에만 총 내노라고 고문을 당했제. 고리 가붐시로는 요로고 대녀. [청중: 반란군에서 똑똑헝게.] 그러고 여 순경으로 넘어와서도 맞고 고문당한 것은 없어. [조사자: 친정 오빤데 어떻게 동네분들이 친정 오빠일을 다 잘 아세요?] 여그 와서 잠복허고. [청중: 우리 유지에서. 그때. 방술이라고.] [청중: 마을을 위해서 다녔대요. 마을을 위해서. 그만큼 착해. 저 양반 오빠 때문에 여그 양반들 많이 살았다고 그래.]

[2] 윤옥연: 시아주버니 돌아가신 이야기

그렁께 우리 시숙이랑 죽었다고 항께 깜짝 놀라드라구 방술이 양반이. 나만 있었시믄 안 죽었을 것인디. [조사자: 시숙은 어떻게 돌아가셨어요?] 아이 피란 나가서 산디, 거 지서 있는 디서. 거시기

"세칙들 손 들어라."

헝게 손을 안 들어도 괜찮은디. [조사자: 세칙이 뭡니까?] 반란군들 심바람 해주는 사람. 안 허믄 죽인다 헝께 그렁께 손등께. 글때 작전 들어가서 죽었어 군인들이. 저기 학산에서. 긍께 와가꼬 반란군 모가지 떡 비어다 지서에다 달아 놨드라고. 우들이 밥해주고 살았어요 피란 나가서 군인들을. 그렁께 손 들라고 헝께 열하나 손 들었등갑대. 지서 앞에다 그날 아칙에 톡톡톡톡 다 놔서 죽여부렀어. 군인들이. 그래가꼬 울도 못해요 다 죽일라고 항께 가족들.

우리 시어머니는 전순지 지켰어요 남자들이 허믄 죽여붕께. 반란군이. 저녁에믄 그 노인이 가서 전순지대 지켰어. [조사자: 그게 뭡니까?] 입산자 가족이라고 해서, 밤사람. [청중: 전봇대, 전봇대.] [조사자: 전봇대를 지켰다구요?] 예. 막둥이 시아제를 그놈들이 끄서가부렀어. [조사자: 전봇대를 왜 지킵니까?] 그 짜린다고. 전순지대. 줄을 짤라부러. [청중: 반란군들이 짤라부니까.] 긍께 아들들 두고도 아들들은 남자라 죽여뿡게 노인들이 가서 지케. 그러믄 저녁에믄 노인들이 어쯔게 울고 잠을 자겄소. 아들들이. 그러믄 새벽에 마중나가제.

우리도 반란군 가족이라고 말도 못했어. [조사자: 어떻게 고생하셨어요?] 반란군 가족이라고 입산자 식구들이 죽은 사람들이 죽일라고 해. 아이 우리도 멘장허고 안 친했으믄 죽였을거라. 그 갑식이네 패가. 갑식이 그 식구를 싹 몰살해부렀어. 반란군이. [조사자: 반란군들이요?] 예. 그 사람 한나 남고. 긍께 눈에다 불을 비-러니 떠가꼬 입산자 가족이라고 하믄 다 죽일라고 해.

그르고 우리 시어머니가 전순지 지켰어라. 저 봉황 지서 산 그거 굽이굽이 있는디. 요로코 멀리 하나씩 두드라드만. 아이 노인들이 그 전순지를 짜리믄,

줄을 짜리믄 말기기를 허겄소 뭐를 허겄소 이. 그 고생시킬라고. 쫓아가서 톡 미끄러불믄 죽어불제. 글때 칠십 및 잡솼어. 아들들 두고 그런 집들이 했어라 참말로.

[조사자: 그러면 갑식이라고 하시는 분한테 어떻게 해꼬지를 안당하고 살아나셨어요?] 그 멘장허고 작은 아부지 뭐 되드만. 그렁께 다도 멘장 그 양반 땜에 우리 다도 사람이 많이 살았당게. 피란 나가서 멘장네 밭을 열 마지기를 얻어가꼬 미영을 했어. 그러면 베 나서 멘장도 미영이로 안 가지가. 베 나서 도라고 해. 글로 우리는 먹고 살았어요. [조사자: 그럼 피난 나가서 면장집 근처에 있었네요?] 예. 째깐한 동네서. 그른디 갑식이 그 양반이 우리 성제간들을 죽일라고 그러드라고. 입산자 가족이라고. 그렁께 멘장님이

"아무 죄 없는 사람들이다. 아이 밤사람들이 긍께 밤에 돌려가부렀는데 무슨 죄가 있냐? 즈기 성도 세책이라고 해서 왜 죽이냐?"

그러고 말해줬다고. 이를테믄 그 양반이 우리 성님하고, 그 양반들하고 친하드만. 뭣이 되드만. 그래가꼬 우리도 피난 나가서 살았지요. 글안으믄 죽여부렀어. 우리 식구도 입산자 가족이라고 해서 죽인당께. [조사자: 식구가 여기 시댁식구 말씀하시는 거죠?] 예. 그러제. [조사자: 시댁 식구 중에서 누가 입산을 하셨어요?] 우리, 내가 지끔 싯인데 그 닛이여. 한 살 더 잡솼구만 시아제가. 밤에 와서 잡아가부렀당게. 어서 죽었는지도 몰라요. 저 학산 어서 작전가서 죽은 거 같어. 뼈도 못 찾제. 여간 좋게 생겼어. 그 죄로 우리 가족을 죽일라고 해. 거시기 요 갱찰들이. [조사자: 그 시아제하고?] 우리 시숙. [조사자: 세책하신 시숙하고 두 분 돌아가셨네요?] 그 시아제는 반란군들이 끄서 갔응게 군인들한테 죽었제 이. 그리고 우리 시숙도 군인들이 지서 앞에서 그래부렀어라. 아칙에 가서 봉께. [청중: 그서 요 양반 오빠한테 많이 도움을 받어가꼬 많이 살았제.] 긍게 우리 시숙만 그때 안 죽었어도 살렸다게라. 같이 서당을 댕겨가꼬 여간 친히 살았댑디다. 긍께 짠하다고 해쌌드랍다. 야문 사람 죽어부렀다고.

[3] 김민애: 친정 오빠가 사람들 목숨 많이 살렸다는 이야기

우리 오빠는 군인들하고 작전을 들으믄 우리 오빠 선발대라 앞에 세운디. 여 구지랭이재 넘은디 앞에 세운디 갱상도 사람을 아군 세움시로 군인들이 총대질해서 죽여부러. 그양 무조건, 굴에 가믄 피난 나와가꼬 숨어있으믄 나왔시믄 반란군이라고. 그러믄 여 잠복험시로 이자 친허게 허믄 그도 그사람도 무사와서 차마 말을 못해도

"동상 나왔는가?"

"어매, 성님 나왔는가?"

군인이 총대로 죽일라고. 옆구리 콱 때리믄. 나 동상이라고 요쪽으로 성님이라고 요쪽으로. 사람 한나는 적실히 살렸어. 총대로 때린 놈을. 그 양반도 영리헝께 말 한자리 딱 항께 동생이라고 성님이라고 따북따북 허고. 보듬고 이리 들어가고 저리 들어가고 살려농께 우리 오빠 살아서는 중간에까장 성제간 허고 이바지해가꼬 갖고 오고 나보다도 누나라고 허고. 이자 서울로 이사가가꼬 이자 성이 떨어져부렀지만은. 암만 성제간이라도 넘은 넘이지만. 이자 살았다서 정작 죽을 사람이 살았다서 그롷게 성님이라고 찾아댕기고. 어서 만나믄 누님이라고 겁나 생각허고 그러드니 우리 오빠 돌아가시고 그 사람도 서울로 이사가부렀드만. 갱상도 사람인디. 그래가꼬 죽을 사람 많이 살았어.

[4] 윤옥연: 악질 군인대장 공명의 악행

[김민애: 저그 저 부암 가서 잠복허고 있는디 거가 어디여. 그 어디구만 철애, 철애서 공명이가 몰살죽음시켰다.] [청중: 여그서는 글안했는가?] [김민애: 그렁께 공명이한테 니가 내 총소리에 발바닥을 맞어 죽으라고 그냥 우리오빠가 당당허니 해가꼬 많이 살려가꼬 거그서도 인기 났었어. 부암에서도 공명이가 여기 꽂지에서 군인들 델꼬 살았어.] [조사자: 공명이란 사람이 있어요?]

[김민애: 공명이, 대장. 군인대장. 공명이란 사람은 대장이어도 사람을 살려놓고 봐야하는데 악질이여. 그렁께 우리오빠는 되도록이믄 사람을 살릴려고 허고 그사람은 그양 무조건 고문을 당하고 죽일라고 항께 안 맞지라 서로.]

상봉양반도 꽂지에 끌고 가서 솔나무에다 꺼꿀로 달아놓고 뚜드러가꼬 물을 막 퍼다 찌끌드라대. 죽장시 요, 나무장시들 헝께. 죽장시 허믄 민대굴지 대구빡 갖고 와서 죽 쒀 논 놈에다 이룷게 적시드라개라 고놈이. 화순성님이 디지게 울고 그놈을 묵었다고 그러드랑께. 인자 폴라고, 나뭇꾼들한테 폴라고 죽을 쒀 가꼬 왔어. [청중: 빙이 아니여?] 빙은 아니여. 알고는 안 사묵을라고 하제. 디지게 울고. 화순성님이 이뻤거든. 그래서 그놈이 그랬어. 그래가꼬 잡수고 한 그릇 묵고 인자 갖고 갔다고 하대. 안 폴고. 즈기 집으로 이고 가서 가족들까지 묵었다고 해라. 민대굴지 사람 썩은 놈 막가지에다 찔러가꼬 와서.

[조사자: 지금 드신 게 뭐라구요?] 퐅죽. 동지죽. [청중: 피란 나갔다와서 먹을 것이 없어서 장사해가꼬 팔아 먹을라고 그때.] 신작로 샛질 앞에서. 긍께 그 대장이라는 놈이 우리 동네서 각시를 하나 얻어놓고 살았어. 가시네를. 긍께 민대굴지를 요로고 짝대기에다 해가꼬 와서, 죽 쒀서 이고 와서 이자 폴라고 한 놈에다 요로코 풍덩 적시드라개. [조사자: 민대굴지가 뭡니까?] 사람 썩은 대구빡. [조사자: 아, 그거를 팥죽 있는 데다가?] [청중: 못 먹게 할라고 그러제.] 못 먹게 할라고. [청중: 그릉께 나뻐.] 그르드니 그래도 그놈은 한 그릇 먼저 잡수고 이고 갔다고 해. 디지게 울고 아주. 근디 그른 놈도 있어 군인 대장이. [조사자: 군인대장이? 아까 그 공명이란 사람이?] 이름이 공명이여. [청중: 그것이 여간 방해짝이드만.] [조사자: 어디 사람이예요?] 몰라. 저 먼 디서 왔다. [청중: 경상도 사람이여.] [청중: 아주 악질이라고 해쌌대.] [청중: 얼른 죽었답디다.] [조사자: 왜 팥죽에다가 그걸 집어넣어요?] [청중: 긍께. 죄로 가게.] [청중: 벌 받지라, 벌 받어.] 글고 왼간헌 사람은 다 뚜들고 막. 아무 죄도 없는 사람을 막. [청중: 얼마나 독허게 했든고 공명이, 공명이 해쌌

대 모두.]

[조사자: 그럼 세책 열한 명 살려준다고 한 사람도 그 사람이예요?] 그것은 공명이는 인자, 요런 데서 꽂지에서 지키고 있고. 그 신석 지서 앞에서 그랬어. 우들이 그 밑에 사돈네 집에서 밥을 해줬어. [청중: 피난 나가가꼬 군인들 밥을 해줬어.] [조사자: 그럼 할머니 시아제는 세책을 아닌데 살려준단 소문 들었어요?] 이자 동네서 심바람 쪼까씩 해줬당게. 밤손님을. 사람 죽일라고. [조사자: 손을 안 들어도 되는데?] 안 들어도 된디. 이만씩한 방 얻어가꼬 산디 오죽허겄소. 아홉 식구가. 그렁께 나가서 그랬어. 손 안 들었으믄 안 죽었어라. 뭘라 손을 들어. [조사자: 손을 들면 살려주고 손을 안들면 죽이겠다고 했겠죠?] [청중: 그랬응께 손을 들지] 다 명주옷들 입었드만 은색 조끼에다가. 내가 지끔도 영산포 가믄 그 봐져. [청중: 이른 사람도 봐지드만.] 거그서 그릏게 죽었어도 울도 못 해 가족은. 다 죽일라고 헝게. 찍 소리도 없이 떠메다 묻었어. 떠니라고. [청중: 시방은 화장이라도 허지만 그때는 화장법도 없응게.] 화장이 어디가 있어. 우리 저, 작은 집 시숙도 그랬어. 그 양반은 그양 어쯔고 머리를 맞어갖고 설죽었든가 시암을 요로고 팍 팠어. 우들이 갔어. 남자들은 무사서 못가고 죽인다고 헝께. 근디 요로고 파부렀어 굴을. 머리를. 우리 시숙은 직통으로 맞아부렀어. 다 이러고 뉬대. 참마로 이야기로 요로고 허제. 우리 가족도 다 죽일 주 알았어라 참말로. [조사자: 얼마나 무서우셨어요?] 무섭다니 말도 못 하지라.

지끔 지사 모신다고 합디다. 그때 죽은 사람들. [조사자: 예. 위령제라구요. 제사지냅니다.] 우리 작은 집이는 거시기 공습에, 우리 성님 여기서 공습에 불들려가꼬 타져 죽었어요. 피난 나가서. [조사자: 예?] 비행기가 공습헝께. 등어리 불이 댕깅께 여식 하나 보듬고 뙤랑에 가서 껐어 불을. 근디 지금만 같으믄 살었어. 싹 요리만 있드만. 딱 나서가꼬 돌아가셨어. 그 양반 신랑 그러코 순경들이 죽여불고. 그래가꼬 딸 하나 있는디, 금이가 즈그 저 어매 아배 제사 모셔가꼬 위령제. 신석서 허드만. 그리고 우리가 그 집이로 양자를 갔어 우리 아들이. 그래가꼬 한 큰엄니 큰아부지만 모시고 순자란 사람이 즈그 어매 아배는 갖다 모셔요. 그런 사람들만 제사를 모시드만. 여기 다도도 해요 지끔.

[5] 전쟁 통에 시집 와서 아기 낳은 이야기

[조사자: 할머니도 전쟁 때 결혼하셨나요?] 예. 여가 앞에 허고 나는. 여그는 동짓달에 허고 나는 섣달에 왔지. [조사자: 할머니도 가마 타고 오셨어요?] 나는 가매 탔지. 길이 반반헝게. 알어. 열아홉 살 묵었어도 못 살지 않고. 이 아래 다리께까지 울고 옹게 우리 아부지가 막 내빼드만. 동넨디 안 그치고 운다고 울 아부지가 내빼 막. [조사자: 딸만 놔두고 도망가셨어요?] 아니. 가매 띠는 사람들이 쫓아가서 나 놔두고 감서. [조사자: 데려왔어요?] 못 살겄습니다. [조사자: 왜 그렇게 싫든가요?] 나는 열아홉이나 묵었응게 요런 사람게다 대믄 많이 묵었제 이. [조사자: 할머니도 그렇게 남편이 싫어요?] 싫어. 그룽게 나도 짜잔허니 생겼어도 어찌 그룽게 보기가 싫대. 그렁께 우리 시숙님이 글드라께. 내림이 그런다고 글드라께. [조사자: 시댁 내림이에요?] 그러제. 우리 모산 성님도 잤다고 허대 정지서. 많이 보기가 싫응게. 짚다구로 하나 깔아놓고. [조사자: 위에 형님이에요?] 예. 아들이 오형제드만.

아이고 피난가서 어따 다 말해. 콩잎죽은 아주 내가. 죽어도 콩잎죽은 안 먹고 죽을란다고 했어. [조사자: 콩잎죽이요?] 콩잎싹 그 뜯어서. [청중: 그때 다 그랬어라.] [조사자: 어떻게 드셨는데요?] 뜨시쌀. [청중: 보리 갈아가꼬 학독에다가.] 그놈을 학독에다 한보태기 갈아가꼬 콩잎을 뜯어다 삶아가꼬 쒀서 묵은디. 그래가꼬 식구는 많은디 한 그릇씩 먹으믄 죽어도 깔깔해서 안 넘어가. 배는 고픈데. 그놈 묵고 사니라고. 근디 지금은 호강에 날나리로 산디 이자 죽을 날이 가잖애요. 어쯔고 없이 살았드니.

[조사자: 할머니 몇 남매 두셨어요?] 오남매. [조사자: 전쟁 중에는 아기가 없

었구요?] 우리 큰아들 지끔 예순하난디 배갖고 나갔어요. 여기는 안 배고. 나는 있었드만. [조사자: 섣달에 더 늦게 오셨는데 빨리 생겼네요?] 글안했어. 한 해 살고 그랬제. 여그서 삼년 되야갖고 지금을 났는디 내가. [조사자: 그럼 피난 나가서 나으신 거잖아요?] 그랬제. 유월에 나왔응게 설 한나 세얏제, 나가서. 그랬어도 애기 난 날도 좋은 줄 알았는데 밭 맸어. [조사자: 밭에서 나으셨어요?] 아니. 배가 막 아프대. 그래서 앙겄응게 저 옆에 사람들이

"어째 그랴, 새댁 어째 그랴?"

그래서

"어째 배가 아파라."

헝께

"어매 빨리 가시오." (좌중 웃음)

아 그래서 인자 집이를 재를 넘어서 와가꼬. 그래도 다 밭 매러 가고 없는디 상추 장 뜯어가꼬 저그 내 혼자 물을 씻쳐가꼬 위로 갔는디 배가 아프대 거그서도. 그래서 가마이 언덕에가, 사람들이 없응게 장 줄러가지고

"예기, 배 안 아플 때 이고 가자."

그러고 이고와가꼬 저녁에 났어. 그래가꼬 우리 아들도 무지허게 고생하고 살았어. 글때는 갈칠 수가 없제. 없응게. 밥만 묵고 살고. [조사자: 먹은 것도 없어서 젖도 안 나올 텐데?] 여섯 살 묵고도 맹주바지 입어갖고 인나도 못해. 쪼그라져갖고 위가. 그래가꼬 삼시로 농사도 못 짓고 헝게 우리 성님이

"아무리 미안해도 자네 친정에로 가야 쓰겄네."

글대. 그래서 참말로 친정에 와서 한 달이나 묵응께 애가 서라. 다리가 요놈이 쫙 펴져가꼬. 쌀만 묵응께. 거그는 농사를 징께. 글 안했으믄 죽었을 것이요 참말로. 못 산다고 해 다들. 그래도 우리아들보다 그른 이야기 한 번도 안 해줘봤응게. 그 아들 없었시믄 참말로 내 신세가 어떻게 됐을꼬. [조사자: 효도를 많이 하시는 모양이에요?] 예. 배운 것이 없어. 국민학교만 포도시 나왔제. 그냥 일 해묵고 살지라. 우리 식구도 죽을 뻔 봤어. 면장치레 못 했

으믄. 입산자 가족이라고. 우리 시어마이가 그런 전순지 지킬 때도 오죽허겄소 밤에. 가서 아들들 두고.

[6] 면장님 도움 받아 산 이야기

[조사자: 아까 그 칠복이.] [청중: (웃음) 갑식이.] 갑식이 양반이 가족들을 싹 죽여부렀당께. 그 밤사람이. [조사자: 나중에 그 사람은 어떻게 됐어요?] 몰라. 근디 그 한아부지라고 헝가, 멘장 아부지라고 그러등가. 거기 인제 여기 여함춘이라고 둥덩이 둥글둥글하니 있어. 근디 그 밤사람들이 끌고 가서 그 물에다 빠쳤드만. 그릉께 그 영감이 탁 이러코 물속에서 나와가꼬 보고보고 해도 죽드륵 그룷게 섰드라개라. 그래서 딱 죽어서 뜽께 인제 가드라개라. 그러고 했어. 그렁께 눈에다 불을 비–러니 떠가꼬 입산자 가족이라고 허믄 다 죽일라고 허제. 긍께 그 멘장이 연애씨고 즈그 작은집 뭐시기는 갑식이고 글드만. 어째 그 이름은 안 잊어불고 있어. 연애씨 갑식이.

멘장치레해서 우리 다도도 많이 살았어요. 하릿 저녁에 가두대. 멘에다 가두대 피란민들을. 싹 나오라개서. 그래서 그때 애기 있었지 나는 속에가. 죅일주 알았어라. 딱 가돠놓고 저녁에믄 입초 씌워놓고. 그르드니 멘장이 나와서 강연 허드니 풀어줍디다. 오늘 저녁 고생하셨다고. 그서 나와가꼬 그러고 살았어라. 그때 죽었시믄 모르제 아무것도 그래가꼬 면장치레해서 살았어요. [조사자: 그럼 그 다음에 면장님한테 은혜는 좀 갚으셨어요?] 나는 인자 으른들 우게서 상께. 우리는 우리 집 양반이 인자 나무 같은 것도 더러 좋은 놈 허믄 한 짐씩 갖다 주고 그랬는가 어쨌는가.

그러고 또 그 애로울 때 또 군대를 가부렀어. 시끄러울 때. 긍께 입산자 가족. 긍께 여기 이장들이 둘이 와서 나무허러 갔는디 안 갈쳐주드라. 뭔 일로 왔냐고 해. [조사자: 군대 영장 가지고 와갖고?] 예. 만나고만 간다고. 그러고 안 갈쳐줍디다. 나무해서 먹고 살았어 그때. [조사자: 그럼 전쟁 중에 군대를 가신 거예요? 할아버지께서?] 전장은 어느 정도 끝났어. 울 어머니 전순지 대는 지켰어. 지키러 댕겼어. 그런 어매를 두고 갈 때 어쨌겄소. (울먹이며) 돈 십 원짜리 하나도 안 갖고 갔어. [조사자: 그럼 할머니 계시고 애기는?] 우리 성님, 동세 있고. 시누 있고 조카 둘 있고 시아재들 둘 있고. 긍게 몇 식구요 피난 나갈 때도. [조사자: 지금도 그렇게 생각하시면 눈물이 나세요?] 예. 인자 우리 영감님 일찍 죽어붕게 불쌍해서. [조사자: 군대에서 돌아가신 건 아니죠?] 아니여. 거기서나 죽었으믄 돈이나 타고 살지. (좌중 웃음) 애기들은 못 났제 그럼. 나와서 머리가 아파갖고 그랬어요 살다가. 인자 우들을 이렇고 잘 먹고 잘 입고 상게 괜찮은디 못 먹고 못 입고 죽응게 불쌍해.

[7] 전쟁 때문에 더욱 고생이 심했다는 이야기

[조사자: 전쟁 끝나고 난 다음에 경찰들한테 고생은 안 하셨어요?] 예. 요리 인자 요롷고 다 피난 댕기다 들어와가꼬 막이라고 쳐가꼬 상께 인자 농사, 글때는 괭이도 없고 소도 없응께 호마이로. 물을 다 우리 신랑이 져다 부서. 논다락이다. 그러믄 호마이로 요롷고 파서 심거. 그래가꼬 그놈이라도 뜯어서 묵응게 삽디다. 그러고 살었어요. 이자는 대부자됐지. 말도 못 헌 부자 됐지. 그런 시상을 다 살았어요.

[조사자: 두 분이 고생을 제일 많이 하신 것 같네요?] 그러지. 우들이 보기에는 다 했어도 괜찮애. 그런 사람은. 고통은 그롷게 안 받었제. [조사자: 같이 전쟁 나던 해에 동짓달, 섣달에 시집오시고?] 옹께 여그는 반란군들이 저그서 넘어오드만. 근디 우리 날 받아놓께 그날 저녁에 동지여. 근디 여그 덕림 이장 죽이고 그리 왔드만. 그래가꼬 면장들 집에 와서 난리 치고 갔어. 긍께 우들은 면장 큰집가 있었제. 다 모타갖고 저녁에 놀고. 거가 즈그 아부지가 없응게 거그서들 잤어. 근디 그 난리를 쳤어.

그르드니 잠잠해서 시집 옹께 여그는 해가 설풋허믄 저그서 넘어오드만 꺼머니. 그래가꼬 저녁이믄 여그서 떨어가. 식량도 떨어가고 베도 남으믄 돌려가고. [조사자: 왜 하필이면 더 심한 곳으로 시집을 오셔가지고?] 울 아부지가 그랬다. 성제간 많으니 좋다고 여그. 성제간들 많고 좋다고. 산중이. [조사자: 그래가지고 더 고생하셨잖아요?] 긍께. 징해. 엇다 다 말해. 빨래가 한 번씩 주무르믄 다섯 통씩. 식구가 많응게. 맨 미영옷잉께 그때는. 비누도 없고. 그래도 그른 난리만 안 쳤으믄 괜찮게 살어. 밥 해묵고 괜찮애. 난리 나서 그러고 고생을 했제.

소 판 돈을 빨갱이 돈으로 오해 받다

배 복 순

"근데 경찰 하나가 고걸 그거 살려주더랑께"

자 료 명: 20120220배복순(나주)
조 사 일: 2012년 2월 20일
조사시간: 20분
구 연 자: 배복순(여 · 1931년생)
조 사 자: 심우장, 박현숙, 박혜진, 조홍윤, 황승업
조사장소: 전라남도 나주시 다도면 방산리 한적마을 (마을회관)

[조사과정 및 구연상황]

점심 무렵 조사팀원이 마을회관을 방문하였다. 상당히 많은 인원의 할머니들이 방안에 모여 있었다. 조사자가 조사취지에 대해 설명을 하자 여기저기서 한 마디씩 말씀을 하셨다. 조사자가 녹음 중이니 한 분의 구연이 끝나면 이어서 다른 분이 구연해 달라고 정중히 요청을 드렸다. 처음에는 요청대로 자신의 순서를 기다렸다가 구연을 하였지만 시간이 흐를수록 각자 자신의 이

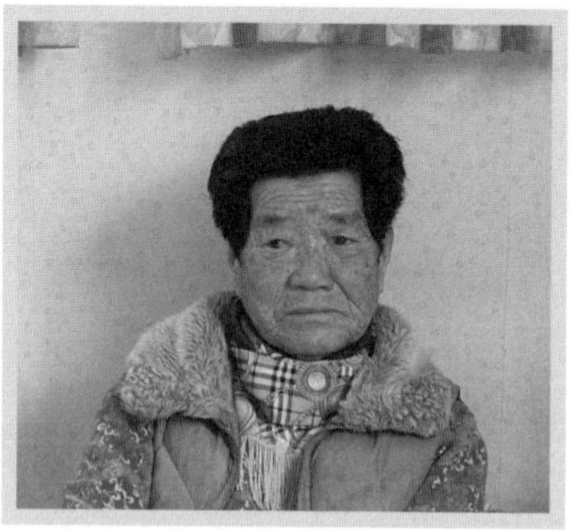

야기를 구연함으로써 다소 어수선한 분위기가 되었다. 분위기가 어수선하기는 하였어도 많은 구연자가 참여한 유쾌한 이야기판이었다.

[구연자 정보]

배복순 제보자는 1931년에 태어났다. 20살 임신 중에 전쟁이 일어났다. 제보자는 피난을 가서 해산을 했다. 입산한 시숙으로 인해 고초를 겪기도 하였다.

[이야기 개요]

배복순 제보자의 시아주버니가 재봉틀을 가지고 산으로 들어가 반란군 옷을 만들어 주었다고 한다. 배복순 제보자는 임신한 몸으로 피난 가서 아이를 낳았다. 그리고 다시 마을로 돌아왔으나 모두 떠난 마을에 제보자를 포함해 두 가구만 살았다. 하루는 반란군이 쥐어 준 돈을 딸이 받았다고 경찰이 딸을 죽이려고 한 적도 있다.

[주제어] 입산, 반란군, 산생활, 경찰, 피난, 출산, 임신, 시숙, 입산, 재봉틀

[1] 산생활 한 시아주버니

인공 된 지가 인공 된 지가 61년. 61년차여, 61년차. [조사자: 예, 그 정도 됐습니다.] 우리 애기, 우리 귀댁이를 내가 여기서 애기 배갖고 쫓겨 댕겼어라, 애기 뱀서로 슴서로. 배가 부르면서 피난 나가서 넘의 집 가서 낳았어, 큰딸을. 그래 시방 예순두 살 먹었어. 딱 61년 차여, 인공 된 지가. [조사자:

그 이제, 어르신 그 피난 가서 애기 낳은 이야기 좀 해주십시오.] 그때 넘 집 가서, 저 시어미하고 시아버지하고는, [조사자: 아니 그날은 여기서 사셨어요? 아까 그 폭격 온 날?] 아니 먼 디로 피난 가서 낳았제, 애기를. [조사자: 아뇨, 아뇨. 여기 아까 그 어르신 말씀한 폭격한 날 여기 계셨어요?] 응. 폭격할 때, 폭격할 때 그양 그때게 그양 막- 비행기가 들어온께 그양 나는 친정으로 도망해붔어. [조사자: 그날이요?] 인자 그날 나갔는디, 나 나가분 뒤에 요 동네다 다 폭격을 해갖고 그양, 저런 요런 벼랑박도 다 뚫고 방에로 그냥, 총 쏴서 그놈이 들어오고 그양, 나락 비는데 우리도, 그날 그양 불나갖고 다 타져부렀어, 그양. 나락 빈 거 다 타져 불고. [청중: 읎어.] 온께는 인자, 친정에서 사흘 만에 온께 이자 다 막, 불은 인자 나든 안했어도 막, 총 싸지르고 구멍이 뽕뽕 다 뚫렸더만. 벼랑박이 뽕뽕 뚫렸어.

그래갖고 이불 덮고 거기가 싸고 드러누워 있었더니만 이불 위에로도 가불고, 우리 시어메랑 시아버지랑. 우리 신랑은 어디로, 인자 젊은께 산에 어디로 도망해 불고, 노인들은 인자 집에다 놔두고. 우리 시아제 하나 있는디 또 시아제는 또 미싱 바느질을 했거든. 근디 반란군이 잡아가 부렀어, 그 바느질을 해도라고 할라고. [조사자: 아.] 그러니까 우리는 인자 경찰들만 오믄 우리는 몰살 죽음 해불지, 이자. 시아제가 반란군, [조사자: 아, 올라갔으니까?] 반란군이 가져가 부렀어, 시아제를. 저 도동 고랑에로.

[조사자: 그래서 어떻게 하셨어요?] 그래갖고 인자 쥐도 개도 모르고 틀만 그놈 짊어지고 갔당게, 시아제가. 그래갖고 반란군들하고 함께 살고, 인자 반란군들은 긍께 인자 죽이지는 안 하대, 인자 시아제를 데려갔응께. 그래갖고 시아제가 거기서 인자 바느질 미싱 갖고 가서 다 반란군들, 반 옷 해주고 뭣하고 인자 그랬어. 그래갖고 그양 한 번씩 오면 이놈의 옷이 이는 한 되빡씩이나 엉거붙어갖고 왔어, 긍께. (좌중 웃음) 워매- 옷이 우게까지 옷이 그양 이가 확- 해. 그러니까 우리 어메가, 온종일

"거그 가서 있어, 야. 거그 가서 있어야."

그양 빗지락이로 다 씰어 불고, 인자 옷을 거기서 빗겨서 다 벗겨 불고 옷 입혀서 인자 보냈어. [조사자: 보냈어요?] 인자 또 반란군들한테 인자 해 지면 또 보냈어. 그렇게 해갖고 순경들만 알았으면 우리 식구는 다 몰살 죽음 해불지. [조사자: 그 경찰들이 여기 왔을 거 아니에요, 동네에?] 경찰들이 왔어도 인자 모르제. [조사자: 모르게?] 안 오고. 그래갖고 피난 나가서도 모르고. 그래서 어쩌고 어쩌고 인자, 시아제 그 놈을 거기서 빼 올라고 웬만히도 아무것 없이 노력을 했지. 그래갖고 인자 데꼬 나와 갖고 나주로 가부렀어. [조사자: 아, 결국 빼오셨어요?] 응, 거기서 빼다가 나주로 인자. [조사자: 만약에 못 빼왔으면 죽었겠네요?] 그러제. 그거 요 동네 그러고 그 사람들 따라간 사람들은 시방 많이 죽어 부러서 읎어. [청중: 읎어.] 처음에 우들이 농사 짓을라고, 넘의 동네에다가 방 얻어놓고, 아칙에는 밥해먹고 여기를 안 오요? 농사 짓을라고 인자. 오면 우리 동네 사람들이 모두 상방이랑, 여기 그 소라 밑에 그 고추밭 머리가 늘피허니 드러누웠어. 그래갖고 인자 안께 뽈깡 인나서 인사를 해. 반란군들하고 인자 저녁에, 떠다놓고 낮에 인자, 저녁에 어디로 뭐 떨러 가야 쓰겄다 하고 지깐엔 회의를 한갑소. 삐딱하니 드러누웠어 모두. 그래갖고 인자 옆동네 사람이라 안께 인사를 겁나 반갑게 해. 근데 시방은 한 개도 없어, 어서 봐도 안 해, 인자 죽어부렀응께, 그 사람들 그리 따라가갖고.

[2] 전쟁 통에 아이 가진 사연

우리 모두 집안 시아제들도 들어오고. [조사자: 그래서 피난 나가셔서 애기는 어떻게 낳으셨어요?] 피난 나가서 그 집에서 낳았제. [조사자: 아까 그러면은 6.25때 이렇게 임신을 배가 불러가지고 있었어요?] 그때는 야, 막 쫓겨 대닐 적에는, 그때는 인제 애기 인자사 막 실었제. 인자 쬐깐하니 인자, 달수가 몇 달 안 되얏제. [조사자: 아-] 그래갖고 인자 봄에 시한에까지 그양 그러고 다니고 인자, 설 샌 뒤로는 인자 해갖고 애기를 8월에 낳았제, 8월 달에. [조사

자: 아, 그러면 전쟁 중에 애를 가지신 거네요?] 전장 인자 지내가고 낳았제. [조사자: 이렇게 한번 쓸고 가고?] 응. 한참 그때 전장 때 애를 인자 배갖고. [조사자: 아니 그 한참 전쟁 때 어떻게 애기를 가지세요?] (좌중 웃음) 그 안에 생겼응게 배에가 뱄재. [조사자: 아, 예. (웃음)] (좌중 웃음) 그래갖고 그적에는 인자, 가서 굴을 파 인자. 굴을 인자 이렇게 파갖고, 노들 방에다, 독 밑에다 굴을 파 갖고, 거기다 이 못동 쌓는 맹이로 독으로 다 영거갖고, 그래갖고 그 구멍에로 이자 들어가서 낮에는 가서 거기가 숨어갖고 오고, 해 넘어가면 집에로 와서 또 있고, 그 굴 파놓고.

그래갖고 넘의 동네 그 사람들 없으면 인자, 누가 넘으가 따라와. 그먼 몸땡이 하나는 잡아서 쪼까는 해준디, 애기들 데꼬 오면 애기 깨깸서 우리식구가 그양 다 죽은다고 몰아내부러. [조사자: 그런다면서요?] 응, 응.[조사자: 소리 나면 들키니까?] 응. 애기가 속에서 울면 인자 거기서 다 들킨께. [조사자: 쫓겨나기도 하셨어요?] 그러제. 아니 나는 안 쫓겨났어. 우리식구가 굴을 워낙 야물게 좋게 파갖고, 식구가. [조사자: 아, 따로?] 그때는 애기들이 없응께.

해갖고 그래, 그래 해갖고 인자, 그때 온께는 인자 동네사람이 다~ 경찰들이 와서, 다 동네사람들 다 데꼬 나가부렀네. 그런데 꼭 우리 집하고 저 집하고 세 집, 두 집 남아서나 온께는 아무도 없고. 워매, 동네는 다 비어갖고 두 집 있는디, 요 죽냐 사냐가 문제드만. 나중에만 기다렸제. 저녁 내 두 집이 왔다갔다 하다가, 두 집으 노인들은, 저 집은 또 노인 하나가 오늘만 내일만 하는 노인이 있어, 또. 그래갖고 인자 노인 그놈 업고 나가고, 우리는 우리 시아버지는 돼야지 한 마리 끌고, 돼야지 종돼야지만한 놈 그놈 끌고. [청중: 돼야지 어떻게 끌고 왔을까?] 워매, 그놈 끌고 갔어. [청중: 뭔 돼야지를 끌고 갔어, 자넨 시어미 업고 갔지.] 뭔 시어미를 업고가, 시어미는 그때는 우리 시어매는, [청중: 저 사람네 시어매는 안 업고 갔어.] 어따, 우리 할매 업고 가다가, 갑봉이네 아버지가 할매 업고 가다가, 똥솔밭에 올라가다가 하도 다급하니까 할매 그냥 내빘어. 늙은 사람 죽거나 말거나 그냥. (좌중 웃음) 새꼬라지는 할매 업은 기운도 없어, 그러니까 갑봉이네 아버지가 업고 갔어.

[조사자: 아니 업고 가다가 버려요?] 아, 갖고 가다 막– 뒤꼭지에가 총 쏴서 삔이 막 떨어지는디 어쩔 것이여? [청중: 아, 애기도 내부리고 간 사람도 있는다.] 늙은 사람은 일단 총은 안 맞고 그니까, 다급한께 내버리고 그냥 우선 내빼뿌찌. 그래갖고 그래도 할매, 내뺀 할매는 본께는 밝아서 걸어왔었다니까, 집이 와. 그리고 엄한 사람은 다 죽어붔어. 그날 몇 명이 죽어부렀어. 그래갖고 또 와서 금방 또 밥, 밥 먹고 있으니께, 우리 계곡에 들어왔다고 그냥 막 방송해싸서 또 내버려부렸제.

우리들이나 알제, 저런 청년들은 몰라. [청중: 인공 애기할라면 내일 모레까정 해도 못 다 해.] 긍께 우리 시방 우들이나 알지 저런 사람들은 몰라라. 자네는 거시기 하지만 그때는 소년 보여. 그래갖고 그놈 갖고 가서, 거그 가서 쌀 쪼까 펴놔갖고. 집간에는 양식양식 놔두고도 못 갖고 간께, 담배 그놈 한통씩 짊어지고 나가 그놈 팔고 해갖고 넘의 방 하나 얻어갖고, 시아버지조차 시어머니조차 집을 말아먹고 애기를 어쩌고 거시기했냐고 하는디, 그래서 잤어. 방 하나 얻어갖고. [조사자: 그러니까 지금 여덟 명이 시아버지, 시어머니……?] 아니 우리는 너이. [조사자: 아니, 저쪽 집에 가셨다면서요? 친정에 여덟 명이?] [청중: 응, 내가.] [조사자: 아, 같이 가셨어요?] 요 할매는 오름에로 가고, 나는 우리는 봉암으로 가서 거그 가서 방을 얻었어. [조사자: 아–] 그래갖고 시아바니하고 시어매하고 우리 신랑하고 나하고 인자 너이제. 애기들도 없고 식구가 간단해. [조사자: 아, 넷이서 같이 살았나보네?] 응, 응. 너인께, 인자 시어매하고 같이 살다가 같이 이자 그 피난을 나갔응께.

[3] 살아가기 위한 고군분투

그래갖고 인자 우리 시아제 인자, 그 반란군들 옷 해주는디 그놈 어쩌고 해서 끌고 나올라고, 발동해갖고는 나온께는 인자, 나주로 방을 얻어갖고 시어머니 시아버지하고 나가부렀어. 우리들은 방에서 살고 인자. 여기 인자 쪼까 뽀짝거려서 농사 짓을라고 봉암서 가서 가지고 온께, 거그 시어매하고 시아버지하고는 나주로 인자 방 하나 얻어갖고 가불고, 그러자 시아제가 군인에를 가뵜어, 또 그냥 거기서. 그래갖고 군대 보내불고 인자, 여기 와서 인자 농사를 거기서 짓다가. 아니 인자 거기서 살다가, 인자 농사 짓을라고, 봉암 장승리라고 거기서 살다가, 이자 쪼깐 더 가즉헌 데로 왔어. 그러니까 아침밥 먹으면 이자 여그 와서 농사 거동을 허믄, 해 넘어갈라고 하면, 해만 조깐 설풋허믄 반란군들이 개미떼만이로 나와, 뜰로.

그래갖고 와서 인자 어쨌간 인자, 밥을 내일까장 먹을 놈 쌀 놔두면 그놈도 딱 가져가불고, 여기 신장 벗어놓으면 신도 다 가져가불고, 밥그륵 숟구락, 미처 감정 못 허믄 다 가져가부러. 그럼 손이로 밥 집어먹던이 그렇게 하고 또, 그 이튿날 또 어디서 쪼깐 얻어다가 또 그놈 먹다가, 워매, 동냥짓으로 안 살았을까? [조사자: 아이고] 아주 말도 못 했어. 그래갖고 소금 쪼까씩 집어넣어서 또 쌀 그양 싹싹 닦아갖고 뜨물이랑 받아서, 그놈 속에다 또 영거, 양푼에다가. 그래갖고 그놈 떠서, 그래도 그놈에다가 밥 먹으면 넘어가, 맨밥은 못 묵고. 그래갖고 이제 저런 데 가믄, 너물이 있으면 인자 너물이랑 캐다가 그놈 삶아갖고 소금장 쳐서, 지름도 안 치고 깨도 안쳐도 그때는 배고픈께, 그놈도 맛나라우. [청중: 그래도 안 죽고 살았어.] (좌중 웃음) 그래갖고 아주, [청중: 소금국 먹고.] [조사자: 소금국 먹고?] 그 면에 가서 새파란 잎싹은 다 뜯어다가 그놈, 죽도 써먹고 국도 끓이묵고, 소금 넣어갖고 장같은 거 매주같은 거 쒀놨어도 다 꼬쓸려 불고, 인자 집이 타져분께.

그래갖고 인자 와서, 여그 들어와서 인자 한 1년 넘의 동네에서 대님서로, 농사 짓어갖고 그 이듬해 인자 막이라도 쳐서 살라고, 몽나무 대 하나씩 해다가 장만 해갖고, 그작그작 해갖고, 그전에는 엉덩이나 들이밀고 살다가 좋게 짓자고, 근데 한번 인자 그렇게 해놔니께 거기서 살지. 어찌고 집짓기가 쉽

소? 그래갖고 인제깟 그렇게 해갖고 열여섯 살 먹어서 그런 난리를 쳐갖고 시방 야든 두 살 먹었어, 인자. [청중: 난리를 두 번 쳤는가?] 그랬제. 나 열세 살 먹어서 또 일본 놈들 그 꾖게나, 꾖게가고 막 그랬어, 또. 거시기 해갖고. [조사자: 해방?] 응, 해방 될 때. 딱 나 열세 살 먹어서.

워따, 굴로 글로 식구들 또 들어가 갖고는, 상룡씨 양반이 반란군 돈을 우리 딸, 아침에 개비다 한나 넣어놨어. 근디 어쩔 것이여? 반란군 돈이 왜 개비가 하나 있는디. 그런께 우리 딸은 그양 울어쌓고, 요 빨랑, 뺄갱이새끼라고. 우리 딸을 죽일라고. [조사자: 누가요?] 경찰들이. [조사자: 경찰이?] 뺄갱이 돈이라고. [조사자: 돈이 여기?] 뭐 헐라고 돈을, 향남이하고 거시기 그거 큰아들 누구여? 상룡씨가 소를 팔아갖고 들왔대. 그 소 판 돈을 우리 가시네 개비다 넣어놨어. 그런께 경찰들이 그놈 보고,

"여기 뺄갱이 가족이다."

이 말이여. 그래갖고 다 죽인다고 막 또 그러고 막 못쓰게 해, 바로. 긍께 이자 눈을 딱, 죽을, 딱 죽은다 하고 있었어. 근데 경찰 하나가 고걸 그거 살려주더랑께. 그래갖고 그럼시로,

"얼른 빨리 애기 데꼬 집으로 가라."

이거여, 저 산에서 그랬는디. 근데 우리 신랑, 신랑 부대들은 또 한복을 입어, 허리끈을 짬미고. 그니께 헐끈을 끌러갖고 디-지게 두드려 패갖고 인자, 저거는 꼴치러 가자고 지금. 수류탄 지고 가자고, 경찰들이. 그러니께 인자 한복이라 뺑하니 요놈 헐끈을 끌러버린께, 어디로 갈 수 없은께 못 내려가게 할라고 가랭이 딱 들씨고는 남자들 갑디다. 그 못 내려가게. 그래갖고 데꼬, 저 거시기 팽이고락에로 수류탄 같은 거 지고 옮기라고. 그러다가 그래서 죽이지는 않아. 캄캄하니까 오더라고. 그러니까 우리 식구는 [조사자: 몇 번을 죽을 고비를 넘기셨네요? 그래도 한 분도 안 돌아가시고?] [청중: 요 방에 있는 사람은 똑같어. 다 그랬어, 다.]

[4] 전쟁의 참상

워낙 없는 사람들이 죽었어. 그래갖고 애기들도 요만쓱 하다가 걸어가다가 그냥, 대문 앞에서도 그냥 폭탄 맞으면 죽어불고, 넘의 돼야지 밥 구덩이 가 엎져갖고도 죽어붔어, 그. 거시기 동판네 성님 아들 그것은 원남이네, 원남이 되야지 밥구덩이 거기 엎어져서 죽어 붔어라우. 폭탄 맞아갖고. [청중: 그러니까 우리 시아제는 무서운께 저 구석지 가서로는 또 방에서도 죽어 부렀어, 우리 시아제는. 그 작은집 시아제.] 그러니까 여그 고목이 그냥 다 떨어져 부렀어, 다. 총 쏴서 여기 벼랑박을 뚫고 들어오니라고 여기서 뚫고 그냥 저기네로 여기서 뚫고 저기네로 가버리고. [청중: 우리들 삶을 생각하믄이라우, 어따 말로도 못 허고 책도 못써.] 워-매, 그때 나락 베다 놓고, 나락 그 거시기를 훑을라고 인자 시한에 땃땃하믄 그놈 훑어서 다 저그 곡간에다 쟁이지? 하나도 쟁이도 안 했어. 그놈 아주 나락 비늘이 아 홍덩거리고 멫 날 메칠 타갖고.

거시기하고 무서운께 쌀방아 찧어서는 무랑 땅 파고 묻어 놓으믄, 땅 파고 묻어놓고 거기다 짚이나 이렇게 쟁여 놔둔 놈은, 거기서 짚비닐이 타분께 쌀도 있어도 누랭이 퍼져갖고 낸내 나서 먹도 못 하겄고. [조사자: 그게 낸내 나서 못 먹는다면서요?] 응. 낸내 나서 먹도 못해, 쌀도. 누랜허니 막 그냥 그거. [조사자: 막 씻어도 안 돼요, 그거?] 씻쳐도 그냥 그 크나큰 짚비닐이 그 타져갖고 밑에로 다 그 거시기 허는디, 그거. [청중: 이 냥반은 그 나락비닐도 모를 것이여.] 그래? [조사자: 아, 알아요, 다.] [청중: 나락비닐 알아?] [조사자: 그럼요. 저도 시골에서 살았는데] [청중: 아, 나락비닐을 모를까?] 시골에서 안 살으면 몰러. [조사자: 아이, 시골에서 살았어요.]

미군 지나간 자리에 껌, 인민군 지나간 자리에 밀똥

박 두 성

"세상에 산 구렁에 미군 죽은 거 인민군 죽은 거, 우리 밟고 댕겼어요. 안 밟을 수가 없어. 밟고 다녔어요 형님."

자 료 명: 20130315박두성(영동)
조 사 일: 2013년 3월 15일
조사시간: 46분
구 연 자: 박두성(여 · 1937년생)
조 사 자: 박경열, 유효철, 김명자
조사장소: 충청북도 영동군 영동읍 설계리 경로당

[조사과정 및 구연상황]

영동읍 설계리 경로당에는 할머니 여섯 분과 어르신 한 분이 담소를 나누고 계셨다. 조사단이 조사의 취지를 말하자 조사에 응해주었다. 박두성 화자는 입담이 좋았고 표현도 실감나게 잘 하는 편이었다. 박두성 화자의 실감나는 표현에 청중들이 모여 들었고 청중들은 하나같이 화자의 말에 박수를 치며 공감하였다. 오빠에 대한 이야기를 할 때에는 오빠에 대한 애착이 강하게 드러났고 오빠로 인해 어머니까지 잃게 되지 않을까 하는 두려움도 생생하게 전해졌다.

[구연자 정보]

고향은 충청북도 영동군 양강 전동리이다. 아버지가 전쟁이 나던 해에 돌아가신다. 가족은 5남매로 전쟁 당시 13세였다. 인민군이 마을에 들어오자 돌아가신 아버지의 유골을 가지고 피난을 간다. 언니들은 일제시대에 공출을 한다고 하여 일찍 시집을 간다. 화자는 전쟁이 끝난 후 19세에 결혼을 한다. 자식 1남 7녀를 둔다. 딸 일곱을 내리 낳으면서 마음고생이 심했다고 한다. 나이 40세에 아들을 낳았다.

[이야기 개요]

전쟁 당시 13세였다. 인민군들이 많아 주변이 노랗게 물들었다. 피난을 가라고 해서 산으로 피난을 갔고 산속에서 총소리를 들었다고 한다. 밤에 총소리가 그치면 다시 마을로 돌아왔는데 상황이 여의치 않아 다시 피난을 떠난다. 배가 있어야 강을 건너는데 배가 없자 걸어서 강을 건넌다. 양산에 도착하기 솔밭 마을이 있었는데 마을 주민들이 피난민들이 먹지 못하도록 숨겨 놓은 수박을 찾아내어 끼니를 해결했다고 한다.

5일 밤 자고 돌아오니 전쟁이 그쳤다. 집에 돌아와 보니 집은 병원으로 사용되고 있었고 소 30마리가 죽었는데 바람이 들어 소의 크기가 집채만 했다고 한다. 가축들이 소리를 내면 폭격을 한다는 소리에 가축들을 소리를 내지 못하도록 모두 죽였다고 한다. 인민군이 산에 숨어 있는 미군을 발견하여 처형하는데 옷을 벗기고 창으로 엉덩이를 찌르고 배를 찌르면서 잔인하게 죽이는 모습을 목격했다고 한다. 죽은 미군을 나무에 세워 앉혀 놓고 동네 사람들이 보고 경계하도록 했다고 한다.

오빠가 6.25전에 방화대에 입대하여 훈련을 받고 돌아온다고 하였는데 계속 오던 편지가 오지 않아 궁금해 했는데 사촌이 와서 군대에서 전사했다는 소식을 전하자 어머니가 기절한다. 전쟁 당시에는 미군이든 인민군이든 남자들을 많이 죽여서 동네 남자들이 하나도 없었다고 한다. '미군이 지나간 자리에는 껌이 있고 인민군 지나간 자리에는 밀똥만 있다'라는 소리를 하며 인민군들이 얼마나 잔인하고 지긋지긋한 존재였는지를 토로하였다.

[주제어] 피난, 인민군, 총소리, 양산, 소, 끼니, 미군, 병원, 처형, 잔인, 오빠, 아버지, 꿈, 전사, 어머니, 껌, 밀똥

[1] 온 마을이 인민군으로 노랗게 물들자 피난을 가다

[조사자: 할머니 성함이 어떻게 되세요?] 박두성. [조사자: 몇 년 생이세요?] 지금 칠십 일곱잉께. [조사자: 그럼 소띠세요? 그럼 37년생.] 응. 37년생이여. 그런 거를 자꾸 잊어버려 내가. [조사자: 원래 고향은 어디셨어요?] 클 때 고향? 양강 전동리라고 있어요. 지금은 군부대 들어섰어. 충청북도 영동군, 양강. [조사자: 원래 친정 가족은 어떻게 되세요?] 동생 하나, 나 하나, 엄마, 오빠는 군인 가서 전사당했고. [조사자: 원래 삼남매셨어요?] 오남매. 언니 둘, 오빠 하나, 동생 하나, 오남매였었는데, 언니들은 시집갔지. 오빠는 6.25사변 때 군인 가서 후퇴머리 전사당했어.

그건 그렇고, 6. 25 나는 애기 해보께. [조사자: 예.] 6.25 나는 아침에 아침을 하는데, 막 풀을 뽑고, 인민군들이 동네가 노랴. [조사자: 동네가 노랗다고?] 그람. 인민군들이 동네에 꽉 찼어. 풀을 뽑고 이래가지구. 그래 집집마다 오더니마는 밀가루를 훔쳐 오는 겨. 그전에는 농사져서 밀가루를 단지다 담아 놓잖어. 그걸 가져 와서, 우리도 밀가루 있는데 가져와서 그거를 떡을 하라는겨. 그 사람들은 밀개떡을 떡이라고햐. 우리 엄마가 밥 보재기를 피고

서 가마솥에다 그걸 세 솥을 쪘어. 그렇게 잘 먹을 수가 없어.

[청중: 배들 고픈데.] 그람요. 우린 쪼맨허니께 이쁘다고 쓰다듬어 주고 뭐, 그 사람들이 엄청 이뻐햐. 그 빵을 먹고 나니까 어디서들, 학교에 미군부대가 와서 있었어. 빵을 먹는데 '어라 요 새끼들이 먼지(먼저) 쏜다' 이랴. 총을, 카빈총이랴, 먼저 쏜다 요것들. 먼저 총소리가 난다는겨. 그러더니마는 막 여기서 저기서 오만데서 총소리를 듣고. 그러더니 동생하고 엄마하고 어디로 피란을 가라는 겨. 이 동네 오늘 대전쟁이 일어난댜.

그래서로 '아이고 우리 어떡허냐고 어디로 가냐고' 우리 엄마가 울면서 어디로 가냐고. 그라다가 참. 집은 불이 붙어서, 짚이니께 여간 잘 타유? 저짝 양지마을은 불이 붙었어 집이. 하늘에서 에므완(M1)총 그걸로 하고 막 불을 떨어뜨렸어. [조사자: 폭격?] 응. 그래가지고 산으로 피했는데 우리 엄마가 하는 말이 우리 할머니 산소 있는 산에를 갔어. 우리 어머니가 뭐라냐믄,

"아이고 어머니 이 손자들을 살려야지 어떡해요."

이래싸면서 인제 가. 산소 밑에 산태가 나서 요래 구녁이, 고기를 스이 들어갔어. 시식구가 들어가가지구 우리 엄마는 인제 '외 손자들하고 어머니 이것들을 살려야지 어떡하냐고' 그랬는데, 해필이믄 이짝에서 저짝으로 보고 총을 쏘지, 저짝이서 우리 산소 있는 데로 보고 총을 쏘들 안허드라고. 여기는, 우리 있는 데는 아주 편햐. 여기서 쏘니께 저짝으로만 총이 가지. 그래가지고 어떻게 어떻게 밤이 됐어.

밤이 되면 끄치고 싸움들 안햐, 점심시간이도 안 하고. 밤이 돼서 우리 집

에서는 미수가루도 해놓고, 피난 간다고 그런 걸 해놨는데, 집에를 내려오니께, 우리집은 음지 마을이라 안팎으로 그만 병원이 됐어. 환자가 꽉 들어차고 이불 같은 거 다 째게가지고서는 막 피투성이가 되고.

우리아버지가 6.25 나던 해 돌아가셔가지고 빈사가 있었어. 빈소에 혼백이라고 있지 왜. 그걸 우리 어머니가 보재기다가 싸가지고 여 허리다가 둘렀어. 어디로 가야 사냐헌께. 오늘은 더 큰 전장이 일어날꺼니께 밤이 어디로 가라는 겨. 그래서 동네사람끼리 밤에 가는데 이 전기줄이 걸려서 못가. 실거정 된 거 같여. 그래가지고 자빠지기도 하고 구강, 그리 갔어.

[조사자: 전깃줄이 걸렸다는 게 무슨 말이에요?] 무전 전기줄이래요. 무전 전기줄을 쭉 깔아놨디야. 여기 군인들끼리 저기 하느라고. 그래가지고 가면 전기 줄에 걸려서 자빠지고 모도 이래가지고, 구강이라고 거기 강이 있어요. 글로 가니께 배를 타고 건너가야 하니 뱃사공이 있어, 거기도 피란을 가야지. 그래가지고 모두 그냥 옷을 입고 건너간다고 건너가본께 물이 점점 여기까지 차서 되 건너왔어. 되 건너 와가지고 거기 양산 솔밭마을이라고 있어요. 물 건너가기 전에 양산. 우리 언니가 양산 수더리, 수더리라고 거기 살았어요.

그래서 인제 솔밭마을로 갔는데 거기 가서 하도 배가 고프니께, 거기가 수박 같은걸 많이 해요, 모래밭이라. 수박을 다행히 땅속에다 파묻어놨어. 피난 오는 사람이 다 따먹는다고. 그러니 뭐 배가 고프니 어떡햐. 그런거 하나씩 따서 짜개 먹고 이랬어. 그래가지고 언니를 찾아가니께 거기에 양산, 무슨 다리더라, 호탄 다리가 있어. 호탄 다리 밑으로 그리 피난을 갔더라고, 우리 언니 그 패들이. 그래서로 언니를 찾아가서 거기서로 하룻밤을 잤어 인제. 언니 집에 와서 한 5일 밤을 잤나 이랬어.

[2] 인민군이 마을 사람들을 경계하기 위해 미군의 시체를 전시하다

집에를 들어왔어 인제 오빠하고. 집에를 들어와서 전쟁이 끝이었어. 세상

에 산 구렁에 미군 죽은 거 인민군 죽은 거, 우리 밟고 댕겼어요. 안 밟을 수가 없어. [청중: 송장을 밟고?] 밟고 다녔어요 형님. [조사자: 군인들 시체를?] 그럼. 미군도 있고 인민군, 인민군 무지하게 죽었어. 골골마다 숲이 쌔여 가지고 그걸 밟고 다녔다니까 올 수가 없어서, 질금질금 밟고. 삼골이라는 우리 밭이 있어요. 동네를 앵간히 다 온겨, 거기는 오니까 소가 한 30마리도 넘어요. 그 전에는 소를 다 먹였잖아. 보리밭에 소가 죽어 가지고 있는데 전부 바람이 들어가지고 소 한 마리가 집체 만씩햐. 그래가지고 다 그렇게 줘여놨드라고 소를. 거기도 사람 죽은 것도 있고 막 이려.

집이를 와가지고, 우리 집은 안 타가지고. 피투성이야 뭐든지 고만. 사람 죽은 병원이 됐어 거가. 들어와서 저기를 헌께 우리가 닭을 많이 멕였어요, 조선 닭을. 그 닭을 전부 해먹도 안하고 마당에다가 줘여서 다 썩었어. 줘여서 다 내비렸어, 인민군들이. 해먹을 만치 해먹었으니 그래 줘여 내버렸겠지. 한 참 부엌에 가서 있는데, 이만한 가마솥에다 밥을 했는데 그게 노라니 다 누룬밥이 됐어, 쌀이. 그 누룬밥 먹으며 우리 살았어.

누른밥 끌어다 이만큼 띠다 먹고 있으니께 우리 잿 방에서, 병아리 열세마리가 재속에서 날라오는 거여. 우리를 보고, 닭도 그거 예사로 볼 거 아녀. 요만씩한 병아리가 열두 마리가 전부 날라와 가지고 우리 머리 와서, 이런데 와서, 그래서 '너는 살았구나' 하면서 우리가 그래 했는데, 비행기가 댕기면서 폭격을 해서 닭도 금새 다 직였어 동네사람이. 닭소리 나면 폭탄 떤진다고. 그래서 다 직였어.

집에서 이틀을 있응께, 우리가 사냥개를 하나 믹였어요. 엄마가 개를 좋아해서 믹였는데, 사흘 된께 어디서 그 개가 총을 맞아가지고 찔끔찔끔하고 왔네. 와가지고서 우리를 보고서 어떻게 울던지 우리 엄마가 끌어안고 얼마나 우는지도 몰라, 부엌에서. 우니께 개 소리 나면 폭탄 떤진다고 아저씨들이 끌어다가 직였어 또. 그것도 직였어. 소리 나면 폭탄 떤진다고. 윙– 하면서 떤지잖아요. 그 소리 징그러워. 개도 그래가지고 참 했어.

그러다 보니께 집이 그러하니께 인민군들이 들이 닥치잖아. 맨날 나 데리고 댕기면서 노래 가르쳐준다고, 그 징헌 노래. 장백산 줄기줄기 이런 노래, 가르쳐주면서 '이 개승만이 이놈 왜 손 안드나. 이 개승만이 이놈.' 맨날 이러고 댕겨. 그람 우리도 따라서 같이 '개승만이 그 놈 왜 손 안들어' 쪼맨하니께, 그이들 하는 대로. 데리고 댕기믄서 노래도 많이 배운다고 배웠는데 하도 어렸을 때 해서 몰라.

우리 어머니가 혼백도 여기다 차고 그래가지구 집이 들어와서루 그래 했는데, 동네 사람들이 신체를 칠일을 대니면서 흙 째로 흠쳐 덮었어. 볼 쩍마다 하도 신체가 많아서. 미군은 미군 죽은 거는 파묻어서 표시를 해놨었어. 이렇게 팻말을. 그런데 많이 죽은데 쌔인거는 못했지. 뵈는 거는 푯말을 해놨어도. 그래 인제 미군들이 얼마 안있응께 미군들이 미군 죽은걸 파러왔어. 옛날 동네사람이 와서 미군 죽은 거 어디 묻었는가 알켜 달라고 해서, 송장 속에 있는 거는 몰라도 뵈는 거는 다 해놔서 다 알려주고 가지구 와서 싸가지구 파가지고 가드라고 미군들이.

인제 그래그래 사는데 며칠 있응께 미군이 하나 산에서 내려오네. 손을 들고 이렇게 하고. 내려 오니께. 그걸 어떻게 저기를 해야잖아. 옷을 싹 베끼드니 펜티 하나만 입히드니마는 우리 뒷동산에 추자 나무가 있어. 골로 데리고 가드니 고기서로 총으로 싸도 그냥도 안싸서 죽여, 고생을 해가지고 죽이지 이놈들은. [조사자: 누가요?] 인민군들이! 인민군들이 있으니 손을 들고 내려왔어. 옷은 다 베끼고 팬티 하나만 입히 가지고, 저기를 해야지 저러믄 되냐

고 동네사람이 그러니. 이런 개새끼들은 쥑여야 한다고 그러믄서.

그전에는 이팥(붉은팥) 많이 심었어요. 거기 이팥 밭이 크다라니 큰 밭이 있는데, 그 팥 하나를 설짓기 해가지구, 그 이팥 밭 하나를 다 절단냈어 미군이. 맞는 대로 몸살을 하고 쫓아 돌아 댕겼어. 쥑이는 것도 그래 쥑이드라고. 무슨 창 겉은 거 총에 이런 거 달고 있는데 그걸로 궁둥이를 쭉 찔러가지고 이렇게 잡아 댕기고. 죽이도 안하고 그 지랄햐. 창이라고, 인민군들 총에는 창이 달렸어 이렇게. 그걸로 배를 찔러서 이싸- 하고. 동네사람이 그걸 보고, 그 독한 놈들 저거 한다고. 나중이는 죽었어. 죽으믄 그래 그냥 놔두지. 추자 나무 곁에다가 산 것마냥 요래 갖다 앉혀놨어 요래. 죽은 미군을. 그래가지고 동네 사람들이 나중에 갖다 묻었잖아. 그러믄 되겠어? 죽은 거를.

그래가지고서는 참 동네서로 골골마다 뼈가 하야. 거기는. 썩어서 뼈가 하야. 머리 이런 것이 뚜굴뚜굴 궁글어 댕기고. 아이고 징그러 징그러. 그래가지고 6.25사변을 그래 적었어. **[조사자: 그 시체들이 미군 시첸지 인민군 시첸지?]** 다 인민군이여, 모자 보믄. 모자 쓰고 군화 신고 헌거 보면은. 그 발을 우리가 밟고 다녔응께. **[조사자: 나중에 뼈만 남았을 때는 누가 누군지 분간도 못하겠네요.]** 못하지. 미군도 그 인민군 속에서 죽은 거 안 뵈는 거는 못 해놓지 표시를. 그냥 뵈는디는 다 동네서 말로 해서 뽑아놨었어요. 미군은 파갔어. 며칠을 대고. 미군들이. 그래가지구 6.25 나고서로, 참 우리 오빠도 죽고 그래 6.25를 치뤘네.

[3] 가져가기만 하고 쓸모없는 밀똥만 남긴 인민군들

그래가지고 후퇴머리는 또 우리 집 앞으로 말을 타고 사흘 저녁을 가 인민군이. 우리도 다 뒷동산에 가서 숨었어요. 잡아가. 말들이 그래 가믄 사흘 저녁을 그래 가는데, 그 인민군들 간디는 그 말들이 밀똥만 눠. 밀만 먹어서 밀똥만 순 길에 여기저기 밀똥만 눠놓고 가. 그라더니마는 인민군들 사흘 지나가니 미군이 또 말 타고 왔는데, 미군들도 잡아간다고. 그때 당시에는 미군들도 직였어, 우리들 보믄. 숨어서 본께 미군들이 며칠저녁을 가는 겨 쿵덕쿵덕. 낮에는 안가거든.

낮에 나가보믄 미군들 지내간디는 끔(껌)이래도 하나 있어 끔. 인민군들 지내간디는 밀똥밖에 없어 밀똥.(웃음). 밀만 처먹어서 소화도 안 되고 밀만 오속이 나오고, 폭 나오고 이려.(웃음). 미군들은 끔을 하나 흘렸어도 흘렸지 그런 게 읎어. (웃음) 말이니께 우습지. 그러더니마는 나중에 6.25 지내고 뭐여, 미군들도 우리 사람들도 있응께 총 쏴서 많이 죽였어.

그래가지고 6.25 나고 동네사람, 남자라고는 요런거 하나 없었어. 포로로 다 잡혀갔어. 그래가지구 우리 나무 다 해 땠어. 지집아들이 나무 지개 지고 맨날 산에 나무하러 댕기고 나무 다 했다고, 농사 짓고. 그래가지고 참 거기서 못 나온 사람도 있고 나온 사람도 있고, 포로 수용소에서, 나온 사람도 있고 죽은 사람도 있고. 그래가지고 동네 남자라고는 아주 씨도 없었어. 6.25나고는.

그래, 우리 오빠는 후퇴머리 어째서로, 편지를 엄칭이 자주햐. 내가 편지를 이렇게 싸서르 이렇게 해놨었어. 그랬는데 한 일주일을 어째 연락이 안 오는겨. 우리 엄마가 미칠라캬.

“애고 야가 전화는 없고, 편지, 편지를 이렇게 자주 하던 아가 어째 보름이 돼도 편지가 안 오냐?”

“엄마 늦을 수도 있죠.”

이라니까

"아이고 그래도 그런 게 아니다."

이랴. 그라드니 한 보름 되니께 우리 육촌오빠가 군청이 댕겼어. 오더니 '아무것이야' 내 이름을 부르면서 '너는 오빠를 위해서 나무를 해도 좋다고 맨날 노래 부르고 댕기드니' 나보고. '나는 맨날 우리 오빠를 위해서는 나무를 해도 좋다'고 내가 이라믄서 지개를 지고 댕겼거든. 그라니께

"오빠를 위해서로 나무를 해도 좋다고 너 맨날 그라드니 오빠 편지 좀 보자."

이래요. 그래서 그 편지 뭉팅이를 내다 주니께

"아이고 너 편지 한 장 안 없애고 이렇게 해놨구나."

"우리 오빠 오면 비키야지유'"

육촌오빠께. [조사자: 비키야지유?] 보여줘야죠! 우리 오빠 오면 비켜줄라고(보여주려고) 싸놨다고 헌께, 그라드니 편지를 보더니 군번을 맞차보는겨, 맞은가 어쩐가. 그라드니

"다 맞다."

이라드니 절절절절 울면서

"야 이년아 맨날 오빠를 위해서 나무를 해도 좋다카더니 오빠는 집에 오늘 하직이다."

이라드라고. 그래서 나는 그 소리를 여벌로 듣고, 쫓아갔어 그 오빠 집을.

"오빠 그게 무슨 소리요?"

이랑께

"맨날 나무지게 지고 오빠를 위해서는 나무해도 좋다고 그러드니 오빠 이제 집에는 오는 거는 하직이다."

이라드라고. 거기서 내가 까무러지고 넘어가분겨 그 오빠 집에서. 넘어가 가지고 우리집에로 싣고 왔어. 우리 엄마는 어떻게 알고 우리 엄마 마당에 까무러지고 드러 눠 있네. 동네 사람이 막 전부 다 와가지고. 까무러지고 드

러 눠서. 그래도 나는 애들인께 깨났어. 우리 엄마를 붙들고 막 울고 우리 동생은 더 철도 모르지, 내 밑인께, 또 울고.

"엄마, 그래도 엄마 살아야죠 어떡햐."

그라니 우리 엄마가 그랴, 그 저 그렇게 하기 전에, 하루 아침에 밥을 안 잡사.

"엄마 왜 밥을 안 잡사?"

이러니께

"나 밤이 하도 꿈이 이상해서로 그려."

"꿈이 뭐가 이상햐."

이랑께

"엊저녁에 꿈이 어째 너희 아버지가 꿈이 뵈는데, 너희 아버지가 군화를 한 짝 여기다 얼러멨어. 어깨에다. 어깨에다 얼러메고 관가에다 신체를 끌고 가는데 질질질질 끌믄서 내가 너 따라 다니댕기다 하도 피곤해서로 응달에 좀 앉았더니 잠깐 잠 든 사이에 이런 변을 당했다"

우리 아버지가 우리 엄마 꿈에 그렇게 뵈드랴. 그란다고 그 꿈을 꾸고 나서 인제 미치는겨 울 엄마가. 그라드니 며칠 있은 게 전사 통지가 왔다고 그래. 참 꿈 때문에 얼마나 저기했어. 그래 우리집은 다 저거 한 집이고 그래서. 그래 오빠 죽은데 거시기가 나왔어요, 유골. 유골이 나와서 양강면으로 와서로 유골 나온 사람 이름을 보고 찾으라고 하드라고, 하도 많아서.

그래서 내가, 엄마랑 나랑 갔어요. 우리 엄마는 막 들어가도 안해서 까무러지고, 넘어가서그렇지. 내가 이제저제 찾아가지고 우리 오빠라고 하니께. 그러냐고 그래가지고. 엄마는 뭐 까무러져서 아무것도 몰라. 거기서 군인들이 공동묘지라고 있어요, 한티 가는데. 군인이 요렇게 받쳐 들고 군인 셋이 총 들고 따라갔는데 우리 모도 따라갔는데. 거기 가 묻을 적에 딱 딱 딱 세 번 쏘대. 거기다 묻어놓고. 우리 엄마는 반 미쳤었어요.

그래가지고 참 세월을 살다가 내가 인제 커서 참 시집을 오게 된께 동생하고 엄마하고 밖에 더 있어. 셋 식구 고래 살다가, 시집은 중신을 해서로 시집은 온다고 날짜는 받았는데 밤새도록 울었어. 시집 와서도 그전에는 뭐 할게 있어? 양말 같은 거 짓고 버선 겉은 거 짓지 호롱불에서. 그게 지으면 그게 다 젖어. 신랑은 뭐 군인을 갔는데 군인 가서 그때 제대도 안 해서 결혼을 했어. 신랑 생각은 요만치도 뭐 군인해서 와서 결혼하고 바로 가서 낯도 안 익었지 뭐. 그래서 신랑은 아무것도 아녀.

동생하고 엄마하고가 보고 싶어서 양말을 짓다 보면은 양말이 다 젖어. 그러믄 우리 시어머니가 아랫방에서

"야이 그만 짓고 자라."

짓도 안했어 우니라고. 그럼

"자라."

"예 어머니 잘게요."

이래놓고서 우니라고 맨날 밤새웠어 맨날. 그래가지고 살아서 시집와서 이렇게 인제 나이가 이렇게 많고 우리 엄마 돌아가시고 동생 고것이 잘 살아요.

[조사자: 시집을 몇 살 때?] 열아홉 살. [조사자: 전쟁 끝나고 얼마 안돼서 시집 오셨네요?] 그렇지. 우리 언니는 전쟁 나는 해 우리 큰아버지가 다 큰 가시네 있으믄 다 잡아간다고 아무데나 중매를 해가지고 시집을 보냈어 우리 언니는. 그래도 우리언니는 잘 살아. 아들 뭐 기차 운전수지. 아들네 다 취직 잘해 잘 살아 부자여 형부도 지금 있지. 나는 영감 죽은지가 2년 됐어. 혼자 아들 뭐 따라갈 수가 있어? 그래서 이래 사느니라고 사네. 그래 6.25를 그렇게 겪었어.

[4] 걱정하지 말라던 오빠가 주검이 되어 돌아오다

[조사자: 전쟁이 났을 때는 몇 살이셨던 거예요?] 열세 살. [조사자: 그때 학교는 안 다니셨어요?] 쪼금 댕기다 말았지 인제 6.25 나는 머리 말았지. 그렇게 하고서는 아버지 돌아가셨지, 오빠 죽었지, 동생 그렇지, 학교 댕길 수도 없고. 일을 해야 되니께 일을. [조사자: 아버지가 어떻게 돌아가셨어요?] 우리 아버지가 술장사를 크게 하셨는데, 그래 해가지고 참 잘 살았어요 우리가. 그랬는데 어째, 소가 마구간에서 큰 놈이 하나 죽더라고. 그래 죽어나가고 이렇께 장사가 안 되고 하니까 아버지가 고만 몸이 안 좋아 지더라고.

안 좋아지더니 그래 몇 년 그래그래 하다가 6.25 나던 해 돌아가셨어. 혼백이 있응께 엄마가 그거를 여기다 차고 댕겼지. 그래 겪었어요. 우리 할머니가 도와줬는가 총탄 하나도 없어. 그래서 그 이튿날은 피란 가니라고 애먹었지. 아이고 신체도 엄청 많어. 그래서 그 동네는 인제 전부다 군부대 들어섰어. 양강 군부대.

[조사자: 오빠는 군대를 6.25때.] 전에 갔지. 전에 방화대라고 있었어요. 방화대 훈련해가지고, 우리 오빠가 양강 학교에서 훈련 가르치고, 이렇게 하드니만, 몇 달을 그래 가르키드니, 전쟁터에 나가는겨. 전쟁터에 나갈라고 군인을 가는데, 우리 엄마가 닭을 잡아가지구 오빠를 멕인다고, 여럿이 멕인다

고 해가지구 가는데, 영동 면화공장이랴. 글로 다 모여 있드라네 그 훈련한 사람들이. 엄마가 오빠 찾을라고 보니께 전부 그래 가지고 가마니다가 반 가마씩 다 쥚어졌드랴. [조사자: 면화를?] 아니, 군인 갈 사람들이 먹을건게벼. 다 쥚어 졌드랴, 가마니, 그때는 푸대나 있어. 가마니다가.

그래 서로 엄마를 만나가지고 이거 너 먹으라고, 엄마가 해왔다고. 엄마 일주일만 어디 훈련 하러가서 온다고, 우리 어머니를 그렇게 속이고 간겨, '엄마 일주일만 하고 올테니께 엄마 걱정하시지 말아요' 오빠가 그란다고. 닭도 가는 사람들 먹도 안한다고 되가져와서, '이걸 먹으라고 가져왔드니 모두 다 안 먹는단다. 근데 어디로 가는가 훈련 일주일만 하면 오빠가 온단다.' 그 질로 갔어. 그 질로 6.25 앞장섰어. 앞장서가지고 말하자면 후퇴머리 나왔어.

[조사자: 후퇴머리라고 하는 것은, 그 다음해에요? 1.4후퇴 때 얘기하시는 거예요?] 그렇지. 6.25나고 얼마 있다가 후퇴라고 했어. [조사자: 겨울에? 동난에?] 겨울 아니야. 그때 가을. 난리는 6월 달에 나고. [조사자: 오빠가 전사했다는 통지를 받은 게, 그게 가을인가요?] 통지 받은걸 그 늦게 받았지. 전쟁 끝나고 받았지.

[조사자: 편지를 계속 받으셨다고 그랬잖아요?] 그래니께 군인 가서 바로 난리가 난 게 아녀. 하여튼 2년인가 3년인가 요래 있다가 난리가 났어. 고래가지고 편지를 나한테 미안하다고 너를 나무를 시켜 미안하다고 맨날 편지를 일주일에 한 번씩 오고 맨날 그랬어. 모두 편지를 일찍일찍 자주 하는 사람 없다고 이랬쌌어. 내가 편지를 자주 하라고 자꾸 그랑께 편지를 자주했지. 그래 온 편지가 이만치여. 쌓아 놓은 게.

[조사자: 전쟁 나기 전부터 편지를 계속 받으셨고, 전쟁 중에도 받으셨어요?] 전쟁 중에도 받았어. 몇 번 받았는데 편지가 안 오는겨. 안 오드니 그래고만 후퇴머리 그랬다고 부산 오육군 병원 있어. 지금 걷으면 왜 못가? 부산 오육군 병원 거기서르 파편에 맞아가지구 거기서 입원을 하고 있는데, 우리 팔촌 오빠가 육군 병원에서 높이 있었어. 그래가지고 좋은 디로 보낸다고 제주로

보냈어. 나사서 제주도로 보냈는데, 제주도서 거기서 인제 전쟁터로 나간 겨. 거기서.

[조사자: 그렇게 하고, 휴전이 되고, 돌아가셨다는 통지를 받으신 거에요?] 그렇지. [조사자: 그러면 오빠하고는 나이 차이가 어떻게 되세요?] 우리 오빠가 나이 차이 많지. 지금 살았으믄 80넘었어. 몇 살인가는 모르겄어. 우리 큰언니가 구십 세 살에 돌아가셨댜. 그 둘째 언니가 또 80이잖아, 내가 지금 77. 우리 동생은 나보다 세 살 들 먹었어.

그래가지고 아이유 비행기가 쌩-하고 가믄 길에 가다가도 이래 둔눠야되야. 길에 이래 걸어가더라도 호죽긴가 뭔가 쌩- 하면서 그 소리 나 징그러워. 가다가도 납작 엎드려, 들어 눴어야 돼. [조사자: 피난을 가셨다가 하루 만에 돌아오신 거예요?] 아녀! 거기서 하룻밤 자고 언니네 집에서 5일 있다가 왔다캤잖아요. [조사자: 맞아요. 그 거리가 어느 정도 됐어요. 걸어서 가셨죠?] 걸어서 갔지 산으로 산으로. 솔찬히 멀어. 양산이믄 형님, 멀잖아요? (청중: 그럼 사오십 리 안되야?)

우리 엄마 혼백 해서 짬매고 찹쌀로 미숫가루 해 논 거 이고 그렇게 하고서 그리 가서 하룻밤 호탄 다리 밑에서 자고, 5일간을 언니네 집서 자고. 더 있다 가라고 언니가, 뭐 할러 집에 오나, 난리를 치른 집에 뭐하러 가냐고, 그래도 가봐야지, 하고 내려오니께 뭐 이런 구렁마다 신체 땜에 못댕겨. 그러니께 집에를 올라믄 고개를 넘어와야 돼.

그렁께 그 고개를 넘어올라믄 그 신체를 안 밟고는 못 와. 밟고서 이래 건네 뛰면서 이래고 왔어. 신체를 넘어서 왔어. 와야지 어떻게 해요, 갈 길이 없는데. 동네 밭이 오니까 소를 갖다가 열 몇 마리를 그렇게 죽여서 집채 만하게 해놨지. 아유- 징그러. 겁나게 커요. 소가. 왜 저렇게 소가 커? 이랑께, 에유 그 소를 죽여서 그 소가 바람이 들어서 저랬다 이라드라고. 우리 엄마도 고생만 하고 돌아가셨어.

[5] 칠공주 끝에 낳은 귀한 아들

[조사자: 자식은 몇 두셨어요?] 우리? 나는 (웃음) 하도 많아가지고 칠 공주에 아들 하나. 그래도 그 세월에 딸 일곱, 고등학교 졸업은 다 시켰어, 농사져 가지고 영감하고. 아들 하나 있는데 늦게 났는데 그게 40여 인제. 그것이 서울 한양대 졸업하고 한양 대학원 졸업하고, 연구실에서 선생님 되고 있다가, 연구실에 취직을 해줘서. 지가 시험 봐서. 연구실에서 광주로 발령 나서 광주로 갔어. 내가 광주로 가는데

"전라도로 왜 가나? 서울 있다가 왜 전라도로 가냐?" (웃음)

전라도 사람 말이 그런 말이 있잖아.

"엄마 옛날 소리 하지 말아요 엄마. 글로 직책이 좀 더 높이 가는데 엄마는 알지도 못하고 자꾸 엄마 저란다고. 지금 전라도 사람 왜 찾아요 엄마."

그라드라고. 거기 가서 집 사고. 박사 자격 딴다고 학교 댕긴다 그라믄 아이고 그냥 있는 대로 하지 무슨 박사자격을 따냐, 한께 며느리가 엄마 나도 하고 싶으믄 해야지. 지가 벌어서 한께 놔두지 뭐 뭐라캬 그럼. 칠 공주 하나, 유산 하나도 안 해보고 칠 공주 나 가지고 8남매. 아이고 겁나다케 모두.

[조사자: 아들은 막둥이로 낳으신 거예요?] 예, 막둥이. [조사자: 그때 칠 공주를 낳으면 아들 낳기를 간절히 원하셨을 거 아녜요?] 아이고 칠 공주 나며 내가 울기를 얼마나 운줄 알아.(웃음) 나는 미역국도 안 먹었어 나는. 밥도 안 먹고. [청중: 굶었대, 굶었어.] 그냥 안 하믄 시켜서르 밭에 가서 살았어 밭 매러 가고. 그랑께 우리 영감이 며느리 애기 나서 구완하는걸 보고서 이라드라고 나한테. '당신은 한번 둔너 보도 안하고 미역국을 먹었어, 밥을 먹었어' 뭐가 있어야 쌀밥도 먹지, 보리밥도 배불리 못 먹는데.

그랬는데 아유 며느리는 산후조리 한 달하고, 집에 와서 또 사람 하나 둬서 한 달 그냥 집에서 해먹으면서, 두 달! 그래 하는 거 보고 그래, 며느리 하는 거 보니께 당신은 너무 건강한 체질이래 나보고. (웃음) 건강한 체질이믄 이

래 다리 양쪽 다 수술했어 내가? 작년 재작년에 죽었응께. 건강한 체질이믄 다리를 내가 양쪽 다 수술했어? 일만 하다 이랬지. 글쎄 그때 대해서는 할 수 없지 어떡햐. 어른이 있으믄 어른이 끓여주믄 먹는데, 시집온께 바로 시어머니가 돌아가셔. 그래가지고 시누들 시집 보내지 시동생 장개 보내지. 이런 신세여 신세가.

그라고 조씨네, 우리 큰 집에 형님네가 메주까지 다 끓여서 해 준 사람여. 큰 집 일부터 하고 내가 웃는 채로 우리 일 했어요. 미숙이 아버지나 나나. 일도 징글징글하게 했어 진짜 에유. [조사자: 그러면, 아들을 낳은 비법이 있으셨어요?] 아니, 안 난다고 나는 일곱 낳아 놓고. 우리 영감 보고,

"어디 가서 하나 낳아 와. (웃음) 낳아 오믄 내가 예쁘게 잘 키울게,"

한께

"씰데없는 소리 하고 있네."

이랴. 뭐 씰데없는 소리 햐? 그때 세상이는 아들 없으믄 못 사는 줄 알았거든. 하나 나 와 내가 잘 키우께 했드니, 씰데없는 소리 하고 있네. 그라다가 어째 그게 들어섰어, 그만 날라 했는데. 나 혼자 가서 유산을 하까 어쩌까, 하도 많아가지고. (웃음) 그래. [청중: 유산 했드래믄 큰일 날 뻔했네.]

어느 점쟁이가 이래. 이번에는 아들 낳겠네 이번에 아들 나믄 다음에 또 아들 나. 그 아들이 더 크게 되야 이제 봐. 우리 아들도 인제만 나면 외국 댕기고 이랴. 외국은 뭐 하러 댕겨. 그때만 해도 외국 어데 누가 댕겼어요? 외국은 뭐 할러 가요? 이랑께, 인제 봐 외국도 가고, 그 아들도 그려, 이라드니. 하나 낳고는 딱 못 낳게 했어 아들. 또 하나 나면 뭐 하겠어 아홉이나! (웃음) 그래가지고 못 낳게 해서 안 났어.

그 점쟁이 말이. 우리 아들이,

"남 열 자식 부럽지 않아 걱정하지 마."

이라드라고. 점쟁이들이 그렇지. 지금 낳아 보니께 점쟁이가 딱 맞아. 맨날 외국 댕기구 출장을. 그랴 지금. 그래 그 점쟁이 말이 맞구나. 그랬는데

그래 그 아들이 그래 저래, 할아버지가, 늦게 났어도. 손자 딸 보고 손 잡어 본다고, 그래 늦게? 돌아가셨어. 걸어댕기는 거 보고 손 붙들고 댕긴다더니 손을 못 붙들어보고 갔잖아. 지집아는 손 붙들어 봤어.

산 생각 하믄 진짜 참말로 만고풍상 다 줘었어. 나는 시집 와서도 하도 없어서. 시누 둘 해서 시집보내지, 시동생 장개 들여서 집 얻어서 내 보내지. [청중: 고생 많이 했네.] 무슨 부모 재산이나 어, 내가 와서 다 산 겨 저거. 내가 시집 와서 새로 진 겨, 땅이고 뭐고. 그래 우리 시동생이 맨날 이라드라고. 형수님 들어오고는 우리 집이 지금 불꽃 피듯 일어나요 나보고. 그 지랄하고 다 퍼내놓고. (웃음) 농사 진 거 다 퍼내가지고. 영감하고 담배 농사. 담배 농사 해 놓면 몰래 그거 쪄서 쌓아 놓으면 다 퍼내고 없어. 논 있는 거 조금 져서 뒤주 안에 넣어 놓고 조금 쪄서 시안에 먹을 꺼 찧어 놓으믄, 봄에 방애 찔라고 보는 빈 뒤주여. 말도 말아. 나 산 세월 하루 종일 해도 못 다해. 대충.

국군과 인민군 사이에서 살아남기

이 복 만

"또 인민군들 오면 군인들 많이 왔냐고 물어보고, 우리 국군들 오면 우리 태극기 만들어가 이래 흔들고"

자 료 명: 20120419이복만(서울)
조 사 일: 2012년 4월 19일
조사시간: 60분
구 연 자: 이복만(여 · 1926년생)
조 사 자: 김경섭, 김정은, 이부희
조사장소: 서울시 노원구 상계1동 현대아파트 이복만 자택

[조사과정 및 구연상황]

조사팀원 지인이 자신의 이모님을 소개하여 노원구 상계동의 한 아파트를 방문하였다. 아파트 거실에서 조사팀을 기다리고 있던 화자는 차분하고 온순해 보이는 모습이었다. 조카 분이 나중에 오셨지만, 조사 목적을 사전에 알고 있었던 화자가 구연을 시작해 조사가 순조롭게 이루어졌다.

[구연자 정보]

이복만 할머니는 경주가 고향으로 그 당시는 이북 땅이었던 강원도 철원으로 시집을 갔다. 전쟁 중에 남편이 사망했고 미군 트럭을 타고 월남해 생활하다가 친정인 경주로 내려가 아들을 키우며 살았다. 이북까지 시집갔다가 전쟁 발발 후 남편 사망으로 혼자 아들을 지금까지 키워 온 화자는 온순하지만 강인한 생명력을 지닌 분이다.

[이야기 개요]

철원 평야 광대한 농토에서 농사일을 하느라 고단한 나날을 보내며, 아들까지 낳고 살다가 6.25가 발발했다. 전쟁 시 인민군과 국군이 번갈아가며 동네를 점령하는 바람에 인공기와 태극기를 번갈아 준비했다가 군인들을 맞이했다고 한다. 전쟁 발발 1년 후인 1951년 4월에 남편이 질병으로 사망했고, 5월에 미군 트럭을 타고 남하해 지금의 천호동에 정착해 온갖 고생을 하며 살았다. 그러다가 친정에서 내려와 살라는 전갈이 와 어린 아들만 데리고 친정인 경주에 가 살면서 아들을 양육했다.

[주제어] 결혼, 강원 철원, 경주, 국문, 인민군, 인공기, 태극기, 월남, 생활고

[1] 이남(경주)에서 이북(철원)으로 시집갔다가 전쟁 발발

[조사자: 할머니 경주서 태어나셔 가지고?] 경주 [조사자: 할머니, 고향이 경주세요?] 네. [조사자: 올해 연세가, 나이가 어떻게 되세요?] 86세. [조사자: 몇 년생인지 기억나세요?] 몰라요. 나는 몇 년생인지 기억도 안하고. 맨날 병원에 가면은 보험카드만 내준다고. [조사자: 띠는 무슨 띠세요?] 호랑이띠. [조사자: 성함은요?] 성함? 이복만. [조사자: 경주에서 태어나셨는데 멀리도 시집 가셨네. 어떻게, 어디로 시집가신 거였어요? 경주에서 어디로 시집 가신 거에요? 이북?]

경주서 이북으로 시집갔지, [조사자: 이북어디?]이북 강원도 철원. [조사자: 철원, 몇 살에 결혼하셨어요?] 열아홉 살에. [조사자: 멀리까지 가셨네, 멀리까지 경주에서.] 그럴 때는 이북 이 난리 안 나고 이래 통과가 잘 되가지고 교통이 좋아가지고 잘 댕겼거든. 그런데 인제 중매를 해가지고 울 아부지가 걸로 시집을 보냈어. [조사자: 열아홉 살에] 그래 가가지고 있으니까 첫 친정 한번 왔다가 가고 그라고는 난리가 났어. 난리가 나가지고 우리가 다리가 다 끊어 뿌고 하이까네, 차 왕래도 없고 끊어져 뿌가 내도록 몇 년이가(동안) 친정을 못 왔어.

그래가 내 있다가 6.25가 나가 인자 그때 이짝 군인들이 이짝 차가 이북까지 들어왔어. 들어와 그때 미군들이 다리를 갖다가 푸대에다 뭐를 넣어가지고 한강다리를 갖다 그냥 놔났어. 그러니까네 트럭을 타고 여기차가 트럭이 이북까정 들어와 가지고 그래 내가족 니가족 없이 그냥 마카(막) 한테(한 곳에) 갖다 다 실어가가지고 여기 천호동 허허벌판에 갖다 밤에 내라놓더라고. [조사자: 트럭을 타고 오셨구나!] 그라고는 우리는 집도 없고 절도 없고 내 한

동에 살고 내 한데 잠자고 그냥 살았지, 근 일 년을 그냥 살았다고. 여기 천호동 피란와가지고 [조사자: 천호동에서] 그라고 한 일 년쯤 있다가 나는 그냥 울 아들이 고때 세 살 먹었어. 아들을 데리고 경주 우리 친정에 가가지고 아들 커다랗게 키울 동안에 울친정에 있다가 아들 키워가 서울로 나왔어. 그라고 우리가 6.25 나와가지고 여기 천호동 있으끼가네, 그때 이 이남사람들이 미군들인가 그 다리를 한강다린가 테가리 여기 쪼끔 있고 복판엔 아무것도 없고 그냥 양쪽 테가리 쪼금씩 있었어. 그랬는데 미군들이 그때 새로 다리를 철로 놨어. 다리를 곤쳤어(고쳤어). 그래가 차가 이렇게 다 댕기면서 다리를 놔가지고 그래 이래 댕겼잖아.

그 난리야 말도 몬(못)하지. 이북에 복판 상간에 살았기 때문에 밤낮없이 이짝군인 저짝군인 서로 총쏘고 '다다다다' 총소리가 그렇게 났어. 우리 그냥 집을 비야 놓코 한데 반공실에 땅속에 구디(구덩이)를 파가지고 땅속에 살았어. 집은 맨날 비행기가 와가 폭격해가지고 다 태야뿟어.

[조사자: 할머님 영감님은? 영감님은? 어디서 혼자 아들을 데리고 오셨어요?] 울 아들 데리고 그냥 나왔지. [조사자: 영감님은 어디가시고? 할아버님, 남편분?] 영감은 이북에서 돌아가시고. [조사자: 언제 돌아가셨어요?] 4월 달에. [조사자: 전쟁나고?] 울아들 세 살 묵었을 때 [조사자: 전쟁 때? 아니 전쟁 전에 돌아가신 것 같아.] 전쟁은 났으니까네 우린 불도 한번 몬 써보고 만날 비행기가 와가 폭격하기때문에 불을 못 쓰고 내 깜깜한데 그냥 하고. 이짝 군인들이 오고 그담에 저짝 군인들이 오고 후퇴해가 내 쫓기와가지고 군인들이 산으로 가고 그랬어. 산으로. [조사자: 할머니 결혼 하시고 몇 년 만에 전쟁이 난거에요. 결혼하고 삼,사년 후에 전쟁 난거지요. 그죠? 철원으로 결혼으로 가시고 난 다음에] 열아홉살에 결혼해 가지고. 스무다섯 해에. 이십오 년째지. [조사자: 스물다섯 때 전쟁이 났어요.] 스무다섯 때에 난리가 났지.[조사자: 영감님은? 할아버지는 그때 안계시고 그래가지고 전쟁 때는?] 거서 돌아가시고 우리가 6.25때 피난 나왔지. 그때는 인제 우리 시아부지, 시숙, 시동생 식구들이 시집식구

들이 많으니까네 그러니까 집도 다 비워 뿔고 몸띠만 그냥 나왔어, 몸삐만. 몸만 그냥 피란 나왔어. [조사자: 피난 나오고?] 그래 밤에 여기 천호동 내라놓으니까네 뭐 아무것도 없잖애 몸띠만 왔으니까네. [조사자: 그래서 어떻게 사셨어요?] 그래 있으니까네 이남에서 배급을 주더라꼬. 콩도 주고 알낙미 쌀도 주고. 그래가 인제 그까지고 죽도 쒀가지고 끓여가 묵고 그랬지.

[조사자: 할머니 그러면 전쟁 6월 달 막 더울 때 났잖아요? 그지요. 그러면 전쟁나기 직전에 할아버지가 돌아가셨어요?] 예. [조사자: 4월 달에, 왜 돌아가셨어요? 병으로?]독감으로 가지고. 군인들이 자꾸 오고 그래가지고 군인들이 와가지고 [조사자: 약을 못써가지고] 마 저거 마늘을 다 짐 실고 와가지고 우리 마래에 갖다가 넣어놓고 우리 소는 그냥 풀어가 난장에 그냥 놔버렸어. 소가 우리 소가 내 소죽 쒀가 먹이던 우리 소가 달라 가버리렸어. 그래 근근이 찾아와 가지고 우리는 집이 있어도 방에서 잠을 못잤어. 내 반공실 파가지고 자고. [조사자: 군인들이 다 차지해 가지고?] 예, 군인들이 오면 자꾸 질(길) 갈채달라고(가르쳐달라고) 하면 데리고 가뿌거든. 데리고 가뿌면 어디로 갔는지 행방도 모른다고. 사람도 찾을 수도 없고. 그라고 배행기가 와가 만날 [조사자: 비행기도] 폭격하이까네 빨리 오는 비행기 있잖아. [조사자: 쌕쌕이] 응 쌕쌕이 그게 한 일곱 대 여덟 대씩 와가 차래로 덮으면은 방에 몬 잔다고. 내에 땅속에서 반공실 파놓고 땅속에서 살았어. 우리 나오고는 거기 들어갈 줄 알았는데 거기 못 들어가잖아, 이북 철원. 전투지. 우린 나오고는 못 들어가가 내 살았지. 거기 잿마당 됐지 뭐 만날 폭격을 자고새고 폭격을 하이까네. [조사자: 계속 그렇게 폭격을 했었어요? 거기에 계속 폭격이 왔어요?] 막 휘발로 뭐 난리를 뭐 마카 나카 여깄어. 그기 몇 개 좔 떨어져가 때리 뿌면 그라고 비행기가 막 기관총을 쏘면 막 쇠가 이만큼한 총알이 막 날라와 가지고 지붕도 뚫고 벽도 뚫고 들어오고 소도 나무 밑에 묶어 놓은거 총 맞아 툭툭 구부러져 죽고. 그래 비행기가 왔다카면 질가다가도 도랑에 엎어져 갖구, 엎드려가 있어야 돼. [조사자: 가족 중에 총 맞으신 분은 없으셨어요? 그래도?] 총

만 맞으면은 다 그자리에서 안 죽나. 그러니까 질 가다가도 비행기 소리가 나면 도랑에도 엎드리야 되고. 우린 그 속에 살아나야하니까 집도 불나가지구 비행기가 폭격해가 다 태워뿌고 없고.

[조사자: 그러면 결혼해서 아들 한명?] 네? [조사자: 그러면 시부모님은 철원에 계시고, 아들 한명만 데리고 남쪽으로 내려 오신거에요. 전쟁나고?] 우리 시집식구들캉 시아부지, 시숙, 시동생, [조사자: 다 같이] 뭐 우리 가족들 다 한테 왔지. [조사자: 천호동에?] 천호동. 천호동이 한강 이쪽이라 한강. [조사자: 예, 지금도 천호동 있어요. 지금도.] 천호동 거기서 한 일 년 살았어, 내가. 일 년 있다가 울 아들 델고 우리 친정이 경주이까네 그래 오라 그래가지고 경주서 내도록 살았어. [조사자: 경주에서 살았구나!] 사다가 울 아들 키워가지고 대구와가 살다가 그래 여기 우리 친적들이 살아가 서울로 오라캐 가지구. 그래 여기 서울에 왔어. 우리 6.25만나가 고생 마이 했어 그냥. 배고프기도 하고. [조사자: 그럼 스물다섯에 혼자 되신 거에요? 할머니 스물다섯에?] 스물다섯에 혼자됐어. [조사자: 세 살 때] 울아들 세 살 때 [조사자: 그때 이북에 그때 안 살고 이남으로 내려가자고 누가 그랬어요?] 그때 이북에 여름에 5월달 이거든, 모숨기(모심기) 하다가 피란 나와 버렸어. 모숨 던지놓고 모숨기(모심기)하다가 피란나와 버렸어. [조사자: 시아버지가 내려가자고 그려셨어요? 남쪽으로 시아버님이] 할아버지는 거기서 돌아가셨고. [조사자: 철원에 그냥 계셨고?] 돌아가시고 우리가, 철원읍이 시내거든. 그래 우리 시아버지가 나가시더이,

"여기 난리 난단다, 여기 있으면 큰일 난단다."

캐가 한 이틀 만에 나와 버렸는데 폭격을 때리가 우리 집을 다 뿌직어 버렸어. 이북에 있어도 살지도 못하지. 집도 없고. 우리가 거기 있었으면 다 굶어죽었지.

[조사자: 천호동에서 피난 가셨던 이야기 좀 해주세요. 어떻게 사셨어요. 먹을 것도 없어가지고, 배급 받고 거기서] 거기서 배급받고 인제, 우리 시숙하고 시동생하고 여기 한강 다리가 끊어졌잖아. 한강다리 곤(고)치는데 내 일하러 댕

겼어. [조사자: 다리 고치는데서 일하시고, 숙식하고?] 그래서 월급 좀 받고 양식 사 묵고. [조사자: 거기서 월급 받아 가지고] 그래 우리 큰집소하고 적은집소하고 시숙하고 시동생하고 이북서 서울까지 걸어 나왔어. [조사자: 걸어 나왔어요?] 소 몰고. [조사자: 소 몰고] 걸어 나와 가지고 여기 이남와가 팔아가지고 [조사자: 응 소를 파셨구나!] 그것가지고 살았지. 이북돈 여기 하나도 못 쓰고 다 내버리뿌랬잖아. 돈이 틀리까네. [조사자: 돈도 다 없었구나] 그래가 버리뿔고 소몰고 왔는 그거 팔아가지고 쌀 좀 팔아 가지고 그거까 배급 안줄 때는 그거까 죽쒀가 식구는 많고 죽쒀가 먹고 살았지. 난리는 우리는 이북에 살았기 때문에 알지 다른 사람들은 다 몰라. [조사자: 예, 할머니니까 아시지.] 우리는 거기 살았기 따문에 내 비행기 폭격하고 이북사람들 와가 군인들도 와가 밤으로도

"질(길) 갈채달라!"

그라문 데리고 가뿌면 어디로 갔는지 모른다고 행방을. 안 댕겨 보이까 질도 모르고 어디메 살아도.

[2] 전쟁 중의 생활상

[조사자: 할머니 그러면 철원이 예전에 이북 땅이 였잖아요?] 예. [조사자: 철원이 예전에 이북 땅이였지요?] 철원이 이북땅이었지. 삼팔선이 이래 갈라지고는 이북땅 됐지요. [조사자: 이남하고 이북하고 붙어있는데가 철원이잖아요. 그럼 전쟁나기 직전에 인민군들이 철원으로 많이 내려와 있었어요?] 이북 왔나, 그건 몰라요. 우리는 내 농사짓고 들앉아있기 때문에 바깥일은 안 댕겨봐서 잘 몰라. [조사자: 근데 군인들이 집에 와서 까지 잤다고요?] 군인들이 혹시나,

"인민군들 왔더나?"고.

또 묻는다고. 집에 찾아왔어요. 찾아와도

"인민군들 안왔다."고.

또 국군들도 인민군들 왔더냐고 물어보고 양새(사이)들어가 우리가 누구라고 말도 몬한다고. [조사자: 아~ 양쪽에 왔다갔다 하는 그런 동네였구나! 인민군도 오고 국군도 오고.] 전투니까 서로가 만나니까네, 인민군도 와가지고 우리가 또

"군인들 많이 왔더나?"고.

물어보고 [조사자: 또 물어보고 군인은 인민군 왔냐고 물어보고.] 또 인민군들 오면 군인들 많이 왔냐고 물어보고 [조사자: 힘들었겠다, 아 힘드셨어. 어느 쪽 편도 못 들고?] 우리 국군들 오면 우리 태극기 만들어가 이래 흔들고 [조사자: 흔들어주고?] 또 이북군인들 오면 그쪽 공화국기 만들어가 흔들고. [조사자: 흔들어야 되고, 국기 계속 만들어야겠네!] 우린 복판에 살았으이까네 인제 후퇴해가 국군들 가뿌면 저쪽 인민군들 닥치고 또 인민군들 또 후퇴해 가뿌면 여 국군들이 밀고 들어오거든. 그래 양새(양사이)에 복판에서 살았으이까네 밤으로 자면 총소리가 막 서너숨부터

'다다다다'

[조사자: 총소리 나고.] 소리가 난다고. 그래 아침에 자고나면 마카 우리 인민군들이 부상당해 가지고 산으로 막 산꼴로 찾아갔능가 어디 가뿐다. [조사자: 부상당한 것도 많이 보고] 난리 속에 살아가 내 이쪽에 난리 온다고 그래 또 피란 가이까 또 갈 데가 있나 수풀 속에 있다가 내 집에 오고 [조사자: 수풀 속에 숨어 있다가 집에 오시고?] 여름이니까 강냉이대속에 숨고. [조사자: 할머니 천호동으로 내려오셨다가 전쟁 나서 인민군이 서울까지 내려와 가지고 더 피난 안 가셨어요?] 더 가지는 않고 여 [조사자: 더 가지 않고, 그냥 천호동에 계속] 이남땅이까네 인자 더 가지는 안했지. 그라고는 이북에 가도 집도 없고 아무것도 없으니까네 집 나온지 그대로 고생했지 여 이남 살면서.

[조사자: 할머니 경주에서 1년 동안 사셨을때요, 경주에서 1년 동안 사셨을때 어떠셨어요?] 경주에는 일년 살았는거 아이지. [조사자: 오래 사셨다잖아.] 경주에서는 오래 살았지. [조사자: 그 잠깐 내려가셨다 오셨다고?] 천호동서. 이

북내려와가 내가 한 일년 살다가 아들 데리고 경주 친정 가가 내 살았지. [조사자: 아들 혼자 키우시느냐고 힘드셨겠어요, 그 어린 아들] 고생해도 아들이 엄마 없이는 고아가 되잖아. 그라니까 키워야지. [조사자: 그럼요. 친정에서 결혼하라는 소리 안하셨어요?] 그럼. [조사자: 그런 말 안하셨고] 갈 데가 있나 뭐 전투가 돼가 몬 닿았는데. 그래 우리 나오고는 다리 다 고친가 차가 다 왕래해가 댕기잖아. 한강에 빨래하러 가문 한강다리가 다 끊어져뿌고 끝테가리만 좀 남았지. 한강다리에 가 빨래하문 얼매나 추분지 몰라. [조사자: 천호동에서] 시동생하고 시숙하고 다리를 다 고칭다고 일하고 [조사자: 일하고] 일을 해가 벌어 묵고 살았지. [조사자: 할머니는 추운데 빨래하시고 다 먹을꺼 해주시고?] 여 도랑이 어딨는지 모르지 피란와가지고 그러니까 한강에나가 빨래하고 그랬지. [조사자: 할머니 그러면 저기 동서들이 있어요?] 동서요? [조사자: 네.] 동서가 너이 있었어요. [조사자: 그러면 남편 시댁 형제가 4형제였어요?] 우리 남자 어 그거는 우리 시아부지가 상처를 해가지고 새로 [조사자: 또 하셨구나!] 또 할마이 얻어가지고 육남매를 낳어. 본할마이한테는 칠남매를 낳는데, 또 재추댁이 왔는 사람이 또 육남매를 낳어. [조사자: 열셋?] 그러니까 두 배가 십삼명을 나서 십삼남매. [조사자: 십삼!]

그러니께 이북이까네 연애를 모른다 아이가? 옛날에는 중매를 해서 시집을 가이까네. 그렇게 많다고하면 우리가 시집을 안오잖아.(웃음) 중매잡이가 마카 다 속였어. [조사자: 속였구나!] 속이가 모르고 시집을 갔는데 가보이까네 그렇게 식구가 많더라고. [조사자: 많네!] 그래 우짤 수 있나 인자 시집은 갔으니까네. [조사자: 할머니는 몇째 아들한테 시집 가신거였어요?] 열아홉에 시집 [조사자: 몇째, 남편분이 몇째였어요? 시댁 식구 중에서? 몇째?] 아들이 우리 서모가 와가지고 아들 서이, 큰할마이한데 서이 [조사자: 육남매.] 또 거 할마이 왔는데서 딸 둘이, 우리 시누이들이 너이, 그렇게 십삼남매지. [조사자: 다 같이 사셨구나!] [조사자: 그럼 저기 남편분이 거기 시댁 식구 중에서 몇째였어요? 전부인의 소생이에요?] 둘째. [조사자: 둘째셨구나, 그러면 동서가 많았겠네요?

내려오는 사람도 많았구!] 그래 맏동새도 돌아가시고 시숙도 돌아가시고 인제 시방 있는거는 사동서뿐이고 다 돌아가뿌고 없어. [조사자: 그러셨구나!] 인자는 시동상 둘밖에 없어. [조사자: 이 근처에 사세요?] 다 돌아가고 둘밖에 없고, 우리 큰 몸에 난 시동생도 돌아가시고 우리 동새(동서) 하나있고 그래 인제 우리 동새끼리는 둘이고, 재추댁이 동새가 둘이고 그리까대 씨는 우리 시아부지 씨니까 우리 시동새가 되지. 우리 시누부 한키 저 원주 거기 사는데, 내 아퍼서 골랑골랑 카는데, 그래가지고 이제 딴애기는 없어 난리났는거 그거 뿐이지.

[3] 홀로 아들을 양육하다

[조사자: 그럼 뭐 아들 한명 어떻게 키우셨어요? 돈은 있어야 키우 실것 아니에요? 뭐 하셨어요?] 외가 가서 키웠잖아. 그래도 외가 가서 [조사자: 경주에 가서, 친정에 가서] 경주에 친정가가 외가 가서 키웠지. [조사자: 친정이 잘 사시는 모양이네요?] 엄마 아부지 있고 동생 있고 다 그대로 사니네까. [조사자: 친정 동네는 피해가 많이 없었어요?] 피해? [조사자: 경주는 괜찮았죠, 경주는 괜찮았어요?] 경주야 여기 안전하잖아. [조사자: 안전했어요?] 경주도 그전에 군인들이 후퇴해가 일로 밀려 내려올 때는 피란갔디라 그라대. [조사자: 예, 피난갔죠.] 어디어디 갔디라 그라대. 그런데 피란만 갔지, 우리매로(우리처럼) 난리를 모르잖아. 이짝 사람 온다고 피란만 갔지 비행기가 오고 폭격하고 그런거는 모르잖아. 우리는 밤낮없이 내 비행기 폭격하고 기관총 내 쏘고 그속에서 살았는데. [조사자: 그렇게 얼마 동안 그러셨어요? 얼마동안 그렇게 사셨어요, 철원에서?] 한 몇 달 됐지. [조사자: 몇 달 동안 그렇게 비행기 왔다 갔다 하는 소리 다 듣고] 그래 방에도 못자고 만날 땅속에 들어가 자고 [조사자: 땅속에서] 땅속에 굴 파고 땅속에 들어가 잤지 내 집은 비워놨잖아. 폭격하고 비행기가 내 기관총 쏘니까 [조사자: 맨날 거기 들어가 계셨구나!] 대포쏘지를

폭격하지를 기관총 쏘지를 그런데 어떡해. [조사자: 대포소리까지?] 대포소리가 거기 소리가 '팡!' 나면 철원읍에서 우리 집에 날라오는 게 십리쯤 돼. 그게 터지면 양은 파편 있잖으나, 그기 쪼가리가 '확' 터져가 날아오면 사람 살에 파고 들어간다고 그거 폭격소리가 나까봐 무서워가지고 몬 살아. '펑' 소리나면 그기 버러 파편이 날라와 가지고 다 터진다고, 그 맞은 사람은 사람이 다 병신이 돼버렸는데. 그 뜨거분 살이 쇠가 파고 들어가뿌잖아. 기관총이 쏘면 줄이 이만큼 하거든. 끈티는 빼쪽하고 그거 더갔다카면 차고 들어가면 겉에 퍼지면 화발탄메로 이렇게 퍼져버리거든. 사람들은 마 맞는 사람들은 마이 죽었어. [조사자: 동네 사람들이 많이 돌아가셨어요? 동네 사람들이 많이 돌아가셨어요?] 돌아가는 사람 더러있지. 소도 나무 밑에 놔노면 기관총 맞아가 죽고, 사람들도 맞은 사람들은 죽고, 폭격도 무심코 무심코 와가 비행기가 와가 '왕-'하고 한 개씩 내려와가 팍 쏟아가 다불하고 기관총 쏘고 푸 올라가뿌고 또 다른 비행기가 내리쏟고 그라. [조사자: 다른 비행기 또 오고?] 그 속에서 우리가 살아났다니까. [조사자: 농사를 어떻게 지으셨어요? 거기서] 농사 지을 때는 안 그랬거든. 그것도 문문이 한번씩 그랬다고. 내도록 그런 게 아니고 그것도 한 번씩 고비가 있어 한 번씩 그렇게 난리가 났어. [조사자: 한 번씩 고비가 있고.] 그래도 이거는 한 한달쯤 두어달쯤 그래 난리가 났으니까. [조사자: 한 달 두달 쯤에.] 집도 다 내버리고 내 한데잠 내 자고.

[조사자: 잠은 뭐 잠은 어디서 주무셨어요? 천호동에서?] 방공서에서 잤다니까? [조사자: 천호동에서도] 응? [조사자: 천호동 내려와서, 한강 내려와서는?] 천호동 내려와 가지고는 남의 헛간이나 그런데 잤지. [조사가: 헛간에서] 뭐 집이 있나 뭐가 있나 여기와가는 남의 헛간에 아무것도 없는 맨땅에 자고 맨땅에 천막 쳐 놓고 땅에 자고, 밤에 갔다 내롸노이까네 뭐가 있나 아무것도 없지. 그래 내 맨땅에 기냥 잤잖아. 그때 여름이니까 그때 5월 달에 나왔으니까. [조사자: 5월 달에 나오셨어요?] 모숨굿다가 나왔으이까네, 더운데 한데 내 집도 없이 그냥 잤지 뭐. [조사자: 전쟁을 일년 겪고 나오셨나보다, 일사 후퇴

지내고 내려오셨나, 일사 후퇴 지내고 내려오셨어요? 중공군들 막 내려올 때 그 때 월남 하신거에요?] 안 그래. [조사자: 그전에 내려오신거죠?] 그전에 [조사자: 전쟁 전에도 그때도 왔다 갔다 했으니까?] 안 그랬지. 그전에 조끔 이짝사람들이 이북까정 올라왔다가 후퇴해가 내려오고 쪼금 조용하이까네 이짝사람들이 거기로 와가지고 미군들이 다리를 놔가지고 츄럭을 보냈단 말이야. [조사자: 보내고] 그래 우리가 이짝차타고 이짝사람들 따문에 나왔는기지. 저짝에는 사람 어델 끌고가뿌면 어데갔다 넣었는지 모르잖아. 이짝사람들이 우리를 데리고 나왔는거지, 위에 아무것도 없고 츄럭에 그냥 내가족 니가족 없이 막 한테 실어다가 건너왔어. 미군들이 다리를 놔가지고 한강다리는 끊어져가 몬 댕기잖아. 이쪽 군인들이 다리를 놔가지고 그래 실어나왔지. 미군들이 우리를 데리고 나왔지. [조사자: 미군들이 아 그러셨구나!] 안 그랬으면 몬 나왔지.

[조사자: 아 그 추울 때는 어떻게 하셨어요?] 추울 때는 그래 하다가 우리 시숙하고 시동생하고 있으니까 흙을 가지고 담을 쌓아가지고 땅집을 하나 [조사자: 땅집을 짓고] 해가 그 속에 들어가 살았지. [조사자: 그때는 거기서 사셨구나!]

그래 그래 살다가 마, 나는 마 애기데리고 친정에 와뿌랬지. 남은사람은 그대로 사다가. [조사자: 땅집에서 더 살다가] 그렇지. 난 한 일 년 있다가 애기 데리고 그냥 친정에 와뻐랬어. [조사자: 친정이 있었으니 얼마나 다행이요, 큰일 날 뻔했어. 지금] 우리 큰 시누부도 할머니 아이들 서이 다섯식구 아이가? [조사자: 다섯 식구였네!] 그래 우리 시매부 돌아가시고 그 식구가 마카 우리 시집식구가 한테 마카 모이니까네 식구가 더 많지. 그 집에도 우리 시누부 시동생이 여기 대구 살아. 이남 이북 이남 사람들이 차차 차차 피란와가지고 자기네 친척있는 데를 아는 사람들은 연락을 다 해줬어. 피란 다 나와가 천호동에서 고생하고 산다카이까네 우리 시누부 시동생이 와가지고 살기가 어려우까네 시어머니는 양로원에 갖다놓고. [조사자: 시어머니 양로원에 갖다놓고] 또 큰아들은 남의 집에 머슴살러 보내고. [조사자: 큰아들은 아후] 그라다가 하이까네 자기삼촌이 와가지고 양로원에 있는 저거 엄마하고 남의 집사는 조카하고 다 찾아가

식구 델고 대구로 내려갔지. [조사자: 삼촌이 대구로.] 그래 내려와 가지고 시동생이 둘이니까 거서 집 사줘가지고 잘 살았어. [조사자: 삼촌이 하나 있었네. 삼촌 하나가 그래도 다 데꼬왔었네?] 시동생들이 둘이니까 마카 델고 와서 잘살았지. 그 다음에는 인자 우리 시누부도 아들 하나 데리고 못살아가 친정와가 사다가 나가고 . 그래 한테 모이 보이 식구가 더 많지. 이거 하자는 없지? 하자 있어서 말하면 안돼요. [조사자: 없어요.] 내가 난리 속에서 살다 나와서.

[조사자: 철원에서는 시댁이 잘사셨나봐?] 거기 시댁에서는 몇 집 내도록 살았지. 그래 일 나와가는 다 어델 가뿌랬는지 찾을 수가 없어. [조사자: 찾을 수가 없고, 땅도 많고 그러셨을것 같아.] 우린 농사 지었기 때문에 땅도 많은데 다내버려뿌고 돈도 가지고 와가 다 내비리뿌고 [조사자: 북한 돈도 못쓰고, 여기와서는] 돈이 틀리까이 인자 하나도 뭐 묵잖아. 많이 배가 고파가 인자 피란민들 왔으니까 뭐 장사꾼들 많잖아 할무이들. 밀가루떡을 많이 갈아가 이만만큼 떡을 해가 한 개 얼마냐했더이 백원해도 이남돈이 없어가 못 사 묵었지. [조사자: 못 사먹고, 북한 돈만있고.] 돈이 틀이뿌리니까. 배도 많이 고랐어. [조사자: 딱 소하나만 팔아가지고 겨우 사셨구나!] [조사자: 호랑이띠면 몇 년생이신가?(작은소리로)] [조사자: 세 살된 아들하고 어떻게 사셨어. 맨날 업고 다니셨겠네, 거의] 업히 댕기지뭐. 내내 업고 댕겼지. [조사자: 피난 올 때도 그렇고?] 피란 올 때도 그렇고 세 살 묵었이까네 애기까네 내에 업고 댕겼지. [조사자: 26년생이시네. 그러니까 딱 맞아 떨어지네. 스물다섯 살에 전쟁난 게 맞지 26년생이니까 딱 떨이지네.] 천호동 와가 인제 일 년 있으까네 네 살 무가 외가 데리고 갔지. 버러(벌써) 육십너이다 우리 아들이. 커가. [조사자: 예순넷 되셨구나!, 손주들도 많이 컸다면요?] 손녀둘이 손자 하나거든, 다 키가 크고 우리 손자는 서른 살이고 둘째 손녀는 서른시 살이고 [조사자: 그러셨구나!] 인자 다 키웠어 내가 다 업어 키웠지. [조사자: 살림 다하시고]

[조사자: 천호동에서 경주가실 때 전쟁 통에 내려 가셨을꺼 아니에요.] 예. [조사자: 천호동에서 경주가실 때 뭐 타고 가셨어요? 전쟁 통인데 그때도?] 그때는

여기는 기차 댕기잖아요. [조사자: 전쟁 통인데 기차 다녔어요?] 경주는 기차가 댕기잖아요. [조사자: 전쟁 중에도 기차 있어서 다행이네.] 이북에서는 기차가 댕기는데 폭격해가지고 다 뿌직어져 뿌리고 기차고 뭐고 아무것도 안 댕겼어. [조사자: 없었고] 그래 우리 여기 올 때도 차가 없으이까네 이남에서 츄럭 짐차 안 있나 그거 갖다줘가 태워가 왔지. 이북차는 없잖아. [조사자: 미군차 타고 내려오셨다고 했지요.] 그래 뚜껑도 없고 점더로(하루종일) 그냥 타고 왔으이까 마 문지가 보아이 앉고 밤에 와가 깜깜한 밤에 여기 와가 여기 내라놓더라고. [조사자: 내려 만 놓고 그냥 가고] 내려와 노이까 이남 내려와 노이까 이북돈은 다 내버려뿟으니 이남 돈이 어딨노? 각쾌이(갑자기) 어디 있노? 빈손쥐고 아무것도 없고 빈손으로 살았지.

[조사자: 어떻게 소는 한마리 트럭에 데어가지고 오셨네! 트럭에?] 소는 인자 우리 시숙하고 시동상하고 밥해 묵으면서로 우리 적은집 소하고 큰집소 하고 우리소도 내가 한 마리 영감있을 때 멕이다가 둘이서로 세 마리를 몰고 내려오다가 그래 둘이서 세 마리 몰고 온다고 한 마리 이북에서 이남에서 뺏깄뿠어. 삼팔선 건너오다가. [조사자: 통행료구나 통행료] 그래 뺏기뿌리고 우리 큰집소 하고 적은집 소 하고는 팔았는거는 적은소는 적은집에 줘야되잖아. 적은집 그돈으로 저거 집에 줘야되잖아. [조사자: 할머니 소를 뺏기셨구나!] 우리 큰집소 한 마리가지고 배급 안줄 때는 그거까 쌀팔아가 죽을 쪼금씩 끓여먹고 살았지. 이북돈이라고 그거밖에 없거든. 그때 소값도 헐했지. 얼만지 얼마받 았는지 몰라 나는. [조사자: 적게 받았겠죠.] 우리 시숙하고 다 했으니까네. 그래 그꺼까 쌀사가 콩하고 배급안줄 때는 그거까 쌀 사가지고 밥은 구경도 못했지 내에 죽쒀 가지고 그래 묵고 살았지. [조사자: 매일 아들업고 다니시고 빨래하시고 계속 고생하셨구나!] 그래서 난리는 내가 알지. 딴사람들도 아–들도 봤나 모리잖아. 난리쳤던 거는 내혼자만 알지 다른 사람들은 다 모르잖아. 이남사람들은 난리났다케도 몰라.

[4] 천호동으로 월남한 후의 생활

[조사자: 미군들이 가자고 급하게 짐들을 싸신거요? 미국들이 가자고 그래서 그렇게 급하게 가신 거였어요? 짐 싸가지고 소만 갖고 오시고 다른 거를 못 챙겨 가지고 나오셨어요?] 짐 챙기는거는 뭐 그냥 대충 옷가지만 좀 싸가지고 왔는 거지. [조사자: 인민군하고 군국하고 하루에 한 번씩 막 바꿔고 그랬다고 그랬잖아요. 태국기 들고 공화국기 들고 그럴 때 사람들 많이 상하지 않았어요? 서로 막 고자질 하고 그래가지고?] 이쪽 인민군들이 이짝군인들이 와가지고 점령해가 있으면은 인민군들이 후퇴해가 오면은 밀가루 같은거 우리 이남에서 갖다 놓고 광목 같은거 많이 가지고 오잖아. 천. 후퇴해가 왔버리면 물건 다 내버리뿌고 몸만 후퇴해가 와버리잖아. 그러면 인민군들이 마카 다 말에 싣고 와가지고 동네에 다 부롸 놓고 밥 해묵고 말은 인자 마래(마루)에 넣어놓고 감자 같은거 자기네 마음대로 다 퍼다 말도 없이 [조사자: 가져가고] 말 다 먹이고 국시 같은거 밀가루 같은거 다 말에 싣고 와가지고 짐은 말에 내 싣고 [조사자: 말다고 다녔구나!] 짐을 말 싣고 댕겼잖아. 그러다가 동네에 와가 해가묵고는 다 싣고 어디로 갔는지 또 싣고 가더라고. 우리 살림이라 커는거는 차리놓고 못살고 흩어놓고 살았지 벌판에. 비행기가 와가 불태워버리니까 다 있어야지. 살림도 다 흐쳐 버리고 벌판에 비행기 와가 내 폭격하니까 집 다 타버렸는데 뭐. 그래도 비행기가 내 도니까 물도 한방울 못 던지고 가만히 그냥 한 이틀씩 타면 잿마당 되버렸지. 이쪽 비행기가 폭격해가 다 태워버리고.

[조사자: 근데 지금은 철원이 이남 땅이 됐잖아. 전쟁 끝나고] 시방은 이남땅 됐지. [조사자: 그러면 예전에 사시던데 안가보셨어요?] 질 맥혀가 거는 못 들어간다 해요. [조사자: 지금 거기 민통선 안이구나!] 우리 있는데는 전투대가 돼가지고. [조사자: 군인들이 지켜서 못들 가게해요?] 그래가 못 들어가잖아. [조사자: 땅인데, 아쿠 어떻게] 옛날처럼 그대로 안 있고 다 뿌직어 버리고 마카다 엉망이 돼버렸다. [조사자: 민통선 안이구나 댁이.] 그래 우리 나오고는 못 들어갔지. 그러니까 올해 70년도 넘었잖아. [조사자: 그러면 거기 가까이 이렇게

보면 동네가 보이겠네요? 동네가] 동네도 다 타뿌고 뿌직어져뿌고, 폭격이 대포가 널쪄가(떨어져서) 납닥해지고 집도 다 뿌직어져뿌고 없고. 폭격해가 타뿌지 대포와가 때리지 납들게져(납작하게) 버렷지 뭐가 있노 집이. 대포쏘지 폭격하지 기관총 쏘지 근데 어떻게 부재를 하노. 기관총 쏘면 벽도 뚫고 들어오고 천장도 뚫고 들어오고 쇠끝티같이 빼쭉한기 다 뚫고들어오니까 사람도 방에 있으면 그거 맞으면 죽는데.

[조사자: 불도 못켜고 사셨겠네. 불도 환하게 못하고 사셨겠어요.] 그래, 불은 까만거 이런 탄 같은거 떨어졌다 켜면 불이 확 나가 시커먼 연기가 올라와뿌면 별안간에 다 타뿌고 그런거 맞을까 싶어가 그래서 내 땅속에서 반공소에 살았지 위에는 못살고. [조사자: 땅 속에 오랫동안 숨여 계셨어요? 계속 그러셨어요? 몇 달을 그러셨어요. 땅속으로 왔다 갔다. 농사지었다가 땅속 갔다가 얼마나 그러셨어요?] 그렇게 하기는 시도 때도 없어. 문문이(가끔씩) 한번씩 전쟁 '다다다다' 하다가 후퇴해가 가뻐리고. 또 좀 조용하다가 또 싸움날 때 '다다다' 총소리가 나이까 문문이 한번씩 그렇게 난리가 서로가 총소리가 나고 서로가 죽일라꼬 하는거지.

그렇게 갑작스레 후퇴하면 군인들이 한번씩 난리가 나고 나면 다리도 절고 팔도 이래 해가 후퇴해가 군인들이 후퇴해가 산꼴로 어디 가뿌리잖아. [조사자: 가는 것도 보시고] 우리 한강다리도 끊어졌는거 보면 천호동사람들이 그카더라꼬. 이쪽군인들이 우리가 후퇴해가 나올 때 다리가 끊어졌으니까네 차가 빠져뿌고 빠져뿌고 해가지고 사람들이 많이 죽었다 하더라고 천호동 사람들이. [조사자: 천호동 사람들이] 폭격해가 떨어져뿌리니까 맨바닥 복판에 한강돼가 안있나 그러이 차가 내려오다가 빠져뿌고 빠져뿌고 이짝군인들이 많이 죽었지. 달아가(계속해서) 내 아니고 문문이(가끔씩) 한번씩 난리나고 난리나니까.

[조사자: 전쟁하는데 가운데에 계셨네요.] 우리가 가운데 있으니까 다리 끊어졌뿌랬으니 꿈적을 못하는거야. 그래가지고 몇 년 거기 살아도 친정 소문을

모르지 와. 편지가 있나 전화가 있나 우리 마카 친정에서는 우리 죽었는지 알고 있었다고. [조사자: 딸 그렇게 멀리 시집 보내가지고!]

"아이고! 철원은 난리났단다, 난리났단다."

이야기만 들으니까 우리 죽었는줄 알잖아. 그래있다가 몇 년 만에 난리나가 내려왔다고 그래 살았다카이 그래 천호동 있으면 고생하니까 '친정서 오라!' 캐가(해서) 왔잖아. [조사자: 천호동에서 그래도 연락을 하셨구나!] 그래 이제 우리 시아부지가 가자캐가 내려와 우리 아들 업고 델고 왔지. 그래 친정서 아들 키워가지고 그래 왔지. [조사자: 그래도 잘 키우셔서 이제는 좋은데서 사시구.] 우리 아들이 대구 있다가 대구 살다가 여기 우리친척이 숙모도 있고 우리 언니도 있고 서울로 오라캐가지고 그래 우리가 서울로 올라왔지. [조사자: 친정은 형제가 어떻게 되셨어요? 원래] 친정은 육남매인데. [조사자: 할머니가 몇 째세요?] 내가 딸로 셋째. [조사자: 거희 막내시구나!] 막내 여동생이 하나 있었지. [조사자: 하나 있었어요?] 여형제는 사형제, 남자형제는 형제였는데 다 돌아가시고. [조사자: 다 돌아가셨고] 우리 젤 큰언니하고 나하고 둘이 밖에 안남어. 다돌아 가시고 [조사자: 그럼 큰언니는 나이가 아흔이 넘으셨겠네요? 구십이 넘으셨겠네?] 큰언니는 구십둘. [조사자: 어디 사세요?] 경주 아화살지. 그래 내가 경주 한번씩 친정이까네 친정가면 한달씩 있다가 오는데 다 돌아가버랬어. [조사자: 가실 때도 없겠네, 이제는] 그래도 아직 우리 고모도 있고 친정 동상댁도 있고 조카들도 있고, 고모야 내려오느라 해싸도 안가고.

[조사자: 할머니 그러면 경주이씨세요? 경주이씨?] 경주 이씨. [조사자: 토박이시네, 토박이 멀리 철원까지 시집을 가셔서 고생하셨네, 어떻게 철원까지 시집을 갔을까?] 요새는 연애하고 그거하지만 옛날에는 우리 아부지가 마카 처자들은 나가 댕기면 안된다고 바깥출입 한번도 안하고 집에만 가둬놓고 안키우나. 난 낯선사람카 말해도 막 야단치거든. 그래 중신애비를 아부지친구들이 중매해가 중신애비 말 듣고 나를 치웠지(시집보냈지). 요새 같으면 안간다 그랬지. [조사자: 그렇죠, 요즘 같은면 안간다 하셨겠지.] [조사자: 맨처음에 시댁 가보니까 느낌이 어떠셨어요? 맨처음 시집 딱 가셨을 때?] 동네도 없었어요. 동네도 없고. 들 복판에 외딴집이 하나씩 있더라고. [조사자: 거기 철원이 넓지요? 땅덩어리가] 땅덩어리는 말도 못하게 넓어요. [조사자: 철원 평야 평야지.] 우리 시집에도 농사가 많으니까 내 모 심구고 논매고 밭매고 내 그게 일이지 뭐. [조사자: 일 많이 하셨겠네!] 감자를 숨가가(심어서) 방만한데 감자를 숨가가 두지를 커다토록 해가. 언선시럽다(진절머리난다) [조사자: 일도 많이 하셨겠다.] 소도 감자 삶아주고 농사지어가 콩하고 쌀하고 그 많은거 다 내버리고 왔다니까.

(화자를 소개해준 이질녀가 와서 잠시 중단)

[조사자: 할머니 철원 사셨던 얘기 더 듣고 싶어가지고, 철원에서 어떻게 사셨어요?] 철원서는 농사짓고 살았지. [조사자: 농사 지으시고?] 농사짓고 내도록 밭 매고 논매고 모 숨구고 그렇지 뭐. [조사자: 시집가셔서 일은 억수로 많이 하셨겠어요?] 친정서는 그런 일도 안해봤는데 일 배우느라 애먹었어. [조사자: 곱게 크셔서 거기 가서 일 많이 하셨겠어요.] 농사짓느라 고생 많았지. [조사자:

영감님도 없이 혼자서 아들 다 키우시고] [조사자: 동네에서 끌려가 거나 그런 사람 있었어요. 인민군들한테 동네에서, 철원 동네에서 인민군들한테 끌려갔던 사람들 있었어요?] 그런가 아니구 그냥 집에서 편안하게. [조사자: 인민군이 동네 사람들을 끌고 가셨어요?, 젊은 사람들?] 갔타 간다고 가는거 아니야. 하루는 애기 아빠가 오는 줄 알고, 어떤 군인이

"질 갈쳐 달라!"고.

날로 보고 가자카더라고. 아줌마가 질 알면 질갈켜달라고 가자캐서 아를(아이를) 자는거를 막 이렇게 깨웠어. 나는 댕겨보지 않아 가지고 집도 모르고 하니까 안간다고 둘이 앉았다가 가뿌리더라고. [조사자: 길 가르쳐 달라고 그랬는데.]

"안댕겨보고 집도 모르고 애기도 있고 나는 못간다"

그랬지. 밤에 와가 둘이가 와가. 남자들이고 뭐 혹시 데리고 간 사람은 가뿐 후로는 어디갔는지 행방불명이고 없거든. 그래 나중에 소문 들으면 지하실 같은데 가둬놓고. 데려간후로는 어디갔는지 모른다고. 그래가 나중에 물어보면은 내에 반공실속에서 살았으니까 머리를 이만큼씩 쥐고 살았는 사람은 살다가 냉중에(나중에)는 우에됐는지 몰라. [조사자: 할머니 젊으셨을 때 얼굴도 예쁘다는 소리 많이 들으셨던것 갔던데요?] 뭐가, 늙어가지고 [조사자: 젊었을 때?] 젊어도 인물이 못생겼어. 요새 같으면 시집도 못 갔지. [조사자: 무슨?] 옛날이니까 중매해가 갔지. [조사자: 저 저기 혼자 되셔 가지고 아들 한명 키우실 때 제일 힘드셨게 뭐에요? 제일 힘들었던 기억 나는거 제일 힘들었던거요?] 별로 힘든거 없었어요. [조사자: 친정에서 다 그냥 키워서?] 만날 그만하이 살지. 별로 힘들고 그런거는 없어. [조사자: 등 안 아프셨어요? 업고 그렇게 다니셨으면 힘드셨지. 계속 업고 피난 다니신거잖아요?] 피난다닐 때는 이북에서 좀 힘들었지. 업고 댕기니까.

그라고 또 피난 와가지고 인자 배급 주고 그때는 우유를 마이 이런 솥으로 하나 끓이가 깡통 같은거 가지고 가면 한모금씩 안 주나? 그것도 배급에 얻

어묵고 멀거이 끓이가 한모굼씩 주더라고. 피란와가지고 배를 마이 골았지 뭐. 강냉이는 강냉이만 주고 또 배급줄때 콩은 콩만 주고 알랑미주면 요새 알랑미쌀 묵지도 안하지만 훌 불면 날라가뿌잖아. 장이있나 소금을 갇다 녹하가지고 식구는 많고 장도 없거든. [조사자: 장이 어디있어!] 소금 그냥 한되 사가 물에 이래 녹하가 찬물 그거 떠묵고 그랬으니까네, 배가 고프이 잠이 안오더라고 또 나무를 해야되이꺼네 남한산성까정 나무하러 갔다가. [조사자: 나무도 하러 다니셨구나!] 나무도 해봤다 새벽에 가가지고. [조사자: 천호동에서 남한산성까지 걸어가셨다고요?] 야, 얼마나 멀더라고 그래 새벽 4시에 알랑미 밥해가 요만쿰씩 묵고 요만큼 싸가지고 소금 쬐메만 싸가지고 4시에 일나가 가면 남한산까지 걸어가 꼭디기가면 해가 쫌 뜨더라고. 그래 인자 나무를 요마이 해가지고 이고 거기서러 4시에 집에까지 걸어온다고 걸어오면 5시 6시 된다고. 그게 고상이라 파란와가지고 [조사자: 오시면 저녁 하셔야 되고.] 그래 요새 우리아들이 안그카나 그때는 도로도 안해졌거든 내에 돌방천이고 길이 꼬불랑 꼬불랑했는데, [조사자: 도로도 없고 그렇죠 당연히] 우리아들이 요새는 댕겨보면 질이 다 포장이 돼가 길이 이마이 좋다고 우리엄마는 옛날에 그렇게 고생하고 만날 댕겼다고. [조사자: 나무하고 오시고] 그래 꼭대기가면 인자 훤하이 나무를 하나씩 하나씩 그거 좌가(주워서) 요마이 머니까네 많이는 못 해가지 요만해가 이고 또 걸어온다고. [조사자: 거기 강가나 가지고 나무가 없었구나! 그래서 남한산성까지 가셨구나!] 그때 우리 시숙모 시누부하고 마카 어불러가지고(어울려가지고) 가는거지. [조사자: 같이 그렇게 나무하러 다녔구나!] 혼자는 어디멘지 내가 뭐 아나? 뭐 질도 모리니까네. 또 어느 야산이 있더라고 낫을 하나가져와서 나무한다고 이렇게 풀, 나무가 있나 속새같은거 많이 있는거 인자 그걸 나무한다고 이래 군인들인가베 천막쳐놓고 있다가 막 나무하다고 나와가지고 뭐라컷더라고. 후지께가(쫓겨서) 내려와가지고 질에 가니 [조사자: 군인들 꺼구나] 풀이 많아가 그거 뜯어가 말라가지고 그거 떼고 피란와가지고 그렇게 고생이라. [조사자: 그럼 애초에 거기 천호동에 와 겠신게,

미군들이 내려다 준 게 천호동이에요. 아니면 누가 거기로 가자고 해서 가신거에요?] 아무데도 가지고 안하고 천호동에 왔는 그 자리에 그냥 내도록 살았지. [조사자: 거기 이북에서 내려 오신 분들이 같이 많이 모여 있었겠네요?] 그래 돈 있는 사람들은 다 집얻어가 가고 돈없는 사람들은 땅에 사는거지. 우리는 돈이 없으니까. [조사자: 소 두마리 있었잖아요?] 소두마리 그거 작은집에 줘뿌랬지. 한 마리 작은집 몫이 다른데 하나 줘뻐렸지. 큰집 소 한 마리 가지고 옳은값 쳐주나 반값쳐가 식구는 많고 쌀좀 팔면 없는 거 뭐.

시(세) 집식구가 한데 합하니까 얼매나 많은데. [조사자: 얼마나 많았어요? 스무 명 있었나?] 한 수무 명 되지. 시집 식구가 뭐야 집 식구간 작은집 식구도 몇이나 되지. 큰집 식구 시누부네 식구 두 집에 작은집식구하고 시집 우리집 하고 니(네) 집 우리도 따로 살다가 한데 다섯집 식구가 모이였으니까 얼매나 많으노. [조사자: 그럼 소 한 마리가 얼마나 가겠어.] 그깐 소 한 마리 갖고 며칠 못살았지 [조사자: 그럼 막 내려왔을 때는 여름이라서 주무시기 좀 편했을 텐데 겨울에는 어떻게 했어요. 겨울에는 추워서?] 겨울에는 우리 시숙하고 시동생하고 있으니까 헐러가 메주뭉티기 맨치로 돌로가 뭉치가 집을 요만하이. [조사자: 집을 대강 지으셨구나!] 땅집을 만들었지. [조사자: 땅집] 그러니까 내 가족 니 가족 할거 없이 땅집 만드는데 거기 반공실 맨치로 한데 내도록 살았지. [조사자: 거기서 스무 명이!] 추부(우)니까네. 그라다가 차차 차차 살아가 또 땅집으로 집을 하나 지어가지고 [조사자: 또 짓고] 여기오니까 기와공장을 하더만. [조사자: 기와공장?] 우리 시숙하고 시동생하고 기와공장 댕기 가지고. [조사자: 다리 공사할 때는 다리 공사하러 다니셨고, 기와 공장에서 일하시고] 그래가 돈 쫌썩 받아가 묵고 살았지.

[조사자: 여자 분들은 나무, 남한산성으로 나무하러 다니시고, 불 떼야 하니까 거기가 강가라 없어 그러니까 남한산성까지 그 길을 강바람 춥잖아요?] [조사자: 할머니 지금 천호동가시면 어딘지 아시겠어요?] 몰라요 마카다 버러(벌써) 몇 십년 됐는데 뭐. 천호동. [조사자: 벌써 60년 지났죠, 벌써? 한 60년 됐겠다.]

우리 아들 네 살 묵어가 갔으니까 경주 갔으니까 가도 여기 있어도 여기 어디가 어딘지 댕기는데가 없으니 몰라 안댕겨보니까 나는 글도 모르니까네 어디 멘지 잘 댕기지도 못해. [조사자: 거기서 제일 고생 스러워겠다.]

피란와가 델다놨느이 제일 고생스럽지. 내 죽쒀가지고 먹고 살았으니 근근이 명만 달아가 있는거지.소금 그거 간인데 소금 한번 찍어묵고 그냥 쑤끼죽 쒀가 수끼주면 수끼삶아가 그냥 갈아가 물맨로(물처럼) 마 해가 묵고하니까. [조사자: 쑥?] 밭에 나는 수수. 수수 그것도 배급주면 요새는 하얀게 쌀맨치로 빼끼가(벗겨서) 묵지만 그때는 빨간거 그냥 주니까네 그거 그냥 갈아가지고 식구 많으니까 죽쒀가지고 멀겋게 묵었지. [조사자: 아 수수도배급이 나왔구나. 그나마 알랑미가 나오면 그거는 좀 잘 나온거겠네요? 그것도 쌀이니까?] 쌀이니까 그것도 밥해 노으면 훌 날라갔뿌잖아. 그것도 반찬이나 있나 소금물에다 알랑미 밥 묵으면 무슨 힘이 있노. 그냥 안 죽을라고 명만 달았지. 그러니까 피란 나와가 많이 고생했지. [조사자: 점심은 그냥 굶으셨겠네요?] 점심은 어딨노 아침 저녁으로 죽쒀가지고 한 모금씩 마시고 그냥 살았지. 그래가 어떤 할무이들이 시래기 주으러 간다캐가 그래 따라가가 새끼에 이마이 하나 가지고 와가지고 무시(무우) 이파리 척척 깔아가지고 밭에 놔놔둔거 마카 걷어가가와가지고 그래가 씻거가(씻어서) 수금(소금) 흩치가(뿌려서) 고춧가루가 있나 뭐 그냥 절가가 김치라고 그래 묵었다고. [조사자: 소금은 어디서 나셨어요?] 소금은 헐으니까(싸니까) 소금이 제일 헐찮아. [조사자: 싸니까?] 네, 한되만 사놔 놓으면 며칠 묵거든. 물에 녹하가도 물 묵고 그라니까. 요새는 아–들도(아이들도) 얘기해도 몰라. 요새는 장하고 고추장하고 묵어도 반찬이 있니 없니 그라는데. [조사자: 불과 60년대 일인데.]

[조사자: 그래도 폭격소리 이런것 때문에 무서워 가지고 잠도 못 주무시고 그러셨다던데 그러지 않으셨어요?] 잠도 못자지. 폭격 날라오는 소리가 '휑–'하이 날라오면 터지는 소리 팍하고 소리나면 뭐 놀라기도 하고 파편같은게 정궁(공중에) 확 퍼져가 막 날라오는데, 그거 찔리까봐도 무섭고 그렇다고. 한번

만 쏘나 그거 터져뿌고 나면 또 쏘고 또쏘고 철원읍에서 쏘면 십리까지 우리 집깡 떨어져가 있어도 그꺼정 날라와가 터지는데 뭐. 난리났다캐도 우리만치 난리쳤던 사람은 없을 거야. [조사자: 옛날 꿈꾸세요? 꿈속에서 안꾸셔?] 하도 난리 나가 고생했으니 인자 난리나면 아무데도 안가고 그 자리에서 죽는기 낫지 피란안간다캤지. [조사자: 피난 안간다고 그러셨어요?] 그래가 이남 나왔으니 비행기 안 댕기고 폭격안하고 사니까 안전하니 마음이 편더라고. [조사자: 피난 와서 고생해도] 이북살 때는 밤낮으로 내 비행기 날라와가 내 폭격하고. [조사자: 비행기 폭격하는거 되게 무섭지요? 겁나고] 비행기 폭격하고 기관총 쏘지. 그라고 비행기도 여러 가지데. 폭격하고 총쏘는거는 제트기라 [조사자: 제트기] 그카데. 또 커다란거 오면 정찰기라 [조사자: 정찰기, 많이 아시네.] 하도 비행기를 많이 땡기고 [조사자: 많이 보시고, 쌩쌩이도 보시고 다 보셨어.] 이제 날리나면 아무데도 가지 말고 그 자리에서 죽던지 해야지.

[조사자: 할머니 또 재미있는거 생각나시 얘 없으셔? 빨래하실 때 그때 어땠는지 이야기해 주시면 안돼요?] 빨래할 때 손 시럽지 뭐 빨래하는거는 [조사자: 보신거나 그런거 없어요. 마음은 편하셨구나! 천호동이 고생스러워도 비행기 소리 안나니] 많이 조용하지, 뭐. 이남와가 사니가 조용해가 좋더라고. [조사자: 그래도 어떻게 이북으로 안가시고 이남으로 가셨네. 피난을 오셨네, 북한으로 안가고?] 북한에 갔으면 우린 죽지. 살아있지도 못한다고. 어디가 찡기가(끼여서) 죽지. 옳게 묵나 어디가 죽었였는지 모리지. 북한에 간 군인들은 연금이 없잖아. 여기는 다 연금 타먹잖아, 군인들이 북한에 간 사람들은 어디가 죽었는지 모른다고. 개죽음 한가지지. 가는날 그날 뿐이지 어디가 죽었다 하는 소문 없다고. 조사를 안하고 그냥 있으니. 우리 칠촌 아재 한키(한명)는 군인을 갔는데 간 후로는 소문 없다애이가. 거 누가 밝히나 그냥 아무 소문 없으니까. 이북 군대를 가면 소문 없다고. [조사자: 그래서 딱 이남으로 피난을 왔구나!] 이북에서 남자들이 난리안 났을 때는 일로 이남 내려와 가지고 남의 집 살고 파란와가지고 자기가족 만나가 살잖아. 이북에 간 사람들은 어디갔는지 모른

다고. [조사자: 어딨는지도 모르고, 할머니 미군 차 타고 이남 피난 오실 때, 이북으로 간 마을 사람들도 있었어요?] 이북으로 간 사람들은 나는 몰라. 그런거 [조사자: 마을 사람들 다 같이 타고 왔을꺼 아니에요, 그 차를?] 우리식구들은 다 오고 [조사자: 스무 명이나 됐으니 뭐 많지, 미군이 마을을 소개한거 같네] 차를 한테다 타가지고 왔으니까네.

[5] 결혼 과정과 철원에서의 생활

[화자를 소개해 준 화자의 조카 분이 청중으로 참여]

[청중(조카): 왜 그리 시집가셨는데?, 이모?] 시고모 큰딸이 아주마이가 우리 동네 중동네 거이 사셨으니까. 우리 시부모 사돈이 아버지가 우리 친구란 말이다. 그러니까네. 그 영감이 중신을 해가지고, 아버지가 그 중신아비 말 만듣고, 치와뿌고. [청중: 뭐타고 며칠이나 갔는데요?] 그때는 기차있어 가지고, 사흘만에 시집간단 아이가. [청중: 가는데 사흘이 걸렸다고?] 사흘이 걸렸단께. [청중: 기차타고?] 안동가가, 하룻밤자고. 옥천리가 하룻밤 자고. 그래 그라고 사흘만에 시집에 갔지. [청중: 이모부는 언제 돌아가셨는데?] 4월 달에. [청중: 전쟁 지나고?] 전장내 하는 도중에. 독감 알아가지고. 병원도 없다아이가, 의사도 어디 갔는지도 모르고. [청중: 그래가지고 이모부 돌아오시고 밑으로 내려왔는교?] 돌아가가지고. 천호동 와가지고 1년 있다가. 피난은 5월달에 내려왔잖아. [청중: 6월에 전쟁 나고 더 버티고 계시다고 그 다음해에 천호동에 내려온거야. 시동생하고 시누하고 다 데리고?] 시동생, 시숙, 작은집 식구들, 큰시고모, 다 서이에다가, 할매하나고 내거든 다섯식구아니가. 또 셋째시누이가 아들하나하고 그러니 식구가 얼마나 많아. [청중: 그때 덕복이(화자 아들) 오빠는 몇 살 때?] 세살 때. [청중: 세 살 때 업고, 그래 경주는 언제 왔는데?] 경주는 천호동에서 일 년 지내고. 일년 있다가. [청중: 이모하고 오빠하고만 데리고?] 저기 할배가 가자고 데리고 왔지. [청중: 고모하고

다 천호동에 있고?] 누가 피난왔는지 사람들이 알려줬어. 천호동 산다고. 시동생도 와갖고 알려주고. 시어른은 양로원에 갖다 놓고, 큰 아들은 남의 집에 보내놓고. 삼촌이 와가지고 다 데리고 오고. [조사자: 바깥어른이 51년 4월에 남편 돌아가시고 51년 5월에 내려오셨다고. 직전에 내려오신 거구나. 미군이 소개시킨 거 같아.]

[청중: 동네에 국군이 왔다가 인민군들 왔다가 번갈아 왔다갔다 했어요?] 인민군들은 후퇴해가 가빠리고, 여기 국군이 점령해가 오면은 인민군들이 와가지고 많이 고생시키더냐고 물어보러 왔더라고. 인민군들은 [청중: 인민군이 와가지고] 국군과 서로 [청중: 국군들이 와가지고?] [청중: 음식 같은거 나눠주는거 없고?] 그런거는 아무것도 없고. 저쪽 인민군들은 국군같이 싸움할 때는 말을 몇 마리씩 몰고 와가지고 소는 풀어가 난장에 내던지고 밤에 어디 놔버리고 저거 말로 갖다 우리 마구에 넣어놓고 감자도 저거 마음대로 막 퍼다가 말 주고. [청중: 국군들이?] 인민군들은 주로 말뿐이거든. 차는 없고. 짐은 실어야되고 그렇지. [청중: 인민군들이] 국군들이 와가지고 자리를 잡아가지고 밀가루니 광목 그런거 다있으면은 밀가루포대, 광목 그런거 마카다 가지고 와가지고 비행기가 하도 댕기면 인민군들은 군복 입었으면 쏜다고(쏜다고). 그래 광목그거를 쭉 째가 마카 덮어쓰고 댕긴다고 동네 댕기도. 허여면 사람, 본 사람들은 안죽이고 인민군들만 죽인다고 군인들이 기관총을 쏘거든 [청중: 비행기에서?] 비행기에서. 인민군 아닌거 할라고 광목을 쭉 째가 덮어쓰고 동네 덮어가 댕긴다고. [청중: 주민들이] 그래. [조사자: 나는 인민군이 아니다 이런 표시구나!] 국군들이 광목 물품 갖다 재놓고 파다가 후퇴해 가뿌면 그 물건은 그냥 놔둬뿌잖아. 그라면 인민군들이 마카다 말에 싣고 와가지고 동네 갖다 부롸놓고(내려놓고) 밀가루 가지고 음식도 해묵고 해묵다가는 그거 다 싣고 어디로 가는지 밤에 가더라고. 말에 싣고. 그러니 말은 내에 갖다 놓고 감자갖다 소쿠리로 퍼다가 말 다 먹여뻐리고.

[청중: 왜 그러면 드라마 같으거 보면 군인들한테 도와준 사람들 반동 그라

면서 잡아 가두고 총살시키고 그런거 없었어요?] 빨갱이가? 온 동네 아줌마들이 빨갱이거든. 우리는 국군들이 후퇴해가 오면 나는 속으로 좋다에이가. 저거는 인민군들이 부산까지 갔다고 말있었거든. 저거 빨갱이들은 갔다고 좋다고 말해도 우리는 거- 섞이가 말도 못하고 우리는 아무당이 아니고 민주당이가네. [청중: 가만 있었다는거지?] 거기 동네 여자들도 다 빨갱이까네 저거끼리 단체가 되도 우리는 안섞이고. [청중: 그러면 이모는 같은 빨갱이 단체에 안들어갔다고 이모한테 해꼬지 안했냐고?] 밤으로 마카 모이가 회의하잖아. 우리는 못한다고 저거당에 안들었다고 내에(늘) 사람이 비판이 많았잖아. 내 비판받았지 뭐. 뭐 잘못했는거는 잘못했다 그라고. 내에 이모부는(남편)가가 내에 비판만 당했지. [조사자: 이모는 철원 몇 년 살았는데?] 한 6년밖에 더 살았나. [조사자: 고생 많이 하셨지, 6년 동안] 그러니까,

"내에 손시렵다고 장갑내놔라 수건해내놔라!"

온갖거 그런거. [청중: 누가 빨갱이 여자들이?] 군인들이 달라고. [조사자: 달라고 하면 다주고] 장갑도 사주고. [청중: 사람을 해치거나 죽이고 그런거는 없었어요? 뺏어가고 이정도로] 없었고, 사람이 곡식도 묵고사는거는 공출대니라고. 마카 봉다리 이만큼씩 접어가 다 넣어가 공출한다고.

[조사자: 할머니, 해방나던 해에 결혼하셨어요?] 일본사람들이 해방되가지고 차위에 타고 올적에 우리는 감자삶아가 여다가 역에 마적(마다) 안서나 그때 물하고 감자하고 막 던지줬다고. 만세부르고. [청중: 시집가기전?] 시집가가지고. [청중: 시집 가가지고.] [청중: 결혼은 몇 월달에?] 해방이 8월달. 결혼은 열아홉 4월달에 했나. [조사자: 감자쪄다 주시고 그랬구나!] 그때는 조용해가 감자 삶아가지구, 월정리 역이있거든. 거기서 차가 서니까네 감자하고 차에 있는 사람 다 던지줬다고. 배고프다고. [청중: 시집 가가지고 던져줬다 그거지] 그래. 물도 독에 가둬놓고 [청중: 그때는 오빠 놓고 안 놓고] 안 낳었지. [청중: 새댁 때?] 바가치로 막 사람 먹이고 그랬지. 그때 8월 15일 이라고 깃대 흔들고 그랬거든. [조사자: 깃대도 흔들고 해방됐다고.] 그러고는 나간일은

없다고. [조사자: 그러고는 북한 땅 되고, 소련군땅 북한 땅 돼고, 결혼하셔가지고 그렇게 넓은 땅은 처음 보셨죠? 철원 가가지고 엄청 넓죠?] 말도 못하게 넓지. 집은 들 한복판에 하나씩 있고 우야다가(어쩌다가) 동네 한 몇 집있지. 시집 가니까 [조사자: 워낙 넓으니까? 땅들도 많고] 우리시집이 들복판에 두집 밖에 없더라고. [조사자: 땅도 많으신거야, 일이 정말 많으셨겠다 농사하시느냐고 힘드셨겠다] 일은 뭐 눈만 떨어지면 농사일 하나도 안하고 컸는데다가 마당에 모숨궈라 논매라 하니 할줄 알아야지. 얼매나 고생했다고. [청중: 이모 건천에서는(처녀때) 일 안했어요? 그냥 길삼이나 하고 그랬나] 그때는 마카 머슴 데려놓고 살았지. 여자들은 들에 안가잖아 [청중: 우리 외갓집 나름 부자였어.] (웃음) 머슴 데리놓고 점심해주고 참 해주고 먹는거만 해주지 들에 나가는거는 모르거든. [조사자: 왜 친정 아버님이 그 예쁜 딸을 철원까지 시집을 보내셨지?] 부잣집이라 그랬어. 땅이 많았지. [청중: 땅이 많았지.] 땅은 농장 땅 땅도 많고 밭도 많도 논도 많고 그래노니까 내에 모숨가라 논매라 그라더라고. [청중: 머슴 사서 하지 왜 그렇게 하셨어요?] 시아부지가 성질이 벨라고(별나서) 해노이까네 놉도 안해(사람 안써). 아들네들이 많으니까 [조사자: 아들이 많긴 많았으니까.] 그냥 내에 농사 지었지. [청중: 가족들끼리 농사짓고. 녹패가 하면 돈도 줘야하고 싫코 그러니까?] 농사가 많으니까 먼저 해놓은거는 뒤의거는 또 풀나고 넹중된거는 또 풀이 올로오고. 언선시럽다(정말 지겹다) 감자농사를 해가 두지(?)를 하나 해놨는데 그거 밭일이 얼마나 일 많노. [조사자: 그러면 시땍에서는 길쌈은 안하셨어요?] 내에 농사만 지었지. [조사자: 거기는 오로지 논 농사만 하는구나, 철원을 그건 안하는 구나!] 딴일은 안해 할 여개(여가)도 없고. [조사자: 할머니가 시집가셨을때 시아버지가 둘째부인 보고 있었던 거예요?] 다 죽고 나왔지. [조사자: 다 돌아가시고, 연세가 많으셨구나!] 피란 나올때 죽고 나왔지. 그때는 독감이 심해 가지고 죽은 사람 많애. 여기 와가지고도 독감앓은 사람들은 샘에 물뜨러 나가면 깡통에 머리 빠진 사람이 얼매나 많은지 한데 여기 와가지고 조리도 못하고 노박(바닥에) 눕어 있는거도 많아. 독감 앓으면 머리카락 다 빠진다고. [청중: 열이 나니까 머리가 빠지는구나, 이모부는 몇째였는데, 몇째?] 둘째. [청중: 맏이는 아니고, 지금 연락하시는 친척은 있는교, 없는교?] 지금은 아무도 업지. [청중: 다 돌아가시고 여기 시동생 두집하고 또 한집하고 시동생 시집 안있나.] [청중: 시동생 다 돌아가시고?] 시동생 다죽고, 서모한테는 난 시동생들이 있고 우리 본할마이한테서 난 사람들은 다 죽고 없다. 강원도 원주시에 우리 시누부 하나 남아있는거도 아파가 고랑고랑한다. [청중: 그러면 이모부는 정실자식이고요?] 정실에 칠남매 놔놓고 우리 시어머이가 돌아가싰단다. 그래 또 할마이 주워놓으니까 여섯명 나서. 시집가니까 열서이 더라고. [조사자: 십삼남매?] 중신애비가 아무것도 없고 부잣집 아들 둘이라케노고 할배가 그말만 듣고. 그러이 깜박속아가 중신애비 말만 듣고.

지금도 기억하는 아군들의 여자짓

신 경 숙

"너 병 난 짐에 아주 죽어라. 이 세상에 살 수 읎다. 저럭허구 살아 뭐 허니."

자 료 명: 20130218신경숙(춘천)
조 사 일: 2013년 2월 18일
조사시간: 22분
구 연 자: 신경숙(여 · 1933년생)
조 사 자: 오정미, 이원영, 남경우
조사장소: 강원도 춘천시 정족 2리 경로당

[조사과정 및 구연상황]

조사당일, 마을회관에서는 마을 잔치가 시작되고 있었다. 정족 2리에 사시는 대부분의 노인들이 모두 모인 가운데, 유독 밝은 표정의 신경숙 화자를 만날 수 있었다. 신경숙 화자는 친근한 말투와 행동으로 조사자의 질문에 응하기 시작하면서, 자신의 피난담을 구술하기 시작하였다.

[구연자 정보]

신경숙은 춘천 토박이로, 춘천에서 6.25 전쟁을 겪었다. 가까운 곳으로 가족이 함께 피난을 나갔지만, 옆방에서 아군들의 여자짓때문에 고통받았던 이웃집 딸들을 아직도 기억하고 있었다. 아군들의 여자짓을 구술하면서 농담을 섞기도 하였는데, 젊은 조사자들을 위한 배려였다. 신경숙은 여전히 그때의 상처받던 젊은 여자들을 기억하고 있었다.

[이야기 개요]

신경숙은 가족들과 피난을 나왔다. 그녀는 심한 열병에 걸렸고 생사의 기로에 섰지만, 오히려 그것은 다행이었다. 왜냐하면 아군들은 가족들을 가두고, 옆방에서 그들의 딸들을 데려다 몹쓸 여자짓을 자행했기 때문이다. 총칼로 위협하며, 여자짓을 자행한 아군들 때문에 신경숙의 아버지는 그녀에게 차라리 저런 짓을 당할 바에야 죽으라고까지 했다. 신경숙은 병이 나을 때쯤, 다른 동굴로 도망을 갔고, 무사히 그 어둠의 시간을 보낼 수 있었다.

[주제어] 아군, 여자짓, 성폭행, 중공군, 폭격, 고생, 열병, 죽음

[1] 온 가족이 피난을 나가다

그때가 오월 달이야. 오월 달인데 우리 언니네가 샘밭 살았어. 근데, 모내다가 그냥 아주 아무 것도 못 챙기구서 그냥 쬣겨온거야. 우리집이로. 그래 가지구, 시아버지는 돌아가시고 시어머니, 시동생, 두 내우(내외), 또 딸 둘 낳은 거 우리 집이로 와 가지구 우리집이서. 그때 옛날인데 소에다가 이렇게 지르매, 지르매 몰르지? [조사자1: 네.] 등어리다 이렇게 해서 이룽게 낭구때기로 짜서 거기다 싣고. 그렇게 싣고 이불 보따리는 지구, 가다보니까 저 양평이라는 데까지를 걸어간 거야. 거기를 걸어서 이 군자리를 돌아서 양평으

로 간 거야. 그래다가 뭐 계-속 그냥 뭐, 그냥 전쟁을 해가지구 쑥 물려(밀려) 그때 부산까지 나갔잖아요. [조사자1,2: 네.] 예. 그랬는데 어쩔 수 없어서 집이루 들어온 거야. 들우와 가지구 또 이제 난리가 재차 또 나는데, 거기가 지금 여기 동산면 어디 일거야. 우리 이모네 집인데. 우리 동생, 둘째 동생하구 나하구, 쌀하구 이불 보따리, 나 시집갈 때 가주갈(가져갈) 농속이야 그게. 광목 끈, 명지(명주) 끈, 민영해서 우리 동생을 지키고(짐을 지우고), 나는 쌀을 한 두어 말 해서 이고. 세거리야 그게 구말(옛말)로. 거기 동면일 거야. 그렇게 해 가지구 거길 갔는데. 아요. 하룻밤 되니까 그냥 뭐 탄이 막- 떨어지는 거야.

그러니까 거기서 우리 동생을 데루구, 우리 친정 어무이 고모네 아들 며느리가 갔는데, 그이네들하고 저- 홍천으로 나가 구말(옛말)로 뒷배라는 데를 간 거야 이제. 거길 갔는데 뭐 벌써 전투가 또 앞서서 저길 간 거야. 아우, 그래 가지구 거기서 이제 가는데, 길바닥에 가는데 깜댕이(흑인)가 확 해져 나왔더라구. 미군하고 깜댕이가. 아유, 그래 내가 보따리를 이구 가믄 내 동생은 농속을 지구. 그래구 가믄 깜댕이가 덴막(천막)을 치구 미군 속에 있다가 쫒아 나와 가지구. 아주 그 수건이나 있어? 민영을 이렇게 뚝 잘라서 수건을 해 씨구(쓰고) 그지처럼 하고 이제 가는데. 아유, 그 미군하고 깜댕이하고 신작로로 나와서 나를 붙들고 씨비씨비씨비. (일동 웃음) 날 보고 그래는 거야, 붙들면서. 그러니께 무수와(무서워) 미치는 거야. 아주 질바닥(길바닥)에서 흙을 해서 얼굴에다가 막- 문질르구 그내 우리 둘째 동생이

"누나, 일루 와, 일루와."

나를 감춰주고 그랜 거야.

[2] 아군들의 여자짓이 더 무서웠다

그렇게 해 가지구 거기까지 갔다가 또 들어온 거야. 벌써 저길 앞질러 갔으니. 집에 들우와 있는데 우리 친정아버지는, 하이튼 중국 놈들이 확- 해져 들어와 가지구 그 거넌방(건넌방)에 창고로 쓰는 데까지 짚을 깔고 들우구, 웃방에 들우구, 사랑에 들우구, 안방 웃목에까지 온 거야. [조사자1: 오-.] 그래믄, 그 중국 놈은 행실은 고와. 여기 사람, 우리나라 사람같지 않아요. 그래믄 우리 친정어머이가 얼마나 엄한지 나를 방 벽을 이래 들여다 보고 있으래, 그 새끼들 치다(쳐다) 보지 말구. [조사자1: 아-!] 그러하고 있으니까 중국 놈이 나를 보고 그래는 거야.

"딸이, 산에, 국방군이 갔지?"

이래는 거야. 인제 즈허구(자기들하고) 대척을 안하니까.

"딸이, 산에, 국방군이 갔지?"

이래는 거야. 날 가지구. 그르다- 못해 이제 그렇하구 한 방에 자도 그 새끼들은 그런 게 읎어. 우리 친정어머이하고, 이제 우리 어머이가 젖맥이 애기 데루구(데리고) 같이 자고 난 아릇목에 자고. 낮이면 이 바룸방(베룸빡, 바람벽, 벽)을 보구 앉았는 거야. 메칠(며칠)을. 열아홉이야 내가. [조사자1,2: 아

-.] 그랬는데, 인제 그 놈들이 후퇴를 해 가지고 싹 갔어. 세-상에. 쌀이구 뭐구 죄 퍼가, 중국 놈들이. 먹을 것두 읎이. 그렇게 해구는 이제 후퇴를 해 들으갔는데 여기 아군이, 여기 군인이 인저 콱- 들운 거야. 확 들우니까 하이튼 중국 놈들은 그런 행동이 하-나도 없어서 그것만은 안심을 하고 살았는데.

여기 아군이 들어오니까 하이튼 무서워 못 살아. 색시 붙들러 댕기는 거. 그냥 아군이 색시 붙들러 댕기구 우리 바깥 사랑이 폭격을 맞고, 우리 친척 집이가 아랫간에 하나 웃간에 하나 아래 웃간인데, 거기 들었는데, 나는 그때 못된 옘병이라고도 그래지, 그 이 탄피에 그게 오염이 되가지구 그거를 앓았어요. 아주 그냥 안방에서 이불을 폭- 씨고(쓰고) 정신도 모르고 앓는데. 그 우리 아부지 고모의 아드님들이 두 분이 아랫간에 하나 웃간에 하나. 이 웃간에는 딸을 둘을 데리고 인제 와 있는데. 그 딸들을 건넌방에 데려가서 미군이 데리구 자는 거야. [조사자1,2: 어머-.] 총을 안방에다 이렇게 들이 대구 남자들 죄 안방으로 들이 몰고, 또 한 놈이 나오믄 또 교대를 해서 또 그렇허구. 아유, 그렇게 했어. 그러니까 우리 친정아부지가 나를 보고

"너 병 난 짐에(김에) 아주 죽어라. 이 세상에 살 수 읎다. 저렇허구 살아 뭐 허니."

그랬어. 아- 그래다 나니까 그렇허구 한 번 가더니 우리집이가 무슨 영업집이가 된 거야. 날-마다 떼로 미군이 찾아오구 베길 수가 없어. 아주 죽겠는데 억-지로 머릴 들구 저 검병산이라고 있어. 이불을 하나 우리 동생이 싸서 지구 나를 그 호랭이 굴에, 거기를 많이들 피난을 갔어요. 색시 붙들러 댕길 제(때) 걸루 피난을 갔는데, 거기 가 있어. 너-무 아파 죽겠으니까 들어가자마자 씨러졌는데, 천장에서 비가 떨어지구 자기네는 비 안 떨어지는 데 딱 앉구 나는 너무 아픈 사람이니까. 하이튼 이불두 다 젖구, 옷도 다 젖은 거야. 그렇허구서 사변을 그렇게 치렀어요, 내가.

치르구는 차차, 차차 나아져 가지구 우리 어머이, 오라버니가 저- 우에,

이반에, 저 꼭대기 사는데, 저녁이믄 거기 내려와 밥을 읃어 먹구, 우리 어머이가 막내를 업고 밥을 해 이고 거기다 갖다 주믄 글 읃어 먹구. 낮에는 기올라가 거기 가 있구. 우리 아부지 고모의 손주딸들 둘하고 같이 있었는데 아군이 들우와 게네들을 또 잡아갔어. 이 이반에 가서 닷새 만에 온 거야. [조사자1: 오-.] 아구 놈들이. [조사자1: 아군들이요?] 응. 그것들이 망가뜨린 거야. 또. 미군헌테 하축 혼나고 거기 또. 그래 가지군 나는 그 놈들한테 하-나도 당하질 않구. 그 너머에 친척집이 농을 쬐끔 내 놓고 그 농 뒤에 가서 또 앉았었어. 그래구 우리 할아버지네 집이 홀랑 탔는데, 가마솥, 죽 써주는 가마가 이만해. 거기다 이룽게 놨는데 그 위다 뭘 덮고 고 안에 진죙일 이렇허구 앉았구. 벨짓(별짓) 다 하구 한 번도 당하진 않구 이제 비켜난 거야. 이제 그랬는데 그 당헌 우리 동생뻘 되는 애덜은 시집을 더 잘갔어. [조사자1: 오-.]

"내가 괜히 그룽게 피했나?" (웃음)

내가 그 말도 웃기는 소리루 핸 거야. 내가

"괜히 그 고통을 당하메 피난을 잘 했어. 걔는 그렇허구두 시집을 더 잘가서 더 잘 사는데, 나는 이렇게 그냥 한 번도 붙들리지 않구 피난을 잘 했는데 나는 그 사람네 만큼 시집을 못 갔다."

내가 그래. (웃음)

그이네들 다 죽었어. 그 사람들. 그렇게 사변을 그렇게 치뤘어요. 우리 아부지는 인제 또 이제 중국 놈이 뭐 붙들어 가고 그래니까 저- 진베, 검병산 꼭대기에 올라가서 피난을 하고 계시다가 저녁에만 내루와 밥 잡숩구 낮이는 거기 올라. 아이구, 살은 생각을 하믄 너무 험악해. 그 미군들이 주둔하구 저런 산에 주둔하구 있으믄, 쪼꼬렛. 그걸 실컷 먹다가 땅을 파고 묻고 가데. 그걸 또 캐다 먹었어 우리가. [조사자1: 아-.] 응. 미군이 내뻐린 쪼꼬렛을. 그때 얼마나 식량이 귀해요. 지금은 논에 물이 없으면은 땅을 파서 지하수를 해 가지고 물을 대서 농사를 지어 먹는데, 그때는 하늘에서 내리구 개울물 아니면 못 해. 그렇게 고통시럽게 그룽게 사변을 열아홉에 그룽게 해 가지구.

스무살이 되구, 스물하나가 되자, 음력 정월 초열흘날 우리 아저씨가 군인 상사였어. 구 년만에 저이가 제대를 했는데, 저이하고 결혼을 한 거야. 결혼을 하고 열흘 휴가를 했는데 사흘을 앞댕겨 와 가지구 사흘은 까먹구 일주일을 같이 있다가 가 가지구, 한-참 철원에서 전투를 하구 이 년을 못 만났어. [조사자1: 하자마자?] 응. 하자마자. 전투 하다가 와서 결혼을 했는데, 가 가지구 이 년을 못 만나구, 왜 휴전이라고 있잖어? [조사자1: 예.] 휴전이 되구서 휴가를 온 거야. 아유, 그때 사는 게 사는 게 아니야. 요새 애들은 사변을 몰라요. 아주 절-루 피난을 가는데, 저 홍천 고개를 갔는데 중국 놈, 한국사람 죽은 게 팔을 이렇게 하구 죽구, 길 역(옆)에는 맨- 송장이야. [조사자1,2: 아-.] 맨 송장. 아유 무서와. 그 역으로다 요런 소로질(길)로 보따리를 이고 지나가는데, 그 죽은 사람이 많더라구. 아유 고통을 무지 당했어. 아주 우리 친정 어무이가

"아유 저 녀석은, 지집애 저 웬수야. 저 지집애 붙들러 대니는데 저걸 어떡하면 좋아."

아주 욕두 많이 먹었어, 내가. 그 시절에 태어나서. (웃음) 그래다 보니까 나이가 팔십하나째 됐어. (일동 웃음) 어느 시절에 좋은 것두 모르구. 아유 세상에. 그렇게 기가 맥히게 살았어. 지금 이 냥반네들은(조사자들을 가리키며) 하나두 몰르지. 그게 내 발등에 불이 뜨겁지, 남의 발등에 불은 안 뜨거워. 내가 당해봐야 쓰라리게 알지. 말만 듣구는 '그런가부다.' 하지, 그래. 그렇게 살았어. 너-무 힘들게 살은 거야. 너무. 지금 몇이에요, 요 냥반? (조사자를 가리키며) [조사자1: (웃음) 저는 서른여덟이에요.] 서른여덟. 결혼 안 했어? [조사자1: 아니요, 아들 하나 딸 하나 있어요.] 아유, 저런, 아유 축하해요. [조사자1: 고맙습니다.] 그래, 여긴? (조사자를 가리키며) [조사자2: 저는 스물아홉 됐는데 아직 결혼은 안 했어요.] 어-. 요샌 뭐 삼십이 보통이니까. 여기 아저씨는 또? (조사자를 가리키며) [조사자3: 저는 이제 서른하나 됐습니다.] 결혼 안 했겠지? [조사자1: 예, 아직 안 했지요. (웃음)] 아니, 요새는 늦게 하기 때문에. 이전에 내가 스물하나 되자 결혼을 했는데 우리 어머이가,

"지집애를 저렇게 늙혔으니 저걸 어떡하느냐."

지집애 늙혔다구 만날 욕 먹었어. 옛날에. 아유 그래다 보니까 좋은 것두 몰르구 그렇게- 저렇게- 세월은 다 흘러가구. 일을 시골에서 너무 해서 몸이 안 아픈 데가 없구 서러워. 우리 늙은이들이 너무 오래 살아 큰일이야. [조사자1: 아니에요.] 아니야, 너무 오래 살아 큰일이야. [조사자2: 정정하신데요.] 지금 젊은이들은 읎구, 늙은이. 더군다나 특히 춘천이 늙은이가 더 많대. 아유, 우리 할아버지 구십이야. 그 냥반이 나하구 구 년 차이인데 지금 구십이야. [조사자1: 아-.] 그런데 나보다 나아. [조사자1: 할아버님은 지금 어디 계세요?] 저짝 방에 계셔. [조사자 일동: 아-.] [조사자1: 조금 있다가 할아버님 이야기도 들어봐야겠다. (웃음) 잘 해주실 거 같아요.] 우리 할아버지는 순진해요, 성격이. 한 분은 거기 팔십아홉, 여덟 묵구, 우리 할아버지는 구십이야. 그래 우리 할아버지가

"큰일났어. 왜 이렇게 오래 사는지 몰라. 죽지를 않아 큰일났어. 세상에 구

십이 뭐야, 이게 웬일이야. 내가 이렇게 살 줄은 몰랐네."

(일동 웃음) 맨날 그러는 거야. 내가 그래서

"죽구 사는 거 맘대루 못 허지 않냐구, 사는대루 그저 기력이 나 자식한테 손 달래지 말구 살으믄 되지, 왜 자꾸 안 죽는다구 그래믄 복은 나가구 명은 질(길)어진 댔지요."

내가 그래.

[조사자1: 할머니, 그때 미군들이 할머니 집으로 와서 다른 아가씨, 처자들 다 계집짓 할 때, 그때 그 여자 아이들이 나이가 몇 살 정도 됐어요?] 그 당한 사람들? [조사자1: 예.] 계가 지금 죽었어. 나보다 한 살 아랜가 그래. [조사자1: 그 분은 부모님이 안 계셨……] 계셨지. [조사자1: 아-.] 엄마, 아부지하구 우리 집이 폭격에 홀랑 타니까 우리 큰 고모네 가족은 사랑칸을 막은 칸 아래로 살고 그 집은 웃 칸에 살은 거야. 그래니까 우리 친정 어머이가

"얘, 군인들이 색시 붙들러 댕긴댄다. 조심해라. 밖에 나오지 말구."

그러니까, 나와(나와서) 떠들구. 그전에는 불을 때서 솥에다 밥을 해먹었지않어? 불을 때구 밥을 허구 떠들더니 붙들어 대려 들어가서 방에서 교대루다가 그렇게 잔 거야. 미군덜이. 그래구, 여기 군인이 또 붙들어다 한 오 일은 이 동네 저기 어디 데루가 있다가 내 놓구. 두 번을 그렇게 해. [조사자1: 똑같은 아가씨를?] 그럼. 그럼. 그래 그렇게 했어. 우리집이. [조사자1: 아-.] 근데 다 죽었어. 즈 언니도 죽고, 동생도 죽고. 시집은 잘 갔어. 그래서 내가 후회를 했다니깐. (일동 웃음) 저런 애들은 그렇게 당하고도 시집을 잘 가 사는데, 나는 한 번도 붙들리질 않고 시집을 저 사람만큼 못 갔으니까. 나는 재산이 없는 집으로 갔거든.

"야-. 재는 돈도 있고 그런 집으로 갔는데, 나는 재만큼 못 갔는데 내가 괜-히 고역 속에 피난을 갔구나."

내가 이런 생각도 해봤다니까. [조사자1: 그러면 그때 옆방에서 그런 일이, 사랑방 옆에서 이루어 질 때, 할머님은 어디 숨어 계셨어요?] 숨은 게 뭐야. 그

염병을 앓아서 아랫목에 이불을 푹— 덮구 그냥 그냥 정신 모르고 앓는데, 우리 그, 그래는 집 아부지, 또 작은 고모, 우리 아부지 작은 고모네 아저씨 다— 안방에다 몰아넣고 나오지도 못 하게 하고, 미군이 총을 이렇게 들이댄 거야. [조사자1: 못 나오게?] 못 나오게. 그래 꼼짝을 못 한 거야. 그래고 또 이제 한 놈이 나오면 교대를 해 가지구 또 그렇게 하구, 그랜 거야. 그러니까 우리 아부지가

"병들은 김에 아주 죽어라. 이 세상에 이렇허구 살아 뭘 허니."

우리 아부지가 그래셨다는 거야. 그랜 게 여태 이렇게 살아 있어요. 아우 무서와. 우리 그때는 여기 아군이, 우리나라 군인이 와서 우리 소도 큰 거 한 마리 끌어갔어. 잡아먹느라구. [조사자1: 아—.] 아, 달래믄 그냥 줘야지. 밥 해달라구 그래구 그래믄 우리 친정 어무이가 우리 막냇동생을 업구 밥을 해. 그래믄 아주 그 뒤란으로 다— 댕기구, 다락으로 죄 뒤구(뒤지고).

"아주머니. 아주머니는 딸 안 낳았어요? 딸 읎어요? 우리 낼 일선으로 들어가믄 우리 몽달괴이(몽달귀신)가 되 그냥 죽어요. 딸 읎어요? 아주머니 딸 읎어요?"

이래구 아주 죄— 찾는대. 밥 헐동안에. [조사자1: 오—.] 그 사람들도 불쌍하지. 불쌍해. 가(가서) 많이 죽었잖어.

"내일 일선으로 들어가는데, 거기 들어가믄 맨 몽달괴이가 되 그냥 죽어요. 딸 읎어? 아주머니 딸 낳은 거 읎어?"

그렇게 찾아댕기구 그랬대. [조사자1: 군인들이.] 군인덜이. 아유. [조사자2: 우리 군인들이요?] 아군이. [조사자2: 아군들이.] 아주 아군들이. 그 중국 놈은 그런 거 읎어. 그 법은 아주 죽인데, 아주 그런 건 한 방에 자두 그런 건 하나두 읎구. 여기 아군이 들오더니 말도 못해, 무서워 아주. 색시들 찾아대니느라구 눈이 시—뻘갠거야. 트집잡구. 그래니께, 저— 위에서 또 한 번 붙들려 갈 적에. 아, 문을 확 열으니까 군인이야. 쑥 들오니까, 그전에는 석유로다 등잔불을 요렇게 켜고 살았어. 등잔 봤어? [조사자1: 그럼요. 예.] 거기다 불을

켜구. 그러니까, 우리 친정 어무이두 있구, 그 집 어무이두 있구, 그 형제가 있는데. 아우, 내가 불불 떨면서 엎드려 기니까 우리 어무이가 뒷문을 열고 등밀이를 해서 내 쫓은거야. 그른데 그냥 조 밭고랑으로다 얼-마나 기어가서 있다 보니깐 아주 춥기도 하구 죽겠어. 그 내보내던 문턱으로 도루 와 가지구

"아이구, 엄마. 아 나 얼어 죽겠어. 갔나 어떻게 됐나"

"아이구, 네가 웬수다. 참 네가 웬수다."

이래. 그래더니 우리 외삼춘이 요 포대기를 하나 갖다가 덮어주더라구. 데루 갔대, 걔네들. 두 형제를. 메-칠 있다 왔어. 아우, 징그러워라. 아주 그 색시 붙들러 댕기는 피난하느라고 죽을뻔 했어. 정말이지 말도 못해.

[3] 폭격에 죽은 언니네 가족을 기억하다

[조사자1: 그러면 할머님 여자 형제가 결혼한 언니 말고 혼자셨어요?] 아니-. 우리 막냇동생은 쪼그맣지. 사변 때 걔가 막내니까 일곱 살이었었나? 그랬어. 그 위로 남동생이 있고. 둘이. 위로 언니가 있는데, 우리 언니는 뱅기(비행기) 폭격에 식구가 다 죽었잖아. 샘밭 있는 데. 다 죽었어. 같이 우리 집으로 피난 왔던 그 가족이 언니네가 다 죽었어. 스물다섯에 애기 둘 낳고 다 죽었어. [조사자1: 언니도?] 어. 다- 죽었어. 그래니까 스물다섯에 그렇게 죽었는데 이 세상이 어쩌구 저쩌구 해두 참- 옷도 좋은 옷 많구, 좋은 음식 많구. 내가, 누가 그 생각을 하겠어, 그 생각을 하믄 뭐 할까마는

"이 언니는 그 시절에 태어나서 너무 불쌍하게 이밥도 한 그릇 못 먹구, 정말 좋은 옷도 한 가지 못 입구 불쌍하게 살다 죽었다."

신랑이 또 일본 군대를 갔어요. 우리 저 냥반두 왜놈 군대 갔다왔어. 근데 왜놈이 해방이 되니까 이제 온 거야. 와 가지구, 저기 갔는데 우리 언니가, 열일곱에 위안부 붙들어간다구 그래서 열일곱에 시집을 보낸거야. 그니까 열

여덟에 딸을 낳은 거야. 우리 집이 와서. 일본 왜놈 정치. 그래니까 먹을 게 하-나두 읎잖아. 쌀을 왜놈들이. 나는 지금두 왜놈들 일본놈들, 지끔 시대 애들은 아무것도 몰라, 죄 읎어. 웃대가 그랬지. 그래두 이런 축구나 배구 같은 거 하믄 저 일본 놈들을 때려 누켜야(눕혀야) 해. [조사자: 웃음] 난 항시 그래. 저 일본 놈이래믄 치가 부들부들 떨려. 우리 언니가 애기를 낳았는데 동네 이장이라구 있어. 거기 가서

"애 어멈을 굶겨 죽이겠으니 어떻하냐, 쌀 좀 달라."

그러니까 통장을 하나 해 줘. 저 신남이라구 저 문학촌 있는 데. 거기 가서 우리 어무이가 배급을 타 놓으니까, 쌀 서 되하구, 케케-묵은 콩깻묵. 그걸 어떻게 먹어. 그걸 타 왔어. 그러니까 이밥 한 그릇 못 먹구 우리 언니가 죽어서 나는 일본 놈이래믄 치가 부들부들 떨려. 하이튼 무슨 저 운동을 해두 저 놈들은 다 때려 누켜야 돼. 우리나라가 이겨야 돼. 아주 우리나라하고는 적이야. 저 일본 놈들한테 장개가구 시집가는 것도 있잖아. 우리 친척집이두 하나 일본 놈하구 시집가 가지구 지금 일본 가 살아. 시집갈 데가 그래두 서방이 읎어? 일본 놈한테 시집을 가게. 내가 그랜다구. 치가 부들부들 떨려. 진짜, 내가 우리 언니 그렇게 고생을 하다 간 생각을 하믄. 시집 일찍 가 가지구 애기 낳구 이밥 한 그릇 못 먹구 그랜 생각을 하믄 아주 치 떨려. 스물 다섯에 죽었어. 근데 애 딸만 둘 낳은게 똑같이 폭격에 죽은 거야.

(조사장소인 마을 회관에 음식상이 차려지자 구연자가 조사자들에게 함께 먹을 것을 권유하였고, 조사자들은 사양하며 이야기를 마무리 지었다.)

중공군과 함께 생활한 사연

조 동 하

"중공군들 거, 근데 그 사람들은 사람을 해코지를 안 하는데 아주 도둑질을 엄청나게 해 처먹어"

자 료 명: 20130218조동하(춘천)
조 사 일: 2013년 2월 18일
조사시간: 약 55분
구 연 자: 조동하(남 · 1934년생)
조 사 자: 김경섭, 김정은, 이부희
조사장소: 강원도 춘천시 남산면 방곡1리 조동하 할아버지 댁

[조사과정 및 구연상황]

어제 마을회관에서 만나 오늘 다시 만나기로 한 화자의 자택은 차로 골짜기를 한참 올라가서야 나타났다. 평생 농사만 지으신 분이라 집 주변에 농기구나 농약들이 즐비하게 놓여 있었다. 조사팀을 안방으로 안내하고 곧바로 이야기를 시작하였다.

[구연자 정보]

조동하 할아버지는 피난을 가다가 못가고 집에 돌아 와서 중공군과 함께 생활한 경험이 있는 화자이다. 한 집 안에서 생활했으므로 중공군 부상병, 그들의 식습관, 태도와 행동 등을 상세하게 관찰할 수 있었으므로 그들에 대해 자세하게 들려주었다. 군에도 입대했을 때만 빼고 줄곧 고향을 떠나지 않았다.

[이야기 개요]

고개를 넘고 강을 건너 피난을 떠나던 중 교전을 많이 목격했다. 화악산의 패잔병이 50년 10월 쯤 마을에 쳐 내려왔다. 중공군이 집에 들어와 함께 생활한 사연과 미군의 비행기 폭격으로 모친이 사망한 일, 군대 가서 동상에 걸린 발을 치료한 경험 등을 생생하게 구연했다. 특히 중공군들이 사람을 해치지는 않았지만 도둑질을 많이 한 일, 밥을 퍼서 그릇에 담지 않고 꼭 오줌동이에 담아 냄새나는 밥을 잘도 먹었던 일 등을 자세하게 들려주었다.

[주제어] 화악산, 패잔병, 중공군, 비행기 폭격, 피난, 입대, 동상, 보급품, 어머니, 죽음, 아버지, 공민병

[1] 고개 넘고 강 건너 피난길

그 때는 6.25 때 생각하라믄 참 애기루 말할 수가 없죠. [조사자1: 어제 저희가… 저기 성함이랑 연세는 다 말씀 들었습니다. 원래 고향이 여기, 이 집에서 태어나시고.] 아니에요, 여기가 아니고… 내가 원래 살기는 저 가평 저 줄길이라는 데를 아는지 모르는구만 저 안보리 밑에 줄길이라고 이 돌길이가 있어요. 이렇게 개울이 이렇게 딱 이렇게 있는데 이쪽으로, 춘천 쪽으로 있는 개울 거기는 강원도고, 이 저쪽으로… [조사자2: 아 이렇게 하면 경기도고?] 이 개울

이 사이가 돼가지고, 개울 아래쪽에는 경기도고 그랬대. [조사자2: 경강 건너셨다 그러셨잖아 지금.] 그러니까 경강 바로 건너 편. 그 편에. 맞은편에 살았는데, 거기서 내가 그 잔뼈가 굵었어요. 그런데, 거기서 살아가지구 거기 인제 그… 그 해 6.25 나던 해에 저건 많이 가물었어요. 많이 가물어가지구 인제 그 모를 늦게 내는데 그, 그 고개 너머에 저 생고래라는 데가 있는데 거기 가서 산골로는 그 때 그거 신고 오는데 그 한 낮에만 신고서 인제 그 때 오기를 점심 먹으러 인제 그 때 다… 거기서 인제 넘어 오는데, 그 가평 북면 가일, 가일이라는 데가 있어요.

가일 고개가 이렇게 인제 고개를, 큰 고개를 넘어가는데, 그 고개를 넘어가믄 그 가일이 나와요. 근데 그 가평 북면 사람들이 글루 인제 이렇게 전부 다 보따리를 이렇게 그냥 뭐 이렇게 이구, 보따리 보따리 이렇게 이구 여자덜 뭐 남자덜 뭐 그냥 요래 빠뜩 지고 이러고 그냥 거길 넘어 오드라 그래. 넘어와서, 넘어왔는데 그 때 왜 넘어 오느냐니까 인민군이 쳐나왔대는 거야.

응 인민군이 쳐나오는데 인민군 놈들이 막 총을 쏘고 막 그냥 쫓아와서 왔다 그러는데 여자 하나는 그 때 검은 고무신을 신는데 이 발톱 고무신 여기를 맞았드라구. 여기, 여기를 맞아가지구 여, 여기 쪼금 핼씩 해가지구 여기 요 고무신이 찢어지면서 그게 피가 막 나오고 고무신에 거기 미낄미낄해가 신발을 신구 왔는데, 아 이게 피가 자꾸 흐르니깐 미끼러워가지구 자꾸 그 뭘 거기다 대구 이러구서 신구 왔더라구.

그래서 아유, 그래 그게 참 새끼들이 저 상민간인을 막 쏘는구나 인제 그리구 그랬는데, 피난가야 하는데 피난 갈 데가 어딨소. 갈 데가 없잖아. 뭐 별안간 그 놈들이 쳐나오는데. 그래두 강 건너가는 것밖에 없어서 인제 강을 건너갔어 인제.

배를 타고 강을 건너갔는데, 가가지구 그 날 저녁에 인제 그 다리 밑에 있다가 경강 다리 밑에 그, 그 큰 다리 밑에 가서 인제 이러구 있다간 거기서도 또 그냥 뭐 기냥 다리 밑이니까. 그 위로 조금 더 올라가믄 이렇게 그 기차 댕기느라고 인제 조금 그… 이 물빠짐을 해서 이렇게 저 쪼끄만 도랑 있는 데는 이렇게 저 녹강처럼 이렇게 큰 걸 묻었드라구.

그런데 사람이 뭐 하여튼 여기 강 통하는 데가 쪼끔 좁아. 쪼끔 얕아 이게 좀. 쪼끔 더 얕아 그리고 넓이는 거진 이만 해. 그런데 근데 이제 거기 들어가서 하룻잠을 인제 거기서 새고. 그리고 인제 천상 뭐 인민군이 벌써 나와가지구 뭐 확 해졌어. 그냥 그래서 아휴 그냥 어차피 집으루 가야 한다구 인제 그 건너오는데, 아 배를 타구서 건너 오니까는 이 저 그, 춘천 그 쪽에 거기 저 우리 살던 쪽에 거기 저 신장 꼭대기서 그냥 인민군들이 요렇게 있더라구 보니까, 이렇게 보이는, 보이더라구 그런데. 계속 따발총을 냅다 들이갈기는데 말이야 그냥 백전 요기 아래다 티디디딕! 확! 하는데 쏘내기가 쏟아지는 것 같애 그냥 총알이, 그냥 아주.

아 그러니까 전부 다 안 맞을… 거 엎드리면 안 맞나? 무슨… 근데 그런데, 글쎄 그들이 웃싸개를 그렇게 하드라구. 그르드니 엎드려 봐야 소용없다고 그 새끼들 소리지르는 것 같애. 뭐라고. 아 그르드니 뭐 조용해. 그래서 기냥 건너 왔어. 근데 사람을 그래 쏘지는 않구 그냥 그렇게 겁을 주드라고 새끼들이 그렇게. 그래서 그냥 건너 와가지구 그냥 거기 있다가 아휴 뭐 그놈들 인제 그 주장이지 뭐 전부 뭐 저녁이믄 그냥 맨날 모여놓고 무슨 뭐 무슨… 김일성장군 무슨 만세니 뭐니 해니 만날 모여갖고 이 지랄하고…

[조사자1: 노래도 가르쳐 주고 막 그랬다 그러던데…] 예, 저녁마다 모이래 저녁마다 모이래. 저녁마다 모이라 그래니까 진짜 저녁마다 모이는데 아주 그 귀찮기가 뭐 아주 그냥 그 새끼덜 주장인데 우리는 안 모일 수가 없잖아. 그래. 뭐 그 뭐 가라믄 가고 그거 해는 수밖에 없었어 그 땐. 근데 이거 지난가믄서들 또 지껄이는 소릴 듣고 귀로 들리진 않아도 그냥 듣는처럼하고 또 오고, 내가 그랬는데.

그래 그럭저럭 그냥 그 여름을 지나갔어요. 그래가지고 인제 또 그 때만해도 인제 전쟁이 자꾸 들어왔다 나갔다 들어왔다 나갔다 했지. 그래가지고 인제 그 9.18 전투라고 인제 9.18, 그 구월… [조사자1: 서울 수복된 거요?] 응. 그 수복될 적에 구월 달에 아군이 쳐들어왔어 진짜. 아군이 쳐들어왔는데… 쳐들어왔다가 또 뭐에 어떻게 돼 가지구 어떻게… 시월달쯤 돼 가지구 또 이 이… 인민군들이 학살을 또 그냥 뭐 한 아마 한 이래 하든 거기 그냥 못 쫓아 가드라구. 우리나라 군인들이. 그 땐 막 또 디밀었거든 그냥. 차로다가 전진을 막 또 해서 막 들어가고 그래니까, 이 가새로 미처 걸어 들어가지 못하고 그냥 큰 산으루다만 다 이렇게 피해를… 피했었다구.

그래 그렇게들 허다가 시월 달에 음력으로 시월 한 초 열흘께 쯤 됐는데, 그 뭐 초 이레 날인가 그래. 일단 내가 날짜도 그 때 초 이레 날이었는데 그 때 그걸… 인제 거기…서 인민군들이 또 쳐나왔어. 그 화악산에서 또 일개 사단이 된대나 그 뭐 일개… 이개 사단이 된대나 그런 새끼들이 도로 또 내몰았어요.

그러니 군인들은 다 전방으로 들어가고 인제 후방군들만 좀 있으니까 도로 쳐나가가지곤 또 피란을 어디루 갔느냐 하면은, 저 가평쪽으로 나가가지고 저 뒷 고개. 청평이래는데 거길 가서 인제, 청평을 가가지구 기어이 걸어간게 인제 기어이 거기서 가평을 거기서 청평을 간 거야. 보따리 짊어지고.

그래 거기 가서 거기 안한 집이 인제 우리 할아버지 동생네가 살았어 거기 저… 여동생네가 그래가지구 거기서 그냥 자고. 그래서 또 거기두 위험하니까 더 나가야 한다고 그래서 이제 거기서 또 나가가지고 저 마석이래는 데를 갔어. 저 마석. 마석을 가가지구 기 식구를 한 요람을 싣고 가는데 어디가 방으루 들 수가 있나 큰 걸 못 얻잖아.

그니까 쪼끄만 방이나 하나 뭐 저 방을 뭐 얻었는데. 그래니깐 우리 할아버지가 그 이런 짚가리나 하나 달라 그래가지구 그르니까 인제 시월달이니까 뭐 그렇게 과히 춥지는 않아. 그르니깐 뭐야 그래가지군 그래서 인제 짚까리나 하나 얻어가지구 짚가리를 이렇게 빵 둘러쌓구선 인제 꼭대기를 인제 이렇게 나무대를 가지고 이렇게 건너 질르고, 꼭대기에다 인제 이 연 잎을 이렇게 벌려 이렇게 좀 덮구 거기서, 거기서 한 열흘, 열하룬가 그렇게 지냈어. 그렇게 지냈어. 날짜를. 그렇게 지내니까 인제는 들어가도 된다고 그러드라구. 군인 도로 다 들어갔다구.

[2] 1.4후퇴 이후 다시 떠난 피난길

[조사자1: 그 때가 1.4후퇴 때 다시 피난가신 거네요?] 그렇지 좀. 말하자면 1.4후퇴 때가 중공군 나오기 전에야. 나오기 전에 1.4후퇴는 아니고, 중공군 나오기 전에, 그래가지군 중공… 저 인민군 놈 새끼들이 그 쳐나온 거지. 도로 화악산에 있을 때 인제 한 사단정도가 있다가 그냥 아군들이 전방으로 전부 나와져갖고 그거 뭐 얼마 없으니깐 이 새끼들이 돌을 내놓으래, 처먹을 것도 없고 그래니깐 막 민간인한테 와서 이 막 먹을 거 훔치러 나온 거야 그게 다.

[조사자1: 일개 사단이 거의 패잔병처럼 산에 있다가, 미처 그 위로 못 올라가

고?] 그러니까, 군인은 그냥… [조사자1: 그냥 올라가기 바쁘니까?] 차타고 그냥 막 전진해서 막 들어가고 군인들은 막 쫓겨 가고 그래니깐, 미처 쫓겨 가지 못하니깐 화악산이라는 데가 크거든? 저기 저 가평 화악산이. 그러니 거기 가서 이 새끼들이 있다 거기서 패잔병이네 해며 그랬어요 또.

그래가지고는 거기까지 돼가지곤 열하룬가 열흘인가 그렇게 있다가는 군인이 다 도로 들어와요. 그러고 보니깐 거기서도 교전을 많이 했드라구. 여그 와서. 그 새끼들하구 싸운 게 뭐냐믄 그 옛날에 그 박격포래는 거 그거 그렇게 순전히 이러고 그 포껍데기가 이만한 게, 이만큼씩 한 게 그 정도를 못 써야. 그게 아주 귀한 거 같은 걸, 큰 돈이야. 그거 놋쇠로다 이렇게 맨든 그거 박격포라는 걸 아주 저 그냥 요그 아래 쏴… 그 껍데기만 쏸 게 아니고 이렇게 몇 군데 몇 군데 이렇게 군데군데 있더라고.

게 와 보니깐 저 빗고개 들어오다 보니깐 저 눈이 그 때 살짝 거기 눈이 왔는데, 피를 흘리고 그랬드라구. 거기서 그래 교전을 했다구 그래. 한국군허고 교전을 해가지구 거기서 피를 흘리구 그 새끼들이 쫓겨 가구 그랬는데 인제 뭐 또 인제 그렇게 그럭저럭 허구선은… 그래구 아군들이 많이 들어갔지 인제 전진해 들어갔다가 또 후퇴하지 해가지구, 기 1.4후퇴 때는 인제 그게 인제 인… 인민군 새끼들이 못 당했으니깐 인제 중공군을 끌어낸 거야 그 때. 중공군을 끌어냈는데, 중공군이 수가 많으긴 저 뭐 좁쌀… 조가 한 섬 나왔다 그래드라구. 뭐 숫자는 얼만지두 모르구, 조가 한 섬 있다 그래.

[조사자1: 자기들끼리?] 응. 조가 한 섬이 나왔다구 그 정도, 하튼 뭐 백만인가 이백만인가 나왔대 그 새끼들이 그 때. 그래가지구 순 그 놈들이 나와가지구서는 그르니까 한국군만 그 때 해구 뭐 여기 미군허구 연합군들이 있긴 있었지만 뭐 미처… 원체 이래 인원수를 쓰니까. 걔네들이 그 인해전술을 쓴 걸 얘기하는데, 그 아군들이 얘길 하는데. 차루다가 그냥 뭘 통나무통을 막 싣고 오더래.

그러더니 그… 그 전에 그 양갱이가 시허연 양갱이 식기라고 큰 게 이렇게 있었어. 그런 걸 그냥 가지구 그걸 통나무통 가서 쏟아서 그냥, 그냥 막 퍼맥이더래. 근데 그게 그 소주래. 소주를 막 퍼맥이고 그냥, 막 공격을 시킨 거야 그냥… 그냥 인해전술을 맞고 올라가나 그냥. 안 올라가면 거기서 막 쏘구 말야. 총을. 그런 식으로 막 장교들이 막 쏘고 올라가라, 올라가라.

인해전술을 쓰니까 하도 그 무슨, 갈기고 갈기고 하다 하두 그냥 못 쳐올라오니깐 그냥, 전부 그냥 죽어도 그 위에로 올라오고 올라오고 하니깐 그냥 후퇴를 허고 닫고 올라오고 그랬지. 그냥 그렇게 그렇게 허다가 인제 저 그 때… 1.4후퇴가 그 저, 이… 그… 뭐야. 그 강물이 그 때 그 경강이 얼었어요. 얼었는데, 거기를 그냥 군인들이 전부 다 철수를 해서 건너 인제 가는데, 아주 하루 죙일 나가드라구. 하루 종일 나가는데 피란을 가야 한다 그래.

[3] 중공군이 집으로 들어오다

그래 가니 뭐 식구들허고 뭐 애들허고 뭐, 뭘 갈 수가 있나. 이제 거기서 가다가는 인제 그 땐 강이 얼어서 강으루 건너가가지구 갔는데, 강을 건너가가지구 거기서 한 경강이 여기에서 한 십리 들어가고 샛골이라는 데 거기 가서 죄 애들 데리고 가니깐 뭐 갈 수가 있나, 뭐 많이 뭐 거의 못 가니깐 거기서 방을 하나 인제 저 방을 하나 얻고 있는데, 군인이 밤새도록 나가는 분위기야. 개 짖고 그러는데 계속 발자국 소리가 나고 그러니 인제 그 소리가 나고 그러는데 군인이 계속 나간다구 그래.

그리 나가드니 새벽녘에 한 날이 뭔가 소리가 났는데, 문을 퍼뜩 열더라구. 바깥에 오더니, 총을 팡팡 두어 방 쏴. 그러더니 난 인제 이렇게 문간에 거, 거기 방 얻은 데 그 방에 인제 이렇게 문간에 이렇게 인제 여럿이 패뜩 찌여서 자는데, 총구를 팍 갖다 들이대드니, 문을 파뜩 열더니 총구를 팍 대고 국방군 없느냐 그래. 이 새끼들이 인민군 놈의 새끼들이.

근데 그 한국말을 한국놈인지 하튼 그 중공군놈들이 같이 섞어 나왔는데 말을 해 그러구서. 그런데 한국말을 해는데 뭐 없다고. 뭐 보라구. 인제 이렇게 이불을 덮구서 이렇게 자는데 이 이거 다 이렇게 훑끼드니 전부 애들이고 뭐 전부 여자들이고 뭐 있나? 뭐 남자들은 다 이제 다 갔는데 뭘. 저 그 때 죄 나갔어요.

우리 아부지도 그냥 쫓겨 나가구 그랬는데 나만 인제 그 때 쪼끄마니깐 인제 못갔는데, 아 그래가지구 그냥 중공군들이 쏠라 대구 뭐라구 뭐라 그래드니 그냥 가만 있드라구. 그래드니 아주 그냥 전부 들어가라 그러는 거야. 인제 가래는 거야 인제. 인젠 인제 해방군이가 나왔으니까 전부 다 고향으로 가래. 거 피란 와서 가라고 가래. 거기서 그냥 다 들어왔지 뭐.

들어왔는데, 겨우 내내 인제 용문산까지밖에 그 때, 한국군인이 용문산에서 그 때 싸웠나봐. 용문산까지 그걸 철수를 해가지고 거기서들 도로 진격을 해가지고, 그 때… 봄에 인제 들으왔지. 봄에, 봄날 들으 와가지구 거기서 했는데, 그 뒤로 계속 또 들락날락 들락날락 허구 맨날 그랬어.

[4] 조씨네 집에서 일을 하게 되다

저 그 군인들이 또 싸우다 또 후퇴를 허고 그게 삼월 피란이라고 저 삼월 달에 또 음력 삼월 달, 삼월 그 때 촌데… 이 나무 이파리가 그 때 제일 먼저 나오는 게 기둥나무 이파린데 그 파릇한 게 그 때 새파랗게 나오는데 그 때 또 피난을 가야 된대.

난… 아이 그래니 어떡해. 기 쌀을 뭐를 그냥 무에 마시기에 가져갈 만큼 조금씩 저 짊어지고 피란 보따리를 해서 나가는데, 또 경강 거글 건너가가지구선 거길 또 걸어가니 얼마나 그 때 뭐 걸어가는데, 저기 양수리야? 양수린가 있지? 여기 여 어디 양수리라는 데 있어 양평 요 못 가서 양수리라는 데 요 거기 글루 해서 그 때 걸어 나가는데, 그 때 거기 병이 이렇게 많았어요. 쪼끄만 애들은 또 홍역을 우리 작은 집이 애들은 쪼끄만 애 하나 애기가 있었

는데 그거 또 홍역을 앓아 가지구 그걸 데리구 나가. 거기 가서 또 죽네 애가. 그르니. 거 참 안 됐지. 그르니 거기서

[조사자2: 그 와중에 홍역까지 앓구.] 응. 홍역까지. 그래가지구 애는 하나 죽여서 거기다 갖다가 묻구. 그래고 나가 뭐 거기서 하루 지나 자구 또 기껏 나간 게 어디꺼지 갔냐면, 여주. 여주까지 가서… [조사자2: 그래두 많이 가셨다.]

응. 그럭저럭 간 게 여주, 여주 강을 건너갔어요. 여주 강을 건너가서 그렇게 저렇게 해가지구 여주 그게 이천이래는 데까지 갔어요. 여주 이천 거기께를 갔는데 어디가서 그 식구들이 뭐 가평사람 왔다갔다해서 피란민들이 많이 나왔거든. 근데 다 어디 가서 그래 집을 얻구 살아. 어디 방을 얻을 데가 없잖아. 그러니까 학교를 그 때만 해도 초등학교에 그 때 그 뭐 수업이 그랬지 뭐 그냥 난리통이니까.

그래 내가 그 율면… 자우리핵교래는 게 있어 거기 율면 초등학교가 자우리학교로 내가 알고 있는데, 자우리학교래는데 거길 읃어가지구서는 거기서 있는데, 가지구 나간 게 또 뭐 쌀 조금씩 지구 나간 게 다 없어졌지 뭐 한 이십일인가 이렇게 있으니까. 그러니까 뭐 다 떨어져서 나는 남의 집이 가서 인제 이렇게 가서 그 병을 인제 이렇게 거기 사람들 농사짓는 사람한테 가서 병을 이렇게 지어 주면, 서이가 가믄 쌀을 한 말을 줘요. 하루 좽일 가서 짐을 지어 주면 인제 이렇게 주고 인제 그 정제를 해 주믄 한 말을 주고. 하나씩 가믄 서 되밖에 안 주는 거야 쌀.

그래서 짜우를 해가지구 인제 서이씩 가면은 쌀 한 말씩 받아가지구 인제 그렇게 가서 인제 그런… 갔다가 그렇게 벌어서 저… 연명 해나가구 그랬지. 그리고 밸 걸 다 뜯어먹었어. 아휴… 나물이래는 게 나물도 나물 삶아다 못 먹는 건지 먹는 건지 그냥 아무 거나 뜯어다가 먹고 저거 안가시 나무라고 가시나무가 이렇게 가시 많이 들은 거 있잖아? 아카시아지? 아카시아. 그거 순 나오는 건 좀 연해. [조사자2: 아, 그 순도 드셨구나. 아카시아…]

아휴 그것도 꺾어가지구선 요 만큼씩 꺾어가지구 껍데기에 삶아서 껍데기 까서 그것두 볶아 먹어보고, 별 짓 다 했어 그 때. [조사자2: 예… 배고프시니까.] 그 전에 죽지 않을래니까 그렇게 먹구, 밸 짓 다 했지 참. 아휴… 그래가지구 그래 난 거기서 그렇게 있는데 누가, 거기 사람이 그래. 그 서방, 그 내가 조씬데 그 집이가 조씨네야. 또 그런데 나의 그 또 성을 물어보고 그래. 또 그래니까 아휴… 뭐 한 집안같이 그렇게 살자고 그냥 그래면서 그 아저씨가 아유 우리 집 와서 지금은, 우리 집 와서 자고 먹고 비용을 좀 내달라 그래. 소가 한 마리 있는데 소 꼴도 좀 베어 주고 좀 이런 거를 좀 해달라 그래.

그래라구 그냥. 그래 거기 가서 자구선, 참 사랑방에 가서 자구 낮에는 꼴 베어다 주고 또 인제 풀 뜯어서 풀 인제 이렇게 갖다가 저 논에 놓구 잔띠를 보자기에 가서 이렇게 깎아다가 잘 그 거름 허느라구 인제 그 그래니깐, 잘 살잖아. 논도 많구 그러니께 그 때 거기 살았는데 나는 잘 지냈어 그냥 거기서 일을 하고 먹었어도 잘 먹고 잘 지냈어요. 그래서 그렇게 먹고 그냥 그러다가 그럭저럭 그렇게 한 달 저기 한 이십일 좀 넘었는지 그랬어.

그랬는데, 들어가야 한다고 그래드라고 인젠 뭐. 다시 들어가야 한다구 그래서 그기 들어갈라구 그렇게 들어가는데 할머니가 인제 그 때 계시는데 할머니가 날 데릴러 그 율면 학교는 저… 말하자면 저 건너에 그 좀 건너 개울 건너에 편쯤 있고, 나는 인제 여기 와서 인제 이렇게 일을 해 주고 있었는데 할머니가 나를 데릴러 왔어 그래.

내를 인제 들어가야 한다 이제 가자, 그래. 그래서 인제 들어간다 그랬는데, 가도 뭐도 거기 가서 인제 벌어먹기가 힘드니까 그 때 그 개울이 이렇게 이 돌 성축을 쌓았는데 성축 쌓은 돌이 다 무너졌어요. 무너져서 그냥 떠내려갔어. 저 개울 밑으로 떠내려 가 있는데 그 피란민들이나 그 사람들은 저 가 모아다 쌓아야 되는데 그걸 인제 사람한테 그걸 또 갖다 돌멩이를 갖다 거기 다 놔 주면 인제 제가 쌓을라고.

근데 그거 돌 한덩어리에 얼마씩 주는 거랬어. 돈을 몇 푼씩 받고 인제 그 인제 그거 했는데 그 때가 내 한 열일곱 살 먹어가지고 그래도 지게질을 많이 농사일을 해가지고, 난 학교를 안 댕겼어요. 핵교를 못 댕기고 그랬는데, 게 농사일을 해가지고 지게질을 하는데 돌이 하나 꽤 큰 게 있어요 마, 검은 그런 돌이 꽤 커 그런데, 좀 힘에는 부치긴 부치겠는데 져 보니깐 지겠드라고. 아니 지고, 한 짝대기 지고 가가지고 지게가 맞질 않아 그렇지 지게에서 이렇게 빠져 나갔는데 허리가 뜨끔해. 허리가 뜨끔, 이 저… 허리가 뜨끔해. 이게 큰 났어. 이거 아유 허리가 아파가 있는데 그 애들 빼고 이렇게 손잡고 이렇게 해서 서로 냄기고 하는 게 있어요. 시방 근데 애들이 그런 건 잘 안 하는 것 같애 그 전에는 그거 붙들고 이렇게 막 냄기잖어. [조사자1: 예, 그런 거 있어요. 양쪽에 붙잡고 그런 거 있어요.]

근데 그걸 할래니까 아유, 허리가 아파가지구 못 허겠어 아주. 그게 그래서 아유 나는 허리가 아파 못한다고 인제 그래. 그리고서 인제 그, 지게를 그거를 인제 끝까지 다 져서 놓구서 인제 장소까지 갖다 놓곤 집에 와서 이 그 살짝 자구서 인제 그 날 들어올라 그러는데, 아 자구 나니깐 더 아파 죽겠네 아주 그냥 허리가 꼼짝을 못하겠어 아주.

그래가… 아이 그런데 이불 보따리를 가지구 가라는 걸 지구서 인제 들어가는데 거기서 율면 학교에서 인제 그 여주 이천 가내면 저기 율면 학교 거기 있다, 가내면이래는 데 거기서 한 십리 가차이 들어오면 가내면이래는 데가 있어 인제 또. 그 가내면 들어오니깐 또 가내면 학교가 또 있는데 거기 또. 거기 학교에 오니깐 가평 사람들이 거기 아주 전부 피란민들이 많이 들어오드라구. 많은데 들어가래니까 못 들어간대 아직 복구 명령이 안 내려서 못 들어간다. 인제 저기 며칠 더 있어야 된다고 그래.

그래서 거기서 인제 또 이쪽 진영에 가 갖고 내가 또 잤어요. 자구 일어났는데 그 허릴 다쳐가지고 거기 그 옛날엔 그 침 놓는 게 저, 그저 침놓는 거야. [조사자1: 그렇지. 그것 밖에 없었죠.] 침놓는 건데 침 잘 놓는 노인네가 인제 노인넨데. 이렇게 엎드려 봐라. 그래 이래. 엎드려 이렇게 엎드리니깐 꾹꾹 눌러보더니 어허 이거 큰 일 났구나 이거. 큰 일 났다 이거. 뼈가 두 매디가 빠졌다 아주. 아우 클났다 그래. 이거 저 저 오래 고생하겠는데 그러드라구. 근데 진짜 꼭 저 그 이튿날 자고 일어나니까 더 꼼짝을 못 하겠어 아주.

그래 그냥 이 지팽이를 짚고 인제 이틀째 거기서 자구서는 들어오는데 이불 보따리고 뭐고 그냥 내 혼자 몸뚱이도 그냥 못 들어오겠드라고. 간신히 지팽이를 짚고 인제 쫓아 들어오긴 들어왔는데 그래가지곤 뭐야… 그 경강이래는 데 거기 그 햇골이라는 그… 그 동네가 있는데 이 강 건너는 못 간대 또. 거기서 인제 방을… 사랑방을 하나 얻고… [조사자2: 또 얻으셨구나.] 응. 거기 가서는 그냥, 그냥 엎드려서… [조사자1: 계속 누워계셨구나.]

응. 일어나지도 못하고 그냥 엎드려서 일 년 동안을 엎드려서 살았어. 그니까 침을, 날마다 침만 맞고 여기 방 안에 죽치고. 아유 뭐 저가 사는데 그 때 생각을 하믄 그냥 뭐 끔찍해. 아유 차라리 죽는 게 낫다고 그랬어 아주. 아주 죽겠어서. [조사자1: 그게 몇 살 때 였어요?] 그 때… [조사자2: 열여덟?] 열… 열여덟 그렇게 돼 있었지.

[5] 군인들의 보급품을 날라다 주다

[조사자2: 근데 그래서 안 끌려가시기도 했나보다. 인민군이나 군인들 막 사람 끌고 가는데.] 끌려가진 않았어 아파서. 난 그래 그러니까 자꾸 그 집 가 앓구 그래서 [조사자1: 그러니까 아, 아 다치셔가지고 안 끌려갔는지도 모르겠네요?]

응. 그렇지 뭐. [조사자1: 아님 뭐 의용군으로 붙들려 가든가.]

의용군 뭐, 붙들려 간 일이 없어. 의용군엔 붙들려 간 게 없고, 군인들이 그냥 그 저… 나중에 그 그 이듬해 그 삼월 달에 들어가 가지고 봄철에 들어왔을 적엔가? 그 들어와 가지고 그 때만 해도 들락날락했지 아군 애들이. 그래가지고 들락날락할 때, 그리고 저 가일이라는 데 거기는 인제 이렇게 가는 인제 군인들이 왔다 그랬는데 가평선 봄… 글쎄 오월 안에 들어와 가지고 가평 줄긴가 인제 거그 와서 그 때만해도 그 선을 그렇게 전화선을 죄 늘이드라고 전부 그렇게 전화선을 늘이고 있는데 그 전화선 늘이는 녀석이 또 한 명이 있고, 또 한 사람은 또 그 보급곈가봐.

그래서 그러는디 뭐, 보급품 그런 것 좀 가지고 오래는데, 건빵을 나더러 또 주고 가자 그래. 아 그래니 어떡해 또. 각 건빵을 짊어지고 이렇게 거기를 그 저 가일이래는 고개를 이렇게 넘어가니까는, 벌써 군인들이 이렇게 가일 고개에 이렇게 딱 올라가니까 아주 그 고개 너머에 응달편인데, 거그, 거기 그냥 아주 군인들이 벌써 새카맣게 아주 달라붙었어. 그런데,

[조사자1: 인민군이?] 인민군이 아니고 한국군이. 한국군들이 그렇게 달라붙었는데 그 건너는 인민군이 있대. 인민군이 있대는데 총을 자꾸 쏘더라고 자꾸 쏴. 그런데 가평서 포를 펑펑 쏘면 그 거기 건너편 양지가 거기 있는데 이렇게 있는데 거기가 공동묘지야. 공동묘진데, 거기 인민군들이 있대.

그런데 거기다 탁탁 쏘믄 그냥 펑펑 떨어지면은 그거 막 불이 나가지고 타고 그래드라고 그냥. 막 그 산이 타. 근데 이쪽에 보니까 아군들이 뭐 아주 참, 그 뭐 국방색을 입으니깐 잘 보이진 않았는데 이렇게 보니깐 매일로 움직이고 돌아댕기는 걸 보니까 군인들이 있더라고 완전 바글바글해. 근데 그 밑에 인제 건빵을 지고 내려가자 그래. 그 통신병이. 통신병은 그 맨날 끌고 댕기더라고 그 저 설원 설안에.

그런데 거기다 져다 주고서는 인제 난 또 오고 인제. 그러니까 그랬죠 뭐. 그리고, 그리고는 그 뒤로는 인제 모르지 뭐 그 뒤로는 군들이 그냥 전진했드

라고. 나는 인제 집에 와 있었고. 그리고 얼마 있다 인제 또 중공군들이 또 나왔잖아. 중공군들이 또 나와 가지고 중공군들이 인제 나와 가지고 피란 나왔다 또 들어가 가지고 인제 중공군들 거, 근데 그 사람들은 사람을 해코지를 안 하는데 아주 도둑질을 엄청나게 해 처먹어.

[조사자2: 사람은 안 하는데 먹을 것만 있으면 무조건이구나.] 응. 먹을 거믄 아주 그냥 먹을 거믄 그냥 머리를 다 팔아다 먹어요. 그냥 쌀이고 뭐고 있으면 그냥 몽창 다 가져가다 그냥… [조사자2: 다 가져가야 돼 일단.]

그걸 다 처먹고 그냥 가져가서 먹어. 근데, 게 뭐 여기저기 묻어 놓은 거 뭐 다 그 놈들이 다 파내가지고 하루 저녁에, 아 하루 아침에 그냥 다 잊어버렸어 뭐. 농사지은 거 싹 잊어버리고 뭐 먹을 게 있어? 그래 야비한 이 새끼들이 가져다가 그 때 벼들을 냄긴 사람들은 인제 벼도 냄겨 놨는데, 벼를 또 가져와서 인제 찧어 달라 그래요.

인제 기제는 뭐 시방 여긴 뭐 기계 이런 데다 하지만 그 때는 기계도 없고 뭐 난리통에 뭐 그냥 저거니까 인제 그 발발에 이렇게 찧는데 왜 이렇게 디딜방아라고 있잖아? 디딜방아. 거기다 찧으면 인제 거기 우리 어머니, 우리 할머니 못해 모두 인제 여자들이 그걸 찧는다구. 인제 쌀알 까불러서… 그래가지고, 들 찧은 게 기냥 척척 그냥 막 내서 이렇게 싸리 채 막 내서 이렇게 해갖구는, 그 놈들 갖다 주면 인제 그거 좀 남은 거 인제 찧어서 또 먹는 거야. 막 그렇게 먹고 그 짓을 했어 진짜. 아유. 그러니까 밥을 해 달라 그러니까,

근데 그 새끼들이 이상한 놈들이야. 왜 그 그릇이 쎄고 쎘는 그릇에두 다 오줌동이로 쓰구서는 오줌동이에다 밥을 퍼요. [조사자2: 딴 것도 아니고?] 오줌동이에다. 아주 그 더운 밥 푸면은 찌린내가 보통 나는 게 아니야 참. [조사자2: 그런데 왜 거기다 할까? 아유.] 몰라 이 새끼들 거 참 이상해. 오줌동이에다 그냥 퍼다가 놓구선 밥을 먹는데, 잘 처먹어. 그놈들 다 잘 처먹는데, 아니 우리두 배가 고프니깐 안 먹을 수가 없잖아 나두. [조사자2: 아 근데 하필

거기다가 해 아우.] 안 먹을 수가 없어 나두. 그 복판에서만 펐지 복판에서만 퍼다가 나두 한 그릇 같이, 같이 먹어. 그 새끼들하구 배고파 죽겠다고 먹으래, 같이 먹재.

[조사자2: 어 또 그러기는 하는구나.] 먹재 그래갖구 이거 복판에다 퍼서 먹구 이 고생을 하구 살았어 진짜 아유. 그리고는 [조사자1: 왜 오줌동이에다 밥을 퍼 먹을까?] 몰라. 그 새끼들 거 오줌동인지 뭔지도 몰라 그냥. 아무데나 그냥 그릇이믄 그냥 아무 데 저 바께쓰고 뭐고 아무 데나 그냥 퍼다 처먹어. 그르니 없으믄 그릇을 찾다 없으믄 오줌동이래두 갖다 퍼…

[조사자1: 그래도 한… 한국말을 할 줄 아는 저기 중공군이 좀 있었던 모양이네요? 아니면 한국군이 같이 한 명… 인민군이 한 명 같이 있었나?] 이이이… 인민군들이 다 어째 다 잘했어. [조사자1: 중국말 잘하는 인민군들이?] 응. 인민군들이 저래 잘하는데, 한국말을 잘 못해. [조사자2: 그쳐. 그렇게 중국말 잘하는 인민군들도 많지는 않았을 것 같은데.] 아니 인제, 그… 뭐야 일개 소대 정도면 인제 한두 명이 그렇게 따라 댕기드라구. 그런데 뭐 있구 그런데. [조사자1: 그래도 사람을 해코지 안 해서 다행이네.] 해코지 안 해. 절대 안 해. 여자들허고 다 한 방에서 자도 절대 여자들 손대는 법이 없어요. [조사자2: 아 그런 일 없고.]

그래가지고, 걔네들은 진짜 주… 죽인대. 그… 그래놓고 그 죽인대. 그게 그래서 아주 그… 그 때 그 어떨 때인가 뭐 그 때 그… 그그 정책 땐데, 그 한국에 가면 절대 여자 가찹게 하지 말라고 아마 저거 다 했나봐. 그래가지고 차라리 한국군들은 들어오믄 그 핼라 그러고 망령이지, 이 걔네들은 중공군들은 아주 여자는 멀리했어. 그래서 그 여… 여자도 중공군들도 그 또 행정 보는 여자가 또 따라 나왔잖아. [조사자1: 예. 여군이 나왔겠네요.]

응. 여군으루 나왔는데, 여자는 인제 이… 그래구 우리 그 전에 집이 컸었는데, 안방이 인제 한 이… 이 정도 되고 그랬었는데 안방에 그 가끔 남자들 허고 자믄 오빠가 가서 또 그 여자가 따로 있더라고. 그 걔네들은 무슨 또 만날 그 밤새도록 그냥 뭘 쓰고 막 가진 것 한 장만 보드라구. 뭐 그리는데 따로따로 있구 그래. 절대 아주 그…

[6] 폭격에 돌아가신 어머니

[조사자1: 인민군은 저기 할아버지 댁에 뭐 이렇게 주둔한 적이 없었습니까?] 인민군은 와서 뭐 자구 그러는 게 없었어. 인민군 애들은. 인민군 애새끼들은 그 때 뭐. [조사자1: 제일 많이 잤던 게 중공군이란 말이죠?] 응. 중공군이지, 중공군놈들. 중공군은 하나 자다가 우리집이서 하나 죽었어. [조사자2: 예. 그랬다고… 예. 그 얘기도 좀.] 그 죽었는데, 그거는 걔들이 많이 앓았어요. 와서. 아픈 놈들이 많았어. 그래서… [조사자2: 추우니까. 우리가 되게 추울 때 왔잖아.] 그런 놈들이 아무개가 와서 하나 자빠져 있더라고. 하루 잤는데, 그게 날도 안 잊어 버렸는데 우리 어머니가 아주 피란을 인제 우리도 산에다 인제 이렇게 파묻고도 이렇게 파구서 인제 역성을 들어서 인제 이렇게 아주 이렇게 황토방처럼 맨들었어 아주 이렇게 허구는 그냥 거기, 거기에 나뭇가지 내 역성 있던 걸 거기다 쭉 깔고 거기다 밤새 새추 이런 걸 베어다 깔구 거기다 흙을 이렇게, 이렇게 다 쳤었다구. 지금 아군기지 이렇게 들어가는 데 돌을 이렇게 해서 이렇게 쌓구서는 인제 거거 거기다 인제 나무를 깔고 그 아구리는 인제 큰 그 집다구니에다 묶어서 거기다가 확 틀어막으니까 그 안에 아주 방 같애.

그러니까 그 안에서 인제 저 촛불이나 호롱불을 켜 놓구서는 밤을 새고 늘 그랬지. 내가 인제 그래 그러는데 그 그게 이 정월, 음력으로 정월 열 아흗날인데, 아주 열사흗날인데, 그 전에 걔네들이 고 한 이틀 전에 와가지고 중공군이 그냥 가득, 가득 와 있었어요. 가득 와 있었는데 비행기가 그렇게 자꾸 와 정찰기가 돌더라고. 그러니 그 놈들이 와 있는 걸 알았어. 그 새끼들이. 그 비행기에서 알은 거야.

[조사자1: 그럼 그 비행기가 미군 비행깁니까?] 응. 미군… 미군… 미군 비행기가 그 와 돌더니 아 그 이튿날 그냥… 별안간 그냥 뭐야 비행기가 그 쌕쌕이, 옛날에 그 쌕쌕이라 그러지 왜. 그놈이 기냥 냅다 그냥 이렇게 요이 이렇게 날개 구부랭이라고 그래. 그르드니, 들이 닥치드니 그냥 그러구서 차마 그냥 기관포를 냅다 쏘드라고. 막 쏘는데 그 그래서 우리 어머니는 집에 있다 그냥 돌아가시고, 이 복부를 맞았는데…

[조사자1: 예, 그 얘기 좀… 천천히 다시 좀 해 주십시오.] 그래서 글쎄 그게… [조사자1: 그 때 인제, 그… 저기, 뭐야… 할아버지는 나무하러 올라가셨었고.] 응. 나는 나무하러 올라가고, 인제 어머니는 집에 있었는데 땔나무를 인제 그 뒷동산으로 올라갔었거든? 그기 올라가서 이제 나무를 헐라고 거기서 한, 한 평인가 이 정도 남기고 올라갔을 거야. 와서 이렇게 나무를 헐라고 그러는데, 아 그냥 비행기가 그냥 싹 허더니 그냥 그 산을 싹 씻어 넘어 오드라고 아주 그…

[조사자1: 아 그러면 그 비행기가 할아버지 댁에 중공군 애들이 주둔하는 걸 알고 폭격하러 왔구나.] 응. 그래가지고 그 전날 왜 정찰기가 간 거고, 그걸… 거길 인제 알으켜 준 거야, 거길 사격을 해라 뭐해라 그랬다는 거야. 뭐 이렇게 들어놔서 들어오자마자 그냥 첫 번에 아주 이 춘천서 나오자마자 그냥 내리 쌔리드니 그냥 들이 갈기는데 뭐, 바로 우리 어머니 거기 있다가 그냥 바로 금방 여기 복부를 맞았더라고.

아유, 여기 복부 맞았는데 글쎄 내 동생 하나 다섯 살 먹은 게 있었는데 그냥 그이… 뭐를 그 군인 담요 널어놓은 것들이 있었는데 그걸 덮고 이렇게 있는데, 그래도 띠를 풀어 놓으셨어. 이걸 풀어 놓았는데 애는 여가 떨어졌는데, 개도 관통이 됐어 아주 그냥 그러는데 아주 그 땅바닥에 이만큼 아주 피가 그냥 시뻘개. 그런데 벌써 숨을 거두었어 벌써. 오니까 얼굴이 이렇게 퉁퉁 붓구 그냥 뭐… 숨이 쪼금 그냥 여기만 쪼금 저거 해드라고. 어머니 돌아가시고… 그리고 나는 뭐 어떡해 그게. 그냥…

[조사자1: 그 때 아버님은 그러면…] 아버님은… 피란 나가 있었지. 피란 나가 계셔, 피란 나가가지고 그 때 그… [조사자1: 그 때, 다 잡아가니까 남자는.] 그렇게 남자들은 다 붙들어 가니까 그 피란 나가 계신 거야. [조사자1: 어머님이랑 어린… 어린 애만.] 어머니는 안 가셨다가 그렇게 되구. 나하구 인제 집에 있었는데, 그 산에만 가셨으면 괜찮은 건데, [조사자1: 산엘 안 가신다고 또…]

응. 그 저 꼬대기에 가 있으니까, 거 보면 글로, 글로 들어가는데 급할 새 나마나 그, 그 비행기가 왜 일로 씽 오나. 그냥 별안간 와서 그냥 사격을 하는 걸. 그래가지구 집두 그 홀랑 타 버리구. 그래 중공군은 거 방에서 하나 자빠져 병들어 누워서 자빠졌던 놈은 거그서 죽어서 그냥 계속 썩었어. [조사자1: 아니 거기다 묻지도 않고?] 묻긴 왜 묻어 그냥 집이 타서 털썩 눌러 앉은 거. 그냥 털썩 눌러 앉은 거. [조사자1: 아, 그 때 그냥 거기 누워 있다 죽은 상태로 있다가, 폭격 맞아서 집이 그냥 다…] 폭삭 그냥 타서 거기가 그냥 그러고 타서 나중엔 뼉다구만 굴러 댕기드라고 보니깐.

[조사자1: 아 그럼 집이 그 때 그냥 폭삭 무너져서 없어져…] 아주 없어졌어 싹. 그리고 집을 그 안에다가 다시 짓고 그랬었어. [조사자1: 그러니까 인제 중공군 지휘부 비슷하게 거기 있는 줄 알고… 딱 크게 한 번 왔구나.] 중공군이 있는 줄 알고 그렇게, 그걸 한 거야. 걔네들은 하룻저녁 자면 그냥 또 가요. 근데, 살은 그놈들은, 그 병들은 놈은 아파서 거기서 그냥 있다가 못 쫓아가고 가는 거지. 그래 중공군은 몇 놈 안 죽었어. 거기서 뭐 많이 안 죽고, 말이 하나 죽었지 또 말.

[조사자1: 말은 키우셨어요, 아니면 중공군 말이었어요?] 아니, 중공군들 말인데 말이 폭격을 맞아가지고 막 그냥 설 맞아가지고 막 들이 뛰다간 하나 죽은 거… 그거 갖다 뱃겨 먹어봤어. 근데 말고기가 아주 지름이 노랗드라고. 아주 지름이 노란 게 그냥 소고기만은 못해도 그저 먹긴 먹겄드라구. 그 때 뭐 난리통에 뭐 굶어 살다시피 하니깐. 그렇게도 먹어보고 뭐. 별 짓 다 했지. 아유 참 난리 때 생각을 하믄 뭐 기가 맥히지.

[7] 간첩으로 몰리다

[조사자2: 근데 한 번은 잡혀갈 뻔했던 걸 작아 갖고 어머니가 얘 작다고 그래서 안 끌려갔다고 그랬던 거 그거는 무슨 얘기였어요?] [조사자1: 그거는 그 촛불에 들이대서 맨 첫 날, 그런 거야.] [조사자2: 아 첫 날?] [조사자1: 응. 이불 이렇게 하면서. 어디 잡혀가실 뻔했다가…] 길 가리켜 달라 그랬다가. [조사자1: 그거 한 번 또 좀 말씀…] 그거는 아유 인제 나이가 아직 적어서 질도 모른다고 인제 그래니까. 아직 거길 몰른다 이렇게 가서 얘길 하니까 그냥 뭐.

[조사자1: 아니아니 저기 뭐, 간첩으로 몰리셔가지고…] 아, 간첩으로 몰린 거는. [조사자1: 그 때, 그 때는 열여섯 열일곱 이렇게 나이가 좀…] 예, 열일곱 먹었었는데 그 때는 그… 그 때는 또 삼월 달인가? 하여튼 삼월 달인가 그래요. 그 아주, 왜 이… 그 때 그, 그래가지구는 그 때 그… 그 때 들어와 가지구 거, 그 겨울을 나가지구 봄철에 중공군이 인제 후퇴 들어가고 인제 아군이 들어 왔는데 그 근래 편에 인제 와… 인제 그 서천이래는데, 그 경강. 바로 그 서천역이 경강이라 그랬잖아. 거기 와서 인제 아군들은 다 그러고, 이쪽에는 인민군이 있었고, 중공군이 있고 그랬는데. 그 밥 먹고 그래 있으니까, 그… 뭐야. 중국놈이 와 가지곤 그냥 포탄을 열더니 총불을 팍 들이대더라고.

그러더니 국방군 없느냐 그래요. 그래 국방군 없다고 그러니까 이렇게 쭉 보니까 인제 애들이고 뭐 여자들이고 그래니까. 이제 날라 오라 그래. 그래 말해부러. 그래 나가니깐, 저 근래 뭐, 뭐가 왔느냐 그래 강 건너를 가리키면서. 저 근래 뭐 군인… 국방군 오지 않았느냐 이기야. 그래 그런 일이 없다고. 난 모른다고. 난 이 저… 폭격이 무서와서 여기 사는 사람은 몰라, 그러니까 모른다구 자꾸 그래니까 그냥 데려가더라고. 데리고 올라가.

그러더니 그, 저… 가평 북면 그 가일이래는 그 고개를 올라가. 그 데리고 올라가더라고. 올라가더니 그 꼭대기에다가 그, 산 고지 높은 또 그… 이렇게 고개 올라가는 데보담 더 높은 쪽이 있는데, 거기다 대고 깩깩 소릴 질러 이 자식이. 중국놈이. 깩깩 소릴 질르더니 인민군 놈의 새끼가 뭐 포로를 치고

뭐… [조사자2: 높은 사람이 나타난 거야.]

잉. 내려오더니, 이렇게 내려오더니 날 더러, 그께 인제 말은 인제 서로 통하니까.

“너 저 근래, 국방군으로 온 거 너 스파이짓 했지? 너.”

그러더라고. 아… 난 스파이노릇이고 뭐고 난 시방 우리 어머이가 돌아가셔가지고 저 6.25사변에 뭐 저 이 폭격에 돌아가가지고, 비행기가 무서워서 아무 데도 가지도 못하고 여기 방구리에만 만날 살았는데 어딜 뭘 가느냐. 인제 아무 데도 간 데가 없다구 인제 인제 그랬지.

그랬더니 이놈 자식이 고갤 기웃기웃 하더니 뭐라고 또 그 중국놈하고 쏼라 대. 근데 또 인… 인민군은 중국놈허고 통하잖아 거 뭐. 중국말로 또 뭐라 그래. 그래드니 쏼라대드니 아니란다고 그래는 거야. 그러니 그 자식이 또 대가리를 끄덕끄덕하고 그래. 그래니 그러냐고. 아이 그래가지고 그럭저럭 인제 그러는데, 아니래니깐 그냥 그럼 가라그래드라고 인민군이. [조사자2: 다행이죠.]

응. 가라 그래는데, 가라고 그래 놓구서도 저놈이 또 니미 쏠라 그러는지 알 수가 있어야지. 겁이 나. 그래 슬슬 이렇게 인제 빨리 가 뛰면 뭘 하고 뭐 슬슬 걸어오는데 그렇게 슬슬 걸어 내려오는데 거기 질이 이렇게 꼬불꼬불하게 이렇게 올라왔거든 길이. 이래 꼬불꼬불하게 꽤 많이 내려왔는데두 뭐 보이질 않아. 이제 뒤돌아 봐두 거 보이지두 않아. 에라이 거기서부턴 막 내려 던지기루 아 그래가 내려왔는데 그이… 뭐 그 때 한 번 죽을 뻔했긴 했어.

그리군 그 다음에 인제 봄, 그 이듬해 또 봄에, 봄인가… 그 때 언젠가 하이튼 그런데 그 군인들이 또 후퇴를 했다가 또 들어왔어요. 들어와가지구 그 때 그 건빵을 인제 짊어지구 가자 그래서 건빵을 짊어지구서 인제 거 거길 그 가… [조사자2: 가자고 한 거는 국군이었죠.]

응. 거기, 한국군인인데. 그래 건빵을 저 겁부터 나니까 이래 지고 갔다가 내리는데 그 통신병들이 이렇게 인제 줄을 내리고 그러는데 그 응대할 적에 보니깐 아주 그냥 군인들이 가뜩해. 그래가지구 거기서 보니까 그 근래 편에다가 포를 쿵, 쿵쾅쿵쾅 쏘는데 하나씩 둘씩 쉭쉭하는 소리가 나.

쉭쉭쉭하더니 바로 머리맡에 와서 팍 떨어지는데 그 고개가 사람이 하두 뭐 많이 댕겨가지고, 이 높이가 한 절반 넘어요. 오목하게 파였어 아주. 푹 파인 덴데 그 바로 그, 거기 이 오목한 데 거기 와서 안 떨어지구 뚝 여기 와서 떨어졌는데, 한국 군인이 그 때 칼등을 이렇게 들구 한 사람은 파구 이제 나하구 같이 갔는데 이렇게 들고 왔는데 딱, 을마나 그 사람, 그 놈도 그 놀래긴 놀랬어. 총을 다 집어 내비리고 냅디 뛰더라. (웃음) [조사자2: 어 일단 뛰었어.] [조사자1: 총을 다 내 버리고.]

어. 즈그네 건데 그냥 글루 내리 뛰더라고. 아유 이놈의 새끼들이 이 포를 이따구로 쏴가지고 이게 아군 잡을라고 이놈 새끼들이, 있다가. 그게 불발, 불발이더라고. [조사자2: 불발이었어. 아군들한테.] 그러니까 아주 그냥 그걸 홀랑 뒤집어쓰고 을마나 급했다는데 그놈들 그냥 저리로 내려가는 거야. [조사자2: 그렇죠 그렇죠.]

아우 그니까 우리도 막 내리 글루. 아우 그래가지고 보니까 그래서 인제 도로 또 와가지곤 이… 에휴, 빨리 내려가자고. 그래 저 그 아랠 인제 건빵을 지고 갔던 걸 인제 짊어지고, 그 아랠 내려가니깐 뭐 그… 근래 편에 중공군들이 있대. 그런데 글로 자꾸 포를 막 쏘는데 거 막 타고 난리야. 그래는데, 그 응달 편에 이쪽으로는 아, 그 이쪽 편에는 보니까 아주 군인들이 그냥 바글바글 해. 거기서. 그러니까 서로 거기서 그래 교전을 하더라고 기냥. 그랬는데 우린 밑에서 기냥 거기 밑에서 그냥 그… 갖다 주고 그냥 또 그리로 오고 그랬는데, 아휴. 그때만 해도.

[8] 추위와 함께한 군 생활

[조사자1: 그러면, 군은… 군대는 안 가셨겠네요?] 그 땐 군대는 안 갔지. 그 때는 인제 늦게 갔지. [조사자1: 아, 나중에 또 군대를 가셨어요? 전쟁 끝나고?] [조사자2: 허리 아프신데 가셨구나.] 아유 그럼. 내가 인제 스물… 두 살 세 살 되다가 갔었지. [조사자1: 아 군대를 또 가셨구나.]

군대 가가지구, 아유 내가 이 저… 훈련소 저 논산 훈련소 23연대 나왔는데 어휴… 그 때 우리가 나가 군인 갈 적에는 그… 그 때 십이월 달에 갔는데, 그 때 추웠어요. 아주 추워가지고는 그냥 그 때만 해도 군인들이 가는데 이 가평군에서 가평군, 저 양주군, 파주군, 저 고양군, 이 가평시에서 그 때 육천 명인가 얼마가 갔어요, 육천 명이. [조사자1: 어우, 많이 갔네요.]

엄청 많이 갔어 그 때 아주 아무하구 아주 막 가가지구 차가 그 때 그… 그 땐 그 무슨 차냐하면 그 기차가 글쎄 그 화통 대가리가 그 칙칙폭폭하고… [조사자1: 증기 기관차?] 응. 큰 그 기관차. 그거 끌 때야. 근데 그게 열… 다섯 칸인가 열여섯 칸인가 그렇게 달았어.

그렇게 그러니 그, 그 쩌기 사람 타는 객차 그거 같으믄 괜찮은데 말 싣고 소 싣고 뭐 질 실은 그 뭐 고야, 고. 고를 그렇게 따라가드니 앞뒤에서 끌더라고 앞뒤에서. 앞뒤에서 끄는데 원가 많이 타니까. 많이 끌고 그래니까 고 한강 건너가선가 어디 가가지고 어디 그 고개가 있던가? 어디 있는데, 거기를 올라가지를 못해. 차가, 기차여. 워낙 사람을 많이 실으니까. 뭐 한 맻 천을 실었으니까. 그냥 그래가지고 이 열 칸인가 열여섯 칸인가 그렇게 달구 갔어 그 때. 그러니까 그리 앞뒤에서 끄는데도 거기 고개를 못 올라가더라고. 못 올라가니까 또 막 그래가지고 한참 또 그, 이제 그 수증기를 많이 저기로 올려가지고, 그래가지고 간신히 거, 아주 간신히 사람이 걸어갈 정도로다 그 걸 끌고 그런 거야. 그렇게 많이 갔었어 그 때.

그래가지곤, 거 가가지곤 훈련소 딱 들어가니까는 내가… 23연대가 바로 그 훈련소 들어가면 아주 그 촛불이… 그 23연대가 있는데 그 25연대 26연대는 고 저 서로 뭐… 옆이고 그런데 그 기관사들이 그래. 이 그 손님 하나가 그… 아,

"느덜 오다가 열차 안에서 발, 동상 안 걸렸냐"

그래.

"아 동상에 다 걸린 거 같애요. 죄 발이 얼어서 시방 뭐 아주 가렵고 시방 아주 죽겠다."

그러니까,

"큰났다."

내가.

"이 동상 걸리믄 이거 발 잘라야 되는데."

이러고 그래. (웃음) 잘라야 된다 그래서 그러니까 참 거 참 큰일 났어. 아유 그래서, 그래면서 형부, 내 말만 들어라 이기야. 그거 어떻게 해야 하냐 그러니까 철모를 전부 이래 이렇게 주고, 그걸 전부 다 이렇게 지급 해줬으니까. 철모를 주고, 철모를 하이바를 빼놓고, 철모만 가져가서 저 그 23연대가 아주 그 뭐 땡크를 크게 이 그 이제 갑빠를 이게 저 해서 근데 이게 방토가 몇 개만 하게 이렇게 핑 돌려서 이렇게 거기 물을 퍼다 붓구서 그 물을 떠서 주차장에 가서 밥을 했어. 그 물이.

그런데 그 물을 가서 퍼 오래는 거야. 그러니까 이 높이가 인제 한 길 정도 되는데, 거길 가서 철모를 가져가서 이렇게 퍼 가져오면, 아 그… 뭐야 그 취사장 가서 나와서 자루로 이따만한 기다란 자루를 끌고 나오더라고. 끌고 나와 가지고 이놈의 시끼덜, 아, 취사장에서 쓰는 물 다, 다 퍼간다고. 다 퍼간다고 막 쫓아 댕기며 막 후레 갈길려 그래. 그 새끼들이. 후려 갈길려 그러믄 그 뭐 다 알아? 그리 저가 한두 명이 나와 가지고 뭘 해. 아우 여기서 저놈 후께 칠려 그러믄 절로 도… 절로 뛰고 또 뒤에 가서 있다가 아유 내가 그렇게 해서 다 따가지고 가지 안 따가지고 갈 놈이 어딨어 그게.

몇 놈이 있어갖고 저희가 당해? 그래 사람이 그래 새카맣게 달라 붙었는데. 아 그리 쬣개 댕기면서 또 떠다가 이렇게 발을 담그니까 발이 그게 아주 스르르르 얼은 게, 이렇게 얼은 게 빠지더라고. [조사자1: 아니 그, 그럼 따뜻한 물이 아닌데도?] 아유, 찬 물에. 찬 물. 아주 냉수, 찬 물. [조사자2: 그래두 풀려?]

물이 얼기 직전의 물인데 거기다가 이렇게 담그니까 아주 빼가 저리게 차. 근데 그게 빠지는데 그게 그렇게 한 두어 서너 번 담그니까, 아주 쭈글쭈글… 수글수글하게 다 빠지고 그리고 그게 동상 걸리면서 고생한 애들이 없었어. 얼음은 얼음으로 빼야 된대. 얼은 건 다 얼음으로 빼야 된대. 그걸 뜨거운 물에다 하믄은 이게 동상 걸려가지고 다 잘라야 된다 그러드라구. 그래서 그걸 얼음을 얼음으로 빼야 되기 때문에 찬 물에다 담궈야 된대. [조사자2: 그랬었었구나.]

그게 기관사명이 그… 그걸 그… 그렇게 얘길 해가지고, 손님한테 거 그렇게 얘길 하드라구. 그래가지고 그러는데 그 동상 걸려 가지구 고생한 애들이 별로 없었어. [조사자2: 오히려 그렇게 많은 사람들을 관리했구나 그렇게…]

응. 그렇게 해가지구 다 그렇게 허라 그래더라구. 그런데 교육을 받으러 나가는데 거 학과장에 가면은 그 겨울엔 눈이 오고, 비가… 아주 거긴 이상하게 그게 아주 노다지 비가 오고 노다지 눈이 오고 그래는 거야 그냥. 눈은 오자마자 다 녹고 그래는데 그 갑갑한 게 그게 뭐냐 하면은 짚으루다가 이렇게 동그랗게 방석을 맨들으잖아. 그걸 깔구 앉아. 그게 젖질 않은 상태에서는 여름철에는 괜찮은데 그게 저 아 겨울철엔 이놈의 게 그냥 겨울에 밤에 그냥 전부 얼어 버려가지고 죄다 얼음이야 그럼 아주 볼깨기가 그거 깔고 앉으면 볼기짝이 얼어서 그냥 얼음 깔고 앉는 것 겉애. 아유 진짜. 고생했어 아주 우리 훈련 받느라구.

[9] 가족들과 공민병이었던 아버지

[조사자1: 그럼 아버님은 다시 언제 돌아오셨어요 집으로?] [조사자2: 예, 그 얘기도 좀 해주시고.] [조사자1: 전쟁 끝나고 돌아오셨어요?] 예. 전장 끝나고 뭐 여… [조사자1: 그럼 뭐 어머님이 돌아 가신지도 모르고 밖에 나가 계셨겠네? 피난 가 계셨으니까?] 예. 그래, 그랬어. [조사자2: 그래도 아버님 살아서 오셨어요?] 어, 그래고 그 때는 그 저 공민병이라 그랬잖아. [조사자1: 네, 제 2 공민병.] 그 공민병으로 나가 그렇게 해가지고 나가 돌아다니시다가 또 오셔가지고 뭐 여 와서 또 농사짓고 그래시다가, 오래 살았어 한 칠십 넘어서 돌아가셨어요.

[조사자2: 아버님은 뭐 고생하시지 않으셨대요?] 나요? [조사자2: 아니아니, 제 2 공민병 하시면서 고생하시지…] 거 이런 데 돌아 댕기시면서 거 뭐 군대는 안 가시고 그냥 뭐 그… 그냥 그렇게 저… 후방에 쫓아 댕기면 그런 거 뭐 짐도 좀 날라 주고 그런 거 했었지 뭐. [조사자2: 아 짐 날라주고.]

[조사자1: 형제가 어떻게 되세요 할아버지가?] 형님 하나하고, 동생도 이렇게 있어요. [조사자1: 아… 그러셨구나.] [조사자2: 형님도 군대가시구.] 형님은 군대 갔었지. [조사자1: 아, 저기 저 6.25 때 군대 가셨어요?] 응. 형님은 군대 가가지구 저 제주도 가가지고서 훈련 받고 오고, 21사단에서 저 어딘가, 양양인가 그 때 저, [조사자1: 예예, 양구.] 양군가 양양인가 거 쪽에서 그 전투 좀 했다고 그러더라구.

[조사자1: 그럼 형님, 형님은 지금 돌아가셨어요?] 돌아가신 지가 오래요. 암으루다 돌아가셨어. [조사자2: 그래두 살아 오셨네?] 예, 지금 예. [조사자1: 그러면 결혼은 언제 하셨어요?] 나요? [조사자1: 예.] [조사자2: 군대 갔다 와서 하셨나?] 나야 그렇죠. 군대 갔다 와가지고. [조사자1: 슬하에 자녀분은 어떻게 되세요.] 딸 둘이에다가 인제 아들 하나 있어요. 우리 막내 아들 인제 유월달에 저거… 결혼해. [조사자2: 아 이제 마저 보내시는구나.] 나이가 인제 서

른… 다섯인가 여섯인데 늦게 가요 그놈 자식이 이렇게 진작 가래도 안 가고 있다가. 인제 가요.

[조사자2: 할아버님 손이 크셔가지고 일 잘 하셨겠어요.] 일 잘한단 소린 들었지. 나… 난 일만 했지 공부를 못했어 난 진짜 공부를 못했어요. [조사자2: 그게 한이시구나.] 공부를 못했어. 핵교를 몰라. 핵교를 못 댕겨서. [조사자2: 손은 거인 손이세요.] 응. 손이 크지. 손이야. [조사자1: 여기, 남산면 여기로는 언제 들어와서 정착하신 거예요?] 여기 들어오기는 내가 군대 제대하구서 들어왔어요. [조사자1: 아, 제대하고?] [조사자2: 결혼하면서 그러셨나보다.] [조사자1: 아 그러면 저기… 할머니가 여기가 고향이세요?] 아니, 집사람은 저기, 저기야 저저 경상도.

인민군, 국군, 미군에 대한 경험

박인순 외

"깜딩이 미군들 왔을 때는 여자들 여 보이는디 있도 못했어요, 다 숨었지"

자 료 명: 20120608박인순외(상주)
조 사 일: 2012년 6월 8일
조사시간: 60분
구 연 자: 박인순(여 · 1931생), 손해순(여 · 1934생), 정일선(여 · 1934생)
조 사 자: 정진아, 김경섭, 김효실, 이부희
조사장소: 경상북도 상주군 공성면 이화1리 노인회관

[조사과정 및 구연상황]

상주시 공성면 이화1리 노인회관에는 주로 할머니들이 많이 모여 있는 곳이었다. 공성면 노인회관에서 주로 할아버지 화자들의 이야기를 들었기에 할머니들이 주로 모여 있는 이곳 이화1리 노인회관을 방문하였다. 사전에 연락을 하지 않고 온 터라 구연을 청하고 이야기를 듣기가 수월하지 않았지만,

조사팀의 방문 목적을 들은 몇 분의 화자가 구연에 응해 조사가 시작되었다.

[구연자 정보]

이화1리 노인회관은 주로 할머니들이 모여 소일거리를 하거나 담소를 나누는 곳이었다. 이곳에서 만난 세 분의 할머니들은 모두 이곳에서 6.25를 겪었으며 인민군 점령 시 그들과 함께 생활한 경험담과 흑인 병사들의 해코지를 피해 다닌 경험을 들려주었다.

[내용 요약]

동네에 인민군들이 들어왔는데 밥을 해달라고 했다. 그들은 다른 동네에서 잡아온 소, 돼지, 개들을 해먹었는데, 굉장히 푸짐하게 차려 먹었다. 인민군들이 나간 뒤 인민군들에게 부역을 해줬다는 이유로 열 다섯 명의 사람이 처형당한 일이 있었다. 미군들이 마을에 들어왔는데, 그들은 젊은 여자들에게 추근댔다. 그래서 그들을 피해서 산으로 다니거나 남장을 하고 다녔다.

[주제어] 인민군, 국군, 미군, 성폭행, 피난, 부역, 처형, 폭격, 방공호

[1] 인민군과 함께 생활한 경험

[조사자: 원래 여기가 고향이세요?] 예. 나는 이 마실에서 나서 이 마실에서 지금까지 살았어요. [조사자: 6.25때 피난 가셨었어요?] 피난 갔었어. [조사자: 고 때 얘기 좀.] 그때는 피난 갔더니. 그 그때만 해도 멀리 안 갔어요. [조사자: 어디로 선산으로 가셨어요?] 그 골짜기.

[다른 할머니가 들어오셔서 이야기에 참여하심.]

피난 간 사람만. 대구로도 가고. [청중: 낙동 강변으로도 가고. 뭐 멀리 간 사람은 멀리 갔지. 부산으로도 많이 갔고.] [청중: 피난간 거? 난 열 일곱살 먹어가지고.]

[조사자: 인민군 보신 적 있으세요?] 예? 동네 와서 살았는데. 우리가 밥을 해줬는데. [조사자: 아, 그때 얘기 좀 해주세요.] 어떻게 와서. 우리 하르방이지. 방에 하르방이랑 세 있었는데. 밥을 이제 그 솥 씻으니까. 막 개도 잡아야하고, 돼지도 잡아야하고, 소도 잡아야하고. 막 해 먹을라면 우리가 해줘야 되고 자기가 해 먹는건 해먹고. 해줬어요. 우리는 근처 살았어요 아래채에. [조사자: 아, 인민군이 집에 들어와서 같이 생활하셨어요?] 예. 우리 동네 와서 살았어요. [조사자: 거 동네 이름이 뭡니까?] 여기 이화. [조사자: 아니아니, 그때 그 인민군이 왔다는 동네가.] [청중: 이 마을이라.] [조사자: 이화여기?] 예. 여고. 장교들은 저짝 가새 집에 그 막 전화짝 달아놓고 있었고. 여 오래 살았어요. [조사자: 저 기차 터널 속에 뭐 있었다고 그러던데, 아까 할아버지 통해서 들어보니까.] 기차 뭐하는데? [조사자: 기차굴. 굴 속에.] 저- 골짜기 바로 밑에 저거 굴이야.

[조사자: 여기가 그럼 이화 중리입니까? 아니면,] 여기 이화 새터. [청중: 중리는 저 우에.] [조사자: 저 위에고? 그러면 자기들이 쌀을 가져와서 했어요? 아니

면 집에 있는 쌀을 내노라고 그러면서.] 아니. 자기들이 가져와요. [조사자: 가져와서?] 딴 데서 밀도 뺑가 오고, 쌀도 가여오고. 다 싹 해. [조사자: 그러고 해달라고?] 예. [조사자: 가족들은 그럼 하나도 피난안가시고 다 집에 계시고?] 우리들은 뭐 그땐 피난지에 골짜구로 갔다 돌아왔지유. [조사자: 그 아버님이나 오빠분이나 이런 분은 없으셨어요?] 있었지, 다 있었지. 돌아가셨지요. [조사자: 아니아니, 그 때 인민군들이 그러면 오빠나 아버님한테 해코지는 안하셨어요?] 아니요. 안해요. 그 사람들은요 여자들보구요, 눈도 한번 안 떠봐요. 그런 거 해줘도요. 말도 한마디 안시켜요. [조사자: 그냥.] 예. [조사자: 저기 해달라고만 얘기하고.] 예. [조사자: 몇 달쯤 있다, 얼마쯤 있다 갔어요?] 예? [조사자: 오래있다 갔다면서 막 어느 정도 있다갔어요?] 쫌 있었어요. 근디 그거 6.25 그거 사변 나서 막 밀려 내려올 때 갔이요. 막 내려올 때 그때는 뭐 간다 뭔다 말도 없이 막. 여자 남자 막– 짐져서 가요.

[조사자: 여자들도 있었어요, 그때?] 여자, 여자도 그렇게 많어. [청중: 그 떠날 때도 못 미쳐서들랑 못 떠난 사람 산 속에 숨었다가 가고 이랬어.] [조사자: 이 동네 산에 숨었다가.] 완전히 살았고. 저 숨은 애 그거는 장교들. [조사자: 장교들?] [청중: 장교들.] [청중: 여자 데리고 와서 살어.]

[조사자: 비행기.] [청중: 비행기가 오면 뭐.] [조사자: 폭격. 폭격 받은 적은 없으세요?] [청중: 여 불 떼느라고 여 많이 때렸어요.] [조사자: 아, 불 때리려고. 불이 인민군이 있는 줄 알았구나.] [청중: 저 불을 뿌사야지 사람 못댕기잖아요. 여 떨어져가지고 그 마 사람.] [조사자: 사람들도 다쳤겠네.] [청중: 요 옥상도 두군데 때렸어. 창고, 나락 있는데 때려갖고 다 탔지. 우리 이모네 집은 큰 여관 하는데 때려가지고 다 뿌사부렸지.]

[할머님들의 인적사항을 조사하던 중 할머니들이 더 들어오심.]

나는 딴건 생각 안 나고. 뭐 어떡 해 열여섯 살 먹어서 졸업해가지고 국민학교. 그 이듬해 열일곱 살 먹어서 피난 갔지. [조사자: 열일곱 때 저기 6.25가 났네요, 보니까. 전쟁이.] 그래가지고 피난을 여우고 저리가가지고 한 세날 밤

자고 왔어. 그라고 고마 집에 들어왔어. [조사자: 피난 좀 가시다가 다시 돌아오셨구나.] 저 짝 저 저 저 짝에. [조사자: 왜 피난 가실라면 부산쯤은 가셔야지 왜 금방 거기 갔다 돌아오셨을까?] [청중: 촌사람이 뭘 알아요?] [청중: 그때는 경험도 없고, 첨으로 그런 난리를 겪으니까. 막- 소가에다가 양식을 지고 가는데, 아이고 가다가 자고 막 이랬어.]

동네 사람이 청년들인지, 인민군이 왔을 때 그 가입했다고 질러 넣어가지고 아군이 막 악이 돋혀서. 열다섯 사람이 죽었어. 밭에 갖다가 다 쏴 죽있다

그게. [조사자: 누구를 쏴죽였단 말씀이세요.] [조사자: 부역했다고?] 에. 그렇지. [청중: 아군들이 선발대 들이닥친 게 인민군들이 그리 있응께. 전에 인민군들 있을 때 가담핸 사람 다 죽이라.] [조사자: 청년회 했던 사람들도.] 암만 다 죽였지. [조사자: 그럼 그때 가담한 사람들이 어떤 사람들이에요?] [청중: 가담을 안했지. 안했는데도 했다고.] 가담 안하고 근데 인민군들이 가서 있으마 그걸 하라 하잖아요. 청년들 막 억지로. 그래가지고 그러고 가입했다고.

대구상회 집 아바이, 맏며느리가 독 속에 집어 넣어가지고 아바이는 살리고 엄마는 죽었잖아. [조사자: 어떻게 됐다구요, 대구상회에서?] 아니 그기 대구상회 아니고 그 집에 이름이 대구상회라는 점방 했는데. 그 집에 어마이가 이제 자기 영감도 가입했다고 사람 칠라하니까. 그걸 독안에다가 사람을 넣고 닫아놓고, 자기는 고마 맞아죽었다 이 말이야. [조사자: 아, 남편은 살리고?] [청중: 남편은 살리고.] [조사자: 독안에 숨겨가지고?] 암만. 그래 어마이 죽고. 그 아들이 지금 한 환갑 지냈을 텐데.

[조사자: 여기도 밥해주고 그랬는데 괜찮았어요?] 아니, 우리는 동네 사람은 해줬어도 뭐 나쁘게 한 사람이 없으니까. 어째요, 우리가 살라고 해 주는기. 안 죽을라고 해 주는긴데. [청중: 안 죽을라고 해줬잖아, 안죽을라고.] [조사자: 근데 그런 것도 국군들이 문제 삼을라고 그러면 무서워서 어떻게 해요.] 그거는 뭐 가담안하고 해주는 기 뭐. 동네 사람이 이사람 이리, 저리 다 해줬는데. 학생들 모아다가 놓고 노래도 가르치고 그랬는데 뭐. [조사자: 노래도 좀 배우셨어요?] 에? 우리들은 그때 어른인데. [조사자: 아, 애들만 이렇게 모아놓고 학교에서?]

나는 6.25 사변이 나고 차가 없어 상주 가는데, 걸어가는데. 오가는데 지금 대학교 거. [조사자: 상주대학교.] 상주대학교 모퉁이 이리 돌아가는 데 있어. 아(아이)를 업고 걸어가는데, 전-부 다 시체라. 무서봐서 못보는 데. [조사자: 시체가요?] 전쟁에 죽었는 걸 묻도 안하고 그 산에 내버렸어. [조사자: 그럼 그때 결혼하셨었어요? 6.25 직전에 결혼하셨어요?] 예? [청중: 6.25 전에 결혼해서.] 내가 여서 나서 여서 살았기 때문에 내가 그래 잘 알아. [조사자: 그럼 열 한.] 열여덟에 시집을 갔거든요. [조사자: 몇 년을 살다 이 동네에서 결혼했어요?] 그 집에. 나 지금 사는 집이 그기서 나서 죽을 때 까지.

[2] 미군의 눈길을 피하는 방법

[조사자: 그러면 인민군 들어오거나 국군 들어오거나 이랬을 때 그 할아버지 군대 들어오라고 이런 얘기는 안했어요?] 우리 오빠는 그 들어 오라케도 우리 오빠는 피해나갔어요. [조사자: 아, 도망가시고?] 네. [조사자: 아니, 할머니 저기 바깥 어른은 가만 놔뒀냐고요.] 아니, 놔뒀어요. [조사자: 그냥?] 예. 그 의용군에 가입하라고 하지마는 많이 피해나갔지요. [청중: 의용군에 가입하라할 때 청년들은 피해나간 사람이 많아요. 많이 피해나갔어.] [조사자: 어디로 도망갔어요, 피해 나갈 때.] 우리 동네 안 있고. [청중: 이 동네 안 있고 산 속으로.]

[조사자: 뭐 남자들, 여자들 이렇게 와도 집에서 뭐 가져가고.] 여자들요? [청중: 그런 거는.] 끄떡도 안해요. 마당에 앉아서 막 이리 사람들이 오면 마당에 모여서 국수 해가지고 삶아주거든요. 그래도요 말 한마디 안 해주고 것도 안 해요.

[조사자: 그러면 이 지역은 전쟁통에 크게 고생을 안 하셨나봐요.] 우리는 여기 있어도. 그 사람들이 있어도 큰 피해는 없어요. [조사자: 인민군들 쫓겨 올라갔다가 다시 한번 내려왔잖아요. 그때는 피난민들이 많이 내려왔었다고 그러던데.] 이까지는 안 왔어요. [조사자: 이까지는 안 왔다고요?] [청중: 겨울에 그 왜.] [조사자: 겨울에 예.] [청중: 겨울에 한번 밀리 내려왔다고. 동네는 안내려왔다 하믄.] [조사자: 인민군 말고 피난민들이 많이 안내려왔냐고.] 미군들. [조사자: 미군들 왔었어요?] 깜딩이 미군들 왔을 때는 여자들 여 이 보이는디 있도 못 했어요. 다 숨었지. [청중: 여자들 잡아내요.] [청중: 이런 사람들은 사정이 없어. 여자 다 추근대.] [조사자: 그럼 어디로 숨으셨어요?] [청중: 옆 옆 마을로.] 미군들이 냇가에 많-이 있었어. [청중: 그런데 여자들을 그렇게 피해주고.] [조사자: 사고도 많이 났어요?] [청중: 우리 마을 사람은 많이 당한 사람은 없지. 다 피해놨다니까.]

우리 집에 오지, 목욕물을 돌라 해요. 그라고 막 솥에다가 한 솥 집어넣고 혼자 가서 그리 해요. [조사자: 목욕물 데워 달라고?] 목욕을. 자기들 목욕할라고. [조사자: 말이 어떻게 통해요?] 에? [조사자: 말이 통하세요?] 손을 같이 하니.

욕을 비니께. 인민군 왔으면 그런 건 없었어. 그런데 이 사람들은 아가씨나 젊은 색시보믄 가만 안 놔두는게. [청중: 누구는 지게지 가지고, 갓 쓰고, 두루매기 입히가지고 갓 씌워가지고 아바이가 데리고 가고.] [조사자: 아, 갓 씌워가지고, 지게씌워서. 남자처럼 해서.] 남자 두루매기 입히고. [청중: 부잣집에 대학생이 있었거든. 부잣집인게 대학교 댕겼어. 서울서 대학교 가다가 내려왔는데. 참 막 미군들이 와 있으니 머리를 홀랑 깎아가지고 남자로 있었어요. 그래가지고.] [조사자: 험한 세상 피할라고 고생 많이 하셨어요.]

우리 마을에 사람은 대구가서 팔공산 거서 근처 갔는데, 인민군이 내려오데요. 엉겹결에 제일 작은 아를 떼놓고 막 큰 아들만 잡고. 갔는데 뭐가 자꾸 우는 소리가 나도 막 내뺐데요. 그래 어데까지 간게 그 아가 찾아왔더래요. 고마 아도 생각 안 나더래요. 자다가 그랬는데. 대구 팔공산에 거서 자다가 그 난리를 만나가지고. [조사자: 그래도 그 애가 대단하네요. 끝까지 따라가고.] 그 사람 기자도 좀 했어, 커가지고 신문기자했어. [조사자: 그 애가요?] 근데 한 여덟 살인가 먹었을 때라. 그런데 하여튼 아가 누이가 따라오는가 어쨌는가 생각도 안나더래요. 그래 본께 따라오데요. 그래도 거기서 자라 신문기자까지 했다 하데요. [청중: 그렇게 똑똑했으면 따라갔지.]

누 집에래도 굴 안 파놓은 집이 없어, 촌에 그때는. 공중에 비행기 우르르 하마 우-하고 굴속으로 들어가느라. [조사자: 아, 집집마다 방공호 같은거 다 해놨어요?] 굴을 파놓고 그래놓고는 비행기가 고마 윙- 하마 막 들어가는 기라.

전쟁으로 남편을 잃고 홀로 아들을 키워내다

안 미 순

"편안한 마음으로 사는데 왜 이런 복잡한 이런 이야기를 왜 물어보고."

자 료 명: 20131117안미순(속초)
조 사 일: 2013년 11월 17일
구 연 자: 안미순(가명)
조사기간: 38분
조사장소: 강원도 속초시 장사동의 한 마을회관
조 사 자: 오정미, 김효실, 한상효

[조사과정 및 구연상황]

이전 답사 때 만난 한 어르신의 주선으로 화자를 만났다. 화자는 나이에 비해 매우 정정하셔서, 이야기를 잘 하시는 분이셨다. 그러나 혹시 자녀들에게 피해가 끼치지 않을까 우려하는 마음으로 말을 아끼셨다. 이름도 가명처리를 원하셨다.

[구연자 정보]

화자는 속초가 고향이다. 고향에서 6.25 전쟁을 겪게 되었고, 전쟁으로 남편을 잃었다. 시아버지와 외동아들을 키우며 평생을 살아왔다. 아들이 잘 성장하여 큰 인재가 되었다는 사실에 자신의 삶을 위로받으셨다.

[이야기 개요]

전쟁 중에 남편을 잃었다. 전쟁으로 다른 가족들도 대부분 뿔뿔이 헤어지고, 홀로 호랑이 같은 시아버지 아래서 외아들을 키워내야 했다. 외아들을 멀리 보내기 싫어하는 시아버지의 눈을 피해, 아들에게 대학 시험을 보게 했다. 남들은 다 부러워하는 대학합격이었지만, 시아버지 때문에 벌벌 떨며, 기뻐하지도 못한 채, 아들을 대학에 보냈다.

[주제어] 가족, 남편, 시아버지, 고생, 이산가족, 아들, 대학

[1] 전쟁으로 남편을 잃고 외아들을 키우며 살다

나는 여기 지금 친가지 친간덴 동생 이제 땅이 났다고 사놓고 시골 이제 봄에 내려와서 육개월 있다가 김장까정 하는 거 보고 같이 도와주고 이러면은 또 서울 가면 자식들하고 또 살고 이러지. 나는 여기에 노인회 회원도 아니야. 뭐 어떻게 뭐 알어 볼라고?

[조사자: 저희가 지난번에도 여기 와서 저기 회장님도 찾아뵙고 이야기도 나눴는데 어 저희는 어르신들 어렸을 때, 6.25 전쟁]

에 그런 건 뭐하러?

[조사자: 아 왜 하냐면 저희가 건국대학교 국어국문학과에서 나온 연구팀이고요. 그때 전쟁 때 어르신들이 겪으신 경험 했던 여러 가지 이야기들이 말하자면 우리나라에 중요한 어떤 역사적 자료도 되고 뿐만 아니라 저희는 역사가 아니라

그냥 한분 한분 그때 당시에 고생하시고 살아왔던 게.]

아 그러니까 그런 얘기를, 지금 좋은 마음만 좋은 마음으로 편안한 마음에 그저 감사한 마음으로 이렇게 살아야지. 옛날 영화도 보기도 그런데 뭐 그런 얘기를 난 절대 안 해.

[조사자: 그래 할머니, 근데 어르신들이 살아오신 하나하나의 이야기들이 할머니, 저희 젊은 사람들한테는 살아 있는 교훈이 되는 이야기예요 할머니. 지금 이렇게 행복할 수 있는 게 다 그때 어르신들이 다 그렇게 고생을 하시고 자손들을 돌봐 주신 덕에 지금 이렇게 편안하게 살 수 있다 해서 말하자면 할머니, 할머니께서 살아오신 인생이 저희한테는 드라마예요 할머니. 한편의 드라마인 거예요. 할머니. 그래서 그 드라마를 들으러 온 거예요. 이제는 어르신들이 돌아가시고 나면 어느 누구도 그때의 드라마 같은 삶을 이야기를 들을 수가 없거든요. 그래서 특히 여기 강원도 지역이 저희가 지금 전국을 해요 할머니. 저희는 지금 강원도 지역인데 여기 특히 속초 지역이 너무나 여러 가지 사연이 많아서 저희가 지금 지난 번에도 오고 이번에도 또 오고 근데 할아버지들 이야기도 재미있지만 할머니들 이야기가 더 곡진해요. 그 피난 가, 아이들 데리고 막. 피난 다니던 이야기가 그냥 뭐 듣다 보면 눈물 나는, 이야기죠 할머니.]

눈물나는 이야기는 이제 내가 듣다보면 눈물나고 그 기막힌 사연은 이제 잠시래도 없애고 지금 새시대 좋은 시대 좋은 마음만 가질라고 그래, 그러는 거야.

[조사자: 맞아요. 할머니]

그럼 애들이 어머니 뭐 집에서 자꾸 일만 하시지 말고 영화 구경 가시고 연극 구경 가실까 이래 가지고 모셔가지고 가잖아. 가서 그 노래나 하고 속 시원하고 편안하고 이런 걸 보면 편안한데 그 옛날에 겪어 넘어간 그런 걸 보고 나면 거기 앉았다가 걸어 나오질 못하겠어. 너무 힘들어서. 애들이 손자며느리래도 할머니 내가 손 잡을게 쓰러질까봐. 그런 상태야. 그런 말도 하기 싫은 사람 왜 그런 소리를 하라 그래. 난 좋은 소리만 듣고 지금 이 시대 좋게 이렇게 사는 게 좋은 거라 봐야지. 그런, 그런 것. 알지 못해.

[조사자: 할머니 그래도 조금만 들려 주세요. 저희 할머니 들으러 일부러 서울에서 여기까지 왔는데. 진짜로, 회장님께서 누님이 계신데.]

왜 그런 얘기를 해.

[조사자: 아니 근데 부담 안 갖고 그냥 손주들한테 나는 이런 고생하고 살았다.]

아니 그런 이야기를 뭐 해.

[조사자: 그래도 처음이자 마지막으로 좀 해주세요. 처음이자 마지막으로 해 주시면 저희는 이게 살아있는 공부예요 할머니. 할머니 그때, 저기, 어르신도 그러니까 요기 속초에서 이 쪽에서 태어나시고 사신, 아니 여기서 계속 살고 계신 거죠? 할머니.]

여기서 이 이 부락 친가 부락이야. 열아홉에 시집을 가서 여기 간성읍 지금, 봉호리라는데. 거길로 시집을 간 거야.

[조사자: 고성군으로.]

고성군에 지금 간성이라는 데. 아 여기를 서울이라 잘 모르는 구나.

[조사자: 잘 몰라요. 저희가 지역 이름은. 어쨌건 고성군으로]

고성군 간성읍 봉호리라는 데. 봉호리.

[조사자: 봉호리.]

거기를 열아홉에 시집을 갔어. (동생에게) 왜 이런 걸 해가지고.

[조사자: 할머니, 할머니, 걱정 하시지 마. (명함을 주면서) 할머니 혹시 모르니까, 할머니 저희 건국대학교에서 왔어요. 할머니. 건국대학교 하고 인연이 많으시더라고요.]

건대 축산과에요. 아들이 그래 축산과를 나와서. 그래 가지고 이제 열아홉에 시집을 가 가지고 간성 아까, 간성읍에 가 가지고. 옛날에는 고성군이고 간성면인데 지금은 간성읍이야. 간성읍에 어, 봉호리. 봉호리에 이씨 댁에 시집을 간 거예요. 열아홉에 여기서 시집을 갔는데 가 가기고 얼마야 열아홉에 시집을 갔은 게 스물 스물다섯 돼서 이제 난리 중에 된 거 아냐. 아 일본 정치 무슨 무슨 정치, 그 그런 내용을 그럴 걸 다 보고 참고 견디고 사는 거,

살은 거지. 살다 보니까 이제 가서 애기. 애기 낳은 게 건대 축산과에 이제 아범. 그 아들을 낳았었는데 나 가지고서는 거기 두 살 때 이제 6.25 난 거 아냐.

[조사자: 첫 아드님이.]

아냐 이제 위로 하나 낳았다가 잊어버리고.

[조사자: 잊어버리고.]

그걸 말할 것도 없이 근데 요게 두 살 때 이제 6.25 난 거 아냐. 그래 그러다 본 게 스물다섯 됐지. 내가 이제 열아홉에 시집을 간 게. 스물다섯 돼 가지고 인제 그 세상을 인제 부모님 모시고 인제 시아버지 시어머니 그 옛날엔 그저 하라는 부모님 모시는 거 이런 거 밖에 모르지. 손님 오시면 사랑방에 모셔놓고 그저 누가 손님 오셨으니 메밀국수 지금 왜 저. 그 국수 좀 만들어라. 국수 좀 불려라. 손님들. 그럼 옛날에는 디딜방아간에 이제 이렇게 방아 찧는 방앗간에 가서 체를 가서 찌 가지고 이제 체를 쳐서 그 추운 데 벌벌 떨고 그래 가지고 그래도 부모님은 하라는 명령대로 옛날엔 고대로 가지고 와 가지고선 사랑방에 손님들 우리 할아버지가 전주 이씨인데 옛날에 아주 할아버지 옛날 할아버지가 저 학교를 좋은 학교를 가지고, 이제 한문을, 한문을 가르치고 그래 가지고 그 서당집이야.

그 할아버지가 이제 제자들 델고 가서 이제 음, 한문 배워. 한문 가르키는 학생들 그래 가지고 학생들 데리고 가르친 그 학생들이 인제 배우고 나 가지고는 과거보러 가잖아. 그리고 과거보러 가면은 할아버지가 뭐 학생들 델고 가서 과거도 보고 그래 가지고 아주 우리 이 집이 봉호리 서당집이야. 서당집 며느리가 됐었어. 그래 가지고 잘 하고 지냈지. 여기서 참 가가지고 아이고 장천 어디서 이렇게 좋은 며느리 데리고 왔냐 뭐 부모님들이 이럭하고 우리들은 하든 부모님 하라대로 여기서 그대로 존경 받으며 부모님 명령대로 살은 사람이니까 또 가서 부모님 하라는 대로 잘 하니까 옛날로 생가며 칭찬은 받고, 그거 조홍 바람에 추운지 더운지 그냥 부모님 하라는 대로 명령대로 잘 하고 살았어. 그러다가 그걸 두 살 됐는데 이제 6.25 만나고 모르는 거 아냐. 애기가. 아버지 얼굴도 모르 거 아냐. 이럭해서. 6.25 당해서 아버지는 잃었지.

[2] 대학에 합격한 아들

잃고 나가지고는 고거 두 살 때 이제 그렇게 됐으니까 그거를 길러가지고 한 살 두살 길러가지고 초등학교 간성읍이라는 데 거기서. 초등학교 나왔지 중학교 나왔지. 대학교, 참 고등학교 나왔지. 다 그럭했지. 이 촌에서 고등학교까지 배우고 났는데 학교에서 선생님들이 할아버지가 하도 영만하시고 그러니까는 막 이런 분이 아닌, 이런 분들이 오면 앉아서 쪼그려 앉혀 가지고 교육울 가르키는 거야 우리 할아버지가. 우리 시댁을 이러이러 하게 어떻게 한 게 어떻게 알았는지 그러니까 선생님들이 선생님한테 가서 진짜 제자의 부모들이 저 감사하다 그러고 그래야 하는데 선생님이 우리 할아버지한태 와서 이제 손자를 대학교를 좀 보냈으면 우리 학교가 이러이러 하게 하겠다고 여기에 우리 학교에는 영광이다. 그리고 이 학교를 위해서는 그 학생이 이 학생밖에 대학교 붙을 사람이 없다. 그러니까 좀 이렇게 해 주소.

그 우리 할아버진 절대 안 된다고 지금 내가 손자하나 들이다 보고 사는데 손자를 어디로 놓치냐. 절대로 안 하겠다. 그래서 선생님이 와서 며칠을 무릎을 꿇고서 할아버지 앞에 와서 이렇게 하도록끔 해서 그렇게 하다 보니 안 된다는 거야.

그러니까 일이 어떻게 됐냐면은 할아버지의 할아버지를 속이면 안 된다는 걸 어려서부터 배운 사람인데 자기는 시험을 봐야 되고 선생님들이 니가 시험을 봐야 우리 학교 하나가 그래도 일어설 수가 있으니께는 시험을 봐라 그래 가지고서는 시험 보러 갈 적에 어떻게 해야 해. 할아버지가 호주잖아. 할아버지의 도장을 받고 뭐 서류를 해가지고 가야하는데 할 수가 없잖아. 할아버지는 절대 요거 손자를 인제 세상 난리 중에 손자라도 하나 안 놓치겠다 그러는데 여기서 덜어진 손잔데 안 놓치겠다 그러는데 그래도 할아버지는 안 된다는 거지. 그러니까 어떻게 할 수가 없으니까 내가 할아버지를 속이면 안 되는데 동네 부락, 부락에 인제 그런 시골서 부락에 인제 이 전 동네 사람 호주에 도장들을 가지고 있는데 통장이 가지고 있어. 옛날에는 구장이라 그랬잖아. 지금은 통장이지.

그러니까 그 그 통장이 인제 호주 도장, 할아버지 도장 좀 주세요. 이러는 거야. 그러니까 통장님이. 지금은 통장이고 옛날엔 구장이라 그랬다고 구장님이

"내가 니가 불안하게 하고 이 도장을 가지고 가서 할아버지 도장을 가져가서 뭔 잘못된 일을 하면 안 주겠는데 너무 착하게 부락에서도 인정하고 너무 착하게 자란 학생이니 내가 이걸 준다. 틀림없이 할 일을 하고 날 갖다 다오."

이런 거야.

그래 그 도장을 가지고 가서 인제 뭐 자기가 할 서류를 해 가지고 인제 서울 간다고 갔는데 서울 가 가지고 시험을 받는데 합격이 된 거야. 남은 또 남은 못 올라가서 걱정인데 이 집은 또 시험에 올라서 걱정이다. 올라가 시험에 합격을 했는데 어떻게 할아버지를 어떻게 할아버지한테 어떻게 설득을 하나 거기다 옛날엔 벽돌을 이렇게 여날리고 인제 물을 이래 우물로 가는데 옛날에 우체부라고 있지. 배달부가 이렇게 오시며

할머니. 아주머니 그때, 사십 참 애기 스물 몇 살 자네들 보다 더 젊을 때라. 저기서 내려오니까 저 위에 저 기왓집 저 집입니까,

"그 집 아들이 시험 보러 아니 갔어요?"

그래 시험 난 알지 그래도 내가 이걸 갖다가 시험을 봐 가지고 올러오면은 할아버지한테 말씀을 드리고 못 올러오면은 거기 이모네 가게가 있었는데, 이모네들한테 다니러 갔다. 할아버지가 다니러 간다니까 할아버지가 옛날에 쌀 말에 쌀 한가마니에 뭐 돈 얼마 안 돼. 쌀 한 가마니 팔아서

"애 좀 줘라."

할아버지가 명령을 해서 인제 간 거지. 이제 가기는. 시험 보러 간다는 소리는 못하고 근데 이모네 집에 이게 작년부터 대학교 시험에 갈라는 걸 못 가고 내가 못 가게 해놨으니 올해 대학교 시험에 시험 붙으러 갈라고 참 아이저 이모네 집에 놀러 다니러 가겠다고 하는데 대학교 가는 걸 내가 붙잡아놨으니 금년에 가서 놀다 와서 농사짓게 하자 이런 학생이지. 이제 그때 조만한 학생이지. 이제 그걸 듣고 붙잡고 할아버지가 농사를 지야돼. 금년에 가서 놀다와서 이제 봄나면 농사짓게 좀 쌀 좀 팔아다 줘라. 그래서 쌀을 리어카에 끌어서 이제 가서 팔아다가 줬지. 줬더니 그걸 가지고서 할아버지가 이제 해줘야 되지. 이 메누리가 쌀 한 되라도

"애 연필 사줘라."

해야 하지.

옛날에 절대 그런 일은 없었잖어. 지금처럼 자유로 맘대로 이제 부모님들 명령대로 그래서 할아버지가 그렇게 해 가지고 여비를 해서 가서 했는데 이 시험을 떡 붙었으니 할아버지 안 알릴 수가 없잖아. 할아버지가 물을 이래 물동이를 신사 새 사당이지 가지고 이러고. 저 위에서 내려오니까그래 그렇습니다. 그러니까 그러지 말고 올라가서 했으면 좋겠어요. 그래. 왜 그러니까 여 아들님이 시험보러 아이 갔었어요 그래. 내 속으로 저게 시험을 봐서 올르면 알려준 할아버지한테 알린다 그랬는데 이게 뭔 꼭 이질, 시험에 붙었다고 배달이 하는데 나는 붙으면 기가 막히게 좋은 일인데 벌벌 떨리는 거지 이거. 어떻게 해야지만 이거를 어떻게 해야지 집안 편안하게 하며 어른들한테 잘못된 아니라 속은 일이 아니여.

그래서 같이 올러 갔지. 저 사랑방 문을 열고 아버님, 저기 저 배달부가 마당에 왔는데 아버님은 호주에 도장을 좀 받아 가겠다고 그럽니다. 뭐 때문에 도장을 받냐 이것도 알아야 되잖아. 그걸 말을 어떻게 해. 시험에 뭐 시험에 시험 받는데 시험 보러 이모 집에 다니러 간다고 했는데 시험은 무슨 시험

이냐 또 난리가 나는 거 아냐, 시험은 무슨 시험이냐 그래서 이런 게 아니고 뭐 자기가 아마 그 이모네 이종 사촌들이랑 시험 봐라 그런 게 아마 합격이 된 거라 그렇게 나는 모른다, 나는 학교 배우라고 보낸 적은 없고 다니러 다녀와서 내년 봄에 내가 나하고 할아버지 연세가 많잖아. 농사짓는 데 같이 손자 데리고 농사지을라고 했지. 내가 인제 다 인제 나가서 인제 모 심고 이런 거 하겠지 인제 엄마가. 그런데 어멈 혼자 하는 거보다 아들 데리고 할라 그랬지. 시험 봐서 시험 보라고 보낸 건 아니라 내가 여비해서 보낸 거는 그거지. 내가 학교 가라고 보낸 건 아니니까는 니가 알아서 했으니 너가 말대로 해라. 시골서 어디서 쌀 한 되를 팔아야지만 연필 한 자루를 사다주는데 어디 가서 어디 가서 그걸 하냐고 절대 못했지. 그래서 저는 시험 보러 가는 거는 모르고 어떻게 할 수가 없으니 야단이 집안이 돼서 나갔으니 그 할아버지 설득하느라 선생님들이 다 오시고, 그 남 거기가 인제 고성 고성 그때 고성 그쪽인데 여기는 속초고 여기서 다 시험에 하나 안 붙어가지고 난리인데 이 집에 붙어 가지고 난리냐고.

그래가지고 그렇게 해가지고 그렇게 됐는데 아버님 마당에 저분이 받을라고 있으니 좀 어떻게 좀 해서 주세요. 이랬다고 아니라 다를까 안 된다는 거지 절대 안 된다는 거지 이런 일을 어찌했으면 좋아. 저 양양의 전주 이씨들이 우리 시댁들이야. 그 작은댁 큰댁들이 사촌 할아버지들이 우리 아버님의 사촌분들이 할아버지들이 큰집 작은집이 두 집이 두 분들인데 그 할아버지가 오셔서 이 할아버지를 설득시켜도 절대 안 된다 그래. 선생님이 오셔도 절대 안 된다. 그래 분을 며느리가 어떻게 할 도리가 없지. 이분은 마당에 서서 기다리고 있지. 아무튼 우리 옆에 고모님이 계시는 데 시고모님이 바로 시아버님의 여동생이지. 시아버지의 동생이 되야지만 우리 시고모가 되잖아. 친정 고모가 아니라 시고모. 그 고모님한테 가서 저는 아버님을 설득 못 시키겠으니 고모님이 들어가서 오라버니한테 가서, 오라버니지 인제. 고모님이 들어가서 말씀 좀 해 보세요.

이 고모님이 들어오셔서

“남은 시험에 못 붙어서 울고불고 하는데 이 집은 왜 시험에 올랐는데 이렇게 집 안이 이렇게 아버님 한분이 이런 좀 대답만 해주시면 잘 그러겠는데 왜 이럭하시느냐”고.

얼마나 발에서 참 손이 발이 되도록 그 분이 또 빌고 내가 빌다 나오고 또 그렇게 해 가지고 어떻게 해가지고 돼서 도장을 질러서. 인제 또 입학금을 해야 하잖아. 입학금을 해야겠는데 논이라도 하나 팔아야 되거든. 논 팔아야 지금이나 그때나 돈은 얼마 되나. 나는 이제 이렇게 이렇게꺼정 해줬으니 나 논 팔고 집 팔고 뭐 이런 거 팔아서 할 사람이 아니라 그랬거든. 그래 그전에 무슨 또 시험에 붙었다고 겁이 나서 그러니까 이종사촌 형 이모 아들 하나가 한 동갑인데, 서울사람은 그 사람인데 시험 본 게 떨어졌어. 여 시골서 서울 간 놈은 붙었어. 그 사람 걔가 이제 저희 이모, 큰 이모님의 아들이 자기하고 한 동갑인데 그렇게 해가지고서리 했었는데 걔가 와서 내가 나는 할아버지한테 겁이 나서 말을 못 하겠다 그러니까 자기 내들어가서 너 할아버지 내가 내려가서 설득하면 된다는 게 그것도 저것도 안 돼. 입학금을 해야 낼 보내지. 안 되는 거지. 밤새고, 밤새도록 그냥 그럭하고 산송장처럼 이러다가 밤에 할아버지가 손자를 그래도 뭐. 어떤 옛날에 사주보는 이런 사람들이 지나가다가 우리 할아버지한테 좀 주무시고 가게

“여기 자고 가겠습니다.”

하께 재웠는데, 고맙다고 이제 이 아들의 사주를 아마 내놨던 기야.

이 눔이 이눔이 진짜로 내 말을 안 듣는 거 보니 사주를 보자하고 내놨다는 기야. 내놓고 보니 이러할 이 눔이 나라에 또 뭐 할 사람을 이때까지 말린 기 내가 잘 못이다, 그다음에 들어오셔서 사랑방에 밤새 그 할아버지도 속상해서 못 주무시고 손자 하나 있는 게 내놨다가

‘어떻게 좋을까. 요걸 요챘다가 어떡할까.’

밤새 잠을 안 주무시더니 새벽에 들어오셔서 문을 두드리면서

"어멈 자냐."

안방에서 우리도 잠을 못자. 잠을 잘 수가 있나. 할아버지도 못 주무시니. 그래서 못자고 그카고 있었지. 그 다음에는.

[3] 말하고 싶지 않은 남편 이야기

(전쟁 이야기를 환기하고자 조사자가 질문을 던졌다.)

[조사자: 할머니 그러면 전쟁 때 남편 분을 잃으시고 계속 시집에서 시아버님하고, 그래 그때까지 그러면 전쟁 때는 저기 남편 분은 어떻게 잃으신 거세요? 할아버지를.] 할아버지 어떻게? [청중: 아니 영감님을, 매형을 어떻게 헤어졌냐고.] 어. 아니 그때는 그 이, 참 신랑 그때는 신랑이지. 또 (나이가) 아려. 옛날에는 위에나 아리나 하라는 대로 했지만. [청중: 영감님이 한 살 밑이야.] 두 살이야. 내가 열아홉에 가니까 열일곱이던데 뭐. 군이 갔지 뭐 그런데 시집을 가 가지고. [조사자: 그럼 어떻게 돌아가신 거세요? 전쟁 때.] [청중: 돌아가신 게 아녔어.] 아, 아 그런 얘기 왜 해. 차나, 골치 아픈데. [청중: 그 이산가족 만날라고 신청을 했는데도 연락이 안 되잖아.] [조사자: 아– 북한 쪽으로 가셨구나. 북한으로 아니 근데 저희가 그런 분들을 너무 많이 만났어요.] 아니 그렇게 됐지. 딱 서로 이럭하다 가족이고 뭐고 딱. [조사자: 순식간이거든요. 그냥 하루만 떨어지자는 게] 아 그렇게 이산가족 된 거지. 그런 건 뭐하러 묻나. 난 그런 거 골치 아픈데 나 말 안 할라 그랬는데 동생 때문에 이야기 한 거야. 절대 안하는데. 뭘. 아주 좋고 쾌할하고 편안하고. 여기 친가 와서도 지금 늦게나마 그래도 성당에 나가고 하느님을 믿는 데 있다 보니까 좋은 일로 우습잖은 날 위해 한잔이래도 드리고 싶고 또 어 저기 뭘, 도와주고 싶고 이런 마음으로 편안한 마음으로 사는데 왜 이런 복잡한 이런 이야기를 왜 물어보고. 왜 이런 이야기를 왜.

[조사자: 아니 근데 그런 분들 저희 친할머니도 그러세요. 저희 친할머니도 평

안도에 사셨는데 잠깐 여기로 저희 시아버님이시고 저희 시아버님과 시고모님 애기 때 잠깐 내려오신 거예요. 근데 그냥 이렇게 되고] 그래 다 그렇게 된 거야. 그때 다 이산가족 된 거지. 그런 건 왜 물어보는 거야. [조사자: 그러면 아예 그때 거기 시집 어르신들하고 피난도 안 가셨어요?] 안 갔지. 시부모들만 모시고 이럭하고 살고 그랬지. 그래 그렇게 돼 가지고 그래 가지고 살고. 두 살 된 기 지금 지금. 지금 칠십이 다 돼 가. 아들이. 그렇게 해가지고 이제 그럭하고 살았다는 거 우리 누님이 장하다 이제 동생이 해 가지고. [조사자: 맞아요. 그거예요. 훌륭하시다고.] (엄지를 내밀며) 이래가지고 [청중: 지금 아들이 육십여섯이라고.] [조사자: 그러니까요 그때 두 살이던. 그러면]

그 축산과에 나와 그래 가지고 서울 축산과에 가서 배워가지고 이제 축산과에 나와 가지고 삼성 이병철, 옛날에 이병철이란 사람이지. 그 회사에 들어가지고 참 이때까지 잘 지내고 했다고 퇴직하고 나와 가지고 지금 하림 회사 부회장으로 이제 들어가서 아직은 있는 거지. 그래 그렇게 해가지고 우리 동생은 우리 누님이 이렇게 잘하고 사니까 이걸 가지고 얘기하는데 나는 좋은 얘기 좋은 것만 하고 잠시래도 살지 절대 그런 소리. 입에도 안 담고 이런 대화, 난 여기가 친가잖아. 친가 와서도 편안하고 좋고 기쁘고 이런 마음으로, 누가 조금이래도 나쁘고 뭐 이런 소리만 하면 머리 아프고 아우 나는 그런 소리 안 들을래.

[조사자: 여기 그럼 고성군 간성읍 봉호리가 여기서 가깝죠.] 시댁이지. [청중: 거기가 칠십리] [조사자: 아] 고렇게 해서 살어 가지고 이때까지 우리 누님이 그 스물다섯에 이산가족 되가지고 그걸 델고 이렇게 이렇게 성공시키고 살았다는 게 우리 누님이 자랑스러워 가지고 이래 가지고 이 말이 나와 가지고

[청중: 아들을 공부를 시켜야 되는데 돈이 있어야 시키잖아. 할아버지는 땅 팔아서 손지 공부는 안 시킬라 그러고] 땅이 아까워서 그런 게 아니야. 생각을 해보니까. [청중: 아니 피난 올라가셔서 빈대떡 장사 아들을 그 사이에 군대 보내고 그래 가지고 군대 제대하고 엄마가 돈 좀 둘고 그래 가선 그래 졸

업을 시기고]

그래 가지고 대학교를 외아들을 이제 외아들이라 그때는 저저 군인를 아이 보내. 그래니까 우리는 아들이 학교를 참 군인을 가서 살고 와야 사회에 뭔 일이 열리니까는 나는 군인을 가겠어요 그럭하고 지가 군인 가 가지고 살고 와 가지고 이제 삼성에 들어가지 뭐 빈대떡 장사 한다는 거 무슨 뭐 빈대떡이라고 지금은 녹두 빈대떡을 하믄 지금은 기계에다 가서 두르르 쓸어다 부치면 되지. 맷돌, 밤에 요렇게 맷돌이라고 알지? 맷돌에다 이렇게 한움큼씩 넣고서는 한말이고 두말이고 갖다 넣으면 밤새 그걸 지져야 해. 밤새끔 그걸 갈아야 해 하나 한 움큼 씩 넣고 갈고 또 한 움큼 씩 넣고 또 갈고. 그러다보다 밤이 다 세서 새벽이 돼. 밤새서 한 잠도 안자고 일분도 안 자. 그렇하고선 자면 되면 그 다음에 또 또 절에서나 교회에서나 빈대떡 아주머니 강원도 빈대떡 아주머니 이것좀 지져 주세요. 강원도 아주머니 이것 좀 지져줘. 오늘 우리는 행사가 있는데 절에서도 뭔 일이 있는데 이것 좀 지져줘. 그것도 물에다 담갔다가 뿔건 다음에 씻쳐서 그걸 또 갈아가지고 또 갈아 그렇다보면 일분도 안 자봤어. 그것이 지금도 습관이 돼서 하룻밤에 한 잠 잘지 말지 해. 편안하게 자야하는데 일이 있어서 이런 건 안돼. 습관이 됐지. 그래가지고 그렇게 해선 가르키니까 그래도 그 자식이 곱게곱게 자라고 자라주고 끝까지 잘 해 주고 그래 가지고 서울서 잘 그러다 본께는 아이고 결혼 시키라고 어디 어디 처녀가 그렇게 좋은 디 있다고. 강원도 사람인데 그 서울 아가씨를 결혼 시키는데 천주교 나가는 집 그 가정에 그런 가정이라 잘 그래가지고 그래가지고 며느리가 잘 들어오고 아들 며느리가 잘 해서 내가 이럴 데 내려와서도 내 맘대로 지금도 저렇게 한다니까. 저 동생이

"저 어드매 땅이 났소. 여기 집이 있소. 이것 좀 조카들 사라 그래."

그래서 여기다 사다 여기다 놔놓고 보름이면 공기 좋은데 내려와서 형제간들 구십 네 분 된다는 분 형제분들도 다 거기서 모여서 놀고 뭘 누구한테 쌀 한 되 다오 이러지 않아도 살 수가 있잖아. 용돈 주지 여기 동생은 농사 짓다

고 쌀 주지 그래 가지고 그렇게 해 가지고 잘 하고 살고 지금은 행복하게 살고. 그기 행복이고 아들 며느리들 착하고. 제가 그 믿음을 가지고선 이제 자기는 삼성에 다니면 댕겼지. 또 인제 하림에 나가면서 시간이 없어가지고 밤이고 낮이고 시간이 없는 거야. 시간이 없어서 자기 시간이 없는데 엄마가 먼저 성당에 천주교를 나가세요. 이집들은 다 불교집이잖아. 시댁들은 옛날에 다 불교잖아. 그런데 거기는 나가면 어떤지 뭐 알어 집에서 뭐 이렇게 부모들한테만 하고 있었는데 뭔 세상이 어떤지 나는 거기 어떤지 모르겠는데 거기가 어떤지 모르겠는데 천주교 그물도 난 부모들 하라는대로 요렇게 해야 한다 그래 부모들 하라는대로 명령대로 왔었다고 그 부모들 하라는대로 했지 난 딴 믿음 안 한다. 어머니가 평생을 이렇게 살아온 사람이 며느리를 얻으면 어떤 며느리가 들어와서 어머니의 그 마음을 알아줄 사람이 들어온다고 믿음이 좋아야지만 그걸 참고 살을 수가 있습니다. 그러는 거야. 뭐 절에 가보자 절에 가봐도 그렇고 교회 가보자 교회가봐도 그렇고 그럼 천주교에 가보자 그렇게 될라고 그러는지 시부모 말씀하시는게 조금은 맘에 와 닫는 거야. 하나님 좋은 말씀만 요렇게 해주시는데 아 이 말씀이 우리 시아버지 하시던 말씀처럼 같이 잘 가르쳐 주시고는 그래 그렇게 나가가지고는.

[조사자: 남편 분이 첫째 아들이셨어요?] 맏아들. 내가 맏며느리지. 맏며느리가 맏아들이고 그래 눈이 시어머니가 돌아가시다 보니께 시아버님만 돌아가시고 아들 딸은 서울 갈라니 참 저 이 부모님은 너무 배반하는 것 같으니까 내가 시동생이지 지금 이종년이라고 시동생이 있어 그 시동생이 "형수님 조카 따라서 서울 올라가라"고. 여기서 땅이 얼마 있는 거 팔아가지고 산회를 가르치겠소. 우리 형님이 여기서, 시골서나 똑똑했지 그래. 쌀 한 말 팔아오고 이런 거는 좀 똑똑한데 뭐 아무것도 모르지 부모님을 따라서 하라는 거 이런 것만 해놔서 그래도 형수님이 따라서야 우리 조카를 저걸 성공을 시킨다고 그래서 가서 그렇게 저렇게 하다가 호떡 장수도 빈대떡 장사도 하다 이래 가지고서 저걸 성공을 시킨거야.

[조사자: 그럼 그때 고성군도 전쟁 전에는 북한 땅인 거였잖아요.] 그치. [청중: 양양까지.] 어 양양 저 강릉까지. [청중: 양양까지죠.] 양양까진가. 경계선을 어디야. [청중: 양양이죠.] 양양이야? 양양 경계선. 또 거기서는 이쪽 이러다가는 또 이렇게 이렇게 되면 또 이렇게.(인민군과 국군이 왔다갔다 하는 것.) 사람이 그 속에서 죽지 않고 살아 나와 나온게 어떻게 해서 그런지 목숨이 지금까지 붙어가지고 지금까지 이렇게 행복하게 살아.

[조사자: 근데 그때 피난도 안 가신 거잖아요?] 왜 안가? 이건 들어가라 그러면 들어 가야하고 또 어디서 나가라 하면 나가야 하고 이분들도 들어오시면 들어오면. [청중: 이녁이 좋지 뭐 하여간 멀리는 못가고 몸만 피하는 곳으로.] 몸만 자꾸 피하지.

[조사자: 그러면 어디로 가시는 거예요?] 옛날엔 뭐 고성, 고성 쪽에를 가야, 가야한다. 그러면 이 전 동네가 한 사람이라도 냉겨놓으면 뭔 어떡할까봐 말이래도 어떡할까봐 싹. 전 무슨 옛날. 지금으로 치면 통장인데 통장님들이 이 부락에 할아버지 할머니 노인들이 아이고 나는 힘이 들어서 아이 가고 죽어도 여기서 죽는다 그러면 죽어도 와라. [조사자: 와라 따라가라.] 또 아군들이 들어오면 들어왔다 나가게 되면 나가면 다 델고 나가야 하고 이런 역할을 다 해본 사람이지.

그래서 우리 아범이 지금도 자기도 두 살에 아버지 어 이렇게 된 사람인데 말만 꺼내도 그 사람도 남은 아버지 있고 어머니 있고 아버지 사랑, 엄마 사랑을 받는데 엄마가 장사해서 자기 공부를 가리키다보니 사내라는 게 없는 거야. 군인 갔다가 왔는데 그때 군인해서 아마 삼년 살았어. 군인 삼년을 살고 왔는데 여직하면 아들이 군인 가고

"어머니 지가 왔어요."

"어떻게 왔니?"

저기 저 한 달 한 달인가 두 달인가 땡겨서 나가라 제대 돼서 나가라 그래서 온 거야. 그기 얼마나 고맙고 감사한데

"아이고 벌써 왔나?"

이래야 하는데,

"왜 벌써 왔냐."

이 소리가 나갈 적에 어떻게 됐겠어. 왜 벌써 왔냐 어머니, 그 들어오다 문턱에 서서 어머님한테 자긴 좋아서 죽을 고통 받고 왔는데 어머니 저 군인 다 살고 왔어요.

"왜 벌써 왔니?"

두 달이 땡겨서 한 달인가 땡겨서 왔어요.

"나는 너 오기 전에 너 등록금 만들어 놓고 니가 오면 우와기라도 하나 사 입히고 신발 이래도 하나 사 입혀서 강원도 할아버지가 손자만 바랐고 있는데 그 손자 그 손자 가서 뵐 때 너를 델고 신발이라도 하나 사 신겨가지고 갈라고 마음 먹었는데 왜 벌써 왔냐."

그렇게서 그랬지. 애가 들어오면서 저 왔어요. 하다가 발을 뒤로 뒷걸음질을 이렇게 하고 서서 그만 기가 막힐 거 자기는 죽을 살아 돌아왔는데 그렇게 그렇게 하고 살은 거야. 그 좋은 소리만 하고 나쁜 소리 안 끄낼라고 나는 절대 여기다 매다 앉고 저기다 매다 앉고 왜 말을 그렇게 말을 하고, 그래서 나 여기 안 들어올라 그랬는데 동생이 그런 소리를.

[청중: 시아버지가 어떻게 그렇게 하신 분인지 누님이 친정의 일이라고 전보가 서울서 우리집으로 왔는데 애들은 훈련 갔다 오니까 눈이 퍼부어 되는데 전보가 왔는데 지금은 전화나 있어 전화나 할 수 있잖아. 그 시댁에 가서 계시는 거여. 그길로 간성까지 뛰어가는 거지. 이기 어렸을 적에] [청중: 아이 군대 갔다와서.] 군대 갔다 와서였지. [청중: 그 뛰어가드만은 눈길이 이만큼 내려가니까 이게 다 젖어서.] 누나 하나 사는 거 그거

[청중: 그러니까 그 동네 이제 이웃집에 놀러가서 밑에 동서랑 놀러갔는데 내가 왔다고 연락이 되니까 이제 오신거야. 점심은 저 훈련 가서 한 그릇 사 먹었다고 하지만은 저녁 못 먹고 들어갔는데 누님이 밥을 차려 놓고 아버님

동상 식사해야 되요.] 저거 얼마나 배가 얼마나 고프겠어. [청중: 그러니까 인자 말 끝나기까지는 밥 못 먹게 해.] 그 말씀 하시는 거 젊은이들한테 내 말씀을 전해주고 요렇게 요렇게 하라고 사둔총각.

[청중: 거기선 누가 말 하나를 탄 들어갔다면 그거 난리가 나] 사돈총각이지. 이쪽이. 사돈총각이 저게. [청중: 그 내, 결혼 했었어요. 그런데 이 바지는 다 젖어서 이게 다 마를 때까지 그러니 그러면 여느 얘기가 아니고 내 보고 가운데 한문으로 가운데 중를 아내? "네 알죠." 그래 써보라 그래. 그래 저기 쓸게 이 문교부 장관한테 내가 전화 이 편지를 쓰던지 뭘 해야지 이게 어떻게 가운데 중자냐 이것이여. 이것은 '마음의 중'이지 '가운데 중'이 아니라는 거여. 문교부 장관이 이게 잘 못 됐다는 얘기지. 그 이 가운데 중이 사람 척추하가 몸둥이를 이 해서 '가운데 중'이라 이거여. 그런데 '마음의 중'이지 이 공부를 가르켜 주는 기 잘 못 가르켜 준다는 기지. 그러면서 그 글자 하나로 붙잡고 세 시간을 이야기 하는데 그 며느리는 밥을 식은 밥을 뎁혀가지고]

[조사자: 누나는 또 동생 배고픈데.] 응 가슴 아파 죽겠는데 여기서 걸어서 거길 왔는데.

[청중: 근데 우리 막내아들은 이 중심을 못 잡는데 갈대같이 움직여. 남자는 중심을 잘 잡아가지고 이끌고 나가야하는데 그래서 그 중자 하나 가지고 세 시간을] [조사자: 그래서 할머니 얼마나 힘드셨겠어요. 시집살이가 남편도 없이.] 예전에는 그저 그렇게 사는 거다 하고 살았기 때문에 힘든 것도. [청중: 시아버지가 소를 몰고 며느리는 소 잘 못 간다고 고뜨리 붙잡고 옷이 다 젖고] 아이, 논에서 이젠 농사 질 적에 이제 큰 소는 자기가 알아서 가는데 조그만 송아지는 어딜로 어딜 가야할지 모르거든 일 가르키는 송아지는 그걸 이제 며느리를 끌고 가면 며느리도 어디로 가야될지 모르지. 송아지도. [청중: 누님이 며느리고 시아버지는 소를 몰고.] 별 짓을 다 해봤지. 그래서 며느리는, 소가 뭐해도 며느리 욕을 하고. [조사자: 혼자 사는 며느리 불쌍한데.]

그랬어도 부모님의 사랑으로 그때까지 살은 거고. 지금 의지하고 살고 우리도 지금 이종열이라고. 고기 내가 시집을 가니까 막내 시동생이 만 다섯 살이더라고. 다섯 살인데 형수를 엄마처럼 치마꼬리 졸졸 붙잡고 옛날 노인들이 야단만 치다가 형수가 잘 해주니까 그 형수 정이 팍 들어가지고 델고 살은 게 이제 칠십 얼마. [청중: 일흔 다섯.] 응, 칠십 다섯이거든. 이종열이가. 지금 이기 우리 아범의 작은 아버지지. 아버지 동생이지. 고거에다가 그렇하고 사는 게 고게 벌써 칠십 다섯. 그래서 그 집이 우리집에서 우리 공부하러 올라오고 그 집을 시동생이 살고. 그래 살고 나서 우리도 이제 우리도 인제 한푼씩 벌면 집 살 텐데. 그집은 작은 집이 작은 집이 살어. 그래가지고 시동생 때문에 또 가서 공부 배우게 되고 또 서울서는 이모님들한테 의지가 되고 다 그냥 더불러서, 더불어 살은 거지. 여러분들 덕으로. 그래가지고 공부를 마친 거여. 그리고 지가 안 할라 그러면 그러겠는데 지가 너무도 가야 되니까

[청중: 아 근데, 성공하는 비결이 우리 누님들이 여럿이니까 이 외가 올 땐 자식들 다 델고 온단 말여. 그러면 여느 생질들은 장난질 하는데만 바쁜데 안 보이고 보면 한 쪽 구석에서 책만 봐 오로지 집중력이.]

그 그, 건대 축산과에 교수님이 그 때 연세가 좀 있었는데 아범이 엄마를 모시고 좀 오라고 그랬어. 그 공부 배울 제, 배울 땐지, 배우고 나선지. 그래서 내가 한 번 갔어. 가니까는 교수님이 지금 어머님이 장하시다는 것을 참 나는 이런 아무개의 어머니가 이러 장하다고 불렀다고 그리고선 그래서 그 지금은 계신지, 돌아가셨는지. [조사자: 돌아가셨겠죠.] 돌아가셨겠지. 지금 벌써. 그래서 그런데 그 교수님이 계시고 본인이 제자가 이렇게 돼 가지고 저기에 들어가고 또 회사에. [조사자: 그건 아마 아셨을 거예요.] 그렇게 했을 거야. 알고 돌아가셨을 거 같애. 그런 거 저런 걸 뭐 이런 걸 뭐 얘기 안 그럴 걸.

[조사자: 저희가 할머니, 사실은 어제는 이릉리 쪽을 쫙 돌았어요. 이릉리. 그런데 이릉리는 거기는 이상하게 바로 여기가 영낭호 바로 옆인데도 그렇게 피해가 많지 않으셨나 봐요. 어르신들 말씀이. 폭격도 없고.] [청중: 거기는 피해도 없고,

폭격도 없고. 집 한 채 태우지 않았어요.] [조사자: 그랬다고 그러더라고요. 그런데 양양 이런 데만 하더라도 집 홀라당 다 타고] [청중: 거기 촌에 인공 때, 거기 초등학교가 있었는데 거기 학교도 총알 하나 안 맞았고.] [조사자: 네 그랬다 그러더라고요.]

[청중: 근데 우리 마을에 그 학교가 두 교실이 있었는데 우리가 거기서 공부하다가 그 비행기가 떴다 하면 책상 밑에 숨었다가 그 교통로를 파놨기 때문에 그 높은 데서 싸이렌이 울리믄 이제 피해란 거거든. 그러면 싸이렌이 한 번 울렸나 두 번 울렸냐 해서 교통호로 빠져 가지고 산으로 숨고, 그런데 우리 학교는 총탄이 많이 맞았거든. 폭탄만 안 떨어졌지. 그런데 이릉 초등학교는 학교가 규모가 더 큰데 거기도 하나도.] [조사자: 그렇다고 하더라고요. 근데 여기 할머니 계셨던 요기 고성군은 간성읍은 괜찮았어어요? 할머니. 그때 막 폭격이나 전쟁 피해가]

폭격은 하나마나 그냥 참 우에서 내려 두들고 바다에서 함포질을 하고 이럴 적에는 뭐 오늘 새벽 두시나 세시나 빨리 해 먹고서는 방공호로 들어가야 하는데 방공호지. 방공호를 들어가야 하는데 방공호로 들어갈려고 하면 벌써 바다에서 올려치고 비행기에서 내려치고 한다고. [조사자: 아 바다에서도 막] 그럼 그럭할 적에. [청중: 바다에서 함대가 올려 쏴주고 헬리콥터가 높이 떠서 거기 까딱했다면은 폭탄이 넘어오는 거지.]

그래서 방공호에 불을, 밥 할라고 불에 앉혀 놓고 불 때다가 말구 내려치면 방공호가 들어가는 아냐. 방공호로 들어가면 이제 불날까봐 이제 화재가 무스워서 쓰러다 놓고 가면 그때 들어가 가지고 이틀 산, 이박삼일 만에 그 방공호에서 나왔나 그랬어. 나오고 나니까 급하니까 소를 소를 고삐를 풀어 놔줘야 하는데 소를 옛날, 소를 이렇게 그 윈 집에 딸려서 마굿간, 그기 있잖아. 외양간. 응 외양간 거기 있는데 스산, 조금 뜸해 가지고 밥이나, 불 때다가 생쌀이니까 그거래도 먹을래도 이박삼일인가 있다가 나왔으니 그기라도 먹을라고 가지러 나오니까 소가 말할라는 거 같애. 확 이걸 짜매놓고 내려

두드리고 그러끈 사람이고 뭐.

[청중: 소를 왜 못 풀어놓냐면 소를 풀어 놓으면 말로 비행기서 보여서 비행기서 말로 보인다고. 폭격을 더 때린다고. 그래서.] 내 생각엔 급해서 그런다고. [청중: 아니 아니, 소는 그래서 큰 나무 숲에다 숨겨놓고 방공굴 안에다 매놓고 비행기서 보면 이 인민군들은 자동차가 아니고 말 타고 다니거든]

방공호에서 방공호에서 참 이박삼일인가 있다가 나오게 되니까는 그땐, 여즉해? 배가 고프고 우리들도 죽겠고. 애는 젖을 계속 빠대고, 고기에다가 쌀을 쌀을 한 푸대씩. 폭격할까봐 그래도 먹고 살라고 쌀을 한 푸대 씩 어른들이 여기다 갖다놔라. 갖다놔라. 방공호에다 쌀을 갖다놔.

"어른들은 며느리가 야 애기가 젖을 자꾸 빠대니, 얼마나 배고프겠니. 며느리 그 쌀 좀 입에다 깜깜하지 불도 없고, 쌀 좀 입에다 넣고 씹어라."

허면

"예 알겠습니다. 알겠습니다."

어른들이 안 잡수고 있는데 내가 그 쌀을 입에다 넣고 씹어서 그렇하고 있다가 그 밥을 퍼다가서는 가지고 들어가니 벌써 깜깜하지 또 비행기서 또 비행기서 내려 칠라 할라 그러잖아. 그러면 그 밥을 가져가서 물이나 있나 전동네가 가 아주 저 우물가가 저 산 땜같이 들어가 있는 거여. 그 폭격에 지붕이 부서져서 들어가고 뭐 재가 들어가고 말도 못하지 스물, 이박삼일 만에 나오는데 그 물을 어떻게 가서 두레박, 옛날 두레박으로 이렇게 이렇게 하고서 퍼가지고 들어와서 손에 물을 이렇게 묻혀가지고 밥을 뭉쳐서 [청중: 주먹밥이지.]

"아버님, 손 좀 내드세요."

어둔지 깜깜하지. 그 방공굴에. 그러면 아버님 이 손을 막 이렇게 어른들은 먼저 드려야. 아버님을 먼저 하나 드리고 고 다음에 차례차례. 다 이렇게.

"에미가 먼저 좀 먹어라."

젖 먹이는데 그래도 또 어머님도 있으니 어머님도 하나 드리고 그 다음에

부하들 시동생들 주고 이렇하고.

[청중: 그 불빛에 불빛에 뭐가 보인다고 불빛만 보면 숨어있다고.] 요런 초롱불도 못 키게 하지. 절대 그렇게까지. [청중: 옛날에 이 불도 석유가 있는 것도 아니고 양초도 있는 게 아니고 생선 내장에 그걸 끓여서 그걸 쪼래가서 기름을 만든단 말야. 그래 가선 문종이 초지를 해서 그릇에 담아놓고 요렇게 하고 거기다 불 붙이면 그 생선애 기름이 등불이 되는 거지.] [조사자: 아 옛날에는.]

그러다가 지금 잘 하고 살고 이렇게 행복하고 나쁜 생각 안하고 아주 편안하게만 살고 어디가면 뭘 누가 좀 어떻게 해야지만 좀 편안할까. 이 가정은 내 마음대로 할 것 같았으면 좀 어떻게 했으면 좀 편안할까 이거만 생각하는데 절대로 나쁜 이런 조금이라도 나쁜 소리 안 할라 그러는데 동생이.

[청중: 아들, 아들 건국대학교 졸업식날 난 그날 참석을 못했는데 이모들이 갔었는데 학부모로서 노래 한 마디 부르라 그랬더니 그거 탁 나가서는 만두 아가씨 노래를 부르는데 뭐 박수가 터져 나오는데]

그래서 이럭하고 살아도 뭐 이때까지 몇 십년이야 벌써. 몇 십년이라고. 지금 팔십팔이니까는. 기가 막히지. 그렇하고 살아도 뭐 부모님한테 눈물 베이고 친척들한테 눈물 쫄쫄 흘리고 이래 보지 않고, 나는 편안하게 아주 편안하게 그래도 또 나중에라도 또 하느님께라도 의지를 하고. 이렇게 하고 부모님한테 의지를 하다가 또 부모님 돌아가시고 나니까 하느님한테 의지를 하고. 이렇게 해가지고 나는 편안하게 살을라 그래. 난 조금도 이런 나쁜 거 싫어. 여기 노인회도 내가, 여기 노인회는 아닌데. 동생 회장 맡기 전에도 먼저 회장님 계실 적에도 그저 돈 한 푼 생기면 술 한 짝이라도 사다드리고 여자 분들은 음료수 한 짝이래도 사다 드리고. 이 정신으로 살고. 또 동생이 지금 동생이 농사 지주면, 감자 하나, 고구마 하나 주면, 나는 요양원에, 양로원에, 요런 데 다니며 불쌍한 할머니들 도와주고 그런 정신으로 살았는데 인제는 동생이 나이 들었지만은도 해주면 이거는 그걸 불러야 하잖아. 택시를 불러야 하잖아. 이거 옛날같이 눈이 총총하지 않으니까 또 안경을 써야 돼. 이러면 이것도 저것도 다 불편하더라고. 그래도 지금은 이제 요양원에도 금년에도 그저 뭘 보면 김장 하나 해 갖다 드리고 그런데 회장님께서 잘 해서 갖다 드리니께는 금년에도 그런 걸로 살은 거야.

[청중: 근데 여기 속초 동명동 성당에 우리 집사람은, 우리 어머니는 이제 성당에 나가고 우리 집사람은 성당에 안 나갈 땐데 어머니가 그런 얘기를 해. 그 트럭에다가 트레일러에다가 무 배추, 고춧가루 실고 가서 거기는 그때 양로원이 성당이 있었단 말야. 가보면 할머니 할아버지들이 한 두분 반게 아니니까 무아빠 왔대. 무아빠 왔대.]

해서 지금도 이 이런 부락에도 아직 믿음이 없고, 옛날 분들이고 하나에도 아깝고 호박하나에도 아깝고 하지만 이 회장님은 어머니가 그래도 믿음으로 계시고 본인도 이렇하고 살던 사람이고 누나들이 다 믿음, 마누라가.

[청중: 6.25 사변 직후가 감리교 동명당 집에 그 옆에 감리교가 있었는데 속초에선 종교가 기독교 제일 먼저 들어왔는데 거기 이제 초등학교 때 거기 삼년을 다녔는데 삼년을 다녀서 그 종교. 기독교 의식을 어떻게 하는 거는 어떻게 내가 전문적으로 그거는 안 해도. 그런데 종교란 거는 꼭 있어야 된다는 기, 본만 가지고 못 살기 때문에 종교 의식이 없으면 저수는 서로 죽이고 말아요. 지금 종교가 저렇게 있어도 내 종교가 좋다, 내 종교가 좋다 그 저 목사들이 순전히 사기 친 것들이 한 둘이여 그게.]

[조사자: 할머니 아까 전에 그 얘기 하다 마셨는데 나와 보니까 방공호에 나와 보니까 소가 묶인 채 뭐라고 말하던가요?] 응, 묶인 채 사람보고 왜 날 안 풀어 주지. 본인들만 도망가고. 그 말 할라고 하는 거 같애. 내 생각에 내가 얼마나 애 썼니. 우리는 쪼깨 갔다오고 이걸 풀어 주지 않아서 얼마나 애를 썼니. 위에서 내려 때리지, 바다에서 올려 치지. 집이 얼마나 울리면 소는 그 산에서 뛰나가지도 못하고 짜매 놨으니 울리고 그래서 풀어주고 이렇게 하고서는 그 소를 보고서는 참 이거 저거가 참 그런 거 볼 때, 많았지. 짐승도 이러는

데 사람은 말할 수도 없지. 에, 그런 거 저런 걸 한 경험을, 우리 동생은 우리 누님이 이러저러하게 지금까지도 스물다섯에서 지금까지도 팔십팔꺼지도 견디고 살았다는 그 아들 하나 성공시켰다는 그걸 가지고서 이제 그리고 싶어서 이제 오신 손님들한테 이제 말씀 드릴라고 그러는 거 아까도 그랬는데 아, 난 좋은 얘기만 하고 편안하게.

[할머니는 이야기를 접고, 대신 청중으로 계신 동생이 하나의 이야기를 덧붙였다.]

[4] 동생분이 구연한 이야기

이 유해 발굴 군부대 와서 그 내가 좀 그 불쌍하게 죽은 시신을 한 분을 내가 지금도 뚜렷하게 아는데, [조사자: 그 얘기 감동적이었어요.] 뚜렷하게 아는데 그 산 위에 어스란 묘 하나가 있으니까 저 시신인줄 알고 잘 보관했으, 복원했어요. 우리가 묻어논 거를 다시 복원 했더란 말이에요. 우리가 가서 이거 파헤치면 즈 조사해라고 뭐라 할 거고. 그래서 어디 신고도 못 해보고 저 울 부락 저 이렇게 들어오는 입구에 지금 산 집터 하나 닦고 있는데 거 나는 우리 부락에서 남쪽으로 피난을 어디까지 갔냐 하면은 한 일킬로 밖에 못 가봤어요. 일킬로 밖에 못 가봤는데 이렇게 식견에 망태에다가 저 뭐야 백시기 떡을 이제 인제 그게 식량이지. 그거 절머지고 가다가 사람 죽은 걸 보니까 이렇게 머리가 저 아래로 떨어졌는데 지금 지금 그 자리에다가 집터를 닦더라고.

근데 그 시신을 뭐 그 때 누가 어디갔다 묻었는지 거기서 썩고 말았는지 이거는 모르는데 그거는 군인이 아니고 민간복을 입은 사람인데 그렇지만은 그거는 여기서 국군이 고성쪽을 먼저 점령을 하니까 이 영(고개)을 넘어서 양구 이쪽으로 글로 피신 가기 위해서 이 동네 해질 무렵에 들렀는데 뭐 말들도 다 죽고 하니까 남의 소들 질머발에다가 질머발에다가 환자들 태우고 남의 곡식 약탈해서 실고 간단 말이여. 그 뭐 들거란 기 그 물살 가마 터뜨려서 무스러 만들어서 그 이 한 사람을 태우고 일루 들어가는데 절루 들어가더란 얘기야. 그래서 우리가 어릴 때 서이서 야 저거 뭐하러 가는지 한번 따라가 보자. 즈쪽 따라가면은 우리한테 해코지 할까봐 이렇게 피신해서 가니까 옛날에 솔이 없고. 솔 작은 거는 보때기라 그래요. 솔이 이렇게 노란 게 이런 게 거런 데다가 갖다가 딱 놓고 주렁주렁 하데 가자하고 그래 총 들은 사람 한 사람 앞뒤에 들거 든 사람 세 사람이 그 한 사람 놓고 도망을 쳐. 야 우리 보면 쏴 죽일까봐 아주 숨어서 이랬다가 가까이는 또 한데 앉아 있는데 가까이는 못 가고 아저씨 아저씨 이렇게 하께 이렇게 보더니 엉엉 울어 그래가선 해는 져가지 집에 와서 그 다음 날

"야 가보자, 가보자."

가께 그 자리에서 실러져서 죽었어. 그래 가선 우리 서이서 대충 흙만 시신 안 보이게 이렇게 묻어 놨는데 그리고 이년인가 삼년인가 되가선 수해가 나서 갑오년 그기 육십년 전이래요. 그 수해가 나면서 이 뼈가 싹 문긴 거. 그래서 우리끼리 그 뼈를 못 줍어 놓으니까 위에 사람들 몇 사람 데려 가 가선 이렇다 하께, 누가 어떻게 봤내. 우리는 살었을 때 봤다 그래서 그걸 주서 모아가지고 그래서 그렇게 묘를 만들어 줬는데 즈 조상인 줄 알고 즈가 살아 있으니까 불묘를 이렇게 아주 크게 만들었어. 그런데 이제는 돌보지도 않고 묘 위에 솔나무가 이렇게 자랐어. 그래 이것을 내가 정확히 알기 때문에 신고를 해 줄라고. 죽어서도 그 부모나 또 안그러면 형제나 이것을 안 그래도 살어줄라고 노력했는데 아 이 동네 노인들이 그러다 그 조상들이 우리 조상을 파내갔다고 하면 그 치혼을 어떻게 받겠냐고 그 못하고 말았지.